Das baskische Vitoria kommt nicht zur Ruhe. Gerade noch rätseln die Menschen über den Autor eines aufsehenerregenden historischen Romans, da erschüttert eine Serie von Morden die Stadt. Sie folgen grausamen mittelalterlichen Ritualen – und die Verbrechen sind alle in dem geheimnisvollen Roman beschrieben. Wer will, dass aus der Phantasie tödliche Wirklichkeit wird?

Die Presse über die Reihe um Inspector Ayala:

»Atmosphärischer Thrill aus dem Baskenland: Eva García Sáenz überzeugt!« *Für Sie*

»Hochspannend, mit atmosphärisch dichten Beschreibungen der Stadt und des Alltags dort.« *Reiselust/BILD*

»Die Geschichte ist so spannend, so frisch und rasant erzählt, dass man das Buch bis zur letzten Seite nicht mehr aus der Hand legen möchte.« *Kölner Stadt-Anzeiger*

»Düster, sehr fesselnd und voller unerwarteter Wendungen.« *Westfalen-Blatt*

Eva García Sáenz stammt aus Vitoria im Baskenland, wo auch ihre Bücher spielen. Der erste Band ihrer Krimiserie mit dem Ermittler Unai López schaffte es ganz nach oben auf die spanische Bestsellerliste und machte sie mit einem Schlag berühmt. Auch die folgenden zwei Bänden gelangten direkt auf Platz 1 der spanischen Sellerlisten. Die drei Bände haben sich bis heute über eine Million Mal in Spanien verkauft, die Bücher werden in viele Sprachen übersetzt. »In den Armen des Todes« wird mit Javier Rey fürs Kino verfilmt, eine Serie ist in Planung.

Weitere Informationen finden Sie auf www.fischerverlage.de

EVA GARCÍA SÁENZ

DIE HERREN DER ZEIT

THRILLER

Aus dem Spanischen
von Alice Jakubeit

FISCHER Taschenbuch

Aus Verantwortung für die Umwelt hat sich der S. Fischer Verlag zu einer nachhaltigen Buchproduktion verpflichtet. Der bewusste Umgang mit unseren Ressourcen, der Schutz unseres Klimas und der Natur gehören zu unseren obersten Unternehmenszielen.

Gemeinsam mit unseren Partnern und Lieferanten setzen wir uns für eine klimaneutrale Buchproduktion ein, die den Erwerb von Klimazertifikaten zur Kompensation des CO_2-Ausstoßes einschließt.

Weitere Informationen finden Sie unter:
www.klimaneutralerverlag.de

MIX
Papier aus verantwortungsvollen Quellen
FSC® C083411
FSC
www.fsc.org

Erschienen bei FISCHER Taschenbuch
Frankfurt am Main, November 2021

Die Originalausgabe erschien 2018
unter dem Titel ›Los señores del tiempo‹
im Verlag Editorial Planeta, S. A., 08034 Barcelona

Lektorat: Susanne Kiesow

Satz: Dörlemann Satz, Lemförde
Druck und Bindung: CPI books GmbH, Leck
Printed in Germany
ISBN 978-3-596-70597-9

DIE WICHTIGSTEN PERSONEN*

Inspector Unai López de Ayala, genannt *Kraken*: Profilingexperte bei der Kriminalpolizei von Vitoria, spezialisiert auf die Analyse der Täter

Inspectora Estíbaliz Ruiz de Gauna, genannt *Esti*: Viktimologin, Kollegin von Unai, spezialisiert auf die Analyse der Opfer

Subcomisaria Alba Díaz de Salvatierra: Chefin von Unai und Esti, ursprünglich aus Laguardia, außerdem Unais Lebensgefährtin und Mutter der gemeinsamen Tochter *Deba*

---

* Ein ausführliches Personenverzeichnis und ein Glossar befinden sich am Ende des Buches.

1

DER PALACIO DE VILLA SUSO

Unai · *September 2019*

Ich könnte diese Geschichte beginnen, indem ich von dem verstörenden Fund der Leiche eines der reichsten Männer des Landes berichte, Besitzer eines Billigmode-Imperiums, der im Palacio de Villa Suso mit der »Spanischen Fliege«, dem legendären Viagra des Mittelalters, vergiftet wurde. Aber das werde ich nicht.

Stattdessen will ich lieber erzählen, was an jenem Abend geschah, als wir zur Präsentation des bemerkenswerten Romans gingen, von dem ganz Spanien sprach: *Die Herren der Zeit*.

Wir waren fasziniert von diesem historischen Roman, ich ganz besonders, muss ich zugeben. Es war eines dieser Bücher, die man förmlich verschlang; eine unsichtbare Hand packte dich von der ersten Zeile an und zog dich erbarmungslos in seine grausame mittelalterliche Welt, ohne dass du etwas dagegen tun konntest.

Es war kein Buch, es war ein Labyrinth aus Papier, eine Falle aus Wörtern, aus der es kein Entrinnen gab.

Mein Bruder Germán, meine Kollegin und Freundin Estíbaliz, die Jungs aus der Clique, alle sprachen davon. Viele lasen es trotz seiner vierhundertsiebzig Seiten in drei Nächten aus. Wir anderen dosierten es wie ein Gift, das einem wohliges Vergnügen bereitete, während man es zu sich nahm, und versuchten, die Zeit, die wir in Gedanken im Jahr 1192 waren, auszudehnen.

Ich tauchte so sehr in die Lektüre ein, dass ich Alba, wenn wir uns nachts zwischen den Laken einem wilden Spiel hingaben, manchmal »meine Gebieterin« nannte.

Und es gab noch einen zusätzlichen Reiz, ein Rätsel, das es zu lösen galt: die Identität des öffentlichkeitsscheuen Autors.

Das Buch fand seit anderthalb Wochen reißenden Absatz in den Buchhandlungen, aber weder in den Zeitungen noch auf dem Umschlag des Romans gab es ein Foto des Autors. Auch Interviews hatte er keine gegeben. Keine Spur von ihm in den sozialen Netzwerken, keine Webseite. Anscheinend lebte er tatsächlich in einer anachronistischen, analogen Vergangenheit.

Es wurde gemutmaßt, der Name Diego Veilaz, unter dem er veröffentlichte, könnte ein Pseudonym sein, eine augenzwinkernde Anspielung auf den Erzähler und Protagonisten des Romans, den charismatischen Conde Diago Vela, aber wer wusste das schon? Wie sollte man damals etwas wissen, als die Wahrheit noch nicht ihre Schwingen über das Kopfsteinpflaster der tausendjährigen Altstadt von Vitoria gebreitet hatte?

Über uns wölbte sich ein sepiafarbener Abendhimmel, als ich mit Deba auf den Schultern die Plaza del Matxete überquerte. Ich hoffte, dass meine zweijährige Tochter – sie selbst fand, dass sie schon groß war – die Buchpräsentation der *Herren der Zeit* nicht allzu langweilig finden würde. Großvater kam als Verstärkung mit, obwohl am nächsten Tag in seinem Heimatort Villaverde das Patronatsfest des heiligen Andreas gefeiert wurde, das er nie verpasste.

Er war in der Wohnung aufgetaucht und hatte verkündet: »Ich komme mit und habe für euch ein Auge auf die Kleine.« Alba und mir würde ein bisschen Entspannung guttun.

Wir machten seit zwei Wochen Überstunden, nachdem zwei Jugendliche unter sonderbaren – äußerst sonderbaren – Umständen verschwunden waren, und brauchten dringend Schlaf.

Noch ein, zwei Stunden, dann würden wir uns nach vierzehn Tagen ergebnisloser Ermittlungen eine kleine Auszeit nehmen können. Erschöpft ins Bett fallen und ausschlafen, um für einen

Samstag gerüstet zu sein, der genauso frustrierend zu werden drohte.

Wir hatten unsere Hausaufgaben gemacht und doch nichts erreicht: Suchaktionen mit Freiwilligen und Hunden, die Handys des gesamten Umfelds auf richterliche Anordnung abgehört, sämtliche Überwachungskameras der Provinz gesichtet, Fahrzeuge von Familienangehörigen durch die Spurensicherung überprüfen lassen, jeden vernommen, mit dem die beiden Mädchen in ihren gerade einmal zwölf beziehungsweise siebzehn Lebensjahren Kontakt gehabt hatten.

Sie hatten sich in Luft aufgelöst … Und es waren zwei.

Ein Umstand, der das Drama wie auch den Druck des Polizeichefs auf Alba verdoppelte.

Eine endlos lange Schlange stand unter den schummrigen Laternen auf der Plaza del Matxete und wartete auf den Beginn der Buchpräsentation.

Ein Akrobat im grünen Samtgewand jonglierte mit drei roten Bällen, ein stiernackiger Mann schob sich den Kopf einer weißen Riesenschlange in den Mund. Auf dem Kopfsteinpflaster des Platzes roch es nach Maisfladen und Zuckerkuchen, ein paar wildgewordene Violinen spielten die Melodie aus *Game of Thrones*. Der Mittelaltermarkt, der im September stattfand, fiel mit der Buchpräsentation zusammen.

Der Platz, der in früheren Zeiten ein Marktplatz gewesen war, war belebter denn je. Die Grüppchen der Lesebegeisterten standen vor und in den Arkaden der Villa Suso, wo unzählige Verkäufer ihre Tonwaren und Lavendelöle anpriesen.

Ich entdeckte Estíbaliz, meine Partnerin bei der Kriminalpolizei, mit Albas Mutter, die Esti gleich in ihr Herz geschlossen hatte, als sie sich kennenlernten, und in unsere Familie mit eingebunden hatte.

Meine Schwiegermutter Nieves Díaz de Salvatierra war eine

ehemalige Schauspielerin, die in den fünfziger Jahren ein Star des spanischen Films gewesen war und nun die ersehnte Ruhe in der Leitung eines Schlosshotels in Laguardia gefunden hatte, das idyllisch zwischen Weinbergen und der Sierra de Toloño lag.

»Unai!«, rief Estíbaliz und hob den Arm. »Hier!«

Alba, Großvater und ich gingen zu ihnen. Deba drückte ihrer Patentante Esti einen feuchten Schmatzer auf die Wange, dann betraten wir den Palacio de Villa Suso, ein Stadtpalais aus der Renaissance, das seit fünfhundert Jahren die Anhöhe im oberen Teil der Stadt beherrschte.

»Ich glaube, die Familie ist komplett«, sagte ich und reckte mein Handy in den Himmel, der sich inzwischen tiefblau gefärbt hatte. »Schaut mal alle her.«

Vier Generationen der Familien Díaz de Salvatierra und López de Ayala lächelten für ein gemeinsames Selfie.

»Die Veranstaltung findet im Saal Martín de Salinas im ersten Stock statt, glaube ich.« Alba ging gutgelaunt voran. »Heute Abend wird das Geheimnis gelüftet, und wir erfahren endlich, wer der Autor ist«, fuhr sie fort, während sie meine Hand nahm und ihre Finger mit meinen verschränkte. »Wenn doch die Fälle, mit denen wir auf der Arbeit zu tun haben, auch so leicht zu lösen wären.«

»Apropos Geheimnis«, warf Estíbaliz ein und gab Alba am Eingang zum Veranstaltungsraum einen kleinen Schubs. »Nicht auf die verfluchte Seele treten, Alba. Die Wachleute sagen, dass sie herzerweichend heult, wenn sie nachts durch die leeren Gänge bei den Toiletten spukt. Angeblich sind es die unheimlichsten Klos der ganzen Stadt.«

Alba machte einen Satz zur Seite. Im Gedränge war sie auf die Glasplatte im Fußboden getreten, durch die der Stein zu sehen war, unter dem angeblich die Gebeine einer Frau aus dem Mittelalter ruhten, wie auf einer Tafel an der Wand zu lesen war.

»Sprich vor Deba nicht von Gespenstern und Gerippen«,

flüsterte Alba Estíbaliz mit einem Augenzwinkern zu. »Ich will nicht, dass sie später nicht schlafen kann. Heute Nacht muss sie schlafen wie ein Stein. Ihre Mutter braucht nämlich dringend eine Erholungskur.«

Großvater setzte dieses wissende Lächeln eines alten Mannes auf, der uns viele Jahre voraushatte. »Ihr glaubt doch nicht, dass ihr die Kleine mit ein paar schlecht verscharrten Knochen erschrecken könnt.«

In seiner rauen Stimme lag ein Hauch von Stolz; was seine Urenkelin anging, beharrte er darauf, dass er derjenige war, der sie am besten verstand. Sie hatten eine Art telepathische Verbindung, die alle anderen ausschloss: ihre Mutter, ihre Großmutter Nieves, ihren Onkel Germán, ihre Tante Esti und auch mich. Deba und Großvater verständigten sich mit Blicken und kleinen Gesten, und zu unserer Verzweiflung verstand er besser als jeder andere die Nuancen im Weinen meiner Tochter, ihre Gründe, die Gummistiefel nicht anzuziehen, obwohl es wirklich nötig war, oder die geheimen Botschaften des Gekrakels, mit dem sie jede Oberfläche beschmierte, die ihr unter die Finger kam.

Schließlich waren wir in dem überfüllten Raum, auch wenn wir uns mit Plätzen in der vorletzten Reihe begnügen mussten. Großvater setzte sich Deba auf die Knie und überließ seiner Urenkelin die alte Baskenmütze, die sie sich sofort aufsetzte. Dadurch trat die Ähnlichkeit der beiden noch deutlicher zutage und machte Deba zu einem kleinen Klon von ihm.

Während Großvater meine Tochter bei Laune hielt, konnte ich für einen Moment von meinem beruflichen Stress abschalten. Ich hob den Kopf: Der enge Raum mit den Natursteinwänden besaß eine robuste Holzbalkendecke. Hinter einem langen Tisch, an dem drei ungeöffnete Wasserflaschen und drei leere Stühle standen, hing ein ausgeblichener Wandteppich mit einer Darstellung des Trojanischen Pferdes.

Ich schaute auf mein Handy. Die Veranstaltung war bereits fast eine Dreiviertelstunde verspätet. Der Herr zu meiner Rechten, der ein Exemplar des Buchs auf den Knien hielt, rutschte unruhig auf seinem Stuhl hin und her. Aber es erschien niemand. Alba sah mich ein paarmal an, als wollte sie sagen: »Wenn es noch länger dauert, müssen wir mit Deba nach Hause gehen.«

Ich nickte und nutzte die Gelegenheit, um ihre Hand zu streicheln und ihr mit meinen Blicken eine leidenschaftliche Nacht zu versprechen.

Wie gut es sich anfühlte, sich nicht verstecken zu müssen, wie schön es war, eine kleine Familie zu haben. Seit zwei Jahren – seit Debas Geburt – war mein Leben eine glückliche Aneinanderreihung familiärer Routinen.

Und das gefiel mir: helle Tage mit meinen beiden Mädchen zu verbringen.

Ein dicker, schwitzender Mann ging an mir vorbei. Ich erkannte ihn: Es war der Verlagsleiter von Malatrama.

Vor einiger Zeit hatten wir bei einem Fall miteinander zu tun gehabt. In seinem Verlag war das Werk des ersten Opfers Annabel Lee erschienen, Comiczeichnerin und außerdem die frühreife erste Freundin aller Jungs meiner Clique. Ich freute mich, ihn wiederzusehen. Ihm folgte ein Typ mit dichtem Bart, vielleicht unser öffentlichkeitsscheuer Autor. Im Saal entstand ein erwartungsvolles Raunen, das die fast einstündige Verspätung zu entschuldigen schien.

»Endlich«, murmelte Esti neben mir. »Noch fünf Minuten, und wir hätten die mobile Einsatztruppe rufen müssen.«

»Reg dich nicht auf. Wir hatten in den letzten zwei Wochen genug Stress mit den verschwundenen Mädchen«, beruhigte ich sie. Ihre roten Locken fielen mir in die Augen, als sie sich zu mir beugte. »Sie werden zu Mama und Papa nach Hause zurückkehren, ich hab's dir tausendmal gesagt«, flüsterte sie.

»Möge der Himmel dich erhören, damit wir endlich wieder schlafen können«, antwortete ich und unterdrückte ein Gähnen.

Zum Glück war meine Sprachfähigkeit nach meiner Broca-Aphasie vor drei Jahren nahezu wiederhergestellt. Drei Jahre intensiver Sprechtherapie hatten mich in die Welt der redegewandten Ermittler zurückgeführt, und abgesehen von gelegentlichen Blockaden aufgrund von Müdigkeit, Stress oder Schlafmangel konnte ich flüssig reden.

»Eins, zwei, eins, zwei«, krächzte die Stimme des Verlegers. »Hört man mich?«

Die Anwesenden nickten einhellig.

»Ich möchte mich zunächst für die Verspätung entschuldigen, mit der die Veranstaltung beginnt. Außerdem muss ich Ihnen leider mitteilen, dass der Autor heute Abend nicht anwesend sein kann«, sagte er, nachdem er sich mit zitternder Hand über den struppigen Dichterbart gestrichen hatte.

Die Reaktion ließ nicht auf sich warten. Einige Gäste beschwerten sich lautstark, andere begannen, verstimmt den Raum zu verlassen. Der Verleger betrachtete betrübt die Rücken der ersten flüchtenden Leser.

»Ich verstehe Ihre Enttäuschung, glauben Sie mir. Aber damit der Abend für alle, die auf den Autor gewartet haben, nicht vergebens war, möchte ich Ihnen Andrés Madariaga vorstellen. Er ist Historiker und einer der Archäologen aus dem Team der Fundación de la Catedral Santa María, die vor einigen Jahren nur wenige Meter von dort, wo wir jetzt sitzen, Grabungen am Hang der Villa Suso und unter der Alten Kathedrale vorgenommen hat. Er wollte unseren hochverehrten Autor bei seiner Präsentation unterstützen und den Anwesenden die verblüffenden Parallelen zwischen der Altstadt, wie wir sie heute kennen, und dem mittelalterlichen Vitoria aus dem Roman erklären.«

»So ist es.« Der Archäologe räusperte sich. »Die Geschichte ist verblüffend detailgetreu erzählt, als wäre der Autor tatsächlich vor fast tausend Jahren durch diese Gassen gestreift. Genau hier, neben dem alten Eingangsportal des Palacio, an der Treppe, die wir heute unter dem Namen San Bartolomé kennen, befand sich im Mittelalter das Portal del Sur, eines der Tore zum befestigten Stadtkern, das …«

»Er weiß nicht, wer er ist«, wisperte Alba mir ins Ohr, das nur durch die zarte Berührung errötete.

»Was?«, flüsterte ich zurück.

»Der Verleger weiß auch nicht, wer der Autor ist. Er hat nicht einmal seinen Namen erwähnt und ihn auch nicht bei seinem Pseudonym, Diego Veilaz, genannt. Er hat keine Ahnung, wer er ist.«

»Oder er hebt sich das Geheimnis für die nächste Veranstaltung auf und wollte das Rätsel heute gar nicht enthüllen.«

Sie sah mich an wie einen kleinen Schuljungen. Sie wirkte nicht sehr überzeugt.

»Ich würde schwören, dass er genauso ahnungslos ist wie wir.«

»Ich weiß nicht, ob Sie wissen, dass wir uns hier direkt an der alten Stadtmauer befinden. Sehen Sie diese Wand?« Der Archäologe deutete auf die Natursteinmauer zu seiner Rechten. »Durch die Radiokarbonmethode wissen wir, dass sie bereits vor Ende des 11. Jahrhunderts errichtet wurde, hundert Jahre früher als ursprünglich angenommen. Wir befinden uns sozusagen am selben Ort, an dem der Roman spielt. Tatsächlich stirbt ganz hier in der Nähe, gleich neben der Mauer, eine der Figuren aus dem Buch. Viele werden sich fragen, was die Spanische Fliege ist. Im Roman ist es ein braunes Pulver, das unserer unglücklichen Romanfigur als Aphrodisiakum verabreicht wird. Das stimmt so. Ich meine, das ist machbar«, korrigierte er sich.

Der Archäologe blickte hoch und sah in aufmerksame Gesichter.

»Die Spanische Fliege war das Viagra des Mittelalters«, fuhr er zufrieden fort. »Ein Pulver aus dem zermahlenen Panzer eines kleinen, grün schillernden Käfers, der in Afrika weitverbreitet ist. Die Spanische Fliege war seinerzeit das einzige Aphrodisiakum, das nachweislich die Blutgefäße erweiterte und die männliche Erektion förderte. Doch dann geriet es aus der Mode, denn wie sagte Paracelsus: Die Dosis macht das Gift. Zwei Gramm Spanische Fliege würden selbst den Gesündesten hier im Raum töten. Deshalb geriet sie im 17. Jahrhundert aus der Mode, nachdem ›Richelieus Bonbons‹, wie man sie auch nannte, in Frankreich bei den Orgien jener Epoche den halben Hofstaat dahingerafft hatten.«

Ich sah mich um. Die Leute, die zu dem improvisierten Vortrag des Archäologen geblieben waren, lauschten aufmerksam seinen Anekdoten aus dem Mittelalter. Deba schlief unter Großvaters Baskenmütze, sicher geborgen in den Pranken des uralten Riesen. Nieves hörte gespannt zu, Alba streichelte meinen Oberschenkel, und Esti betrachtete abwesend die Deckenbalken. Kurz gesagt, alles war in Ordnung.

Vierzig Minuten später ergriff der Verleger wieder das Wort, nachdem er eine verbogene Lesebrille auf die Spitze seiner gewaltigen Nase geschoben hatte.

»Ich möchte diese Veranstaltung nicht beschließen, ohne die ersten Abschnitte aus *Die Herren der Zeit* zu lesen.

Er räusperte sich und begann.

Mein Name ist Diago Vela, man nennt mich auch Conde Don Diago Vela, sei's drum. Diese Chronik der Ereignisse beginnt mit jenem Tag, als ich nach zweijähriger Abwesenheit in meine alte Ortschaft Gasteiz zurückkehrte, nach Gaztel Haitz, Burgfels, wie die Heiden sie nannten.

Ich kehrte über Aquitanien zurück, und nachdem ich Niedernavarra durchquert hatte …

Plötzlich hörte ich, wie die Saaltür hinter mir aufgerissen wurde. Neugierig drehte ich mich um. Ein weißhaariger Mann kam an einer Krücke hereingehinkt und rief: »Ist ein Arzt im Saal? Im Palais ist niemand, wir brauchen einen Arzt!«

Esti, Alba und ich sprangen gleichzeitig auf und versuchten, den Mann zu beruhigen.

»Sind Sie in Ordnung?«, fragte Alba, wie immer resolut. »Wir rufen den Notarzt, aber Sie müssen uns erzählen, was mit Ihnen los ist.«

»Es geht nicht um mich. Es geht um den Mann, den ich unten auf der Toilette gefunden habe.«

»Was ist mit ihm?«, drängte ich, das Telefon bereits in der Hand.

»Er liegt auf dem Boden. Ich habe mich hingekniet, um nachzusehen, ob er tot ist. Es war schwierig mit der Krücke, aber ich könnte schwören, dass er sich nicht mehr rührt. Entweder ist er bewusstlos oder tot«, sagte der Mann. »Ich denke, dass ich ihn erkannt habe, ich glaube, es ist … Nun, ich bin nicht sicher, aber ich glaube, es ist …«

»Machen Sie sich darüber jetzt keine Sorgen, wir kümmern uns darum«, unterbrach ihn Estíbaliz und stellte wieder einmal ihre legendäre Ungeduld unter Beweis.

Der ganze Saal starrte uns schweigend an. Der Verleger hatte seine Lesung unterbrochen. Ich warf Großvater einen letzten Blick zu, und der sah mich mit einem Blick an, der sagte: »Ich kümmere mich um Deba und bringe sie nach Hause ins Bett.«

Dann rannte ich mit Esti zur Treppe, die hinunter zu den Toiletten führte. In der Eile traten wir beide auf das Glas, unter dem sich die Gebeine der Eingemauerten der Villa Suso befanden. Ich traf vor meiner Kollegin ein und fand einen großen, gut gekleideten Mann reglos auf dem Boden liegend, mit schmerzverzerrter Miene, die auch mir weh tat.

Die Toiletten waren makellos sauber. Wir waren umgeben von antiseptischem Weiß und einer Fotomontage an der Wand. Die Kabinentüren waren mit den vier Türmen Vitorias geschmückt.

Ich zog das Handy aus der Tasche, schaltete die Taschenlampenfunktion ein und hielt es einige Millimeter vor seine Augen. Nichts. Seine Pupillen verengten sich nicht.

»Verdammt …«, seufzte ich. Dann tastete ich nach der Halsschlagader, vielleicht hoffte ich auf ein Wunder. »Keine Pupillenreaktion, Esti. Kein Puls. Dieser Mann ist tot. Fass nichts an, und gib der Subcomisaria Bescheid, sie soll die Dienststelle informieren.«

Meine Kollegin nickte und wollte gerade Albas Nummer wählen, als ich sie aufhielt.

»Es riecht nach Stinkbombe«, stellte ich fest und schnupperte. »Der Mann hat Aftershave aufgelegt, aber der Geruch kann diesen widerlichen Gestank nicht übertünchen.«

»Das hier ist ein Männerklo, was erwartest du?«

»Das ist es nicht. Es riecht wie diese Stinkbomben, die im Spielwarenladen verkauft wurden, als wir klein waren, weißt du noch? Sie waren in Schachteln mit so einem Mandarin-Chinesen drauf.«

Wir wechselten einen Blick. Hier ging es nicht um Kindheitserinnerungen.

»Du willst also sagen, du glaubst, dass der Mann vergiftet wurde?«, fragte sie.

Mir war nicht klar, ob wir es mit einem natürlichen Tod oder einer Vergiftung zu tun hatten, aber da ich ein umsichtiger Mensch bin und nicht gerne bereue, etwas nicht getan zu haben, und auch aus Respekt vor dem verstorbenen Hünen, ging ich neben ihm auf die Knie und flüsterte mein Gebet:

»Hier endet deine Jagd, hier beginnt die meine.«

Ich betrachtete ihn eingehend und ging zur Praxis über.

»Ich glaube, der Zeuge hat recht. Es gibt nicht viele Fotos von ihm, aber er ist eine auffällige Erscheinung, und ich habe schon immer vermutet, dass … Ich glaube, wir haben es mit einem Fall von Marfan-Syndrom zu tun. Einem Spinnenmenschen.«

»Drück dich verständlich aus, Kraken.«

»Dieser Mann hat oder hatte das Marfan-Syndrom. Verlängerte Gliedmaßen, vorstehende Augen. Schau dir die Finger an. Die Größe. Wenn er es wirklich sein sollte, ist hier die Hölle los. Du bleibst bei dem Toten. Ich sage Alba Bescheid. Sie soll die Türen des Gebäudes abschließen lassen, damit niemand entkommen kann. Wir müssen die Aussagen von zweihundert Personen aufnehmen. Wenn dieser Mann gerade getötet wurde, ist der Mörder noch im Palais.«

2

DAS PORTAL DEL NORTE

Diago Vela · *Im Jahr des Herrn 1192, Winter*

Mein Name ist Diago Vela, man nennt mich auch Conde Don Diago Vela, sei's drum. Diese Chronik der Ereignisse beginnt mit jenem Tag, an dem ich nach zweijähriger Abwesenheit in meine alte Ortschaft Gasteiz zurückkehrte, nach Gaztel Haitz, Burgfels, wie die Heiden sie nannten.

Ich kehrte über Aquitanien zurück, und nachdem ich Niedernavarra durchquert hatte, mied ich Tudela, denn ich wollte dem alten König Sancho keine Rechenschaft ablegen müssen, noch nicht. Ich hatte seine Tochter Berengaria dem Ungeheuer übergeben, mit dem sie sich vermählen sollte: Richard, den man auch Löwenherz nannte, aber nicht aus guten Gründen, wie ich versichern kann, nachdem ich ihn kennengelernt hatte.

Mächtig zog es mich zu dem, was sich innerhalb der Mauern befand, die ich bereits vor mir sah. Ein Umhang aus Wildkatzenfellen verhinderte, dass ich in jener unwirtlichen Nacht erfror. Es war nicht mehr lang, bis ich Onneca wiedersehen würde …

Mein entkräftetes Reittier beklagte sich über den steilen Anstieg zum Portal del Norte, das den Weg in die Villa de Suso versperrte. Schon querten wir die Brücken über die beiden Befestigungsgräben, allerdings in der leidigen Gewissheit, dass mir seit drei Monden ein Reiter folgte – umso mehr Grund, dem Pferd die Sporen zu geben und endlich hinter die sichere Stadtmauer zu gelangen. Es war bereits dunkel, und es wehte ein Wind, der in Kürze den ersten Schnee eines harten Winters herantragen würde. Man hatte sicher bereits zum Torschluss ins Horn geblasen, die Tore wurden bei Einbruch der Dunkelheit geschlossen, somit würde man mit Sicherheit eine Erklärung von mir verlangen. Doch es drängte mich, baldmöglichst zurückzukehren …

An diesem Abend schien kein Mond, weshalb ich mit einer Fackel in der Hand ritt. Zu meiner Linken machte ich den alten Friedhof der Kirche Santa María außerhalb der Stadtmauern aus. Am Vormittag war offenbar Markt gewesen: Auf den Gräbern lagen noch Fischgräten und andere Abfälle. Verschiedenes nächtliches Raubzeug floh, sobald es mich bemerkte.

»Wer da um diese Stunde? Seht Ihr nicht, dass das Tor geschlossen ist? Wir wollen keine Herumtreiber innerhalb der Mauern«, schrie ein junger Bursche, der auf dem Wehrgang seine Runden drehte.

»Du nennst euren Senior Don Vela einen *Herumtreiber*?« Ich erhob den Kopf und die Stimme, damit er mich von hier unten hörte. »Bist du nicht Yñigo, der einzige Sohn von Nuño, dem Kürschner?«

»Unser Senior Don Vela ist tot.«

»Wer behauptet das?«

»Alle hier. Wer bestreitet das?«

»Der Verstorbene. Ist meine Schwester, Donna Lyra, da?«

»Sie übt sicher im Innenhof der Schmiede. Mein Vetter hält ihr die Fackel, ich glaube, sie hat sich geweigert, nach der Eheschließung zu bleiben. Ich gehe sie holen, aber ich schwöre Euch, falls das eine Falle für meine Seniora ist …«

Was für eine Eheschließung?, fragte ich mich.

»Schwöre nicht, Yñigo, sonst muss ich dir die Buße für Gotteslästerung abnehmen. Willst du mich denn noch reicher machen?«, fragte ich lachend.

»Hätte nicht Euer wohlgelittener Bruder Nagorno bekümmert Euren Tod verkündet, ich würde wohl sagen, dass Ihr mein Senior seid. Ihr seid hochgewachsen und kräftig wie er …«

Da hatte ich meine Erklärung: Nagorno. Immer Nagorno. Der allgegenwärtige Nagorno.

»Nun hol schon meine Schwester, ich bitte dich«, unterbrach ich ihn. »Mir friert noch das Gemächt ab.«

Er brauchte eine Weile, daher stieg ich ab und vertrat mir die kältestarren Glieder. Schneite es schon? Die Witterung in Vitoria war rau. Und so waren auch die hiesigen Frauen und Männer.

Nach wenigen Orten hatte ich mich so gesehnt wie nach diesem.

Und Onneca … schlief sie womöglich schon?

Dann sind es wenige Stunden länger, sagte ich mir. Geduld, Diago. Alles zu seiner Zeit. Nach der Pflicht kam endlich wieder das Leben an die Reihe.

Schließlich kehrte Yñigo zurück.

»Unsere Donna Lyra hat gesagt, ich soll Euch das Tor öffnen, sie glaubt, dass Ihr lebt, mein … mein Senior. Ihr sollt sie im Innenhof Eurer Schmiede aufsuchen.«

Endlich gehörten die Nächte unter freiem Himmel der Vergangenheit an. Die stillen Landgüter blieben hinter mir; ein letztes Mal blickte ich mich um.

»Yñigo«, sagte ich, »falls heute Nacht oder im Morgengrauen noch jemand Einlass begehrt, öffne das Tor nicht, sondern benachrichtige mich. Gib auch am Portal del Sur und am Portal de la Armería Bescheid.«

Er nickte und machte sich auf den Weg, diejenigen Einwohner zu benachrichtigen, die an den anderen Toren Wache hielten. Ich ließ mit meinem Ross den Friedhof hinter mir und bog dann in die Rúa de la Astería ab, wo das Haus meiner Familie stand.

Die Velas, unser Geschlecht, hatten bereits seit einem halben Jahrtausend im Norden der Anhöhe ihren Wohnsitz, schon bevor diese den Namen Gasteiz erhielt.

Unsere Eisenhütte hatte die Zeiten überdauert. Zwar war sie zweihundert Jahre zuvor bei jenem verfluchten Brand, den die

Sarazenen bei einem Überfall gelegt hatten, ein Opfer der Flammen geworden, doch wir hatten sie wieder aufgebaut, die Mauern verstärkt, weniger Holz verwendet und weitergemacht.

Meine Familie machte immer weiter, so viel Zeit auch vergehen mochte. Wir hatten die ersten Mauern um diese Ansiedlung errichtet, hatten unserem Haus damit den Rücken gedeckt. Neunzig Menschen hatten fast ein Jahrzehnt lang daran gearbeitet. Der Ort war gewachsen, der Donnerstagsmarkt gegenüber unserer Eisenhütte lockte Händler, Bauern und Gesinde aus allen vier Himmelsrichtungen herbei. Dann war die Kirche Santa María gefolgt, ebenfalls direkt an der Mauer.

Nachts nach dem Torschluss kehrte Ruhe ein in unserer kleinen Stadt. Federleichte weiße Flocken fielen sanft vom schwarzen Himmel, Schnee, der noch nicht auf den Dächern liegen blieb. Auf der Suche nach meiner Schwester betrat ich den Innenhof unserer Schmiede.

Ich sah sie von ferne. Mehrere Fackeln an den Säulen erhellten den Innenhof der Eisenhütte mehr schlecht als recht. Lyra übte häufig, denn ihr lag daran, mit ihrem Schwert mit der gekrümmten Schneide die Nachteile ihres zierlichen Wuchses auszugleichen. Heute Abend hieb sie allerdings mit einer Franziska, einem Einhandbeil, nach Art der Nordländer auf eine Vogelscheuche ein. War es möglich, dass mein guter Gunnarr ihr das beigebracht hatte?

Zwei Jahre hatte ich sie nicht gesehen. Gerührt stieg ich ab und umarmte sie von hinten. »Liebe Schwester, wie habe ich mich nach dir gesehnt …« Weiter kam ich nicht. Mit dem, was dann geschah, hätte ich niemals gerechnet. Ich wurde attackiert von einer Salve Schnabel- und Krallenhieben, ausgeführt mit der Kraft eines Tieres, das aus dem Nichts gesegelt kam – oder besser gesagt vom Dach – und das mir mehrere Büschel meines Haars ausriss.

»Munio, halt ein, ich bitte dich, du bist noch mein Untergang!« Diese Stimme gehörte nicht meiner Schwester.

Die junge Frau, die ich umarmt hatte, war nicht Lyra, wenn sie ihr auch in Aussehen und Wuchs glich. Mehr konnte ich nicht erkennen, hatte ich doch genug damit zu tun, zu verhindern, dass dieser Höllenvogel mir ein Auge auskratzte.

Da pfiff sie laut, wie es einer Frau kaum anstand, und streckte den Arm aus. Der Vogel, eine große weiße Schleiereule, setzte sich darauf, nicht ohne mich ein letztes Mal warnend anzukrächzen.

»Es tut mir leid, mein Herr!«, flehte die junge Frau.

Falls sie ledig war, dann stammte sie nicht von hier, wo die unverheirateten Frauen zwei lange Strähnen neben den Ohren hatten. Auch die Haube der verheirateten Frauen trug sie nicht, was ein interessantes Rätsel darstellte. Offenes dunkelblondes Haar bis auf die Schultern war in dieser Gegend nicht üblich.

»Munio ist mit mir zusammen aufgewachsen. Er hält mich für sein Weib und ist sehr eifersüchtig, er lässt kein männliches Wesen in meine Nähe«, erklärte sie in entschuldigendem Ton.

»Wie heißt Ihr, Seniora?«

»Ich bin Alix, die Hüttenmeisterin.«

»Die Hüttenmeisterin? Als ich fortging, war Angevín de Salcedo der Hüttenmeister.«

»Mein verstorbener Vater, Herr. Auch meine älteren Brüder starben an den Skrofeln, und da kehrte ich aus dem Kloster Leyre zurück, wohin mein Vater mich einige Jahre zuvor geschickt hatte, obwohl ich die Schmiede liebe und in meinen Adern geschmolzenes Eisen fließt.«

»Demnach seid Ihr eine Art Kriegernonne«, versetzte ich lächelnd, als ich sah, wie sie das Beil gepackt hielt.

»Ich war Novizin, aber irgendjemand musste das Kloster ja gegen das Gesindel verteidigen, das sich als Jakobspilger ausgab.«

»Ich brachte sie hierher, lieber Vetter«, ertönte es plötzlich hinter mir. »Deine Schwester Lyra bat mich darum, nachdem Alix' Brüder gestorben waren und niemand übrig war, der ihr mit der Eisenhütte half«, ertönte eine kräftige Stimme in der Dunkelheit.

»Gunnarr? Bist du es wirklich? Ich wähnte, du brächtest Jakobspilger zu den Häfen des Camino Inglés«, sagte ich und lief, ihn zu umarmen.

Lachend trat der Riese mit den weißen Brauen aus den Schatten und hob mich empor, als wäre ich ein Spatz, obwohl ich an allen Höfen, an denen ich gewesen war, die übrigen Männer um zwei Kopf überragt hatte. Gunnarr kam aus einem Zweig unserer Familie, der auf dänischem Boden beheimatet war, doch in Vitoria waren viele insgeheim der Überzeugung, er stamme von Heiden ab, von den Riesen, die unsere Berge in den ersten Zeitaltern bevölkert hatten.

»Ich wusste, dass du nicht tot bist. Wie hättest du sterben können, wo du uns doch alle überleben wirst?«, murmelte er mir gerührt ins Ohr.

»Wer sagt denn, dass ich tot bin?«, fragte ich zum zweiten Mal in dieser Nacht.

»Das musst du deinen Bruder fragen. Eigentlich bin ich zu Nagornos Hochzeit nach Vitoria gekommen. Die Ehe ist bereits geschlossen, Diago«, erzählte er in behutsamem Ton, und ich empfand seine Worte wie eine Beileidsbekundung. »Jetzt vollziehen sie die Ehe. Nagorno und der Brautvater haben darauf bestanden, Zeugen für die Entjungferung zu haben. Lyra wollte nicht dabei sein, und auch ich bin nicht hingegangen. Auch deshalb, weil ich heute Nacht nicht mit schmerzenden Eiern schlafen will. Entscheide selbst, sie sind vor einer Weile hineingegangen.«

In dem Moment trat meine Schwester mit einer Fackel und rußgeschwärztem Gesicht aus der Schmiede. Sie trug dieselbe Lederschürze der Hüttenmeisterin wie an dem Tag, an dem wir voneinander Abschied genommen hatten. Zahlreich waren die Nächte im Osten gewesen, an denen ich unsere schweigsamen Abende am Feuer vermisst hatte.

»Es stimmt, Bruder. Ich gehe da nicht hin«, erklärte Lyra ernst.

Mittlerweile fürchtete ich das Schlimmste, das, was ich niemals gedacht hätte, das Gegenteil dessen, was ich erwartet hatte, als ich mein Ross gen Vitoria gelenkt hatte.

»Wo?«

»Ich glaube, du weißt es bereits: im Haus des Conde de Maestu. Schwöre mir bei Lur, dass ich nicht bereuen muss, es dir gesagt zu haben«, verlangte Gunnarr.

»Es werden keine Köpfe rollen, falls es das ist, was dir Sorgen bereitet.«

»Allerdings bereitet mir das Sorgen. Schwöre es mir!«

»Ich schwöre.«

»Bei Lur.«

Ich seufzte. »Bei Lur. Aber begleite mich nicht, am Ende verteidigst du immer Nagorno.«

»Ich werde dich nicht begleiten, Diago. Dein Wort ist für mich Gesetz, das weiß ich, aber zwinge mich niemals, zwischen Nagorno und dir zu wählen. Er hat mich auf dänischem Boden gerettet, und ich wurde im Osten an seiner Seite zum Mann. Alles, was ich jetzt bin, verdanke ich ihm, das weißt du.«

Zu einem streitlustigen Händler, dessen Wort nichts gilt, dazu hat mein Bruder dich gemacht, mein lieber Gunnarr, dachte ich bei mir, doch ich schwieg. Sinnlos, die alten Auseinandersetzungen wieder aufzuwärmen.

Ich machte kehrt und lenkte meine Schritte durch die Rúa de las Tenderías zum Haus des guten Conde Furtado de Maestu, des Mannes, der mein Schwiegervater hätte werden sollen.

»Alix, begleite ihn!«, hörte ich Lyra hinter mir anordnen. »Verhindere, dass mein Bruder Dummheiten macht. Ich stecke derweil Munio in seinen Käfig.«

Gleich darauf vernahm ich hinter mir leichte Schritte.

»Ich brauche keine Amme, Frau. Kehre an deine Arbeit zurück«, sagte ich und warf ihr einen verstohlenen Blick zu.

Sie hatte sich den Saum ihres langen Rocks über den Kopf geworfen, so dass ihr Haar bedeckt war.

»In Abwesenheit meiner Seniora Lyra diene ich Gunnarr, Senior. Doch mein Senior Diago ist der Herr der Stadt, von daher diene ich in Abwesenheit von Gunnarr Euch.« Sie zeigte mir das Beil, das in den Falten ihrer Kleidung verborgen war, und warf mir einen verschwörerischen Blick zu. »Falls es Euch in den Sinn kommt, Köpfe rollen zu lassen, werde ich an Eurer Seite sein und verhindern, dass man den Euren abschlägt.«

Der Wortwechsel überdrüssig und erschöpft von der langen Reise ließ ich zu, dass sie mir durch die dunkle gepflasterte Straße folgte.

Das Haus des Conde de Maestu war leicht zu finden: Aus seinen Fenstern fiel warmer Kerzenschein, während der Rest der Straße im Dunkeln lag. An der Haustür traf ich auf einen der Diener des Condes. Er musste sich am Türrahmen festhalten, so betrunken war er.

»Wer da?«, brachte er hervor.

»Euer Senior, der Conde Don Vela«, erwiderte ich, der vielen Fragen müde.

»Der Conde Don Vela geht im Augenblick angenehmeren Beschäftigungen nach, ein Stockwerk weiter oben«, gab er mit dieser albernen Nachdrücklichkeit zurück, die Gott den Betrunkenen verleiht.

Ich hob den Ellbogen und drückte mit dem Unterarm seinen Hals gegen die Tür, so fest, dass er mich ernst nahm.

»Ich bin Diago Vela, Remiro, und falls du mich nicht erkennst, dann bist du zu betrunken, um die Tür deines Herrn zu bewachen. Lass mich passieren, sonst erzähle ich ihm von deiner Neigung zum Rioja-Wein«, flüsterte ich ihm verärgert zu.

Der Mann versuchte, Luft zu holen, und erkannte mich endlich.

»Nun, sicher, Ihr seid es. Geht hinein, guter Senior. Man hat Euch sehr vermisst in der Stadt.«

»Wo?«, fragte ich bloß, denn ich hatte es satt, dass man mir ständig den Zugang verwehrte.

»Sie sind in der Schlafkammer.«

Meine Begleiterin folgte mir mit besorgter Miene. Ich stieg die alten Holzstufen, die unter meinem Gewicht ächzten, hinauf zur Schlafkammer, in der ich bereits gewesen war. Ein Dutzend Bürger verstellten mir den Blick auf das, was im verhüllten Bett vorging.

Ich setzte einige Male die Ellbogen ein, und die Leute machten mir Platz. Einige erkannten mich wieder und hielten mich wohl für ein Gespenst. Ich sah Angst in ihren erschrockenen Augen, der eine oder andere bekreuzigte sich. Mir war schon alles gleich. Ich wollte nur noch in Erfahrung bringen, was hinter dem Bettvorhang geschah.

Es war mein Bruder Nagorno, der sich da mit einer Frau vereinigte, ohne den Anstand zu wahren, obwohl er sich doch beobachtet wusste. Die Heilige Römische Kirche verdammte jede fleischliche Vereinigung, bei der nicht der Mann auf dem Weib lag, und sie verurteilte auch die Nacktheit im Bett. Doch er hatte sich seines Hemds entledigt, und ich sah seinen glänzenden braunen Rücken mit den vielen Kampfesnarben.

Links und rechts von ihm war je ein weißer Schenkel zu sehen. Sie hatte das Nachtgewand anbehalten, doch ihrer Miene und ihrem Stöhnen nach zu urteilen, genoss sie den Ansturm meines Bruders.

Zwei Jahre lang hatte ich dieses geliebte Gesicht nicht gesehen, dieses Haar, das so schwarz war wie meines, diese braunen Augen und die blassen Lippen. Onneca zeigte ihre Lust vor den verstörten Blicken der Zeugen, die verängstigte, Schmerzen leidende Bräute gewohnt waren.

Herrgott, Onneca! Wenn sie dich schon gezwungen haben, es vor Zeugen zu treiben, dann tätest du besser daran, die Jungfrau zu spielen, dachte ich.

Ich sorgte mich um sie. Sie vereinigte sich gerade mit meinem Bruder, und dennoch sorgte ich mich um sie.

Keiner der beiden Kämpfenden geizte mit Lustschreien, bis mein Bruder fertig war. Er löste sich von ihr und zeigte allen Anwesenden ohne jede Schamhaftigkeit seine sehnige Nacktheit. Ein Dutzend Köpfe beugten sich vor, neugierig auf das Ergebnis dieses Zweikampfes. Drei auserwählte Hebammen schoben das Tuch beiseite und begutachten das Bett. Und da war er, der Blutfleck, den ihr Vater von ihr erwartete.

Ich atmete auf. Vorübergehend war mir entfallen, wie einfallsreich Onneca war.

Als würde sie etwas so Wichtiges dem Zufall überlassen!

Wir wussten beide, wie man eine Jungfräulichkeit vortäuschte, die nicht mehr gegeben war. Üblicherweise führte man irgendwelche blutigen Hühnereingeweide in den Körper ein, damit auf dem Glied des Bräutigams Blut zurückblieb. Jahre zuvor hatten wir beim Planen unserer Ehe in meinem Bett darüber gelacht, denn wir hatten damit gerechnet, dass ihr Vater den Beweis ihrer Jungfräulichkeit von ihr erwarten würde.

Ich glaube, in diesem Moment erkannte sie mich noch nicht, zu sehr war sie damit beschäftigt, ihre Würde zu wahren und der kranken Neugier unserer Vasallen nicht zu viel zu offenbaren. Doch mein Bruder sah mich sehr wohl. Es dauerte nur eine Sekunde: Unsere Blicke kreuzten sich, er presste die Lippen aufeinander und lächelte in sich hinein, selbstgefällig, würde ich sagen.

Meine Hand fuhr zum Dolch, den mein Umhang verbarg. Nicht ich, sondern meine Wut führte mir die Hand. Eine andere, kleinere Hand hinderte mich daran, ihn zu ziehen.

»Der Conde de Maestu, mein Herr«, warnte sie mich.

Furtado de Maestu trat in diesem Moment in das Gemach ein. Er hielt sich noch immer aufrecht, wenngleich er mir an diesem Abend ein wenig kränklich erschien: Seine einst glänzend schwarze Mähne war nun grau durchzogen und sein Gesicht ein wenig abgezehrt. Nichtsdestotrotz hatte er die schöne Gewohnheit beibehalten, sich so zu kleiden, als verheiratete er täglich eine seiner Töchter. Sein Vermögen verdankte er dem Handel mit grobem Tuch, das in Kastilien jetzt so gefragt war. Dank Maestu war die Zunft der Tuchweber mittlerweile die größte in Nova Victoria, der neuen Stadt: Der Außenbezirk Sant Michel war vor zehn Jahren mit einer Mauer umgeben und dem alten Gasteiz einverleibt worden. Damals hatte uns König Sancho, der Weise, unsere Sonderrechte als Stadt verliehen. Auf dem Papier waren seither beide Bezirke eine einzige Stadt, die Villa de Vitoria, sehr begehrt, da sie dicht an der Grenze lag und den Schlüssel zum Reich darstellte. Doch die Mauern und die drei Tore trennten mehr als Straßen und Gassen.

»Aber wie ist das möglich, mein lieber Diago? Ihr seid am Leben!«, flüsterte er und sah sich vorsichtig um.

»Das war ich immer«, erwiderte ich gekränkt. »Ihr schuldet mir einige Erklärungen, lieber Freund. Wir verabschiedeten uns mit dem Versprechen einer Ehe. Ihr solltet mein lieber Schwiegervater werden, und was bin ich jetzt? Der Bruder des Mannes Eurer Tochter, meiner Verlobten?«

Er bedeutete mir zu schweigen und führte mich in den zweiten Stock, wo wir ungestört waren und niemand mich sah. Ich bat Alix mit einem Blick, bei den übrigen Dorfbewohnern im Schlafgemach zu bleiben. Es gefiel ihr nicht, doch sie gehorchte.

»Ihr habt euch nicht verabschiedet, guter Senior«, warf er mir an den Kopf, als wir allein waren. »Ihr seid einfach verschwunden.«

»Ich hatte meine Gründe, und ich schulde niemandem Rechenschaft.«

»Das fehlte noch. Meine bekümmerte Tochter hat auf Euch gewartet, und ich hielt mich an mein Versprechen, sie für Euch zu bewahren, glaubt mir. Doch dann kam dieses Schreiben mit der Nachricht von Eurem Tod«, sagte er, nachdem er sich mit dem Ärmel die Reste des Festmahls von den Lippen gewischt hatte. Er durchsuchte eine mit Samt ausgeschlagene Truhe und reichte mir ein Schriftstück.

»Wer überbrachte Euch diesen Brief?«, fragte ich, nachdem ich ihn gelesen hatte.

»Ein Bote, nehme ich an.«

»Und warum habt Ihr ihm Glauben geschenkt?«

»Wie denn nicht? Er schildert in allen Einzelheiten den Untergang Eures Schiffes vor der Küste Siziliens.«

Der Schreiber dieses Briefes wusste, wovon nur wenige wussten: von meiner Reise über die Alpen nach Sizilien und dem Sturm, der uns von den anderen Schiffen getrennt hatte. Was mochte er noch wissen?

»Es gab eine Seereise und einen Sturm, das ist wahr. Und wahr ist auch, dass mein Schiff unter dem Ansturm der Wellen zu leiden hatte und unsere Reise vor Sizilien endete. Aber es sank nicht, und niemand starb. Nicht einmal ich, wie Ihr seht. Und aufgrund eines Briefs, den ein unbekannter Bote Euch bringt, übergebt Ihr meine Verlobte meinem Bruder?« In meiner Erregung erhob ich die Stimme.

»Pst! Wahrt den Anstand, Ihr seid in meinem Haus, und die Mehrheit der Geladenen hat Euch noch nicht gesehen. Wir werden sehen, wie wir diese missliche Lage handhaben. Aber um Eure Frage zu beantworten: Ich schenkte dem Brief Glauben, weil er das königliche Siegel trug. Allerdings habe ich den Umschlag mit dem Siegel nicht aufbewahrt. Das erschien mir nicht nötig. Aber hier seht Ihr das Tatzenkreuz seiner Unterschrift.«

Ich las den Brief zu Ende und musste mich räuspern.

»Dann ist Don Sancho, der Weise, König?«

»Er herrscht über uns, oder kennt Ihr noch einen König von Navarra?«

Das kann nicht sein. Er kann meine Zukunft nicht so grausam zunichtemachen nach allem, was ich für ihn getan habe!

»Geht schlafen, mein lieber Diago. Die Nacht ist schon fortgeschritten, und Ihr wirkt müde von der Reise. Ihr habt Blut im Haar, und hier könnt Ihr nicht bleiben, ohne Aufsehen zu erregen. Lasst Euren alten Freund die Eheschließung seiner Tochter feiern, wie es sich gehört. Morgen sehen wir dann, wie wir dieses Unrecht wiedergutmachen. Ich fürchte, Ihr habt drängendere Probleme als den Umstand, dass Euer Bruder Euch die Frau, die die Eure sein sollte, geraubt hat. Als der neue Conde Don Vela lenkt Nagorno auch mit fester Hand die kürzlich nach Nova Victoria gekommenen Adeligen. Nach Meinung der alteingesessenen Bürger begünstigt er sie allzu sehr. Und wenn mein Sohn, dieser Narr, weiter Kreuzfahrer spielt und ohne Nachkommen bleibt, sollen Onnecas Kinder die nächsten Condes de Maestu sein, so habe ich es heute im Ehevertrag festgesetzt. Diese Ehe wird den Besitz, welcher der Eure war, mit dem meinen vereinen, und besagte Kinder werden die Herren über all das, was sich innerhalb dieser Mauern befindet.«

3

DIE DÄCHER VON SAN MIGUEL

Unai · *September 2019*

Rasch stieg ich die enge Treppe von den Toiletten hinauf zum Veranstaltungssaal, vor dem Alba mich erwartete.

»Wir müssen einen Einsatz auf die Beine stellen! Schnell!«, sagte ich, als ich bei ihr war. »Alle Ausgänge müssen abgeriegelt werden. Wir haben ein Todesopfer und vermuten, dass der Mann vergiftet wurde.«

Alba nahm ihr Handy und tätigte diverse Anrufe. Die Türen zum Saal blieben geschlossen, so dass die Besucher der Buchpräsentation isoliert waren, ohne zu wissen, was wenige Meter von ihnen entfernt geschehen war.

Mit einem Mal sah ich einen Schatten die Treppe hinaufhuschen. »Bleib hier«, flüsterte ich Alba zu. »Ich meine, ich hätte da jemanden gesehen, eine … eine Nonne?«

Ich lief an einem gewaltigen Fenster mit Blick auf die Rückseite der Kirche San Miguel vorüber und dann möglichst geräuschlos die Treppe hinauf in den dritten Stock.

»Halt! Stehen bleiben!«, schrie ich.

Es war tatsächlich eine Nonne in weißem Habit und mit schwarzer Haube, die meinen Ruf missachtete und auf einen Notausgang zueilte. Ich reagierte mit einigen Sekunden Verzögerung. Vielleicht hatte ich nicht damit gerechnet, dass sie so flink war. Dann stürzte ich hinaus auf eine Terrasse ganz in der Nähe der Kirchendächer. Die Nonne sprang bereits von Dach zu Dach, und der Abstand zu ihr wurde immer größer.

»Halt!«, schrie ich noch einmal. Ich würde sie nicht einholen können, das war mir klar, also änderte ich meine Strategie und versuchte, ihr den Weg abzuschneiden.

Die Nonne erreichte das Ende des Kirchendachs. Ihr blieb nichts anderes übrig, als zu Boden zu springen, wo zwischen dem Palais und der Kirche zwei schmale Rampen verliefen. Dort konnte sie nicht weg. Die von Lavendelbeeten gesäumten Rampen endeten auf Höhe der restaurierten mittelalterlichen Holzmauer. Ich sprang bis zur tiefsten Stelle einer der Rampen, verbarg mich im Schatten und wartete auf die Frau.

Die Nonne sprang ebenfalls aus einer Höhe von einigen Metern herab und rollte sich ab. Jetzt gehörst du mir, Schwester, dachte ich. Ich rannte auf sie zu, doch sie stand auf und lief einen der Stege hinauf. Hastig folgte ich ihr, aber als ich um die Ecke bog … war sie verschwunden. Sie hatte sich in Luft aufgelöst.

Hier konnte sie sich nirgends verstecken. Die Lavendelsträucher waren niedrig. Die Rampe endete an der Stadtmauer.

»Halt!«, schrie ich erneut.

Vergeblich. Ebenso vergeblich wie meine Suche, bei der ich ein ums andere Mal die Rampen und die Beete ablief.

Ich rief Alba an. »Alba, benachrichtige den Hausmeister. Ich sitze bei den Stegen zwischen Palacio und San Miguel fest, unterhalb der restaurierten Stadtmauer.«

»Ich versuche hier einen Einsatz zu koordinieren. Wo bleibst du denn?«

»Befrag alle, die sich im Palacio aufhalten«, sagte ich, »frag, ob den Leuten jemand aufgefallen ist. Die Plaza del Matxete muss auch abgesperrt werden, und wir müssen mit allen, die auf dem Mittelaltermarkt arbeiten, reden.«

»Wonach suchen wir denn?«

»Nach einer Nonne. Aber fragt nicht direkt danach. Die Kollegen sollen sie nicht erwähnen, es sei denn, jemand erzählt von sich aus über sie. Ich will nicht, dass die Leute sich etwas ausdenken.«

4

DAS PORTAL DEL SUR

Diago Vela · *Im Jahr des Herrn 1192, Winter*

Ein Schrei zerriss meine durchwachte Nacht. Der Schrei einer Frau. Im Tagesanbruch waren bereits die Umrisse des Wehrgangs zu erkennen. Ich fand keinen Trost in meinem alten Bett. Es war leer und eisig, wie mit Raureif überzogen. Das Feuer im Kamin meines Schlafgemachs war erloschen, die morgendliche Kühle hielt mich wach. Wenigstens träumte ich nicht von Schiffbrüchen.

»Sie haben den Conde gefunden! Sie haben den Conde gefunden!«, ließen sich Rufe aus Richtung der Rúa de las Tenderías vernehmen.

Ich öffnete die Truhe, die einst mir gehört hatte, wählte Kleidung aus, die nicht allzu häufig getragen worden war, denn ich wollte nicht erneut für einen Herumtreiber gehalten werden. Dann wusch ich mich mit dem Wasser in der Waschschüssel und lief die Treppe hinab.

Die Frage nach dem Wo erübrigte sich. Ich musste einfach nur den bestürzten Rufen der Nachbarn folgen. Also zum Portal del Sur, dachte ich. Gleich darauf stand ich am Fuße der Mauer, neben dem Tor. Hinter der Mauer erhob sich der Turm der Kirche Sant Michel, gleichgültig gegen die Tragödie.

Einige Köpfe umringten den Toten. Ich drängte mich zwischen ihnen hindurch. Er war bereits ziemlich kalt, als ich bei ihm ankam. Der, der mein Schwiegervater hatte sein sollen und es nicht geworden ist.

Der Conde Furtado de Maestu. Als ich mich gestern Abend von ihm verabschiedet hatte, hatte er nicht gerade kerngesund gewirkt, sondern unruhig und ausgezehrt. Einer seiner Ärmel hatte nach frisch Erbrochenem gestunken. Er hatte sich damit über den Mund gewischt. Ich hatte es mir mit dem Festessen und dem reichlich geflossenen Wein erklärt.

Doch einen solchen Anblick hatte ich schon einmal gesehen.

Ich hatte das schon einmal gesehen, musste mich aber vergewissern. Nur wie, inmitten eines solchen Menschenauflaufs?

Ich trat näher heran. Der dunkle Stoff seiner Kleidung verbarg den Fleck gut.

Dennoch sah ich es: Dieser Mann hatte beim Wasserlassen geblutet.

Da sah ich sie. Alix de Salcedo, zum Glück ohne ihre angriffslustige Schleiereule. Das Haar trug sie diesmal unter einer sehr auffälligen Haube mit drei Spitzen verborgen, doch die Befriedigung meiner Neugier hob ich mir für später auf. Mit einem Blick bat ich sie zu mir.

»Er ist ein gerechter Mann gewesen. Ich dachte, er würde an Altersschwäche sterben«, bemerkte sie leise, ohne den Blick von der bereits steifen Leiche abzuwenden.

»Könntet ihr mir ein Kaninchen beschaffen?«, flüsterte ich.

»Tot oder lebendig?«

»Der Balg genügt mir.«

»Ich glaube nicht, dass sie mich im Augenblick aus der Stadt lassen, aber der Sohn des Metzgers hält welche auf seinem Hof. Kaufen oder stehlen?«

Ich ließ zwei Sueldos in ihre Hand gleiten. Sie hatte die Schwielen eines Menschen, der Waffen trägt und mit ihnen übt und der auch den Hammer schwingt.

»Wo bringe ich ihn hin?«

»Zum Haus des Conde. Wir treffen uns dort.«

Sie war fort, ehe ich mich wieder umgedreht hatte.

»Jeder geht zurück an seine Arbeit!«, befahl ich. »Und jemand soll einen Karren und ein Zugtier holen, wir müssen den guten Conde nach Hause schaffen.«

»Seid Ihr es, unser Senior, Don Diago Vela?«, fragte der Armbruster.

»So ist es, Paricio. Man hat Euch fälschlich von meinem Tod benachrichtigt, ich weiß. Doch ich bin zurückgekehrt. Und während ich in Ordnung bringe, was ich in der Stadt hinterließ, werden wir uns um diesen Notfall kümmern. Tut kund, dass ich wieder hier bin. Ich werde mich um Eure Angelegenheiten kümmern, wie ich es immer tat.«

»Das tut jetzt Euer Bruder, der Conde Nagorno. An wen sollen wir uns wenden?«

Ich täuschte Gelassenheit vor. Lächelte. »An mich, ohne jeden Zweifel. Er wird sich um alles kümmern, wenn ich wirklich tot bin.«

Alle lachten erleichtert.

Jemand lud sich den Conde de Maestu auf die Schulter, trug seine Leiche die alte Treppe hinauf bis ins Hauptgeschoss und legte sie in dasselbe Bett, in dem nur Stunden zuvor seine Tochter die Ehe mit meinem niederträchtigen Bruder vollzogen hatte.

»Ist die Hüttenmeisterin schon hier?«, fragte ich, während ich den Verstorbenen entkleidete. In diesem Augenblick erschien Alix de Salcedo mit einem weißen Kaninchen in der Hand.

»Hinaus alle miteinander«, befahl ich.

Zwei Nachbarn, die mich begleitet hatten, sowie Remiro, der alte Diener des Conde, gingen die Treppe hinab, die unter ihrem Gewicht knarrte und ächzte.

Alix gehorchte nicht, sondern warf mir einen Blick zu, den ich mir wie folgt übersetzte: Ich rühre mich nicht vom Fleck.

»Wie Ihr wünscht. Könnt Ihr rasieren?«

»Ich habe meinen Vater und meine beiden Brüder rasiert. Ich habe eine ruhige Hand.«

»Es genügt, wenn Ihr das Kaninchen rasiert.«

»Senior?«

»Entweder dies, oder ich rasiere das Kaninchen, und Ihr schlitzt den Toten auf. Wir werden uns beeilen müssen, damit uns niemand daran hindert.«

Alix zog einen Dolch und stellte keine weiteren Fragen. Sie trat ans Fenster, um mehr Licht zu haben, und ich schob Furtados Tunika nach oben, um mit der Aufgabe zu beginnen, ihm einen Teil seiner Eingeweide zu entnehmen.

Ich fasste sie mit einem Tuch an, um sie nicht zu berühren, und legte sie in die Waschschüssel.

»Bringt mir den Kaninchenbalg, Alix. Wir werden damit die Eingeweide abreiben.«

»Was sucht Ihr?«

Auf dem rasierten Teil des Kaninchenbalgs bildeten sich Blasen.

»Das, was gerade passiert ist. Ein Arzt aus Pamplona hat es mich vor Jahren gelehrt. Das ist die Wirkung des Ölkäfers, wenn man zu viel davon einnimmt.«

»Ist das dieses braune Pulver, das die Soldaten in Bordellen nehmen, wenn ihre Männlichkeit versagt?«

Ich lächelte.

»Ihr wisst eine Menge für eine Novizin. Eure Brüder, nicht wahr?«, fragte ich und überging das Rätsel der Haube mit den drei Spitzen.

»Meine Brüder, Senior. Kann ich es mir wenigstens vor Euch sparen, so zu tun, als würde ich rot? Es ist anstrengend, eine brave Christin zu sein.«

»Ihr braucht nicht so zu tun. Ich bin darüber hinaus, Anstoß zu nehmen. Hatte der alte Conde eine Geliebte?«

»Es heißt, seit er Witwer wurde, habe er am Grab der Condesa geweint und lieber an einem kalten Altar gebetet, als sich in einem warmen Bett zu vergnügen.«

»Also hatte er keinen Bedarf an diesem Pulver.«

»Ehrlich gesagt fällt mir kein Mann ein, dem fleischliche Gelüste ferner lagen als dem Conde.«

»In diesem Fall muss man nach jemandem suchen, der sich mit Giften auskennt …«, murmelte ich, nachdem ich die Eingeweide des Conde wieder in seine Bauchhöhle gestopft und ihm die Tunika mit dem Gürtel gerichtet hatte. »Könnt Ihr das Blut abwaschen, Euch des Kaninchens entledigen und über das, was Ihr hier gesehen habt, Stillschweigen bewahren?«

Alix befolgte meine Anweisungen so tüchtig wie eilig. Dabei wirkte sie nicht unterwürfig, im Gegenteil, auf mich machte sie sogar einen ein wenig unbändigen Eindruck. Sie erinnerte mich an meine Schwester Lyra, die unbeherrschbare Lyra.

Ich traf Nagorno in der kleinen Werkstatt an, die neben der Schmiede unserer Familie errichtet worden war. Nagorno hätte ein bedeutender Goldschmied werden können, wenn er nicht in eine Familie mit Sonderstellung hineingeboren worden wäre.

Er bearbeitete gerade mit einem feinen Hammer eine Brosche aus Gold mit Glasschmelz. Ein sich aufbäumender Adler kämpfte gegen eine Schlange, die sich ihm um den Hals gewunden hatte.

»Ist dieses Schmuckstück für dein Weib? Du weißt, dass Prahlsucht der Kirche neuerdings nicht gefällt«, sagte ich.

»Du brauchst nicht anzuklopfen, Bruder«, erwiderte er. »Für dich ist immer geöffnet. Papst Coelestin III. hat Händlern, die zu Geld gekommen sind, gerade Pelze, Edelsteine und Gürtel mit Schnallen verboten. Aber meine Frau stammt aus einem alten Geschlecht und wird meine Geschenke nicht verstecken. Ich freue mich, dass du lebst, lieber Diago.«

»Gestern, als du noch dachtest, ich sei tot, wirktest du erfreuter«, bemerkte ich und setzte mich auf die Werkbank, an der er arbeitete.

Seufzend hielt Nagorno inne. »Höre ich da Bitterkeit, Diago?

Ich habe es für unsere Familie getan. Irgendjemand musste ja das Durcheinander richten, das du vor zwei Jahren hinterlassen hast.«

»Indem du die mir Versprochene heiratest?«

»Du bist gegangen, ohne irgendeine Erklärung abzugeben, nur ein ›Ich komme wieder‹, das im Lauf der Monate immer weniger glaubwürdig wurde. Wirst du mir sagen, warum du fortgingst?«

»Das kann ich nicht, Nagorno. Der weise König hatte mich unter feinsinnigen Drohungen mit einer Aufgabe betraut, und ich konnte mich nicht weigern. Die Reise erwies sich als viel schwieriger, denn zu erwarten gewesen war. Ich bin nicht einmal an den Hof von Tudela zurückgekehrt, aus Angst, er könnte mir Gott weiß welchen neuen gefährlichen Auftrag erteilen. In ein paar Jahren kann ich dir vielleicht anvertrauen, was geschehen ist und worin ich verwickelt war, doch nicht jetzt«, log ich, denn ich musste in Erfahrung bringen, wie viel er wusste.

»Na schön«, gab Nagorno zurück, der wusste, wann es sinnlos war, Druck auszuüben. »So sehr plagt es dich, dass ich Onneca geehelicht habe? Für mich hat es ein gewisses Opfer bedeutet. Du weißt, dass ich es nicht ertrage, verheiratet zu sein. Wie oft bin ich schon verwitwet?«

»Zu oft«, flüsterte ich.

»Wenn ich nur gewusst hätte, dass du lebst, wenn ich nur diese Gewissheit gehabt hätte, hätte ich nicht geheiratet. Aber Onneca hatte zwei Heiratsanträge nacheinander zurückgewiesen. Du weißt, dass sie nach dem Gesetz von Navarra verpflichtet war, den dritten anzunehmen.«

»Wer machte ihr diese beiden Anträge?«

»Der Senior von Ibida, Bermúdez de Gobeo, und Vidal, der Sohn des Senior von Funes.«

»Ein Greis und einer, der noch grün hinter den Ohren ist. Kein Wunder, dass der Conde sie zurückwies.«

»Das Onneca sie zurückwies«, berichtigte er mich. »Unterschätze sie nicht.«

»Das tue ich nie. Auch ihre Ländereien hätten dem Vater nicht viel gebracht. Niederer Adel …«

»Begreifst du jetzt, dass ich dir einen Gefallen getan habe, Bruder?«

»Du schienst es zu genießen.«

»Jede Strafe verdient eine Entschädigung. Ich kann es kaum erwarten festzustellen, wie unsere Dame ungestört und ohne Zeugen ist … aber du kannst es mir sicher sagen.«

»Das wird mich nie wieder etwas angehen, wie du selbst gesagt hast«, sagte ich lächelnd. Ich musste lernen, dieses Lächeln besser vorzutäuschen.

»Nein … nein, das ist es nicht. Du hast gesehen, dass mein Weib mir zugetan ist. Das nagt an dir. Ich kenne dich. Bisher hattest du nie Grund, an dir zu zweifeln, aber jetzt … Ich weiß die Feinheiten deines Ärgers zu unterscheiden, und da ist er, kaum wahrnehmbar: der Selbstzweifel – nach dem, was du gestern sahst.«

Ich ignorierte die versteckte Spitze. Nagorno tastete nur meine Schwachpunkte ab. Wie ein Schwert, das an der Schulter trifft, am Oberschenkel, am Rücken, in der Hoffnung, dass der Krieger sich krümmt, weil die Rüstung eine aufgeplatzte Narbe verbirgt.

In der gerade vergangenen schlaflosen Nacht hatte ich meine Wunde genäht.

Die Wunde namens Onneca blutete nicht mehr. Die Welt durfte nichts von ihr wissen, das würde mich schwächen. Und diesen Vorteil durfte ich unseren Feinden nicht gewähren.

Ja, es gab Feinde, und die Frage war: Wie nahe waren sie mir in diesem Augenblick?

»Du weißt, dass du ihr einen Erben schenken musst …« Jetzt stocherte ich meinerseits in einer wohlbekannten Wunde.

Seine Miene blieb unverändert, ein Anzeichen dafür, dass ich ihn tiefer getroffen hatte, als ich gedacht hatte.

»Das erwartet man selbstverständlich von mir.«

»Und wie gedenkst du, das zu tun, Bruder?«, hakte ich nach.

»Alles zu seiner Zeit, *Bruder*.«

»Nun gut. Ich werde nicht an deiner Fähigkeit zur Täuschung zweifeln, du wirst dir zu helfen wissen. Reden wir von etwas anderem. Was weißt du über das Schreiben, das mich zum verblichenen Conde Don Vela machte?«

»Der Bote war wie ein Trugbild, auf dem Wehrgang gab es widersprüchliche Aussagen. Als ich hinlief und nach ihm fragte, konnte sich niemand an sein Aussehen erinnern. Zwei der Wachmänner behaupteten, sie hätten ihn bei Einbruch der Dunkelheit nahe dem Portal del Sur gesehen. Ich ließ ihn verfolgen, aber als er den Mühlbach überquert hatte, verschwand er.«

Jetzt war meine Geduld erschöpft. »Du hättest ihn selbst verfolgen müssen! Du hättest seine Spur nicht verloren!«, schrie ich.

»Das Schreiben war für den Conde Maestu bestimmt. Du weißt, dass ich ein Auge für Fälschungen habe …«

»Was du nicht sagst.«

Er lächelte. Manche Sünden reizten ihn mehr als andere. Hochmut hatte ihn noch nie gestört.

»Er sagte, er habe das königliche Siegel einigermaßen gründlich betrachten können, Diago.«

»Man kann alles fälschen.«

»Man kann alles fälschen«, räumte er ein. »Ich selbst habe es dir gezeigt. Aber es war ein Brief von König Sancho VI., dem Weisen, höchstselbst. Und wenn man sein Siegel fälscht, tut man das auf die Gefahr hin, wegen Hochverrats an den Galgen zu kommen. Gib zu, es ist nicht sehr wahrscheinlich, dass jemand das wagt. Was hätte ich machen sollen, Bruder, als dich zu beweinen, nach vorn zu blicken und mich um das zu kümmern, was unsere Familie erreicht hat?«

Seiner ganzen Falschheit überdrüssig, packte ich ihn am Hals. Ich wollte ein echtes Gespräch mit meinem Bruder, keine Abfolge von Unaufrichtigkeiten.

»Denk ja nicht, ich würde dir glauben, dass du mich für tot gehalten hast. Du und ich, wir haben gemeinsam genügend schwere Zeiten durchgemacht, um zu wissen, dass wir nicht so leicht zu Fall zu bringen sind«, sagte ich. »Ich muss in Erfahrung bringen, wer dieses königliche Schreiben geschickt hat.«

»Du glaubst wirklich, dass es nicht vom König war?«

»Ich sehe keinen Grund, warum er mir das hätte antun sollen.«

»Ich weiß, du glaubst mir nicht, aber ich war es nicht.«

Nein, ich glaube dir nicht, Nagorno. Du bist der Herr der Lügen. Wie sollte ich dir glauben, wo ich dich seit unserer Kindheit kenne? Doch diesen Gedanken behielt ich für mich, denn hier gab es nichts zu gewinnen. Ich wechselte das Thema.

»Da ist noch etwas. Du hast unseren geliebten Gunnarr kommen lassen.«

»So ist es.«

»Wofür?«

»Die üblichen Geschäfte. Am Hof von Tudela herrscht Nachfrage nach dem Horn des Einhorns.«

Das Horn eines Einhorns, das vielen vertrauenswürdigen Quellen zufolge das beste Mittel für Männer war, deren Glied nicht hart werden wollte, war nicht zu finden. Gunnarr brachte von seinen Fahrten über die Nordmeere einen zweckdienlichen Ersatz mit, und niemand bemerkte den Unterschied.

»Der Stoßzahn des Narwals ist das einzige den Geschlechtstrieb anregende Mittel, nach dem man am Hof verlangt?«

»Es ist das teuerste und das einzige, was sich für mich lohnt.«

Meinen Verdacht hinsichtlich des Ölkäfers verschwieg ich ihm einstweilen. Dieses Tier war in Navarra nicht anzutreffen, sondern bewohnte wärmere Gegenden. Jemand musste es von weither mitgebracht haben. Aber Vitoria war eine Stadt der Händler. Hatten Nagorno oder gar Gunnarr etwas mit dieser Bestellung zu tun?

Die Totenglocke wurde geläutet.

»Vom Tod meines Schwiegervaters hast du sicher erfahren«, sagte er da.

»Unmöglich, in diesem Dorf etwas nicht zu erfahren. Wie nimmt Onneca es auf?«, fragte ich ihn.

Nagorno wich meinem Blick aus.

»Es geht ihr nicht gut, sie leidet«, murmelte er, bekümmert, hätte ich gesagt.

Befremdet verzog ich das Gesicht. Onneca war ihm wichtig?

»Die Bestattung des Conde beginnt zur Stunde des Angelusgebets«, fuhr er in eisigem Ton fort. »Ich habe einen Chor von Klageweibern bezahlt. Vermutlich wird das ganze Dorf zum Haus des Conde kommen, wie es bei uns Sitte ist … die *Cabezada*. Es wäre gut, wenn sie uns zusammen sehen.«

»Du hast Klageweiber verpflichtet?«

»Der Conde verdient sämtliche Ehrungen, die ich bezahlen kann. Ich vergesse nicht, dass er ein Mann von Ehre war. Onneca ist jetzt in seinem Schlafgemach und hält die Totenwache. Ich bestehe darauf: Es wäre gut, wenn sie uns zusammen sähen. Die Obrigen der Stadt werden alle kommen, ebenso der Richter, der Henker und der Geistliche unserer Kirche Santa María. Ich habe verfügt, dass er auf unserem Friedhof bestattet wird. Wir sind schon eine Familie, er wird umgeben von unserem Blut, von anderen Velas, ruhen.«

Ich nickte. Ausnahmsweise war ich mit Nagorno einer Meinung.

Als wir die kleine Werkstatt verließen, entging mir nicht, wie er die Brosche, die er Onneca schenken wollte, in eine verborgene Tasche seiner prächtigen roten Tunika steckte.

Zwischen Marktbuden und Schweinen, Wasserträgerinnen

und Krämerinnen hindurch gingen wir Richtung Cantón de la Armería. Schon von weitem sahen wir den Auflauf der Leute, die gekommen waren, um der Familie des Conde ihr Mitgefühl auszusprechen. Alle waren da, die Einwohner von Nova Victoria und sogar die des Bezirks der Messerschmiede außerhalb der Stadtmauern.

Bei der alten Sitte der *Cabezada* standen die Angehörigen beim Toten, der in seinem Schlafgemach aufgebahrt war. Die Ärmsten bahrten ihre Toten auf dem Tisch auf, an dem sie sonst aßen und der üblicherweise lediglich aus einer Holzplatte bestand, die jeden Abend, wenn die Familie sich zum Nachtmahl zusammensetzte, auf- und wieder abgebaut wurde. Dann kamen nacheinander die Nachbarn herein und sprachen den Angehörigen ihr Mitgefühl aus, und diese antworteten mit einem Nicken – eben der *Cabezada*. Es war ein langer, langweiliger und lästiger Brauch, aber er war in der Gegend seit Jahrhunderten fest verankert und nicht auszurotten.

»Und die übrigen Kinder des Conde kommen nicht zur Bestattung?«, fragte ich Nagorno.

»Ich bezweifle es. Sein Erstgeborener, dieser Narr, ist in Edessa und tötet Ungläubige. Die beiden kleinen Töchter mussten das Gelübde der Finsternis ablegen.«

»Alle beide?«, fragte ich ein wenig befremdet.

Nagorno machte sich nicht einmal die Mühe zu antworten. Er war in Gedanken wohl bereits bei dem Totenbrauch, dem er gleich vorstehen würde, und blieb in der Nähe der Haustür, um zu verfolgen, wer alles eintrat.

Die Familientradition der Einmauerung war mir bekannt. Wenn die Condes zu viele Töchter hatten, ließen sie sie in irgendeiner Kirche in der Nähe einmauern. Man trennte einen kleinen Raum ab, in dem die Mädchen oder Frauen ihr Leben in vollständiger Abgeschiedenheit dem Gebet widmeten. Manche aus Überzeugung. Andere nicht so sehr.

Ich wollte schon eintreten, aber Nagorno packte mich unauffällig am Arm und flüsterte mir ins Ohr: »Du hast mich noch nicht danach gefragt. Ist das vielleicht ein Waffenstillstand?«

»Ich habe dich noch nicht gefragt, ob du es warst, der den guten Conde umgebracht hat? Meinst du das? Du hättest starke Gründe, du hättest die Mittel dazu, und an Einfallsreichtum hat es dir noch nie gemangelt«, bestätigte ich.

»Ist es ein Waffenstillstand?«

»Ja.«

»Warum?«

»Weil auch du mich noch nicht danach gefragt hast«, gab ich zurück.

Dann betraten wir schweigend das angesehene Haus, während die Leute sich am Fuß der schmalen Holztreppe drängten. Die einen gingen nach oben, die anderen kamen wieder herab. Dieser Brauch würde uns den gesamten Vormittag beschäftigen.

Ich stellte mir Onneca vor, allein bei der Leiche ihres Vaters – einer Leiche, die ich entweiht hatte, und fühlte mich ein wenig schuldig.

Doch in diesem Augenblick fiel uns ein hölzernes Inferno auf den Kopf. Die alte Treppe gab unter dem Gewicht des halben Dorfes nach. Es gab einen ohrenbetäubenden Krach, und dann wurden wir unter einem Durcheinander aus Holztrümmern und blutigen Leibern begraben.

5

DIE CALLE PINTORERÍA

Unai · *September 2019*

Unnötig zu erwähnen, dass weder meine Chefin noch ich in dieser Nacht zur Ruhe kamen.

Der vorläufige Obduktionsbericht ließ nicht allzu lange auf sich warten. Angesichts des bevorstehenden Wochenendes räumten wir ihm oberste Priorität ein.

Aber das Opfer … das Opfer hatte es auf sämtliche Titelseiten des Landes geschafft. Die Privatsphäre, die dem Mann zu Lebzeiten so wichtig gewesen war, verschwand im Abfluss des Obduktionssaals. Antón Lasaga, Inhaber und Gründer eines Modeimperiums, das drei Jahrzehnte zuvor in einer kleinen Kurzwarenhandlung in Vitoria begonnen hatte.

Schals.

Er hatte mit Wollschals begonnen.

Irgendwann hatte er es sattgehabt, von den Herstellern abzuhängen, und in einer leerstehenden Lagerhalle im Gewerbegebiet selbst eine Produktion aufgezogen. Nach den Schals kamen Winterjacken und Mäntel aus gutem Tuch, und innerhalb weniger Jahre expandierte er landesweit. Über ihn selbst war nichts bekannt und über seine Familie nur sehr wenig. Manche Leute spekulierten, er lebe in Madrid und nehme jeden Morgen einen Privatjet, um zum Frühstück in seinem Betrieb in Vitoria zu sein. Sein ganzes Umfeld war von der Presse abgeschirmt, und das einzige Foto, das den Medien zur Verfügung stand, hatte schon zwei Jahrzehnte auf dem Buckel. Wenn er heute Morgen auf der Calle

Dato einen Kaffee getrunken hätte, hätte ihn niemand erkannt. Niemand.

In den wenigen Stunden, die seit seinem Ableben vergangen waren, hatten wir sein Vermögen recherchiert: Er war eine Art großer Gatsby Nordspaniens. Besitzer von Ländereien in Álava, Biskaya, Kantabrien, Gipuzkoa und Burgos. Weinberge in der Rioja Alavesa und in Navarra. Trotz seiner siebenundsechzig Jahre hatte Antón Lasaga die Leitung seines Unternehmens noch nicht abgegeben. Einer von denen, die bis zum letzten Atemzug arbeiteten.

Die Rechtsmedizinerin hatte versprochen, uns am Nachmittag ihre Befunde zu schicken, aber Estíbaliz rief sie in der soundsovielten Demonstration ihrer legendären Ungeduld von Albas Büro aus an und stellte auf Lautsprecher.

Draußen vor dem Fenster vergoldete die Sonne die Blätter der Bäume, und eine leichte Brise versetzte die Plakate auf der Avenida in Bewegung.

»Doctora Guevara, danke nochmals für die schnelle Arbeit«, sagte Alba, während sie sich das schwarze Haar zu einem festen Zopf flocht, wie sie es wohl zwanzigmal am Tag tat. »Was können Sie uns jetzt schon sagen?«

»Guten Tag, Subcomisaria. Ich kannte den Mann. Er wurde vor einem knappen halben Jahr Witwer. Ich war mein Leben lang mit seiner Frau befreundet. Eine Schande, er war ein sehr kultivierter und uneitler Mensch.«

»Haben Sie die Todesursache feststellen können? Inspector López de Ayala und ich hatten auf der Toilette, wo er gefunden wurde, einen seltsamen Geruch an ihm wahrgenommen«, erzählte Estíbaliz. »Haben Sie irgendetwas Ungewöhnliches gefunden?«

»Allerdings: Die Speiseröhre war völlig verätzt. Die Harnblase ebenfalls. Er muss sich schon Stunden vorher sehr schlecht gefühlt haben. Beschwerden beim Urinieren, Übelkeit. Ich kann

Ihnen sagen, dass er sich am letzten Tag seines Lebens mindestens einmal übergeben hat.«

»Und trotzdem ist er zu der Präsentation gegangen«, warf ich ein.

»Er war sehr zäh. Sicher hat er gedacht, er hätte bloß Verdauungsstörungen und eine Harnwegsinfektion und hat nicht viel darauf gegeben.«

»Und was war also die Ursache seines Ablebens?«, fragte ich.

»Eigentlich eine Ruptur der Aorta. Es war das Herz, was nicht mehr mitgemacht hat.«

»Aber Ihren Worten entnehme ich, dass er irgendeine Substanz zu sich genommen hatte, die diese inneren Verletzungen verursacht hat.«

»Das ist meine Vermutung, aber ich warte noch auf den toxikologischen Bericht. Es kann nicht mehr lange dauern. Offen gesagt habe ich schon vor einer Stunde damit gerechnet. Denn ich habe noch nie eine solche Verwüstung an inneren Organen gesehen. Es muss ein sehr aggressiver Stoff gewesen sein. Ich wollte Ihnen gegenüber keine Hypothese wagen, aber Inspector López de Ayala rief mich gestern Abend an und bat mich, die Ergebnisse mit einer bestimmten Substanz zu vergleichen. Falls er recht behält, ersparen wir uns stundenlanges Suchen.«

»Welche Substanz, Unai? Kannst du mir das sagen?«, fragte Estíbaliz.

»Ja, ich hatte es dir schon sagen wollen, bevor ich ins Büro kam, aber es gab so vieles zu berichten, dass ich priorisieren musste.«

Dann erläuterte ich meine Theorie, aber laut ausgesprochen klang sie nicht mehr so plausibel wie in meinem Kopf. Estíbaliz sah mich an, als hätte ich den Verstand verloren. Alba zuckte die Achseln. Ich ignorierte ihre Zweifel. Mittlerweile war ich daran gewöhnt, dass sie meinen Theorien zu Beginn eines Kriminalfalls nicht trauten. Aber so arbeitete ich nun einmal: Ich streckte meine Fühler in alle Richtungen aus, bis ich auf eine fruchtbare Ermittlungslinie stieß, die man verfolgen konnte.

»Wie das Ergebnis auch ausfallen mag: Wenn sich bestätigt, dass der Mord mit einem Gift verübt wurde, müssen wir in Erfahrung bringen, was er zuletzt zu sich genommen hat. Wo er am Tag seines Todes und in den vierundzwanzig Stunden davor gefrühstückt, zu Mittag und zu Abend gegessen hat«, sagte Alba.

»Und mit wem«, ergänzte Estíbaliz.

»Würden Sie mir eine Vermutung bestätigen, Doctora?«, warf ich ein. »Das Opfer litt unter dem Marfan-Syndrom, nicht wahr?«

»So ist es. Verlängerte, schmale Extremitäten, Trichterbrust, Skoliose, Plattfüße, schmaler Kiefer, Iriskolobom … Und eine Aorta mit schwachen Wänden. Ich weiß nicht, was er zu sich genommen hat, aber die gewaltsame Gefäßerweiterung, die dadurch bewirkt wurde, hat er nicht überlebt. Ein Mensch mit Marfan-Syndrom wird normalerweise engmaschig von seinen Ärzten überwacht. Er muss davon gewusst haben. Ich wette, in seinem Blut finden wir Spuren der Medikation.«

»Sonst noch etwas, Doctora?«, fragte Alba.

»Ein anderes Thema: Ich habe auch das Ergebnis des DNA-Tests mit dem Blut, das am Schauplatz des Verschwindens der Schwestern Nájera gefunden wurde.«

»Erzählen Sie«, sagte Esti.

»Das gesamte Blut auf dem Teppich im Schlafzimmer gehört der jüngeren der beiden Schwestern. Ich weiß nicht, ob diese Information Ihnen etwas nutzt. Wir haben den Eltern DNA-Proben abgenommen, und die Spurensicherung hat mir schmutzige Kleidung der beiden Mädchen gebracht. Das Blut stimmt mit der DNA an drei Kleidungsstücken der jüngeren Tochter überein. Im Moment ist das alles, was ich habe.«

In diesem Augenblick vibrierte Albas Mobiltelefon. Sie las die Nachricht und runzelte die Stirn.

»Doctora Guevara, bitte informieren Sie uns sofort, wenn es etwas Neues gibt. Danke für alles.«

Sie beendete das Telefonat mit der Gerichtsmedizinerin und sah uns schweigend und mit besorgter Miene an.

»Das ist Comisario Medina. Er erwartet uns zu einer Eilbesprechung. Das kann nichts Gutes bedeuten.«

Wir verließen ihr Büro. Keiner von uns hatte Lust zu reden. Zwei unabgeschlossene Fälle. Zu viel zu verarbeiten und zu viel aufzuklären.

Uns erwarteten ein abgedunkelter Raum und ein laufender Projektor, der Fotos der beiden Mädchen an die Wand warf. Estefanía schien ein schüchternes Mädchen mit leichtem Übergewicht zu sein. Das Bild von Oihana mit ihrer einzigartigen hüftlangen Mähne kannte man bis zum Überdruss von den Handzetteln, mit denen die Mauern der Stadt gepflastert waren. Der Comisario forderte uns mit ernster Miene auf, uns zu setzen. Er selbst blieb stehen.

»Seit nunmehr vierzehn Tagen ermitteln wir ohne Ergebnisse im Fall Frozen. Und jetzt müssen wir zusätzlich einen Todesfall untersuchen, und wie Sie sich vorstellen können, haben die da oben es sehr eilig zu erfahren, ob der Tod von Antón Lasaga ein natürlicher war, ein Selbstmord, ein Unfall oder Mord. Wir werden also Fall für Fall durchgehen, und Sie bringen mich auf den neuesten Stand: Was wissen wir zum jetzigen Zeitpunkt über das Verschwinden der beiden Heranwachsenden?«

»Zwei Minderjährige«, kam Estíbaliz uns zuvor, »Estefanía und Oihana Nájera, Schwestern. Siebzehn und zwölf Jahre alt. Die ältere, Estefanía, verantwortungsbewusst. Die jüngere, Oihana, noch sehr kindlich und von rebellischem Charakter. Die Eltern sind jung, Dozenten an der Musikschule Jesús Guridi. Fagott und Violoncello. Eigentumswohnung, Mittelschicht. Der Vater sagt, seine Töchter seien gut miteinander ausgekommen. Die Mutter gab in Abwesenheit des Vaters an, die Mädchen würden oft streiten, was sie auf den Unterschied im Alter und im Charakter schiebt. Jedenfalls, die Eltern gehen mit der Clique essen und lassen die Kleine in der Obhut ihrer großen Schwester. Um zwanzig nach eins morgens kehren sie nach Hause zurück, und die Kinder sind verschwunden. Sie wohnen in der Calle Pintorería. Wir haben sämtliche Überwachungsbilder der Lokale und Geschäfte in der Nähe überprüft. Ich weiß nicht, wie ich es Ihnen erklären soll. Aber in dem Zeitfenster, in dem die Eltern zum Essen aus waren, ist niemand durch diese Haustür hinein- oder hinausgegangen.«

»Und um Ihren Fragen zuvorzukommen«, mischte ich mich ein, »es war nicht viel los auf den Straßen. Die beiden sind Ende August verschwunden, an einem Wochentag. Da war Vitoria wie ausgestorben, die Leute waren noch nicht aus dem Urlaub zurück. Auf den Überwachungsbildern waren auch keine Fahrzeuge, die uns den Blick auf die Haustür verstellt hätten. Was die Wohnung angeht: Hier wird es merkwürdig. Die Wohnungstür war von innen abgeschlossen, als die Eltern kamen, wie immer, wenn die beiden Mädchen allein blieben. Estefanías Handy wurde um 22.38 Uhr ausgeschaltet, was für eine Jugendliche ungewöhnlich früh ist. Die Eltern fanden es jedenfalls merkwürdig. Die Kleine hatte noch kein Handy. Die Fenster waren geschlossen, falls Sie uns das fragen wollten. Und was uns am meisten Sorgen macht: die Blutspur auf dem Teppich im Zimmer der Älteren. Doctora Guevara hat uns gerade bestätigt, dass das Blut von Oihana stammt.«

»Wie viel Blut?«

»Kaum zwölf Milliliter. Nicht lebensbedrohlich also, falls Sie darauf anspielen. Sie ist nicht verblutet, jedenfalls nicht zu Hause. Der Hausflur und das Treppenhaus wurden ebenfalls untersucht, aber es fand sich kein weiteres Blut. Es fehlen weder Kleidung noch Geld, daher glauben die Eltern nicht, dass die Mädchen weggelaufen sind. Sie waren gute Schülerinnen, hatten keine Drogenprobleme, nichts Ungewöhnliches in den Social-Media-Accounts der Älteren. Eine Entführung wird immer unwahrscheinlicher, je mehr Zeit vergeht: Niemand hat sich mit der Familie in Verbindung gesetzt. Sowohl Inspectora Ruiz de Gauna als auch ich halten ständig Kontakt mit den Eltern. Ich würde sagen, sie lügen nicht. Sicherheitshalber lassen wir sie aber beobachten, und Agente Milán Martínez überwacht ihre Bankkonten: Bisher gab es keine Kontobewegungen, die vermuten ließen, dass sie hinter unserem Rücken Geld auftreiben oder in ihrem Umfeld um Hilfe bitten. Was uns zur schlimmsten unserer Hypothesen führt, ist die Blutspur. Hier könnte man denken, dass ein etwaiger Angreifer Oihana auf den Kopf geschlagen hat, um sie und ihre ältere Schwester in seine Gewalt zu bringen. Vielleicht gab es aber auch einen Streit zwischen den beiden. Kurz gesagt: Was zum Teufel ist da passiert? Uns überzeugt weder die Hypothese Entführung wegen Geldes noch dass zwei Minderjährige von zu Hause weggelaufen sind, die gar nicht wüssten, wohin oder wovon sie leben sollen.«

Mich beunruhigte, wohin unsere Vermutungen uns führten, es beunruhigte mich sehr.

»Und was glauben Sie, Ayala?«, fragte der Comisario und setzte sich auf den Besprechungstisch direkt vor den Projektor, so dass ihm das Foto der beiden Mädchen auf den Leib projiziert wurde, was ein bisschen verstörend aussah.

»Dass man den Tatort für sich sprechen lassen muss.« Das klang blöd. Natürlich weiß ich das. Ich weiß es. Manchmal rede ich, als wäre ich allein.

»Wie bitte?«

Alba warf mir einen Blick zu, der besagte: Bitte vergeig's jetzt nicht.

»Der Tatort ist inszeniert«, berichtigte ich mich.

»Würden Sie das bitte erklären?«

»Es ist das typische Rätsel des Verbrechens in einem abgeschlossenen Raum: von innen verriegelte Türen, Opfer, die sich in Luft aufgelöst haben, keine Leichen … Andererseits ist da Blut von der Kleinen, was an einen Kampf, ein Handgemenge oder Gewalt in irgendeiner Form denken lässt und den Verdacht außerdem auf die Ältere lenkt, als wollte jemand sie beschuldigen, die Schwester verletzt oder versehentlich getötet zu haben. Aber die Spurensicherung hat sämtliche Möbel, Wände und Böden untersucht: Nirgends sonst fanden sich DNA-Spuren der Kleinen. Auch die Tatwaffe wurde nicht gefunden, vermutlich eine Gelegenheitswaffe: irgendein Gegenstand, mit dem man eine blutende Wunde verursachen kann. Der Tatort ist inszeniert und lenkt uns in zwei so unterschiedliche Richtungen, dass einem schwindlig wird, einfach zum Verrücktwerden.«

»Was schlagen Sie also vor?«

»Wir können nur eines tun: weiter versuchen, sie zu finden, tot oder lebendig. Und wir sollten keine Hypothesen mehr über das, was passiert ist, aufstellen, bis die Mädchen oder ihre Leichen auftauchen. Das ganze Szenario ihres Verschwindens ist ein Täuschungsmanöver, das uns von der Hauptsache ablenken soll, die da ist: sie zu finden. Wir werden uns nicht ablenken lassen. Wir machen weiter mit der Operation Frozen.«

In diesem Augenblick klopfte es an der Tür.

»Milán, du brauchst nicht anzuklopfen«, erklärte Alba ihr zum x-ten Mal, »du gehörst zum Team.«

Agente Milán Martínez war jetzt seit drei Jahren bei uns und weiterhin die etwas plumpe Riesin, die sämtliche Tische mit grellbunten Post-its übersäte. Estíbaliz, Alba und sie waren mittlerweile ein Herz und eine Seele und gingen jedes Wochenende zusammen in die Berge, um den Polizeialltag für eine Weile zu vergessen.

Milán schob sich durch den Türspalt in den abgedunkelten Raum und zog ein oranges Post-it aus der Tasche.

»Ich soll etwas ausrichten.« Im Halbdunkel hatte Milán

Schwierigkeiten, den Zettel zu entziffern. »Kantharidin. Das Labor hat Doctora Guevara gerade bestätigt, dass in der Leiche des Unternehmers Lasaga zwei Gramm Pulver von *Lytta vesicatoria* gefunden wurden.«

»Was bedeutet?«, verlangte der Comisario.

»Ein Ölkäfer, auch Spanische Fliege genannt.«

6

DIE ALTE EISENHÜTTE

Diago Vela · *Im Jahr des Herrn 1192, Winter*

Als ich wieder zu mir kam, hackte ein Schnabel auf meinen Kopf ein.

»Hört auf, ich bitte Euch! Das genügt!«, schrie ich.

»Ihr lebt!« Alix de Salcedos Stimme.

»Würdet Ihr dieses wildgewordene Tier wegnehmen?«, bat ich, während ich die Holztrümmer, unter denen ich begraben war, abwarf.

Ich musterte das Durcheinander um mich herum. Unter Klagen waren die einen Nachbarn dabei, die anderen zu retten.

»Wie habt Ihr mich gefunden?«

»Das war Munio, meine Schleiereule. Er erinnert sich von gestern an Euch«, sagte sie besorgt. »Aber ich sehe schon, Ihr könnt wieder schreien, daher weiß ich, es geht Euch gut.«

»Eure Eule ist eine Bestie«, sagte ich, während sie mir auf die Beine half, »aber lasst uns den Verwundeten helfen und nachsehen, wer lebt und wer gestorben ist.«

Noch ein wenig benommen versuchte ich, nach Kräften zu helfen, doch mir entgingen nicht die wütenden Bemerkungen einiger Anwohner aus Nova Victoria, die den Unfall denen aus der Villa de Suso zur Last legten.

»Das ist jetzt unser Alltag, Conde«, sagte Alix seufzend. »Es geschieht kein Unglück, ohne dass wir uns alle gegenseitig beschuldigen.«

Vier Menschen waren ums Leben gekommen. Die Nachricht von dem Unglück verbreitete sich so schnell entlang der Straße nach Pamplona, dass die Einwohner der kleineren Dörfer zur Bestattung kamen.

Durch das Portal del Norte zog eine Reihe von Geistlichen in die Stadt, das Geleit für García de Pamplona, den jüngsten Mann, der je zum Bischof geweiht worden war. Er war gerade siebzehn Jahre alt, aber aufgrund seiner diplomatischen Fähigkeiten war er an jedem Hof willkommen. Ich hatte ihn an dem von Tudela kennengelernt und schätzte ihn, da wir uns beinahe für Vettern hielten. Ebenso gut verstand er sich mit Onneca. Sobald Bischof García von seinem Pferd gestiegen war, fiel Onneca ihm in die Arme. Obwohl es nach dem Schneefall kälter geworden war, trug der Bischof nur sein Messgewand, und mehr schien er auch nicht zu brauchen. Die Nonnen, die ihn auf ihren Eseln begleiteten, warfen ihm bewundernde Blicke zu.

»Welch ein Unglück, Base! Sobald ich davon erfuhr, habe ich mich auf den Weg gemacht. Ich werde die Trauermesse für Euren Vater und die toten Vitorianos halten.«

»Ich danke Euch, Vetter«, sagte sie gefasst.

Auf dem Heimweg vom Friedhof machte ich halt in der Eisenhütte meiner Familie in der Rúa de la Astería.

Lyra lenkte ihre Gesellen in der Eisenhütte mit fester Hand. Alix gab Anordnungen, während einige Lehrlinge Erz aus unseren Minen in Bagoeta abluden.

»Du hast mich noch nicht auf den neuesten Stand gebracht, Lyra. Ich finde die Stadt verändert und die Bewohner beider Teile sehr erregt.«

Sie nickte und winkte Alix zu uns. Ich warf Munio einen argwöhnischen Blick zu. Die Schleiereule beobachtete mich bedrohlich, blieb aber auf dem Dach hocken.

»Mein Bruder will etwas über unsere Stadt erfahren, Alix.

Erzähl ihm, was den Bewohnern der Villa de Suso Sorgen bereitet.«

»In Eurer Abwesenheit haben die adeligen Familien der umliegenden Dörfer nach und nach die Tore an sich gerissen«, erläuterte sie mir und ließ den Hammer auf dem Amboss ruhen. »Die Mendozas, die immer im Torre de Martioda im Norden gelebt haben, haben das Recht erhalten, den Zehnten auf Obst und Gemüse zu beanspruchen, trotz des Widerstands vonseiten des verstorbenen Conde de Maestu. Aber das Wort Eures Bruders Nagorno, der als Conde de Vela gehandelt hat, hatte mehr Gewicht im Rat. Und auf den Straßen der Villa de Suso sind die Gemüter erhitzt, weil in der Calle de las Pescaderías jetzt nur noch Fisch aus dem Meer verkauft werden darf, so dass die Fischweiber den Fisch aus dem Fluss jetzt außerhalb der Stadtmauern auf dem Friedhof von Santa María verkaufen müssen, um keinen Zoll zu zahlen. Ich weiß, dass Ihr eine gut geordnete Stadt zurückgelassen hattet, aber ich fürchte, den Ort, nach dem Ihr Euch zurückgesehnt habt, gibt es nicht mehr.«

7

ARMENTIA

Unai · *September 2019*

»Und was soll das heißen?«, fragte Comisario Medina.

»Dass der Unternehmer eine tödliche Dosis eines erwiesenermaßen wirksamen Potenzmittels genommen hat, das seit dem Mittelalter Verwendung findet«, erwiderte Alba. »Der Ermittlungsrichtung, die sich daraus ergibt, werden wir nachgehen. Was noch, Milán?«

»Gerade haben sich zwei der Kinder des Opfers am Empfang gemeldet. Sie wollen schnellstens mit ›Inspector Kraken‹ sprechen, wie sie sagten.«

Ich seufzte. Zu meiner Verzweiflung war ich das öffentlich bekannte Gesicht der Kriminalpolizei Vitoria, seit der gute Tasio Ortiz de Zárate drei Jahre zuvor im Internet ein ums andere Mal die Aufmerksamkeit auf mich gelenkt hatte. Seitdem kam jeder, der irgendein Anliegen hatte, ins Kommissariat in der Calle Portal de Foronda und fragte nach »Inspector Kraken«.

»Ich glaube, vor Ihnen liegt genug Arbeit. Bitte bringen Sie mir bald Ergebnisse«, sagte der Comisario und ging davon, das Telefon in der Hand.

»Sie sollen raufkommen. Mal sehen, ob sie uns etwas Interessantes zu erzählen haben. Esti, Milán, ihr kommt mit mir«, sagte ich.

»Also haben wir einen Toten mit einem Ständer«, sagte Estíbaliz unterwegs zu mir.

»Er hatte keinen Ständer. Die mit der postmortalen Erektion sind die Erhängten«, rief ich ihr in Erinnerung.

»Na gut, aber er wollte einen haben. Er hat Mittelalter-Viagra genommen.«

»Das müssen wir erst noch herausfinden, so klar sehe ich das nicht.«

»Was macht dir Sorgen?«

»Die Statistik. Tötungsdelikte an Frauen sind häufig sexuelle Übergriffe oder häusliche Gewalt. Tötungsdelikte an Männern dagegen sind meistens gewalttätige Auseinandersetzungen oder Racheakte … Oder, Gott bewahre, die Akte einer menschlichen Bestie.«

»So was braucht in Vitoria niemand. Falls sich herausstellt, dass Antón Lasaga ein zufälliges Opfer war, dann gibt es auch keine Verbindung zwischen Täter und Opfer, die wir finden könnten.«

»Du hast meine Befürchtungen gerade gut zusammengefasst«, sagte ich, als wir den Raum erreichten, in dem die Brüder Lasaga warteten.

Die beiden waren deutlich kleiner als ich. Ich schätzte sie auf etwas über dreißig Jahre. Der Dunklere – lockiges Haar, Händedruck wie aus dem Managerseminar – ergriff die Initiative.

»Inspector Kraken, nicht wahr?«

»In Wirklichkeit Inspector López de Ayala. Mein herzliches Beileid. Es ist sicher ein schwerer Tag für Sie.«

»Deshalb komme ich gleich zur Sache. Wir sind vier Brüder. Mit unserer Schwester sind wir fünf Geschwister. Die anderen kümmern sich um die Formalitäten. Mein Bruder und ich sind hier, weil …« Er tätschelte mir den Arm, eine vertrauliche Geste, die nicht zu unserem Verhältnis passte. »Bitte setzen Sie sich doch. So ist es angenehmer.«

»Sicher.« Ich sah Estíbaliz an und nickte. »Dies ist meine Kollegin, Inspectora Ruiz de Gauna. Wir beide haben Ihren Vater auf der Toilette des Palacio de Villa Suso gefunden. Agente Milán Martínez haben Sie ja bereits kennengelernt.«

»Darüber wollte ich mit Ihnen sprechen.« Er räusperte sich und schenkte Esti und Milán, die hinter ihm stehen blieben, keinerlei Beachtung.

Der andere Bruder gehorchte ebenfalls mit besorgter Miene und setzte sich auf den anderen Stuhl.

»Bitte …«

»Andoni, ich bin Andoni Lasaga, der Erstgeborene.«

»Verstehe. Es wäre hilfreich, wenn Sie uns sagen, weswegen Sie gekommen sind. Vielleicht könnten Sie uns bei der Gelegenheit auch ein bisschen von Ihrem Vater und von Ihrer Familie erzählen.«

»Meine Mutter ist vor ein paar Monaten gestorben. Meine Eltern haben sich sehr gut verstanden. Wir sind eine sehr traditionelle Familie, sie hatten eine Ehe, wie man sie früher geführt hat. Mein Vater hat meine Mutter nach ihrem Tod sehr vermisst.«

Ich nickte. Das glaubte ich ihm, jedenfalls schien der Ehering, den Antón Lasaga bei seinem Tod um den Hals getragen hatte, das zu bestätigen. Wenn ein Mann, der vor kurzem verwitwet ist, ein Potenzmittel nehmen will, weil er Pläne für den Abend hat, würde er dann nicht den Ehering abnehmen?

»Was ich sagen will, ist … es geht alles so schnell. Zuerst meine Mutter, ein Autounfall. Dann mein Vater …«

»Was wollen Sie damit sagen?«

»Dass Sie ihr nicht trauen sollen«, flüsterte er, aber es klang wie ein Peitschenknall.

»Andoni!«, rief der kleine Bruder entgeistert.

»Stimmt doch! Irgendjemand muss es ihnen doch sagen, oder nicht?«

»Von wem reden Sie?«, warf Estíbaliz ein.

»Unsere Schwester Irene, die Mittlere. Sie war Vaters Liebling, immer war sie schnurrend an seiner Seite. Irene hatte ihn voll im Griff. Sie ist eine Karrieristin. Sie will alles für sich allein.«

»Andoni, jetzt gehst du zu weit. Du hast mich gebeten, dich

zur Polizei zu begleiten, um dich nach unserem Vater zu erkundigen, nicht um unsere Schwester anzuklagen. Herrgott! Du bist ja regelrecht besessen davon!«

»Dich hat sie auch schon im Griff. So macht sie das, sie ist eine geborene Manipulatorin. Eine Psychopathin. Sie sind doch Experte für solche Leute. Sprechen Sie doch mit ihr, Inspector Kraken.«

Wieder tätschelte er mir kumpelhaft den Arm, ebenso gekünstelt wie er selbst.

»Tatsächlich werden wir routinemäßig mit allen Personen in seinem Umfeld sprechen. Ich gebe jetzt in meinen Worten wieder, wie ich Sie verstanden habe, damit keine Missverständnisse aufkommen: Sie wollen andeuten, dass der Tod Ihres Vaters keine natürliche Ursache hatte und auch kein Unfall war, und Sie beschuldigen Ihre Schwester, aus einem finanziellen Motiv heraus darin verwickelt zu sein, ist das richtig? Denn wenn das eine Aussage sein soll, müssen Sie sie unterschreiben.«

»Jetzt komm, Andoni. Denk noch mal drüber nach«, flüsterte sein Bruder ihm zu. »Heute bist du sehr erregt, aber das ist hier keine Stammtischrunde. Du wirfst Irene etwas sehr Schwerwiegendes vor. Tu uns das nicht an, das hat Papá nicht verdient.«

Der Erstgeborene ballte die Fäuste und seufzte frustriert.

Zehn Minuten später waren wir die beiden dann endlich los.

Als sie fort waren, starrte ich eine Minute lang die weiße Tür an.

»Ein Geschlecht im Krieg«, sagte ich.

»Komm zurück ins einundzwanzigste Jahrhundert, Kraken. Wir brauchen dich hier«, entgegnete Estí.

»Wie du willst, dann sage ich es in der heutigen Sprache: Wegen dieses Erbes werden die Fetzen fliegen.«

»Schlussfolgerungen …«, forderte Estíbaliz Milán auf.

»Andoni Lasaga ist dominant, nicht sehr intelligent, aber impulsiv. Er spricht in der Vergangenheitsform von seinem Vater, sehr auffällig. Sein Mobiltelefon ist ein Luxusgerät, aber es ist mehrere Jahre alt, und das Display ist kaputt. Er trägt Markenschuhe, aber die Sohle ist sehr abgelaufen. Er trägt Trauer, aber Ärmel und Kragen des Anzugs sind ausgeblichen. Der jüngere Bruder dagegen ist nicht so auffällig, aber sowohl sein Telefon als auch seine Kleidung sind neu und von guter Qualität.«

Ich nickte stolz. Wir hatten Milán und Manu darauf trainiert, genau zu beobachten. Mittlerweile bezweifelte ich, dass wir den beiden noch etwas Neues beibringen konnten.

»Außerdem«, fuhr sie fort, »hat Doctora Guevara mir gesagt, dass sie die Familie kannte, also habe ich die Gelegenheit genutzt, um ein paar Daten zu erheben. Besagter Andoni hat im Unternehmen des Vaters gearbeitet, aber er war ein Taugenichts, und am Ende hat der Vater ihn aus der Geschäftsführung entfernt. Er bezog oder bezieht weiterhin ein Gehalt, aber er führt ein sehr kostspieliges Leben, und das Geld rinnt ihm nur so durch die Finger. Die übrigen Geschwister sind sehr diskret und halten eng zusammen. Alle haben studiert und sich auf den Generationenwechsel vorbereitet, aber das Ass ist die Schwester: hohe Qualifikationen, MBA, Arbeitsaufenthalte im Ausland. Sie arbeitet seit über zehn Jahren für ihren Vater, hat ganz unten angefangen und ist durch sämtliche Abteilungen im Unternehmen gegangen. Jedenfalls, Antón Lasaga schien es nicht eilig zu haben, die Zügel seines Imperiums zu übergeben. Ich glaube, wir müssen nach Armentia.«

»Nach Armentia?«, fragte Estíbaliz.

»Da hat unser Unternehmer gelebt. Er besitzt verschiedene Immobilien, aber gewohnt hat er in einem diskreten Haus in Armentia.«

In diesem Moment trat Manu mit einer dicken Mappe ein.

»Euch habe ich gesucht. Ich glaube, ich habe unsere Nonne eingekreist. Ich habe die Daten sämtlicher Personen zusammengetragen, die gestern im Palacio de Villa Suso waren: hundertsiebenundachtzig. Nur sechs gaben an, eine Nonne gesehen zu haben. Diese sechs versichern, es sei eine Frau gewesen, hübsch, zwischen dreißig und vierzig. Zwischen eins fünfzig und eins sechzig. Einer der Zeugen nahm sie als sehr klein wahr. Den anderen fünfen war an ihrer Statur nichts aufgefallen. Zwei behaupten, Habit und Haube seien weiß gewesen, die übrigen vier versichern, der Habit sei weiß und die Haube dunkel gewesen. Entweder schwarz oder braun. Es war dunkel, unmöglich zu sagen.«

Das Prinzip der trügerischen Erinnerungen, dachte ich bei mir. Die Zeugen sind nie so verlässlich, wie sie glauben.

»Dann …«, warf Estíbaliz ein, »suchen wir also nach einer Frau?«

»Nach einer Dominikanernonne.«

»Einer Dominikanernonne?«

»Ja, ich recherchiere schon den ganzen Morgen über religiöse Orden hier in der Nähe. Wenn wir uns an die Mehrheit der Zeugen und an die Beschreibung halten, die Unai uns gegeben hat, dann war das ein Habit, wie ihn die Dominikanernonnen des Klosters Nuestra Señora del Cabello in Quejana tragen.«

»Das ist im Verwaltungsbezirk Ayala. Waren das nicht deine Vorfahren, die Herren von Ayala?«, fragte Estíbaliz.

»Klar, und ich besitze ein Schloss und ausgedehnte Ländereien … Jedenfalls steht das Kloster leer, soweit ich in der Presse gelesen habe. Vor ein paar Jahren sind sie nach San Sebastián gezogen, die fünf, sechs, die noch übrig waren. Sie waren über neunzig, und die Frau, der ich über die Dächer hinterhergejagt bin, war garantiert keine Neunzigjährige.«

»Außer sie wäre in den Jungbrunnen gefallen«, erwiderte meine Kollegin. »Jedenfalls, wenn das Kloster schon vor Jahren geschlossen wurde, hatte der Habit vielleicht gar nichts mit den Dominikanerinnen zu tun. Weißer Habit, schwarze Haube. Jemand, der sich als Nonne verkleiden will, könnte diese Kombination aufs Geratewohl ausgewählt haben. Machen wir uns deshalb nicht verrückt. Wir müssen noch alle befragen, die auf dem Mittelaltermarkt arbeiten. Vielleicht gab es da Leute, die sich als Nonnen verkleidet haben. Manu, koordiniere du das und setz ein paar Uniformierte darauf an.«

»Milán, ich hätte gern, dass du für mich ein bisschen auf dem Schwarzmarkt im Internet spazieren gehst«, bat ich sie.

»Und wonach suche ich?«

»Nach jemandem, der in letzter Zeit ›Spanische Fliege‹ gekauft hat. Finde die IP-Adresse heraus, sie muss hier aus der Gegend sein. Wenn es wirklich Kantharidin ist, ist die Verwendung verboten. Mal sehen, was du entdeckst.«

»Wenn es da etwas gibt, dann finde ich es«, sagte sie wieder einmal.

Esti lächelte. Das war Miláns Tic, eine Art Mantra. Unsere riesenhafte Kollegin wiederholte diesen Satz immer dann, wenn wir ihr eine schwierige Suche in der Kloake des Internets übertrugen. Und normalerweise fand sie das Gesuchte auch. Seit drei Jahren hatte ich mich jetzt nicht mehr an meine halboffiziellen IT-Helfer, MatuSalem und Golden Girl, wenden müssen. Und es war mir auch lieber so. Den Teufel sollte man so selten wie möglich um einen Gefallen bitten, damit er einen nicht hinterher in seinem großen Kessel siedet.

Als wir durch das Gartentor das gewaltige Privatgrundstück in Armentia betraten, musste ich mir einen bewundernden Pfiff verkneifen. Schon das Haus war ziemlich beeindruckend, aber die Ausmaße des Gartens erst recht. Eine etwa fünfunddreißigjährige Frau kam mit einem Rechen und Gartenhandschuhen auf uns zu. Sie wirkte traurig. Ihr kastanienbraunes Haar war kurz mit einem schrägen Pony und ihr Händedruck so fest wie der ihres älteren Bruders.

»Sie sind sicher Irene. Wir möchten Ihnen unser Beileid aussprechen.«

Sie trug einen grauen Schal um den Hals, und mir fiel ein Duft auf, den ich schon einmal gerochen hatte. Unter Estíbaliz' verblüfftem Blick trat ich vor und gab Irene zwei Küsschen auf die Wangen.

»Inspector López de Ayala. Und dies ist Inspectora Ruiz de Gauna«, sagte ich.

»Danke. Ich harke gerade das Laub zusammen. Normalerweise macht er das selbst, es entspannt ihn. Als ich dann herkam und feststellte, wie es hier aussieht, nur wenige Stunden, nachdem er von uns gegangen ist … Ich glaube, meinem Vater wird es gefallen, dass heute jemand das Laub hier zusammenkehrt«, murmelte sie. »Sie wissen das sicher – wie lange dauert es, bis man über jemanden, den man sehr geliebt hat, in der Vergangenheitsform spricht?«

Durchschnittlich fünf Tage, dachte ich, schwieg jedoch. Jetzt war nicht der richtige Zeitpunkt für Statistiken.

»Jeder so lange, wie er eben braucht«, antwortete ich stattdessen leise.

»Meine Mutter vor einem halben Jahr und jetzt er. In gewisser Weise hatte ich mich darauf vorbereitet, Waise zu werden. Aber jetzt … Vielleicht sollte ich darüber nicht sprechen, heute ist ein schlechter Tag, alles kommt stoßweise heraus, und ich versuche bloß, nicht zusammenzubrechen. Das Klischee des Vaters, der sein einziges Töchterchen verhätschelt hat …«

»Sie wirken nicht wie eine verwöhnte Tochter. Ich habe gehört, Sie hätten von Anfang an in der Leitung des Unternehmens Ihres Vaters arbeiten können, haben es aber nicht getan«, warf ich ein.

»Ich wollte eine solide Ausbildung. Ich möchte keinen Posten durch Geburtsrecht erben, nur weil ich die Tochter vom Chef bin.«

»Erzählen Sie von Ihren Brüdern«, bat Estíbaliz sie.

»Wir sind eine Familie, in der sich alle sehr nahestehen, mit

Aufs und Abs, aber suchen Sie nicht nach Zwistigkeiten zwischen uns.«

»Und wenn es diese Zwistigkeiten doch gäbe?«, fragte meine Kollegin.

»Was meinen Sie damit?«

»Vor ein paar Stunden waren zwei Ihrer Brüder bei uns in der Polizeidienststelle. Andoni hat Sie als Manipulatorin dargestellt und von uns verlangt, wegen der Tode Ihrer Eltern gegen Sie zu ermitteln.«

Irene hörte auf zu harken. Trotz der Stärke, die sie zeigte, war sie doch so bestürzt, dass sie sich auf die Harke stützen musste.

»Damit hätte ich ehrlich gesagt nicht gerechnet«, sagte sie schließlich. »Es ist ein bisschen enttäuschend, und dann noch ausgerechnet heute. Bitte halten Sie mich weder für eine Heilige noch für dumm. Das bin ich beides nicht, aber ich werde kein Öl ins Feuer gießen, ich werde nicht schlecht über meine Brüder sprechen, auch wenn es mich sehr kränkt, was sie über mich gesagt haben. Aber wenn Sie hier sind, dann weil Sie nicht glauben, dass mein Vater eines natürlichen Todes gestorben ist. Insofern: Wenn jemand meinem Vater etwas angetan hat, dann sind Sie meiner Meinung nach auf dem Holzweg, gegen seine Kinder zu ermitteln.«

»Haben Sie irgendeinen Teilhaber oder Exteilhaber im Kopf, irgendein Motiv?«

»Ich glaube, Sie machen sich keine Vorstellung vom Vermögen meines Vaters. Diskretion ist in unserer Familie fast eine Frage des Überlebens. Kommen Sie herein.«

Irene bat uns ins Haus. Das Wohnzimmer wurde von deckenhohen Bücherregalen beherrscht. In der rechten Ecke wartete ein Sessel, der vermutlich mein Jahresgehalt plus Spesen gekostet hatte, auf einen Besitzer, der nicht mehr kommen würde. Wie viele Stunden mochte Antón Lasaga dort verbracht haben?

»Was für Bücher hat Ihr Vater gelesen?«

»Er liebte das Mittelalter.«

»Wissen Sie, ob er den Roman *Die Herren der Zeit* gelesen hat?«

»Mein Vater hat immer gerade irgendein Buch gelesen. Er zwang sich, jeden Abend zu lesen, mindestens hundert Seiten, egal, wie viel Arbeit er gerade hatte. Diese Zeit gehörte nur ihm, sie war ihm heilig. Er las so konzentriert, dass er nichts um sich herum wahrnahm, nicht einmal die fünf Kinder, die auf seinen Knien hopsten. Ich kann mir gut vorstellen, dass er ihn gelesen hat, so wie alle Welt. Ehrlich gesagt haben wir konkret über diesen Roman nie gesprochen.«

»Ihr Vater hat Bücher geliebt, das sieht man sofort. Hat er auch selbst geschrieben?«, fragte ich.

Befremdet sah Irene mich an.

»Nicht dass ich wüsste. Er ist … er war sehr zurückhaltend in seinen Gewohnheiten und notierte sich ständig irgendwelche Ideen auf Zetteln und in Notizbüchern, aber ich bin immer davon ausgegangen, dass es dabei um Geschäftliches ging. Ist das wichtig?«

»Vergessen Sie die Frage. Das ist mir bloß so durch den Kopf geschossen, als ich diese gewaltigen Bücherregale sah«, sagte ich lächelnd.

Ich trat an den einzigen Regalbereich, in dem keine Bücher, sondern Bilderrahmen mit Familienfotos standen. Seine fünf Kinder in verschiedenen Altersstufen, verschiedenen Lebensphasen. Seine Hochzeit in Schwarz-Weiß, die siebziger Jahre in Sepiabraun, die Achtziger und der Schnurrbart, die nüchternen Neunziger. Auf keinem der Fotos stand seine Tochter wahrnehmbar mit ihm zusammen im Vordergrund. Interessant. Das widersprach der Theorie des Erstgeborenen: Falls es eine Bevorzugung der Tochter gegeben hatte, dann hatte Lasaga darauf geachtet, sie nicht zu zeigen.

Unsere ziemlich unverhüllte Musterung der Familienfotos

schien Irene nicht zu stören. Vielmehr schien sie sich selbst in Erinnerungen zu verlieren. Sie stand hinter mir und betrachtete die Fotos, und da meinte ich, sie in meinem Nacken seufzen zu hören.

Dieser Duft …

»Würden Sie mir eine Liste mit den fünfzehn engsten Freunden Ihres Vaters schicken?«, bat ich sie und kehrte damit zu meiner Rolle als unbeteiligter Kommissar zurück.

»Fünfzehn?«, fragte sie irritiert. »Na schön, sicher. Lassen Sie mich darüber nachdenken.«

Ich reichte ihr eine Visitenkarte mit meinen Kontaktdaten.

»Und zuletzt«, mischte Estíbaliz sich ein, »die unerlässliche Frage. Nichts für ungut, das gehört zu unserer Arbeit. Wo waren Sie gestern zwischen zehn Uhr und neunzehn Uhr dreißig? Haben Sie mit Ihrem Vater gefrühstückt, zu Mittag oder zu Abend gegessen?«

»Ich war in meinem Büro und hatte diverse Videokonferenzen. Ich werde meinen Sekretär bitten, Ihnen meinen Terminkalender für gestern zu schicken. Alle, mit denen ich Besprechungen hatte, können meine Anwesenheit in der fraglichen Zeit bestätigen. Meinen Vater habe ich gestern gar nicht gesehen. Es war ein normaler Arbeitstag, wir sind beide immer sehr beschäftigt.«

»Was ist Ihrer Mutter zugestoßen?«, fragte Estíbaliz übergangslos. Das tat sie manchmal. Sie wollte damit Reaktionen hervorrufen, das Muster durchbrechen, den Befragten überrumpeln.

Ich beschränkte mich darauf, zu beobachten.

Mehr Traurigkeit. Von der echten Sorte.

»Verkehrsunfall. Carlos fuhr.«

»Carlos?«, fragte ich nach.

»Unser langjähriger Chauffeur. Er war wie ein Onkel für uns. Carlos war seit Jahrzehnten in Diensten unserer Familie. Beide starben nach einigen Tagen auf der Intensivstation. Das war ein sehr harter Schlag.«

Ich sah mich um. Dies war das luxuriöseste Haus, das ich bisher in Vitoria zu sehen bekommen hatte.

»Ihr Vater litt unter dem Marfan-Syndrom, nicht wahr?«, fragte ich.

»Stimmt. Es war nicht öffentlich bekannt. In der Familie wussten wir aber alle von seiner Krankheit. Der Kardiologe überwacht ihn … hat ihn sehr engmaschig überwacht. In seinem Alter bestand ein gewisses Risiko für die Aorta, da deren Wände durch die Krankheit sehr dünn waren.«

»Nun gut, Irene, im Moment wollen wir Sie nicht länger belästigen. Schicken Sie uns diese Liste mit seinen Freunden und bitten Sie Ihren Sekretär, uns Ihren Terminkalender von gestern zukommen zu lassen. Wir bedauern, dass wir uns unter diesen Umständen kennenlernen mussten.«

»Keine Sorge. Ich bringe Sie zur Tür.«

Estíbaliz und ich gingen zurück Richtung Auto, setzten uns dann aber auf eine abgelegene Bank. Wir ließen uns ein bisschen Zeit, ehe wir über das sprachen, was wir gerade erlebt hatten.

»Glaubst du, sie war es? Glaubst du, sie hatte es eilig, seinen Stuhl zu erben?«, sondierte Esti.

»Sie war es nicht. Ihre Trauer ist echt. Sie trägt einen Herrenschal um den Hals, der ihrem Vater gehört hat, den hat sie sicher in seinem Schlafzimmer gefunden. Er duftet stark nach dem Herrenduft, den ich gestern gerochen habe, als ich ganz dicht an ihren Vater heranging, um mir seine Pupillen anzusehen. Das Erste, was sie heute getan hat, war überflüssig und sentimental: den Garten des Vaters vom Laub zu befreien. Niemand wird es merken, das Laub liegt morgen schon wieder da. Das hat sie für ihren Vater getan.«

»Oder sie ist eine geborene Manipulatorin, wie ihr großer Bruder behauptet.«

»Es ist sehr schwer, das in einem einzigen Gespräch festzustellen, aber ja, kann sein, dass sie uns manipuliert hat. Und trotz allem: Sie ist es nicht. Und auch keiner ihrer Brüder. Und es war auch nicht Antón Lasaga selbst, der das Kantharidin genommen hat. Allerdings stimmt es, dass die Kinder nicht von ihm, sondern von Carlos, dem Chauffeur, sind. Aber dieser Mann hat seine Frau geliebt.«

»Wie bitte?«

»Wo soll ich anfangen?«

»Bei der Frage, warum die Kinder nicht von ihm sind, zum Beispiel. Das wäre ein guter Anfang«, sagte Estíbaliz.

»Fünf Kinder, der Vater mit Marfan-Syndrom. Hast du dir die Fotos angesehen? Die fünf haben alle einen normalen Körperbau, keiner hat verlängerte Glieder. Jedes der Kinder hatte eine Fünfzigprozentchance, die Krankheit vom Vater zu erben. Aber keines hat sie geerbt. Keines. Statistisch kommt das nicht hin.«

»Was willst du damit sagen?«

»Wie Großvater sagen würde: dass er einen Wurf aufgezogen hat, der nicht von ihm ist.«

»Aber du sagst auch, keiner der fünf hat dem Vater das Kantharidin verabreicht.«

»Keiner. Sie alle wussten, dass er ein schwaches Herz hatte, und Kantharidin wirkt gefäßerweiternd. Derjenige, der den Unternehmer vergiftet hat, hat ihm eine Dosis von zwei Gramm verpasst, sprich: eine Dosis, die als tödlich gilt. An der Dosis zeigt sich die Mordabsicht. Sie ist unser bester Hinweis. Seine Söhne oder auch Irene hätten uns glauben machen wollen, dass ihr Vater das Kantharidin als Potenzmittel nahm, sie hätten gewusst, dass eine normale Dosis bereits genügt hätte, um ihn zu töten. Aber der Mörder hatte diese Information nicht. Und damit ist der Unternehmer selbst ebenfalls ausgeschlossen. Wenn er Medikamente für sein Herz nahm, warum sollte er dann sein Leben mit einem Potenzmittel aufs Spiel setzen oder sogar eine tödliche Dosis nehmen? Für einen Selbstmord halte ich es auch nicht. Es ist schmutzig, schmerzhaft, unbequem, und er war am fraglichen Tag nicht zu Hause, so dass sein Tod öffentlich war. Ein so zurückhaltender Mann würde seine Familie nicht einem so hässlichen Skandal aussetzen. Der Mörder stammt nicht aus seinem engeren Umfeld. Insofern gibt es zwei Möglichkeiten: Entweder es ist jemand, der ihn nur flüchtig kannte, oder der Täter hat ihn zufällig als Opfer gewählt. Als ich das Haus sah, dachte ich zuerst an eine der Hauptsünden: Habgier. Wir wünschen uns das, was wir vor Augen haben, für uns selbst. Aber jetzt bin ich mir da nicht mehr so sicher. Ich habe große Sorge, dass er ein zufälliges Opfer war.«

»Denn wenn es so ist, können wir keine Verbindung zwischen Täter und Opfer finden, weil es keine gibt«, führte sie meinen Gedankengang zu Ende.

Nach so vielen Jahre hatten wir so etwas wie eine Kollektivintelligenz entwickelt.

Abends war ich endlich wieder zu Hause und setzte mich auf einen Sessel mit Blick über die Plaza de la Virgen Blanca, das Herz der Stadt. Deba war schon vor einer Weile auf meinem Schoß eingeschlafen, und ich hatte sie ins Bett gebracht. Alba hatte es sich auf dem Sofa gemütlich gemacht, während ich in meinem Exemplar von *Die Herren der Zeit* las, das sie mir geschenkt hatte.

Geschenke überkreuz, Widmungen überkreuz.

Das war unsere Gewohnheit als lesendes Paar. Wenn ein Roman uns beiden gefiel, schenkten wir uns gegenseitig ein Exemplar davon und wetteiferten darum, wessen Widmung am denkwürdigsten war.

»Du bist sehr nachdenklich, Unai. Ich weiß gar nicht, ob ich das sexy finde oder mir Sorgen machen soll.«

»Darf ich laut denken, und du hörst zu? Heute Abend kannst nicht einmal du die düsteren Wolken über meinem Kopf verscheuchen.«

»Nur zu: Was geht dir durch den Kopf?«

»Fragen aus dem Grundkurs Fallanalyse: Warum so? Warum hier, an diesem Ort? Warum das Kantharidin? Warum im Palacio de Villa Suso? Warum zur selben Zeit wie die Vorstellung eines Romans, in dem ein Mord vorkommt, der drei Gemeinsamkeiten mit dem gestrigen hat: den Ort, den Beruf des Opfers und die Todesart?«

»Und wie lautet deine Antwort?«

»Dass das Universum faul ist.«

»Faul«, wiederholte sie befremdet.

»Ja, faul. Es strengt sich nicht eigens an, um Zufälle geschehen zu lassen, deshalb treten sie statistisch gesehen auch selten auf. Was ich sagen will: Ich glaube nicht, dass alle drei Übereinstimmungen zufällig sind. Ein mächtiger Mann aus der Textilbranche stirbt auf dieselbe Art wie eine Figur in dem Roman, dessen Präsentation zeitgleich mit seiner Ermordung stattfindet. Der Mörder will eine Botschaft senden, und das tut er öffentlich, weil sie sich an uns alle richtet: ›Dieser Mord steht in Zusammenhang mit dem Roman. Ermitteln Sie.‹ Und genau das werde ich tun.«

Ich sah Alba an und sprach es wie ein Urteil aus: »Es wird Zeit, dass ich mit dem Verleger spreche.«

8

DER PALACIO DE LOS ÁLAVA-ESQUIVEL

Unai · *September 2019*

Heute sollte ich eines der ungewöhnlichsten Geschöpfe in meiner gesamten Karriere als Fallanalytiker kennenlernen. Doch als Estíbaliz, Milán und ich uns auf den Weg zum Palacio de los Álava-Esquivel machten, wussten wir noch nicht, was dieser Arbeitstag für uns bereithielt.

Das Gebäude hielt dem Zahn der Zeit nach Kräften stand, doch man hatte ein Netz zum Sichern der Fassade anbringen müssen. Durch einen Garten mit einer unpassend wirkenden Palme, der sich in die Ecke zwischen Cantón de San Roque und Calle Herrería schmiegte, gelangte man zu einem stolzen, wenn auch ein wenig heruntergekommenen Gebäude aus hellem Naturstein, in dem die letzten Palastbewohner der Stadt residierten: Familien, die sich im Gegenzug für eine niedrige Miete mit feuchten Wänden und abplatzendem Stuck abfanden.

Ich klingelte an der Haustür unter dem bogenförmigen Türsturz.

»Ja, bitte?«, fragte ein Mann mit einer tiefen Stimme.

»Prudencio, ich bin's, Inspector Unai López de Ayala. Würden Sie mir bitte öffnen?«

Er zögerte kurz, bevor er mir antwortete.

»Na klar, Inspector. Ich mache auf.«

Wir gingen um ein grellbuntes Dreirad herum und stiegen auf ausgetretenen Stufen in den dritten Stock dieses Gebäudes, das mir ebenso baufällig erschien wie ein altes Herrenhaus in Havanna.

»Hast du auf dem Schwarzmarkt irgendeine Spur von Kantharidin gefunden, Milán?«, fragte ich unterwegs.

»Absolut gar nichts«, erwiderte sie lächelnd und zuckte die Achseln. Es war ein Nein, das wie ein Ja klang. »Jede Menge Artikel werden als Spanische Fliege verkauft, bestehen aber in Wirklichkeit aus L-Arginin und Vitamin C. Alles Fälschungen. Niemand verlangt nach der echten Spanischen Fliege. Wozu auch, bei Tausenden von Viagra-Imitaten in sämtlichen Preisklassen? Ich habe absolut gar nichts gefunden. Weder Angebote noch Anfragen. Ich glaube, im Internet kauft das niemand.«

»Also …?«

»Hat er es selbst hergestellt. Er hat sich die Insekten, die Käfer besorgt. Hat sie zermahlen und zwei Gramm reines Kantharidin gewonnen.«

»Hast du denn jemanden gefunden, der die Viecher gekauft hat?«, fragte Estíbaliz.

»Noch einmal nein. Ich habe etwas Besseres gefunden.«

»Definiere ›besser‹«, forderte Esti Milán auf.

»Eine Diebstahlsanzeige des Naturkundemuseums vom August. Der Aufstellung zufolge eine Lieferung von zweihundert Käfern, mit denen die Insektensammlung vergrößert werden sollte. Diese Anzeige fiel mir wieder ein. Ich habe sie mir noch mal angesehen und dachte: Und wenn da auch der Ölkäfer dabei ist? Wenn ihr einverstanden seid, können wir dem Museum nach dem Gespräch mit dem Verleger einen Besuch abstatten.«

»Einverstanden, tu das«, sagte ich und beobachtete aus dem Augenwinkel, wie Estíbaliz reagierte.

Meine Kollegin schlug ein wenig geistesabwesend den Kragen ihrer Lederjacke im Militärstil hoch. Ein Besuch im Naturkundemuseum im Torre de Doña Otxanda bedeutete, an der esoterischen Buchhandlung vorbeizukommen, die Estis Bruder Eneko gehört hatte. Er weilte jetzt schon länger nicht mehr unter den Lebenden, aber hatte Estíbaliz damit abgeschlossen? Kann man damit abschließen, wenn einem der Bruder fehlt, selbst wenn dieser ein Drogendealer und Arschloch gewesen war?

»Was macht dir Sorgen, Esti?«, fragte ich.

»Dass diese Mordermittlung uns Zeit stiehlt, in der wir nach den beiden Mädchen suchen könnten«, murmelte sie, ohne mich anzusehen.

»Und wenn sie nun doch freiwillig weggelaufen sind?«, fragte ich.

»Was willst du damit sagen?«

»Die Ältere, Estefanía, hat sich nicht gut mit ihrer kleinen Schwester verstanden. Vielleicht haben sie sich gestritten, oder sie hat sie unglücklich geschlagen, hat sie verschwinden lassen und ist selbst abgehauen. Ich rede nicht von einer Doppelentführung, denn niemand hat Lösegeld gefordert. Ich rede nicht von einem Gewalttäter. Ich rede von etwas so Altem wie Kain und Abel.«

»Wie wenig Vertrauen du in die Menschheit hast: Schwestern, die Schwestern töten ... Daran möchte ich nicht einmal denken.« Sie schnaubte und betrachtete zwei kleine ovale Fenster.

»Ich bin Kriminalpolizist ... Und da kommst du mir mit Vertrauen in die Menschheit?« Ich zwinkerte ihr zu, um die Stimmung ein wenig aufzulockern. »Aber wenn es nicht so war, was ist ihnen dann zugestoßen, Esti? Was kann ihnen zugestoßen sein?«

»Eine Siebzehnjährige läuft nicht mit ihrer zwölfjährigen Schwester von zu Hause weg. Mit diesem Klotz am Bein kann sie sich nicht ihren Lebensunterhalt verdienen«, beharrte Esti. »Estefanía ist ja nicht einmal volljährig. Und irgendetwas ist passiert, vergiss Oihanas Blut nicht.«

»Seit zwei Wochen grübeln wir darüber nach ohne einen einzigen Fortschritt. Lasst uns das tun, was wir immer tun, auch wenn es in diesem Fall besonders schwerfällt. Machen wir da weiter, wo wir etwas tun können. Und das bringt uns auf … hier ist es«, sagte ich zu meinem Team und blieb vor der linken Wohnungstür im dritten Stock stehen.

»Guten Tag, Prudencio«, begrüßte ich den Verleger, als er uns die Tür öffnete.

»Pruden, nennen Sie mich Pruden. Bitte kommen Sie doch rein.«

Wir betraten die Räumlichkeiten des Verlags Malatrama, eine Wohnung ohne Trennwände, deren schräge hohe Decken aus weißen Holzbalken von einigen schlanken Säulen getragen wurden. Die vier Wände waren mit Illustrationen furchterregender Göttinnen dekoriert und mit Science-Fiction-Welten, die kurz vor dem Untergang zu stehen schienen. Ein Anblick, bei dem einem schwindelig werden konnte und man sich ganz klein fühlte. Aber offenbar war ich nicht der Einzige, dem es so ging.

»Können Sie sich wirklich konzentrieren bei diesen Bildern? Sie sind so …« Milán brach ab und wirkte ein wenig beklommen.

»Eindrucksvoll, voller Leben, überwältigend?«

»Genau.«

»Sie sind ein Tribut an die größten Verlagserfolge … bis jetzt«, sagte der Verleger, der sich mit einem kleinen Taschentuch den Schweiß auf den Pausbacken trocknete. In der anderen Hand hielt er eine große Gießkanne.

Pruden lief barfuß über den warmen Holzboden. Er trug eine weiße Leinenhose und ein ebenfalls weißes Leinenhemd, das über einem gewaltigen Bauch spannte. Er hatte graues Haar und einen krausen Bart, mit dem er wie ein Druide aussah, der jederzeit ein ganzes Spanferkel verdrücken konnte.

»Ich war gerade dabei, die Pflanzen zu gießen. Habe ich Sie nicht neulich bei der geplatzten Signierstunde im Palacio de Villa Suso gesehen?«

Wir folgten ihm zum Balkon, der auf einen schmalen Innenhof hinausging. Die Tür stand offen. Ich betrat den Balkon mit einer gewissen Skepsis. Mehrere Etagen unter mir erblickte ich einen hübschen Gemeinschaftshof: gepflegte Geranien, Topfklappern, das Geplapper der Vormittagstalkshows im Fernsehen, feuchte Wäsche unter einer dünnen Markise. Es war, als erhaschte man einen Blick auf die Unterröcke des Alltagslebens im tiefsten Kern Vitorias.

Es roch nach Kartoffeln mit Chorizo, die irgendeine Großmutter irgendwo im ersten Stock zubereitete. Estíbaliz versuchte zu überspielen, dass ihr Magen geräuschvoll darauf reagierte.

»Ich stelle mir gern vor, dass ich denselben Raum einnehme wie andere tausend Jahre vor mir, sogar schon bevor dieser Palacio im fünfzehnten Jahrhundert erbaut wurde. Und Sie ebenfalls.« Prudencio lachte dröhnend und deutete auf mich, »Sie sind ein López de Ayala. Was für ein Zufall, dass sie gleich neben der Einmündung zur Calle Correría wohnen.«

Im Stillen fluchte ich. Wusste denn jeder, wo ich wohnte? Seit jener öffentlichen Gedenkveranstaltung nach den Doppelmorden, bei der die Leute Kerzen vor meiner Haustür aufgestellt hatten, war es unmöglich, wieder zur Anonymität zurückzukehren in dieser Stadt.

»Während des Bandenkriegs im vierzehnten Jahrhundert«, fuhr er fort, »kontrollierten Ihre Vorfahren strategisch wichtige Tore der Stadt. Die Ayalas sammelten sich vor den Toren der Kirche San Miguel. Sie waren die Beschützer der Interessen der ersten Bürger dieser Stadt. Interessanter Zufall. Ihre Wohnung an der Plaza de la Virgen Blanca, gehört die Ihrer Familie?«

»Ach was, das war ein Glücksfall, es ist nur eine Mietwohnung.«

»Wie kurios. Ein Ayala wacht noch immer über diesen Bereich der Stadt.«

Das mit dem Wachen gefiel mir, auch wenn es mir nicht weiterhalf. Sollte er das den beiden verschwundenen Mädchen sagen und dem Familienvater von fünf Kindern, auch wenn sie nicht von ihm waren.

»Kommen wir zum Grund unseres Besuchs, wenn es Ihnen recht ist.« Ich räusperte mich. »Um auf Ihre Frage zurückzukommen: Ja, ich war bei der Buchvorstellung. Ich wollte mir wie alle Welt den Roman signieren lassen, aber es sollte wohl nicht sein. Sie haben da einen sehr schwer fassbaren Autor.«

»Zurückhaltend, würde ich sagen.«

»Ohne um den heißen Brei herumzureden: Wissen Sie, wer er ist?«

»Ganz ehrlich: Schön wär's.«

»Aber Sie haben einen Verdacht«, warf Estíbaliz ein.

»Setzen wir uns doch. Ich habe Ihnen noch gar nichts angeboten.«

»Machen Sie sich darum keine Gedanken. Wir haben heute noch tausend Erledigungen vor uns, es wird also nicht lange dauern. Sehen Sie, nachdem auf der Toilette im Palacio de Villa Suso die Leiche des Unternehmers Lasaga gefunden wurde, haben wir Ermittlungen aufgenommen.«

Der Verleger blieb wie angewurzelt stehen und guckte befremdet.

»Somit bestätigen Sie mir, dass es kein natürlicher Tod war. Ich hatte mich schon gewundert, warum Sie den ganzen Palacio abriegeln lassen und so viele von uns befragt haben. Da konnten Ihre Mitarbeiter noch so sehr behaupten, die Befragungen seien reine Routine.«

»Darauf dürfen wir Ihnen nicht antworten, aber wir stehen noch ganz am Anfang unserer Ermittlungen und müssen uns vergewissern. Wir gehen verschiedenen Hinweisen nach. Bekommen Sie jetzt bitte keinen Schrecken, aber wir müssen feststellen, ob es einen Zusammenhang zwischen der Buchpräsentation und dem Tod des Unternehmers gibt, daher ist es wichtig, dass wir Vor- und Nachnamen des großen Unbekannten – des Autors – herausfinden.«

»Des Phantomautors meinst du wohl«, flüsterte Estíbaliz mir ins Ohr.

»Ich will Ihnen nichts vorlügen, ich habe tatsächlich so meine Vermutungen.« Der Verleger kehrte uns den Rücken zu und betrachtete eine der Wandmalereien. »Wie kann ich ihn nicht kennen, werden Sie mich fragen, das ist mir klar. Habe ich ihn denn nie getroffen, nie mit ihm telefoniert, haben wir uns nie zusammengesetzt, um den Vertrag zu unterzeichnen?«

»Ja, das sind einige der Fragen, die man sich unwillkürlich stellt«, gab ich zu.

»Die Kommunikation mit mir läuft schriftlich, immer unter Pseudonym: Diego Veilaz. Normalerweise publizieren wir keine Romane. Wir sind nur ein kleiner Verlag: Comics, hin und wieder Ausstellungskataloge, die von den Museen oder Stadtverwaltungen finanziert werden … Aber als er mir das Manuskript schickte, wie hätte ich es da ablehnen können? Das war eine potenzielle Goldgrube, wobei dieser Beruf viel von einer Wette hat und man nie weiß, wie der Markt reagieren wird. Aber für diesen Roman wollte ich das Risiko eingehen, auch wenn ich dafür aus meiner Komfortzone herausmusste. Ich hatte mein Buchhandelsverteilernetzwerk, zwei Vertreter, die Kontakte zur Druckerei und ein kleines Lager: die gesamte Infrastruktur, die ich für die Publikation brauchte. Einen guten Illustrator für das Cover zu finden war mein kleinstes Problem; ich arbeite ja täglich mit Illustratoren. Alles lief per E-Mail. Natürlich bestand ich darauf, dass wir uns persönlich treffen. Ich kenne alle unsere Autoren, meistens sind die Beziehungen recht eng, denn man muss ja viele kreative Entscheidungen treffen. Aber er ließ sich nicht überreden, und ich konnte mir die Sache nicht entgehen lassen.«

»Sie haben gesagt, Sie hätten Ihre Vermutungen«, fragte ich nach.

»So ist es. Kommen Sie, Sie werden es besser verstehen, wenn ich es Ihnen zeige«, sagte er und führte uns zu seinem Computer. »Ich arbeite mit zwei E-Mail-Adressen. Eine ist die, die auf der Verlagswebsite steht. An diese Adresse schreiben mir Zeichner oder Institutionen, die mit uns arbeiten wollen. Sie können sich gar nicht vorstellen, wie viele Mails dort eingehen. Die zweite, persönliche Adresse gebe ich nur den Autoren, mit denen ich bereits einen Vertrag unterzeichnet habe und die bei uns veröffentlichen.«

»Wie viele Autoren haben Sie?«

»Nicht viele, achtundzwanzig.«

»Und jetzt werden Sie uns sagen, der unbekannte Autor von *Die Herren der Zeit* sei direkt über Ihre persönliche Mailadresse an Sie herangetreten?«, kam ich ihm zuvor.

Er sah mich verdutzt an und zupfte an seinem Bart.

»Also, Sie sind ja wirklich fix. Ja, das wollte ich Ihnen zeigen. Der Autor muss jemand sein, der schon bei mir publiziert hat. Allerhöchstens könnte es noch sein, dass jemand diesem Diego Veilaz meine persönliche E-Mail-Adresse gegeben hat. Das kann ich natürlich nicht wissen. Aber ganz ehrlich, Comiczeichner gibt es sehr wenige, und in dieser kleinen Welt herrscht große Konkurrenz. Es ist schwer genug für sie, einen Verlag zu finden, in dem sie publizieren können, und normalerweise sind sie Kollegen gegenüber nicht gerade großzügig mit Rat und Kontaktadressen. Ich bezweifle sehr, dass einer von ihnen meine Adresse an einen Kollegen weitergegeben hat, zumindest nicht, ohne mich vorher um Erlaubnis zu bitten oder mir Bescheid zu geben.«

»Dann haben wir also eine Liste von achtundzwanzig Comiczeichnern, von denen einer der Autor sein könnte«, fasste Milán mit glänzenden Augen zusammen. »Geben Sie mir Zugang zur Ihrem E-Mail-Adressbuch?«

»Ja, aber selbstverständlich. Ich habe nicht vor, eine Kriminalermittlung zu behindern. Allerdings ist Ihnen hoffentlich klar, dass das persönliche und vertrauliche Daten sind.«

»Selbstverständlich. Die Daten verlassen diesen Raum nicht. Trotzdem, Sie sagten, Sie hätten die eine oder andere Vermutung«, hakte ich nach.

»Ich werde ein bisschen in Ihrem Computer stöbern«, warf Milán ein, die bereits auf dem gewaltigen Thron des Verlegers saß. »Am Ende hinterlasse ich ihn Ihnen ganz sauber, aber ich möchte alle diese E-Mail-Adressen zurückverfolgen und herausfinden, von wo aus die Mails versandt wurden. Können Sie mir Ihren E-Mail-Verkehr mit dem Autor herausfiltern?«

»Sicher«, sagte er und schrieb ins Suchfeld: »Diego Veilaz«.

Unter unseren aufmerksamen Blicken begann Milán zu tippen. Nach wenigen Minuten geschah die Magie. Weiße Magie: Auf einer Karte der Provinz Álava erschien ein Punkt im Valle de Valdegovía.

»Das ist ja merkwürdig …«, merkte der Verleger an.

»Warum?«, fragte ich.

»Weil das eine meiner Vermutungen war.«

»Da war ich vor ein paar Monaten mal in einer Ausstellung«, erzählte Estíbaliz sehr dicht an meinem Ohr.

Sie entfernte sich ein paar Schritte und beschäftigte sich mit ihrem Telefon.

»Das GPS zeigt den Torre de los Nograro, oder?«, fragte Estíbaliz. »Diese Turmfestung im Valle de Valdegovía.«

Milán nickte. Esti winkte mich unauffällig zu sich.

»In einem der Säle dieses befestigten Wohnturms war ein Habit der Dominikanernonnen des Klosters Nuestra Señora del Cabello ausgestellt. Schau, Kraken«, flüsterte sie mir zu und zeigte mir ein Foto, auf dem eine schlanke Puppe genau den Habit trug, dem ich über die Dächer von San Miguel hinterhergejagt war.

»Pruden«, sagte ich laut, »hatten Sie Schauspieler angeheuert, die die Buchpräsentation lebendiger machen sollten?«

»Schauspieler? Ich verstehe nicht … Der Archäologe, der mich begleitete, hat wirklich bei den Ausgrabungen der Fundación Santa María mitgearbeitet, das versichere ich Ihnen.«

»Ich meinte nicht den Archäologen, sondern eine Dominikanernonne.«

»Nein, das ist mir nicht in den Sinn gekommen. Der Roman verkauft sich von allein, dergleichen hatte ich nie vor.« Er schnaufte und trocknete sich erneut den Schweiß an den Schläfen.

Sackgasse, sagte ich mir. Man würde auf anderen Dächern weiter nach dieser Nonne suchen müssen, denn hier war keine Spur von ihr.

»Zurück zu Ihrer Vermutung. Sie fanden es plausibel, dass die Mails von diesem Punkt im Valle de Valdegovía abgeschickt wurden.«

»Ramiro Alvar Nograro, Herr des Torre de Nograro«, antwortete er feierlich, als müsste der Name uns etwas sagen.

»Wer?«, fragte Estíbaliz interessiert.

»Ramiro Alvar Nograro, der fünfundzwanzigste Herr von Nograro«, erklärte er. »Ein junger Bursche, noch keine vierzig. Für sein Alter sehr gelehrt. Sehr scheu, Manieren wie ein Herr aus dem neunzehnten Jahrhundert. Mit enzyklopädischen Kenntnissen über die Geschichte seiner adeligen Familie. Ein lebendig begrabener Gelehrter. Er wurde in diesem Turm geboren, wuchs dort auf und wird auch dort sterben, ohne das Gelände verlassen zu haben, das versichere ich Ihnen. Seine Familie beherrscht das Valle de Valdegovía seit dem Mittelalter. Alle Erstgeborenen erben den Namen Alvar. Und die jüngeren Brüder tragen ihn als zweiten Vornamen, für den Fall, dass die Erstgeborenen ohne Nachkommen sterben. So ist es seit über tausend Jahren. Ein in unserer Provinz einzigartiger Fall, glaube ich, ein Vermögen, das ein Jahrtausend lang zusammengehalten wurde. Die Grundstücke und Ländereien in der Umgebung des Torre verpachten sie noch heute. Früher besaßen sie die Eisenhütte, die Mühle und die Kirche, wie jede adelige Familie hier … Einmal erzählte mir Ramiro Alvar – ein bisschen verlegen –, er sei so reich, dass seine Nachkommen in den nächsten fünfhundert Jahren nach seinen Berechnungen gar nicht zu arbeiten bräuchten. Wobei ich bezweifle, dass dieser junge Mann Nachkommen haben wird, so brillant und gut erzogen er auch ist. Er hat das Gelände seiner Turmfestung niemals verlassen. Wenn wir zusammengearbeitet haben, bin ich immer zu ihm gefahren.«

»Woran haben Sie denn zusammengearbeitet?«, wollte Estíbaliz wissen.

»Am Katalog einer Ausstellung über das Valle de Valdegovía, die die Gemeindeverwaltung von Ugarte vor einiger Zeit organisiert hat. Ramiro Alvar wollte die Ausstellung fördern, um Tourismus in die Region zu ziehen. Er war immer schon ein diskreter Mäzen.«

»Das ist bestimmt die Ausstellung, in der ich gewesen bin«, sagte Estíbaliz. »Haben Sie noch ein Exemplar des Ausstellungskatalogs?«

Der Verleger nickte und machte sich in einem der Regale auf die Suche danach.

»Könnten Sie sich vorstellen, dass Ramiro Alvar der Autor ist?«, fragte ich.

»Ganz ehrlich? Ich hatte mehrere Kandidaten und die eine oder andere Kandidatin im Auge, und ja, ich habe mich immer gefragt, ob er es ist.«

»Sie sagten, er sei sehr schüchtern.«

»Ein Bücherwurm. Ängstlich, wenig an den Umgang mit anderen Menschen gewöhnt, bis auf die Frau, die die Gemeindeverwaltung für die Führungen durch die Turmfestung eingestellt hat. Wobei er im Dorf sehr beliebt ist. Der Bürgermeister und die Gemeinderäte sagen, mit ihm könne man gut arbeiten. Außerdem bekommt er oft Besuch von seinen Anwälten oder Nachbarn, die

Fragen zur Pacht haben oder so. Er hat nicht einmal ein Mobiltelefon – er sagt, er brauche keins. Und das stimmt ja, in einem seiner Arbeitszimmer hat er ein Festnetztelefon. Er bewohnt die beiden oberen Stockwerke des Turms. Das Erdgeschoss kann besichtigt werden, es gibt da eine Ausstellung mit verschiedenen Gegenständen aus dem Besitz seiner Familie: Reliquiare, Militäruniformen, Arkebusen, Sättel, Bücher seiner Vorfahren … In seinem Stammbaum findet man alles Mögliche: Militär, Priester, Gelehrte und sogar Bürgermeister. Die Gesichter in den Radierungen und Daguerreotypien, auf den Schwarz-Weiß-Fotos und schließlich auf den Farbfotos ähneln sich sehr.«

»Vielleicht will er deshalb nicht in die Medien und auch keine Interviews geben«, sagte Estíbaliz.

»Es gibt einige solcher Autoren, das stimmt. Zu schreiben ist eines. Aber es fühlt sich nicht jeder in der Lage, mit der Presse umzugehen oder vor Publikum zu sprechen. Das sind so verschiedene Tätigkeiten, dass nicht jeder unbedingt beides gut kann.«

»Was können Sie mir über den Vertrag sagen, den Sie geschlossen haben? Auf welchen Namen lautete der?«, fragte ich.

»Auf den Namen einer Firma: Diego Veilaz, S. L. Die angegebene Kontonummer gehörte zu einer sehr beliebten Wohltätigkeitsorganisation. Damit will ich sagen, dass ihn das Geld, das er mit seinem Werk verdient, nicht interessiert, und mit einem solchen Erfolg haben wir natürlich sowieso nicht gerechnet.«

»Das Geld interessiert ihn also nicht …«, wiederholte Esti gedankenverloren.

Oder jedenfalls nicht dieses Geld, dachte ich. Wenn dieser Ramiro Alvar so reich ist … was interessieren ihn dann irgendwelche Tantiemen?

Da bekam ich einen Anruf von Manu und entfernte mich ein Stück vom Schreibtisch des Verlegers.

»Kraken, jemand hat uns eine Baustelle im Altstadtkern gemeldet. Bist du da in der Gegend?«

»Ja, worum geht es?«

»Das wissen wir noch nicht, aber in einer Wohnung zwischen der Cuchi und dem Cantón de Santa María, die gerade umgebaut wird, riecht es übel, obwohl die Wohnung völlig leer ist, nichts als Boden und Wände. Jedenfalls würde ich mir das gern mal ansehen.«

»Eine Katze im Abflussrohr, wetten?« Ich hätte gelächelt, wenn wir es mit solchen Meldungen nicht jedes Jahr mehrfach zu tun bekämen. Dann benachrichtigten wir die Feuerwehr, oder die Feuerwehr benachrichtigte ihrerseits uns. Die heiße Kartoffel wanderte hin und her, je nachdem, wen der Nachbar mit der empfindlichen Nase zuerst angerufen hatte.

»Kommst du hin oder nicht?«

»Estíbaliz und ich fahren gleich nach Valdegovía und sind erst in ein paar Stunden wieder zurück. Aber Milán ist bei uns.« Ich sah sie an. Sie wirkte wenig begeistert. Seit Milán mit Manu Schluss gemacht hatte, herrschten zwischen ihnen Spannungen, wenn sie zusammenarbeiten mussten, auch wenn sie sich bemühten, sie zu überspielen. Es tat mir leid, die zwei zusammen auf diese Sache anzusetzen, aber der scheue Ramiro Alvar Nograro hatte meine Neugier geweckt. Ein interessanter Typ, egal, ob er nun der Autor war oder nicht. »Milán trifft dich am Cantón de Santa María.«

»Milán. Alles klar, Chef. Sag ihr, wir treffen uns in zehn Minuten.« Er seufzte resigniert.

Estíbaliz saß am Steuer, als wir Vitoria hinter uns ließen und Richtung Valle de Valdegovía fuhren. Ich lehnte mich auf dem Beifahrersitz zurück und beschränkte mich darauf, die vergoldeten Wipfel der Buchen zu betrachten, während die Berge immer näher an uns heranrückten, bis die Landstraße einer einzigen langgezogenen Höhle ähnelte.

Weil unsere beiden dringenden Fälle unsere ganze Zeit auffraßen, war ich seit Tagen nicht mehr in Villaverde gewesen. Mir fehlte der frische Wind, der mir den Kopf freipustete auf meinen Spaziergängen durch meine Sierra, wenn ich ziellos unter Eichen und Buchsbäumen über schlammbedecktes Laub dahinlief.

Wir fuhren am kleinen Dorf Ugarte vorüber, einem entzückenden Ort mit blühenden Fuchsien in den Blumenkästen, der sich seine mittelalterliche Anlage bewahrt hatte. Dann nahmen wir die schmale Straße, die zum Torre de Nograro führte, gerade einmal siebenhundert Meter vom Ortsausgang entfernt.

Das Grundstück beherbergte einen rechteckigen Turm mit Zinnen und Pechnasen an den Ecken. Einige wenige Fenster in alle vier Himmelsrichtungen und eine kleine Mauer, die einen Graben verbarg. Das Eingangsportal hatte einen Spitzbogen, und darüber befand sich ein kleines Fenster.

»Und du warst also schon mal da drin«, sagte ich, während Estíbaliz parkte.

»Ja, in dieser Ausstellung, aber ich hatte keine Ahnung, dass der alte Hausherr im selben Gebäude wohnt.«

»Der Turm ist tausend Jahre alt, nicht der Hausherr«, erwiderte ich, und wir stiegen aus.

Wir überquerten die kleine Brücke und betraten den Eingangsbereich. Es war, als liefe man durch einen Zeittunnel. Zu unseren Füßen empfing uns eine gewaltige Einlegarbeit einer Windrose aus Kieselsteinen. Über unseren Köpfen hing eine alte Waage mit der Jahreszahl 1777, und der Holzboden wies einige ausgetretene Schnitzereien auf. Reines Mittelalter. Herrlich.

Eine sehr große junge Frau mit einem Grübchen im Kinn und langem Seitenzopf empfing uns an einem Tresen, der an einer Seite des Eingangsbereichs stand. Vermutlich war sie die Frau, die im Auftrag der Gemeindeverwaltung die Besichtigungen durch den öffentlichen Teil der Turmfestung durchführte.

»Guten Tag«, sagte ich, »wir wollen …«

»Haben Sie angerufen? Für heute habe ich keine Führung vereinbart«, unterbrach sie mich mit sanfter Stimme.

»Kriminalpolizei«, entgegnete Esti knapp und zeigte ihr die Polizeimarke. Sie hatte schon jetzt keine Geduld mehr und wollte sich nicht mit Höflichkeiten aufhalten. »Können wir den Hausherrn sprechen?«

»Sicher, ich melde Sie an«, sagte die junge Frau.

Ich musterte ihren Arbeitsplatz. Ein Computer, eine Auslage mit Katalogen zu den Ausstellungsstücken und sonst nicht viel. Zahllose Stunden voller Langeweile in diesem von der Welt vergessenen Paradies inmitten von Weizenfeldern, stellte ich mir vor.

»Ramiro Alvar, du hast Besuch«, sagte sie in die Gegensprechanlage neben der makellos sauberen, glänzenden Holztheke.

»Ich bin nicht da.«

»Ich glaube, du solltest diesen Besuch doch lieber empfangen«, beharrte sie.

»Ich bin Inspector López de Ayala von der Krimin…«

»Ein López de Ayala, von denen gibt es also noch welche … Kommen Sie rauf. Ich werde Sie empfangen«, unterbrach er mich. Er hatte die Stimme eines jungen Mannes im Verein mit einer Autorität, die ich manchmal auch gern hätte.

»Gehen Sie in den dritten Stock, er ist im Arbeitszimmer mit den Landschaftsgemälden«, erklärte uns die junge Frau.

»Ah, der Señor Conde hat mehrere Arbeitszimmer«, kommentierte Esti spöttisch.

Diese Wirkung hatten sehr reiche Leute auf sie, und sie konnte sich nicht gut verstellen. Estíbaliz war in einem Haushalt aufgewachsen, dessen Einkünfte unterhalb der Armutsgrenze gelegen hatten, auf einem heruntergekommenen Bauernhof fünfzig Kilometer außerhalb der Stadt.

Die Turmführerin ignorierte Estis Bemerkung, öffnete uns eine Tür, durch die man zu einer Holztreppe gelangte, und wir stiegen hinauf in den dritten Stock, wo wir einen Raum mit stoffbespannten Wänden und einer Jagdszene betraten, in der eine Hundemeute die begehrte Beute verfolgte.

Als unser Gastgeber den Raum betrat, schien es sein Hauptanliegen zu sein, dass uns der Mund offen stehen blieb.

Langsam und selbstgefällig stolzierte er zwischen den Gemälden seiner Vorfahren hindurch, die Hände hinter dem Rücken verschränkt, während um seine Lippen ein spöttisches Lächeln spielte. Der Mann erinnerte an ein verwöhntes Kind, das Besuchern stolz sein Kinderzimmer mit den Spielsachen, sein Baumhaus, sein Zelt im Garten zeigte.

Ramiro Alvar Nograro trug eine edle scharlachrote Soutane mit feinen Stickereien. Er war der attraktivste Priester, den wir je gesehen hatten. Und ich verwende den Plural, weil es einmal eine Zeit gegeben hatte, da hätte ich dafür getötet, dass Estí mich so ansieht.

Damals, als wir noch keine Kollegen waren, sondern uns in den Bars der Altstadt begegnet waren. Damals in ihrer Sturm-und-Drang-Phase, in der sie tat, was sie wollte, und ihr alles egal war – was mich sehr antörnte, so dass ich dafür sorgte, dass ich dieser zierlichen Rothaarigen immer wieder »zufällig« begegnete. Dann hatte ich ihrer besten Freundin Paula mein Leid geklagt, als mich an einem weinseligen Abend das heulende Elend überkam. Paula tröstete mich, und auf einen Kaffee im Caruso folgten noch einer und noch einer und noch einer, bis der Sensenmann unserer Liebesgeschichte auf der Geraden an den Kiefern ein Ende gesetzt hatte.

Doch ich kehrte in die Gegenwart zurück und konzentrierte mich auf den sonderbaren Bewohner dieses Turms.

Ramiro Alvar hatte blaue Augen und einen ausgesprochen intelligenten, scharfsichtigen Blick, kokett zurückgekämmtes und mit Wachs in Locken gelegtes blondes Haar, eine Denkerstirn und Augen, die uns von einer imaginären Kanzel herab ansahen, als wären wir für ihn nur kleine Kinder.

»Die Herrschaften wollen mir nicht zufällig beim Mittagessen Gesellschaft leisten?«, fragte er. »Ich kann Ihnen Hahnenkämme anbieten, meine Lieblingsspeise.«

Ich wollte seine Einladung gerade liebenswürdig ablehnen, da unterbrach mein Mobiltelefon den unbehaglichen Augenblick. Der Name Alba blinkte im Display.

»Unai, meine Mutter hatte einen Unfall. Ich fahre jetzt ins Krankenhaus.«

9

DER CAUCE DE LOS MOLINOS

Diago Vela · *Im Jahr des Herrn 1192, Winter*

Ich wollte nicht, dass es dazu kam, das schwöre ich. Allerdings denke ich heute, dass das, was an jenem eisigen Morgen geschah, die Ursache vieler der Tode und Unglücksfälle war, welche uns später befielen.

Ich traf sie dabei an, wie sie barfuß über den bläulichen Schnee lief. Sie hatte eine königliche Haltung, breite Schultern, eine flache Brust. Mit Schlittschuhen über der Schulter, war Onneca sich der Welt, die sie umgab, kaum bewusst. Das Heulen des eisigen Windes, die weißen Vögel des Winters auf der Suche nach Mäusen, die vom Gewicht des Schnees niedergedrückten Äste der Eichen …

Eine Heerschar hätte die alte Mühle angreifen können, und Onneca hätte nichts davon bemerkt. Es hätte sie auch nicht erschüttert. So war Onneca.

Sie hatte mich nicht zum Mühlbach kommen sehen. Es war mein Lieblingsplatz, ein ruhiger Ort im Osten der Stadtmauer. Der friedliche blaue Himmel spiegelte sich im jungfräulichen Weiß des Feldes und ließ es ein wenig wie ein unbewegtes Meer aussehen.

Ein dichter Eichenwald schenkte mir die Ungestörtheit, die ich brauchte. Ich hatte die efeuüberwachsenen Ruinen einer einst vielbeschäftigten Mühle aufgesucht, die mit der Zeit ihre Bedeutung verloren hatte. Der künstliche Wasserlauf, der so umgeleitet worden war, dass er unter dem gewaltigen Holzrad hindurchfloss, führte jetzt kaum ein kleines Rinnsal, und an den Schaufeln des Rades hingen Eiszapfen, so dass es einem alten Weib mit gefrorenen Tränen im Gesicht glich.

Ich hatte mich auf einen großen umgestürzten Baumstamm mit Blick auf den zugefrorenen Wasserlauf gesetzt, und dann war in der Ferne Onneca auf Schlittschuhen erschienen, den Blick auf einen Punkt am Horizont gerichtet, den nur sie sah.

Schließlich bemerkte sie mich und schrak zusammen, fasste sich aber sogleich wieder, als sie mich erkannte. Sie hielt an, kauerte sich hin, zog die Schlittschuhe aus und kam ohne sie zu mir. Den knarzenden Schnee unter ihren bloßen Füßen ignorierte sie.

»Und Eure Schuhe?«

»Blieben am Ufer zurück«, erwiderte sie, als wäre es ihr gleichgültig.

»Um Euren Vater tut es mir leid«, sagte ich, um zu beobachten, welche Wirkung das auf sie haben würde. Was war jetzt der angemessene Umgang mit meiner frischgebackenen Schwägerin?

»Ich bin in diesen zwei Jahren jede Woche hierhergekommen«, sagte sie bloß. Ich glaubte, Traurigkeit in ihren Augen zu lesen. Große Traurigkeit. »Vor dem Hahnenschrei, zu dem wir immer hinter Vaters Rücken zusammenkamen. Komm, ich will dir etwas zeigen.«

Ich wollte ihr so vieles sagen, dass ich lieber schwieg. Nichts würde die stumme Herausforderung in ihrem Blick beschwichtigen.

Ich folgte ihr zur Nordwand der Mühle, die dem Zahn der Zeit zum Opfer gefallen war – ganz so wie das, was wir einst hatten und niemals wiederkehren würde.

»Was soll ich hier sehen?«, fragte ich befremdet.

Sie kauerte sich hin und strich den Schnee von einem kleinen gemeißelten Stein.

»Dein Grab. Der Lavendel, den ich pflanzte, damit du dich

nicht einsam fühlst, hat überlebt. Ich deutete es nicht als Zeichen deines Überlebens. Wie töricht von mir. Ich hatte es hier vor Augen.«

»Du hast einen Grabstein für mich errichtet?«

»Und was spielt das jetzt noch für eine Rolle?«, brach es aus ihr hervor. »Wie soll ich heute Abend bei deinem Bruder liegen, wenn du wenige Meter weiter von mir lebst und atmest?«

»Ich werde umziehen.«

»Du *lebst*!«, wiederholte sie und trat zu mir. »Du lebst, ich kann es nicht einmal glauben. Ich glaubte dich auf dem Grunde des Meeres. Ich sorgte mich um deinen Körper, um deine Knochen dort in der eisigen nassen Tiefe.«

Sie betrachtete mich wie eine Erscheinung, mit dieser Mischung aus Ungläubigkeit und Ehrfurcht vor dem Unerklärlichen. Dann hob sie die Hand und streifte meine Wange. Ich bremste sie. Da war eine große Hitze. Viel größer als erlaubt.

»Und nun, mein guter Diago, darf ich dich nicht einmal berühren?«

»Du weißt, was mit Ehebrecherinnen geschieht. Nagorno wird über dich wachen, wir dürfen uns nicht allein sehen.«

»Und mich mit deinen Blicken, mit deinen wohlerzogenen, maßvollen Worten eines guten Schwagers zufriedengeben?«

»So muss es sein.«

Um einen Tag, um einen gottverdammten Tag, aber so muss es sein.

»Sag mir wenigstens, dass es keine anderen gab, dass ich in diesen Jahren die Einzige in deinen Gedanken und in deinen Beinkleidern war.«

Ich setzte mich auf meinen eigenen Grabstein.

»So war es.«

»Es gab Gerüchte …«, sagte sie.

»Es waren Gerüchte, da war nichts.«

»Die schweigsame und fromme Berengaria.«

»Ich übergab sie jungfräulich an Richard, wie ihr Vater es mir befohlen hatte. Hältst du mich für so unvernünftig, dass ich das Wagnis eingehe, mir von zwei Königen, dem von Navarra und dem von England, den Schwanz abhacken zu lassen?«

»Ich habe eine liebevollere Erklärung erwartet, eine, die mit mir zu tun hat.«

»Alles führt zu dir, ich muss es weder wiederholen noch dir versüßen, du weißt es. Du warst nie eine Frau, die Lobeshymnen verlangt. Du brauchst sie nicht. Ein Spiegel und das, was deine Familienchronik dereinst über dich sagen wird, reichen dir. Wer hat dir von der Mission erzählt, die König Sancho mir übertrug?«

»Wie du ganz zu Recht immer gesagt hast, bin ich die Augen und die Ohren von Nova Victoria. Hast du gedacht, ich würde nicht in Erfahrung bringen, warum du dich in aller Eile eines Nachts auf den Weg nach Aquitanien machtest, ohne eine Erklärung abzugeben?«

»Wer, Onneca? Nicht einmal dein Vater wusste davon.«

»Wer, glaubst du, stand dem Hof in Tudela so nahe, dass so viele Vorbereitungen ihm nicht entgingen?«

Ich erhob mich und dachte kurz darüber nach. »Jetzt verstehe ich. Der gute Bischof García, der junge Schützling deines Vaters.«

»Als er mich so am Boden zerstört sah, dass er mit dem Schlimmsten rechnete, erbarmte er sich meiner und erzählte es mir. Nimm es ihm nicht übel. Es war ein Bekenntnis zwischen Vetter und Base. Nicht einmal meinem Vater habe ich es erzählt. Es ist weiterhin ein Geheimnis, das nur wir drei kennen.«

»Und so muss es bleiben. Der König vertraut auf mich, und ich setze meinen Kopf aufs Spiel, wenn herauskommt, was ich in diesen zwei Jahren tat. Ich *durfte* es dir nicht verraten, Onneca. Kannst du mir verzeihen?«

»Eine Nachricht, Diago. Eine kurze Nachricht. Jetzt vertraust du auf mein Stillschweigen, warum nicht damals, als ich dir versprochen war?«

»Ist es das? Bist du mir böse?«

Sie presste die Lippen aufeinander, bis sie farblos wurden.

»Böse?«, entfuhr es ihr. »Ich bin fuchsteufelswild! Sie standen kurz davor, mich dem greisen Senior von Ibida zu geben, diesem buckeligen Witwer, und dann dem jungen Sohn von Funes, einem vom anderen Ufer, der unter den Seeleuten von San Sebastián berühmt ist. Wenn dein Bruder nicht gewesen wäre …«

»Sprich nicht mehr von Nagorno«, bat ich sie. Ich trat zu ihr und hielt ihr den Mund zu, damit ich nicht mehr hören musste, wie sie seinen Namen aussprach. »Ich ertrage es nicht.«

Und dann fielen wir auf das, was mein Grab hätte sein sollen oder es noch immer war, und berührten uns mit ebender Wildheit, die ich in Erinnerung hatte. Als ich das Gewicht ihres Körpers auf mir spürte und Lippen, die mich suchten, bis sie mich fanden, fühlte ich mich zum ersten Mal in zwei Jahren wieder lebendig.

»Lass uns in die Mühle gehen, Onneca, hier ist es zu kalt«, flüsterte ich.

Und wie so oft in der Vergangenheit schlichen wir uns in die Mahlkammer. Sie war zum Teil eingestürzt, doch es gab Stellen, wo man vor dem Schnee geschützt war, und die alten Holzdielen schenkten uns an jenem Wintermorgen ein wenig Wärme.

Onneca hatte es nicht so eilig wie ich. Sie entledigte sich der weißen Haube der Verheirateten, öffnete den Ledergürtel, und die enganliegende Tunika aus gelbem Wolltuch fiel ihr auf die Füße. Ich hätte nicht sagen können, wie oft ich diesen Anblick nachts vor Augen gehabt hatte. Sie setzte sich auf den Mühlstein, der ein Jahrhundert zuvor aufgehört hatte, sich zu drehen und Korn zu Mehlstaub zu zermahlen, und winkte mich zu sich.

Ich ließ die Hose herab und wollte schon über sie herfallen, doch sie hob die Hand.

»Nein, ich will, dass du dich ebenfalls entkleidest.«

Ich gehorchte. Was blieb mir übrig?

Dann waren wir nackt, und nackt umarmten wir uns.

Bald darauf endete meine zweijährige Enthaltsamkeit. Wir entlockten uns wie früher heftiges Stöhnen, und unsere Körper, die einander wiedererkannten, ersannen ohne unsere Erlaubnis immer neue Zärtlichkeiten.

»Glaubst du mir jetzt?«, stieß ich keuchend hervor.

»Es stimmt jedenfalls, dass du auf mich gewartet hast«, sagte sie lachend.

Ich schwieg nachdenklich. Dann zog ich ihr das Kleid über den Kopf.

»Wahrhaftig, ich hielt dir in der Ferne die Treue«, flüsterte ich. »Ich dachte, wir würden heiraten und uns unseren Plänen hier in der Stadt zuwenden, sobald ich mich meiner Pflicht entledigt hätte. Ohne dich an meiner Seite kann ich mir nicht vorstellen, zwei im Streit liegende Stadtbezirke zu lenken.«

Onneca setzte sich, bereits angekleidet, neben den Mühlentrichter und wandte mir den Rücken zu.

»Du hast Weizenkörner im Haar, und dein Zopf hat sich aufgelöst. Lass mich dir helfen«, sagte ich und ging zu ihr. »Zieh meine Stiefel an, bis du deine wiederhast, sonst müssen sie dir die abgefrorenen Füße amputieren.«

Sie lächelte, nickte und zog meine Stiefel an. Dann lehnte sie sich mit dem Rücken an mich und ließ sich das Haar richten.

»Den Kirchenmännern wird gar nicht gefallen, dass du dein Haar nicht vollständig bedeckst«, bemerkte ich.

»Bischof García ist wie ein Bruder für mich. Und wenn García spricht, verstummen alle hier. Und wenn García es duldet, behalten alle hier den anklagenden Finger für bessere Gelegenheiten in der Tasche. Gestern bei Vaters Beerdigung gab er mir seinen Segen, mit Haube und Zopf, und alle haben es gesehen. Niemand wird etwas sagen, niemand wird mir Vorwürfe machen, weil ich das Haar unter der Haube sehen lasse.«

So war Onneca. Immer fand sie eine Möglichkeit, ihren Willen durchzusetzen, sich dabei aber auch abzusichern, wofür ich sie bewunderte.

Den Vertretern der Kirche mit ihrer schmutzigen Phantasie hatten diese Hauben jedenfalls noch nie gefallen, und sie versuchten, sie zu verbieten. Die Gestalt erinnerte sie zu sehr an ein männliches Gemächt, und das hielten sie für einen Verstoß gegen die gebotene Sittsamkeit.

»Als ich sah, welche Lust du bei ihm empfandest …«, begann ich nachdenklich. »Da dachte ich, was zwischen uns war, sei dahin. Es sei vergangen, unwiederbringlich. Ich kann nur schwer hinnehmen, dass ein einziger Tag uns getrennt hat. Dass du noch eine unverheiratete Frau gewesen wärst und die Verlobung hättest lösen können, wenn ich nur einen Tag früher zurückgekehrt wäre.«

»Gelöst? Du glaubst, ich hätte sie gelöst?«, fragte sie befremdet und ein wenig zerstreut.

Ich ließ den Zopf halbfertig und setzte mich vor sie.

»Du hättest Nagorno auch dann geheiratet, wenn du mich am Leben gewusst hättest?«

»Nagorno ist ein großer Mann. Zu mir war er immer aufmerksam und liebenswürdig.«

Das ist nicht er, nur eine seiner Masken, wollte ich ihr sagen. Doch wie es ihr erklären? Wo beginnen? Er will den Einfluss, den ihr über die Tuchweber ausübt, für sich, er will euren Besitz, er will alles.

»Und er führt große Verbesserungen in der Stadt durch«, fuhr sie fort.

»Große Verbesserungen? Die Mendozas kontrollieren schon den Weg nach Arriaga, und Nagorno hat ihnen erlaubt, den Zehnten für Obst und Gemüse einzuziehen. Und was haben sie getan? Noch mehr aus den Händlern herausgepresst. Gestern kam ich am Markt bei Santa María vorbei. Es werden kaum Äpfel verkauft, ebenso kaum Rüben und Lauch. Wenn die Bewohner in Vitoria kein Obst und kein Gemüse kaufen können, werden sie andernorts danach suchen. Das ist es nicht, was wir wollen. Wir wollen nicht, dass die Adeligen auf der faulen Haut liegen, während sie die Abgaben erhöhen. Dies ist eine Stadt der Handwerker und Händler.«

»Komisch, dass gerade ein Conde das sagt.«

»Bevor wir Condes wurden, waren wir Hüttenmeister. Damit hat alles begonnen. Die Herren der Stadt müssen die Stadt beschützen. Deshalb errichtete mein Vorfahr, der Conde Don Vela, zur Zeit von Alfonso I. die Mauern. Um uns zu schützen. Damit die Bewohner hier in Sicherheit sind. Doch wenn auf dem Markt die Waren fehlen, werden die Menschen wegziehen, bis niemand mehr hier ist.«

»Du redest wie mein Vater«, bemerkte sie leise.

»Und der ist jetzt tot …«

»Wir müssen alle sterben«, sagte sie und gab mir die Stiefel zurück. »Er war ein alter Mann, seine Stunde war gekommen.«

Er war ein kräftiger Mann, der noch nicht das fünfundvierzigste Lebensjahr vollendet hatte. Seine Stunde war noch nicht gekommen, wollte ich ihr sagen. Doch ich schwieg. Ich hatte nicht mehr als einen Verdacht.

»Die Stadt ist gewachsen, seit du fortgingst. Die Maturanas leben jetzt in der Nähe des Portal Oscuro. Mein Vater wollte ihnen nicht das Recht einräumen, Abgaben zu erheben, und stimmte im Rat dagegen. Aber Nagorno wird sich dem nicht widersetzen, und ich unterstütze ihn darin.«

»Wovon redest du? Willst du Familien, die andere Dörfer beherrschen, an die Stadttore setzen, damit sie Zölle, Abgaben und Steuern erheben können? Mit welchem Recht?«

»Du weißt, dass sie mit König Sancho nicht zufrieden sind. Die Bewohner der Villa de Avendaño ziehen allmählich alle nach Nova Victoria, bis ihr Dorf irgendwann verwaist sein wird. Ihre Seniores würden gern die Waffen gegen uns erheben. Die von

Avendaño haben es schon zweimal getan. Warum blickst du nicht weiter? Wir geben den adligen Familien, die das wünschen, die Stadttore, und machen sie damit zu Verbündeten.«

»Nicht, wenn sie ihre Macht missbrauchen, Onneca. Was sagen die Krämerinnen?«

Die Krämerinnen kümmerten sich um die Versorgung der Stadt, wie eine Hausfrau dafür sorgte, dass die Speisekammer ihres Hauses immer gefüllt war. Wenn gesalzener Fisch für die Fastenzeit fehlte oder abzusehen war, dass die Ernte schlecht ausfallen würde, sahen sie das monatelang vorher und bestellten Mehl oder Weizensaat aus den Ostseeländern, damit niemand Hunger leiden musste. Öl, Fisch, Kerzen, Sardinen … Der Rat kontrollierte die Preise, und wenn die Frauen die Versorgung der Stadt nicht gewährleisteten, wurden sie bestraft. Und Onneca zog die Fäden und überwachte sie, lief durch die Straßen, besuchte die Stände und plauderte beim Licht des Herdfeuers rund um das Spinnrad mit den Ehefrauen sämtlicher Zünfte. Gemeinsam webten sie das Netz, das Nova Victoria gut eingewickelt hielt. Onneca wusste, wer trank, wer zu den Huren ging, wer sich danebenbenahm und welche Frau kurz davorstand, ihrer Schwägerin die Haube vom Kopf zu reißen, worauf in der Stadt eine Strafe von fünfzig Sueldos stand. Onneca wusste alles innerhalb der Stadtmauern. Sie kannte die Arbeiterinnen und auch die Drohnen in dieser vielschichtigen Bienenwabe aus Straßen, Stadttoren und doppelten Mauern.

»Solange die Einkünfte weiter fließen, werden sie sich nicht beschweren«, erwiderte Onneca.

»Das ist aber nicht das, was sie mir gesagt haben. Ich glaube nicht, dass sie so zufrieden sind, wie du sagst. Das gefällt mir nicht, Onneca. Mir gefällt nicht, was Nagorno da zulässt, und dein Vater war auch nicht damit einverstanden, das hat er mir an dem Abend, an dem er starb, gesagt.«

»Vater ist nicht mehr. Und bis mein Bruder aus den Ländern

der Ungläubigen zurück ist, bin ich das Oberhaupt der Familie Maestu. Ich nehme an, du wirst dir deinen Titel zurückholen, und Nagorno ist dann nicht mehr der Conde Don Vela.«

»So ist es. Morgen bringt der Schreiber die Papiere in Ordnung.«

»Am Ende war ich nur ein paar Tage lang die Condesa Vela«, seufzte sie.

»Und Nagorno handelt seit gestern als Conde de Maestu.«

»Auch das«, sagte sie.

»Auch das.«

Früher hatten wir unsere Auseinandersetzungen so beendet. Beide stur wie Esel.

»Unser Erbe wird ein Maestu und zugleich ein Vela sein. Falls du unverheiratet bleibst, wer weiß, vielleicht wird der Sohn, den ich mit deinem Bruder habe, dann der nächste Conde Don Vela.«

Mir war nicht mehr danach zu reden. Vielleicht waren zwei Jahre zu viel gewesen. Vielleicht war Nagorno zu viel gewesen.

Am Ausgang bekamen wir eine Ohrfeige: Eine mit Hagelsplittern gesättigte Windböe schlug uns ins Gesicht, und wir wichen zurück. Dann vernahmen wir ein Wiehern und drehten uns um. Mein Bruder Nagorno stand vor der Tür der Mühle und beobachtete uns. Er war nicht allein. Ein herrliches Tier begleitete ihn, die schönste Stute, die ich je gesehen hatte. Kurzes glänzendes Fall. Reines Gold, das Onnecas Augen widerspiegelte.

»Es fing an zu schneien, und da sind wir hier hineingeflüchtet«, log Onneca.

»Ich weiß«, erwiderte mein Bruder mit einem sanften Lächeln.

»Er hat uns nicht gesehen«, flüsterte sie mir verstohlen zu. »Er weiß nicht, was wir getan haben.«

Das ist Nagorno, liebe Onneca. Glaub mir, hätte ich gern gesagt, der weiß besser als du und ich, was wir gerade getan haben.

10

DER TORRE DE NOGRARO

Unai · *September 2019*

»Was ist deiner Mutter denn passiert?«, bedrängte ich Alba, während ich Ramiro Alvars Räumlichkeiten verließ.

»Sie ist auf der Treppe bei uns im Haus gestürzt, nachdem sie Deba zu deinem Bruder Germán gebracht hatte. Sie wird gerade operiert, ich glaube, sie hat sich die Hüfte gebrochen.«

»Ich komme sofort.«

»Wo bist du denn?«, fragte sie.

Ich fasste ihr kurz unsere Besuche beim Verlag Malatrama und hier im Torre de Nograro zusammen.

»Dann führe zuerst die Befragung zu Ende und komm danach her. Deba ist bei deinem Bruder, und dein Großvater ist schon unterwegs von Villaverde hierher. Er wird vor dir da sein. Hol Deba ab, wenn du in Vitoria bist. Wenn es etwas Neues gibt, rufe ich dich an. Hier kannst du im Moment nichts tun.«

»Einverstanden, ich schließe das hier ab, und dann kommen wir. Esti wird deine Mutter auch besuchen wollen.«

»Ich weiß. Bis nachher.«

»Alba …«

»Was?«

»Mach dir keine Sorgen um deine Mutter. Sie ist stark, und wir werden uns um sie kümmern.«

Ich ging zurück in den Salon, doch da ich das Telefon schon in der Hand hielt, nutzte ich die Gelegenheit und machte unauffällig ein Foto von Ramiro Alvar, wie er gerade die Fenster öffnete.

Sofort zog es ein wenig, aber ihm schien die kalte Luft, die hereinzog, nichts auszumachen. Esti hingegen schlug unwillkürlich den Kragen ihrer Jacke hoch.

Ramiro Alvar setzte sich an seinem Schreibtisch in einen großen weißen Ledersessel und beobachtete uns amüsiert.

»Und was will ein López de Ayala im Heim der Nograros?«

»Ich bin in meiner Funktion als Inspector der Kriminalpolizei Vitoria hier. Wir würden uns gern mit Ihnen unterhalten und ein paar Fragen stellen. Dies ist Inspectora Estíbaliz Ruiz de Gauna …«

»Ruiz de Gauna … das wird ja immer besser. Wussten Sie, dass *aestivalis* ein lateinisches Wort ist? Es bedeutet ›sommerlich‹.«

»Wieder was gelernt«, erwiderte sie und lächelte.

Ramiro Alvar gefiel ihre spontane Antwort wohl, denn sein Blick ruhte auf ihr wie auf einer wertvollen Holzschnitzerei.

»Noch einmal: Was führt Sie hierher? Mir fällt kein Ort ein, an dem die Anwesenheit zweier Ordnungshüter weniger angezeigt wäre als dieser. Hier ist alles in Ordnung. Immer. Hier gibt es höchstens mich, und manchmal diese junge Frau, die der Dorfschulze schickt.«

»Sie meinen, sie ist bei der Gemeindeverwaltung angestellt«, berichtigte ich ihn. Ramiro Alvar schien nicht so recht klar zu sein, in welchem Jahrhundert wir lebten.

»Haarspaltereien. Wollen Sie mir jetzt antworten? Die Hahnenkämme werden kalt, es sei denn, Sie essen mit mir.«

»Das ist wirklich nicht nötig«, unterbrach Estíbaliz. »Wir möchten Sie nach einem Roman fragen: *Die Herren der Zeit*. Was können Sie uns darüber sagen?«

»*Die Herren der Zeit?* Den habe ich nicht gelesen. Und weshalb kommen Sie aus Vitoria hierher, um mich das zu fragen?«

Ich beobachtete sein Mienenspiel. Die Antwort auf seine Frage interessierte ihn kaum. Ich glaube, wir langweilten ihn schon, ich jedenfalls.

Dennoch zog ich mein Exemplar des Romans aus der Jackentasche, das noch auf eine Widmung wartete. Hatte ich jetzt denjenigen vor mir, der es signiert haben müsste?

»Hübsches Titelbild mit dem Cantón de las Carnicerías und den Zunftstraßen«, sagte er, nachdem er das Cover ausgiebig betrachtet hatte. »Aber ich weiß noch immer nicht, warum Sie mich danach fragen.«

»Sind Sie Diego Veilaz?« Estíbaliz konnte sich nicht zurückhalten.

»Ich ein Vela?«, gab er mit säuerlicher Miene zurück. »Um Himmels willen, warum sollte ich ein Vela sein wollen, wenn ich Alvar Nograro bin, der vierundzwanzigste Herr des Torre de Nograro? Das Geschlecht der Velas ist ausgestorben, das meine lebt fort. Und wovon handelt dieser Roman?«, fragte er weiter und musterte das Buch auf dem Tisch wie ein fremdartiges Insekt.

»Er spielt im zwölften Jahrhundert«, erklärte ich. »Die Handlung beginnt mit der Rückkehr des Conde Diago Vela ins damalige Vitoria und seiner Konfrontation mit dem Conde Nagorno …«

»Verzeihen Sie, wenn ich Sie unterbreche, junger Mann, aber ich sehe keinen Zusammenhang zwischen einem historischen Roman und Ihrer Arbeit.«

»Sehen Sie, in diesem Roman sterben viele Menschen«, erklärte ich.

»Also bitte, er spielt im Mittelalter, da war das üblich«, bemerkte er, doch sein Ton war teilnahmslos. Er beachtete mich schon nicht mehr, sondern blätterte durch den Roman, wobei er auf manchen Seiten innehielt, als ob er aufs Geratewohl die eine oder andere Passage läse.

»Wir ermitteln in einem Mordfall, bei dem vor einigen Tagen ein Unternehmer unter Umständen starb, die einem der Todesfälle im Roman stark ähneln.«

»Und welche Umstände wären das?«

»Er starb in der Nähe der hinteren Mauer des Palacio de Villa Suso. Wie Sie sicher wissen, war das im Mittelalter die Mauer, die …«

»Sie sagen, dieser Mann starb in der Nähe der Stadtmauer?«, unterbrach er mich erneut.

»Das ist nicht die einzige Parallele zwischen diesem Tod und einem Mord im Roman. Haben Sie schon einmal von Kantharidin gehört?«

»Die Spanische Fliege. Livia, Cäsars Frau, verabreichte sie ihren Gästen. Sie fügte den Gerichten bei ihren Banketten den gemahlenen Ölkäfer hinzu, ließ Mutter Natur ihren Lauf und erpresste die Leute hinterher mit der Drohung, ihren guten Ruf zu zerstören. Und angesichts der Wendung, die diese Unterhaltung genommen hat, werde ich nicht noch einmal darauf bestehen, dass Sie heute mit mir essen«, antwortete er und zwinkerte vielsagend.

»Danke nochmals, aber wir sind im Dienst«, lehnte Estíbaliz ab.

»Somit starb dieser Mann in Sünde oder in der Absicht zu sündigen?«

»Eigentlich nicht, wie es scheint«, erklärte ich. »Die Dosis, die er einnahm, lässt uns denken, dass der Stoff eher als Gift gedacht war.«

»Dann freut mich das für seine Seele. Aber jetzt müssen Sie mir endlich erklären, was mein Turm mit Ihren Ermittlungen zu tun hat.«

»Wir wissen, dass Sie mit dem Verleger von Malatrama zusammengearbeitet haben, dem Verlag, in dem dieser Roman erschienen ist. Und wir haben Grund zu der Annahme, dass sich der Autor, der sich hinter dem Pseudonym Diego Veilaz verbirgt, von diesem Turm aus mit dem Verleger in Verbindung gesetzt hat. All das bringt uns zu der Annahme, dass Sie dieser Autor sind, der aus welchen Gründen auch immer diesen Roman unter Pseudonym veröffentlicht hat.«

»Und warum sollte ich ein Buch veröffentlichen wollen? Um mir meinen Lebensunterhalt zu verdienen?«

»Das wäre eine Möglichkeit«, erwiderte ich.

Alvar stand auf und winkte uns, ihm an das große Fenster zu folgen, das den Raum dominierte. »Sehen Sie diese Ländereien?«

Von hier oben aus sah man bereits abgeerntete Weizenfelder, einen Wald aus Pappeln, verschiedene Obst- und Gemüseplantagen, einen Friedhof, einen Garten und einige Häuser des nahe gelegenen Dorfes Ugarte.

»Meine Familie verwaltet dieses Land seit Jahrhunderten. Seinerzeit auch die Mühle, die Eisenhütte, die Brücke und die Kirche. Bitte verwechseln Sie folgende Feststellung nicht mit Hochmut, aber meine Familie arbeitet nicht.«

»Zelebrieren Sie nicht einmal Messen?«, fragte Esti, die sich neben ihn stellte und die Aussicht genoss.

»Ich bitte Sie …«

Alvar täuschte Gleichgültigkeit vor, doch er hielt noch immer das Buch, das ich ihm gegeben hatte, in der Hand und hatte einen Finger als Lesezeichen hineingesteckt. Vermutlich hatte eine Passage seine Aufmerksamkeit erregt.

»Sehen Sie den Graben dort, Estíbaliz?«, fragte er, ohne ihre Frage zu beantworten.

»Ja. Es ist komisch, ich dachte, die gäbe es nur in Märchen oder in Fernsehserien, die im Mittelalter spielen. Ich hätte nicht gedacht, dass er noch Wasser führt.«

»Das ist eine meiner frühesten Erinnerungen. Als ich ein Kind war, ruderte meine ganze Familie in einem kleinen Boot um den Turm herum, nur zum Zeitvertreib. Hätten Sie Lust, mich zu begleiten?«

»Aber sicher, ich bin gern auf dem Wasser«, erwiderte Estíbaliz und täuschte sehr überzeugend Begeisterung vor.

Wir wechselten einen kurzen Blick: Ich kümmere mich um ihn, du um sie, sagte sie mir stumm, und ich nickte.

»Ich bin nicht mit von der Partie«, verkündete ich unnötigerweise. »Ich werde die Führerin bitten, mich durch den ...«

Aber Alvar interessierte sich nicht mehr für das, was ich sagte, sondern führte Estíbaliz durch eine Tapetentür hinaus. Ich blieb allein zurück in diesem eigenartigen Raum und nutzte die Gelegenheit, um mir kurz die Bibliothek mit den jahrhundertealten, ledergebundenen Büchern anzusehen.

Dann ging ich zurück ins Erdgeschoss und trat erneut an den Empfangstresen, wo die Turmführerin vorgab, an ihrem Computer zu arbeiten.

»Ich hoffe, es ist nicht zu viel verlangt, aber würden Sie mich netterweise durch den öffentlich zugänglichen Teil des Turms führen?«

Sie lächelte mich ein wenig schüchtern an und nahm einen Schlüsselbund.

»Gehen wir in die Ausstellungssäle. Sie können mich gern alles fragen. Allerdings wird es ein schneller Rundgang. In zwanzig Minuten muss ich hier alles abschließen.«

»Dann fangen wir doch gleich an.«

Sie nickte, und wir gingen in einen Saal mit Vitrinen, in denen sich zahlreiche Porträts von Vorfahren des Hausherrn befanden.

Ich blieb stehen, um sie zu betrachten. Einige Gesichter ähnelten dem von Alvar, und in ihrer Jugend waren sie sehr gutaussehend. Andere waren schnurrbärtig, braunhäutig, anders. Es gab auch Familienszenen wie ein altes Foto, auf dem mehrere Frauen mit kleinen Kindern in einem Ruderboot saßen, während ein Priester das Boot ins Wasser schob.

»Sie müssen den Namen Alvar tragen, nur so können sie erben«, dozierte die Turmführerin. »Außerdem mussten sie einen Ehrenkodex befolgen, der mit dem ihnen von Fernando IV. verliehenen Titel verbunden war.«

Dann deutete sie auf eine große Leinwand, in deren Mitte sich ein kräftiger Baumstamm mit Namen in winziger Handschrift befand. Von diesem zentralen Stammbaum gingen in jeder Generation mehrere Zweige ab, ganze Familien von Zweitgeborenen, die sich vom Stamm der Erstgeborenen trennten. Generation auf Generation. In tausend Jahren etwa dreißig, rechnete ich aus.

»Ich dachte, hier wäre auch eine Puppe in einem Nonnenhabit ausgestellt«, sagte ich.

»Eine Puppe mit einem Kostüm? Nicht dass ich wüsste«, entgegnete sie befremdet.

Ich zeigte ihr das Foto, das Estíbaliz mir geschickt hatte, und sie betrachtete es neugierig.

»Tja, das scheinen wirklich die Vitrinen hier zu sein. Das muss bei irgendeiner Wechselausstellung gewesen sein. Ich arbeite erst seit ein paar Monaten hier, aber ich weiß, dass die Ausstellungsstücke wechseln, damit sie nicht leiden. Ich fürchte, ich kann Ihnen nicht helfen. Tut mir wirklich leid. Fragen Sie Ramiro Alvar, er hat hier den Überblick.«

Daraufhin zeigte sie mir Objekte, die all jenen Herren von Nograro gehört hatten: Jagd- und andere Gewehre, Revolver, rostige Patronen, Reitpeitschen und abgewetzte, mit rotem Samt besetzte Sättel. Außerdem gab es eine beachtliche Reliquiensammlung von winzigen Heiligenknochen, Schürhaken, die Ruder eines Bootes und …

Ihr Telefon klingelte.

»Verzeihung, ich gehe rasch nach draußen, um den Anruf entgegenzunehmen«, sagte sie zu mir.

… und ein Priester, der, komplizenhaft mit meiner Kollegin lachend, vor meinen verblüfften Augen die Ruder aus der Vitrine entwendete und daraufhin übermütig noch einen hübschen weißen Sonnenschirm mit Borte von der Wand nahm. Ich glaube, die beiden bemerkten mich gar nicht. Gleich darauf machten sie sich durch die kleine Tür, die Zugang zu den Vitrinen gewährte, davon und waren wieder verschwunden.

Zehn Minuten später verabschiedete ich mich am Eingang von

der Turmführerin. Ich verzichtete darauf, Estíbaliz anzurufen, denn womöglich entlockte sie dem faszinierenden Turmherrn gerade interessante Informationen.

Als ich über den Rasen ging, der den Turm umgab, entdeckte ich die beiden. Der Anblick erinnerte an einen alten Druck: ein Anachronismus, der einfach nicht in die Gegenwart passte. Ein umwerfend gutaussehender Geistlicher saß in einem Bötchen und hielt einen Sonnenschirm über sich, während Estíbaliz ihm gegenüber das Boot ohne jede Eile durch den Graben ruderte, unbefangen lachte und die Bootsfahrt sichtlich genoss.

Dann entdeckten sie mich, und sofort ruderte sie nachdrücklicher auf mich zu, bis das alte Boot auf einer Höhe mit mir war.

»Ich fürchte, wir müssen zurück an die Arbeit. Vielen Dank für diese Ausfahrt«, sagte Estíbaliz, nachdem sie an Land gestiegen war.

»Dann verbleiben wir so, *Aestivalis*«, entgegnete der Priester bloß und lächelte sanft.

Mir entging nicht, dass Alvar mein Exemplar von *Die Herren der Zeit* nicht bei sich hatte. Ich wartete darauf, dass er mir versprach, mir das Buch ein andermal zurückzugeben. Als er das nicht tat, merkte ich mir das, und wir machten uns daran, uns von ihm zu verabschieden.

Doch da klingelte mein Telefon. Ich nahm das Gespräch an, ohne daran zu denken, dass Alvar mithören konnte.

»Manu, was gibt's?«

»Du musst kommen, Chef. Die beiden Schwestern … ich glaube, sie wurden eingemauert.«

Mir gefror das Blut in den Adern. Ich weiß, ich hätte diese Information nicht laut wiederholen dürfen. Aber manchmal ist man zunächst Mensch und erst dann Polizist, und das Entsetzen lässt einen alle Berufserfahrung vergessen.

»Wie, die beiden Schwestern wurden eingemauert? Habt ihr ihre Leichen … gefunden?«, brachte ich hervor.

Esti sah mich fragend an. Ich ging ein Stück zur Seite. Meine Welt war auf den Kopf gestellt.

»Nein, nein! Milán und ich sind in der Wohnung, in der es so schlimm stinken sollte. Da ist eine vor kurzem errichtete Wand, und als wir eintraten, rief ein Mädchen um Hilfe und gab sich als Oihana Nájera aus, die Jüngere der Schwestern. Die Feuerwehr und ein Krankenwagen sind schon unterwegs. Wir werden die Wand einreißen.«

»Ruft auch die Spurensicherung«, wies ich ihn an, »und verteilt Handschuhe und Überzieher. Das ist mindestens Entführung, wenn nicht versuchter Mord.«

»Verstanden. Wann könnt ihr hier sein?«

»Wir sind in Ugarte, das ist vierzig Kilometer von Vitoria entfernt. Gib schon mal grünes Licht für das Einreißen der Wand. Die Mädchen zu retten hat oberste Priorität.«

11

DIE CALLE CUCHILLERÍA

Unai · *September 2019*

Hart am Tempolimit fuhren wir zurück nach Vitoria, beide angespannt, beide in unsere jeweiligen düsteren Welten versunken. Hoffnungsvoll, das wohl. Diese Erleichterung, wenn die Last sich von deinen Schultern hebt und du darauf hoffen darfst, die Fotos der Vermissten ein für alle Mal von der Korkwand in deinem Büro entfernen zu können.

Ich nahm es auf mich, die Mauer des Schweigens zu durchbrechen: »Was hast du denn aus unserem kleinen Papst herausbekommen?«

»Absolut gar nichts, er ist ausweichend. Der wird nichts sagen, was er uns nicht sagen will. Ich habe es mit direkten Fragen versucht. Er wechselt einfach das Thema oder antwortet nicht. Dem entlocken wir gar nichts, so lange er in seinem Element ist. Er ist da in seinem natürlichen Habitat, in seinem Herrschaftsgebiet, und hat die Situation jederzeit unter Kontrolle. Wir dürfen bloß Zeugen sein.«

»Und was schlägst du vor? Der Verleger sagte, er verlässt seinen Turm nie.«

Esti zuckte die Achseln. »Man wird ihn aus seinem Bau zerren müssen.«

»Könntest du das? Hast du eine Idee?«

Meine Kollegin antwortete nicht.

»Woran denkst du?«, fragte ich nach, als ich das lange Schweigen satthatte. Ich ertrug es nicht, es machte mich wahnsinnig, denn ich wollte nicht an das denken, was vor uns lag: an diese Mauer mit den verängstigten Schwestern dahinter.

»An die Sache mit den Schwestern Nájera«, log sie und wich einer Unterhaltung aus, die sie nicht führen wollte. »Zum Glück leben sie noch, aber was für ein Unmensch mauert zwei junge Mädchen ein?«

»Hast du den Roman nicht gelesen, Esti?«

»Schon wieder dieser Roman! Nein, Kraken, ich hatte keine Zeit.«

»Du wirst vieles von dem, was hier passiert, verstehen, wenn du ihn liest. Das hat absolute Priorität. Wenn du kannst, fang noch heute Abend mit dem Lesen an. Tust du mir den Gefallen?«

»Na gut, aber jetzt lass die verflixte Fiktion mal beiseite und konzentriere dich auf unsere beiden unaufgeklärten Fälle.«

Es sei denn, es wäre nur ein einziger Fall, dachte ich, behielt es aber für mich. Wie sollte ich ihr meine Befürchtungen erklären? Dazu war es noch zu früh.

»Ich glaube nicht, dass er der Autor des Romans ist«, sagte sie schließlich.

»Für mich ist das auch nicht eindeutig. Natürlich hat er in seiner eigenen Bibliothek die Quellen, die er dafür bräuchte. Aber ist dir aufgefallen, wie er reagiert hat, als wir ihn danach fragten?«

»Ja, das war komisch. Anfangs interessierte ihn das Thema gar nicht. Ich würde sagen, er stand kurz davor, uns vor die Tür zu setzen. Dann hat er im Roman irgendwas entdeckt und den Finger als Lesezeichen ins Buch gesteckt. Als wir nach unten kamen, um die Ruder zu holen, hat er den Roman auf seinen Schreibtisch gelegt und verstohlen einen Brieföffner an die Stelle gesteckt, wo sein Finger war. Deshalb glaube ich, dass er es nicht geschrieben hat. Warum hätte er das Buch sonst behalten und eine Stelle kennzeichnen sollen? Er hätte selbst genügend Exemplare oder zumindest das Manuskript.«

Ganz zu schweigen davon, dass es mein Exemplar war, das er

dabehalten hatte, wobei mir das einen wunderbaren Vorwand lieferte. »Nehmen wir also an, er ist nicht der Autor«, räumte ich ein, »aber irgendetwas darin ist ihm aufgefallen.«

»Ja, und an mich hat er sich gehalten, weil ihr beide nicht miteinander könnt, deshalb hat er sich darauf konzentriert, mir weitere Informationen zu entlocken.«

»Ist es ihm gelungen?«

»Er hat mich nach dem Namen des Unternehmers gefragt, aber ich habe ihn ihm nicht gesagt. Ich will sehen, wie wichtig es ihm ist. Eigentlich braucht er dafür ja nur die Zeitung zu lesen. So schwer ist das nicht. Nehmen wir mal an, dass er zwar nicht der Autor, aber der Mörder ist. Hat er dafür das richtige Profil, Kraken?«

Mit dieser Frage rechnete ich bereits seit einer Weile.

»Du weißt, dass man nach einer einzigen Begegnung noch kein Profil erstellen kann und darf.«

»Aber du könntest mir deine ersten Eindrücke schildern.«

»Na schön, ich versuch's mal: Der Mann weist narzisstische Züge auf. Er hält sich für überlegen, zumindest auf seiner eigenen Werteskala: kulturell, sozial und intellektuell. Und das bekräftigt er noch, indem er uns jung nennt, obwohl er jünger als wir ist. Er lebt fern der Realität, ich würde sagen, er benötigt keine zwischenmenschlichen Beziehungen. Er ist Hedonist, umgibt sich mit schönen Dingen, genießt es zu essen. Er ist hochmütig, und ich habe keine Spur von Empathie bei ihm wahrgenommen.«

»Ich glaube, ich habe es kapiert: narzisstisches Profil. Ich bin lange genug bei der Kripo, um zu wissen, dass ein kleiner Prozentsatz der Narzissten irgendwann die rote Linie zum Verbrechen überschreitet, wenn ihr Gewissen betäubt ist und jemand sich ihren Zielen in den Weg stellt. Aber warum sollte dieser Mann jemanden ermorden wollen?«

Die ewige Frage, als gäbe es darauf nur *eine* universelle Antwort. Die gab es nicht. Aber das behielt ich für mich.

»Narzisstische Psychopathen langweilen sich oft«, dozierte ich stattdessen. »Sie sind wie verwöhnte Kinder, die ein neues Spielzeug schon nach wenigen Minuten links liegenlassen. Diese Menschen denken weder an morgen noch an Konsequenzen, nur daran, wie sie ihre Ziele erreichen können. Aber wir greifen vor. Ich habe gesagt, dass Alvar meiner Meinung nach narzisstische Züge hat, aber zwischen dieser Feststellung und einem ausgemachten Psychopathen liegen Welten. Psychopathen verfügen nicht über Empathie, sie sind nicht fähig, sich in jemanden hineinzuversetzen, aber sie sind Experten darin, die Gefühle, die in der jeweiligen Situation vorausgesetzt werden, vorzutäuschen. Emotionale Chamäleons. So sind sie, und sie sind nicht zu ändern. Aber wir müssten noch mehrfach mit Alvar reden, um zu irgendeiner validen Schlussfolgerung zu kommen.«

»Ich werde etwas tun, was dir nicht gefallen wird«, unterbrach mich Estíbaliz, den Blick geradeaus auf die Straße gerichtet.

»Du willst ihn aus seinem Turm holen.«

»Er fasziniert mich, so jemanden lernt man nicht alle Tage kennen.«

Ich hob eine Augenbraue und sah sie an. »Reden wir gerade von Arbeit?«

»Was meinst du?«

»Das Knistern, die langen Blicke zwischen euch … Er hat dich dreimal absichtlich berührt. Zweimal an der Handkante und einmal in der Nähe deines Nackens, als ihr nebeneinander am Fenster standet.«

»Ich hab's im Griff, klar?«

»Ich weiß, Esti. Schließlich kenne ich dich schon lange genug. Du bist nicht leicht beeinflussbar.«

»Gut, dass dir das so klar ist«, sagte sie. »Aber mal was anderes: Du wirst es nicht glauben, aber er hat kein Mobiltelefon. Nur Festnetz.«

»Das hat der Verleger doch schon gesagt, und es ist eine nützliche Info. Ich werde Milán bitten, das zu überprüfen.«

»Eine Frage drängt sich auf, Kraken: Wozu sollte jemand wie er, von der Welt abgesondert, reich, größenwahnsinnig, der nichts vom realen Leben weiß und sich auch nicht dafür interessiert, sich dazu herablassen, einen Unternehmer zu ermorden und sich damit das Leben zu komplizieren?«

»Antón Lasaga hatte überall in dieser Provinz Grundbesitz. Vielleicht gab es einen Interessenskonflikt wegen irgendwelcher Ländereien?«

»Ja, das wäre eine Möglichkeit. Aber wir haben hier zwei stinkreiche Männer, der eine ohne Familie, der andere mit fünf Erben, die nicht von ihm sind. Ich suche nach einem Motiv, einer Verbindung, jenseits des Kantharidin und des Tatorts, aber ich sehe da nichts.«

»Du siehst nichts, weil wir noch gar nicht ermittelt haben. Wir müssen uns das Vermögen der beiden ansehen, nach Streitigkeiten wegen des Grundbesitzes suchen … Und noch etwas.«

»Was?«

»Prüf nach, ob Lasagas Vorfahren im Mittelalter eine wichtige Familie waren«, sagte ich.

»Wie bitte?«

»Er hieß Antón Lasaga Pérez. In Álava ging bei vielen López, Martínez und anderen Patronymen der zusammengesetzte Nachname verloren, weil die Pfarrer die Taufscheine oder Heiratsurkunden falsch ausstellten. Manu soll mit der Tochter sprechen und möglichst viele Informationen über den Ursprung der Familie zusammentragen. Danach soll er sich an irgendeine Agentur für Genealogie in Vitoria wenden, die sind darauf spezialisiert, verlorengegangene alavesische Nachnamen wiederzufinden. Uns fehlt ein Motiv, und alles deutet auf Álavas Vergangenheit hin. Jedenfalls, die wichtigste Frage hast du mir noch nicht gestellt: Wo ist Ramiro Alvar?«

»Pardon? Haben wir den nicht gerade kennengelernt?«

»Nein, Esti. Das war nicht der Mann, von dem der Verleger uns erzählt hat. Meine Frage lautet: Wo ist der menschenscheue Ramiro Alvar, den der Verleger uns beschrieben hat, der Mann, der keine Nachkommen haben wird?«

»Warum ist das mit den Nachkommen so wichtig?«

»Weil Prudencio nicht diesen Alvar kennengelernt hat, jedenfalls nicht in Soutane. Denn sonst hätte er überhaupt nicht von Nachkommen gesprochen. Der Mann, den wir heute getroffen haben, hat sich als Alvar, vierundzwanzigster Herr von Nograro vorgestellt, nicht als Ramiro Alvar.«

Ich hatte meine Vermutungen, aber sie waren zu abwegig, um sie auszusprechen. Zuerst wollte ich in den nächsten Tagen einige Daten überprüfen.

»Verstanden.« Esti ließ mich machen. Sie tat so, als hörte sie nicht zu, aber das Ganze lief schlicht unter »anstehendes Gespräch mit Kraken«, und sie ließ mich machen.

Als sie an einer der ersten Ampeln am Ortseingang von Vitoria anhielt, war der Moment gekommen, es ihr zu sagen.

»Da ist noch etwas … Nieves ist auf der Treppe gestürzt.«

Die Ampel wurde grün, aber Estíbaliz fuhr nicht weiter.

»Was sagst du da?«, fragte sie besorgt. »Geht es ihr gut?«

»Sie wird gerade operiert. Alba sagt, es kann drei Stunden dauern, und vorher kann man im Krankenhaus nichts tun.«

»Wir sind in einer Viertelstunde da. Ich fahre ins Krankenhaus, zumindest kann ich Alba Gesellschaft leisten«, beschloss sie. »Du fährst in die Wohnung in der Cuchillería und koordinierst den Einsatz. Der Comisario geht die Wände hoch, wenn wir bei zwei Eingemauerten alle drei im Krankenhaus sind.«

»Mir wäre lieber, wenn ich bei Alba sein könnte.«

»Du hilfst ihr mehr, wenn du ihr den Rücken freihältst, und du bist bestimmt trotzdem noch vor Ende der Operation im Krankenhaus.«

Es gefiel mir nicht, aber Estíbaliz wusste so gut wie ich, dass ich im Wartezimmer nur mit Albas Vorwürfen konfrontiert wäre, sobald wir ihr erzählten, dass die Mädchen gefunden worden waren.

Kurz darauf setzte sie mich in der Nähe der Calle Cuchillería ab. Das gesuchte Haus war rasch gefunden: Es war abgesperrt, und ein Krankenwagen sowie diverse Streifenwagen blockierten die sonst autofreie Straße.

Vor der Absperrung drängten sich Schaulustige, aber wenn sie gewusst hätten, was uns im Obergeschoss erwartete, wären sie vielleicht schreiend davongelaufen. Ich wies mich aus und stieg die Treppe hinauf.

Das Haus wurde gerade restauriert. Überall standen Säcke mit Zement und anderem Baumaterial. Ich wich diversen Wannen mit Bauschutt aus und betrat die Wohnung, die Manu mir beschrieben hatte. Zwei Feuerwehrleute begannen gerade damit, in einem der leeren Zimmer einen Teil der Mauer mit Hämmern einzureißen.

»Warum haben sie nicht schon früher angefangen?«, fragte ich Milán.

»Wir hatten ja Oihanas Stimme gehört, und deshalb haben wir eine Zeitlang versucht herauszufinden, wo man die Mauer einreißen kann, ohne die Mädchen zu verletzen. Die Feuerwehrleute wagen es nicht, eine Ramme einzusetzen, weil sie befürchten, dass hinter der Mauer nicht viel Platz zum Ausweichen ist. Vor dreiundzwanzig Minuten haben Oihanas Schreie aufgehört. Das sieht nicht gut aus. Die Besatzung des Krankenwagens ist darauf vorbereitet, sie schnellstmöglich ins Krankenhaus zu bringen. Ich hoffe, wir kommen nicht zu spät.«

Die beiden Feuerwehrleute unterbrachen ihre Arbeit und riefen die Mädchen noch einmal, erhielten aber keine Antwort. Daraufhin arbeiteten sie weiter. Ich wurde nervös.

Komm schon, wir brauchen sie lebendig, dachte ich – als würde es ihnen helfen, dass ich es so eilig hatte, sie zu retten!

Die Schläge hallten durch den leeren Raum.

Mehrere Ziegeltrümmer fielen mir vor die Füße.

Ich hätte ein Stück zurücktreten müssen, aber ich konnte es kaum erwarten, durch die Lücke zu springen, sobald sie groß genug war, und die Mädchen da herauszuholen. Und die ganze Zeit musste ich an das denken, was ich vor wenigen Tagen über das »Gelübde der Finsternis« gelesen hatte. Wer hatte sich so etwas einfallen lassen?

Seit Jahren studierte ich in Büchern und Fortbildungen zum Thema Fallanalyse die Abgründe der menschlichen Seele. Auf der ganzen Welt hatte es in der letzten Zeit keinen Fall von Einmauerung gegeben. Niemand tötete auf diese Art. Warum jetzt? War das ein »Nachahmungseffekt« im Gefolge des Romans?

Doch die Fakten schienen mir nicht zusammenzupassen.

Die Nájera-Schwestern waren einige Wochen vor Erscheinen des Romans verschwunden. Damit schieden sämtliche Leser aus. Falls das Verschwinden der Mädchen etwas mit dem Roman zu tun hatte, kamen hier nur die wenigen Menschen in Frage, die ihn vor dem Erscheinungstermin gelesen hatten.

Ich hielt es nicht mehr aus. Verdammter Lärm. Verdammte Langsamkeit.

Ich nahm mir einen Bauhammer und half den Feuerwehrleuten, obwohl ich in meinem Rücken diverse Stimmen hörte, die mir sagten, ich solle das sein lassen, wegen der Mädchen, wegen der Gefahr, wegen … Scheiß drauf.

Auf das, was ich dann sah, war ich nicht vorbereitet.

Eine mit rotem Staub bedeckte Leiche zu meinen Füßen. Die einmal ein junges Mädchen gewesen war. Abgemagert. Im Zustand fortgeschrittener Verwesung.

Seit ihrem Tod mussten nach meiner Schätzung mehrere Tage vergangen sein. Ein erstickender Verwesungsgeruch. Ich rannte ins Bad und übergab mich. Es roch nach verfaulten Eiern, der unverwechselbare Gestank des Cadaverins. Kein Pfefferminzbonbon der Welt konnte mich davon überzeugen, dass das nicht der Geruch des Todes war.

Trotz des Ekels und des anhaltenden Brechreizes atmete ich tief durch, hielt dann die Luft an und kletterte noch einmal durch das Loch. Die beiden Feuerwehrleute rissen die Wand weiter ein. Einer der Ärzte war bereits hineingestiegen, doch der Leiche musste man nicht mehr den Puls fühlen.

Eine gute Nachricht gab es immerhin. Im Licht der Taschenlampe glaubte ich zu sehen, wie das andere Mädchen, das in einer Ecke lag, sich bewegte.

Ich stürzte zu dieser kleinen, nur undeutlich erkennbaren Gestalt, die sich an die Wand drückte und nur aus Kleidung und einer verfilzten hüftlangen Matte bestand. Das Mädchen hatte versucht, sich mit zwei groben Plastiksäcken zu bedecken. Es war Oihana, die kleine Schwester.

Wir holten sie aus diesem Schweinestall voller Exkremente und Urin heraus und legten sie auf den Boden. Die Ärzte versuchten, sie wieder zu Bewusstsein zu bringen, und sieben Augenpaare verfolgten voller Entsetzen, wie sie, die nur noch Haut und Knochen war, kaum auf die Versuche reagierte. Anscheinend kamen wir zu spät.

Aber nein, das Wunder geschah.

Das völlig abgemagerte, über und über mit rotem Ziegelstaub bedeckte Mädchen begann zu husten und zu atmen. Kaum merklich. Die Ärzte setzten ihr eine Sauerstoffmaske auf und legten sie auf die Trage, was jeder von uns hier mit einer Hand gekonnt hätte.

Als sie fort war, blieben ein drückendes Schweigen, der Leichengestank ihrer Schwester und ein halbes Dutzend Personen zurück, die so niedergeschlagen waren, dass sie kaum die Kraft hatten, weiterzuarbeiten.

12

DAS GASTHAUS DER ROMANA

Diago Vela · *Im Jahr des Herrn 1192, Winter*

Onneca wurde von der herrlichen goldenen Stute unwiderstehlich angezogen. »Ein so schönes Tier habe ich noch nie gesehen. Wie kommt es in unsere Stadt?«

»Ich züchte sie in den Ländern der Almohaden und hatte Olbia als Hochzeitsgeschenk herbringen lassen, doch der Tag, an dem dein Vater beerdigt wurde, war nicht der richtige dafür. Ich wurde zur *hora prima* wach, und dein Lager war bereits kalt. Da dachte ich mir, dass du die Schlittschuhe ausprobieren wolltest, die Vetter Gunnarr dir geschenkt hat.«

»Olbia …«, flüsterte sie, näherte sich der Stute respektvoll und strich ihr über das glänzende Fell. Nagorno lächelte zufrieden. Bisher hatte ich nicht darüber nachgedacht, was die beiden jenseits der Vorteile einer guten Heirat verband.

»Dazu gehört eine Geschichte«, fuhr er fort. »Erinnerst du dich an die Skythenkolonie, von der Herodot in der kurzen Chronik spricht, die ich dir geschenkt habe? Es ist nicht nur eine Stadt. Olbia war der Name einer erfahrenen Amazone wie Ihr, meine Herrin. Einer blutrünstigen Anführerin. Bloß dass sie in vollem Galopp mit einem kleinen Bogen schoss und auch die Peitsche und den *Akinakes*, das Kurzschwert der Skythen, führte.«

»Begeistere dich nicht so für das Kriegerische, Bruder«, warf ich ein. »Onneca wird kein Schwert schwingen müssen.«

»Sie ähnelt unseren nördlichen Reittieren nicht sehr«, sagte Onneca und ignorierte meinen Einwurf.

»Sie ist ein *Argamak*. Diese Tiere werden schon seit vor Christi Geburt in den fernen Landen der Türken gezüchtet. Dieses Exemplar ist eine direkte Nachfahrin des Pferdes von Karl dem Großen.«

»Von Bukephalos?«

»Genau.« Nagorno lächelte zufrieden. »Reite auf ihr nach Vitoria zurück, wenn du möchtest. Sie gehört jetzt dir. Ich komme zu Fuß nach.«

»Lass uns zusammen reiten«, schlug sie vor.

»Sieh sie dir an. Mit den anderen Tieren in der Stadt hat sie nichts gemein. Sie ist eine Herrin, man muss ihr den Respekt erweisen, den ihre Abstammung verdient.« Nagorno warf mir einen kurzen Blick zu. Eine stumme Warnung.

Ich nickte. Wozu es leugnen?

»Ich gehe zum Gasthaus der Romana«, entschuldigte ich mich.

»Zu den Huren? So dringend hast du Zuneigung nötig, Bruder?«

Anstelle einer Antwort lächelte ich nur. Ich musste meine Nachforschungen anstellen und wollte mich mit einem meiner wenigen Angehörigen treffen, denen ich so vertraute, dass ich mein Leben in ihre Hände legen würde.

Auch Onneca wartete auf eine Antwort aus meinem Mund, die nicht kam.

»Hinterher suche ich dich im Rat auf, Nagorno. Ich habe den Schreiber rufen lassen. Der Richter und mehrere andere werden Zeugnis darüber ablegen, dass ich noch atme, so dass ich den Titel zurückerlangen werde, den du in meiner Abwesenheit so treu für mich verwaltet hast … Und Gott weiß, wie dankbar ich dir bin. Liebe Schwägerin …«, sagte ich, beugte den Kopf, rückte mein Gemächt zurecht und machte mich über den jungfräulichen Schnee auf den Weg nach Norden.

Das Gasthaus der Romana war eine Herberge, welche die Pilger des Jakobswegs, die aus Aquitanien, Guipúzcoa und Niedernavarra kamen, aufnahm. Überdies beherbergte sie andere, weniger wohltätige, dafür aber einträglichere Beschäftigungen. Sie hatte bereits mehrfach den Besitzer gewechselt. Manche Streitereien gerieten so außer Rand und Band, dass nicht einmal der Gastwirt vor einer unglücklichen Stichwunde gefeit war.

Ehe ich fortgegangen war, hatte ich solche Häuser in unserer Stadt verboten, weshalb ich davon ausging, dass ich in der Taverne nicht willkommen sein würde.

Ich kam an den Stallungen vorüber, wo ein Bauer sich an der Wand mit einem sehr dicken Mädchen, das vor ihm kniete, vergnügte. Anscheinend war er zu ungeduldig gewesen, um erst mit ihr hinauf in eine der Kammern zu gehen.

Dann betrat ich das Gasthaus, wo eine Frau ohne Nase und mit schmalem Kinn die Tische abwischte.

»Einen Wein?«, fragte sie, ohne mich länger anzusehen.

»Ich treffe einen alten Freund. Wartet oben jemand auf mich?«

»Geht hinauf, er hat schon bezahlt.«

»Dann sei es so. Lasst uns eine Weile allein. Wobei … vielleicht könnt Ihr mir helfen. Kann ich hier Ölkäfer bekommen?«

Die Frau wischte weiter das Holz ab, womöglich sogar mit mehr Eifer als zuvor.

»Ich glaube, Ihr täuscht Euch. Hier bieten wir nur gute Speisen und Getränke an. Ihr seid der Conde Don Vela, nicht wahr? Der Auferstandene.«

»Dafür müsste ich zuvor gestorben sein«, berichtigte ich zum wiederholten Male. »Aber da Ihr schon wisst, wer ich bin, werde ich meine Frage anders stellen: Hat mein Bruder Nagorno Euch in letzter Zeit aufgesucht?«

Die Wirtin wandte den Blick ab und biss sich auf die Lippe. Womit mochte Nagorno ihr gedroht haben?

»Ich will es Euch leicht machen: Mein Bruder besucht Euch

jeden Freitag, nimmt sich drei Mädchen und bezahlt Euch gut dafür. Hat er Ölkäfer bei Euch bestellt?«

»Wenn es einen Mann gibt, der das nicht braucht, dann ist das Euer Bruder, nach allem, was meine Schwestern mir erzählen. Wisst Ihr, ob er wiederkommt, jetzt, wo er ein ehrbarer verheirateter Mann ist?«

»Zweifelt nicht daran, er ist ein Gewohnheitsmensch.«

Ich ging die Treppe hinauf. Am Gürtel trug ich einen Dolch, auf den ich der Vorsicht halber die Hand legte, ehe ich an die Tür klopfte. Holz knarrte, dann ertönten schnelle Schritte, und ich wich ein Stück zurück.

»Diago!«, sagte mein Vetter Héctor. Er wartete nicht erst, bis die Tür wieder geschlossen war, sondern umarmte mich herzlich. Ich erwiderte seine Umarmung.

»Ich wusste, dass du nicht tot bist, aber wenn du noch länger fortgeblieben wärst, wäre ich dich suchen gegangen.«

»Ich weiß.«

Héctor Dicastillo war der Senior eines der Dörfer südlich von Vitoria. Unsere Familienbande reichten weit zurück. Allerdings genügte es ihm, friedlich in seiner kleinen Festung in Castillo zu leben, so dass er im Gegensatz zu vielen anderen Adeligen nicht danach strebte, nach Vitoria zu ziehen.

»Hast du mitgebracht, worum ich dich bat?«, drängte ich ihn.

»Ja, aber du wirst mir erzählen müssen, warum du mich nicht in Vitoria empfangen wolltest.«

»Ich wollte nicht, dass du Nagorno begegnest, bevor ich dir erzählt habe, was vor sich geht.«

»Du sollst wissen, dass ich aus Respekt vor dir nicht bei der Hochzeit war. Das mit Onneca …«

»Das ist vorbei, Héctor«, unterbrach ich ihn. »Es ist vorbei. Sie ist jetzt seine Frau. Ich habe dich an einen ungestörten Ort rufen lassen, weil du mir sagen sollst, ob dieser Brief von König Sancho eine Fälschung ist.«

Ich reichte ihm das Schreiben. Er zog zwei Pergamentrollen aus seinem Reisesack.

»Hier habe ich die Briefe, in denen er die Abgaben und sonstigen Leistungen der Bewohner von Castillo festgelegt hat.«

»Sag mir, ob sie deiner Meinung nach aus derselben Feder stammen.«

Héctor rollte seine beiden Dokumente auf dem Strohsack aus, und ich faltete daneben das Schreiben, das meinen Tod bekanntgab, auseinander.

»Das Christogramm ist identisch. Das Kreuz mit dem senkrechten Strich und dem Buchstaben P. Die Buchstaben Alpha und Omega … So ist es am Hof von Navarra üblich.«

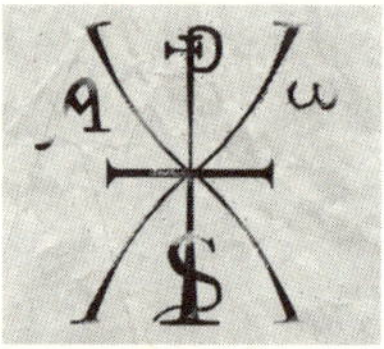

Er fuhr mit dem Vergleichen der Schriftstücke fort.

»*In nomine omnipotentis Dei, ego, Sancius, Dei gratia, rex Nauarre* … Es folgt dem üblichen Muster. Wer hat unterzeichnet?« Er betrachtete das Ende des Schreibens.

»Sein treuer Notar Ferrando: *Ego quoque Ferrandus domini regis notarius eius iussione: han cartam scripsi et hoc signum feci*«, las ich vor.

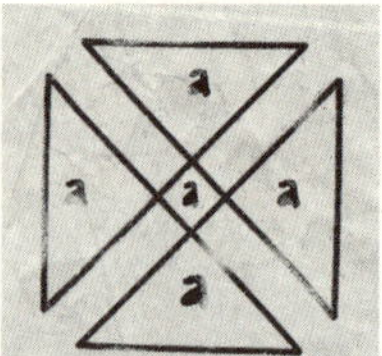

»Das ist die Signatur von König Sancho VI., dem Weisen, Diago. Ergibt es einen Sinn, dass er dich für tot erklärt?«

»Ich weiß es nicht, aber ich will nicht nach Tudela reiten, um ihn zu fragen. Zumindest noch nicht.«

»Warum nicht?«

»Erstens fürchte ich, dass er mich nochmals in die Ferne oder zu den Kreuzzügen entsenden könnte, und hoffe, seiner Aufmerksamkeit in Vitoria zu entgehen. Und zweitens frage ich mich, ob hier in der Stadt nicht noch anderes vor sich geht. Das ist nicht mehr das reiche Vitoria, das ich zurückließ, alle zerreißen sich die Mäuler. Und ich bin nicht sicher, wie es zum Tod des Conde de Maestu kam.«

»Willst du andeuten, Nagorno habe …?«

»Nein. Ich habe das nicht gesagt. Erst die Tochter zu heiraten und ihn noch in derselben Nacht zu vergiften wäre zu viel der Niedertracht. Sogar für ihn.«

Héctor erhob sich unbehaglich.

»Du weißt, dass ich Nagorno immer verteidigt habe, aber diesmal bin ich nicht einverstanden mit dem, was er in Vitoria getan hat, seit du fortgingst. Man hört Klagen auf den Wegen. Die Leute sehen sich von Abgaben erdrückt, und einige wissen nicht, ob sie noch weiter werden zahlen können.«

»Ich weiß. Aufruhr bahnt sich an auf unseren Straßen. Die alteingesessenen Bewohner der Villa de Suso betrachten die neuen Bewohner von Nova Victoria mit Argwohn. Und die reichen Familien verteilen sich auf die Stadttore, als wären sie Türme in einem Schachspiel. Man muss sie aufhalten, sonst entvölkern sie beide Stadtteile. Ich werde Verbündete brauchen, Héctor. Lyra ist auf meiner Seite, sie möchte nur, dass Frieden in der Stadt herrscht, genau wie ich. Gunnarr wird wie immer unschlüssig sein, aber er wird Nagorno nicht im Stich lassen.«

»Ihr seid Brüder, wir sind vom selben Blut«, sagte Héctor wieder einmal. »Diesmal bin ich auf deiner Seite, aber vergiss nicht, es ist eine Stadt, und Orte werden gewonnen und verloren, sie werden gegründet und aufgegeben. Es hat schon immer eine Kette der Gewalt gegeben, die bis in die ersten Menschenzeitalter zurückreicht und die wir niemals haben durchbrechen können. Aber Familie ist Familie, Familie überdauert.«

»Das vergesse ich niemals, Héctor.«

Er erhob sich vom klapprigen Bett und sammelte seine Pergamente ein.

»Dann lass uns gehen, bevor sie uns noch der Unzucht bezichtigen«, sagte er.

Ich trat aus dem Haus und wollte mich gerade auf den Rückweg machen, da entdeckte ich im Innenhof einen Jungen mit schmalem Kinn und sehr blondem zerzausten Haar, der sich damit vergnügte, ein kleines Beil auf einen Heuballen zu schleudern. Dieses schmale Kinn sah ich heute zum zweiten Mal.

»Du bist der Sohn einer der Frauen hier, nicht wahr?«

»Lope, Senior. Meine Mutter ist Astonga, die das Gasthaus führt. Wollt Ihr ihre Geschichte hören wie alle?«

Ich ging zu ihm. Er zielte nicht schlecht. Während er mit mir sprach, warf er weiter mit der Linken das kleine Beil. Er erinnerte mich an Gunnarr, bevor dieser zum Riesen herangewachsen war.

»Welche Geschichte?«, fragte ich mäßig interessiert.

»Die Geschichte, wie man ihr die Nase abgeschnitten hat.«

»Lass mich raten. Diese Bestrafung habe ich nur auf dem Pilgerweg nach Caravaca gesehen. Man wendet sie bei Diebinnen an. Weder in Kastilien noch in León gibt es diesen Brauch, dort verlieren Diebinnen die Hand. Aber wenn es ein Gasthof am Pilgerweg ist, fällt die Strafe härter aus. Die römische Kirche will nicht, dass es heißt, der Weg sei gefährlich.«

»Ihr seid ein weitgereister Mann.«

»War es so?«

»Interessiert Euch die Wahrheit?«

»Immer, ja. Erzähl mir die Wahrheit. Das tun in letzter Zeit nicht viele.«

»Es ist eine Geschichte über arme Leute. Sicher habt Ihr davon schon zu viele gehört. Meine Großeltern hatten eine Taverne am Pilgerweg. Sie starben sehr jung am Milzbrand und hinterließen sieben Töchter, meine Mutter war die älteste. Sie kümmerte sich schon mit zwölf Jahren um alle. Aber sie war unerfahren. Ein Senior aus Navarra betrank sich und lud seine Soldaten ein, die die Speisekammer leer fraßen. Er wollte sie nicht bezahlen und ging auch noch der Jüngsten an die Wäsche. Meine Mutter wollte ihn vor Gericht bringen, aber er bezichtigte sie des Diebstahls. Der Senior gewann vor Gericht, ihr schnitt man die Nase ab, und die Taverne meiner Großeltern wurde niedergebrannt. Die Schwestern beschlossen, sich niemals zu trennen. Sie versuchten ihr Glück in Pamplona, und am Ende sind sie hier gelandet. Ihren Unterhalt verdienen sie mit der Arbeit, die ihr schon gesehen habt. Hierher kommen wichtige Männer«, erklärte er ernst wie der Erwachsene, der er noch nicht war. »Sicherlich bin ich der Sohn eines wichtigen Mannes. Wenn ich groß bin, muss meine Mutter nicht mehr arbeiten.«

Ein armes Schwein, dieser Sohn einer Hure und eines unbekannten Vaters. Wenn sie ihn nicht im Wald ausgesetzt hatten, damit er erfror, dann weil der Vater sicher ein braver Ehemann aus der Stadt war, der für seinen Unterhalt aufkam.

»Und wie willst du dafür sorgen, dass deine Mutter nicht arbeiten muss?«

Er lächelte, als wüsste er ein Geheimnis zu wahren, und winkte mich zu sich. Ich gehorchte, legte die Hand aber auf den Dolch für den Fall, dass es eine Falle war.

»Braucht Ihr etwas für Eure Männlichkeit? Ihr seid gegangen, ohne meine Tanten zu besuchen.«

Ich hatte im Gasthaus gesucht, was draußen zu finden war.

»Du kümmerst dich um den Verkauf des Hilfsmittels?«

»Ich habe ein Pulver, das Euch gibt, woran es Euch mangelt.«

»Einhorn oder Ölkäfer?«

»Ich sehe schon, es ist nicht das erste Mal für Euch«, versetzte er. »Das Horn eines Einhorns verkaufe ich nicht. Das ist so teuer, dass nur die Seniores es bezahlen können, und es nutzt nichts. Ich habe mir deswegen mal einen Vipernbiss eingefangen und hätte fast die ganze Hand verloren. Sie ist schlimm angeschwollen und schwarz geworden. Fast wäre ich zur Hölle gefahren wegen diesem verfluchten Einhorn.«

»Jemand aus der Stadt hat dir eine Viper ins Nest gesetzt? Wer hat das getan?«

Unruhig drehte Lope sich um, ging zum Heuballen und holte sich das Beil zurück.

»Ihr wisst schon, Ruys Sohn. Flache Wangen und rote Äderchen in der Nase. Der mit dem irren Blick.«

»Wer?«

»Ruiz de Maturana.«

»Der kleine Maturana?«

Anscheinend war er in meiner Abwesenheit zum Mann geworden. Schon als kleiner Junge hatte er keinen guten Ruf in der Stadt gehabt. Er hatte Katzen nachgestellt, die irgendwann ausgeweidet aufgetaucht waren. Außerdem stimmte es, dass seinem Vater schnell die Hand ausrutschte, und es hatte immer geheißen, der Junge sei der Bastard einer der Dienerinnen, die der Rohling Ruy obendrein verprügelte.

»Ja, der. Aber ich muss es ertragen, vor drei Tagen hat er mir abends drei Krümel abgekauft.«

»Drei Krümel wovon?«

»Ölkäfer.«

»Einer würde für einen Stier genügen.«

Lope zuckte die Achseln.

»Was weiß ich, vielleicht wollte er sich für den Winter eindecken. Ich frage nicht, Senior. Wenn sie genug für einmal wollen, gebe ich es ihnen, wenn sie genug für eine ganze Horde wollen, verkaufe ich es ihnen auch. Kauft Ihr mir jetzt einen Krümel von diesem Pulver ab?«

13

LAU TEILATU

Unai · *September 2019*

Wir hatten Deba in ihr warmes Bettchen gelegt. Draußen vor unserer kleinen Wohnung war es beinahe winterlich kalt, und wegen des Temperaturunterschieds beschlugen die Fensterscheiben.

»Wie konnte er …?«, dachte ich unwillkürlich laut.

Ich hatte mich im Wohnzimmer auf den Holzboden gesetzt und mit dem Rücken an die Wand gelehnt, neben die Fenster des weißen Erkers. Alba hatte mir gegenüber das Gleiche getan. In dieser einander spiegelnden Haltung führten wir Gespräche, die manchmal in ausgedehntes Schweigen ausarteten. Teils nach innen gerichtet, teils wachend über die Außenwelt und das, was zu unseren Füßen, im Zentrum der Stadt, geschah.

Alba hatte einen Rahmen für das Familienselfie gekauft, das wir am Tag der Buchpräsentation im Palacio de Villa Suso gemacht hatten, und schnitt das Foto gerade so zu, dass unsere lächelnden Gesichter in diesen Rahmen passten.

Aber in Gedanken war sie anderswo. Ich wusste, dass sie sich um ihre Mutter sorgte. Die letzten Jahre hatten die beiden so eng zusammengeschweißt, dass auch ein Erdbeben sie nicht trennen konnte. Die Operation war erfolgreich verlaufen, und Nieves musste sich bloß noch erholen, ehe sie nach Laguardia zurückkehren konnte.

An diesem Donnerstagabend liefen ein paar Grüppchen über die Plaza de la Virgen Blanca in Richtung Altstadt, auf der Suche nach ein bisschen Spaß, um sich diese Woche zu verkürzen, die meinetwegen auch gleich am Montag hätte enden können. Eine schlechte Nachricht nach der anderen.

Oihana Nájera, die kleine Schwester, hatte überlebt. Die Ärzte hatten sie retten können, aber sie hatten uns vorgewarnt, dass sie erst in frühestens einer Woche die Kraft haben würde, mit uns zu sprechen.

Im Moment hatten wir also nur einen weiteren Tatort zu untersuchen. Nach den ersten Eindrücken von Muguruza, dem Leiter der Kriminaltechnik, war die Wohnung gefegt und feucht gewischt worden. Es gab keine Fußabdrücke, und die Wand war mit Handschuhen, die wir nicht gefunden hatten, zugemauert worden. Die Spurensicherung hatte nicht ein einziges Fädchen sichergestellt, an dem man hätte zupfen können.

Die Schwestern waren in Plastiksäcken dorthin gebracht worden, wie sie bei Bauarbeiten Verwendung fanden – man hatte darin Haare der beiden Mädchen gefunden. Mehr war in dem Drecksloch, in dem zwei Heranwachsende auf sechs Quadratmetern ohne Wasser, Luft oder Essen zwei Wochen lang eingesperrt gewesen waren, nicht zu finden gewesen. Zeitverzögertes Töten. Töten, indem man sein Opfer verdursten und verhungern ließ.

Man musste schon sehr herzlos sein, um zwei Mädchen das anzutun.

Über all das dachte ich nach, während ich mit einer dreidimensionalen Keramiknachbildung der Almendra Medieval spielte. Es war eines dieser typischen Souvenirs für Touristen, ein Relief der Häuser, Kirchen, Straßen und Gassen der Altstadt, des mittelalterlichen Kerns von Vitoria.

Ich versuchte, mir vorzustellen, was ein unbedeutender Gott, der diesen Fall aus seiner luftigen Perspektive betrachtete, darüber denken mochte.

»Wie konntest du Unhold zwei Mädchen aus ihrer eigenen Wohnung entführen, sie in ein anderes Haus bringen und dort einmauern, ohne dass irgendjemandem etwas auffällt?«, flüsterte ich, ganz auf dieses Rätsel konzentriert.

Alba warf mir einen befremdeten Blick zu.

Für sie war dieser Tag doppelt belastend gewesen. Zu der Sorge um Nieves war bei ihr noch die Aufgabe hinzugekommen, dem Ehepaar Nájera die Nachricht zu überbringen. Das konnte sie gut. Ihr sicheres Auftreten half ihr dabei, weil es den Eltern die Hoffnung gab, dass man den Täter finden würde. Die Mutter hatte sie umarmt. Der Vater hatte gegen eine Tür geboxt und sich einen Holzsplitter zwischen die Knöchel gerammt. Alba hatte mir erzählt, er hätte alles vollgeblutet.

Bei meiner Rückkehr nach Hause hatte ihr weißer Mantel zum Trocknen an einem Haken in der Dusche gehangen. Die Blutflecken sahen aus wie der schwungvolle Pinselstrich eines sadistischen Expressionisten. Alba hatte zwar versucht, die Flecken zu entfernen, aber sie waren nicht rausgegangen. Es war ihr Lieblingsmantel.

Von diesem Tag würde eine Spur zurückbleiben. Vielleicht wäre es besser, sich von dem weißen Mantel und dem, woran er erinnerte, zu trennen.

Lass nicht zu, dass es euch zu nahe geht. Lass nicht zu, dass ihr diese Arschlöcher mit nach Hause nehmt, befahl ich mir zum x-ten Mal. Das war meine Maxime: Wir durften nicht zulassen, dass unsere Arbeit uns zu nahe ging.

Wir hatten bereits in der Vergangenheit einen so hohen Tribut entrichtet, dass es für mehr als ein Leben reichte. Und wir bemühten uns, nach Feierabend möglichst wenig über die Arbeit zu sprechen. Aber hatten wir jemals wirklich Feierabend, oder waren die Grenzen zwischen Arbeit und Leben so lange fließend, bis wir dem Haftrichter die Beweise und den Verdächtigen vorführen konnten?

Während ich noch mit der Miniaturausgabe des mittelalterlichen Vitoria spielte, die Dächer und die vier markanten Kirchtürme betastete, ertönten die Klänge des Liedes »Lau teilatu«: Alba bekam einen Anruf.

Wie fern war jenes erste »Lau teilatu« schon, das wir gemeinsam angehört hatten, nur wenige Meter über unseren Köpfen, während der ersten Fiestas de la Blanca, die wir als Frischverliebte erlebt hatten!

Seither waren wir nur noch wenige Male dort oben auf dem Dach gewesen und seit Debas Geburt gar nicht mehr. Schließlich konnten wir schlecht aufs Dach klettern und sie unten in der Wohnung allein lassen. Wir hatten einfach wenig Zeit für uns, selbst wenn Großvater, Nieves oder Germán uns halfen und sich um unsere Tochter kümmerten.

Mit einem Mal kam mir die Erleuchtung: »Lau teilatu«. Vier Dächer.

Die Nájeras wohnten in der Calle Pintorería, die Mädchen waren in der Calle Cuchillería gefunden worden. Die beiden Wohnungen teilten sich die Dächer.

Viele Häuser in der Altstadt hatten kleine Oberlichter in den Innenhöfen zu den Nachbarhäusern hin, durch die zusätzliches Licht hereinfiel, denn an Licht mangelte es in den engen Altstadtgassen.

Ich nahm mein Telefon zur Hand, weil ich mir eine Luftansicht suchen wollte, die etwas aktueller war als das Keramikmodell der mittelalterlichen Stadt. Bei Google Earth wurde ich fündig.

Alba kam zurück, und in ihrer Miene spiegelte sich ihre Erleichterung.

»Das war Milán aus dem Hospital de Santiago. Sie hatte darauf bestanden, bei ihr zu bleiben, damit ich mich ausruhen kann, und ich habe sie gebeten, mich anzurufen. Meine Mutter schläft und steht unter Schmerzmitteln. Besser, ich gehe jetzt ins Bett und fahre morgen ganz früh hin. Wenn du möchtest, geh du um sechs laufen, und wenn du zurückkommst, fahre ich vor der Arbeit ins Krankenhaus.«

Ich atmete auf. Albas Mutter war eine starke Frau, die schon viel durchgemacht hatte. Ein Treppensturz konnte ihr so schnell nichts anhaben. Andererseits war sie nicht mehr die Jüngste, und es würde eine Weile dauern, bis sie sich davon erholt hatte.

Alba setzte sich wieder mir gegenüber, den Rücken an die Wand gelehnt, immer noch ein bisschen nachdenklich. Sie sah mich an und entdeckte das Funkeln in meinen Augen.

»Was ist, Unai?«

»Ich weiß jetzt, wie der Entführer in die Wohnung kam. ›Lau teilatu‹, Alba. Vier Dächer. Er ist durch das Oberlicht eingestiegen und hat sie da rausgeholt. Es war Ende August, viele Nachbarn waren verreist. Niemand hat ihn gesehen, weil er sie über die Dächer in die andere Wohnung gebracht hat. Das andere Gebäude hat auch so ein Oberlicht. Das Haus ist eine Baustelle, wahrscheinlich hatte er die Wand vorher fast fertig gemacht bis auf das Loch, durch das er sie reingeschoben hat. Dann hat er das auch zugemauert. Die vermeintliche Dominikanernonne ist auch über die Dächer von San Miguel entkommen und war sehr flink. Und wenn er nun die Dächer von Vitoria beherrscht? Durch seinen Beruf oder irgendeinen Umstand, der ihm einen Vorteil verschafft?«

»Deine Theorie hat diverse Schwachpunkte. Es ist immer noch das Verbrechen in einem geschlossenen Raum. Vergiss nicht, dass die Wohnung von innen abgeschlossen war. Und die Fenster auch. Nach all den Jahren, die ich das jetzt schon mache, will mir nicht in den Kopf, wie jemand zwei Mädchen so etwas antun kann.«

»Nein, nicht zwei Mädchen, zwei Müllsäcken«, präzisierte ich.

»Beschönige es nicht. Den ersten Eindrücken der Rechtsmedizinerin nach haben beide noch gelebt, als er sie entführt hat.«

»Das stimmt. Aber ich bleibe dabei, dass diese Müllsäcke eine besondere Bedeutung haben, denn darin zeigt sich eine gewisse Menschlichkeit; er will nicht daran denken, dass er zwei Mädchen tötet. Er hat sie in Säcke gesteckt, weil er sie sich lieber als zwei Gepäckstücke vorstellen wollte.«

»Und was sagt uns das?«

»Dass er kein Psychopath ist, dass er über Empathie verfügt. Aber der Grund, weswegen er sie töten wollte, wiegt schwerer – es gibt eine Kosten-Nutzen-Rechnung. Er hat es nicht genossen, sie zu töten, es war lediglich ein Teilschritt in seinem Plan.«

Sie sah mich besorgt an. »Und ist das jetzt gut oder schlecht?«

»Es ist schlecht. Sehr schlecht sogar. Da ist ein Plan im Gang.«

Alba nahm meine Worte nicht gut auf. Allerdings hätte die Aussicht auf weitere eigenartige Morde mit einem mittelalterlich anmutenden Modus Operandi wie Kantharidin oder Einmauerung wohl jeden beunruhigt.

Aber da war noch mehr. Alba war in Gedanken nicht bei mir, sondern ganz weit weg.

»Was ist, Alba? Irgendwann wirst du es mir sagen müssen. Du bist in letzter Zeit sehr zerstreut. Es fühlt sich fast so an, als lebte ich wieder allein.«

Sie verschränkte die Arme und sah hinaus auf das Denkmal für die Schlacht bei Vitoria.

»Ich überlege, ob ich nach Laguardia zurückziehe, um meiner Mutter unter die Arme zu greifen.«

»Wenn sie aus dem Krankenhaus kommt?«

»Ja. Sie wird sich nicht um das Hotel kümmern können, und die Familien ihrer fünf Angestellten sind darauf angewiesen, dass der Betrieb weiterläuft. Bald kommt sie in das Alter, in dem sie sich zur Ruhe setzen müsste, aber sie hat niemanden, der die Geschäfte übernehmen kann, außer mir. Ich bin damit aufgewachsen, mich um die Reservierungen und den ganzen Papierkram zu kümmern. Ich könnte das Hotel übernehmen, wenn sie in den Ruhestand geht.«

»Warte mal … jetzt reden wir nicht mehr nur davon, dass du

für ein paar Tage nach Laguardia gehst, wenn sie aus dem Krankenhaus kommt, oder? Was versuchst du mir da zu sagen?«

Alba seufzte. Tapfer sah sie mir in die Augen und gestand: »Ich weiß nicht, ob ich weiter in diesem Beruf arbeiten will, Unai. Ich weiß nicht, ob ich weiter Subcomisaria sein will. Ich will nicht mehr täglich mit so vielen Tragödien zu tun haben, mit den Abgründen im Menschen. Seit Deba geboren wurde, hat sich mein Blick aufs Leben verändert. Ich habe nur ein Leben, und Deba hat nur ein Leben, einen Vater, eine Mutter. Du bist ständig in Gefahr, in Vitoria kennt dich jeder. Deba ist die Tochter des Kraken – oder Schlimmeres.« Sie verstummte.

»Oder Schlimmeres?«, fragte ich verständnislos. »Was meinst du damit? Ich kann dir nur schwer folgen. Redest du von einer Sinnkrise oder von Debas Zukunft? Wovon genau redest du? Willst du dich wieder ins Kommissariat Laguardia versetzen lassen? Dort könntest du nicht als Subcomisaria arbeiten. Und nur du allein weißt, was es dich gekostet hat, diese verfluchte gläserne Decke zu durchbrechen. Du bist eine Legende bei der Truppe, alle respektieren dich. Oder möchtest du dich beurlauben lassen, um das Hotel deiner Mutter zu führen?«

»Genau. Wieder mit Blick auf die Sierra leben, in einem wesentlich ruhigeren Lebensrhythmus. Mich abends ohne Blutspritzer an den Tisch setzen und die Augen schließen können, ohne die verweste Leiche einer Jugendlichen vor mir zu sehen. Meine Mutter ist allein und braucht mich immer mehr. Ich möchte diese Jahre mit ihr verbringen, jetzt, wo wir uns so nahestehen. Und ich möchte, dass Deba mit ihr und mit ihrem Urgroßvater aufwächst. Wenn wir in Laguardia leben, sind wir näher an Villaverde. Du weißt doch, wie sehr Deba und Großvater aneinander hängen. Das würde beiden guttun.«

»Und ihr Vater? Willst du nicht, dass Deba bei ihrem Vater aufwächst? Wo bleibe ich in diesem Szenario?«

Alba, die noch auf dem Boden saß, sah zu mir auf: Ich war irgendwann aufgestanden. Und offenbar war ich irgendwann auch lauter als nötig geworden, denn jetzt erschien Deba in ihrem mit Mäuschen bedruckten Schlafanzug und weit aufgerissenen Augen.

»Kann ich bei euch schlafen?«, fragte sie mit ihrem leichten Lispeln.

»Na klar, Kleine. Papá wollte gerade ins Bett gehen. Dann gehe ich morgen um sechs laufen, Alba. Schlaf gut«, sagte ich, gab ihr einen Kuss auf den Mund, den sie sanft erwiderte, nahm meine Tochter auf den Arm und ging mit ihr ins Schlafzimmer, als wäre sie ein kleines Geschenk.

Wenn ein Tag ein solches Desaster war wie heute, tröstete ich mich damit, ihr beim Schlafen zuzusehen. Das erinnerte mich daran, dass ich in einem anderen Leben gut genug gewesen sein muss, um ein solches Wunder in den Armen halten zu dürfen, ein winziges Herz, das mir die Wärme gab, die ich brauchte.

Doch heute konnte auch meine Tochter nicht schlafen.

»Papá, ist zweiundzwanzig viel?«, flüsterte sie.

»Das kommt darauf an, zweiundzwanzig wovon? Zweiundzwanzig Umarmungen sind wenig, ich umarme dich morgens viel öfter. Zweiundzwanzig geröstete Kastanien für dich allein sind viele. Weißt du noch, wie es dir ging, als du die ganze Tüte aufgegessen hast?«

»Zweiundzwanzig Tote«, sagte sie.

Diese Worte aus dem Munde meiner Tochter verstörten mich derart, dass mir das Bett mit einem Mal eisig erschien.

»Wieso zweiundzwanzig Tote, mein Schatz?«

»Ich hab im Kindergarten eine Erwachsenenstimme reden gehört, als ich Pipi machen war. Die hat gesagt, dass bei meinem Papá zweiundzwanzig Tote auf den Schultern lasten. Kann ich die sehen?«

Verdammt. Das hatte Alba gemeint. Deshalb also. Für manche war Deba Krakens Tochter, für andere die Tochter eines Mannes, der zweiundzwanzig Menschen auf dem Gewissen hatte.

»Sie haben mich erwischt! Wie haben sie das bloß herausgefunden?«, gab ich in spielerischem Ton zurück.

»Was denn, Papá?«

»Mein Halloweenkostüm. Ich gehe als Zombiejäger, ich werde mir einen Sack mit zweiundzwanzig Zombiepuppen umhängen … Aber das war mein Geheimnis. Wie haben sie das bloß herausgefunden?«

»Die vom Kostümgeschäft, Papá.«

»Stimmt. Die werden es gewesen sein. Da gehen wir nicht mehr hin, Deba«, sagte ich und strich ihr über das blonde Haar. Normalerweise beruhigte sie das, und nach wenigen Minuten schlief sie denn auch ein.

»Da gehen wir nicht mehr hin … Papá«, murmelte sie noch und ihre Atmung verlangsamte sich.

Schon seit einer geraumen Weile lehnte Alba mit verschränkten Armen am Türrahmen und lauschte.

Wir mussten nichts sagen.

14

DIE CALLE HERRERÍA

Unai · *September 2019*

Es war eine schwierige Nacht. Ich liebte sie beide, und das war alles, was ich im Leben wollte. Aber jetzt ging es nicht mehr nur darum, dass Alba ein paar Tage lang in ihrer Heimatstadt abschalten wollte. Allmählich ahnte ich, dass es um mehr ging.

Schlaflos prägte ich mir die Schatten an der Decke ein, und darüber wurde es fünf Uhr morgens. Resigniert stand ich auf, duschte, zog die Laufschuhe an und schlich mich wie ein Dieb im Dunkeln zu meinen beiden Damen, um ihnen einen Kuss auf die Stirn zu geben. Dann trat ich hinaus auf den Asphalt, wo mich ein eisiger Tagesanbruch begrüßte. Ich setzte die Kopfhörer auf und lief zu den Klängen von »Cold Little Heart« los.

In der Absicht, durch die pflanzenüberwachsenen Bögen des Parque de la Florida zu laufen, überquerte ich die Plaza de la Virgen Blanca, doch auf Höhe der Calle Herrería kreuzten zwei merkwürdige Gestalten meinen Weg.

Merkwürdig deshalb, weil eine davon eine Soutane trug, und das war an einem Freitagmorgen um sechs zumindest befremdlich. Die andere Gestalt hatte einen roten Haarschopf, den ich sehr gut kannte. Sie lachten hemmungslos, ohne jedoch betrunken zu wirken.

»Guten Morgen, López de Ayala! Wollen Sie Ihre morgendliche Runde drehen? Sind alle Bewohner der Stadt in Sicherheit?«, fragte Alvar aufrichtig vergnügt. Er hatte mich erst erkannt, als ich ihm schon sehr nahe war.

Ich warf Estíbaliz einen fragenden Blick zu, denn ich begriff gar nichts.

»Don Alvar, guten Morgen … oder gute Nacht, wenn ich das richtig verstehe«, antwortete ich.

»Gestern Abend haben wir uns die Soutanenausstellung im Museo de Arte Sacro in der Neuen Kathedrale angesehen, und danach habe ich Alvar eine Kostprobe des Nachtlebens in Vitoria gegeben«, antwortete Estíbaliz an seiner Stelle und starrte auf ihr Telefon, als wäre es kaputt. »Schon zehn nach sechs? Wie kann das sein?«

Nur Esti war imstande, einen Priester in Soutane durch die Kneipen Vitorias zu schleifen. So war sie, Impulsivität pur. Andererseits war es ihr in nicht einmal vierundzwanzig Stunden gelungen, ihn aus seinem Turm zu holen. Garantiert hatte sie ihn eingehend analysiert, während sie ihm das eine oder andere Glas bestellt hatte. Ein bisschen unorthodox, aber uns half es weiter. Wir hatten zwei Leichen im Leichenhaus und ein Mädchen im Krankenhaus. Es half uns.

»Wusstest du, dass die Calle Herrería früher Ferrería hieß? Alvar kennt sämtliche alten Straßennamen in der Almendra Medieval. Und dass die Zapatería früher Çapatería geschrieben wurde? Und die Correría war die Pellejería wegen der Gerber, die da früher gearbeitet haben. Und dass …«

»Lies den Roman, Esti. Tu's endlich«, flüsterte ich ihr ins Ohr, schüttelte Alvar zum Abschied kräftig die Hand und lief weiter.

Die Begeisterung, die meine Kollegin da vortäuschte, musste einem aufgeblasenen Ego wie dem von Alvar runtergehen wie Öl, doch wir wussten beide, dass sie eine erfahrene Jägerin war und bloß den passenden Köder verwendete. Dass sie ihn in der vergangenen Nacht, die er außerhalb seines Territoriums verbrachte, unablässig beobachtet und alle seine Reaktionen getestet hatte, um daraus später in ihrem Bericht Schlussfolgerungen ziehen zu können.

Meine Kollegin hatte am Donnerstag einfach keinen Feierabend gemacht.

Am Nachmittag besuchte ich zunächst Albas Mutter im Krankenhaus und stellte zu meiner Erleichterung fest, dass sie wieder zu Kräften kam. Dann nahm ich den Wagen und fuhr erneut nach Valdegovía. Ich wollte in der Turmfestung einige Dinge überprüfen.

Zu meiner Überraschung war das Holzportal geschlossen, und als ich die Festnetznummer für Besucher anrief, meldete sich weder die Turmführerin noch sonst jemand, nur ein automatischer Anrufbeantworter ermunterte mich, eine Nachricht zu hinterlassen.

Daraufhin griff ich auf eine archaische Methode zurück: Ich betätigte den Türklopfer. Dass Alvar zu Hause war, wusste ich, denn als ich den Wagen auf dem Parkplatz am Graben abgestellt hatte, hatte jemand in seinem Arbeitszimmer das Fenster geschlossen, war jedoch hinter der Gardine verborgen geblieben.

Ich klopfte so lange, bis der Türklopfer, der die Form einer Faust hatte, sich in meiner Hand erwärmte. Als ich mich schon mit dem Gedanken anfreundete, vor der Tür zu kampieren, meldete sich doch noch jemand. »Ich komme ja schon«, sagte ein Mann. Die Stimme kannte ich nicht, sie war kraftlos und sanft.

Daher rechnete ich damit, nun einen weiteren Turmbewohner kennenzulernen, doch wer mir die Tür öffnete, war Alvar. Er hatte sich eine grobe Decke umgelegt, deren Saum über den Boden schleifte.

Jetzt trug er eine Brille mit einem dunklen Kunststoffgestell. Anscheinend war er sehr kurzsichtig, und die dicken Brillengläser ließen seine hellblauen Augen kleiner erscheinen. Jedenfalls waren die dunklen Ringe unter seinen Augen von der durchgemachten Nacht nicht zu übersehen. Das blonde Haar war nicht mehr vom Festiger gebändigt, vielmehr fielen ihm einige

Strähnen in die hohe Stirn und bedeckten sein rechtes Auge. Es schien ihn nicht zu stören.

»Kann ich dir helfen?«, fragte er mich.

Wieder staunte ich über seine Stimme. Es war nicht nur das Stimmvolumen oder der Umstand, dass er flüsterte, als hätte er Angst, ein Kind aus seinem Mittagsschlaf zu wecken. Sie klang auch heller und jünger, als ich sie in Erinnerung hatte. Was ein Kater nicht alles anrichten konnte.

»Guten Tag, Don Alvar. Verzeihen Sie die Störung, ich wollte etwas holen, was ich hier vergessen hatte …«

»Verzeihung, kennen wir uns? Bist du aus dem Dorf?«

»Ähm … Nein, ich bin nicht aus dem Dorf. Ich bin Inspector Unai López de Ayala. Gestern war ich mit meiner Kollegin Estíbaliz Ruiz de Gauna hier. Geht es Ihnen gut?«

»Ja, sicher geht es mir gut. Ehrlich gesagt bin ich ein bisschen müde, offenbar habe ich nicht gut geschlafen. Aber bitte sag Du, sonst fühle ich mich gleich uralt, und dabei bin ich, glaube ich, jünger als du. Möchtest du reinkommen? Claudia scheint heute nicht gekommen zu sein. Ich wusste nicht, dass sie freihat. Wahrscheinlich hatte sie heute Nachmittag keine Führung, wir sind also allein im Haus. Du sagst, du bist Inspector. Kann ich dir helfen? Sagt man das so?«, fragte er und zog angesichts meiner verdutzten Miene die Decke noch fester um sich.

Ich reagierte nicht sofort, aber dann packte ich die Gelegenheit, die sich mir da bot, beim Schopfe.

»Offen gesagt kannst du mir tatsächlich helfen«, begann ich. »Was hältst du davon, wenn wir hineingehen und uns in Ruhe unterhalten? Hier draußen ist es doch ziemlich kalt, oder?«

»Ja, sicher. Entschuldige, hoffentlich hältst du mich jetzt nicht für unhöflich. Gehen wir rauf in meine Wohnung.«

Ich folgte ihm durch eine andere Tür, diesmal auf der rechten Seite des Eingangsbereichs, und er führte mich über eine steinerne Treppe bis in den dritten Stock. Auf jedem Treppenabsatz standen Artefakte auf dem Boden: verwitterte Kragsteine aus Kalkstein, Fragmente von Säulen und sogar ein umgedrehtes Taufbecken, das auf der untersten Stufe den Weg versperrte.

»Der letzte Umbau«, sagte er entschuldigend. »Ich habe keine Ahnung, wo ich das alles unterbringen soll, was übrig geblieben ist.«

»Keine Sorge, manche Leute würden dafür töten, um in einem Museum wie diesem zu leben.«

Er drehte sich um und lächelte ein wenig zaghaft. »Mich selbst fasziniert es auch, das gebe ich zu. Ich liebe die Vergangenheit, und mir ist bewusst, dass dieser alte Turm lebendige Geschichte ist. Ich bemühe mich, mich des Vermächtnisses meiner Vorfahren würdig zu erweisen, was nicht leicht ist.«

Auf mich wirkte er geradezu krankhaft schüchtern, beinahe hätte ich es rührend gefunden. Beinahe.

Er führte mich durch die labyrinthischen Gänge des Turms. Einige kamen mir bekannt vor, andere führten zu Räumen, die wir tags zuvor nicht gesehen hatten. Salons mit Kachelornamenten, Zimmer für Kinder, die ihnen seit Jahrhunderten entwachsen waren, Speisezimmer mit eingedecktem Tisch.

Im dritten Stock ging er festen Schrittes bis zum Ende des Flurs, wo möglicherweise ein weiteres Arbeitszimmer lag, das ich noch nicht kannte, aber als ich am Raum mit den Landschaftsgemälden vorbeikam, nutzte ich die Gelegenheit aus.

»Mein Buch! Ich hoffe, es hat dir gefallen, aber es ist ein Geschenk meiner Frau und mir daher sehr wichtig. Offen gesagt bin ich unter anderem deshalb hier, weil ich es mir von dir zurückholen wollte.« Und ohne ihm Zeit zu geben, es mir zu untersagen, betrat ich den Raum und holte mir mein Exemplar von *Die Herren der Zeit* zurück.

»Ah … das Buch gehört dir. Sicher, nur zu«, sagte er, betrachtete das Cover und verfolgte, wie ich es in die Innentasche meiner Jacke steckte, als wäre ich ein Dieb, der ihm gerade ein

Fabergé-Ei stahl. »Danke für die Leihgabe, ich werde es mir sicher kaufen. Ich bin noch nicht weit gekommen mit der Lektüre. Aber, Inspector, was wolltest du sonst noch von mir?«

»Können wir uns an einem etwas weniger eisigen Ort unterhalten, Alvar?«

»Ramiro, Ramiro Alvar. Komm in meine Bibliothek. Es ist sehr schwierig, den gesamten Turm zu beheizen, und ich bin ziemlich verfroren, wie du siehst. Trotzdem würde ich ihn gegen keine andere Wohnung der Welt eintauschen.«

Ich begleitete ihn in seine Höhle, die keinerlei Ähnlichkeit mit den Räumlichkeiten hatte, die er uns gestern gezeigt hatte. Die Farben waren Weinrot- und Grautöne, der Stil moderner als der des Raums gestern, aber warm – da bewies jemand guten Geschmack. Ein Armsessel lud zu stundenlanger beschaulicher Lektüre an jenem weltfernen Ort ein. Auf dem riesigen Schreibtisch lagen diverse Bücher. Ich erkannte einen Kommentar zum Gesetzbuch *Las siete partidas* von König Alfonso X. sowie Marc Aurels *Selbstbetrachtungen*. Zahlreiche Bücherregale reichten bis hinauf zur Decke. Außerdem sah ich einige alte gerahmte Pergamente an den Wänden hängen.

Eines davon sah ich mir aus der Nähe an.

»Das ist die Urkunde über die mit der Gewährung des *Señorío de Nograro*, des Herrschaftsgebiets von Nograro, verbundenen Privilegien. Unterzeichnet 1306 von Fernando IV.«, erklärte er mir. »Siehst du dieses schwere Metallsiegel? Es ist das des Königs: ein viergeteiltes Wappen mit Burgen und Löwen. Auf der Rückseite, die man natürlich nicht sehen kann, befindet sich ein Relief des Königs zu Pferd. Obwohl es eine Kopie ist, sind solche alten Dokumente sehr wertvoll. Das Original befindet sich im Archiv der Historischen Gebiete Álavas in Vitoria.«

Ich versuchte, das Dokument zu entziffern, musste aber passen.

»Und das soll Spanisch sein? Ich kann nichts lesen.«

Er lächelte schüchtern.

»Man muss sich zuerst daran gewöhnen. Hier steht: ›Er gehe nicht in den Kerker, noch werde er schuldig gesprochen, damit die Erbfolge auf rechtschaffene Männer beschränkt bleibt.‹ Dies ist der privateste Teil der Familienbibliothek. Hier verwahre ich Testamente, Eheverträge, Mitgiften, Ernennungen, Adelsnachweise und Rechtsstreitigkeiten. Und sagst du mir jetzt den Grund deines Besuchs?«

»Ich kenne den Verleger des Verlags Malatrama. Er erzählte mir, du hättest einmal mit ihm zusammengearbeitet. Es ging um eine Ausstellung der Gemeindeverwaltung Ugarte oder so ähnlich.«

»Das stimmt. Sie brauchten Abdruckgenehmigungen für das Bildmaterial, und ich habe ihnen geholfen. Pruden hat viel Erfahrung in der Publikation solcher Kataloge. Ist ihm etwas passiert? Bist du deshalb hier?«

»Ach wo, er erfreut sich bester Gesundheit. Das ist es nicht, Alvar. Aber ich will ehrlich zu dir sein. Dieser Roman, den du dir von mir geliehen hattest, ging ihm unter Pseudonym zu, und er könnte sich gut vorstellen, dass du der Autor bist – angesichts deiner imposanten Kenntnisse über das Mittelalter. Was sagst du dazu?«

»Ramiro, Ramiro Alvar«, berichtigte er mich erneut. »Und ich sage dir, dass ich diesen Roman nicht habe publizieren lassen. Ich kann dir bei meiner Familie schwören, dass ich dieses Buch vorher noch nie gesehen habe. Heute habe ich angefangen, darin zu lesen, das gebe ich zu. Und ich kenne die Geschichte, die darin erzählt wird, sowie einige der Personen. Aber ich habe es nicht geschrieben. Wie kommt Pruden denn darauf, dass ausgerechnet ich es gewesen sein soll? Es gibt Hunderte von Schriftstellern oder Historikern, die diese Geschichte geschrieben haben könnten.«

»Ich will ganz offen sein, ich mag keine Lügen. Pruden bekam das Manuskript per E-Mail, und unsere IT-Abteilung hat den

Absendeort dieser Nachricht bestimmt. Sie wurde aus diesem Turm verschickt.«

»Was?«

In seiner Miene las ich Ungläubigkeit, Verunsicherung und einen Schrecken, der sehr echt wirkte. Entweder war er ein sehr guter Schauspieler, oder er hatte tatsächlich Angst.

»Hast du sie verschickt?«

»Selbstverständlich nicht. Ich habe diesen Roman nicht geschrieben und bin schon gar nicht daran interessiert, ihn zu veröffentlichen. Ich habe das nicht …«

»Ja, ich weiß, du hast das nicht nötig, schon klar«, fiel ich ihm ins Wort.

»Das wollte ich nicht sagen. Mit Geld hat das nichts zu tun. Das war nicht meine Rechtfertigung.« Er seufzte frustriert. »Es ist bloß so, dass ich konkret diese Geschichte niemals veröffentlichen würde, verstehst du? Du musst mir glauben.«

Er zog die Decke fester um sich. Ich hätte ihm in diesem Augenblick tausend Fragen stellen können: Weißt du nicht mehr, dass du gestern mit einer Kriminalpolizistin auf die Rolle gegangen bist? Wo ist deine Soutane heute? Ist dir nicht mehr warm? Welche von all deinen Lügen bremst dich, welche verdammt dich, welche geht nicht auf, welche zerstört dich in diesem Moment innerlich?

Aber stattdessen ließ ich ihn über das nachgrübeln, was ihn gerade so aufwühlte. Sollte er mich durch sein Labyrinth führen. Ich wollte wissen, welche Frage er mir stellen würde.

»Inspector Ayala …«

»Unai. Nenn mich ruhig Unai«, gestand ich ihm zu.

»Warum kommt ein Inspector zu mir und fragt nach dem Autor dieses Buchs? Ist es wegen einer Anzeige? Geht es um eine Urheberrechtsfrage?«

»Ich glaube, du hast es nicht verstanden. Ich bin bei der Kriminalpolizei und Spezialist für Fallanalyse.«

»Fallanalyse … bist du Psychologe?«

»Ich habe eine Fortbildung in Kriminalpsychologie gemacht, das ja, aber ich bin kein Psychologe.«

»Ich habe Psychologie studiert, im Fernstudium. Ich habe diverse Universitätsabschlüsse: Geschichte, Jura, Wirtschaftswissenschaften … Was ich eben für hilfreich hielt für die Verwaltung dessen, was mir meine Familie hinterlassen hat. Ich habe das gesamte Vermögen so gut ich konnte betreut. Ich habe es nicht schlecht gemacht, mir gefällt, was ich tue. Aber, um zurück auf die Frage zu kommen, was du hier willst: Kriminalpolizei? Was ist passiert?«

»Vor ein paar Tagen ist ein Unternehmer gestorben, die Todesursache war sehr ungewöhnlich: Vergiftung durch Kantharidin, ein mittelalterliches Potenzmittel. Gestern wurden zwei als vermisst gemeldete junge Mädchen gefunden. Schwestern. Jemand hatte sie in einer Wohnung in der Altstadt Vitorias eingemauert. Die ältere war vor Entkräftung gestorben. Die jüngere liegt im Krankenhaus, sie wurde in letzter Sekunde gerettet.«

Alvaro krümmte sich unter seiner Decke und hielt sich den Bauch.

»Junge Mädchen? Ich verstehe nicht. Warum tötet jemand junge Mädchen?«, flüsterte er, nicht einmal an mich gewandt. »Es tut mir leid. Beim Thema Tod wird mir übel. Du musst mir einen Moment Zeit lassen …«

»Natürlich.«

Ich wartete geduldig. Er verlor sich eine geraume Weile in seinem Kummer. Ich hätte die zweiundzwanzig Kuscheltiere meiner Tochter dafür gegeben zu erfahren, was ihm durch den Kopf ging. Außerdem hätte ich gern ein Foto von ihm gemacht, aber mir fiel kein guter Vorwand ein, um das Telefon herauszuholen und auf ihn zu richten.

»Also mordet da jemand auf mittelalterliche Weise«, sagte er schließlich.

»Das ist eine Ermittlungsrichtung«, bekannte ich.

»Ich kann dir nur sagen, dass ich diesen Roman nicht veröffentlicht habe. Dass ich keinen Kontakt zum Verleger aufgenommen und selbstverständlich niemanden getötet habe. Ich vermute, du wirst Alibis brauchen, und da habe ich natürlich ein Problem, weil ich praktisch alleine bin. Ich weiß ja nicht, wann die Morde verübt wurden, aber Claudia wird bestätigen können, dass ich während ihrer gesamten Arbeitszeit hier war. Hin und wieder bekomme ich Besuch von Verwandten, die können dir sicher auch helfen. Dann sind da der Bürgermeister, die Gemeinderäte, die Einwohner von Ugarte … Ich weiß nicht – sag mir, was du für deine Ermittlungen brauchst.«

»Na schön. Ich komme in den nächsten Tagen wieder, und dann klären wir diese Fragen nach und nach auf. Für heute ist es genug.«

Er nickte erleichtert und begleitete mich schweigend nach unten. Man konnte meinen, er trüge die Last der ganzen Welt auf seinen Schultern. »Unai«, sagte er, als wir uns im Eingangsbereich verabschiedeten, und packte meinen Unterarm. Die Geste hatte etwas Beschwörendes, oder vielleicht sogar etwas Flehentliches. »Ich bedauere diese Todesfälle wirklich sehr. Alles Gute für deine Arbeit, wirklich.«

Dieser Ramiro Alvar hatte wenig gemein mit dem arroganten Kerl in der Soutane, mit dem Estíbaliz gestern ausgegangen war. Der angespannte Mund, dieser Blick eines Menschen, der zu viele Geheimnisse hat und befürchtet, sie könnten ihm in einer banalen Unterhaltung entschlüpfen.

Er war nicht so perfekt rasiert wie am Tag zuvor, sondern trug einen Eintagesbart. Und die Stimme … Diese sanfte Stimme eines Menschen, der um Verzeihung dafür bat, dass er existierte, dass er Raum einnahm. In seinem Blick lag fast so etwas wie ein Flehen, ein »Lass mich nicht allein«. Nie zuvor hatte ich einen so verletzlichen Menschen gesehen.

Ich wusste wirklich nicht, wie ich seinen erschrockenen Blick deuten sollte, ob als Bitte um Hilfe oder Aufforderung zu gehen.

Noch heute frage ich mich das.

Auf dem Weg zum Auto war mir klar, dass der Turmherr mir durchs Fenster nachsah. Ich setzte mich hinters Steuer und rief dann meine Kollegin an.

»Esti, bist du schon wieder ein Mensch?«

»Ich habe nicht zum ersten Mal die Nacht durchgemacht! Ich bin bei Nieves und Großvater im Krankenhaus. Es geht ihr viel besser, und sie fragt nach dir.«

»Ich komme jetzt gleich. Geh mal raus auf den Flur, wir müssen über die Arbeit reden.«

Ich hörte, wie eine Tür geschlossen wurde, und dann Estíbaliz' heftige Atmung, als sie über den Flur ging.

»So, jetzt bin ich allein. Wo hast du dich heute Nachmittag rumgetrieben? Du bist nicht ans Telefon gegangen – irgendeine interessante Befragung?«

»Ich glaube schon. Ich war bei Alvar in seinem Turm. Erzähl mir, was du gestern Nacht aus ihm herausgeholt hast. Hat er irgendwelche Drogen genommen?«

»Nein, nicht dass ich wüsste. Ich habe ihn nicht aus den Augen gelassen, außer wenn er aufs Klo ging. Und er kannte da niemanden, er ist es nicht gewöhnt, abends in Vitoria auszugehen.«

»Alkohol?«

»Ein, zwei Glas Wein, ja. Ich glaube, eher mir zuliebe.«

»Nur ein, zwei Glas?«

»Ja.«

»Würdest du sagen, er ist es gewohnt zu trinken?«

»Ich würde sagen, nein, aber er hat auch viel Wasser getrunken. Ich glaube, er wollte keinen Kontrollverlust riskieren. Er hat einfach mitgespielt, und wenn ich ihm einen ausgab, hat er nicht abgelehnt. Aber er ist mir nicht betrunken vorgekommen, nicht mal beschwipst, zu keinem Zeitpunkt. Er hatte sich die ganze Zeit unter Kontrolle. Und er war wachsam, dem ist nichts entgangen.«

»Nur damit mir das klar ist: War das, was du getan hast, für den Job?«, zwang ich mich, sie zu fragen. »Lockst du ihn aus seiner Komfortzone, um herauszufinden, ob er hinter dem Mord steckt, oder handelt es sich um dein Privatleben, in das ich mich nicht einmischen sollte?«

»Willst du das denn tun?«

»Den älteren Bruder spielen? Nicht mal aus Versehen. Du kannst auf dich aufpassen, und ich werde deinen Geschmack nicht hinterfragen. Ich kann dich verstehen, er ist …«

»Charismatisch?«

»Der König des Charismas, aber das ist nicht alles. Er sieht gut aus, ist verführerisch, charmant …«, sagte ich.

»Soll ich euch ein Zimmer mit Aussicht in einem kleinen Hotel reservieren?«, frotzelte Esti.

»Red keinen Quatsch. Ich will nur sagen, ich würde es verstehen, wenn du ihn anziehend findest.«

»Wirst du es Alba erzählen?«

»Als Freundin würde sie es verstehen. Als Chefin würde sie es unprofessionell von dir finden, fürchte ich. Wir befinden uns mitten in einer laufenden Ermittlung. Außerdem möchte ich ihr nicht noch mehr Sorgen aufladen. Das mit Nieves geht ihr sehr nahe, und dieser Fall genauso.«

»Dann behältst du mein Geheimnis erst mal für dich?«

»Auch wenn ich dafür meine Chefin, meine Lebensgefährtin und die Mutter meiner Tochter anlügen muss?«

»Ja«, sagte sie entschlossen. Allerdings nahm ich einen schuldbewussten Unterton wahr, den ich gut nachvollziehen konnte.

»Du kennst die Antwort. Ja, klar. Für dich mache ich es«, sagte ich schließlich. »Für niemanden sonst. Ich will Alba nicht anlügen, das tue ich nur für dich. Aber lass es nicht zur Gewohnheit werden, es ist mir sehr unangenehm.«

»Du hast mir immer noch nicht gesagt, warum du zum Turm gefahren bist.«

»Um zu Ende zu bringen, was du angefangen hast. Um ihn noch einmal in seinem gewohnten Umfeld zu erleben, nachdem du ihn aus seiner Komfortzone gelockt hast. Passt es in dein Bild von ihm, wenn ich dir sage, dass er sich an nichts erinnern kann? Und mit nichts meine ich, dass er mich nicht einmal wiedererkannt hat.«

»Wie bitte?«, fragte sie ungläubig nach.

»Heute trug er keine Soutane. Und er hat völlig zerschlagen ausgesehen. Dunkle Ringe unter den Augen, unrasiert, und er war sehr müde. Aber ich könnte schwören, dass er selbst glaubte, er hätte die Nacht brav in seiner Turmfestung verbracht und einfach schlecht geschlafen. Von der Existenz des Romans hat er übrigens auch nichts mehr gewusst. Er konnte sich nicht mehr daran erinnern, dass ich ihm das Buch gestern dagelassen habe. Es fiel ihm schwer, es mir zurückzugeben. Fast hat er mir leidgetan. Er hat das Buch betrachtet, als wäre es eine Reliquie. Als ich ihm von unseren Todesfällen erzählte, hat ihn das sehr mitgenommen. Ich würde sagen, das mit den Mädchen hat ihn am meisten aus der Fassung gebracht. Und übrigens: Wir haben es da mit einem Genie zu tun. Er hat Uniabschlüsse in Geschichte, Jura, Wirtschaftswissenschaften und … Psychologie. Komischerweise hat er gesagt, das alles hätte er studiert, damit es ihm beim Verwalten des Vermächtnisses seiner Familie hilft.«

»Jetzt mach mal halblang, Kraken, ich komme überhaupt nicht mehr mit. Du überschüttest mich ja regelrecht mit Informationen. Ich bin heute wohl doch ein bisschen langsamer. Sag, was haben wir? Einen Verdächtigen mit Amnesie?«

»Ich habe keine Ahnung, Esti. Ich habe keine Ahnung.«

15

DER VORABEND VON SANKT AGATHA

Diago Vela · *Im Jahr des Herrn 1192, Winter*

Als ich durchs Portal del Norte schritt und mich zu einem der ältesten Häuser der Stadt in der Rúa de las Pescaderías begab, wurde es bereits dunkel.

Die Leute, denen ich auf den von jungfräulichem Schnee bedeckten Straßen begegnete, waren freudig und in Eile. Die unverheirateten Mädchen steckten sich die Rockzipfel in den Gürtel und gingen hinunter auf ihre Hühnerhöfe, um die Eier einzusammeln und behutsam in ihre Körbe zu legen.

Die jungen Burschen probten die Gesänge zu Ehren der heiligen Agatha und stießen beim Gehen ihre langen Stöcke aus Haselnussholz auf die Pflastersteine, als könnten diese ihnen den Mut verleihen, den sie für das, was am Vorabend von Sankt Agatha kam, brauchten.

Ich klopfte mit der Faust an die Haustür, doch niemand antwortete. Als ich es müde war, auf ein »Herein« zu warten, das nicht kam, drückte ich die mit Nägeln verzierte alte Holztür auf und pfiff. Sie wusste schon, dass ich es war, denn früher war ich ihre Treppe oft hinaufgestiegen. Ich schüttelte den Schnee von den Stiefeln und trat ein.

Schatten schmiegten sich in die Ecken der Treppe, und nochmals vergewisserte ich mich, dass mein Dolch an seinem Platz in der Gürtelscheide steckte, die unwillkürliche Geste des Soldaten, der ich einmal gewesen war.

Sie saß im ersten Stock am Fenster, wo sie es bequem hatte

und das Kommen und Gehen der Leute auf der Rúa wenige Meter unter sich beobachten konnte.

Als sie mich erblickte, lächelte sie mit ihrem zahnlosen Mund.

»Großmutter Lucía …«

»Diago, mein Junge«, brachte sie hervor.

Als ich ihr dünnes Stimmchen vernahm, machte ich mir Sorgen. In jenen zwei Wintern war sie gealtert. Bisher hatte ich mir eingeredet, die Zeit gehe an ihr vorüber, doch dem war nicht so. Ich hatte sie mit grauem Haar und lückenhaftem Gebiss in Erinnerung, doch sowohl das Haar als auch die verbliebenen Zähne waren nach und nach ausgefallen wie das Laub eines Walnussbaums nach dem Frost. Auch hielt sie sich noch gekrümmter, und ihr Buckel zwang ihren Kopf beinahe bis hinab auf ihren Bauch. In ihrer Ecke am Fenster spann sie auf einem kostbaren Spinnrocken, den ihr Lupo, der Tischler, gebaut hatte. Ein schmales Bett und eine Truhe, die ihre wenigen Kleidungsstücke enthielt, waren ihr gesamter Besitz.

Ich ging zu ihr. Großmutter Lucía hatte immer einen freien Schemel neben sich. Beinahe täglich kamen die Bürger Vitorias mit Äpfeln und Rüben zu ihr, während Lucía geduldig und verständnisvoll lauschte, wenn die Leute von ihren Problemen, Streitigkeiten oder Sünden erzählten, die sie nicht einmal im Beichtstuhl gestanden. Denn Lucía schimpfte nicht und prangerte nichts an. Sie hatte in ihrem eineinhalb Jahrhunderte währenden Leben schon alles gesehen.

»Ich habe dir Kastanien von Héctor mitgebracht, die werde ich rösten, während wir zusammensitzen«, sagte ich und ging ans Feuer. Mit einem Schürhaken ebnete ich die Glut, dann holte ich meinen Dolch hervor und ritzte die Kastanien ein, ehe ich sie in die Glut legte.

»Ich war die Einzige, die dich nicht für tot gehalten hat«, sagte sie glücklich und drückte meine Hände in ihren, die von Altersflecken übersät waren.

»Wie gut mir diese Wärme tut, Großmutter!«, sagte ich und setzte mich neben sie.

Sie war nicht meine Großmutter, aber sie war schon immer da gewesen, und es gab niemanden in der Villa de Suso, der sie nicht als seine Großmutter angesehen hätte.

»Sind das *Chinchortas*, was ich da rieche?«, fragte sie plötzlich wie ein kleines Mädchen.

Instinktiv hob ich den Kopf, denn von unten schwebte der Duft dieses süßen Gebäcks mit Schweineschmalz herauf und versetzte mich zurück in ein Zuhause, das ich seit langem nicht mehr besaß.

»Großmutter Lucía, ich bin's!«, rief jemand von unten.

»Sag ihr, sie soll raufkommen, na los«, bat sie mich. »Meine Stimme trägt nicht mehr, und außerdem werde ich heiser.«

Der sanfte Schein der Glut und die Kerze, die am Fenster brannte, ließen kaum mehr erkennen als einen Schatten, der auf uns zukam und uns dieses Gebäck brachte, das so köstlich roch.

»Röstet ihr Kastanien?«

»Alix?«, fragte ich, als ich die Haube mit den drei Spitzen erblickte. Eine Spitze war für Verheiratete, zwei waren für die, die zweimal verwitwet waren, drei für die, welche drei Ehemänner beerdigt hatten.

Ich erhob mich, um ihr meinen Platz zu überlassen, und sie nahm an.

»Sagt meiner Großmutter nicht, dass ich manchmal die Haube abnehme«, flüsterte sie mir lächelnd zu, als sie an mir vorbeiging. Dann sagte sie lauter, so dass die alte Frau sie hören konnte: »Mein Herr, gesellt Ihr Euch zu uns? Wo zwei satt werden, werden auch drei satt.«

Wie sollte ich da ablehnen? Ich trat näher und setzte mich vor die beiden Frauen.

»Ist sie Eure echte Großmutter?«, fragte ich neugierig.

»Eigentlich die Großmutter meiner Großmutter. Sie sagt, als die Stadtmauer zur Zeit des Kriegerkönigs errichtet wurde, sei sie ein kleines Mädchen gewesen. Wenn meine Berechnungen mich nicht trügen, ist sie über hundertfünfzig Jahre alt.«

»Und warum erinnere ich mich nicht, Euch gesehen zu haben, ehe ich vor zwei Jahren fortging?«

»Ich war sechzehn, Senior, bin aber erst recht spät erblüht. In diesen zwei Sommern habe ich mich sehr verändert.«

»Zwei Sommer und drei Ehemänner?«, fragte ich unbedacht und bereute es sofort. »Verzeiht, vielleicht seid Ihr es müde, darüber zu sprechen.«

»Bevor andere es Euch erzählen, hört es lieber aus meinem Munde. Ich heiratete Liazar, der so jung war wie ich. Ihn nahm das Antoniusfeuer mit sich. Er besaß den Backofen in der Rúa de las Tenderías und bestand darauf, die Säcke mit dem Korn selbst zu wiegen – anstelle des Dieners, den wir dafür bezahlten. Er war zupackend und wurde nie müde. Eines Morgens fand ich ihn im Kornspeicher. Er bewegte sich, als wäre er von einem Dämon besessen. Also pflegte ich ihn und erzählte niemandem davon bis auf Großmutter Lucía. Dann begann er, Schiffe zu sehen, die durch die Straßen segelten, und Bäume, die durch die Berge spazierten. Euer Vetter Gunnarr war es schließlich, der mir erklärte, dass es am Roggen im Kornspeicher lag, der mit Mutterkorn verunreinigt war. Er erzählte mir, in den Landen der Normannen habe er dessen Auswirkungen bei Kriegern gesehen, die es bewusst zu sich nahmen, um Visionen zu haben wie die Heiligen oder um rasend zu werden und so ihre Feinde zu ängstigen.« Sie blickte in ihren Schoß.

Großmutter Lucía nahm ihre Hand. Sie wusste, dass es noch immer schmerzte.

»Als Liazar starb, weinte ich lange um ihn. Mich um den Backofen zu kümmern half mir, nicht allzu viel nachzudenken. Aber ich war schwanger, und sein Bruder Esteban warb um mich vor zwei Jahren, just am Abend vor Sankt Agatha. Wir heirateten schnell, und ich kümmerte mich weiterhin um die Backstube. Dann kamen zwei Unglücke zusammen. Ihn holte die Schlafsucht: Er blieb im Bett, bis er aufhörte zu atmen. Und ich verlor vor Kummer das Kind seines Bruders und fast auch die Lust am Backen. Danach kam Ximeno, der Schmied bei Lyra. Wir verbrachten beide den ganzen Tag am Ofen, ich mit den Broten, er mit Nägeln und Hufeisen. Vor einem halben Jahr gab es einen Brand, es heißt, jemand hätte an einem Tag mit Südwind absichtlich das Stroh gelüftet. Man sprach davon, es seien die Mendozas gewesen, die, die in der Rúa de la Çapatería wohnen. Ximeno verbrannte. Danach bat Eure Schwester Lyra mich, ihre Hüttenmeisterin zu sein, wie mein Vater es auch gewesen war. Seitdem kümmere ich mich um die Schmiede.«

»Am Abend meiner Rückkehr wollte ich Euch etwas fragen«, sagte ich leise, während ich die Kastanien mit dem Schüreisen umdrehte. »Mit wem trank der Conde de Maestu, als wir beim Vollzug der Ehe seiner Tochter in sein Haus kamen? Ich konnte mich nicht auf ihre Gesichter konzentrieren, ich war … in Gedanken anderswo.«

»Mit den Brüdern Ortiz de Zárate, und auch mit Ruiz, dem Sohn von Ruy de Maturana. Wobei es nicht nach freundlichen Reden klang. In letzter Zeit waren sie im Rat ständig aneinandergeraten.«

»Danke, dass Ihr mir das erzählt, und danke auch für das Abendessen«, sagte ich, während ich mich hinhockte und die Kastanien aus dem Feuer holte.

»Ich habe Euch durch das Portal del Norte kommen und zum Haus von Großmutter Lucía gehen sehen. Ich wollte, dass Ihr Euch gut fühlt, und sei es auch nur für eine Weile. Daher wollte ich etwas zubereiten, was Euch ein wenig die Seele wärmt.«

Ich hob den Blick, ob überrascht oder voller Scham, weiß ich selbst nicht zu sagen. »Macht Euch um mich keine Sorgen.

Nachdem ich so lange über staubige Wege gezogen bin, bin ich endlich zu Hause bei meiner Familie.«

»Aber Eure Seele ist angeschlagen. Ich war bei Euch, als Onneca und Euer Bruder die Ehe vollzogen. Nie sah ich traurigere Augen als die Euren. Witweraugen. Ich hatte die Gleichen, als ich Liazar verlor.«

Voller Unbehagen erhob ich mich. »Ich bin nicht Witwer, meine liebe Alix. Und ich wünsche meinem Bruder und seiner Frau ein sehr langes Leben.«

Damit reichte ich ihr einige heiße Kastanien. Ihre Hände schienen an die Ofenhitze gewöhnt, und sie zog sie nicht fort. Im Gegenteil, sie kam näher und sah mich befremdet an, als wäre ihr etwas an mir aufgefallen.

»Ihr riecht immer nach Lavendel, aber heute noch mehr als sonst. Habt Ihr Euch darin gewälzt?«

Ich erinnerte mich an den Lavendel neben meinem leeren Grab an der verlassenen Mühle. Ich erinnerte mich daran, wie ich mich mit Onneca auf mir rücklings hatte zu Boden sinken lassen, und begrub diese Erinnerung.

»Kommt, Großmutter hat noch immer Hunger«, entgegnete ich.

Alix nahm eine Handvoll der gerösteten Kastanien und ging zu Großmutter.

Großmutter Lucía beobachtete aufmerksam das Kommen und Gehen auf der Straße und mümmelte mit ihrem zahnlosen Mund eine *Chinchorta*.

Schweigend und mit einem Lächeln auf den Lippen, das ich nicht zu deuten wusste, öffnete Großmutter Lucía die Truhe und entnahm ihr ein Knäuel roter Wolle. Dann zog sie aus einer in den Falten ihres Rocks verborgenen Tasche einen kleinen Dolch, schnitt drei Fäden vom Knäuel ab, knotete sie zusammen, klemmte das Ende zwischen den Knien ein und begann, die Fäden zu verflechten.

Wir fragten sie nicht, sondern vertilgten zu dritt die Kastanien, während wir über den letzten Schneefall sprachen.

Als die Glocken von Santa María läuteten, verstummten wir notgedrungen. Das Getöse verscheuchte die *Gauekos*, die Geister der Nacht, die schon ihre Decke über uns gebreitet hatte. Ich hatte den Priester Vidal, einen gehorsamen schlanken Burschen, beauftragt, er solle den unverheirateten Burschen einen Krug Wein schenken, wie es Sitte war.

Jetzt stimmten diese einen ihrer Gesänge an. Jedes Jahr begannen sie auf dem Friedhof, wo sie neben dem Brunnen einen geschlossenen Kreis bildeten und mit den Schlägen ihrer langen Stöcke, die von den Grabsteinen widerhallten, für ehrerbietige Stille sorgten.

Alix wollte nicht ans Fenster treten, obwohl das Haus der Großmutter das erste war, das sie umwarben. Mit lauten Stimmen sangen die ledigen Männer:

Mit Zustimmung Gottes
Und der des Alcalde
So wollen wir werben,
Ohne Böses zu tun.

Als die vom Schnee gedämpften Schläge der Stöcke verklangen, erfüllte eine Stille wie aus dem Jenseits den Ort. Die Burschen warteten auf ihre Speisung.

»Würdet Ihr ihnen diese Chorizo-Ketten bringen?«, bat Alix mich.

»Ihr wollt Euch nicht umwerben lassen?«, fragte ich befremdet.

»Nein, ich will keine Ehemänner mehr. Dem habe ich abgeschworen.«

»Aber Ihr seid noch sehr jung.«

»Jung mag ich sein, aber so oft verwitwet wie eine alte Frau.

Ich habe schon mehr Begräbnisse ausgerichtet als die meisten hier. Und außerdem fingen sie schon bei meinem Zweiten an zu murmeln. Nach dem Dritten sahen viele Männer mich voller Angst schief an. Es war die Rede davon, mich als Giftmischerin anzuklagen, aber viele sind auf die Arbeit in der Schmiede angewiesen. Doch wenn ich zum vierten Mal heirate und Witwe werde, wird nichts sie aufhalten. Was glaubt Ihr, wie lange es dauern würde, bis sie mich als Gattenmörderin hängen? Geht nach unten, guter Conde, ich bleibe hier bei Großmutter.«

»Das mache ich, seid unbesorgt. Genau genommen werde ich mich zu den Burschen gesellen«, erwiderte ich hastig.

»Ihr? Seid Ihr sicher?«

»Ich bin unverheiratet, nicht wahr?«, erwiderte ich lächelnd. »Aber Ihr müsst mir einen Gefallen tun. Würdet Ihr mit mir nach unten gehen und mir Ruiz de Maturana zeigen? Ich werde ihnen die Chorizos geben, und sie werden Euch nicht sehen.«

»Wenn das alles ist …«, murmelte Alix skeptisch. Sie zuckte die Achseln, ging mit mir nach unten und deutete auf einen der Männer.

Ich suchte in den Schatten von Großmutters Hausflur nach irgendeinem Stock. Aus dem dunklen Eingang heraus beobachteten wir die Burschen, die draußen mit ihren Fackeln warteten. In dieser Nacht war Vollmond, und die verschneiten Straßen waren hell genug, um die Gesichter erkennen zu können.

Auf der Straße standen etwa ein Dutzend junge Männer, während sie entschieden, ob sie als Nächstes vor dem Haus von María Bermúdez oder dem von Sancha de Galarreta, der Ältesten des Strumpfmachers, singen sollten.

Ich brachte den Korb mit den Chorizos nach draußen. Mehrere Burschen luden die Wurstketten in eine große Kiste, die am Ende des Abends voller Brote, Eier und Kaninchen sein würde.

»Ich gehe mit euch«, verkündete ich, während ich mich neben Ruiz de Maturana stellte.

»Senior Vela, es freut mich, dass Ihr zurück seid. Viele in der Stadt haben Euch vermisst«, bemerkte er und lächelte breit. Zu breit, zu angespannt.

»Ich kannte Euren Vater. Ein guter Mann.«

»Ja, er war ein guter Mann«, bestätigte er, klang aber nicht überzeugt.

Wir gingen zum nächsten Haus, bildeten einen Kreis und setzten die Gesänge zu Ehren der heiligen Agatha fort. Die Stöcke, die wir dazu kräftig aufs Pflaster stießen, hinterließen runde Löcher im Schnee.

Am Abend vor Sankt Agatha,
Weil wir's nicht vergessen können,
Ziehen wir von Haus zu Haus jedes Jahr,
Des ganzen Dorfes Burschen.
Wie die, die vor uns kamen,
Es früher immer getan,
Dass die, die nach uns kommen,
Es nicht vergessen dann.

Ein rotwangiges Mädchen und ihre Mutter sahen im ersten Stock aus dem Fenster. Ich erkannte die Frau wieder, es war Milia, die Totenwächterin. Sie kümmerte sich um die Kerzen für die Kapelle, wenn dort die Verstorbenen aufgebahrt wurden, und um das Brot für die Opfergaben. Nie fehlte es ihr an Arbeit, und schon gar nicht im Winter. Trotz ihres Berufs war sie eine vergnügte Frau, die in allem etwas fand, worüber man lachen konnte. Milias Tochter warf den Burschen einen großen Laib Brot zu, und einige der Männer drängten einander mit den Ellbogen beiseite, weil jeder von ihnen das Brot aus der Luft fangen und dem Mädchen für seinen Beitrag danken wollte.

»Euer Vater und ich haben manchmal Geschäfte gemacht, ich weiß nicht, ob Ihr das übernommen habt«, murmelte ich Ruiz ins Ohr, während wir lachten wie die anderen und die Runde fortsetzten.

»Was für Geschäfte?«

»Geschäfte, die Männlichkeit betreffend ... Ohne Umschweife: Habt Ihr einen Krümel Ölkäfer?«

»Einen habe ich noch.«

»Ich hätte gern zwei oder drei.«

»Tja, dafür müsst Ihr zum Gasthaus der Romana.«

»Von dort komme ich.« Ich stellte mich ihm mitten auf der Straße in den Weg. Die anderen Burschen waren Richtung Portal del Sur weitergezogen und bemerkten nicht, dass zwei zurückgeblieben waren.

»Dann weiß ich nicht, was Ihr von mir wollt«, sagte er, zuckte die Achseln und summte eine Melodie, die ich nicht kannte.

»Dass Ihr mir erklärt, was Ihr mit den drei Krümeln gemacht habt, die Ihr nicht mehr habt, obwohl Ihr sie gekauft hattet.«

»Ich habe sie bei einer Verheirateten benutzt, und ihren Namen sage ich nicht, damit der Hahnrei mich nicht verdrischt.«

»Lüge! Ein Krümel hält Euch zwei Tage und zwei Nächte in Hitze. Ihr habt vor drei Tagen drei gekauft. Wählt die Lüge, die Ihr mir erzählen wollt, mit Bedacht, denn es ist eine ernste Angelegenheit.«

»Und was soll daran ernst sein, was ich mit diesem Pulver anfange?«

»Es ist ernst, wenn Ihr die beiden fehlenden Krümel in den Kelch des Conde de Maestu geworfen habt und er deswegen mit zerstörten Eingeweiden gestorben ist.«

Er lächelte auf eine Weise, die mir nicht gefiel. Immer lächelte er. Es war unmöglich, ihm dieses Lächeln aus dem Gesicht zu wischen.

»Das ist nicht zu beweisen.«

»Das habe ich bereits bewiesen, und man kann den Conde nochmals öffnen, damit auch der Stadtrat es sieht.«

»Na schön«, sagte er schließlich zähneknirschend. »Ich bin zweier Sünden schuldig: Wollust und Habgier. Mir bleiben zwei Krümel, ich wollte sie mit niemandem teilen für den Fall, dass sich heute Nacht mehr ergibt. Aber Ihr seid mein Senior, und ich weiß, dass Ihr für Euren scharfen Verstand bekannt seid. Euch kann man nicht täuschen. Ich gebe Euch den Krümel, den ich bei mir habe, den anderen bewahre ich zu Hause auf, und Ihr bezahlt ihn mir mit Nachsicht. Heute Nacht bin ich schon gekräftigt, ich glaube nicht, dass ich ein Pulver brauche, um der Kleinen vom Messerschmied Schreie zu entlocken. Nehmt einen Moment meine Fackel.«

Er reichte sie mir, und wir traten beiseite zum Garten von Pero Vicia, dem Packsattelmacher. Ruiz holte aus einer Innentasche seiner Lederweste einen kleinen Lederbeutel, trat zu mir und pfiff.

Den Grund dieses Pfiffs erkannte ich zu spät.

Er reichte mir den Beutel. Ich war wachsam, aber ich sah es nicht kommen. Der verdammte Kerl nahm seinen Stock, und während ich feststellte, dass der Beutel leer war, stieß er mir den Stock ins Gemächt.

Ich krümmte mich, mir blieb die Luft weg, und in diesem Augenblick schlugen zwei Gestalten, die aus dem Nichts kamen, wie rasend auf mich ein. Als ich am Boden lag, trat Ruiz mir noch gegen den Schädel. Dann verschwanden die anderen beiden hinter meinem Rücken, und ich blieb mitten auf der Rúa de las Tenderías liegen, während Ruiz Richtung Stadtmauer flüchtete.

Unter Mühen kam ich wieder auf die Beine. Die Fackel war in den Schnee gefallen und erloschen, doch ebendieser Schnee führte mich nun zum Portal de la Armería.

Schwer atmend folgte ich Ruiz' Stiefelabdrücken. Mir war schwindlig, und ich hielt mir die Rippen. Meinen eigenen Stock ließ ich nicht los. Jetzt war ich mehr denn je bereit, ihn einzusetzen. Ich werde den Mörder deines Vaters fangen, Onneca. Nur daran konnte ich denken. An Onneca, an das Pulver, an ihren Vater.

In der Ferne hörte ich den Gesang der unverheirateten Burschen, doch ich ging leise durch den Cantón de la Armería und achtete auf jedes Geräusch, denn Ruiz musste ganz in der Nähe sein.

Das gewaltige Stadttor am Ausgang der Villa de Suso war verschlossen, und auf dem Wehrgang sah ich niemanden. Bestimmt hatten die Wachleute sich den anderen Burschen angeschlossen. Hier konnte ich nicht mit Hilfe rechnen.

Ich näherte mich der Treppe des Turms, und dort hörten die Fußspuren auf. In der Dunkelheit schlug ich mit meinem langen Stock um mich, und eine Gestalt, die ich nicht erkennen konnte, kam aus den Schatten. Sie wollte mir einen Tritt verpassen, dem ich diesmal allerdings auswich, und rannte die beiden Holztreppen zum Wehrgang hinauf.

Trotz der schmerzenden Rippen und dem Dröhnen in meinem misshandelten Kopf folgte ich ihr.

»Stehen bleiben, Ruiz!«, schrie ich, aber der Bursche rannte die Zinnen entlang, bis er den anderen Turm erreichte.

Anscheinend hatte doch jemand meine Schreie gehört, denn ein Wachmann kam heraus und verstellte Ruiz mit seiner Pike den Weg. Der Bursche drehte sich halb um und blieb stehen, zwischen uns gefangen.

»Schon gut, ich ergebe mich!«, schrie er.

Doch als ich mich näherte, nahm Ruiz Anlauf und sprang auf die außerhalb gelegene Seite der Stadtmauer.

Ein acht Ellen tiefer Fall. Ruiz würde ihn vermutlich überleben, ich allerdings war zu angeschlagen, um es ihm nachzutun. Ich hielt meinen Stock wie eine Lanze und zielte. Ruiz war ein Stück den Hang hinabgerollt. Jetzt stand er wieder auf und rannte auf den Weg zu.

Erneut half mir der Mond: Ich warf die Haselholzstange nach dem Burschen und traf ihn mit Wucht in den Rücken, so dass es ihm den Atem verschlug und er zu Boden stürzte.

»Öffnet das Tor und kommt mit mir, schnell!«, befahl ich dem Wachmann. »Wir müssen Ruiz de Maturana in den Kerker werfen.«

»Mit welcher Anklage, Senior? Hat er es heute Abend wieder bei irgendeinem Mädchen zu weit getrieben?«

»Danach wird man in der Stadt fragen müssen. Ich meinerseits klage ihn an, den Conde Furtado de Maestu ermordet zu haben.«

16

SANTIAGO

Unai · *Oktober 2019*

»Das Mädchen ist tot«, sagte Esti, nachdem ich das Gespräch auf meinem Mobiltelefon angenommen hatte.

»Tot?«, wiederholte ich ungläubig.

Seit ihrer Befreiung war bereits mehr als eine Woche vergangen, und ich war zufällig gerade unterwegs ins Krankenhaus. Ich hatte auf Oihanas Zeugenaussage gezählt, darauf, dass sie ein wenig Licht in das Dunkel ihrer Entführung bringen konnte.

»Ihr Körper hat es nicht verkraftet, sie war zu stark dehydriert, als man sie fand. So oder so hätte sie schwerwiegende Spätfolgen im Gehirn zurückbehalten, aber sie hat weitergekämpft. Bis heute Morgen. Multiples Organversagen. Die Ärzte sagen, so lange Kohlendioxid einatmen zu müssen, sei tödlich gewesen. Du kannst dir nicht vorstellen, wie ohnmächtig ich mich fühle«, sagte meine Kollegin, und ihre Worte fielen herab wie Steine.

Ich kannte sie, deshalb musste ich sie nicht vor mir haben, um die verschiedenen Nuancen ihrer Wut zu bestimmen.

»Wo bist du?« Ich hatte sowieso keine Lust auf ein langes Telefonat.

Zwei eingemauerte Mädchen. Verfluchter Irrer.

»Ich bin im Hospital de Santiago, in ihrem Zimmer. Ich wollte mich nur erkundigen, wie es ihr geht, und dann das.«

»Warte da auf mich, ich bin ganz in der Nähe«, fiel ich ihr ins Wort, denn ich wollte über all das nicht weiter am Telefon sprechen. »Schick mir die Zimmernummer per WhatsApp.«

Ich war bereits in der Calle Postas. Jetzt lief ich schneller und betrat endlich das Krankenhaus, ein altes Gebäude mit weißen Torbögen und Schachbrettboden. Genau da rief Alba an.

»Unai, sie ist tot. Ich bin hier, im Krankenhaus«, sagte sie, aber ihre Stimme klang viel zu verstört. Anders als sonst zeigte sie mehr Betroffenheit als ich.

»Ich weiß, ich weiß. Ich habe es gerade erfahren, ich bin schon im Krankenhaus. Welche Zimmernummer?«

»Sie hatten sie heute Nacht verlegt, sie ist in Nummer dreihundertsiebzehn.«

»Ich komme rauf, bin gleich da.«

Wenn ein Opfer noch minderjährig war, nahm uns das alle ganz besonders mit. Und für Alba und mich war es der erste Fall mit Minderjährigen, seit wir Eltern geworden waren. Kein Lehrgang der Welt erklärt einem, wie man das bewältigt.

Als ich ins Zimmer kam, rechnete ich damit, auch Estíbaliz und die Eltern des Mädchens anzutreffen, doch ich sah nur Alba. Sie saß auf einem grünen Ledersofa. Am Boden zerstört.

Und im Bett lag kein junges Mädchen. Da lag ihre Mutter. Nieves.

Eine weiße Dame, dem Tod hingegeben. So war sie gestorben.

»Was ist passiert?«, stieß ich hervor.

»Ein Schlaganfall. Massiv. Sie konnten nichts tun.« Alba sagte es sehr laut und sehr langsam. Als ob sie diese Worte gleichsam auswendig lernte. Um sie später zu wiederholen. Um sie nicht zu vergessen. Ein Schutzschild, ein großer Auftritt, wie die Auftritte ihrer Mutter früher.

»Komm her. Es … es tut mir sehr leid. Es tu… tut mir so unendlich leid.« Irgendwo gab es einen Kurzschluss bei mir im Oberstübchen, denn ein paar Sekunden lang kehrte meine Broca-Aphasie zurück, im Albtraumformat.

Ich nahm Alba, diesen Baum, der niemals umstürzte, in die Arme, und wir schickten alle Worte zum Teufel. Zwei Waisen in vorderster Schusslinie, wie Großvater immer sagte. Jetzt waren wir wirklich allein, ohne Väter oder Mütter. Allein.

Lange hielt ich sie im Arm, aber Alba war schon sehr weit weg.

Sehr, sehr weit weg.

Ein paar Leben später – meinem Telefon zufolge zwanzig Minuten – tauchte Alba wieder auf und redete wirres Zeug, das ich mir mit der Geduld des Lebensgefährten anhörte.

»Wenn in Vitoria jemand stirbt, wirst du nicht tatenlos im Kommissariat in Laguardia bleiben können. Du würdest leiden. Habe ich das Recht, von dir zu verlangen, dass du dein Wesen verleugnest? Ich will nicht, dass du dein Leben lang frustriert bist. Das hier ist das, was du bist. Ich glaube, meine Mutter hatte das gefunden, was sie glücklich gemacht hat. Weißt du, was sie mir immer gesagt hat, schon als ich noch ein kleines Mädchen war? ›Sei das, was nur du sein kannst. Mach das, was niemand anderes tun kann.‹ Nur du kannst tun, was Kraken tut, nur du konntest den Fall des Doppelmords am Dolmen zwanzig Jahre später aufklären. Und den der Wasserriten. Das ist das, was du bist, das ist das, worin du gut bist.«

»Verlässt du mich gerade?«, flüsterte ich.

»Nein, von mir aus nicht. Aber ich kann nicht von dir verlangen, dass du mich bei dieser Entscheidung unterstützt.«

»Ich werde dich unterstützen, Alba. Wie sollte ich auch nicht? Ich bin bei dir, du bist nicht allein. Nimmst du Deba mit?«

Sie nickte. »Wenn es dir recht ist, nehme ich sie aus dem Kindergarten, und sie kommt mit mir. Wegen des Todes meiner Mutter bekomme ich ein paar Tage frei. Ich übertrage Estíbaliz die Leitung der Ermittlung. Ihr habt viel Arbeit vor euch, wenige handfeste Indizien und drei Morde ohne klare Motive.«

»Ich weiß.«

»Wirst du uns täglich besuchen kommen?«

»Mit dem Auto sind es fünfzig Minuten. Fünfzig Autominuten werden uns nicht trennen.«

17

DIE NEUE KATHEDRALE

Unai · *Oktober 2019*

Zwölf Uhr mittags, Nieves' Beerdigung war vorüber. Ich werde nicht ins Detail gehen, den Kummer, den ich bei Alba sah, den behalte ich für mich. Auch Estíbaliz war sehr mitgenommen, und ich musste sie zurückhalten, als sie urplötzlich der Drang überkam, einer leeren Grabnische, die ihr vor die Füße kam, ein paar Tritte zu versetzen.

Alba hatte ein Gedicht von Maya Angelou verlesen: »... doch wie der Staub erhebe ich mich.« Danach fuhr sie mit Deba nach Laguardia. Ich wandte mich nach Vitoria. Zu einem sehr konkreten Ort in Vitoria. Zur Treppe vor der Neuen Kathedrale, auf der Suche nach einem jungen Skater.

Ich zählte neun, ein stattliches Grüppchen. Mützen, Kapuzen, Piercings.

Von MatuSalem keine Spur.

Matu war mein inoffizieller IT-Helfer. An den ich mich nur dann wandte, wenn es absolut – und dieses »absolut« möchte ich betonen – notwendig war und Milán bei einer laufenden Ermittlung nicht weiterkam wie gerade jetzt.

Er war widerspenstig, mürrisch und respektlos. Ich hatte eine Wahnsinnshochachtung vor ihm. Nicht nur, weil er in so jungen Jahren schon ein begnadetes Computergenie war, sondern auch, weil er in vielen Punkten eine sehr klare Haltung hatte und weil er eine beginnende Verbrecherlaufbahn, die ihn mit gerade einmal achtzehn Jahren wegen Kreditkartenbetrugs ins Gefängnis gebracht hatte, frühzeitig wieder beendet hatte. Tasio Ortiz de Zárate, vor zwanzig Jahren für die Doppelmorde verurteilt, hatte ihn unter seine Fittiche genommen, und so hatte den Jungen während seiner Haft niemand angerührt. Seitdem war er ihm treu ergeben.

Mir tat er zähneknirschend hin und wieder einen Gefallen, aber seit Golden Girl, meine andere Stammhackerin, nach Abschluss des Falls der Wasserriten mitsamt allen ihren falschen Identitäten von der Bildfläche verschwunden war, war er der Einzige, an den ich mich in solchen Dingen wenden konnte.

Ich beobachtete die jungen Leute von einer Bank im Parque de la Florida aus, neben einer gewaltigen Eibe, die hässliche Erinnerungen in mir weckte. Als ich gerade aufgeben und gehen wollte, kam er am Gotteshaus an. Mehr als zwei Jahre lang hatte ich ihn nicht gesehen, und noch immer wirkte er wie ein Kind, klein, zartgliedrig und bartlos, obwohl er mittlerweile über zwanzig war. Er hatte ein Gesicht wie aus einem Manga, riesige Rehaugen und blau gefärbtes Haar unter seiner ewigen weißen Kapuze. Auch sein Skateboard mit dem biblischen Patriarchen Methusalem erkannte ich wieder. Matu konnte gut mit Pinsel und Spraydose umgehen und gehörte zur *Brigada de la Brocha*, der Pinselbrigade, einer Gruppe von Freiwilligen, die die Fassaden der Stadt mit Wandgemälden verzierten.

MatuSalem war sozusagen von Berufs wegen paranoid. Er erspähte mich aus zwanzig Metern Entfernung und bedeutete mir, ich solle nicht näher kommen.

Ich tat ihm den Gefallen, blieb auf meiner Bank sitzen und beobachtete die Tauben. Nach einer Weile hörte ich hinter mir MatuSalems jungenhafte Stimme: »Zum Jardín Secreto del Agua.«

Ich gehorchte lammfromm. Es war einer meiner milden Tage, vermutlich weil ich gerade meine Quasi-Schwiegermutter beerdigt hatte und nicht in Stimmung für Zoff war.

In aller Seelenruhe ging ich durch den Park. Leute fuhren mit dem Fahrrad, Rentnerinnen zogen ihre Einkaufstrolleys, Hunde führten ihre Herrchen durch dieses Pflanzenlabyrinth. Kurz: Das Leben ging weiter, gleichgültig gegenüber der Lücke, die Nieves im Leben einiger Menschen hinterlassen hatte.

Schließlich betrat ich den Jardín Secreto del Agua, den »Geheimen Garten des Wassers«, einen einsamen Ort, wo Hunderte von Pflanzen mosaikartig angeordnet waren. Nach einer geraumen Weile erschien endlich auch MatuSalem, die weiße Kapuze auf dem Kopf, und blickte sich mehrfach um.

»Ich weiß nicht, wie oft ich dir schon gesagt habe, dass ich nicht mit einem Bullen gesehen werden will«, flüsterte er.

»Ich weiß, Matu. Und es tut mir leid, dass ich mich an dich wende. Du musst für mich einen Namen suchen. Für dich ist das ein Kinderspiel, für die IT bei uns ist die fragliche Person ein Phantom.«

»Du kannst mich nicht immer wieder um Hilfe bitten. Jedes Mal, wenn ich mich mit dir einlasse, tue ich am Ende etwas, was ich nicht tun sollte«, murmelte er.

»Es geht um die Mädchen.«

»Was für Mädchen? Die, die verschwunden sind?«

»Welche Mädchen könnte ein Inspector von der Kripo sonst meinen?«

»Was ist denn mit ihnen passiert? In der Presse steht nichts, nur dass Estefanía tot gefunden wurde und die Kleine gestern gestorben ist. Ich kannte Fani vom Sehen, meine Freundin hat manchmal was mit ihrer Clique unternommen. In den letzten Tagen reden sie von nichts anderem.«

»Ja, hier kennt jeder jeden. Und um auf deine Frage zurückzukommen: Passiert ist, dass irgendein Durchgeknallter sie lebendig eingemauert hat. In der Altstadt. Während du und ich durch die Bars gezogen sind und einen getrunken haben, haben diese Mädchen sich in einer Wohnung in der Cuchi, nur wenige Meter über unseren Köpfen, die Lungen aus dem Hals geschrien.

Niemand hat sie gehört. Weder du noch ich noch die Nachbarn. Auch ihre Clique nicht, die garantiert direkt unter dem Fenster dieser Wohnung vorbeigekommen ist. Sie sind verhungert und verdurstet. Oihana hat ihre große Schwester sterben sehen. Sie musste mehrere Tage lang auf sechs Quadratmetern mit ihrer Leiche leben. Aber sie konnte uns nichts sagen, denn als wir sie fanden, ging es ihr schon sehr schlecht. Du allerdings könntest ein bisschen Licht in die Sache bringen.«

Die brutalen Fakten erschütterten ihn. Ich merkte es daran, dass er trotz seiner gespielten Gleichgültigkeit mehrfach schlucken musste und sein Kinn bebte.

»Und ich könnte diesen Wichser finden?«

Könnte, Konjunktiv, die Möglichkeitsform. Er schloss es offenbar nicht mehr kategorisch aus. Ich zog die Daumenschrauben der Manipulation noch ein wenig an.

»Mit dem kleinen Finger. Wirst du deine Superkräfte einsetzen und Oihana und Fani wenigstens posthum helfen?«

Matu steckte die Hände in die Taschen und trat nervös ein paar Kieselsteine weg.

»Worum geht's?«, fragte er schließlich.

»Um eine Mail, die von einem bestimmten Ort versandt wurde und dieses Inferno entfesselt hat. Ich will alles über den Autor dieser Nachricht wissen. Ich will ihn aufhalten. Ich will keine weiteren weißen Särge.«

»Schon ziehst du mich wieder in was rein, Kraken. Ich will mit dem ganzen Scheiß nichts zu tun haben. Aber du kapierst es einfach nicht. Du kommst daher, beschwatzt mich, benutzt mich und dann haust du wieder ab. Ja, es ist für einen guten Zweck, aber *du* hast dich dafür entschieden, Bulle zu sein, nicht ich.«

»Was willst du im Gegenzug?«

»Du kapierst es einfach nicht. Ich setze keinen Preis fest, ich ziere mich nicht bloß, ich verhandele hier nicht. Ich sage dir nein, ich will damit nichts zu tun haben.«

»Ich auch nicht. Mir wäre es ebenfalls lieber, wenn ich damit nichts zu tun hätte. Aber in dieser Stadt gibt es einen oder mehrere Wahnsinnige, die töten, und wenn jeder sagt, er will damit nichts zu tun haben, dann haben sämtliche Psychopathen, die die rote Linie überschreiten, freie Bahn … und das kann ich nicht zulassen, Mann.«

Matu stand auf, trat auf ein Ende seines Skateboards und sah mich verächtlich an wie einen Dealer, der einem schlechte Ware verkaufen will.

»Ich habe nein gesagt, Kraken, zieh mich da nicht mit rein. Deine Welt ist sehr düster, aber du hast es dir so ausgesucht. Es ist nicht mehr meine Welt. *Agur.*« Tschüss.

»*Agur*«, antwortete ich zähneknirschend.

Na toll. Ein hochintelligentes Kerlchen erteilte mir Lektionen über das Leben.

Frustriert verließ ich den Park und fuhr mit der Straßenbahn nach Lakua ins Büro. Ich hatte eine Besprechung, die ich nicht verpassen durfte.

Eine halbe Stunde später schlossen wir die Tür des Besprechungsraums hinter uns. Anwesend waren Milán, Manu, Inspector Muguruza von der Kriminaltechnik und die Rechtsmedizinerin Doctora Guevara. Estíbaliz schien sich seit Nieves' Beerdigung wieder gefangen zu haben. Sie gab mir mit einem Blick zu verstehen, ich solle mich setzen, und ergriff das Wort.

»Wie Sie alle wissen, wird Subcomisaria Salvatierra ein paar Tage nicht bei uns sein und hat mir die Leitung der beiden laufenden Ermittlungen übertragen. Heute wollen wir uns über unsere Fortschritte im Fall des Mordes an Antón Lasaga und im Fall Frozen, der das schlimmstmögliche Ende genommen hat, austauschen. Subinspector Peña, beginnen wir mit dem Fall Antón Lasaga. Was haben wir?«

»Die Richterin hat die Überwachung seiner Kinder und ihrer

Mobiltelefone genehmigt, aber an ihren Bewegungen und Telefonaten in den Tagen vor und nach dem Tod ihres Vaters war nichts, was vermuten ließe, einer von ihnen hätte etwas damit zu tun. Besonderes Augenmerk haben wir auf das Verhalten von Andoni, dem Erstgeborenen, gelegt, der schwere Vorwürfe gegen seine Schwester Irene erhoben hat. Er ist noch nie in Konflikt mit dem Gesetz geraten. Er lebt lediglich auf ziemlich großem Fuß und häuft Schulden an. Wir haben Irenes Alibi überprüft: Sie hat wirklich den ganzen Tag gearbeitet. Wir haben die fünfzehn Freunde von der Liste, die sie uns geschickt hat, befragt, und keine Auffälligkeiten gefunden. Lasaga war ein Mann, der sich sehr auf seine Arbeit konzentriert hat und feste Gewohnheiten hatte.«

»Agente Martínez«, fragte ich Milán, »haben Sie überprüft, ob es in der Region Valdegovía irgendwelche Besitzstreitigkeiten gab?«

»Ja, aber unter seinem Namen oder dem seines Unternehmens findet sich da nichts. Seine Kinder haben das bestätigt.«

»Und haben Sie seinen zweiten Nachnamen herausgefunden?«, fragte ich.

»Das war nicht nötig. Seine Tochter hat uns den vollständigen Stammbaum zur Verfügung gestellt. Sie gehören keiner alten alavesischen Familie an, es gibt also keine Übereinstimmungen mit Namen, die im Roman vorkommen, falls Sie darauf hinauswollten, Inspector. Aber etwas anderes sehr Interessantes: Ich habe mich mit der Direktorin des Naturkundemuseums im Torre de Doña Otxanda unterhalten. Sie war ziemlich besorgt und hat mir erzählt, dass nicht nur die zweihundert Käfer gestohlen wurden. Auch an einigen der Schaukästen hatte sich jemand zu schaffen gemacht, und sie machten gerade Inventur, um herauszufinden, ob noch etwas fehlt. Sie hat mir den Lieferschein der gestohlenen Insektenlieferung zur Verfügung gestellt. Hier ist eine Kopie.« Sie legte ein Dokument in einer Plastikhülle auf den Tisch, auf der ein oranges Post-it mit einem großen Pfeil und dem Wort »HIER« klebte.

»Lytta vesicatoria«, las Estíbaliz. »Spanische Fliege aus der Familie der Ölkäfer. Also hat jemand ein paar Wochen vorher Rohmaterial gestohlen, aus dem ein sehr seltenes Gift gewonnen wird, mit dem Antón Lasaga ermordet wurde. Das ist ein Indiz. Ich weiß aber nicht, ob die Richterin das so akzeptiert. Es ist sehr leicht, das in der Gerichtsverhandlung zu entkräften. Dass diese Insekten in Vitoria gestohlen wurden, bedeutet nicht, dass der Dieb auch der Mörder ist. Und der Diebstahl wurde untersucht, aber es gab keine Verdächtigen. Ihr Team hat sämtliche Spuren, die gesichert wurden, mit den Datenbanken abgeglichen, und es gab keine Übereinstimmungen, nicht wahr, Muguruza?«

Der Leiter der Kriminaltechnik nickte.

»Kurz gesagt: Der Vorgang ist noch offen. Und wir haben keinerlei Fortschritte zu verzeichnen.«

»Möglicherweise habe ich eine Spur, die man verfolgen kann«, warf Manu ein und hob einen zittrigen Finger.

»Nur zu«, forderte Estíbaliz ihn auf.

»Am Tag der Buchvorstellung fand im Palacio de Villa Suso ein paar Stunden zuvor noch eine weitere Veranstaltung statt. Eine Versammlung alavesischer Unternehmer. Antón Lasagas Assistent hat mir bestätigt, dass der Verstorbene daran teilgenommen hat, aber ich warte noch darauf, dass der Veranstalter mir die Liste aller Teilnehmer schickt. Besonders interessant ist, dass es ein Cocktailempfang war.«

»Darüber hinaus stimmt die Uhrzeit mit der überein, zu der das Kantharidin eingenommen wurde. Und was ich halbverdaut in seinem Magen fand, könnten sehr gut Kanapees gewesen sein: Lachs, Kaviar, Steinpilze«, las Doctora Guevara aus ihrem Bericht ab.

»Folglich ist es möglich, dass man ihm das Kantharidin mit einem dieser Kanapees verabreicht hat«, sagte Estíbaliz.

»Zum Beispiel in der Soße der Steinpilze«, bestätigte die Medizinerin. »Ein Kanapee kann man mit einem Bissen verzehren, so dass es ihm auch nicht geholfen hätte, wenn er einen unangenehmen Geschmack wahrgenommen hätte.«

»Das ist möglich?«, fragte Milán mit gerümpfter Nase. »Können Sie uns sagen, wonach Kantharidin schmeckt?«

»Viel habe ich in der forensischen Literatur nicht gefunden, aber ich bin dieser Frage nachgegangen. Und da es sich um ein in der Vergangenheit sehr gebräuchliches Potenzmittel handelt, habe ich ein Fragment gefunden, in dem Germaine de Foix erwähnt wird, die zweite Frau von König Ferdinand II. Sie war achtzehn Jahre alt und sehr heißblütig, wie es in den Chroniken heißt, oder vielleicht war sie auch einfach nur sehr hartnäckig, weil sie wollte, dass der alte König ihr trotz seiner Erektionsprobleme vor seinem Tod noch einen Erben schenkt. Germaine spricht von ›diesem widerlichen bräunlichen Pulver, das der König in seinen Tränken zu sich nimmt‹. Daraus können wir schließen, dass es nicht gut schmeckte, aber erträglich war.«

»Die Frage ist: War dieses Kantharidin für Antón Lasaga bestimmt, oder hätte es für die Zwecke des Giftmörders jeder Unternehmer getan?«, fragte ich. »Zum jetzigen Zeitpunkt ist lediglich klar, dass wir drei Morde mit unüblichem Modus Operandi auf dem Tisch haben und die Ähnlichkeiten mit den Todesfällen in dem Roman, der am Tag von Lasagas Ermordung vorgestellt wurde, zu deutlich sind, als dass wir bei unseren Ermittlungen darüber hinweggehen dürften.«

»Und wenn bloß ein beliebiger Unternehmer gebraucht wurde, der an diesem Tag und an diesem Ort sterben musste?«

»Sehr gut, Manu«, ermunterte ich ihn. »Aber wozu?«

»Na ja, natürlich um den Mord mit dem Roman in Verbindung zu bringen.«

»Wer hätte das Kantharidin ins Essen mischen können?«, wandte ich mich dann an alle.

»Jeder Angestellte der Catering-Firma und jeder in der Küche«, erwiderte Estíbaliz.

»Eine der Reinigungskräfte im Palacio de Villa Suso oder ein Hausmeister«, ergänzte Milán.

»Jemand, der als Nonne verkleidet war?«, fragte Manu.

»Zu welchem Zweck sollte sich jemand als Nonne verkleidet haben?«, hakte ich nach.

»Damit dank dem Habit niemand das Gesicht identifizieren kann, und weil der Mittelaltermarkt einen wunderbaren Vorwand für Verkleidungen lieferte«, antwortete er.

»Lasst uns nicht voreilig sein. Das Pulver hätte auch einer der Unternehmer selbst auf ein Kanapee streuen können«, unterbrach ich ihn. »Wir brauchen diese Liste, Manu.«

»Wart Ihr nicht im Torre de Nograro, um die Sache mit dem Dominikanerinnenhabit zu überprüfen?«, fragte Milán.

»Doch, aber dieser Habit war da nur vorübergehend. Mittlerweile befindet er sich nicht mehr in der Ausstellung«, sagte Estíbaliz. »Ich will aber noch mal zum Turm fahren und den Besitzer danach fragen. Und um Ihren und euren Fragen zuvorzukommen: Sowohl Inspector Ayala als auch ich haben uns mehrfach mit ihm unterhalten, da die Mail, mit der der Autor von *Die Herren der Zeit* Kontakt zum Verleger aufnahm, von dort abgesandt wurde. Aber Nograro bestreitet, dass er der Verfasser des Romans ist.«

»Agente Martínez, haben Sie überprüft, ob Ramiro Alvar de Nograro eine Mobilfunknummer auf seinen Namen hat?«, fragte ich.

»Ich habe bei sämtlichen Mobiltelefonanbietern nachgefragt. Er muss tatsächlich der einzige Mensch auf diesem Planeten sein, der kein Handy hat«, erläuterte sie knapp.

»Und die Firma Diego Veilaz, S.L.?«, fragte ich Manu.

»Ein Kuriosum. Ein Scherz. Der Verleger hat den Vertrag unterzeichnet, ohne im Handelsregister nachzuschauen. Die Firma existiert nicht. Gefälschte Steuernummer.«

»Somit hat der Autor sein Buch definitiv nicht veröffentlicht, um damit Geld zu verdienen, sondern es muss ihm darum gegangen sein, den Inhalt bekannt zu machen«, folgerte ich. »Inspectora Ruiz de Gauna, wenn Sie mit dem Turmherrn sprechen, fragen Sie ihn auch, ob er zu den Förderern des Naturkundemuseums gehört.«

»Klar, mache ich«, willigte sie ein. »Wir nehmen ihn weiter unter die Lupe, aber wir müssen auch in anderen Richtungen ermitteln, damit wir der Richterin möglichst bald Fortschritte präsentieren können. Wenden wir uns dem Fall Frozen zu.«

»Eine letzte Anmerkung«, sagte Milán. »Der Verleger von Malatrama hat mir die Liste der achtundzwanzig Comiczeichner zur Verfügung gestellt, mit denen er üblicherweise zusammenarbeitet. Ich habe sie auf Vorstrafen überprüft und bin jetzt dabei, mit allen zu sprechen und sie nach ihren Alibis für den Nachmittag und Abend der Buchvorstellung zu fragen. Bis jetzt habe ich noch nichts gefunden.«

»Danke, Agente Martínez. Großartige Arbeit«, sagte Estíbaliz. Milán wurde rot, und wir anderen lächelten verstohlen. »Doctora Guevara, kommen wir zu den Autopsien der Schwestern Nájera.«

»Sie wurden nicht sexuell missbraucht. Die Ältere war nach sechs Tagen tot, und ihre Leiche wurde danach nicht mehr bewegt. Sie starb dort, wo Sie sie gefunden haben. Die Kleine hatte einen Schnitt am Arm von einem Messer oder etwas Ähnlichem. Die Waffe wurde nicht gefunden. Es ist gut möglich, dass das in der Wohnung gefundene Blut von dieser Verletzung herrührte.«

»Somit haben wir die Bestätigung, dass sie Ende August eingemauert wurden, also vor Erscheinen des Romans«, sagte ich. »Wir haben es demnach nicht mit einem Nachahmer zu tun, der sich von dem Roman zu seinen Morden inspirieren ließ. Der Mörder muss den Inhalt des Romans schon vor dessen Erscheinen gekannt haben. Damit scheiden sämtliche normalen Leser als Verdächtige aus. Aber das allein reicht uns nicht.«

»Ich habe eine interessante Neuigkeit«, vermeldete Manu. »Gestern habe ich dem Vater die Nachricht von Oihanas Tod überbracht und konnte danach noch mit ihm sprechen. Er erzählte mir, dass er auf seinem Handy eine App installiert hat, mit der Eltern ihre Kinder orten können. Damit hat er das Kommen und Gehen seiner älteren Tochter überwacht. Doch ihr Handy lag in ihrem Zimmer. Entweder ließ ihr Entführer es dort liegen, oder sie selbst ließ es freiwillig zurück, weil ihr Vater nicht wissen sollte, wo sie war. Es ist also unklar, ob es ihr Wille oder der des Entführers war, an jenem Abend unbemerkt zu verschwinden.«

»Ebenso unklar ist, wie sie sich einfach in Luft auflösen konnten. Vergesst nicht, die große Unbekannte in diesem Fall ist die Frage, wie sie das Haus verlassen haben, obwohl die Überwachungskameras der umliegenden Geschäfte keine Bewegungen aufgezeichnet haben. Seht euch bitte mal diese Luftansicht des Altstadtkerns an.« Ich warf mit dem Projektor ein Bild von Google Earth an die Wand. »Tatort Nummer eins, wo sie verschwanden, befindet sich im selben Häuserblock wie Tatort Nummer zwei, wo sie wieder auftauchten. Seht bitte genau hin: Beide Häuser haben ein Oberlicht im Treppenhaus. Ich glaube, der Entführer könnte sie übers Dach weggebracht haben. Findet heraus, welche Firma den Umbau macht, und bittet um eine Liste aller Arbeiter, die dort beschäftigt waren. Fragt außerdem, ob sie auch seilgestützte Arbeiten durchführen und ob sie darauf spezialisiertes Personal beschäftigen. Falls ja, überprüft, ob diese Leute vorbestraft sind oder wegen sexueller Belästigung oder sexueller Übergriffe angezeigt wurden. Bloß weil die Leichen keine Anzeichen sexueller Übergriffe aufweisen, ist ein sexuelles Motiv noch nicht ausgeschlossen. Ich möchte nicht, dass wir uns zu sehr auf die Parallelen zum Roman fixieren. Wir müssen uns auf die handfesten Spuren konzentrieren, die wir haben, zum Beispiel die Plastiksäcke. Muguruza, können Sie uns da helfen?«

»Ich kann Ihnen sagen, dass diese Säcke über kein Dach gezerrt wurden, die Mädchen aber tatsächlich darin gesteckt hatten. Und dass sie sich von allen anderen Säcken, die auf dieser Baustelle Verwendung finden, unterscheiden. Sie sind weiß und haben an der Unterseite eine rote Linie. Keine weiteren Kennzeichen. Wir kennen weder die Marke noch wissen wir, wo sie verkauft werden.«

»Milán, Manu«, sagte Estíbaliz, »ich möchte, dass ihr sämtliche Bau- und Heimwerkermärkte absucht. Wenn ihr fündig werdet, lasst der Kriminaltechnik Proben zukommen, damit man sie mit diesen Säcken vergleichen kann. Irgendjemand muss die Dinger hergestellt haben, und irgendjemand muss sie verkauft haben.«

Zwei Tage später erhielt ich eine Nachricht, mit der ich überhaupt nicht gerechnet hatte: »Gib mir alle Daten, die du hast. Aber das ist das letzte Mal, das schwöre ich dir.«

MatuSalem. Er hatte eingelenkt. Innerhalb weniger Minuten ließ ich ihm das Erbetene zukommen. Wir steckten fest in unseren Ermittlungen und brauchten unbedingt einen Fortschritt.

Vierundzwanzig Stunden später setzte er sich erneut mit mir in Verbindung: »Ich weiß, wer die Nachricht geschickt hat. Heute um 19 Uhr in der Krypta der Neuen Kathedrale.«

Hoffnungsvoll ging ich zu dieser Verabredung. Ich lief die menschenleere Treppe des gotischen Gotteshauses hinab, wie immer ohne jemandem zu begegnen, und suchte zwischen den Holzbänken nach meinem Kontakt, doch der war noch nicht da.

Ein bisschen gelangweilt spazierte ich zwischen dem Altar und einigen schon ein wenig welken Blumensträußen umher. Ich fand ja, Blumensträuße rochen immer ein bisschen nach Tod. Zu sehr erinnerten sie mich an die Kränze auf den Friedhöfen.

Die Zeit verging, und ich sah immer wieder aufs Telefon, das jedoch stumm blieb. Endlich vibrierte es. Ich rechnete mit einem Anruf von Matu, der sich entschuldigte und mir seine Verspätung erklärte, wobei das eigentlich nicht sein Stil war. Stattdessen war es Estíbaliz, und da hier niemand war, der kritisieren konnte, dass ich in einem Gotteshaus telefonierte, nahm ich das Gespräch an.

»Was gibt's, Esti?«

»Es gibt Neuigkeiten, Kraken. Man hat einen Jungen gefunden.«

»Einen Jungen?«

»Ja, im Río Zadorra, im Bezirk Gamarra«, sagte sie. »Er steckte in einem Fass, das im Fluss trieb. Und jetzt kommt das Seltsamste daran: Außer dem Jungen waren da eine Viper, ein Hund, eine Katze und ein Hahn drin. Was zum Henker soll das?«

»Verdammt, Esti, du hast den Roman immer noch nicht gelesen. Was zum Teufel treibst du eigentlich abends? Ich hatte dir gesagt, dass das Vorrang hat.«

»Hörst du dich eigentlich selbst reden?«, schrie sie mich an. »Ich erzähle dir, dass ein Junge ermordet wurde, indem er in einem Fass mit vier Tieren in den Fluss geworfen wurde, und du sagst mir, ich soll ein Buch lesen.«

»Ja, Estíbaliz! Ja! Wenn du diesen Roman nämlich gelesen hättest, dann wüsstest du jetzt, dass an diesem Jungen eine mittelalterliche Bestrafung vollzogen wurde und er durch eine Variante des Säckens, nämlich durch Ertränken im Fass, getötet wurde.«

18

DIE SCHLAFKAMMER DES CONDE

Diago Vela · *Im Jahr des Herrn 1192, Winter*

»Das Fieber sinkt nicht, seine Haut brennt regelrecht. Die Wunde in der Seite hat sich entzündet. Ich glaube nicht, dass er überlebt. Das ist sein Schicksal. Ihr wisst ja, was man sagt: Ein Conde Vela wird nicht alt«, flüsterte der alte Medicus der Frau zu, die mich mit einer Kerze in der Hand betrachtete.

Wie betäubt lag ich auf meiner Bettstatt. Am Rücken verspürte ich einen stechenden Schmerz, und die Binde um meinen Rumpf drückte. Onneca wartete, bis der Medicus fort war, dann setzte sie sich auf mein Bett. Wir hatten es schon oft geteilt, und immer unter glücklicheren Umständen. Mein Schlafgemach war geräumig, und das Feuer im Kamin hielt die steinernen Wände warm. Doch als ich ihr in die Augen sah, fand ich darin keine Wärme.

»Du hast mir nichts gesagt. Wir waren in der alten Mühle, und du hast mir nicht gesagt, dass mein Vater *ermordet* wurde.«

Das klang vorwurfsvoll. Verärgert und gekränkt.

»Es waren Vermutungen, nur Vermutungen«, brachte ich hervor, obwohl es mich Mühe kostete, zu sprechen und mich nicht in meinen Fieberträumen zu verlieren. »Just heute Morgen war ich unterwegs zum Gasthaus der Romana, um meine Nachforschungen anzustellen, als ich dir begegnete.«

»Früher haben wir alles geteilt, auch Vermutungen. Vor allem Vermutungen.«

»Früher war früher, wir waren einander versprochen, und

nichts stand zwischen uns. Jetzt ist jetzt, jetzt bist du meine Schwägerin, und Nagorno wird für immer zwischen uns stehen.«

Onneca erhob sich und schlug mit der Faust gegen die Wand. »Seit Vaters Tod schicken meine Schwestern keine Briefe mehr. Ich habe ihnen geschrieben, um sie zu benachrichtigen, ich dachte, vielleicht verlassen sie ihre Inklusorien, aber sie kamen nicht zur Beerdigung. Ich bin allein, Diago. Ohne sie und ohne dich habe ich niemanden, mit dem ich reden kann.«

Ich wollte ihr antworten oder es zumindest versuchen, aber in diesem Augenblick trat Nagorno ein. Schwer zu sagen, wie lange er bereits hinter der Tür gelauscht haben mochte.

»Wie sehr du bestrebt bist, mich zum nächsten Conde Vela zu machen, Bruder«, sagte er anstelle einer Begrüßung. »Willst du noch häufiger versuchen zu sterben?«

Ich schloss die Augen. Für eine passende Antwort fehlte mir die Kraft.

»Lass mich mit ihm allein. Onneca, Liebste, dies ist kein Ort für dich«, befahl er seiner Frau.

Onneca erhob sich. Sie war größer als er. Eine der wenigen Frauen, die sich nicht fügten, sobald Nagorno die Stimme erhob. »Im Gegenteil. Ich bleibe. Dein Bruder hat viel zu erklären. Diago, wie verhält es sich damit, dass mein Vater vergiftet wurde?« Onneca näherte sich meinem Gesicht und sah mir fest in die Augen.

Ich konnte mich nicht einmal aufrichten. Mein Körper brannte, und in meinem Kopf schwankte alles wie damals, als ich mit Gunnarr segelte. »Die Anzeichen dafür entdeckte ich beim ersten Blick auf seine Leiche, und … verzeih mir die Schändung, aber ich öffnete sie und strich mit Kaninchenfell über seine Gedärme. Der Balg überzog sich mit Blasen. Deinen Vater hat man mit dem Pulver des Ölkäfers ermordet.«

Nagorno beobachtete Onneca aus dem Augenwinkel. Sie ballte die Fäuste und wandte sich ab.

»Das kann man noch immer beweisen?«, fragte sie dann, ohne mich anzusehen.

»Ich habe die Kaninchenhaut in dieser Truhe verwahrt, sie wird halb verwest sein, aber ihren Zweck erfüllen. Auch kann man deinen Vater ausgraben, sollte das nötig sein, um sich zu vergewissern. In den letzten Tagen war es sehr kalt, die Leiche müsste gefroren sein.«

»Ich hoffe, das wird nicht nötig sein«, murmelte sie.

»Man wird für die Gerichtsverhandlung Zeugen vorbringen müssen«, fuhr ich fort. Ich sprach langsam. »Alix de Salcedo ist mir zur Hand gegangen. Sie ist sicher bereit auszusagen. Und Nagorno, du musst zum Gasthaus der Romana gehen. Der Sohn der Wirtin ist derjenige, der Ruiz vor vier Tagen drei Krümel Ölkäfer verkauft hat.«

»Wird der Junge denn reden wollen?«

»Ruiz hat sich weder seinen Tanten noch ihm gegenüber gut verhalten«, entgegnete ich. »Und sämtliche Männer in der Stadt werden danach wissen, dass seine Pulver wirksam sind. Das wird ihm Kundschaft bringen, und das weiß der Bursche. Er wird freudig reden.«

»Hast du gesehen, wer dich geschlagen hat?«, fragte Nagorno. »Das war nicht nur einer, ich kenne dich im Kampf.«

»Es war kein Kampf, wir haben zu Sankt Agatha die unverheirateten Frauen umworben. Ich war nicht auf der Hut und rechnete nicht damit, dass der niederträchtige Kerl mich angreifen würde. Aber du hast recht, er stieß einen Pfiff aus, und daraufhin kamen noch zwei. Jeder schlug mich von einer Seite. Ruiz trat mir gegen den Kopf, und ich sah nur Stiefel und Stöcke.«

»Dieser Hurensohn!«, flüsterte mein Bruder, »und ich habe ihn im Rat noch begünstigt.«

»Das hat man mir erzählt«, erwiderte ich, »aber ich wollte es aus deinem Mund hören. Warum hast du das getan? Diese Familie hatte hier in der Stadt noch nie einen guten Ruf.«

»Er ist ein Hidalgo, ein Lehnsherr. Von seines Hosenstalls Gnaden zwar, aber dennoch. Eine Stadt kann nicht gedeihen, wenn sie nur aus Handwerkern und Händlern besteht. Man muss die Adeligen aus den umliegenden Dörfern anlocken, damit sie hier ihre Häuser bauen und ihr Geld ausgeben. Nur so wird dieses von Stadtmauern umgebene Dorf nicht dem Vergessen anheimfallen.«

»Aber wähle deine Verbündeten besser aus, Nagorno! Siehst du, wohin dich die Verbindung mit ihm geführt hat?«, schrie ich, obwohl es schmerzte. »Sieh, was er deiner Frau angetan hat!«

»Sie haben es dem Conde de Maestu angetan, der die Handwerker bevorzugte, genau wie du. Die reine Unbedarftheit. Und jetzt greifen sie dich an. Du wirst Vorsicht an den Tag legen müssen.«

»Ich will keine Vorsicht an den Tag legen auf diesen Straßen, die zu pflastern ich geholfen habe. Lasst uns über die Verhandlung sprechen: Wie stellt es sich dar, liebe Schwägerin?«

Onneca pflegte gemeinsam mit den Töchtern der Mendozas und der Iruñas am Spinnrocken ihres Hauses zu sitzen. Was die Männer nicht laut zu sagen wagten, darüber sprachen die Frauen. Sie stifteten Frieden, glätteten die Wogen, ehe sie zu hoch schlugen.

»Die Händler fordern, die Probe mit heißem Wasser oder glühendem Eisen wieder einzuführen. Sie wollen, dass Gott entscheidet, ob Ruiz verbrannt wird. Die Gemüter sind sehr erregt, mein Vater war bis zu Eurer Rückkehr ihr Hauptfürsprecher.«

»Das wird nicht möglich sein«, antwortete ich. »König Sancho hat die Gottesurteile in Vitoria vor elf Jahren verboten.«

»Und soll es keine Gerechtigkeit geben für meinen Vater, deinen treuen Freund?«, fuhr Onneca mich an.

»Es wird Gerechtigkeit geben, das verspreche ich dir, Schwägerin. Aber es wird aus Tudela ein Ermittlungsbeamter des Königs kommen, der ihn davon in Kenntnis setzt, wenn wir gegen seinen Willen handeln. Dieses Wagnis dürfen wir nicht eingehen.«

»Mein Bruder hat recht, geliebte Frau.«

»Und was bleibt dann? Eine Geldbuße, eine einfache Entschädigung für Totschlag?«, fragte Onneca erregt. »Das Leben meines Vaters war mehr wert als fünfhundert Sueldos.«

»Da ist noch eine Sache«, warf Nagorno ein. »Gemäß unseren Gesetzen verliert jeder, der in der Stadt sein Schwert zieht, um einen Mann oder eine Frau zu verletzen, die rechte Hand.«

»Soweit ich mich erinnere, hat da niemand ein Schwert gezogen«, sagte ich.

»Das würde ich nicht sagen, wenn ich mir ansehe, wie du deine Decke vollblutest.«

Bisher war es mir entgangen, aber aus meiner Seite quoll Blut, und die Decke aus Albinobärenfell, die Gunnarr mir aus Friesland mitgebracht hatte, war rotgetränkt.

Nagorno hob sie an und entblößte meinen nackten und zerschlagenen Körper mit den blutgetränkten Binden.

»Onneca, hilf mir, ihn anzuheben. Wir werden nach einer Stichverletzung am Rücken suchen.«

Wir sahen einander ein wenig verlegen an, Onneca und ich.

»Meine geliebte Frau, da ist nichts, was du nicht schon gesehen hättest. Du willst doch jetzt nicht die sich grämende Betschwester spielen. Hilf mir, deinen Schwager anzuheben und herauszufinden, was sich unter diesen Verbänden befindet.«

Allein indem sie mich aufrichteten, verstärkte sich mein Schwindelgefühl. Außerdem hätte ich schwören können, dass mir ein köstlicher Duft in die Nase stieg. Gleich darauf meinte ich, Alix de Salcedo mit einer Fleischpastete hereinkommen zu sehen. Hastig stellte sie sie ab und eilte herbei, um meinem Bruder und meiner Schwägerin zu helfen, damit ich nicht der Länge nach auf den Bauch fiel.

»Was macht Ihr mit dem Conde? Es heißt doch, er sei halb tot? Wer kommt auf die Idee, ihn aufzusetzen?«, fragte Alix überrascht.

»Haltet jede einen seiner Arme«, befahl Nagorno ungerührt, »ich werde diese Tücher abnehmen.«

»Und kann denn niemand die Scham dieses Mannes bedecken?«, beklagte sich Alix. »Ich habe gehört, der Priester von Santa María will kommen, um ihm die letzte Ölung zu geben. Wenn er uns drei und den nackten Conde so antrifft, werden wir alle der Unzucht angeklagt.«

»Umso mehr Grund, uns zu beeilen. Eure Haube hat drei Spitzen – das sind also nicht die ersten Testikel, die Ihr zu sehen bekommt«, versetzte mein Bruder.

Mittlerweile schmerzten mein Kopf und meine Seite zu sehr, als dass es mich gekümmert hätte, ob Onneca und Alix mich nackt sahen.

Nagorno nahm die Tücher ab, die teilweise an der Haut klebten. Er tauchte einen frischen Lappen in die Waschschüssel und reinigte mein geschwollenes Fleisch.

»Das Leben verlässt Euch«, murmelte Alix. »Esst meine Pastete mit Wildschwein und Lavendel, sie wird Euch Kraft geben.«

»Ich habe keine Kraft zum Essen.«

»Großmutter Lucía hat darauf gedrängt, dass ich ein Wildschwein jage und Euch diese Pastete backe. Sie sagte, sie selbst werde sie Euch in den Mund stecken, solltet Ihr Euch weigern zu essen.«

»Ihr habt ein Wildschwein gejagt?«

»Mein dritter Mann arbeitete in der Schmiede und stellte Fangeisen her. Er hinterließ mir genügend, um eine ganze Rotte zu erledigen.«

»Großmutter Lucía will also unbedingt, dass ich lebe. Dann werde ich mich überwinden müssen.« Ich versuchte zu lächeln.

»Hier haben wir sie: eine Stichwunde«, sagte mein Bruder mit seiner heiseren Stimme. »Sehr lang, sehr gerade. Das war kein Dolch. Jemand hat ein Schwert benutzt.«

»Ein paar unverheiratete Burschen, die zu Sankt Agatha auf

Brautwerbung gehen, haben ein Schwert getragen? Es ist verboten, innerhalb der Stadt blankzuziehen. Wer würde dieses Wagnis eingehen?«, fragte Alix.

Besorgt sah sie mich an. Sie stützte mich, so gut sie konnte, hatte sich meinen Arm um die Schultern gelegt, und ihr Kopf befand sich auf Höhe meiner Brust.

»Und wenn es nun nicht zwei Burschen auf Brautsuche waren, Diago? Und wenn sie es von Anfang an auf Euch abgesehen hatten?«

19

DER RÍO ZADORRA

Unai · *Oktober 2019*

Als ich an der Brücke ankam, die auf Höhe von Gamarra über den Río Zadorra führte, hatte das Team der Kriminaltechnik schon mit der Inaugenscheinnahme begonnen, und der Bereich war abgesperrt. Ich wusste nicht, wer der Presse Bescheid gegeben hatte, doch zwei Reporterinnen standen vor laufenden Kameras und informierten ihre Zuschauer über etwas, wovon ich noch keine klare Vorstellung hatte. Ein Junge. Es wollte mir nicht einleuchten.

Manu grüßte mich. Mir fiel auf, dass seine Hand stärker als sonst zitterte. Vermutlich machten die ganzen minderjährigen Toten auch ihn fertig. Wobei: Warum die Sache nicht beim Namen nennen? Ein Junge, der zusammen mit diversen Tieren in einem Fass steckte, das in einen Fluss schwamm, das war kein Unfall. Wenn hier kein Mord vorlag, dann sollte Gott vom Himmel herabsteigen und es sich ansehen. Doch Gott war unaufmerksam an jenen Herbsttagen, an denen der Wind vermoderte Blätter über die Pfade des Wahnsinns blies.

Die Strömung war hier recht stark. Im grünen Wasser des Río Zadorra spiegelten sich die Äste der Bäume, die an seinen Ufern trauerten. Die wie besiegt herabhängenden Äste der Trauerweiden behinderten die Sicht ein wenig.

Zwei Polizeitaucher waren in der Nähe einer hölzernen Tonne beschäftigt. Sie hatten den Jungen herausgeholt, und auf einer bereitgelegten Plastikplane ruhten mehrere nasse Tierkadaver.

»So was habe ich noch nie gesehen, Chef«, flüsterte Manu mir zu. »Der Junge ist ertrunken. Er war tot, als sie ihn aus dem Fass holten. Außer ihm waren noch ein Hund …«

»… eine Katze, ein Hahn und eine Viper da drin«, unterbrach ich ihn.

»Woher weißt du das?«

»Lies das verdammte Buch, Herrgott! Das ist eine Variante der Säckung, eine Bestrafung, die im zwölften Jahrhundert im Königreich Navarra angewandt wurde.«

»Wer ist denn so bekloppt, heute noch so zu morden?«

»Stell mir keine Fragen, von denen du weißt, dass ich sie nicht beantworten kann«, sagte ich genervt. »Kennen wir die Identität des Jungen?«

»Sprich mit Muguruza. Die haben hier ziemlich viel Gelände, wo sie Spuren sichern müssen, und sie sind noch nicht fertig. Die Richterin und der Rechtspfleger müssten jeden Augenblick zur Leichenschau hier sein. Sie haben den Jungen aus dem Fass geholt, weil sie nicht wussten, ob er nicht vielleicht noch lebt. Jemand hatte gemeldet, dass ein Fass halb untergetaucht im Fluss trieb, aus dem lautes Hundegebell drang. Keine Schreie. Der Hund hat wohl länger durchgehalten als die anderen.«

Ich ging zur nassen Leiche des Jungen. Er trug eine weiße Kapuzenjacke.

Möglichst unauffällig, damit die Kollegen von der Kriminaltechnik, die um mich herum die zahlreichen Fußabdrücke nummerierten und fotografierten, nichts mitbekamen, beugte ich das Knie.

Hier endet deine Jagd, hier beginnt die meine, deklamierte ich stumm.

Ich hob den Kopf. Tote Kinder machten mich regelrecht krank. Der Junge hatte Kratzer im Gesicht, und sein Haar … sein Haar war blau gefärbt.

Es war schlimmer als ein Schlag in die Magengrube.

Das war kein Junge, das war MatuSalem.

Unser Mörder hatte MatuSalem getötet.

Er wurde auf dem Friedhof El Salvador beigesetzt, zwischen Weizenfeldern und Brachen. Die Pinselbrigade hatte seinen Sarg mit einem großen Bild des biblischen Urvaters Methusalem verziert, und vier Skater auf ihren Boards fuhren ihn zwischen den Zypressen hindurch, so dass es aussah, als segelte er über einen Ozean aus Gräbern. Ich ging davon aus, dass man seiner auch in den Hackerforen gedachte.

Ein untröstliches Mädchen mit blauem Haar stand im Kreise ihrer Freundinnen. Sie hatte sich die Arme um den Leib geschlungen, als müsste sie sich wärmen. Ich begriff sofort: Das war Maturanas Freundin.

Und zum ersten Mal drangen die Worte, die er mir jedes Mal an den Kopf geworfen hatte, wenn ich ihn um seine Mitarbeit bei irgendeinem Fall gebeten hatte, richtig zu mir durch. Nie zuvor hatte ich ihn als jemanden gesehen, der eine Familie, eine feste Freundin, einen Freundeskreis hatte. Für mich war er nur eine Ressource gewesen, eine wertvolle, knappe Ressource, die mit Samthandschuhen anzufassen war.

Nie werde ich vergessen, wie dieses Mädchen MatuSalems Sarg anstarrte.

Mit welcher Ungläubigkeit.

Einer Ungläubigkeit, wie ich sie mir für mich selbst wünschte.

Ich wünschte sie mir für mich selbst, denn wenn ich so auf den Tod reagieren könnte, würde das bedeuten, dass ich mich nicht daran gewöhnt hatte, immer wieder jemanden zu verlieren. All die Menschen, die nicht mehr da waren: meine Eltern, Großmutter, Paula und die Kleinen, meine Schwägerin Martina, mein Freund Jota, Albas Mutter Nieves.

Als ihre Freundinnen sie allein ließen, atmete ich tief durch und ging zu ihr.

»Mein herzliches Beileid. Du bist seine Freundin, nicht wahr?«

»Und du bist Kraken.«

In ihren Augen mit den geschwollenen Lidern schien ein Vorwurf zu liegen, oder vielleicht sah ich da auch nur meine eigenen Schuldgefühle.

Jedenfalls irritierte ihre Antwort mich. Ich hatte immer gedacht, MatuSalem hätte unsere Beziehung absolut geheim halten wollen. Wobei man mit zwanzig vermutlich einfach alles mit der Lebensgefährtin teilte. Aber ich fühlte mich mies, richtig mies.

Mit einem knappen Nicken verabschiedete ich mich von ihr und entfernte mich vom Epizentrum des Schmerzes. Es ging mir zu nahe.

War MatuSalem meinetwegen gestorben, infolge meiner Bitte? Oder war auch er einem Sadisten zum Opfer gefallen, der sich von *Die Herren der Zeit* leiten ließ, und sein Nachname Maturana war ihm zum Verhängnis geworden?

Esti, Milán und Manu waren so unauffällig wie ein Trio von Füchsen im Hühnerstall. Wir hatten auf dem Parkplatz Wagen mit Kameras abgestellt, die jeden, der den Friedhof betrat oder verließ, filmten. Ich war so mitgenommen, dass ich ausnahmsweise einmal nichts und niemanden hier analysierte, sondern mich darauf beschränkte, die bittere Pille zu schlucken.

»Was ist los, Kraken?«, fragte mich Lutxo, der Journalist aus meiner Clique, anstelle einer Begrüßung. MatuSalems Sarg war soeben in eine der Nischen geschoben worden. »Hast du was für mich?«

»Das ist jetzt nicht der rechte Moment, Lutxo«, flüsterte ich.

Er hörte nicht auf mich. »Ich weiß, ich weiß. Seit dem Doppelmord am Dolmen verhängt der Richter das Ermittlungsgeheimnis. Ihr sagt uns nichts, aber die Leute wollen wissen, was los ist und ob sie sich Sorgen machen müssen. Der Tod dieses Burschen lässt bei vielen die Alarmglocken schrillen …«

»Wer hat euch Bescheid gegeben?«

»Spielt keine Rolle. Leute aus Gamarra waren da spazieren, sahen den Krankenwagen, dann die Wagen der Kriminaltechnik, und der Bereich wurde abgesperrt. Jeder, der ein Handy hat, macht Fotos, teilt sie über Facebook oder WhatsApp, und bei uns gehen Meldungen ein. Heute ist jeder ein potenzieller Informant für die Presse.«

Alles sehr vage, sehr à la Lutxo. Ich würde nichts aus ihm herausbekommen, und so versuchte ich es gar nicht erst, sondern wandte mich zum Gehen.

»Von unserer Seite gibt es nichts, was ich dir erzählen darf. Es ist eine laufende Ermittlung. Du wirst es mitbekommen, wenn wir eine Presseerklärung rausgeben.«

Lutxo warf mir einen Blick zu, der mehrere Stauseen hätte vergiften können, aber ich ließ ihn einfach stehen. Mir reichten die Friedhofsbesuche.

Da entdeckte ich ihn.

Ich hatte es geahnt, er wartete auf mich. Er saß ein wenig abseits auf einem Grabstein.

Tasio Ortiz de Zárate.

Der wegen der Doppelmorde zu zwanzig Jahren Gefängnis verurteilt worden war, der seine Unschuld beteuert hatte, bis ich ihm endlich hatte zuhören wollen. Der nach seiner Freilassung in die Vereinigten Staaten geflüchtet war.

Die Augen hinter einer Sonnenbrille verborgen und in einen eleganten, taillierten Anzug gekleidet. Er winkte mich zu sich. Ich weiß nicht, wieso, aber unwillkürlich berührte ich die Pistole, die ich versteckt an der Seite trug. Es war, als ginge man direkt auf eine Viper, einen Hahn, eine Katze und einen Hund zu, die allesamt verdammt wütend waren.

»Ich dachte, du bist in Los Angeles«, sagte ich bloß und setzte mich neben ihn, auf das Grab eines Menschen, der vor Jahrzehnten gestorben war.

Der Stein war eisig. Wir sahen uns nicht einmal an, sondern

hefteten beide den Blick auf MatuSalems bunte Trauergesellschaft.

»Das ist Samuel Maturana, ich musste kommen«, sagte er mit heiserer Stimme. Fast so heiser wie damals, als ich ihn im Gefängnis kennenlernte, in einem anderen Leben.

»Seit wann bist du da? Das ging ja anscheinend sehr fix mit deinem Transatlantikflug … Oder warst du vorher schon hier?«

Er lächelte, hatte vielleicht mit meiner Bemerkung gerechnet. »Ist das eine Befragung?«

»Im Moment nicht. Aber es ist schon auffällig, dass du rechtzeitig zur Beerdigung hier bist.«

»Das ist Maturana«, wiederholte er, aber diesmal verzog er verärgert das Gesicht.

»Kannst du mir etwas geben, was mir weiterhilft? Du kanntest ihn besser als ich.«

»Wir waren in Kontakt geblieben, ich weiß, dass er sich nicht mehr in Schwierigkeiten gebracht hat. Er war rehabilitiert, hatte endlich Gefallen am Leben außerhalb des Gefängnisses gefunden. Ich glaube, er war reifer geworden. Ich fühlte mich ihm gegenüber ein bisschen wie ein Vater, habe versucht, ihm begreiflich zu machen, dass er von meinem Geld, meinen Möglichkeiten profitieren könnte, wenn er wollte … Es hat nichts genutzt. Was ist passiert, Kraken?«

»Wenn ich das wüsste, wäre ich nicht so aufgeschmissen.«

»Hatte das etwas mit dir zu tun? Hattest du ihn irgendwo reingezogen, ihn um Hilfe gebeten?«

Ich antwortete nicht, sondern wandte frustriert den Blick ab. Als er begriff, wurde er wütend. »Verdammt, Kraken! Wenn du Schuld an seinem Tod hast …«

Ich explodierte. »Was? Was willst du mir dann antun? Glaubst du, ich hätte das gewollt? Glaubst du, ich wollte ihn tot sehen? Willst ausgerechnet *du* mir Lektionen erteilen, du, der alles kaputt macht, was er anfasst?«

Dann blickte ich mich um. Ich war laut geworden, und auf einem Friedhof konnte man so etwas weit hören. Glücklicherweise sah ich nur Kreuze und in der Ferne Menschen, die bereits zum Ausgang gingen.

»Hoppla, also haben wir immer noch eine Rechnung offen. Du bist weiterhin sauer auf mich wegen der Sache mit Deba«, murmelte er.

»Komm ihr bloß nicht zu nahe!«, stieß ich hervor.

»Sonst?«

»Nichts sonst, Tasio. Nichts sonst. Ich bin nicht so blöd, dir zu drohen. Wenn dir was an ihr liegt, dann lass sie einfach in Ruhe und mach uns nicht das Leben kaputt. Ich habe das alles satt, Tasio. Den Abschaum, mit dem ich zu tun habe, die ganzen Beerdigungen, zu denen ich gehen muss. Dass die Leute auf der Straße Wunder von mir erwarten. Keine Ahnung, wie oft man sich ein neues Leben aufbauen kann, aber ich vermute, nicht unendlich oft.«

»Ich weiß, das ist jetzt nicht der beste Moment, aber bisher habe ich euren Wunsch respektiert, Unai. Nach allem, was die Subcomisaria im Fall der Wasserriten durchmachen musste, habe ich mich gezwungen, euch in Ruhe zu lassen. Ich fand, ihr hattet schon genug durchgemacht.«

»Ja, dein Fernbleiben wurde zur Kenntnis genommen.«

Dankbar zur Kenntnis genommen.

Ich hatte mich schon gefragt, warum Tasio sein Vorhaben, einen Vaterschaftstest zu beantragen, um die Wahrheit über Debas Herkunft zu erfahren, nicht in die Tat umgesetzt hatte. Zwei Jahre Funkstille. Hin und wieder schrieb uns sein Anwalt wegen der Serie, die er über die Doppelmorde drehte. Dann zog ich meinen Bruder Germán zurate, und der kümmerte sich darum. Ich wollte nichts mehr von Tasio wissen, ich wollte ihn nicht in unserem Leben haben. Und nun war er wieder hier in Vitoria.

»Könnte ich sie nicht wenigstens ganz kurz sehen?«

Mir war nicht klar, ob das eine Bitte war oder er das Terrain sondieren wollte.

»Wozu, Tasio? Was willst du damit bezwecken? Es ist besser, wenn sie weder von dir noch von Ignacio erfährt. Wir haben schon genug gelitten.«

»Es gibt kein Kontaktverbot, du könntest es nicht verhindern«, hielt er mir entgegen.

»Ihre Mutter ist gestorben«, unterbrach ich ihn.

»Wer?«

»Albas Mutter. Sie ist gerade gestorben, vor ein paar Tagen. Alba hat keine andere Familie mehr als ihre Tochter und mich. Mach uns das nicht kaputt, Tasio. Wir sind sowieso schon ziemlich angeschlagen, wir brauchen uns gegenseitig, um nicht völlig zu zerbrechen.«

»Du hast wenigstens eine Familie. Nach zwanzig Jahren Gefängnis ist mir hier nichts geblieben. Nur mein Zwillingsbruder. Die Freunde, die Clique, Vettern nah und fern, Onkel, Tanten: Ich habe hier niemanden mehr. Manche gehen nicht ans Telefon, wenn ich anrufe, andere trinken immerhin einen Kaffee mit mir, aber es ist ihnen so unangenehm, dass sie beim ersten Vorwand, der sich bietet, abhauen. In Los Angeles bin ich wenigstens ein Niemand. Irgendein anonymer Typ, der in der Filmbranche arbeitet, ein exotischer europäischer Drehbuchschreiber. Ich habe Vitoria verloren, Kraken. Ich habe meine Stadt verloren.«

»Mir tut das Unrecht leid, das dir angetan wurde, Tasio. Ich möchte dich daran erinnern, dass ich herausgefunden habe, wer dafür verantwortlich war, und ich habe einen hohen persönlichen Preis dafür bezahlt. Aber Deba ist nicht dazu da, um uns Erwachsenen in ihrem Umfeld das Leben in Ordnung zu bringen. Sie hat es nicht verdient, als die Tochter eines Serienmörders aufwachsen zu müssen. Du musst sie da heraushalten. Kannst du dir nicht ein neues Leben aufbauen und selbst Kinder bekommen? Wozu brauchst du Deba? Ich verstehe es nicht, ehrlich.«

»Nein, du verstehst es nicht. Wie auch? Niemals werde ich mich einer Frau nähern können, nicht in dem Sinne, den du meinst.«

»Hier nicht, das ist klar. Aber in Los Angeles kennen sie deine Geschichte nicht, das hast du gerade selbst gesagt.«

»Du verstehst es immer noch nicht. Ich kann nicht mehr mit einer Frau zusammen sein. Das hat mir das Gefängnis auch genommen.« Tasio senkte den Kopf. Er hatte das alles sehr leise gesagt, so, als hätte er Angst, jemand könnte uns hören.

»Was hat das Gefängnis dir genommen?«

»Sie haben mich kastriert.« Er nahm die Sonnenbrille ab. Seine Augen waren gerötet.

»Was?«

»Im Gefängnis, im ersten Jahr. Mehrere Mithäftlinge. Sie haben mich kastriert. Ich war das Monster, das angeblich acht Kinder ermordet hatte. Niemand hat mich verteidigt, alle haben weggesehen. Sie haben sich darauf beschränkt, mich medizinisch zu versorgen, damit ich ihnen nicht wegsterbe und es keinen Skandal gibt. Da drin habe ich mich verändert. Ich wurde zu einem anderen. Zu einem echten Monster. Viele Jahre lang habe ich mir selbst Angst gemacht. Aber ich wollte unbedingt überleben und da wieder rauskommen. Als MatuSalem dann kam, wusste ich, dass ich nicht mit ansehen würde, wie sie ihn genauso fertigmachen wie mich. Er war zu jung und würde ja auch schnell wieder draußen sein. Und er war noch formbar. Ich habe versucht, ihn auf meine Weise zu formen, damit er innerhalb und außerhalb des Gefängnisses in Sicherheit ist. Und es hat nichts genutzt, ich konnte ihn nicht beschützen.«

Ich stand auf. Mal sehen, wer es fertigbrachte, diesen Tag noch zu retten.

»Ehe du den nächsten Schritt unternimmst, überleg mal, wie vielen Menschen du das Leben zerstören würdest. Ich hoffe, ich sehe dich nie wieder, Tasio Ortiz de Zárate. Ich hoffe, ich sehe dich in meinem ganzen Leben nie wieder.«

20

K, X > 1

Unai · *Oktober 2019*

Stunden nach MatuSalems Beerdigung zwang ich mich, Doctora Guevara einen Besuch abzustatten. Ich wollte den Obduktionsbericht sehen. Die Fotos der Leiche, die sterilen Angaben zum Gewicht seiner Organe, die seelenlosen Schlussfolgerungen hinsichtlich der Todesursache.

Das war ich ihm schuldig.

Der vielen Gefallen wegen, die er mir getan hatte, weil er sich immer wieder hatte hineinziehen lassen, sich immer wieder hatte überreden lassen, meine Angelegenheiten zu seinen zu machen. Ein schöner Mentor war ich ihm gewesen. So unheilvoll wie Tasio. Am Ende hatten wir ihn nicht beschützen können. Vielleicht hatte ich ihn auch nur benutzt, fasziniert vom Kaliber seiner Intelligenz.

Und diese Bürde brachte mich schier um.

»Inspector«, begrüßte mich Doctora Guevara. »Sie kommen gerade rechtzeitig, damit ich Ihnen etwas zeigen kann, was man vorher nicht sehen konnte, weil das Opfer bekleidet war, als man es aus dem Fass holte.«

Ich setzte mich ihr gegenüber und musterte die Mappe mit dem Obduktionsbericht, als wäre sie giftig. Dann öffnete ich sie und sah mir auch die Fotos der Gegenstände an, die bei der Inaugenscheinnahme sichergestellt worden waren.

»Sie werden alles untersuchen müssen, was am Ufer des Río Zadorra gefunden wurde. Das Opfer muss sich gewehrt haben, das, was da passiert ist, muss Spuren hinterlassen haben«, sagte ich.

Sie nahm ein Foto aus der Mappe und zeigte mir darauf den linken Arm der bläulich verfärbten Leiche, die einmal Matu gewesen war.

»Genau das wollte ich Ihnen zeigen. Der Junge hat sich das hier in den Arm geritzt, als er mit den vier Tieren im Fass steckte.«

Entsetzt betrachtete ich die in die Haut geritzten, krakeligen, fast unleserlichen Zeichen.

»Was glauben Sie, was da steht?«, fragte sie mich.

»Ich würde sagen ›K X > I‹«, antwortete ich ratlos.

»Ich glaube, da ist noch ein Zeichen. Entweder wollte er noch etwas schreiben, kam aber nicht mehr dazu, oder es ist einfach nur ein Kratzer wie die zahlreichen anderen, die er im Gesicht, am Hals und an beiden Handrücken davongetragen hat.«

»Nein, es ist ein Komma«, sagte ich. »Ich glaube, er hat ›K, X > I‹ geschrieben. Das letzte Zeichen könnte entweder ein I oder eine Eins sein. So oder so: Hat *er* das getan oder wurde es ihm eingeritzt?«

»Das hat er selbst gemacht, und Sie können sich nicht vorstellen, wie. Schauen Sie, hier sind die Bilder der vier Tiere, die der Täter dieser Gräueltat zu ihm ins Fass steckte.«

»Ertränken im Fass ist eine Variante der Säckung, einer mittelalterlichen Bestrafung, die im Roman *Die Herren der Zeit* vorkommt«, erklärte ich Doctora Guevara.

»Ein grausamer, schrecklicher Tod: Tiere, die man in ein Fass steckt, das man mit einem Deckel verschließt und in den Fluss wirft, werden hysterisch. Ein Mensch, der mit ihnen zusammen da eingesperrt ist, erleidet alle möglichen Kratzer, Schnabelhiebe und Bisse.«

»Aber die Viper lebte nicht mehr, nicht wahr? Um diese Jahreszeit halten sie Winterschlaf.«

»Diese Viper ist ausgestopft. Es ist nur eine Requisite. Die übrigen Tiere lebten allerdings noch, als man sie mit dem Mordopfer ins Fass sperrte, fürchte ich. Sehen Sie sich seine rechte Hand an, sie ist fürchterlich zerkratzt, viel schlimmer als die linke. Dieser Junge hat den Hahn gepackt und sich mit seinem Sporn diese Zeichen eingeritzt. Natürlich hat das Tier sich gewehrt. Der Junge hat den Sporn wie eine Tätowierungsnadel eingesetzt. Da sind Verletzungen von Schnabelhieben und kleine Risse. Das kann nicht leicht gewesen sein. Die Katze und der Hund haben ihn an den Beinen gebissen und gekratzt, wobei die Kleidung den Schaden ein bisschen abgefangen hat. Die Tiere haben versucht, aus dem Fass zu entkommen. In den Pfoten der Katze habe ich viele Holzsplitter gefunden.«

»Schicken Sie mir den toxikologischen Bericht zu? Wir müssen wissen, ob er irgendeine Droge im Blut hatte.«

»Selbstverständlich. Aber wenn der Junge so reagiert hat, wie wir es annehmen, dann war er im Vollbesitz seiner geistigen Kräfte, weder benommen noch desorientiert.«

Sie kennen das Hirn dieses Jungen nicht, hätte ich fast gesagt.

MatuSalem hatte mir eine Botschaft hinterlassen.

Mir.

Dessen war ich mir jetzt sicher. Er hatte gewusst, dass er da nicht lebend herauskommen würde, er hatte gewusst, ich würde seinen Obduktionsbericht zu sehen bekommen.

Das K war ich: Kraken. Aber was hatte er mit »X > I« gemeint? Oder vielleicht war es ja auch »Kraken, X > 1«?

Was hatte MatuSalem über Ramiro Alvar Nograros Turmfestung herausgefunden?

Dann erkannte ich sie, seine Warnung.

Etwas, was mir seit meinem zweiten Besuch im alten Wohnsitz der Nograros durch den Kopf ging: »Kraken, mehr als einer.«

Das war die Nachricht. Er war zum gleichen Schluss gelangt wie ich: Vielleicht war Alvar nicht einer, sondern mehrere.

21

DER RICHTPLATZ

Diago Vela · *Im Jahr des Herrn 1192, Winter*

Ruiz ritt auf einem hinkenden Esel aus seiner Zelle im Kerker neben der Festung Sant Viçente auf den Richtplatz. Sämtliche Einwohner warteten am alten Friedhof Sant Michel, nahe dem Portal del Sur. Der König wollte, dass vor den Toren der Stadt Gericht gehalten wurde.

Auf einer Seite versammelten sich die Handwerkerfamilien: Seiler, Kesselschmiede, Schuster, Krämerinnen, Müllerinnen. Auf der anderen Seite unter der Treppe standen die Ortiz de Zárates, die Mendozas, die Isunzas – Hidalgos, anderer niederer Adel und auch die Adeligen aus den umliegenden Dörfern, und beobachteten mit angespannten Mienen den Angeklagten.

Einige waren zu Pferd. Onneca saß auf ihrer goldenen Stute Olbia. Die bewundernden Blicke, die ausnahmslos alle dem Tier und seiner Herrin zuwarfen, ignorierte sie.

Die dicken Äste der alten Eiche zu Füßen der Festung Sant Viçente trugen mühelos das Gewicht der Gehängten, und Ruiz' Schicksal war sehr wahrscheinlich eine schnelle Hinrichtung noch an diesem Tag.

Zwei Ziegen waren auf den Baum geklettert und rissen gefrorene Knospen ab, gleichgültig gegen die Unruhe unter ihren Hufen.

»Lorenço, hol die Ziegen da runter. Heute ist kein Weidetag«, befahl der Richter.

Der Ziegenhirte, ein kleiner Junge, der das zehnte Lebensjahr noch nicht vollendet hatte, pfiff nach den Ziegen, ein wenig beschämt durch den Spott der anderen Burschen, und die Tiere kletterten meckernd vom Baum herab.

Dem Richter Pérez de Oñate mit seinem dicken Bauch und dem dichten Bart behagte es nicht, dass aller Augen auf ihn gerichtet waren.

Mendieta, der riesige Henker mit dem struppigen Bart und dem roten Haar, führte den schwächlichen Esel mit dem Angeklagten vor das Gericht. Ruiz waren die Hände auf den Rücken gebunden, aber als er näher kam, sah ich etwas in seinem Gesicht, das mir überhaupt nicht gefiel.

Beunruhigt ging ich zu ihm. Der Medicus hatte mich neu verbunden, und die Wunde blutete nicht mehr, doch ich fühlte mich alles andere als kräftig. Dennoch war es wichtig, dass ich bei der Verhandlung anwesend war.

Aber Ruys Sohn ging es nicht besser als mir. An seinem Mund klebte getrocknetes Blut. Ich befürchtete das Schlimmste und öffnete ihm den Mund.

»Um Gottes willen, man hat ihm die Zunge abgeschnitten! Wer hat im Kerker Wache gehalten?«, fragte ich den Statthalter.

Statthalter Petro Remírez, ein Mann mit einem übergroßen Schnurrbart, kam verärgert herbei. »Wann ist das geschehen, und warum hat man mich nicht in Kenntnis gesetzt?«

Die beiden Wachen, die den Gefangenen begleiteten, senkten die Köpfe.

Petro trat zum schlankeren der beiden Burschen. »Bermudo …«, sagte er und hob sein Kinn an, so dass der Mann ihm in die Augen sehen musste.

»Es geschah an dem Abend, als er in den Kerker kam. Nachdem wir ihn eingesperrt hatten, schlossen wir uns den Burschen an, die von Haus zu Haus zogen und um die Mädchen warben. Am nächsten Morgen stellten wir dann fest, dass jemand ihm die Zunge herausgeschnitten hatte.«

»Wie das, wenn er eingesperrt war?«, fragte der Richter.

»Das kann nicht allzu schwer gewesen sein, seine Zellentür hat ein Gitter«, antwortete der andere Wachmann. »Jemand hat ihn gerufen, Ruiz ist ans Gitter getreten, und dann haben sie ihm die Zunge abgeschnitten. Aber woher sollten wir das ahnen? Sonst passiert doch nie was.«

»Jetzt ist es aber passiert!«, schrie der Statthalter. »Während ihr euch den Bauch vollgeschlagen und den Wein reichlich habt fließen lassen, hat irgendjemand diesem Unglücksvogel die Zunge herausgeschnitten.«

»Ein Unglücksvogel mag er sein, aber nicht unschuldig«, warf der andere Wachmann ein. »Wir wissen alle von seiner Vorliebe für Messer. Erkundigt Euch mal, was er Katzen, Fohlen und Kaninchen alles abgeschnitten hat.«

»Umso weniger leuchtet ein, dass er den Conde de Maestu vergiftet haben soll«, mischte sich einer der Isunzas ein.

»Der andere Conde möge es darlegen«, vermittelte der Richter. Er hielt die Gerichtsverhandlung ab, und ihm fiel es auch zu, das Urteil zu sprechen.

Mir kam in den Sinn, dass ich meinen Titel noch gar nicht zurückerlangt hatte. Das Ordnen meiner Papiere und die Rückgabe meines Hauses, meines Erbes und all dessen, was ich mir im Leben erworben hatte, standen noch aus, und davon profitierte jetzt der liebe Nagorno. Doch wenn es so weiterging, würde die Rückgabe nicht mehr nötig sein. Meine Wunde stank mit jedem Tag schlimmer, und die Gerichtsverhandlung strengte mich an, was ein Übriges tat.

Ich trat vor und suchte, mein Hinken so gut es ging zu verbergen.

Keine Schwäche zeigen, befahl ich mir.

Noch immer wusste ich nicht, wer es war, der mich mit dem Schwert verletzt hatte, aber ich war mir sicher, dass er – oder wenigstens derjenige, der ihn dafür bezahlt hatte – mich in diesem

Augenblick aufmerksam beobachtete. Der Angriff war abends erfolgt, als die Stadttore bereits geschlossen gewesen waren. Meine Angreifer stammten folglich hier aus der Stadt.

»Ich werde Euch jemanden vorführen, der bezeugen wird, dass Ruys Sohn vor fünf Tagen drei Krümel Ölkäfer gekauft hat, eine sehr unübliche Menge. Wie der Junge bestätigen wird, hält die Wirkung jedes dieser Krümel zwei Tage und zwei Nächte lang an. Alle, die das Mittel benutzen, tun dies mit größter Vorsicht, denn eine zu hohe Dosis verwandelt es in ein Gift, das einen grausamen Tod verursacht. Aber am Vorabend von Sankt Agatha, also zwei Tage nach dem Kauf, hat der Angeklagte selbst mir gesagt, er besitze nur noch einen Krümel und habe mit niemandem geteilt. Selbst wenn er einen Krümel zu seinem eigenen Nutzen eingesetzt hätte, müsste er noch zwei besessen haben. Wo sind also die übrigen Krümel? Ich fürchte, in den Eingeweiden des verstorbenen Conde de Maestu. Wie ich von einem Medicus in Pamplona lernte« – dass er Jude war, verschwieg ich, um meinen Feinden nicht noch mehr gegen mich in die Hand zu geben –, »ist dies der Beweis dafür, dass der Conde vergiftet wurde.« Ich zeigte den rasierten Kaninchenbalg mit den Blasen, die sich darauf gebildet hatten. »Stellt Euch vor, was das mit den Eingeweiden des guten Conde gemacht haben muss, und stellt Euch vor, werte Nachbarn, was er in seinen letzten Stunden durchlitten haben muss.«

»Was hat der Beschuldigte dazu zu sagen?«, fragte der Richter.

Ruiz grunzte mehrfach und grimassierte wild, aber viele Einwohner grollten ihm und zischten und pfiffen. Zu lange hatten sie ihre Töchter über ihn klagen gehört und erdulden müssen, dass er mit dem Messer in der Hand in ihre Pferche eindrang.

»Da er nicht in der Lage ist, sich zu verteidigen, möchte irgendjemand anderes es für ihn tun?«, hakte der Richter nach.

»Seien wir ehrlich«, meldete Mendoza sich zu Wort, ohne vom Pferd zu steigen. »Niemand bezweifelt, dass er es gewesen sein kann, aber ich schlage vor, dass er die Strafe für Totschlag bezahlt, und man ihm die Abgabe für die Kerkerhaft wegen dessen, was ihm drinnen widerfahren ist, erlässt.«

»Und damit soll alles beglichen sein?«, ließ sich eine erregte Stimme aus der Gruppe der Handwerker vernehmen. »Wer die fünfhundert Sueldos zahlen kann, darf uns einfach auf niederträchtigste Weise niedermetzeln? Sie haben unseren Fürsprecher gemordet, den Conde de Maestu, genauso wie sie jetzt fast den Conde Vela erledigt haben.«

Ich wollte noch einmal vortreten und um Ruhe bitten, aber da fiel mir die große Richteiche auf den Kopf, oder so schien es mir jedenfalls, denn es wurde dunkel um mich herum, und ich stürzte der Länge nach auf den Richtplatz.

Das Erste, was ich erblickte, als ich wieder zu mir kam, war eine Haube mit drei Spitzen. Alix de Salcedo saß an meinem Bett und legte mir kalte Tücher auf die Stirn.

»Was ist passiert?«

»Die Wunde an Eurem Rücken hat sich während der Verhandlung wieder geöffnet. Zu viel Blutverlust, Ihr wart ganz weiß. Esst Schweinenieren. Großmutter Lucía sagt, sie geben nach Blutverlust neue Kraft. Sie hat mich geschickt, mich ein wenig um Euch zu kümmern.«

Ich richtete mich ein Stück auf, und Alix reichte mir ein Messer für die Nieren. Die Soße roch nach Rosmarin und Rotwein, und diese Speise wärmte mich von innen. Als ich die Schale mit der Brotkante, die sie mir reichte, auswischte, fühlte ich mich schon viel kräftiger.

Alix beobachtete mich schweigend, aber sie hatte die Lippen aufeinandergepresst und sah immer wieder zum Fenster, als wollte sie am liebsten flüchten.

»Ihr habt mich in der Verhandlung nicht als Zeugin benannt. Ihr hättet es tun können«, sagte sie schließlich.

»Die Gemüter sind schon erregt genug. Ich wollte Euch dem nicht aussetzen.«

»Ich hätte es getan. Fast hätten sie Euch erledigt. Ihr seid widerstandsfähiger, als ich gedacht hätte. In der Villa de Suso hat die Hälfte der Leute für Eure Seele gebetet, und die andere Hälfte hat darauf gesetzt, dass Ihr wieder ein Conde Vela seid, der nicht alt wird.«

»Und Ihr, was habt Ihr gemacht?«

Alix blickte auf das Feuer im Kamin. »Beides. Das mit Ruiz … heute findet endlich die Hinrichtung statt, und der Richter ist Eurem Rat gefolgt, aber im Stadtteil Nova Victoria gibt es deswegen viel Unruhe. Denkt Ihr wirklich, dass jemand eine so unedle Strafe verdient?«

»Welches andere Ende als Erhängen kann er erwarten? Es wird schnell gehen und seinen Unterstützern als abschreckendes Beispiel dienen.«

»Senior Conde …«

»Diago. Neulich nanntet Ihr mich Diago. Und Ihr habt mich so gesehen, wie meine Mutter mich zur Welt brachte. Wir haben es uns verdient, die Förmlichkeiten zu vergessen.«

»Dann Diago. Sie werden ihn nicht erhängen. Der Richter hat ihn zum Tod durch Ertränken in einem Fass verurteilt. Ihr selbst habt ihn doch in dem Brief, den Ihr ihm schicktet, davon überzeugt, dass es das Beste sei, und er hat auf Euch gehört.«

»Welcher Brief, Alix?«

»Den Rat erreichte ein Brief des Conde Don Vela, das erzählt man sich wenigstens.«

Diesen Brief habe ich nicht geschrieben, hätte ich beinahe gesagt, doch dann schwieg ich lieber. »Hat die Hinrichtung schon begonnen?«

»Alle, die ihr beiwohnen wollen, sind vor einer guten Weile zum Río Zadorra aufgebrochen.«

»Und Ihr, wolltet Ihr es nicht sehen?«

»Das ist es nicht. Es ist bloß so, dass die Stadt halb leer und mit offenen Türen zurückgeblieben ist, und da Ihr so schwach seid …« Sie zog einen Dolch aus einer in den Falten ihres Kleides verborgenen Tasche.

»Ihr beschützt mich … War es Großmutter Lucía, die Euch geschickt hat?«

»Sie schickt mich immer, Euch mit meinen Kuchen und Pasteten zu füttern, aber diesmal habe ich ihr nichts von Eurer letzten Ohnmacht erzählt, um sie nicht zu beunruhigen.«

Ich schüttelte den Kopf. »Sie weiß es sicher schon, sie wird es aus Hunderten von Mündern gehört haben.« Ich stand auf. »Helft mir oder nicht, aber ich gehe zur Hinrichtung.«

»Seid Ihr sicher?«

Ich nickte, wenn auch kraftlos.

»Wie Ihr wollt«, murmelte sie. »Ich hoffe, Ihr könnt heute Nacht gut schlafen.«

Dann verschwand sie mit ihrer dreispitzigen Haube so hastig, als wäre ich ein Dämon, vor dem sie floh. Wenn sie mich weiterhin besuchte, würden die Leute sich bald die Mäuler zerreißen. Nach meiner Rückkehr von der Hinrichtung würde ich mit ihr und Großmutter Lucía sprechen. Ich machte mir mit jedem Tag neue Feinde und war keine gute Gesellschaft für eine junge Witwe.

Eine halbe Stunde später gelangte ich an den Río Zadorra. Der Schnee war in den vergangenen Tagen geschmolzen, doch das Wasser war sicher eisig.

Ich folgte den Abdrücken, die Schuhe, Hufe und Karrenräder im Schlamm hinterlassen hatten. Die Hinrichtung wollte sich kaum jemand entgehen lassen. Ertränken im Fass war ungewöhnlich. Man hatte Geschichten über untreue Ehefrauen gehört, die von ihren mächtigen Ehemännern angezeigt worden waren, doch niemand der Anwesenden hatte in seinem Leben etwas Vergleichbares gesehen.

Als ich am Fluss ankam, kämpfte der Scharfrichter Mendieta gerade mit einem wilden Hund, den er in ein leeres Weinfass stecken wollte.

Am einen Ufer verfolgte die eine Hälfte der Stadt gespannt das Geschehen: die Schmiede, die Schuhmacher, der Fischhändler, zwei Krämerinnen mit ihren Säuglingen … über fünfzig Leute feuerten den Henker an. Ihr Gelächter und ihre Scherze bildeten einen herben Gegensatz zu den Menschen, die das Ganze mit ernsten Mienen vom anderen Ufer des Río Zadorra aus beobachteten. Hohe wie niedere Adelige und Hidalgos zu Pferd wollten sich die Hinrichtung ebenso wenig entgehen lassen. Ehrwürdige Pappeln wachten schweigend über allem.

Mendieta öffnete nun einen Sack, in dem sich ein fauchender Kater befand, steckte ihn ins Fass und legte den Deckel wieder auf. Dann entnahm er zwei weiteren Säcken einen Hahn und eine kleine Viper, die sich zu einer Acht zusammengerollt hatte. Sie erschien mir schläfrig; sicher hatten sie einen kleinen Jungen dafür bezahlt, dass er sie unter irgendeinem Stein in den Bergen aufstöberte.

»Du bist gekommen, um es zu verhindern«, sagte Nagorno und lenkte sein Pferd Altai neben mich.

Ich sah meinen Bruder nicht an, zu sehr bekümmerte mich das ganze Schauspiel. Ruiz' Geschrei, als der Henker das geschlossene Fass in den eisigen Fluss warf, ließ mehr als einen Jubelschrei verstummen. Der Lärm wich einer zunächst unbehaglichen, dann quälenden Stille.

»Du hast diesen Brief geschrieben«, flüsterte ich ihm zu.

»Ich bin noch der Conde Don Vela«, erwiderte er leise. »Und du wirst nichts unternehmen. Du würdest das Ansehen des Richters untergraben. Richter Pérez de Oñate wurde von den Bürgern der Villa de Suso gewählt, die dir so am Herzen liegen. Wenn du dich ihnen entgegenstellst, stehst du bald alleine da. Heute hast du dir schon genug Feinde gemacht. Es ist zu spät, die Säckung aufzuhalten, ganz zu schweigen davon, dass Onneca dich hassen würde, wenn du es tätest.«

»Ich weiß.« Das war mein erster Gedanke gewesen: Onneca würde mir nie verzeihen, wenn ich dem Mörder ihres Vaters gegenüber Nachsicht zeigte.

»Nagorno, hast du die Folgen abgewogen, die dies in der Stadt haben wird?«

»Was glaubst du denn? Ich war schon immer vorausschauender als du.«

Ich schluckte. Vom Fluss her drangen Ruiz' Schreie aus dem Fass zu uns. Tello, der Kürschner, hielt seinem kleinen Sohn die Ohren zu. Dann nahm er ihn auf den Arm, drehte sich wortlos um und kehrte in die Stadt zurück. Viele andere folgten ihm, schweigend und mit gesenkten Köpfen. Anders die Adeligen, die bis zum Schluss blieben, während das Fass allmählich voll Wasser lief und im Río Zadorra versank.

»Somit ist dies ein Spiel um Macht …«, sagte ich.

»Seit du den Platz verwaist zurückließest. Ja, sicher ist das ein Spiel um Macht. Danke für die zwei Jahre Vorsprung.«

Na schön, dachte ich. Wir hatten schon früher gespielt. Mit mehr Bauern, mit mehr Menschenleben. Viele haben wir dabei verloren, aber ihm bedeutete das nichts. Das war seine Stärke und meine Schwäche.

»Eine Frage, Nagorno. Ist das Spiel kurz- oder mittelfristig angelegt?«

Das war meine Art, ihn zu fragen: Muss ich mich jetzt schon bewaffnen, oder lässt du mich ein wenig leben vor der Schlacht, die du gegen mich vorbereitet hast?

Nagorno lächelte. »Siehst du nicht, was vor deiner Nase ist, du, der du immer der Pfiffigste von uns Brüdern warst? Narr … Das Spiel hat schon längst begonnen.«

Und während er dies sagte, verließen die letzten Bewohner der Villa de Suso das Flussufer. Ruiz' Schreie waren verstummt, und auch das Gebell und das Jaulen waren nicht mehr zu hören.

Der Richter und der Henker erklärten den Mann und die Tiere für tot und warfen ein dickes Tau aus, das ihnen der Seiler auf einem zweirädrigen Karren gebracht hatte. Nach mehreren Versuchen gelang es ihnen, das Fass einzufangen, und sie hoben es mitsamt allen Toten darin auf den Karren. Sogar der Henker, der an vieles gewöhnt war, ging hinter eine Pappel und gab geräuschvoll seinen Mageninhalt von sich.

Onneca war die Einzige, die ausharrte und nicht in die Stadt zurückkehrte. Sie kam zu uns, stieg von Olbia und sagte zu Nagorno: »Lass uns allein, geliebter Gatte. Ich muss mit deinem Bruder sprechen.«

»Ich ziehe es vor, zu bleiben.«

»Das weiß ich, aber ich werde auf jeden Fall allein mit ihm sprechen. Warte im Bett auf mich, ich werde deine Umarmungen brauchen, um mich nach dem, was ich hier gesehen habe, wieder zu fassen.«

Nagorno sah mir lange in die Augen, doch schließlich ging er davon.

»Du hast viel riskiert, um meinen Vater zu rächen«, sagte Onneca zu mir, sobald mein Bruder außer Sicht war.

Was darauf antworten, wenn sie eines Tages vielleicht die Wahrheit erfahren würde?

»Was willst du, Onneca? Du solltest deine Kräfte nicht mit Nagorno messen. Spare dir das auf für eine Zeit, in der es wahrhaft nötig ist.«

»Mach dir um meine Schlachten mit meinem Gatten keine Sorgen, ich führe sie auf meine Weise. Ich mache mir Sorgen um meine Schwestern. Diese Woche habe ich ihnen erneut geschrieben und von der Gerichtsverhandlung gegen Ruiz erzählt, aber keine Antwort erhalten. Deine Familie hat sich immer um die Belange der Kirche Santa María gekümmert. Mein Vater wollte, dass man sie dort einmauert und dafür einen Teil des Kornspeichers verwendet. Weißt du etwas über ihren Verbleib?«

»Als ich fortging, waren deine Schwestern zwei Mädchen, die dein Vater sehr liebte. Ich war überrascht, dass er sie beide das Gelübde der Finsternis ablegen ließ. Aber ich werde mich erkundigen, wer für ihr Wohlergehen verantwortlich ist. Benötigt Ihr sonst noch etwas von mir, Schwägerin?«

»Nein, Diago. Ruh dich aus. Du bist sichtlich geschwächt.«

Ich blieb am Fluss, bis alle anderen fort waren. Onneca und ihr goldenes Pferd, der mit dem Fass beladene Karren, die Adeligen am anderen Flussufer …

Ich konnte sehen, wie die Stadt in zwei Teile zerfiel. Von diesem Tag an war in diesen Mauern niemand mehr sicher.

22

ARKAUTE

Unai · *Oktober 2019*

Ich nahm den Wagen und fuhr zur Polizeischule nach Arkaute, am Rande Vitorias, wo ich Jahre zuvor die Ausbildung zum Polizeibeamten und später zum Fallanalytiker bei der Kriminalpolizei gemacht hatte. Sie befand sich ganz in der Nähe des Friedhofs, den ich so gern aus den Augen verlieren wollte. Viele Male hatte ich mein Lauftraining auf den Wegen gemacht, die die Schule umgaben, wo die Neulinge neun Monate lang zusammenlebten, bis das Wort »Kollege« etwas Verlässliches bedeutete.

Ich wollte zu meiner Mentorin, der Psychiaterin Marina Leiva – die Frau, die von Anfang an meine Begleiterin durch die dunklen Hirne von Psychopathen, Psychotikern und den übelsten Serientätern, meiner Spezialität, gewesen war.

Am Eingang der Polizeischule verstellte eine Schranke mir den Weg, und ich musste mich ausweisen.

Ein Neuling hätte Marina in den Hörsälen und Seminarräumen gesucht, in denen sie unterrichtete, aber ich war mit ihren Gewohnheiten vertraut.

Auf dem Handy sah ich nach der Uhrzeit und betrat dann das Gebäude, welches das Hallenbad beherbergte. Dort fand ich sie: In einem roten Badeanzug und mit einer Badehaube, unter der ihre rote Mähne gefangen war, schwamm sie im leeren Becken ihre Bahnen.

Schuhe und Strümpfe in der Hand, die nackten Füße in einer

Pfütze aus Chlorwasser, stand ich geduldig da und wartete, bis sie fertig war und mich bemerkte.

»Unai, was für eine Überraschung, dich wieder mal hier zu sehen!«, sagte sie, während sie auf der Metallleiter aus dem Becken stieg.

»Ich war dir einen Besuch schuldig. Ich fürchte, ich habe zu viel Zeit vergehen lassen.«

»Allerdings. Du bist im Alleinflug unterwegs und machst deine Sache gut, wie ich so höre.«

»Es geht, Marina. Ich habe ein paar Fälle ganz ordentlich abgeschlossen, aber jetzt brauche ich deine Hilfe. Ich bin da mit etwas konfrontiert … mit jemandem, der mich ratlos macht.«

Ich bedeutete ihr, uns auf die Tribüne zu setzen. Sie folgte mir. Marina war ruhig und geduldig, lächelte und beobachtete genau, ohne dass man das Gefühl hatte, analysiert zu werden. Sie beschränkte sich darauf, da zu sein und zuzuhören. Ich hatte ganz vergessen, dass ihre Gegenwart Balsam für meine Seele war.

»Und du brauchst ausgerechnet mich?«, fragte sie, während sie sich in aller Ruhe abtrocknete.

»Ja, ausgerechnet dich. Ich habe mich daran erinnert, dass du mir erzählt hast, wie deine Zusammenarbeit mit der Polizei anfing. Mit dem Fall des Serienvergewaltigers, der El Charlatán genannt wurde.«

Dieser Charlatán war ein Kerl, der während der Vergewaltigung unentwegt auf seine Opfer einredete, sie nach ihren Phantasien und Vorlieben fragte. Alle berichteten hinterher von der Redseligkeit dieses Arschlochs. Er sei keinen Moment still gewesen und habe einen osteuropäischen Akzent gehabt. Bei einigen der Opfer, die ihn angezeigt hatten, fand man glücklicherweise Sperma.

Die Polizei suchte also einen vorbestraften Sexualtäter mit osteuropäischem Pass, wurde aber nicht fündig.

Zur gleichen Zeit und in derselben Gegend trieb allerdings ein weiterer Vergewaltiger sein Unwesen. Diesen Mann beschrieben die Opfer als schweigsamen Spanier, der sehr brutal war, weshalb man ein anderes Profil für ihn erstellte. Aber dann konnte man zur allgemeinen Verblüffung feststellen, dass die DNA dieses zweiten Täters mit der von El Charlatán übereinstimmte. Der Vergewaltiger konnte verhaftet werden, und dabei stellte sich heraus, dass er seit Jahren wegen seiner DIS, seiner dissoziativen Identitätsstörung, bei Doctora Leiva in Behandlung war. Damals wandte die Polizei sich an sie.

»So spektakuläre Fälle wie diesen findet man nicht oft«, sagte sie und legte sorgfältig ihr Handtuch auf ihren Knien zusammen. »Und die Mehrheit meiner Kollegen glaubt nicht an die DIS. Es gibt viele Fälle von Simulation. Siehst du, die Multiple Persönlichkeitsstörung wurde in den fünfziger Jahren dank dieses Films mit dem Titel *The Three Faces of Eve* bekannt. Dieser Film hatte eine starke Wirkung auf die Gesellschaft, und viele Straftäter simulierten daraufhin die Symptome, damit die psychiatrischen Gutachter DIS bei ihnen diagnostizierten und sie vor einer Haftstrafe bewahrten. Sie täuschten Amnesie oder eine dissoziative Identitätsstörung vor. Aber heute haben wir gutes klinisches Werkzeug, mit dem wir feststellen können, ob jemand nur so tut. Was die Verbreitung in der Bevölkerung angeht, gibt es keine genauen Zahlen, aber die DIS ist so selten, dass die meisten Psychiater in ihrer gesamten Berufstätigkeit nie auf einen solchen Fall treffen. Ich habe im Lauf von dreißig Jahren mehrere behandelt. Warum willst du mit mir über diesen Fall sprechen?«

»Ich werde dir einen Menschen beschreiben, nennen wir ihn Alvar.«

»Okay.«

»Er ist Priester und noch keine vierzig Jahre alt. Hat ein gewisses narzisstisches Profil, ist extrovertiert, selbstsicher. Ein Verführertyp, besteht darauf, gesiezt zu werden. Ihm ist immer warm, ihm genügt die Soutane, selbst in einer kalten Nacht auf der Straße. Überlegenheitskomplex, Oberschicht und sich dessen sehr bewusst. Erbe einer vermögenden Familie, die seit tausend Jahren eine privilegierte Stellung innehat.«

»Ich habe eine ungefähre Vorstellung.«

»Am nächsten Tag stellt derselbe Mann sich mir als Ramiro Alvar vor. Er erkennt mich nicht und erinnert sich nicht an das, was er am Tag davor getan hat. Jetzt ist er introvertiert und trägt keine Soutane mehr, dafür aber eine Brille, im Gegensatz zu Alvar. Er duzt mich. Außerdem ist er extrem schüchtern, weist keinerlei narzisstische Züge mehr auf. Vermutlich ist er hochbegabt: Universitätsabschlüsse in Geschichte, Wirtschaftswissenschaften, Jura und Psychologie. Letzteres ist sonderbar, er sagt, er hätte seine Ausbildung so gewählt, dass er sich dem Vermächtnis seiner Familie würdig erweisen kann. Ein Theologiestudium hat er nicht erwähnt. Das Familienvermögen verwaltet er gut. Überhaupt wirkt er sehr verantwortungsvoll. Ich glaube, er zieht die Gesellschaft von Büchern der von Menschen vor, aber ich ahne, dass der Grund dafür eine traumatische Erfahrung ist. Da ist eine Angst, die sich sofort im Umgang mit ihm zeigt. Auf seinem Sofa liegt ein abgegriffenes Exemplar von Marc Aurels *Selbstbetrachtungen*. Einen Stoiker zu lesen stellt einen krassen Gegensatz zu seinem hedonistischen Auftreten tags zuvor dar. Ramiro Alvar ist verfroren, und seine Stimme ist nicht so tief wie die von Alvar. Diesen Unterschied in der Stimme muss man mal gehört haben.« Ich sah sie an, und sie lächelte, als würde sie das nicht überraschen. »Ich hätte geschworen, dass es zwei verschiedene Menschen sind.«

»Fahr fort. Was hast du sonst noch?«

»Etwas Verwirrendes: Ramiro Alvar behauptet, der fünfundzwanzigste Señor de Nograro zu sein, während Alvar sagte, er sei der vierundzwanzigste. Außerdem vermute ich, dass Ramiro Alvar unter Agoraphobie leidet. Die wenigen Menschen, die ihn persönlich kennen, schwören, dass er das Gelände seiner Turmfestung nie verlässt.«

»Nur eine Rückfrage, ehe wir fortfahren: Bist du dir hundertprozentig sicher, dass es sich um ein und dieselbe Person handelt?«

»Ja. Dieselbe Statur, derselbe Körpergeruch, identisch gezeichnete Iris, und die Ohrläppchen sind bei beiden angewachsen, eine genetisch bedingte Variation, die nicht so häufig vorkommt. Außerdem: Nachdem Alvar die Nacht durchgefeiert hatte, hatte unser Ramiro Alvar Ringe unter den Augen, war unrasiert und müde. Ich habe nur von Alvar ein Foto, von Ramiro Alvar konnte ich noch keines machen. Aber ich habe Alvars Foto vergrößert und genau betrachtet, und da ist ein Detail, das ihn verrät: Auf dem Nasenrücken ist der Abdruck der Brille zu sehen, die Ramiro Alvar trägt. Als ich den Priester Alvar kennenlernte, hatte er Ramiro Alvar gerade abgelegt, einschließlich der Brille. Dann traf ich Alvar zufällig auf der Straße und würde sagen, er hat mich erst erkannt, als ich ihm schon sehr nahe war, deshalb dachte ich sofort, dass er kurzsichtig ist.«

»Dann haben wir also Alvar, den Priester, und Ramiro Alvar, die Leseratte«, schloss die Doctora.

»Ganz genau.«

»Ramiro Alvar ist der ANP, der anscheinend normale Persönlichkeitsanteil. Alvar, der Priester, ist der EP, der emotionale Persönlichkeitsanteil. Die sind immer so: theatralisch, übertrieben. Sie sind eine Erfindung des Gehirns, das aus sehr konkreten Gründen einige sehr markante Züge ausgewählt hat. Der EP ist keine Person wie du und ich, mit zahllosen Abstufungen im Charakter. Er ist eine mit grobem Pinselstrich gezeichnete Figur.«

»Wie kannst du das wissen?«

Sie zuckte vergnügt mit den Achseln. »Der EP ist der, der den anderen missbraucht. Er zermalmt unseren Ramiro Alvar.«

»So funktioniert das? Ein vom Hirn eines Menschen mit DIS

erschaffener emotionaler Persönlichkeitsanteil behandelt seinen Schöpfer schlecht?«

»Die EPs sind Abwehrmechanismen. Die Psyche von Menschen mit dissoziativer Identitätsstörung ist fragmentiert. Ich spreche nicht gern von Multiplen Persönlichkeiten, ich spreche lieber von alternierenden Identitäten und behandele sie wie fragmentierte Zustände unserer Persönlichkeit, die nicht korrekt integriert sind.«

Mit einem Blick ermunterte ich sie weiterzusprechen.

»Nehmen wir ein Beispiel. Bei dir zu Hause, bei deiner Familie bist du Unai. Bei der Arbeit bist du Inspector López de Ayala und setzt andere Fähigkeiten ein. Vielleicht musst du im Umgang mit manchen Verdächtigen ein bisschen schroffer sein und verhältst dich auf eine Art und Weise, wie du es zu Hause nicht tätest. Deinen Freunden gegenüber bist du vielleicht ein Rowdy, du kehrst zu der Persönlichkeit zurück, die du in deiner Jugend hattest. Und für die Presse und die Menschen, die dich nicht kennen, bist du Kraken, und sie schreiben dir andere Charakterzüge zu, aber jedenfalls bist du ihnen gegenüber nicht der private Unai, den dein Umfeld kennt.«

Unbehaglich starrte ich in eine Pfütze.

Ich hatte noch nie viel dafür übriggehabt, am lebendigen Leib seziert zu werden.

»Normalerweise funktionieren wir alle so«, fuhr sie fort. »Wir sind die Mutter, die Freundin, die Tochter, die Geliebte, die Vorgesetzte … Und je nachdem, wen wir vor uns haben und ob wir uns in einer beruflichen, familiären, gesellschaftlichen oder intimen Situation befinden, verhalten wir uns unterschiedlich. Aber die meisten von uns haben alle ihre unterschiedlichen Persönlichkeitsanteile integriert und greifen jeweils auf den Anteil zurück, den sie gerade benötigen. Jemand mit DIS hat die verschiedenen Anteile nicht integriert, und deshalb tritt die Amnesie auf. Es ist keine generelle Amnesie, sie betrifft lediglich konkrete

Aspekte, zum Beispiel das, was sein EP am Vortag getan hat. Und darum finden sich bei DIS-Patienten oft ein tiefsitzendes Misstrauen und auch Paranoia. Sie trauen sich selbst nicht über den Weg, oder besser gesagt dem, was ihre EPs getan haben. Die verschiedenen Persönlichkeitsanteile halten ihre Taten voreinander geheim, von daher die Amnesie. Aus diesem Grunde sind viele dieser Menschen Einzelgänger und sondern sich ab. Sie können kein normales Leben führen, ohne enttarnt zu werden, und sie können auch nicht ganz normal einen Beruf ausüben. Es ist eine sehr behindernde psychische Störung, und die meisten daran erkrankten Menschen leben nur dafür, sie vor ihrer Umwelt zu verbergen.«

»Du hast gesagt, es seien Abwehrmechanismen – wogegen?«

»Man glaubt, dass hinter einer DIS immer ein traumatisches Erlebnis in der Kindheit oder extrem negative Lebensumstände in den ersten Lebensjahren stecken. Die Psyche fragmentiert sich angesichts eines Schocks, den sie nicht verarbeiten kann, in mehrere Persönlichkeiten: Opfer, Verfolger und Retter. Eine dieser Persönlichkeiten meidet die Erinnerung an das traumatische Erlebnis. Der oder die EP sind dagegen weiter auf das traumatische Erlebnis fixiert und führen Abwehrhandlungen aus. Es gibt einen aggressiven, einen ausweichenden und einen unterwürfigen Anteil. Man glaubt, dass sie sich untereinander hassen.«

»Denkst du, wenn ich dir den Mann bringe, kannst du eine Diagnose stellen und mir sagen, ob er simuliert? Ich muss wissen, was da vorgeht, Marina. Ich habe Indizien, aber der Richterin werden die nicht genügen. Und auch wenn alles auf ihn deutet, wäre eine professionelle Ansicht hilfreich für uns.«

»Es wäre ein sehr interessanter Fall, und wenn DIS-Patienten eine Therapie machen, ist die Prognose sehr vielversprechend. Du müsstest mit Ramiro Alvar reden. Der EP, der Priester Alvar, wird mich nicht sehen wollen.«

»Warum? Würde er nicht gesund werden wollen?«

»Du hast es noch nicht verstanden, Unai. Die EPs hecken alles Mögliche aus, um zu überleben. Alles Mögliche. Wenn er eine Therapie anfängt, ist das Ziel, dass Alvar zu existieren aufhört … und glaub mir, er wird alles tun, was in seiner Macht steht, damit das nicht passiert.«

23

DIE BURGDAME

Unai · *Oktober 2019*

Ich kam frühmorgens in Laguardia an. Meine beiden Damen frühstückten friedlich auf der Hotelterrasse. Alba saß ganz entspannt da, den Kopf zurückgelehnt, als könnte sie mit Blick zum Himmel mehr Energie absorbieren an diesem warmen Herbstmorgen.

Verstohlen warf ich einen Blick auf eine Zeitung, die irgendein früh aufgestandener Hotelgast liegen gelassen hatte, und betete, Alba möge sie nicht gelesen haben.

»Kommt ihr mit auf den Turm?«, fragte ich, nachdem ich die beiden geküsst hatte.

Ich setzte mir Deba auf die Schultern, und so stiegen wir die achteckige Wendeltreppe hinauf, bis wir die Zinnen erreichten und nach draußen traten.

»Worum geht's?«, fragte Alba mit einer gewissen Zurückhaltung – vielleicht fürchtete sie erneut schlechte Nachrichten.

Mit dem Gebaren eines Zauberkünstlers zog ich drei rote Seidenbändchen aus der Innentasche meiner Lederjacke, selbst gemachte Armbänder, die mit Schlingen geschlossen wurden – den Umfang von Albas und Debas Handgelenken kannte ich auswendig. Beide sahen mich ein bisschen enttäuscht an.

»Ich dachte, du bringst mir Kastanien mit«, bemerkte Deba und ließ sich gleich darauf von einer Libelle ablenken, die sich in diese Höhe verirrt hatte.

»Ich will dir eine Legende erzählen, die ich von meiner Großmutter habe«, sagte ich zu meiner Tochter, nachdem ich mich auf eine Zinne und Deba auf meinen Oberschenkel gesetzt hatte. »Siehst du den Monte Toloño? Da kommst du her. Deine Mutter und du, ihr habt ein paar Tage mit dem Gott Tullonius verbracht, und Mutter Erde hat euch beschützt. Sie ist auch eine Göttin. Genau genommen die wichtigste. Ihr ursprünglicher Name hierzulande war Lur. Und Lur sitzt gerne nachts auf dem abnehmenden Mond und webt. Sie ist eine Weberin, sie webt die Schicksalsfäden.«

»Was ist ein Schicksalsfaden?«, fragte sie, neugierig geworden.

»Das ist das, was uns drei vereint, was uns zu einer Familie macht«, erklärte ich ihr. »Man kann ihn dehnen, verkürzen oder verknoten, aber er kann niemals reißen: Lur würde es nicht zulassen. Jetzt wollen wir die Armbänder anlegen, dann bleiben unsere Schicksalsfäden für immer verbunden. Nimm es niemals ab. Wenn du mal traurig bist, streiche darüber und denk daran, dass Mamá und Papá auch eines tragen und wir uns alle umeinander kümmern. So machen Familien das.«

Alba sah mich lächelnd an. Ich glaube, sie war ein bisschen gerührt. Ich legte den beiden die Armbänder um und freute mich am Anblick unserer gleichgewandeten Handgelenke.

»Wie machst du das, dass du mich schon um diese Uhrzeit so berührst?«, flüsterte Alba mir ins Ohr.

Deba klatschte, als wir uns küssten, sie hatte diese peinliche Angewohnheit, und ich fand das großartig.

»Lasst uns wieder nach unten gehen«, bat Alba lächelnd, »ich habe tausend Sachen zu erledigen. Zum Beispiel organisiere ich zusammen mit der Stadtverwaltung Laguardia eine Veranstaltungsreihe und muss mich heute Morgen mit den Verantwortlichen treffen. Ich will Führungen durch die unterirdischen Bodegas der Stadt veranstalten, die mit einer Weinprobe hier im Hotel enden sollen. Und Wanderungen durch die Weinberge. Und ich möchte dieses Jahr am Wettbewerb um den besten mittelalterlichen Pintxo teilnehmen.«

Ich folgte ihr die Treppe hinab. Sie war dieselbe energische Chefin wie immer, aber bei uns im Büro hatte ich sie weder so entspannt lächelnd erlebt noch hatte ich an ihr diese positive Energie wahrgenommen, die sie ausstrahlte, seit sie nach Laguardia gezogen war.

Das Debakel geschah wenig später. Als ich in der Küche des Restaurants gerade einen Apfel für Deba aufschnitt, kam Alba mit der Zeitung in der Hand herein.

»Was ist das?«, fragte sie und deutete auf die Schlagzeile und ein Foto, das Tasio und mich zeigte, wie wir an einem Grab stritten.

KRAKEN UND TASIO –
DER SCHLÜSSEL ZUM RÄTSEL
DES FALLS DER *HERREN DER ZEIT*?

»So, Deba, magst du in dein Zimmer gehen und mir die Bücher holen, die du ausgemalt hast?«, bat ich meine Tochter.

Deba gehorchte begeistert. Sobald sie die Küche verlassen hatte und wir allein waren, kam Alba zu mir. Ich glaube, da war Angst in ihrem Blick.

»Tasio ist zurück, und du hast mir nichts davon gesagt?«

»Ich wollte dich nicht in deiner Trauer stören«, sagte ich. »Es hätte doch nichts genutzt, sondern dich höchstens erschreckt. Und das will ich nicht.«

»Ich bin schon erschrocken. Tasio wollte sich in Debas Leben drängen, wie soll ich da nicht erschrecken?«

»Er ist zu MatuSalems Beerdigung gekommen. Das können wir ihm nicht versagen, die beiden standen sich sehr nahe. Und ja, ich habe mit ihm gesprochen, ich habe ihn gebeten, sich von Deba fernzuhalten. Ich hoffe bloß, dass er mich ernst nimmt und sich daran hält.« Ich seufzte.

Ohne sich dessen bewusst zu sein, knüllte Alba wütend die

Zeitung zusammen. Sie kehrte mir den Rücken zu, trat ans Fenster und blickte hinaus in den Garten.

»Es passiert schon wieder«, entfuhr es ihr schließlich.

»Was passiert schon wieder?«

»Die Menschen in deinem Umfeld, du bringst sie in Gefahr. Du bringst sie in Gefahr, weil du dich mit Mördern abgibst.«

Ich atmete tief durch und dachte an etwas Entspannendes, an Wasser, das irgendwo in den Bergen aus einer Quelle sprudelte, etwas, das mich weit weg trug und mir als Anker diente.

»Jeder entscheidet für sich selbst, wen er in sein Leben hineinlässt«, sagte ich dann. »Und ich bin nun mal der, der ich bin … Schau, Alba, ich will mit dir zusammen sein. Auch jetzt, wo du trauerst, jetzt, wo du Angst hast und mit Deba flüchtest, um allein zu sein. Ich werde nicht um deine Liebe oder um deine Gesellschaft betteln. Ich wünsche mir, dass wir eine Familie sind, und ich gebe nicht auf, aber ich brauche Gewissheit, du musst mir sagen, ob du überhaupt willst, dass ich dich nicht aufgebe. Jetzt bist du am Zug, Alba. Ich gehe arbeiten.«

Arbeiten, den Kopf freibekommen, eine Obsession gegen eine andere eintauschen. Mein Ding eben. Das war es, was mich emotional triggerte. Ich kannte mich gut, ich hatte gelernt, mich so zu ertragen.

An die Arbeit also.

Ich nahm mir Albas Exemplar von *Die Herren der Zeit*, stieg die Treppe hinauf und betrat ein freies Zimmer. Ich ließ mich in einem Sessel nieder und begann, den Roman erneut zu lesen, diesmal mit einem Stapel des hoteleigenen Briefpapiers zur Hand.

Ich suchte nach Parallelen, Nachnamen, Berufen … Nach Gründen, nach den Motiven hinter jener düsteren Welt von Oz. Wer war der Zauberer hinter dem Vorhang, der Unsichtbare, der die Strippen zog? Oder vielleicht hatte ich ihn ja auch vor mir, und er machte sich gar nicht erst die Mühe, sich zu verstecken?

Nach einer Weile kam Alba herein, setzte sich auf eine Ecke des Bettes und beobachtete mich eine Zeitlang.

»Ich dachte, du wolltest arbeiten«, sagte sie schließlich.

»Das tue ich ja auch«, erwiderte ich und fahndete weiter zwischen den Buchdeckeln …

… und fand ihn.

Einen Namen, der mir vertraut war, einen Nachnamen, der der mir schon bei der ersten Lektüre des Romans aufgefallen war.

Und nicht nur das. Da war auch eine Figur: Héctor Dicastillo, der Herr von Castillo, einem der Dörfer in der Umgebung der mittelalterlichen Stadt Vitoria. Und der Satz, den er zu seinem Vetter gesagt hatte: »Es hat schon immer eine Kette der Gewalt gegeben, die bis in die ersten Menschenzeitalter zurückreicht.«

Komisch. Das hatte ich schon einmal gehört.

Ich hatte es aus dem Mund eines sehr geschätzten Freundes gehört, als wir mitten im Fall der Wasserriten gesteckt hatten: »Es gibt eine Kette der Gewalt, die bis ins Paläolithikum zurückreicht.« War dies womöglich ein Lehrsatz, der in dieser Familie von Generation zu Generation weitergereicht wurde? Das ließ sich durch ein Telefonat überprüfen. Ich hatte nichts zu verlieren, wenn ich ihn anrief.

Aufgeregt stieg ich die Wendeltreppe hinauf zum Turm und ging nach draußen. Drei Telefonate wollte ich hier führen.

Erster Anruf.

»Unai, wie ich mich freue, von dir zu hören! Was gibt's?«, meldete er sich gelassen wie immer.

»Guten Tag, Héctor. Wie läuft's in Kantabrien?«

»Tatsächlich sind wir im Moment in London, mein Bruder und ich, wegen einiger Familienangelegenheiten. Kann ich dir irgendwie helfen?«

Héctor und Iago del Castillo führten seit vielen Jahren das Museo de Arqueología de Cantabria, kurz MAC, und hatten in der Vergangenheit bei Ermittlungen mit uns zusammengearbeitet.

»So ist es. Ich weiß nicht recht, wo ich anfangen soll, also komme ich gleich zur Sache: Hast du *Die Herren der Zeit* gelesen?«

»Pardon?«

»Den Roman. Ich meine den Roman.«

»Ich weiß nicht, wovon du redest, Unai. Hilfst du mir auf die Sprünge?«

»*Die Herren der Zeit* ist ein historischer Roman, der vor kurzem erschienen ist und großes Aufsehen erregt hat. Soweit ich weiß, wurde auch in Santander darüber berichtet.«

»Iago und ich befinden uns seit zwei Monaten im Ausland und haben ein bisschen den Anschluss an den Alltag in Spanien verloren, fürchte ich. Warum fragst du mich nach diesem Roman?«

»Siehst du, er spielt in Vitoria, besser gesagt im alten Vitoria«, präzisierte ich, »Ende des zwölften Jahrhunderts. Es geht darin um die Machtkämpfe zwischen den Königreichen Navarra und Kastilien und auch um die alten alavesischen Familien. Der Roman wurde unter Pseudonym veröffentlicht: Diego Veilaz.«

»Entschuldige, hast du Diego Veilaz gesagt?«

»Ja, der Protagonist ist Diago Vela, der legendäre Conde Don Vela. Seit das Buch erschienen ist, wurden in Vitoria mehrere Morde verübt, und zwar alle mit einem mittelalterlichen Modus Operandi, der sich genauso auch im Roman findet: Spanische Fliege, Einmauerung und Ertränken im Fass.«

»Himmel«, flüsterte er und klang zutiefst bestürzt.

»Eben, und ich rufe dich an, weil es in diesem Roman auch eine Figur gibt, die ein Vorfahr von dir sein könnte, glaube ich: Héctor Dicastillo, der Herr des Dorfes Castillo. Du hast mir mal erzählt, ein Zweig deiner Familie hätte alavesische Wurzeln, und ich weiß, dass du Experte für die Geschichte des Altertums und des Mittelalters in Nordspanien bist.«

»So ist es«, bestätigte er, aber es klang reflexartig. Er war abgelenkt, und ich hätte dafür getötet, jetzt seine Gedanken lesen zu können. »Wo ist dieser Roman erschienen?«

»In einem kleinen lokalen Verlag namens Malatrama. Der Verleger erhielt das Manuskript per E-Mail, aber den Autor, der sich hinter diesem Pseudonym verbirgt, kennt er nicht.«

»Ich lege jetzt auf, dann kaufe ich mir den Roman, und mein Bruder Iago und ich lesen ihn sofort. Gib mir einen Tag Zeit, dann rufe ich dich zurück. Vorher kann ich dir nichts sagen. Einverstanden?«

Und er legte tatsächlich auf. Verdutzt stand ich da, den Blick auf die Berge gerichtet.

Doch ich hatte noch etwas zu erledigen.

Zweiter Anruf.

Ich wählte eine Festnetznummer und wartete.

»Ja?«

»Guten Tag, hier ist Inspector López de Ayala. Ramiro Alvar?«

»Ja, am Apparat. Was verschafft mir d… ähm … wolltest du etwas?«, erwiderte er, nachdem er sich geräuspert hatte.

»Ich würde gern heute vorbeikommen, wäre das möglich?«

»Ja, sicher. Du wirst mich hier antreffen. Ist etwas passiert?«

Jemand hat MatuSalem mit einer mittelalterlichen Bestrafungsmethode getötet, das ist passiert. Aber das behielt ich für mich. Ich hatte anderes vor mit Ramiro Alvar. Zum Beispiel wollte ich ihn Estíbaliz vorstellen, damit sie sich selbst ein Bild von ihm machen konnte.

Dritter Anruf.

»Esti, ich bin in Laguardia. Ich fahre noch mal zum Torre de Nograro und möchte, dass du mich begleitest, damit ich dir etwas zeigen kann.«

»Dann sehen wir uns in einer Stunde in Vitoria«, willigte sie ein, »du holst mich ab.«

Wir parkten neben dem Graben, gingen über die Brücke und fanden das große Holzportal offen vor. Heute war der Turm für Besucher geöffnet. Aus dem Obergeschoss war die Stimme der

Turmführerin zu hören. Wir traten ein und stellten fest, dass sie eine Gruppe aufmerksam lauschender Rentnerinnen durch die Gänge des ersten Stocks führte. Ich winkte ihr zu und bedeutete ihr mit Gesten, dass ich zu Ramiro Alvar wolle.

»Was genau willst du mir eigentlich zeigen, Unai?«, fragte Estíbaliz ein bisschen argwöhnisch.

»Das wirst du gleich sehen. Geduld.«

»Kommen Sie rauf, kommen Sie rauf«, meldete sich eine hochnäsige Stimme.

Verdammt, das kann nicht sein, fluchte ich im Stillen.

Aber doch. Alvar hatte mich reingelegt. Er war es gewesen, mit dem ich telefoniert hatte, er hatte nur so getan, als ob er Ramiro Alvar wäre.

Er erwartete uns im Landschaftssaal, sorgfältig gekämmt und in eine grün-goldene Soutane gekleidet.

»*Aestivalis*, ich wusste, wir würden uns wiedersehen«, sagte er bloß und schenkte ihr sein strahlendes Lächeln.

»Guten Tag, Alvar«, begrüßte ich ihn, obwohl er sich meiner Gegenwart kaum bewusst zu sein schien. Er hatte nur Augen für meine Kollegin.

»Ich freue mich auch, Sie wiederzusehen«, sagte Estíbaliz. »Wir kommen wegen der laufenden Ermittlung, um einige neue Informationen zu überprüfen, die wir erhalten haben.«

»Sie wissen ja, dass ich Ihnen meine rückhaltlose Unterstützung angeboten habe.«

»Ja«, antwortete sie. »Wir haben uns gefragt, ob Sie eine Verbindung zum Naturkundemuseum haben?«

»Und wozu sollte ich einen falschen mittelalterlichen Turm aufsuchen, wenn ich in einem echten wohne?«, fragte er verwundert. Und diese Verwunderung wirkte authentisch. Seine Reaktionen hatten etwas sehr Kindliches, sehr Naives.

»Wir meinten, ob Sie vielleicht mit dem Museum zusammenarbeiten, als Mäzen zum Beispiel«, warf ich ein.

»Sie kommen in mein Haus, um mir prosaische Fragen zu stellen. Mit solchen Dingen befasse ich mich nicht«, erwiderte er gelangweilt.

»Dann sprechen wir doch über Ihre Familie. Erinnern Sie sich an den Dominikanerinnenhabit, der in den Schaukästen im ersten Stock ausgestellt war?«, fragte ich.

»Er gehörte meiner Tante Magdalena Nograro, die ihr Gelübde im Kloster Quejana ablegte. Und jetzt langweilen Sie mich schon wieder.«

Alvar wandte mir den Rücken zu und sah aus dem Fenster in den bewölkten Himmel. Ich beobachtete ihn, und die Frage, ob er den golden verfärbten Pappelwald zu seinen Füßen erkennen konnte, ließ mir keine Ruhe.

»*Aestivalis*, können Sie reiten?«, fragte er.

»Ja, ich bin auf einem Bauernhof in den Ausläufern des Monte Gorbea groß geworden«, erwiderte sie begeistert. Esti verbrachte ihre Wochenenden liebend gern in Reitställen. »Es waren Lasttiere, also nicht gerade Vollblüter, aber …«

»In unseren Stallungen stehen noch immer einige edle Exemplare«, unterbrach er sie mit seidiger Stimme. Diese Stimme … »Und heute ist der ideale Tag für einen Ausritt. Würden Sie mir nochmals die Ehre Ihrer Begleitung geben?«

Da war es wieder. Die Berührung am Handrücken, der lange Blick. Als ich mich verabschiedete und den Saal verließ, antwortete mir niemand. Anscheinend war ich wieder zum Unsichtbaren geworden.

Ich überquerte den Graben und beschloss, der nahe gelegenen Ortschaft Ugarte einen Besuch abzustatten. Am knapp einen Kilometer langen Weg dorthin gab es gerade einmal zwei Gebäude. Das der Turmfestung am nächsten gelegene war ein altes Lagerhaus, zu dem man über einen kleinen, von Unkraut überwucherten Weg gelangte.

Ich marschierte weiter, bis ich meinte, etwas sehr Anachronistisches zu hören. In meinen Ohren klang es wie klassische Musik. Das *Adagio* von Albinoni. Irritiert blickte ich mich um.

Dann folgte ich dem Klang der Geigen zu einem hübschen Häuschen mit einem riesigen Garten, wo eine Dame von etwa fünfzig Jahren das Gestrüpp zurückschnitt. Ein Mann, der etwas älter als sie zu sein schien, kam gerade mit zwei Eimern Wasser aus der Garage.

»Guten Tag«, grüßte mich die Frau, zog einen ihrer Gartenhandschuhe aus und strich sich das sehr kurze granatrote Haar glatt. »Haben Sie sich verlaufen?«

»Nein, eigentlich wollte ich einen Spaziergang durchs Dorf machen. Kommt die Musik aus Ihrem Haus?«

»Ja. Fidel und ich haben eine kleine Zucht mit glücklichen Hühnern hinter dem Garten. Sie müssen im Freien fressen, und bei dieser Musik entspannen sie sich.«

»Wie schön für die Tiere«, bemerkte ich. »Ich komme gerade von der Turmfestung. Was für ein sonderbarer Ort. Kannten Sie die Familie Nograro?«

»Die Eltern, Inés und Lorenzo Alvar? Die sind schon seit rund zwanzig Jahren tot«, erwiderte die Frau, die ihre Gartenschere unaufhörlich kreisen ließ.

»Welchen Ruf hatten sie hier in der Gegend?«

»Nograro? Der hatte mehrere Gesichter. Hängt wohl davon ab, wen man fragt«, warf ihr Mann ein, zuckte die Achseln und wandte den Blick ab.

»Die Familie hatte Geld, aber bei mir zu Hause wurde immer gut über sie gesprochen«, sagte seine Frau hastig. »Sie lebten in ihrer Turmfestung, und früher haben sie ziemlich vielen Menschen Arbeit gegeben, mit der Eisenhütte, der Mühle … und sie besaßen ziemlich viele Felder, die sie an Familien aus Ugarte verpachtet hatten. Sie waren immer eine sehr gebildete Familie, studierte Leute. Die Mutter war ganz reizend. Inés hieß sie, wie gesagt. Gute Leute, sie haben ihre Söhne sehr geliebt.«

»Söhne? Die Turmführerin hat gesagt, es gebe nur einen Herrn von Nograro, einen gewissen Ramiro Alvar.«

»Das ist der kleine Bruder, der, der noch übrig ist. Der Erstgeborene war Alvar, aber der ist jung gestorben. Er hat in Vitoria studiert, ein richtig hübscher Bursche war das. Als ihre Eltern bei dem Autounfall starben, kam er zurück. Ramiro Alvar war da noch minderjährig, deshalb kümmerte Alvar sich um seinen Bruder, obwohl er da schon ziemlich krank war. Ehrlich gesagt haben wir ihn in dieser Zeit gar nicht gesehen. Es heißt, er sei gestorben, aber in Ugarte gab es weder eine Beerdigung noch eine Messe. Übrigens, ich heiße Fausti, Fausti Mesanza.«

»Freut mich, Fausti. Und wissen Sie, wie gut die Brüder miteinander auskamen?«

»Sie haben einander sehr geliebt. Ramiro Alvar war immer ein wohlerzogener Bursche, schüchtern, aber charmant. Ich weiß ehrlich gesagt nicht, warum man ihn jetzt kaum noch zu Gesicht bekommt. Im Hause Nograro gab es viel Liebe. Lorenzo Alvar, der Vater, war unheimlich stolz auf Alvar, seinen Erstgeborenen. Er führte ihm die Bücher. Wenn diese Krankheit ihn nicht umgebracht hätte …«

»Na ja, du hast ihn immer wohlwollend betrachtet, wie alle Frauen«, unterbrach ihr Ehemann sie.

»Fang bloß nicht wieder damit an. Er konnte doch nichts dafür, dass er so gut aussah«, sagte Fausti und versetzte ihrem Mann einen Rippenstoß. »Außerdem ist er jetzt tot.«

»Wie alt war Ramiro Alvar, als sein Bruder starb?« Albinonis *Adagio*, bei dem die Hühner sich entspannen sollten, war Pachelbels feierlichem *Kanon* gewichen.

»Ich glaube, das war 1999«, erinnerte sich Fausti. »Er muss gerade volljährig geworden sein, denn er ist alleine mit dem Auto hierhergekommen. Er war ein sehr verantwortungsvoller und reifer junger Mann. Seitdem kümmert er sich um alles, und offenbar macht er seine Sache gut. Die Leute, die Land von ihm gepachtet haben, klagen nicht, und viele aus dem Dorf haben eine Arbeit, die irgendwie mit der Turmfestung zu tun hat. Die alte Eisenhütte ist jetzt eine Ferienunterkunft mit einer Glaserwerkstatt. Andere aus dem Dorf reinigen die Ställe oder halten den Garten in Ordnung.«

»Und dieses aufgegebene Lagerhaus?«, wollte ich wissen.

»Das ist alles, was von der Weinkellerei übrig geblieben ist«, antwortete Fidel.

»Weinkellerei? Ich sehe keine Weinberge hier in der Gegend. Gehört die auch den Nograros?«

»Ja. Die hatte die Familie schon immer, soweit ich weiß«, sagte Fausti. »Der Wein war für den Eigenbedarf. Die Trauben haben sie in der Rioja Alavesa gekauft. Ich erinnere mich, dass sie sie damals auf Anhängern hergebracht haben. Ich glaube, jetzt sind nur noch ein paar Gerätschaften und Maschinen übrig. Möchten Sie sich das mal ansehen? Man kommt von hinten dran. Es gibt einen entzückenden Weg durch den Pappelwald von unserer Hühnerfarm aus.«

»Sehr gern«, erwiderte ich.

Wir gingen an den Hühnern vorüber, die zur Musik von Pachelbel Körner pickten, während wir auf einen von den geraden Stämmen der Pappeln flankierten Weg einbogen. Die gelben Baumwipfel, die sich im Wind bewegten, im Einklang mit dem sanften Grau der Rinde, ließen mich zum ersten Mal seit Tagen zur Ruhe kommen. Die schnurgerade Anordnung der vermutlich vor Jahrzehnten gepflanzten Bäume verlieh dem Wäldchen etwas Mystisches.

Es war ein echtes Bad im Wald – hier konnten die Nerven zur Ruhe kommen, und man blieb unwillkürlich stehen, um dem Rauschen des Windes in den goldenen Blättern zu lauschen. Die Mesanzas neben mir lächelten, als sie merkten, welche Wirkung der Wald auf mich hatte. Unbewusst legte ich die Hand auf mein rotes Armbändchen und dachte, dass ich diese Zeitkapsel bei Gelegenheit Deba und Alba zeigen musste.

Aber so entspannend meine Umgebung auch war, ich zwang mich, mit meiner Arbeit fortzufahren. »Fidel, warum haben Sie gesagt, Lorenzo Alvar hätte mehrere Gesichter gehabt?«

»Er war ein sehr kultivierter Mann, aber im Karneval zog er immer die alte Kleidung seiner Mutter oder seiner Großmutter an. Jedes Jahr tauchte er als Frau verkleidet im Dorf auf. Er hat sich zum Gespött der Leute gemacht.«

»Nicht immer«, unterbrach seine Frau ihn, »mitunter verkleidete er sich auch als Soldat.«

»Als Soldat?«

»Ja, er zog die Uniform irgendeines Vorfahren an, wohl eines von den Ausstellungsstücken, die sie da in ihrem Turm haben. Dazu nahm er ein Gewehr mit, und einen alten Tornister … Er achtete sehr aufs Detail.«

»Zu Karneval war es immer *das* Stadtgespräch, als was Lorenzo Alvar Nograro sich diesmal verkleiden würde«, fuhr ihr Mann fort. »Und es hieß immer, dass man ihn auch zu anderen Zeiten verkleidet den Turm verlassen sah.«

»Das konnte nie bewiesen werden«, sagte Fausti ein bisschen verärgert, »das war nur Gerede, wie man es eben in einem Dorf hört.«

»Ja, in einem Dorf der Bastarde«, murmelte Fidel in seinen Hemdkragen.

»Was haben Sie da gerade gesagt?«, fragte ich.

»Gar nichts. Sie haben Pech, dass er heute schlecht gelaunt und ein bisschen empfindlich ist«, erklärte seine Frau hastig, nachdem sie Fidel einen weiteren, kaum verhüllten Rippenstoß versetzt hatte. »Wissen Sie, dass man uns hier aus dem Dorf die Froschdämpfer nannte? Damals, logisch. Heute nicht mehr, aber es ist eine Geschichte, die wir Fremden immer erzählen.«

»Dann erzählen Sie sie mir, das klingt interessant«, ging ich auf sie ein, so, als hätte ich ihr ungeschicktes Ablenkungsmanöver nicht durchschaut.

»Vor vielen Jahren mussten die Leute aus Ugarte mit Stöcken zum Graben der Turmfestung gehen, um die Frösche darin zum Schweigen zu bringen, die mit ihrem Gequake den Herren des Turms, den Ururgroßeltern von Lorenzo Alvar Nograro, wohl sehr lästig fielen. Der Spitzname ist hängengeblieben. Allerdings habe ich diese Sitte nicht mehr miterlebt.«

Während wir so plauderten, hatten wir schließlich den Rand des Pappelwaldes erreicht, und ein verrosteter Zaun verwehrte den Zugang zum alten Lagerhaus.

»Hier ist es. Wie Sie sehen, ist da nicht mehr viel zu sehen«, sagte Fausti. »Ich muss jetzt gehen und den Lesekreis vorbereiten.«

»Ach ja? Ich lese selbst viel.«

»Wir hier in Ugarte auch. Alle Frauen in meinem Alter und dazu ein paar junge Leute setzen sich an zwei Abenden pro Woche, mittwochs und freitags, in der Bar zusammen.«

»Über welches Buch sprechen Sie gerade?«

»*Die Herren der Zeit*, das ist im Moment im Dorf in aller Munde. Haben Sie es gelesen?«

»Ich bin dabei«, log ich, als würde ich es nicht mittlerweile fast auswendig kennen. »Ehrlich gesagt würde ich gern mit anderen Lesern darüber sprechen.«

»Dann kommen Sie dazu. Man muss nicht aus dem Dorf sein, um zum Lesekreis zu kommen. Es ist alles ganz formlos.«

»Kann sein, dass ich darauf zurückkomme. Danke für den Spaziergang. Ich bleibe noch ein Weilchen hier.«

Wir verabschiedeten uns voneinander, und ich wartete, bis die beiden nicht mehr zu sehen waren. Dann blickte ich mich um. Ein Zaun umgab einen Teil des Geländes um das Lagerhaus. Ich konnte der Versuchung, mich auf das Grundstück zu schleichen, nicht widerstehen. Die ehemalige Weinkellerei war ein großes längliches Gebäude mit weißen Mauern und grauem Schieferdach.

Ich drückte mit der Schulter gegen die Metalltür, und sie gab nach. Durch die hohen Fenster fiel Licht ins Gebäude und beleuchtete die Staubkörnchen, die in der Luft schwebten.

Zuerst wurde mir vom penetranten Geruch nach nassem Holz und umgekipptem Wein fast übel. Hunderte von Fässern stapelten sich zu beiden Seiten. Sie waren riesig, aus Holz, einige mit Verschluss, andere hatten keinen mehr.

Ich ging näher heran. Solche Fässer bekam ich nicht zum ersten Mal zu sehen. Doch die Fässer waren nicht das Einzige, was mir auffiel. In einer Ecke lagen ein paar Plastiksäcke, die meine Aufmerksamkeit erregten. Ich betrachtete sie aus der Nähe: an einem Ende eine rote Linie.

Sofort zückte ich mein Telefon und rief Manu an.

»Schick mir die Spurensicherung zum Lagerhaus, das zum Torre de los Nograro gehört. Zweierlei habe ich gefunden: Ich glaube, ich weiß, wo MatuSalems Mörder das verdammte Fass herhatte, und außerdem habe ich Plastiksäcke von der Sorte gefunden, die wir bei den Nájera-Schwestern sichergestellt haben.«

24

KARNEVAL

Diago Vela · *Im Jahr des Herrn 1192, Winter*

Nichts hatte sie beschützen können, trotz unserer Bemühungen.

Jedenfalls gab es viel zu beklagen an jenem Schmotzigen Donnerstag.

Ich wartete vor den Toren der Stadt auf Héctor, auf dem Markt, den die Obstverkäuferinnen nunmehr seit Wochen vor den Toren abhielten. Sie weigerten sich, die Stadt zu betreten und die immer höheren Zölle zu zahlen, die die Mendozas von ihnen forderten, wenn sie ihre Ware innerhalb der Mauern verkaufen wollten.

Obwohl ich mich vor der Stadt befand, drang über die Zinnen hinweg ganz deutlich der Krach der Klappern, Mörser und Viehglocken zu mir. Die Morgenmesse in der Kirche Santa María war vorbei, und die Wagen mit all den verkleideten Bürgern waren bereits aus den Scheunen gekommen.

Es war Brauch, die Verwandten und Freunde aus den benachbarten Dörfern an den Toren der Stadt willkommen zu heißen, und sobald ich einen beeindruckenden zottigen Elefanten kommen sah, ging ich den Hügel hinab.

Héctor hatte sich eine lange Decke aus nicht versponnener graubrauner Wolle umgehängt, und auf dem Kopf trug er irgendeinen Tierschädel mit zwei gebogenen Stoßzähnen. Nagorno hatte ihm den Schädel einmal von einer Reise sehr weit in den Norden, aus einem Land noch jenseits von Gunnarrs Heimat, mitgebracht. Das Wappen der Dicastillos war ein Elefant auf ockerfarbenem Grund. Der Karneval – *carne vale* oder »Fleisch, lebe wohl!«, wie es auf Latein hieß – war ein Vorwand für die alten Familien, ihre Banner zu zeigen. Nagorno seinerseits pflegte sich einen Umhang aus der Haut einer Riesenschlange umzulegen, den er bei den Barbaren südlich der Sarazenenlande gekauft hatte.

»Ich habe das vom Markt der Obsthändlerinnen gehört. So gespalten ist die Stadt?«, fragte Héctor mich besorgt, als er mich sah.

»Diese Stadt hat sich in einen Ort der Mauern, Tore und Grenzen verwandelt. Seit Ruiz' Hinrichtung stachelt seine Familie bei nächtlichen Zusammenkünften unterhalb des Portal Oscuro die Gemüter auf. Die Mendozas, die Isunzas und die Brüder Ortiz de Zárate führen etwas im Schilde. Halt die Augen offen und gib mir Bescheid, falls es auf den Straßen höher hergeht als normalerweise zu Karneval.«

»Das mache ich«, willigte er ein, und wir betraten die Stadt durch das Portal del Sur auf der Suche nach dem Rest unserer Familie.

Es waren Tage zum Scherzen, und die Handwerker verkleideten sich als Adelige mit Wappen, die sie auf grobe Säcke aus Raphiabast gemalt hatten. Dann ahmten sie das Hinken des Patriarchen der Mendozas, den Buckel des kleinen Ortiz de Zárate und das wulstige Gemächt des Johannes de Isunza nach.

Auch Alix de Salcedo kam nicht ohne Spott davon. Ein junger Bursche trug einen verbrannten Rock und eine Haube mit drei Spitzen. Er hatte sich einen Sack mit Fangeisen über die Schulter geworfen, auf dem ein Totenschädel vor der Todesgefahr warnte.

Wir sahen Nagorno mit seinem Umhang aus Schlangenhaut kommen, das Gesicht rot angemalt, so, dass es an Schuppen gemahnte. Gunnarr neben ihm hatte sich nach Art der Berserker den ausgestopften Kopf eines Albinobären aufgesetzt und ging mit nacktem Oberkörper, den er mit weißer Tonerde bemalt hatte, aber sein riesenhafter Körper verriet ihn, und alle auf den Straßen erkannten ihn.

Onneca ging als Lamie und hatte ihre lange schwarze Mähne unter falschen Haaren verborgen. Ein Gewand aus Moos und Schuhe wie die Füße einer Ente vervollständigten ihren Aufzug. Sie kämmte sich das unechte blonde Haar mit einem goldenen Kamm, den garantiert Nagorno für sie angefertigt hatte, und ritt auf Olbia. Das Gesamtbild war von blendender Schönheit, aber ich ging Onneca bereits seit geraumer Weile aus dem Weg.

Ich wollte nichts mehr von ihr wissen.

Sie hatte meinen Bruder erwählt.

Und ich konnte jemanden, der eine so schlechte Wahl getroffen hatte, nicht achten.

Wir bogen in die Rúa de la Astería ein, wo viele bereits vom Wein berauschte Burschen mit aufgeblasenen Schweinedärmen nach den Kindern schlugen.

»Ihr habt Euch als … alter Mann verkleidet?«, fragte Onneca befremdet.

»Als Alter und Alte genau genommen.« Dies war eine der Figuren, die niemals fehlten, neben der des Bären und der Judas-Figur. Immer gab es einen Burschen, der sich als alte Frau verkleidete und auf dem Rücken eine Strohpuppe trug, die einen Großvater darstellte.

»Und die Alte? Fehlt Euch nicht die alte Frau?«

»Ich werde Großmutter Lucía holen, sie wartet schon darauf, dass ich sie huckepack nehme. In welchem Jahr hätte sie die Bacchanalien je verpasst?«

Damit machte ich mich auf den Weg zur Ecke der Rúa de las Pescaderías.

Was ich unterwegs sah, gefiel mir nicht. Die Leute warfen mit Mehl um sich und beschmutzten damit alles. Einige hatten sich als Hirten verkleidet, mit Glocken am Hals und schwarz angemalten Gesichtern. Es war schwer, jemanden zu erkennen, viele ahmten jemanden nach, so auch den Henker. Ein Bursche, der auf einen anderen hinaufgeklettert war, trug ein Gebilde aus Möhrenschalen auf dem Kopf, das Mendietas unbändiges Haar darstellen sollte.

Doch was mir am meisten Sorgen bereitete, war die schwarz gewandete Judas-Figur aus Stroh auf dem Karren der Mendozas, die von Adeligen mit verfaultem Lauch beworfen wurde. Sie trug eine Halskette aus Äpfeln, weißen Rüben, Möhren, Kastanien und anderen Früchten. Ein recht deutlicher Hinweis auf die Feindseligkeit gegenüber den Obstverkäuferinnen und Gemüsehändlern, die sich geweigert hatten, den Kopf zu beugen und die überzogenen Abgaben zu zahlen.

Die Adeligen hatten sich als Messerschmiede, Hüttenarbeiter und Tuchhändler verkleidet. Es fehlten auch nicht die Buckel, die schwarz gefärbten Zähne und falschen Wänste, mit denen sie sich über die ärmsten Bewohner unserer Stadt lustig machten. Besorgt stand ich vor Großmutter Lucías Haus und beobachtete das Geschehen. Alix de Salcedo sprang und tanzte vor den versammelten Schmiedearbeitern. Sie alle hatten sich Silberdisteln an die Kleider und Umhänge gesteckt und verteilten mit Chorizo gefüllte Brötchen, welche die Kinder genussvoll hinunterschlangen. Als Alix in meine Nähe kam, trat ich zu ihr.

»Welche Erleichterung, heute einmal die Haube mit den drei Spitzen abnehmen zu können!«, rief sie. Aber ich hörte einen besorgten Unterton.

»Etwas beunruhigt Euch?«

»Sie haben uns mehr Holz gestohlen als in früheren Jahren. Ich werde es nicht anzeigen, aber mir gefällt nicht, was ich heute in der Villa de Suso sehe. Zu viel Wut, zu viel Feindseligkeit. Unsere Zunft schützt die Stadt, wir bewaffnen die Bürger, wenn man zu den Waffen greifen muss. Hier, wir haben besonders viele gemacht zum Schmotzigen Donnerstag.« Und sie reichte mir ein Brötchen, das einfach köstlich schmeckte.

»Ich hole Großmutter Lucía und trage sie ein Weilchen huckepack herum.«

»Falls Ihr irgendeine Gefahr seht, bringt sie nach Hause und lasst mich suchen«, bat sie mich.

»Das mache ich. Leiht Ihr mir eine Silberdistel?«

»Wozu?«

»Ein altes Ritual«, erwiderte ich und zuckte die Achseln.

Den Vormittag verbrachte ich mit Großmutter Lucía auf dem Rücken, die wie ein kleines Mädchen lachte, glücklich, wieder einmal auf die Straße zu kommen. Ich teilte ihr meine Absichten mit, und wir gingen zur kleinen Kirche Santa María. Dort trafen wir Vidal, den jungen Pfarrer, der allein betete. Die römische Kirche duldete dieses heidnische Fest, weil es unmöglich war, die Leute davon abzuhalten, es zu feiern. Aber sie verabscheute es. Schließlich fehlte dabei nie die Verkleidung des dickbäuchigen Priesters, der betrunken auf einem Esel ritt, und nur wenige Männer Gottes verfügten über die Tugend, über sich selbst lachen zu können.

»Dürfen wir auf den Glockenturm steigen?«, fragte ich den jungen Pfarrer.

Er erschrak, als er mich sah. Ich schob es auf meine Aufmachung und die seltene Gegenwart von Großmutter Lucía, aber einen Moment lang lag echte Angst in seinem Blick, und das verstand ich nicht recht.

»Ihr seid der Conde Don Vela, der Auferstandene, nicht wahr?«

»So sagt man. Gebt Ihr uns den Schlüssel?«

»Und was wollt Ihr dort tun? Ich habe den Angelus schon geläutet.«

»Ich möchte die Stadt von oben sehen, lieber Junge. Schlagt einer alten Frau diesen Wunsch nicht ab«, mischte sich Großmutter Lucía ein, und ihre Stimme war so sanft, dass sogar der Teufel weich geworden wäre.

Der junge Priester reichte uns einen großen Eisenschlüssel, und Großmutter nahm seine Hand in die ihre. Er begegnete ihrem Blick, doch gleich darauf wich er ihm aus, als hätte er sich daran verbrannt. Dann flüchtete er aus der kleinen Kapelle und ließ uns allein. Sein seltsames Gebaren war uns ein Rätsel.

Mit Großmutter Lucía auf dem Rücken stieg ich die enge Wendeltreppe des Glockenturms hinauf. Die große Glocke hing an einem robusten Holzbalken. Ich setzte die Großmutter ab und suchte einen alten Nagel. Schließlich fand ich einen in einem Querbalken und zog ihn heraus. Zu meinen Füßen lag ein Stein, der aus dem Gemäuer gefallen war. Großmutter Lucía holte Alix' Silberdistel hervor, und ich befestigte sie am Balken.

»Hoffentlich verhindert das, dass die *Gauekos* in die Stadt kommen«, sagte sie und blickte besorgt über die Stadtmauern hinweg.

»Die Geister der Nacht beunruhigen mich nicht, Großmutter. Sorgen macht mir das Böse, das innerhalb der Mauern wartet.«

Da zog sie ein rotes Bändchen hervor und reichte es mir.

»Das habe ich dir geflochten, trag es immer bei dir«, sagte sie feierlich.

Der rote Faden. In anderen Ländern, durch die ich gereist war, hatte ich Spinnerinnen gesehen, die mit einem roten Faden Seelen festbanden. Gerührt sah ich sie an. Das machte uns zu einer Familie, mehr als rotes Blut, das man vergoss.

»Bind es um, na los. Du weißt, was passiert, wenn du es verlierst.«

»Das wird nicht geschehen, das gelobe ich bei Lur.«

»Bei Lur«, wiederholte sie mit ihrer Heidenseele.

Dann wandte Großmutter Lucía sich nach Norden.

Plötzlich schnupperte sie und drehte sich zu mir um.

»Was verbrennen sie da, junger Diago?«

Ich trat an eine Öffnung und sah, dass außerhalb der Stadt Rauch aufstieg. Die Mendozas verbrannten den Obsthändler-Judas, und viele sprangen und tanzten jubelnd um den Karren mit der brennenden Vogelscheuche herum.

»Gehen wir, Großmutter. Es wird Zeit, dass ich dich nach Hause zurückbringe«, sagte ich besorgt.

Sie nickte, ich nahm sie auf den Rücken, und wir stiegen schweigend wieder hinab in die Kapelle. Doch als wir an der Tür zur Sakristei vorbeigingen, ließ sie mich anhalten.

»Riechst du nicht, was ich rieche?«

»Wonach riecht es denn, Großmutter?«

»Nach dem, wonach auch der Pfarrer roch, als ich seine Hand nahm. Nach faulen Eiern.«

Ich setzte Großmutter Lucía auf der Treppe am Altar ab und ging zur Sakristei. Die Tür war verschlossen, doch ich stemmte mich mehrfach mit der Schulter dagegen, bis sie nachgab. Sie hatte recht, nur war es nicht genau der Geruch verfaulter Eier, sondern ein sehr ähnlicher.

Es war ein Geruch, den man nicht vergisst.

Ein totes Tier, ein den Krähen überlassenes Schlachtfeld, ein offenes Massengrab nach einem Blutbad. Es war der Geruch nach Verwesung. Ich hielt mir die Nase mit einem Ärmel zu und suchte nach dem Ursprung des Gestanks.

Der war schnell gefunden, ein kleines Fensterchen in Höhe meiner Taille, bedeckt von einem Fensterladen. Ich begriff sofort.

Eilig verließ ich die Sakristei und atmete dann tief durch. Großmutter wusste bereits Bescheid. Sie blickte mir mit ihren alten Augen entgegen und hatte die Lippen vor Kummer und Wut zusammengepresst.

»Bring mich nach Hause, um das hier musst du dich kümmern.«

»Großmutter, sprich nicht darüber. Darüber musst du Schweigen bewahren.«

»Und das werde ich auch tun.«

25

DIE HERREN DEL CASTILLO

Unai · *Oktober 2019*

Am nächsten Tag rief Héctor an. Seine Stimme hatte einen dringlichen Unterton, den ich von ihm nicht kannte.

»Iago und ich würden uns gern schnellstmöglich mit dir in Vitoria treffen. Wir haben den Roman sehr aufmerksam gelesen und uns über die Vorfälle informiert, die die Stadt zurzeit aufwühlen. Wir müssen dir etwas zeigen, aber es handelt sich um einen sehr wertvollen Gegenstand, der bewacht werden muss.«

»Ihr könnt zu mir in mein Büro im Kommissariat an der Calle Portal de Foronda in Lakua kommen. Bei uns ist euer wertvoller Gegenstand sicherer als sonst wo.«

»Ich fürchte, ich habe mich missverständlich ausgedrückt«, sagte er. »Schau, keine Kameras, kein Papierkram und nichts, was hinterher irgendwo dokumentiert ist. Wir werden dir von einer Angelegenheit berichten, von der du als Ermittler wissen darfst, aber mir wäre lieber, wenn es in keinem Bericht auftaucht, zumindest vorerst. Ich kenne dich seit Jahren und weiß, dass ich dir vertrauen kann. Und wir glauben, dass unsere Informationen dir bei deinen Ermittlungen helfen können. Aber wir wollen lieber nicht da hineingezogen werden. Können wir uns an einem geeigneteren Ort treffen?«

»Dann kommt zu mir nach Hause. Plaza de la Virgen Blanca Nummer zwei.«

Ich empfing sie auf dem Treppenabsatz im dritten Stock. Iago del Castillo hatte ich seit mehreren Jahren nicht gesehen, aber er hatte sich nicht allzu sehr verändert.

Hochgewachsen wie ich, braunes Haar, sehr helle Augen. Ein Ass auf seinem Gebiet, der Erforschung der Vergangenheit.

Sein älterer Bruder Héctor war ein ruhiger Typ, der seine Worte immer genau abwog, ehe er eine Frage beantwortete.

Iago trug einen schwer aussehenden Aktenkoffer mit Sicherheitsschlössern.

»Unai, wie ich mich freue, dich zu sehen!«, sagte er, als er eintrat. »Héctor hat mir von deiner Schussverletzung und der Broca-Aphasie erzählt. Du musst besser auf deinen Kopf aufpassen, tust du mir den Gefallen? Der soll ein ganzes Leben lang halten.«

Die Vertraulichkeit zwischen uns war mit den Jahren gewachsen. Ich hatte ihn kennengelernt, als ich für einige Monate ins Kommissariat nach Santander gewechselt war, nachdem ich mich zum Fallanalytiker weitergebildet hatte. Einige rätselhafte Morde hatten sein privates archäologisches Museum, das MAC, ins Zentrum einer Ermittlung gerückt, die Inspector Pablo Lanero, auch Paulaner genannt, geleitet hatte.

Anfangs war das Verhältnis zwischen Iago und mir schwierig gewesen. Ich war davon überzeugt, dass er mir Informationen vorenthielt. Aber nach und nach veränderte sich mein Bild von ihm. Er war ein sehr intelligenter Mann, vielleicht zu intelligent, aber mir gegenüber integer, und wir schlossen den Fall erfolgreich ab.

Ich verzichtete auf Förmlichkeiten und umarmte ihn. Auch ich freute mich sehr, ihn zu sehen.

»Mach dir keine Sorgen um meinen Kopf«, sagte ich. »Meine Serienmörder halten ihn auf Trab. Setzt euch und zeigt mir euren geheimnisvollen Gegenstand, wenn es euch recht ist. Ihr seid wirklich Meister darin, einen auf die Folter zu spannen.«

Sie wechselten einen verschwörerischen Blick und setzten sich auf die Sessel in meinem Wohnzimmer, während ich mein Telefon stumm schaltete, denn ich wollte keine Störungen. Verstohlen sahen sie zum großen Fenster, durch das man die Plaza de la Virgen Blanca sah, dann klappte Iago wortlos den Koffer auf und zog einen dünnen weißen Stoffhandschuh über.

Neugierig trat ich näher. Der Koffer schien alte Papiere zu enthalten, die kaum noch durch einen Lederrücken zusammengehalten wurden.

»Was ist das?«

»Eine Chronik aus dem zwölften Jahrhundert«, sagte Iago.

»Wie bitte?«, fragte ich ihn wie gebannt. Dieses Buch war … über achthundert Jahre alt?

»Dies, mein lieber Freund, ist eine Art Tagebuch eines unserer Vorfahren, des Conde Diago Vela«, mischte sich Héctor ein.

»Ihr seid Nachkommen des Conde Don Vela?«

»Unser Zweig der Familie, die Del Castillos, war eng mit den Velas verwandt, wie es auch in diesem Roman steht«, antwortete Héctor. »Wir haben gemeinsames Blut, ja. In Urkunden von König Sancho VII., dem Starken, findet man viele Varianten dieses Nachnamens: Dicastillo, Deicastello, Diacastello, Diacasteyllo, Dicastello …«

»Auch der Taufname des Conde Don Vela hat eine unauslöschliche Spur in der Familie hinterlassen«, warf Iago ein. »Tatsächlich ist es kein Zufall, dass meine Eltern mich nach dem Brauch unserer Vorfahren getauft haben: Diago, Diego, Didaco, Didacus, Tiago, Santiago, Iago, Yago, Jacobo … Der Name kommt in unserer Familie in verschiedenen Varianten immer wieder vor. Er stammt vom griechischen *didachos* ab, was »gebildet« bedeutet. Namen sind wichtig, findest du nicht auch? Sie definieren uns unser Leben lang. Aber zurück zu der Frage, die uns hierhergeführt hat: Wie du dir mittlerweile wahrscheinlich denken kannst, gehört diese Chronik zum Vermächtnis unserer Familie.«

»Darf ich sie ansehen?«, wagte ich staunend zu fragen.

Iago lächelte.

»Sicher«, sagte er und blätterte mit der Gebärde eines Goldschmieds, der seine Schmuckkreation präsentiert, die erste Seite um.

Ich betrachtete die Zeilen des mit bräunlichen Flecken gesprenkelten alten Textes, aber es fiel mir schon schwer, auch nur einzelnen Wörtern einen Sinn abzugewinnen.

»Ich verstehe überhaupt nichts«, musste ich gestehen.

»Dies ist eine Schriftsprache, die in dieser Gegend häufig verwendet wurde. Sagen wir einfach, der Anfang ähnelt dem des Romans sehr. Und nicht nur das: So weit wir gelesen haben, weist *Die Herren der Zeit* sehr viele Parallelen zu dieser Chronik auf«, betonte Iago.

»Könntet ihr die Chronik transkribieren?«

»Iago ist der Mediävist, wobei auch ich den Text lesen kann und ihn auch kenne. Aber mein Bruder hat ihn damals gründlich studiert, deshalb habe ich mich sofort an ihn gewandt, nachdem du angerufen hattest«, sagte Héctor.

»Dann wollt ihr mir also sagen, dass der Roman, der da erschienen ist, eine Kopie dieses Tagebuches ist, das euer Vorfahr vor über achthundert Jahren geschrieben hat, und dass das, wovon *Die Herren der Zeit* handelt, wirklich geschehen ist?«

»Nein, nicht ganz.«

»Das wirst du mir erklären müssen, Iago.«

»So weit ich gelesen habe, hat der Autor dieses Romans die Struktur und die Ereignisse, von denen unser Vorfahre erzählt hat, übernommen«, erklärte er mir. »Unserer Meinung nach sind die Ereignisse tatsächlich so geschehen. Die Chronik wurde wissenschaftlich datiert, das Originalmanuskript entstand zwischen 1190 und 1210. Aber einige Ereignisse und Personen im Roman weisen Änderungen auf.«

»Zum Beispiel?«

»Der eine oder andere stirbt, obwohl in der Chronik nichts davon steht, ebenso wenig wie in anderen historischen Dokumenten. Aber eigentlich möchte ich dir begreiflich machen, dass dieses Manuskript unveröffentlicht und immer im Besitz unserer Familien geblieben ist. Somit muss derjenige, der den Roman geschrieben hat, sich irgendwie Zugang dazu oder zu der einzigen Kopie verschafft haben, von der wir wissen und die der Conde Vela selbst angefertigt hat«, erklärte Iago.

»Also gibt es ein weiteres Exemplar.«

»Ganz genau.«

»Wisst ihr, wo es ist?«

»Leider nicht«, antwortete Iago. »Seine Spur verliert sich 1524 in Vitoria, als der gesamte Besitz eines Zweiges der Nachfahren von Diago Vela zerstört und ihr Palacio niedergebrannt wurde. Die Familienwappen in der Kirche San Miguel Arcángel wurden zerstört und vom Antlitz der Erde getilgt, obwohl sie es waren, die die Kirche, die damaligen Stadtmauern und diesen gesamten Bereich der Stadt überhaupt erst hatten errichten lassen.«

»Und wer hat das alles zerstört? Wer hat uns dieses Kulturerbes beraubt?«

»Vitoria war damals in den Bandenkriegen ein Schlachtfeld. Die rivalisierenden Familien logischerweise.«

»Welche Nachnamen, Iago? Haben die Familien bis heute überdauert?«

»Ja, viele von ihnen schon. Andere starben aus, wie die Callejas, von denen schon im siebzehnten Jahrhundert keine Spur des Hauptzweigs mehr geblieben war. Das waren die Maturanas, die Isunzas, die Ortiz de Zárates, die Mendozas …«

»Besteht die Möglichkeit, dass diese andere Kopie sich heute in der Privatbibliothek irgendeines direkten Nachfahren einer dieser Familien befindet?«

Héctor und Iago wechselten stumm einen raschen Blick.

»Klar ist, dass jemand mit den nötigen Kenntnissen Zugang

zur Kopie der Chronik hatte oder hat, sie vollständig gelesen und seine eigene Version davon verfasst hat«, schloss Iago.

»Der Vollständigkeit halber, und ihr wisst, dass ich das fragen muss: Von euch hat keiner diese Version geschrieben, nicht wahr?«

»Nein, natürlich nicht.«

»Besteht die Möglichkeit, dass man euch das Manuskript gestohlen und später zurückgebracht hat?«

»Siehst du, seit dem Raub des Kessels von Cabárceno vor drei Jahren nehmen wir die Sicherheit im Museum sehr ernst«, erklärte mir Héctor. »Diese Chronik und ähnlich wertvolle Stücke verwahren wir jetzt in einem Tresorraum im Keller des Museums. Nur Iago und ich kennen den Code. Es gibt Überwachungskameras, und wir bewahren die Aufnahmen auf, anstatt sie nach drei Wochen zu löschen, wie es bei den meisten Überwachungssystemen der Fall ist. Wir haben sie uns im Schnelldurchlauf angesehen. Zwar haben wir seit deinem Anruf nicht viel Zeit gehabt, aber glaub mir: Niemand ist da reingegangen. Außer meinem Bruder und mir weiß keiner von der Existenz dieses Manuskripts, nicht einmal die Angestellten des Museums. Es gibt nicht viele Dokumente aus dem zwölften Jahrhundert, die die Zeit überdauert haben. Du musst wissen, dass diese Chronik ein Augenzeugenbericht ist, der schildert, was zwischen 1192 und 1200 hier passiert ist. Was ich damit sagen will, ist, dass der Marktwert der verlorengegangenen Kopie bei mehreren Millionen Euro liegen müsste.«

»Oder Dollar«, warf Iago ein. »Viele Institutionen, private Sammler und das eine oder andere europäische oder amerikanische Museum würden darauf bieten. Hast du mal das ehemalige Kloster Quejana besucht?«

»Nein, ehrlich gesagt nicht.«

»Schade«, sagte er und zuckte die Achseln, während er die Chronik zuklappte, »du müsstest dir mal ansehen, was dein Vorfahre, Canciller Pedro López de Ayala, dort gebaut hat. Das riesige Altarbild gegenüber dem Grab, in dem er und seine Frau Leonor de Guzmán liegen, ist eine Kopie. Die Dominikanerinnen haben das Original zu Beginn des zwanzigsten Jahrhunderts an einen englischen Antiquitätenhändler verkauft, und von dort gelangte es für eine beträchtliche Summe in die Hände eines amerikanischen Magnaten, dessen Töchter es dem Art Institute of Chicago stifteten, wo es heute ausgestellt ist. Damit will ich sagen, es ergibt nicht viel Sinn, dass der Autor Zugang zu einem so wertvollen Dokument hatte und sich dann darauf beschränkt, eine eigene Version der realen Ereignisse von vor fast tausend Jahren zu schreiben. Ich weiß nicht, ob dir das bei deinen Ermittlungen hilft oder dir nur noch mehr Kopfzerbrechen bereitet.«

Ich lächelte, zu aufgeregt, um zu sprechen.

»Ihr ahnt ja nicht, wie sehr ihr mir hier Licht in die Sache gebracht habt. Nur noch eine letzte Frage, wo ich euch schon hier habe. Das Gesetzbuch *Las siete partidas* von Alfonso X., ist das auch in dieser Sprache geschrieben?«

»Ja, es wurde später geschrieben als die Chronik«, antwortete Iago, »1256, aber die Sprache ist ganz ähnlich. Die grammatischen Konstruktionen und idiomatischen Ausdrücke haben sich damals nicht so schnell verändert wie heute.«

»Danke«, sagte ich. »Ihr habt mir sehr geholfen.«

»Ähm … Unai, wir zählen hier natürlich auf deine Diskretion. Uns wäre lieb, wenn unsere Namen nicht in den Protokollen, die du schreiben musst, auftauchten«, betonte Héctor nochmals, als wir alle drei aufstanden.

»Ich werde eine Möglichkeit finden, euch nicht zu erwähnen, mach dir keine Sorgen. Aber wenn ihr Diskretion sucht, wird es besser sein, wenn ich euch nicht bis auf die Straße begleite. Hier weiß jeder, wer ich bin und dass ich hier wohne.«

»So machen wir es. Wenn wir dir noch einmal helfen können,

weißt du ja, wo du uns findest«, sagte Iago und verabschiedete sich mit einem kräftigen Händedruck von mir.

Ich wartete, bis sie nach unten gegangen waren. Zunächst musste ich meine Gedanken ordnen, aber allmählich bildete sich eine Theorie heraus. Wer könnte die geraubte Kopie der Chronik geerbt haben? Wer brauchte dieses Geld nicht? Wer konnte ein Dokument aus dem zwölften Jahrhundert lesen wie ein Experte?

In diesem Moment vibrierte mein Mobiltelefon in der Gesäßtasche meiner Jeans.

»Lutxo, mit dir wollte ich sowieso reden«, meldete ich mich nach einem kurzen Blick aufs Display.

Dir habe ich meinen letzten Ehestreit zu verdanken, Freundchen, dachte ich bei mir.

»Bist du im Zentrum?« Offenbar hatte er es eilig.

»Ja, treffen wir uns auf einen Kaffee im Virgen Blanca.«

»In zehn Minuten, wenn du willst«, stimmte er zu.

»Abgemacht.«

Ich ging hinunter in das Café gleich nebenan und wartete am hintersten der Holztische auf ihn. Die Gäste rührten in ihren Milchkaffees und aßen ihre Pinchos, während sie zerstreut durchs Fenster das Geschehen auf der Plaza beobachteten. Lutxo machte seine Zigarette an der Tür aus. Dann kam er herein und setzte sich neben mich, nachdem er an der Bar bestellt und ein paar Worte mit der Kellnerin gewechselt hatte.

»Was gibt's?«, fragte er anstelle einer Begrüßung.

»Du weißt, dass ich ziemlich sauer auf dich bin, oder?«

»Schau, Kraken …«

»Unai, ich bin Unai. Dein Freund aus Kindertagen, nicht die Berühmtheit, in die du mich mit deinen Schlagzeilen verwandelst.«

»Wie du willst, Unai. Ich mache nur meine Arbeit. Ich habe euch nun mal zusammen gesehen, Tasio Ortiz de Zárate und dich, in einen Streit verwickelt. Sollte ich mir das etwa entgehen lassen? Die Leute müssen davon erfahren. Sie müssen wissen, dass er wieder hier ist und etwas mit diesen Morden zu tun hat.«

»Vorsicht, Lutxo. Wer hat dir gesagt, Tasio hätte etwas mit diesen Morden zu tun? Hast du vergessen, dass er schon mal zwanzig Jahre unschuldig im Gefängnis saß? Willst diesmal *du* derjenige sein, der die öffentliche Meinung noch einmal gegen ihn aufbringt? Er ist ein Arschloch, ein echtes Arschloch, aber du bist auch nicht besser, wenn du die Leute gegen ihn aufhetzt. Was hast du gegen ihn in der Hand? Einen Streit mit mir? Du hast keine Ahnung, worüber wir gesprochen haben. Es ging gar nicht um unsere Ermittlungen, es ging nicht um diese Morde. Tasio ist garantiert stinkwütend auf dich. Er kann nicht mal zu einer Beerdigung nach Vitoria kommen, ohne dass man ihn gleich als Mörder beschuldigt. Um dieses Leben beneide ich ihn wirklich nicht.«

»Dann erzähl du's mir. Erklär mir, was er hier will, dann sehe ich mich auch nicht gezwungen zu spekulieren.«

»Was du da tust, ist eine regelrechte Erpressung: Entweder ich erzähle dir, was ich weiß, oder du fotografierst mich und benutzt mein Bild, um Spekulationen zu verbreiten. Kapierst du nicht, wie sehr du meine Arbeit damit behinderst? Oder du willst es nicht verstehen?«

»Glaubst du etwa, ich höre auf, meine Arbeit gut zu machen, nur weil ich zu deiner Clique gehöre? Tust du ja auch nicht, du nimmst keinerlei Rücksicht auf mich. Sag mir, was uns darin unterscheidet.«

»Dass du mein Leben zerstörst, indem du mir jedes Mal, wenn du hinter einer Zypresse auf dem Friedhof versteckt heimlich ein Foto von mir machst, noch ein Stückchen Anonymität raubst?«

»Das lässt sich leicht regeln, das weißt du.« Er zuckte mit den Achseln, während er den Löffel in seinem Kaffee kreisen ließ.

Ich seufzte. Es war zwecklos.

»Es wird kein gutes Ende nehmen mit dir und mir, und keine Clique der Welt wird das wieder in Ordnung bringen können. Ich werde bei der Richterin beantragen, das Ermittlungsgeheimnis auszuweiten. Du wirst nichts über die Begleitumstände des Falls schreiben dürfen.«

»Wag es ja nicht! Wenn du das tust, veröffentliche ich weiter Vertrauliches aus deinem Privatleben.«

Ich unterdrückte den Impuls, den Kraken von der Leine zu lassen und Lutxo gleich hier zu erwürgen.

»An welchem Punkt auf deinem Weg hast du deine Seele verloren, Mann?«, fragte ich ihn bloß anstelle eines Abschiedsgrußes und erhob mich.

In diesem Moment ertönte die Melodie von »Lau teilatu«, der Klingelton, den ich Alba auf meinem Telefon zugewiesen hatte. Hoffentlich gelang es mir einigermaßen, meine Erregung vor Lutxo zu verbergen. Ich konnte es kaum erwarten, mit Alba zu reden und sie auf den neuesten Stand bringen. Lutxo mit seiner Hinterfotzigkeit und seinem Kinnbart ließ ich einfach stehen.

Um etwas ungestörter zu sein, ging ich die Treppe hinab, die zu den Toiletten führte. Ich sah nach rechts und links, entdeckte aber niemanden, und die Türen standen alle offen, also konnte ich einigermaßen ungestört mit ihr reden.

»Estíbaliz hat mich angerufen, weil du nicht ans Telefon gegangen bist, als sie versuchte, dich zu erreichen. Sie sagt, die von der Kriminaltechnik haben bestätigt, dass das Fass, in dem MatuSalem ertränkt wurde, aus dem gleichen Holz besteht wie die Fässer im verlassenen Lagerhaus. Französische Eiche. Heutzutage kaum noch verbreitet. Früher wurde es für Crianza-Weine verwendet. Das Ergebnis zu den Säcken haben sie noch nicht.«

»Ich hab auch Neuigkeiten«, flüsterte ich. »Ich glaube, ich habe den, der das Buch geschrieben und die Morde begangen hat.«

»Bitte erzähl.«

»Ich kann dir im Moment meine Quelle nicht nennen, später erzähle ich dir alles, aber ich kann dir schon mal sagen, dass der Roman eine moderne Neufassung einer unveröffentlichten Chronik aus dem zwölften Jahrhundert ist. Irgendjemand besitzt eine verschollene Kopie, die der Autor der Chronik, der Conde Don Vela, selbst angefertigt hat. Und diese Kopie ist vermutlich mehrere Millionen Euro wert, Alba.«

»Und warum rufst du nicht Estíbaliz an und erzählst ihr das? Sie leitet den Fall jetzt«, unterbrach meine Lebensgefährtin mich.

Weil ich fürchte, dass Estíbaliz sich in den emotionalen Persönlichkeitsanteil unseres Phantomautors verliebt hat, hätte ich ihr gern gesagt.

Aber ich behielt es für mich.

Ich hatte andere Pläne.

26

ANP

Unai · *Oktober 2019*

Ich rief das Infotelefon des Torre de Nograro an und sprach mit Claudia, der Turmführerin.

»Guten Tag. Ich würde gern den Turm besichtigen, aber ich bin allein«, erklärte ich ihr. »Gibt es eine Gruppe, der ich mich anschließen kann?«

»Heute haben wir zwei Gruppen: Die erste Führung beginnt in einer Stunde, also um zwölf, die andere um achtzehn Uhr.«

»Wunderbar, dann melde ich mich für die um achtzehn Uhr an.«

»Einverstanden. Seien Sie bitte pünktlich.«

Ich fuhr nach Ugarte und parkte hinter einem verlassenen Grundstück. Dann sah ich auf dem Telefon nach der Uhrzeit und spazierte gemächlich zur Turmfestung, hielt aber ein wenig Abstand, bis ich sah, dass einige Autos am Turm parkten und mehrere Personen sich am Eingang versammelten. Ich gesellte mich zu ihnen, und als ich eintrat, nahm die Turmführerin die Besucher bereits in Empfang. Ich grüßte sie und bedeutete ihr, ich wolle hinauf in die Privatwohnung.

Dann betätigte ich die Klingel und drückte mir die Daumen.

»Ja?«

»Guten Tag, Ramiro Alvar. Ich bin's, Unai, kann ich raufkommen?«

»Klar, komm rauf.«

Ich hatte Glück, viel Glück. Derjenige, der mich erwartete,

war Ramiro Alvar. Er trug eine Hose und die Brille mit dem Kunststoffgestell. Ein wenig angespannt, wie mir schien, stand er im Flur mit den indigoblauen Wänden.

»Nicht, dass ich mich nicht freuen würde, dich zu sehen, aber ist alles in Ordnung?«, fragte er mit seiner dünnen Stimme.

»Warum fragst du das?«

»Ich weiß nicht. Zu viele Besuche wahrscheinlich«, erwiderte er und zuckte die Achseln.

»Hättest du etwas dagegen, wenn wir in die Bibliothek gehen?«, schlug ich vor.

»Nein, im Gegenteil. Dort halte ich mich am liebsten auf.«

Er setzte sich auf seinen Lesesessel und bot mir einen Stuhl neben seinem Walnussholzschreibtisch an.

»Sag mir, worum geht es?«

»Wenn du nichts dagegen hast, nehmen wir die Masken ab«, verkündete ich. »Du weißt, dass um dich herum etwas vorgeht, oder?«

»Und zwar?«

»Du hast eine Neufassung eines tausend Jahre alten Tagebuchs geschrieben und als Roman veröffentlicht, und jetzt sterben Menschen auf dieselbe Weise wie im Roman.«

Es war nicht so, dass ich mich nicht auf diesen Besuch vorbereitet hätte. Ich trug die Kanone im Achselholster, das ich für alle Fälle offen gelassen hatte, und nun beugte ich mich vor, um besser an sie heranzukommen.

Aber Ramiro Alvar betrachtete nur seine Hände, als gehörten sie nicht ihm. »Also bist du bis hierhin gekommen … Ich habe versucht … Ich habe versucht, alles unter Kontrolle zu halten, aber offensichtlich habe ich etwas übersehen.«

»Wenn du ein freiwilliges Geständnis ablegen willst, muss ich dich aufs Kommissariat bringen, und du weißt, dass du deinen Anwalt anrufen kannst.«

»Das ist es nicht, ich werde keine Verbrechen gestehen, Unai.

Ich habe sie nicht begangen. Ich könnte nicht einmal einer Fliege was zuleide tun. Das konnte ich ehrlich gesagt noch nie. Nenn mich ruhig Weichei, da wärst du nicht der Erste. Nein, was ich dir gestehen muss, ist, dass ich tatsächlich meine eigene Version von Don Velas Chronik geschrieben habe, aber dabei handelte es sich um etwas sehr Persönliches, um therapeutisches Schreiben. Ich hatte nie vor, das zu veröffentlichen, aus vielen Gründen, die allesamt auf der Hand liegen.«

»Da wäre zunächst die Rückforderung von Don Velas Chronik durch etwaige Nachfahren. Deine Vorfahren haben das Vermögen dieser Familie geraubt.«

Ramiro Alvar senkte beschämt den Kopf, als nähme er sich dieses uralte Verbrechen persönlich zu Herzen.

»So ist es. Ich war entsetzt, als ich dein Exemplar von *Die Herren der Zeit* sah und begriff, dass jemand mein Manuskript gestohlen und unter Pseudonym veröffentlicht hatte.«

»Dann hast du also den Roman geschrieben? Genauso, wie er veröffentlicht wurde?«

»Sie haben nicht ein Wort geändert.«

»Kannst du mir das beweisen?«

Er ging zu seinem Schreibtisch und schaltete seinen Laptop ein.

»Komm, sieh's dir an.«

Ich trat an den Tisch, ließ allerdings nicht in meiner Wachsamkeit nach, sondern stellte mich hinter ihn, so dass ich die Situation unter Kontrolle hatte – nicht, dass er mir noch irgendein mittelalterliches Gift ins Gesicht blies.

Er öffnete einen Ordner und darin eine Textdatei und zeigte mir das Datum der letzten Änderung. Es lag über ein Jahr zurück.

»Ich habe diesen Text aus persönlichen Gründen geschrieben und zuerst glaubte ich, es hätte funktioniert. Ich hatte einen Ausdruck, den ich aber schon vor einer Weile vernichtet habe, weil ich diese Etappe abschließen wollte. Aber die Datei ließ ich hier auf dem Rechner. Ich kann mir nicht erklären, wer sie gestohlen und veröffentlicht haben könnte. Das ist selbstverständlich Diebstahl geistigen Eigentums, aber ich habe meine Urheberschaft ja nie geltend gemacht. Das wollte und brauchte ich auch nicht. Ich wollte den Text niemandem zeigen, und jetzt lesen ihn Tausende von Menschen … und vier sind gestorben. Ich begreife es nicht, ehrlich nicht.«

»Dann hilf mir, es zu begreifen. Du behauptest, du hast den Roman geschrieben, aber nicht veröffentlicht, und du seist nicht derjenige, der diese Menschen umgebracht hat. Aber du hast deine Vermutungen. Die musst du haben. Und die verschweigst du mir. Es wird also Zeit, dass du mir gegenüber endlich vollständig aufrichtig bist. Denn wir haben zu jedem der Verbrechen Indizien, die zu dir führen: eine Nonne im Dominikanerinnenhabit aus deinem Museum beim Mord mit dem Kantharidin. Das Fass, in dem der Junge und die Tiere zusammengepfercht in den Río Zadorra geworfen wurden, besteht aus dem gleichen Holz wie die in deiner ehemaligen Weinkellerei. Und schließlich haben wir dort auch Plastiksäcke wie die gefunden, in denen die Schwestern, die eingemauert wurden, transportiert wurden.«

Voller Entsetzen sah Ramiro Alvar mich an. »Ihr habt Spuren, DNA, Fußabdrücke, irgendetwas Konkretes?«, fragte er.

»Organische Spuren, die dich mit den Opfern in Verbindung bringen oder beweisen, dass du an den Tatorten warst? Die haben wir nicht, noch nicht. Aber wir suchen weiter. Sag mir, warum hast du den Roman geschrieben? Warum hast du manche Ereignisse darin verändert?«

»Weil ich ihn töten wollte, ihn und alle, die nach ihm gekommen wären! Ich wollte mich heilen, ich wollte meinen EP beseitigen, und ich dachte, das sei mir gelungen. Ein Jahr lang habe ich in Frieden gelebt, ohne seine Präsenz. Aber dann wurde mir klar, dass Alvar wieder da ist. Als ich dich kennenlernte, begriff ich schnell, dass du am Tag davor meinen EP kennengelernt hattest. Und dass du derjenige warst, der den Roman hier liegen gelassen hatte, denn als ich am Morgen wach wurde und todmüde war, konnte ich mich nicht daran erinnern, dieses Buch schon einmal gesehen zu haben. Ich wusste auch nicht, wer es hier auf den Tisch gelegt hatte. Mir wurde klar, dass Alvar immer noch da ist, dass er nicht gestorben war, wie ich es im Roman beschrieben habe. Und seitdem habe ich schreckliche Angst, weil ich mich nicht erinnere und Angst vor dem habe, was er womöglich tut, um zu überleben.«

»Damit gibst du zu, dass du eine dissoziative Identitätsstörung hast. Deshalb hast du Psychologie studiert.«

»Ich bin nicht der erste Herr von Nograro, der diese Krankheit hat. Komm, ich zeig es dir.«

Ich folgte ihm sehr wachsam nach unten. Wir betraten einen Saal, den ich noch nicht gesehen hatte. Auf den Wänden, die blau gestrichen waren, befand sich eine wunderschöne Stadt, die uns umgab und eine schwindelerregende Wirkung erzeugte. Auf einem Klavier standen unzählige alte Fotografien.

»Karneval«, flüsterte ich.

Er lachte freudlos auf. »Karneval! Ein Fest für die Dorfbewohner und für den Herrn des Turms, der sich an diesen Tagen als einer seiner EPs verkleidet hatte: die alte Condesa, der kleine Junge, die Äbtissin, der Soldat oder der Priester. Eine Qual für uns übrigen Familienmitglieder. Wir ertrugen den Spott hinter unserem Rücken mit dem Stoizismus alter Zeiten. Ich habe sehr gute Erinnerungen an meine Eltern, die bereits recht alt waren, als sie mich bekamen. Mein Vater zog mich besonnen, liebevoll auf, ich wüsste keinen besseren als ihn. Und von meiner Mutter bekam ich ebenfalls alle Liebe und Unterstützung, die man braucht. Das Problem war, dass mein Vater den Fluch der Männer dieser Familie geerbt hatte. Damals nannte man das ›Multiple Persönlichkeit‹. Keinem der zahlreichen Psychiater, an die sie sich wandten, gelang es, die Krankheit zurückzudrängen.

Meine Eltern starben bei einem Unfall. Es war ein herber Verlust für mich, aber obendrein mussten mein Bruder und ich die Schande ertragen, dass unser Vater als Dienstmädchen verkleidet war, als wir unsere Eltern im Leichenschauhaus des Hospital de Santiago identifizieren sollten. Eine Haube, eine Schürze, Nylonstrümpfe und hohe Schuhe.«

»Was ist aus deinem Bruder geworden?«

»Alvar war Priester. Er starb an einer erblichen Blutkrankheit. Nach dem Tod unserer Eltern zog er zurück zu mir, weil mir noch ein Jahr bis zur Volljährigkeit fehlte und er mein Vormund war. Wir waren ein Herz und eine Seele. Er war ein großartiger Bruder, einfach toll. Ich vermisse ihn jeden Tag meines Lebens.«

»Du weißt, ich bin ausgebildeter Fallanalytiker«, sagte ich, »und ich habe eine Spezialistin konsultiert. Sie hat als eine der wenigen in diesem Land erfolgreich Patienten mit dissoziativer Identitätsstörung behandelt. Wir haben über dich gesprochen, und sie hat mir erklärt, wie deine fragmentierte Psyche funktioniert. Zunächst muss ich dir sagen, dass deine Krankheit nicht sehr häufig vorkommt und es nicht viele Untersuchungen dazu gibt. Aber es handelt sich nicht um eine vererbbare Krankheit, dafür findet sich in der gesamten medizinischen Literatur kein Beleg.«

»Nein? Und was glaubst du, was du hier siehst?« Er deutete auf die Fotos. »Einfache Verkleidungen? Mach die Augen auf, Unai. Diese Fotos sind nicht an Karneval aufgenommen. Meine Vorfahren waren auch im Alltag so. Anfangs war das Verkleiden ein unschuldiges Spiel für sie, aber mit zunehmendem Alter entwickelten sie alle mehrere EPs. Keiner wusste, was man mit ihnen und ihren Multiplen Persönlichkeiten machen sollte. Man hielt es möglichst vor den Leuten geheim. Wir galten schon immer als zurückhaltend, aber wie hätten sie der Welt auch täglich ein anderes Kleid, ein anderes Gesicht, ein anderes Verhalten präsentieren können, ohne als Verrückte eingesperrt zu werden?«

»Doctora Leiva glaubt, wenn du zu ihr in die Therapie kommst, kann sie dir helfen, deinen EP zu integrieren. Du bist der ANP, der anscheinend normale Persönlichkeitsanteil, nicht wahr?«

»So habe ich mich von klein auf in Erinnerung, und so haben die anderen mich von klein auf in Erinnerung. Meine Identitätsstörung trat später auf.«

»Warum die Sache mit der Chronik?«

»Ich verbinde sie mit ihnen, mit meinem Vater, meinem Großvater, meinem Bruder. Sie war der geheime Schatz der Familie, eine Beute aus dem Bandenkrieg. Wir kannten diese Chronik alle. In der Bibliothek, die du gesehen hast, hatte ich jahrelang die Stimmen dieser Menschen im Ohr, wenn mein Vater aus der Chronik vorlas und meine Mutter, die Kinder, Onkel und Tanten, wir alle es uns am Kamin bequem machten und gebannt lauschten.«

»Du hast die Chronik also als eine Art Therapie umgeschrieben«, sagte ich, »und deinem EP irgendeine der Figuren in der Chronik zugeordnet, die dich an ihn erinnert hat. Und du hast ein paar Dinge geändert, um ihn zu töten, allerdings nur im Tagebuch, sprich, im realen Leben ist das nicht passiert.«

»Ich könnte mir vorstellen, dass Alvar den Roman gelesen hat und feststellen musste, dass er darin stirbt. Und dass er deshalb jetzt Menschen in der realen Welt tötet. Er könnte sie getötet haben, um zu verhindern, dass sie ihn töten.«

»Damit würde er tun, was EPs eben tun: Er versucht, zu überleben.«

»Ich weiß es nicht, Unai. Das ist nur eine Theorie. Wenn Alvar erscheint, erinnere ich mich hinterher an nichts. Ich weiß nur, dass in meinem Kleiderschrank eine vor kurzem getragene Soutane hängt und ich eine Erinnerungslücke von ein paar Stunden habe. Es ist, als könnte Alvar mein Bewusstsein abschalten, als könnte er mich gleichsam ausschalten, wenn er erscheint.«

»Und du glaubst, dass er es war?«

Er sah mich hilflos an.

»Du hast wirklich keine physischen Spuren, die mich mit diesen Verbrechen in Verbindung bringen?«, fragte er noch einmal.

»Nein. Und deshalb kann ich diese Ermittlungsrichtung auch nicht der Richterin präsentieren. Sie würde denken, dass ich den Verstand verloren habe.«

Alles, was ich habe, um meine Theorie zu stützen, sind einige Indizien, die ein Verteidiger mühelos in der Luft zerreißen würde, dachte ich bei mir.

»Und du erinnerst dich an nichts«, fuhr ich fort, »und an was du dich nicht erinnerst, das kannst du auch nicht bezeugen. Deshalb denke ich, die einzige Lösung ist, dass du mit mir zu Doctora Leiva gehst. Sie wird wissen, wie man Alvar aktiviert.«

Er schlug den Kragen seiner Jacke hoch, als wäre ihm ein kalter Schauder über den Rücken gelaufen. »Du weißt nicht, was du von mir verlangst. Es macht mir Angst. Angst, dass Alvar böse auf mich sein könnte, weil ich versucht habe, ihn in meinem Kopf zu eliminieren, indem ich den Roman geschrieben habe.«

»Alvar kann dir körperlich nichts anhaben, du bist sein ANP. Er braucht deinen Körper, um zu existieren, das würde also seinem Überlebensinstinkt entgegenstehen. Eine Frage. Siehst du uns kommen?«

»Wie bitte?«

»Von deiner Bibliothek aus sieht man die Straße und den Parkplatz. Es kommen nicht viele Besucher pro Tag. Als Inspectora Ruiz de Gauna und ich zum ersten Mal kamen, hast du uns da kommen sehen? Erinnerst du dich?«

»Ehrlich gesagt hatte ich das ganz vergessen. Aber jetzt, wo du mich fragst, erinnere ich mich daran, dass ich dich und eine Frau aus einem Auto steigen sah. Aber ich kann mich nicht erinnern, dass ich sie kennengelernt hätte. Ist sie auch raufgekommen?«

Du hast mit ihr die Nacht durchgemacht, du Casanova, dachte ich bei mir. »Ja, und ich glaube, dass sie es ist, die Alvar in dir aktiviert.«

Doch in diesem Augenblick nahm Ramiro Alvar die Brille ab, als wenn sie ihn störte. Außerdem klang er affektierter. »Bleiben Sie mir mit Psychiatern vom Leib, Inspector. Und Ihr Besuch dauert schon recht lange. Gestatten Sie, dass ich Sie zum Ausgang bringe?«

Ich sah ihn an. Nicht ich, sondern mein Reptiliengehirn, der Teil des Gehirns, der einen vor Gefahren warnt, war es, der mich unbewusst die Hand auf die Pistole legen ließ.

»Ja, ich wollte sowieso gerade gehen.«

Ich ließ nicht zu, dass er hinter mir ging, es kam nicht in Frage, ihm den Rücken zuzuwenden. Vielmehr ging ich neben ihm durch die verblichenen Gänge. Alvar verschränkte die Hände hinter dem Rücken, hob das Kinn und lächelte selbstzufrieden wie ein kleines Kind, das in seiner Spielzeugburg ein Geheimnis hütet.

»Richten Sie der Inspectora Grüße aus?«

»Natürlich. Ihr Wohlergehen liegt uns beiden am Herzen, nicht wahr?«, erwiderte ich in verschwörerischem Ton.

»So ist es. Sie können sich nicht vorstellen, wie eine zufällige Begegnung mit einer so unglaublichen Frau wie ihr das Leben auf den Kopf stellen kann.«

»Bis zu dem Punkt, an dem man erwägt, den Habit abzulegen?«

Ich schluckte. Ich hatte Alvar vor mir, aber seine Mimik und seine Gestik waren ebenso authentisch wie die von Ramiro Alvar.

Er sah auf die Wand, als erinnerte er sich an einen schönen Augenblick. »Wenn jemand das verdient hätte, dann selbstverständlich sie.«

»Da sind wir uns ja einig«, stimmte ich zu.

»Werden Sie ihr Gutes über mich berichten?« Es war eine Bitte. In seiner geschmeidigen Stimme lag ein Anflug von Nervosität.

Ich hielt meinen Mund an sein Ohr. Zwar konnte uns hier niemand hören, aber ich musste ihn für mich gewinnen und eine engere Beziehung zu ihm herstellen. »Komm schon, Alvar. Du weißt, dass du das nicht nötig hast.«

Na gut, dachte ich, als ich die Treppe hinabging. Alvar kontrollierte das Telefon und die Straße. Er isolierte Ramiro Alvar in seinem Turm. Und Ramiro Alvar hatte vor lauter Angst, dass die Sache mit seinem EP herauskommen könnte, eine Agoraphobie entwickelt und verließ den Turm tatsächlich nicht. Heute hatte Alvar die Kontrolle über Ramiro Alvar in dem Moment übernommen, als ich Estíbaliz erwähnt hatte. Also blieb er auch dann wachsam, wenn sein ANP am Ruder war. Aber er war in der Lage, Ramiro Alvars Bewusstsein nach Lust und Laune abzuschalten. Und wenn er wieder da war, erinnerte sich Ramiro Alvar an nichts.

In dem Wissen, dass Alvar meine Bewegungen durchs Fenster in der Bibliothek beobachten würde, ging ich zu Fuß zurück ins Dorf.

Mein Besuch bei ihm war nämlich nicht der einzige, der heute auf meinem Programm stand. Als Nächstes ging ich zu Fausti Mesanza nach Hause. Als ich dort ankam, schloss sie gerade das Gartentor.

»Komme ich noch rechtzeitig für den Lesekreis?«, fragte ich sie.

»Aber ja. Ich will gerade dorthin, kommen Sie mit, ich stelle Sie allen vor. Früher war die Dorfkneipe ein Gemeinschaftsbetrieb. Wir haben alle zusammen das ehemalige Haus des Arztes renoviert und in eine Bar verwandelt. Jeden Monat war ein anderer von uns der Wirt. Geöffnet war Samstag ab dem Nachmittag und sonntags nach dem Gottesdienst. Aber da viele von uns langsam alt werden, haben wir die Bar an junge Leute verpachtet. Wir trinken dort unseren Wermut und spielen Karten. Bei schlechtem Wetter brennt Feuer im Kamin, dann ist es dort sehr gemütlich.«

Gemeinsam liefen wir durch die Gässchen von Ugarte. Das Dorf war hübsch restauriert, nicht einmal das Wasserbecken neben der Kirche fehlte, aber es war nicht groß, knapp hundert Einwohner mochte es haben. Es war beachtlich, dass es innerhalb des letzten Jahrtausends nie aufgegeben worden war.

Die Bar befand sich neben der Pelotawand und der hölzernen Bolo-Bahn, der alavesischen Version des Kegelns. Ich sah durchs Fenster hinein und erkannte eine Theke aus Holz, einen Billardtisch, der deutliche Gebrauchsspuren aufwies, und mehrere Kicker, an denen ein paar Jugendliche spielten. Im Kamin brannte Feuer. Der Nachmittag war frisch geworden, da wusste man die Wärme sicher zu schätzen.

Als wir eintraten, fiel mein Blick auf eine alte Dame, die in einer Ecke des Lokals neben dem Kamin in einem Rollstuhl saß und uns beobachtete. Mich musterte sie von oben bis unten mit diesem ironischen Lächeln, das manche ältere Leute sich zulegen, wenn sie viel erlebt haben und ihnen jetzt alles egal ist. Ihren tiefliegenden Augen entging nichts. Wir gingen zu ihr, um sie zu begrüßen.

»Das ist Benita, meine Schwiegermutter«, stellte Fausti sie mir vor. »Am besten erzählen Sie ihr nichts, sie hat ein Gedächtnis wie ein Elefant und vergisst nie etwas.«

Ich nahm mir einen freien Stuhl und setzte mich neben die alte Dame ans Feuer. Sie würde eine gute Komplizin sein.

»Das ist Cecilia, die Pharmazeutin.« Fausti stellte mir nach und nach die Neuankömmlinge vor.

»Apothekerin«, berichtigte Benita sie. »Und sie versteht sich nicht gut mit der, die gleich reinkommt, mit Aurora. Die hatte einen Lebensmittelstand auf dem Markt, aber jetzt ist sie in Rente und langweilt sich.«

Ein junger Mann, der noch keine fünfundzwanzig sein konnte, kam mit mehreren Limonadenkisten herein.

»Das ist Gonzalo, der Bursche, der jetzt die Bar betreibt.«

Gonzalo trug ein T-Shirt, auf dem ein Tier mit dem Kopf eines Löwen, dem Körper einer Ziege und dem Schwanz einer Schlange, sowie der Spruch: »Ich bin eine Chimäre« aufgedruckt waren. Er begrüßte uns mit einem Lächeln, dann kam er zu uns und fragte, ob wir etwas bestellen wollten. Fausti sagte: »Wie immer«, und ich bestellte eine kleine Flasche Wasser.

»Txomin ist Handwerker. Er hatte das Stadtleben satt, und da hat er hier im Dorf eine Möbeltischlerei aufgemacht. Sie sollten da mal vorbeischauen, er baut sehr schöne Sachen«, sagte Fausti.

»Das mache ich«, versprach ich.

Zehn Minuten später hatte ich bereits sämtliche zwanzig heutigen Teilnehmerinnen und Teilnehmer kennengelernt. Sie hatten einen Stuhlkreis gebildet und ihre Exemplare von *Die Herren der Zeit* alle auf der gleichen Seite aufgeschlagen.

»Wir haben ein neues Mitglied in unserem Lesekreis«, verkündete Fausti. »Er kommt nicht aus Ugarte, aber wir nehmen ihn trotzdem freundlich auf. Das ist Unai, und er ist …«

»Ich bin Inspector bei der Kriminalpolizei Vitoria, aber heute bin ich als Leser hier«, sagte ich lächelnd.

Damit hatte niemand gerechnet, schon gar nicht Fausti. Alle sahen mich neugierig an. Ich beobachtete die Reaktionen der Leute und merkte sie mir, um sie später analysieren zu können.

Als sich alle von ihrem Schrecken erholt hatten, begann eine junge Frau mit Lockenmähne, die mir als Irati, die Besitzerin einer Ferienunterkunft, vorgestellt worden war, laut und gemessen vorzulesen.

Ich blickte ins knisternde Feuer, ließ mich von den Flammen hypnotisieren und lauschte noch einmal der Geschichte, die ich bereits gelesen hatte.

27

DIE SAKRISTEI

Diago Vela · *Im Jahr des Herrn 1192, Winter*

Ich traf Gunnarr auf der Calle de las Tenderías. Er sah meine Miene, und wir zogen uns in den Garten von Pero Vicia, dem Packsattelmacher, zurück, um Ruhe vor den Feiernden zu haben.

»Was ist geschehen, Diago?«

Ich erzählte ihm von meiner Entdeckung. Schweigend machten wir uns auf den Weg zur Schmiede, um dort zwei Schlägel zu holen, und wichen Nachbarn, Mehl und Asche aus. Ich blickte mich mehrmals um, denn ich spürte, dass ein Schatten uns folgte, doch ich konnte niemanden erkennen. Bloß bunte Bänder, Kappen sowie schwarz und rot angemalte Gesichter.

Als wir mit unserem Werkzeug zur Kirche kamen, fanden wir die Tür offen vor, aber niemand kam heraus, um uns zu empfangen. Das war seltsam, der Pfarrer war anscheinend noch nicht zurück. Wir betraten die Sakristei, und Gunnarr hielt sich die Nase zu.

»Du hast recht, fürchte ich«, murmelte er.

Und ohne Lust auf weitere Worte begannen wir beide, mit den Schlägeln gegen die Trennwand in der Sakristei zu hämmern.

Es dauerte eine gute Weile, doch allmählich gab der Mörtel, der die Ziegel verband, nach, und die Öffnung, die wir in die Mauer schlugen, wurde immer größer, bis wir schätzten, dass ein einzelner Mann hindurchpasste.

»Soll ich hineingehen?«, fragte Gunnarr und hielt sich wieder den nackten Unterarm vor die Nase.

»Bring mir eine Kerze vom Kerzenständer«, bat ich.

Doch in diesem Augenblick betrat Nagorno mit Onneca die Sakristei.

»Ist es wahr, Diago?«, schrie sie mich an. »Ist es wahr, was Vidal mir erzählt hat?«

Die Tränen hatten die grüne Farbe in Onnecas Gesicht verschmiert, und sie bot einen schrecklichen Anblick.

»Was hat der Pfarrer Euch erzählt?«

»Dass du ihn gezwungen hättest!«, schrie sie und schlug mich auf die Brust. »Du hättest ihn gezwungen, ihnen nichts mehr zu essen und zu trinken zu geben.«

»Hältst du mich dessen fähig?«, entgegnete ich entsetzt.

Ich entriss Gunnarr die Kerze und stieg durch die Öffnung in der Trennwand.

Was ich dann sah, würde ich gern vergessen. Den Schmutz, die beiden Leichen, die Ratten, die Briefe, die sie nicht mehr hatten lesen können.

Hustend stieg ich wieder hinaus, aber der Gestank des Todes hatte sich schon meiner Haut angehaftet.

»Geht nicht hinein, was dort drin ist, ist nicht mehr von dieser Welt«, befahl ich, aber meiner Stimme war die Erschütterung anzuhören.

Gunnarr und Nagorno hatten schon alles gesehen, doch Onneca … Ich warf meinem Bruder einen flehenden Blick zu: Lass nicht zu, dass sie das sieht.

»Ich will vorbei, ich will sie sehen!«, schrie Onneca.

Nagorno stellte sich ihr in den Weg. Sie schob ihn beiseite.

Ohne auf mich zu achten, so, als sähe sie mich gar nicht, nahm sie mir die Kerze ab und betrat das Grab ihrer Schwestern.

Wir hörten sie schluchzen. Wir hörten sie sprechen mit denen, die ihr nicht mehr antworten konnten, und ihre herzzerreißenden Klagen höre ich in manchen Nächten noch immer.

Mit gesenkten Köpfen standen wir drei Männer vor der Öffnung in der Wand.

»Hol sie da raus, Nagorno«, bat ich ihn leise. Wie gern hätte ich mir die Ohren zugehalten, ich konnte Onnecas Leid nicht länger ertragen. »Bitte, Bruder. Hol sie da raus!«

Nagorno rührte sich nicht, sondern beobachtete seine Frau, die eine der Leichen im Arm hielt.

»Nagorno … wenn schon nicht um seinetwillen, dann tu es für mich«, mischte Gunnarr sich leise ein. »Geh rein und hol sie da raus.«

»Um deinetwillen, Gunnarr. Um der Dinge willen, die wir einander schuldig sind«, gab Nagorno schließlich nach.

Dann stieg er mit der Gelassenheit des Todes durch die Öffnung, flüsterte Onneca etwas ins Ohr, nahm ihr die Lamienperücke ab und strich ihr über den Kopf.

Ich habe nie erfahren, was er ihr sagte. Mit welchen Worten es ihm gelang, sie aus jener Hölle herauszureißen.

Als sie herauskam, war sie eine andere. Schrecklicher. Fleisch gewordene Wut.

Voller Zorn kam sie mit der hohen, brennenden Kerze auf mich zu. »Weil wir eine Familie sind, Diago …!«, brüllte sie. »Weil wir eine Familie sind und dein Bruder mich darum gebeten hat, werde ich die Gerichtsverhandlung abwarten und dich nicht gleich heute Nacht töten lassen. Dies verzeihe ich dir nicht.«

Da vergaß ich Nagorno, Gunnarr, die toten Schwestern. Für mich gab es nur sie und mich und unseren Hass.

»Dies verzeihe *ich* dir nicht, Onneca! Dass du glaubst, ich sei fähig, deine Schwestern zu töten – wie kannst du nur so über mich denken … Bei allem, was wir füreinander waren. Du hast mich kennengelernt. Du kennst mich an meinen hellen und an meinen dunklen Tagen. Und du entscheidest dich, zu glauben, ich sei ein Mensch, der junge Mädchen ermordet. Hältst du dich für fähig, dich in ein solches Ungeheuer zu verlieben?«

Wir sahen einander in die Augen. Das Wachs der Kerze tropfte auf den Boden der Sakristei. Ich war in höchster Anspannung, ähnlich wie wenn man ein schwerverletztes Wildschwein vor sich hat, das einen gleich mit seinen spitzen Hauern angreifen wird.

»Ja, ich halte mich für fähig, mich in ein solches Ungeheuer zu verlieben«, antwortete sie schließlich.

Ich blickte Nagorno an, dann sie. »Ich habe das nicht gesagt. Das warst du selbst.« Und ich wandte mich zum Gehen, wollte diesen Verwesungsgestank nur noch hinter mir lassen.

Doch mein Vetter verstellte mir den Weg und bat mich mit einem Blick, die Ruhe zu bewahren.

»Onneca, dies ist eine schlechte Nacht, um es in der Stadt bekannt werden zu lassen. Der Wein ist in Strömen geflossen. Wenn diese Gräueltat sich heute herumspricht, werden sie Euren Schwager, den Pfarrer oder jeden anderen, den sie vielleicht für schuldig halten, ohne Gerichtsverhandlung niedermetzeln.« Gunnarr sprach mit sanfter Stimme – er wusste, wie man die Seeleute beruhigte, wenn auf seinem Schiff eine Meuterei drohte.

»Mein Vetter hat recht«, mischte Nagorno sich ein. Seine Stimme war ganz ruhig. »Gunnarr, gib dem Statthalter Bescheid und sage ihm, er solle bis morgen Stillschweigen bewahren. Die Wachen sollen alle Stadttore schließen und den Pfarrer suchen, damit er seine Aussage macht. Die Obsthändlerinnen sind gekränkt von der Verbrennung des Judas. Es fehlt nur ein Vorwand, dann enden wir alle mit dem Kopf auf einem Spieß. Bruder, geh nach Hause und bleib dort. Und schlafe mit einem offenen Auge.«

»Das mache ich immer.« Dann ging ich nach Hause.

Es war bereits Mitternacht, als ich aus dem Zuber sprang. Ich hatte mein Haus abgeschlossen. Und nur wenige Menschen kannten das Versteck des Schlüssels.

Seit Stunden lag ich im warmen Wasser, um zu entspannen, im Dunkeln, nahe dem Kaminfeuer.

Als sie hereinkam, stand ich nackt neben der Wanne, den Dolch in der Hand.

»Ich bin es, Diago. Lasst diesen Dolch sinken, ich komme allein«, sagte Alix.

Ich legte den Dolch auf den Kaminsims und setzte mich wieder ins Wasser.

»Was ist mit Euch?«, fragte sie und trat näher. Sie trug noch das Gewand mit den Silberdisteln. Mit ihr an meiner Seite fühlte ich mich ein wenig geschützter. Ihre Ruhe beruhigte auch mich, das war vom ersten Tag an so gewesen.

»Habt Ihr etwas gehört?«, fragte ich.

»Nein, aber Großmutter Lucía hat sich unaufhörlich im Bett gewälzt, als ich zu ihr kam, und dabei könnte sie sogar schlafen, wenn um sie herum die Schlacht tobt. Was ist geschehen? Was hat sie gesehen? Was habt Ihr ihr erzählt?«

»Der Pfarrer hat die jüngeren Töchter des Conde de Maestu eingemauert und verhungern und verdursten lassen, auf mein Geheiß, behauptet er«, gestand ich. Ich wollte ihr nichts verheimlichen. Nicht in dieser Nacht, in der ich mich so verletzlich fühlte. »Da ich weiß, dass ich es nicht war, muss jemand anderes ihn gezwungen haben, das zu tun, und der hat ihn auch gezwungen, zu lügen und mich zu beschuldigen. Dafür gibt es nur zwei mögliche Gründe: das Versprechen von Geld oder Erpressung. Hat er Familie?«

Alix musste sich auf den Rand des Zubers setzen.

»Hat er Familie?«, beharrte ich.

»Eine Mutter, eine schon ältere Witwe, in Toledo«, antwortete sie geistesabwesend. »Ich kann nicht glauben, dass sie tot sind. Bona und Favila … ich bin mit ihnen aufgewachsen. Ich bin mit ihnen geklettert, habe mit ihnen getanzt, mit ihnen gebetet.«

Doch ich war in Gedanken weit fort, in Toledo. Bis wohin reichte der Einfluss desjenigen, der hinter dieser Niedertracht steckte?

»Ihr dürft nicht darüber sprechen«, sagte ich schließlich.

»Das weiß ich.«

»Was wolltet Ihr, Alix?«

»Ich wollte hier sein. Einfach hier sein. Als ich Großmutter sah, wusste ich, dass etwas Schlimmes geschehen sein muss. Gibt es in dieser Wanne auch Platz für mich?«

Ich nickte stumm.

Wozu Worte machen?

Worte hatten mich an diesem Tag schon genug verletzt. Ich war das alles leid, wollte nur noch die Augen schließen, damit der Schlaf alle diese Worte forttragen konnte. Alix legte ihr Gewand ab. Das Licht der Kerzen flackerte auf ihrer nackten Haut. Ich betrachtete sie schweigend, und sie stieg einfach in die Wanne, legte ihr offenes Haar auf meine Brust und zog mit ihren Armen die meinen um sie. So verharrten wir und sahen ins Feuer neben uns.

Nachdem wir eine Weile in die Flammen geblickt hatten, sagte Alix: »Wir dürften nicht zusammen sein. Ich will keinen vierten Ehemann begraben müssen, und seit Ihr zurück in der Stadt seid, legt Ihr es sehr darauf an zu sterben.«

»Ich bin Eurer Meinung. Wir dürften nicht. Es ist zu gefährlich für Euch. Sie werden einen Vorwand finden, um Euch anzuklagen, wenn sie mich begraben. Schlafen wir diese Nacht. Morgen werden wir wieder bloß Nachbarn sein, aber, Alix …«

»Was?«

»Ich werde Euch niemals vergessen, was Ihr für mich getan habt, seit ich nach Vitoria zurückgekehrt bin.«

Dann ließen wir uns von der Nacht in den Schlaf wiegen.

28

VALDEGOVÍA

Unai · *Oktober 2019*

Es war schon dunkel. Ich lief gerade durch die Gassen der Altstadt, als Manus Anruf mich erreichte. Auf meinen gewohnten Strecken zu joggen beruhigte mich, und seit Alba und Deba nicht mehr bei mir waren, nutzte ich jede freie Minute, um die Laufschuhe anzuziehen und mich abzureagieren.

Ich blieb stehen und setzte mich am Cantón de las Carnicerías in den Eingang eines der Caños, der früheren Abwasserkanäle, bevor ich den Anruf annahm.

Aus etwas so wenig Vornehmem wie der Abwasserentsorgung im Mittelalter ist etwas sehr Schönes geworden: Die damaligen offenen Rinnen sind heute gepflegte Hinterhofgärten.

»Kraken, hast du gesehen, was auf Twitter los ist?«, fragte Manu.

»Heute hatte ich dafür keine Zeit«, erwiderte ich.

»Tja, es verbreitet sich virusartig.« Manu klang besorgt. »Ich rufe dich an, um zu fragen, ob wir dazu Stellung nehmen sollen.«

»Erzähl mir erst mal, worum es geht.«

»Ich lese dir den Tweet vor: ›*Die Herren der Zeit* ist die Neufassung einer unveröffentlichten Chronik aus dem 12. Jahrhundert. Einem Experten zufolge könnte ihr Wert bis zu drei Millionen Euro betragen.‹ «

»Verdammt«, entfuhr es mir.

»Wusstest du das?«

»Erst seit gestern«, erwiderte ich und machte mich auf den

Heimweg. Soweit zu meinem Lauftraining. »Und außer meiner Quelle dürfte niemand davon wissen. Hast du mit Estíbaliz gesprochen?«

»Sie geht nicht ans Telefon. Es ist elf Uhr abends, vielleicht schläft sie schon«, sagte er.

»Dann machen wir schon mal ohne sie weiter. Hast du Milán angerufen?«

»Sie recherchiert, wem der Twitter-Account gehört. Bis jetzt weiß man nur, dass er gerade erst eröffnet wurde. Der Autor des Tweets war nicht gerade subtil, ich glaube, der wollte nur die Bombe platzen lassen, und das ist ihm ja auch gelungen. Die Anzahl der Retweets nimmt sekündlich zu, und morgen wird die lokale und überregionale Presse es aufgreifen. Was mir Sorgen macht: Wenn nur du und deine Quelle diese Information hattet, wirst du dann beschattet oder wird vielleicht dein Telefon angezapft?«

»Ich habe nur mit Alba über die Sache gesprochen. Da war ich gerade mit Lutxo im Virgen Blanca und bin runter zu den Toiletten, um ihren Anruf anzunehmen. Aber ich bin mir ziemlich sicher, dass er mir nicht gefolgt ist und mich oben im Café auch nicht hören konnte.«

»Und jemand auf der Toilette?«

»Da war niemand. Es sei denn …«

»Was?«

»Es sei denn, jemand hätte sich hinter der Tür des Lagerraums versteckt, wo sie die Getränke aufbewahren. Das ist das Einzige, was mir einfällt.«

Lutxo kannte die Kellnerin, aber kannte er sie so gut, dass sie sich für Geld hinter einer Tür verstecken und mich belauschen würde? Nutzte es Lutxo, dass diese Information bekannt wurde? Das war mir nicht ganz klar. Und Iago und Héctor del Castillo hatten keinen Grund, diesen Tweet zu schreiben.

»Jedenfalls haben wir der Richterin nichts von dieser Ermittlungsrichtung erzählt. Und wir können nicht mehr verhindern, dass der Tweet weiterverbreitet wird«, sagte ich.

»Morgen früh informieren wir die anderen auf dem Kommissariat, aber du hast recht. Es gibt nichts, was wir an einem Donnerstag um diese Uhrzeit tun können. Und du hast seit Tagen schlechte Laune, Kraken. Du solltest dich mal ablenken. Hast du Lust, mich in die Pinto zu begleiten? Da hat eine neue Bar aufgemacht, die veranstaltet eine Livesession: nur Geige und Querflöte. Keltischer Abend. Vielleicht hilft uns das, den Tod und das Buch da mal für ein paar Stunden zu vergessen. Was sagst du?«

Ich zwang mich nicht sehr begeistert, ihm zuzusagen. Mir war klar, dass es der Ermittlung guttun würde, wenn ich mal abschaltete. Dass ich seit Wochen vermied, mit der Clique auch nur einen Kaffee trinken zu gehen, dass ich mein Leben wieder einmal bis zur Aufklärung des Falls auf Eis gelegt hatte.

Als ich die Bar verließ, war es fast drei Uhr morgens. Manu wollte noch etwas mit seinen Musikerfreunden trinken, doch ich verabschiedete mich und machte mich auf den Heimweg.

Erst draußen vor der Bar merkte ich, dass Estíbaliz mir mehrere zunehmend frustriert klingende Nachrichten auf der Mailbox hinterlassen hatte, zuletzt gegen halb drei ein besorgniserregendes: »Komm schnell zum Turm, ich glaube, da p…«

Mehrmals versuchte ich, sie zurückzurufen, aber sie ging nicht dran. Und Esti nahm meine Anrufe eigentlich immer entgegen.

Ich rannte zurück in die Bar.

Als mein Kollege die Dringlichkeit in meinem Blick las, ließ er sein Glas auf der Theke stehen.

»Manu, fahr mit mir nach Valdegovía«, sagte ich ihm ins Ohr. »Ich habe einen Hilferuf von Estíbaliz aus dem Torre de Nograro bekommen, und jetzt geht sie nicht mehr ans Telefon. Ich weiß nicht, was sie mitten in der Woche und um diese Uhrzeit da treibt, aber es gefällt mir nicht. Lass uns nachsehen, was los ist.«

Wir ließen Vitoria hinter uns und fuhren in die Dunkelheit der Provinz. Die Bäume bildeten mit ihren Ästen einen Tunnel um unseren Wagen, der mit zunehmender Geschwindigkeit zum Torre brauste.

»Sie geht nicht dran«, murmelte ich immer besorgter. »Und auf meine Textnachrichten antwortet sie auch nicht. Aber sie hat ihr Telefon nicht ausgeschaltet. Sie antwortet einfach nicht.«

»Wir sind gleich da, Kraken. Sollten wir einen Streifenwagen anfordern?«

»Das entscheiden wir, sobald wir sehen, womit wir es zu tun haben.«

Ich möchte sie nicht bloßstellen, dachte ich bei mir.

Schließlich wusste ich selbst noch nicht, was da los war, deshalb wollte ich erst einmal niemanden sonst einweihen. Vielleicht war es ihr ja gelungen, Alvar zum Reden zu bringen, aber ich wollte lieber selbst nachsehen.

Wir stellten den Wagen am Straßenrand ab und schalteten die Scheinwerfer aus. Ich fand den Weg zum Eingang auch ohne Lampen, zumal am Himmel ziemlich viele Sterne leuchteten. Auf dem Parkplatz des Turms entdeckten wir Estis Auto.

Wir überquerten die Brücke und betraten den Rasen. Das kleine Fenster über der Tür stand offen.

Diesmal wählte ich Ramiro Alvars Festnetznummer, doch er meldete sich nicht.

Durchs Fenster konnte ich das Läuten meines eigenen Anrufs hören. Ich ließ es lange klingeln, aber niemand nahm ab. Daraufhin benutzte ich mehrfach den Türklopfer. Nichts.

»Leuchte mal aufs Fenster«, bat ich Manu.

Es schien weder defekt noch aufgebrochen worden zu sein.

Ein offenes Fenster, dachte ich. Ramiro ist verfroren, er würde niemals im Herbst ein Fenster über Nacht offen lassen. Estíbaliz gibt kein Lebenszeichen von sich. Vor fast zwei Stunden war sie im Turm. Falls sie noch da drin ist, kann sie wohl nicht drangehen. Also hat jemand sie in seiner Gewalt und hindert sie daran, sich zu melden. Sie ist in Gefahr. Alvar oder Ramiro Alvar geht auch nicht ans Telefon. Und Ramiro Alvar ist im Turm. Er geht nie aus, also ist er da drin. Was haben wir? Um Gottes willen …

Mit der Taschenlampenfunktion des Telefons leuchtete ich auf den Rasen unterhalb des Fensters. Da waren keine Schleifspuren.

Sie sind noch da drin, dachte ich, und jemand von außen ist durchs Fenster gestiegen. Er kann sie nicht mitgenommen haben.

»Du steigst durch das Fenster ein. Ich hebe dich hoch«, befahl ich Manu.

Ich machte eine Räuberleiter, er stellte einen Fuß hinein, stützte sich an der Mauer ab, um Schwung zu holen. Dann kletterte er ins Gebäude. Einige Sekunden lang war er verschwunden, dann steckte er den Kopf wieder heraus.

»Die Luft ist rein«, flüsterte er.

»Geh zur Tür und öffne mir.«

Ich musste zwei Minuten warten, die mir vorkamen wie ein endlos langer Winter, bis die schwere Holztür sich öffnete und ich hineinkonnte.

Alles lag im Dunkeln, aber vom Innenhof der Turmfestung her drang Licht herein. Ich sah nach oben. Hinter einem Fenster auf der Etage, die Ramiro Alvar bewohnte, brannte eine Lampe.

Ich zog die Pistole. Manu sah es und tat es mir nach.

Dann ging ich, ohne Licht zu machen, über den Innenhof in der Absicht, die Treppe hinaufzusteigen.

Aber ich glitt aus.

Auf einer der Fliesen war eine Pfütze, und ich stürzte. Ich landete auf etwas Weichem, nur mein Ellbogen kam schmerzhaft auf dem harten Boden auf. Als ich mein Telefon herausholen und die Taschenlampe einschalten wollte, damit ich etwas sehen konnte, entdeckte ich, dass auch meine Hände nass waren. Unterdessen hatte Manu sein Telefon hervorgeholt und leuchtete mir. Ich lag auf einem fast nackten Körper, und Blut strömte mir über die Hände.

»Kraken … das Haar.«

»Welches Haar?«

»Du bist auf jemanden gefallen, der so rotes Haar wie Estíbaliz hat.«

Ausgeschlossen, dachte ich. Ich weigerte mich, das zu glauben.

»Leuchte hierher!«, befahl ich ihm.

Ich rappelte mich hoch, stand aber in einer Blutlache, und in der Dunkelheit fiel es mir schwer, mein Gleichgewicht zu halten.

Estíbaliz war sehr blass. Ich riss Manu das Telefon aus der Hand und hielt es an ihre Augen.

Ihre Pupillen reagierten. Sie lebte, war aber bewusstlos.

»Jetzt ruf schon einen Krankenwagen! Und fordere einen Streifenwagen an, und die Spurensicherung soll auch kommen, hier gibt es eine verletzte Polizistin. Sie sollen AB+ mitbringen. Estíbaliz hat viel Blut verloren. Sie werden eine Transfusion machen müssen.«

»Kraken … da ist noch jemand.«

Manu beleuchtete einen weiteren Körper, der ebenfalls am Boden lag, in einem blutgetränkten altmodischen weißen Nachthemd, das die Beine frei ließ. Mehr konnte ich nicht erkennen, die Dunkelheit verschluckte alles, was außerhalb des Lichtkegels von Manus Telefon lag.

»Sieh nach, ob er noch lebt!«

Manu ging hin, während ich mit meinem Telefon Verstärkung und einen Krankenwagen anforderte. Ich setzte die Maske des Kriminalpolizisten auf, beschrieb ganz nüchtern die Verletzungen, die meine Kollegin aufwies. Anders wäre es nicht gegangen. Zu denken, dass der zerschmetterte Körper zu meinen Füßen Estíbaliz gehörte, war mir in diesem Moment unmöglich.

Du nicht, du nicht, du nicht!, dachte ich verzweifelt.

»Es ist ein Mann, die Pupillen reagieren«, rief Manu. »Was tun wir?«

»Beweg sie nicht, wir wissen nicht, aus welcher Höhe sie gestürzt sind«, wies ich ihn an. Mit meinem Telefon leuchtete ich nach oben und suchte nach einer kaputten Stelle im Holzgeländer, die mir einen Hinweis geben konnte. »Wahrscheinlich sind Organe beschädigt, womöglich verbluten sie jetzt innerlich. Beschreibe mir die Verletzungen, die du siehst.«

»Ein Bein scheint mehrfach gebrochen zu sein. Sieht aus wie bei einer Marionette, in unmöglichen Winkeln. Ich glaube, er ist mit den Füßen aufgekommen.«

»Dann hat er wahrscheinlich eine Beckenfraktur, vielleicht sind auch Fersen und Knöchel gebrochen«, sagte ich.

»So sieht es allerdings aus.«

»Estíbaliz liegt fast in der Mitte des Innenhofs, während er unterhalb der Treppe liegt. Somit ist sie von weiter oben gestürzt oder gestoßen worden. Aber das Geländer ist nirgendwo kaputt, soweit ich sehen kann. Ob man sie übers Geländer geworfen hat? Dafür braucht man viel Kraft, auch wenn sie nicht einmal fünfzig Kilo wiegt«, überlegte ich laut.

Ich führte mir die Situation vor Augen. Jemand hatte das Gebäude betreten, während Estíbaliz und Alvar … tja, während die beiden sich in Alvars Räumlichkeiten vergnügten. Aus irgendeinem Grund ging einer von ihnen die Treppe hinab und stürzte in den Hof oder wurde gestoßen. Danach passierte dem anderen das Gleiche. Estíbaliz' geringes Gewicht wirkte sich zu ihrem Vorteil aus: Weniger Gewicht bedeutete geringere Beschleunigung, weniger freigesetzte Energie beim Aufprall, geringere Deformierung des Körpers, weniger Verletzungen.

Alvar war nicht so tief gestürzt, aber beide waren bewusstlos. Nur die Ärzte konnten die Schwere ihrer inneren Verletzungen feststellen.

»Und jetzt sag mir, Esti, wie erklären wir Alba und dem Comisario, dass du dich heute Nacht im Haus des Hauptverdächtigen aufgehalten hast und in Unterwäsche bist?«, flüsterte ich ihr ins Ohr.

Ich wusste, sie konnte mich nicht hören. Und ich wusste, jetzt war ich an der Reihe, für sie zu lügen, ebenso wie sie ständig für mich log.

Aber realistisch betrachtet war das in diesem Augenblick, wo ihr Leben an einem seidenen Faden hing, Estíbaliz' geringstes Problem.

29

DER JARDÍN DE SAMANIEGO

Unai · *Oktober 2019*

Als ich mich auf den Weg nach Laguardia machte, war der Morgen bereits angebrochen. Es war eine lange Nacht gewesen. Estíbaliz und Ramiro Alvar Nograro wurden noch immer operiert. Das war der Nachteil daran, ein ANP zu sein: Wenn dein EP sich in Schwierigkeiten bringt, ist es trotzdem dein Körper, und die Konsequenzen trägst auch du.

Die Ärzte hatten gesagt, es würde noch mehrere Stunden dauern. Und sie konnten nichts garantieren. Estíbaliz' Zustand war ernst, wirklich ernst.

Und das war mehr, als ich ertragen konnte. Mehr konnten meine Schultern nicht tragen. Kraken übernahm die Kontrolle: Was kann ich jetzt tun? Was muss außerdem noch getan werden?

Ich hatte genügend Zeit, um nach Laguardia und wieder zurück zu fahren. Außerdem verdiente Alba es, die Nachricht mit allem, was daraus folgte, persönlich zu erfahren.

Als ich das Hotel betrat, war Deba bereits wach, und Alba hatte ihr Frühstück gemacht und sie angezogen. Ich blieb eine Weile an der Tür stehen und beobachtete die beiden: Es war ein friedlicher, total unspektakulärer Anblick. Ein perfekter Augenblick im Leben von Mutter und Tochter.

Dann drehte sich Deba, die mich mit ihren Superkräften gewittert hatte, wie ein Hündchen zu mir um.

»Papá! Wie hässlich du aussiehst!«, rief sie fröhlich.

»Deba hat recht, du siehst richtig schlecht aus«, bemerkte Alba anstelle einer Begrüßung. »Anstrengende Nacht?«

Ich wollte schon antworten, doch da kam Großvater mit mehreren Plastiktüten herein. Deba rannte zu ihm und klammerte sich an ihn, als wäre er ein Rettungsboot.

Für mich war er das auch.

»Wie bist du denn so früh hierhergekommen, Großvater?«, fragte ich.

Er stellte die Tüten behutsam auf den Boden und kratzte sich mit einem großen, gekrümmten Finger am Kopf, wie immer, wenn er log.

»Eusebios Sohn hat mich hergefahren.«

»Der aus Villafría? Und du bist so beladen zu Fuß über die Landstraße bis nach Villafría gelaufen?«

»Das sind zwei Kilometer, mein Junge.« Er zuckte die Achseln. »Es tut mir gut zu laufen.«

»Großvater, kannst du mit Deba für einen Moment in den Park spielen gehen? Alba und ich kommen gleich nach.«

»Komm her, Kleine«, sagte er zu Deba, hob sie hoch und setzte ihr seine Baskenmütze auf. »Alba, Tochter, ich habe dir ein paar Gläser Marmelade mitgebracht, ich dachte, die könntest du den Gästen zum Frühstück servieren.«

Alba lächelte. Großvater hatte eine balsamische Wirkung auf sie. »Danke, Großvater. Das ist eine gute Idee.«

Dann verschwanden Großvater und Deba die Treppe hinab. Wir blieben schweigend zurück. Alba ahnte wohl schon, dass mein morgendlicher Besuch dunkle Wolken am Horizont bedeutete.

»Komm, Alba. Lass uns auf den Turm steigen, ich muss den Kopf durchlüften.«

»So schlimm?«

Du hast ja keine Ahnung.

Sie folgte mir die Wendeltreppe hinauf. Ich unterdrückte die noch allzu frische Erinnerung an Estíbaliz, wie sie zerschmettert am Boden von Ramiro Alvars Innenhof lag. Draußen war es ein sonniger Tag, doch es war eine weiße, kalte Sonne, die nicht wärmte. Alba erschauerte und rieb sich die Schultern, als wäre sie daran gewöhnt, sich selbst zu trösten.

Ich sah mich um, dann richtete ich den Blick auf die Sierra und folgte ihrem Profil bis zum Monte San Tirso. Ich brauchte einen Anker.

Von der Turmspitze aus war ein Teil des Parks zu sehen. Großvater dachte auch wirklich an alles: Er war mit Deba zum Spielplatz gegangen, wo wir die beiden sehen konnten.

Während er sich auf eine Bank setzte, eroberte Deba eine von diesen Holzburgen mit Treppe, Haltegriffen für kleine Hände und Hängebrücke in einer Höhe, bei der man keine Angst haben musste.

Ich drehte mich um und seufzte. Also dann.

»Estíbaliz ist schwer verletzt und wird gerade operiert. Sie ist aus mindestens zehn Metern Höhe gestürzt. Wir vermuten, dass sie gestoßen wurde. Sie war heute Nacht im Torre de Nograro.«

»Heute Nacht?«

»Heute Nacht. Mir ist lieber, du erfährst alles von mir anstatt aus einem nüchternen Bericht. Ramiro Alvar Nograro haben wir wenige Meter neben ihr gefunden. Bis die Kriminaltechniker uns ihren Bericht schicken, wissen wir nicht, in welcher Reihenfolge der Angriff erfolgte. Ramiro Alvar ist nicht so tief gestürzt, aber auch sein Zustand ist besorgniserregend. Estíbaliz schwebt allerdings im Moment in Lebensgefahr. Sie hat zahlreiche Knochenbrüche, sie ist auf die Seite gefallen. Ramiro ist im Stehen auf dem Boden aufgekommen, ein Bein ist an vier Stellen gebrochen. Welche inneren Verletzungen die beiden haben, weiß ich nicht. Prognose ungewiss. Beide waren in Unterwäsche, Ramiro Alvar hatte sich nur ein Nachthemd übergeworfen. Der Angreifer kam von außen. Die Eingangstür war abgeschlossen, aber ein tief liegendes Fenster stand offen. Wir vermuten, dass der Täter durch dieses Fenster geflüchtet ist, nachdem er von Estíbaliz und Ramiro Alvar entdeckt worden war und sie in den Hof gestoßen hatte. Ich habe die Kollegen von der Kriminaltechnik gebeten, die Bibliothek zu untersuchen, denn es besteht die Möglichkeit, dass der Einbrecher die Kopie der Chronik aus dem zwölften Jahrhundert stehlen wollte. Wobei ich nicht glaube, dass er so dumm wäre, sie jetzt auf dem Schwarzmarkt anzubieten. Jedenfalls werden wir erst wissen, ob sie gestohlen wurde, wenn wir mit Ramiro Alvar sprechen können. Ich habe Manu gebeten, für das, was heute Nacht geschehen ist, das Ermittlungsgeheimnis zu beantragen. Die öffentliche Meinung wird die Morde jetzt ohnehin mit der Chronik in Verbindung bringen, aber wenn durchsickert, dass im Torre de Nograro eingebrochen wurde und die Inspectora, die die Ermittlungen leitet, sowie der Eigentümer angegriffen wurden, wird die Presse ihre ganze Aufmerksamkeit auf die Turmfestung richten. Und das würde alles nur noch weiter komplizieren.«

»Ich muss zu Estíbaliz«, war das Einzige, was Alba erwiderte. »Ist im Moment jemand im Krankenhaus?«

»Manu und Milán wollen sich abwechseln. Sie rufen mich an, sobald es etwas Neues gibt.«

»Verdammt! Du hast unsere beste Freundin da allein gelassen?«

»Ich bin hergekommen, weil die Operation noch viele Stunden dauern wird und die Ärzte im Moment sowieso nichts sagen. Ich bin hergekommen, weil ich es dir nicht am Telefon erzählen wollte. Germán habe ich schon angerufen, er nimmt sich den Tag frei und wartet auf Nachricht von uns, ab wann er bei Deba bleiben soll. Wir nehmen Großvater auch mit nach Vitoria. Die beiden unterstützen uns.«

Ich wollte zurück nach unten gehen, damit wir uns schnellstmöglich auf den Weg machen konnten, doch Alba hielt mich am

Arm fest. »Warte. Mit Großvater und Deba im Auto werden wir unterwegs nicht darüber sprechen können. Erklär mir das alles. Lass nichts aus. Ich werde zurück auf meinen Posten müssen.«

»Ich weiß. Bisher habe ich versucht, dich da raushalten. Du verdienst ein bisschen Zeit, um um deine Mutter zu trauern. Jeder verdient das, verdammt.«

»Seit wann?«

»Seit wann was?«

»Du weißt, was ich meine: Seit wann hat Estíbaliz ein Verhältnis zum Hauptverdächtigen, und seit wann weißt du davon?«

»Dass sie miteinander geschlafen haben ...« Ich sah aufs Telefon. »Seit nicht einmal zwölf Stunden.«

»Unai ...«

»Es stimmt, verdammt! Ich hätte nicht gedacht, dass sie so weit gehen würde. Estíbaliz hat mir nichts davon erzählt. Es waren nur Vermutungen, und ich wollte dich nicht umsonst verrückt machen. Du hast dich aus den Ermittlungen herausgezogen, ich wollte deine Entscheidung respektieren.«

»Aber das kannst du mir doch nicht vorenthalten. Herrgott, Unai! Ich hatte dir gesagt, dass ich ihr die Leitung des Falls übertrage. Wusstest du da schon, dass sie eine unangemessene Beziehung zum einzigen Verdächtigen hat?«

»Vom ersten Abend an. Ich traf die beiden morgens beim Laufen. Da hatten sie das schon. Das, was du und ich am Anfang auch hatten, die langen Blicke. Diese Art, sich anzusehen. Estíbaliz, die an seinen Lippen hing, Alvar, der sie ansah, als könnte er nicht glauben, dass es so jemanden gibt. Ich weiß nicht, ob ihr das in jener Nacht schon klar war. Mir war es jedenfalls klar, als ich die beiden sah. Diesen Blick hatte ich bei ihr noch nie gesehen.«

»Das ist dir bei mir passiert?«

»Natürlich. Und ich bewundere dich immer noch, ich bin total verknallt in dich, mehr noch als am ersten Tag, genau genommen. Genügt dir das? Und es ist noch mehr, es ist das, was wir gemeinsam erschaffen. Sag mir: Macht Deba uns zu einer Familie?«

»Großvaters Marmeladen machen uns zu einer Familie«, erwiderte sie und strich über das rote Bändchen an ihrem Handgelenk. »Machen wir uns auf den Weg, ich werde mir nie verzeihen, dass Estíbaliz im Krankenhaus ohne ihre Familie ist.«

Ich sah hinab in den Park und suchte Großvater auf der Bank.

Und da entdeckte ich ihn.

Tasio Ortíz de Zárate.

Tasio war bei meiner Tochter, plauderte mit ihr und hielt irgendetwas in der Hand. Er musste sie abgefangen haben, als sie von der Rutsche geklettert war. Großvater war der Blick auf die beiden durch die Holzburg verstellt, und so saß er seelenruhig auf der Parkbank, nicht ahnend, in welcher Gefahr seine Urenkelin sich befand.

»Tasio ist da unten und spricht mit Deba. Gib Großvater kein Zeichen, denn wenn Tasio sich erschreckt und mit ihr abhaut, kann Großvater ihm nicht folgen«, flüsterte ich Alba zu. Am Rücken war mir der kalte Schweiß ausgebrochen.

Wie eine einzige Person rannten wir die Treppe hinab, stürzten hinaus auf die Straße und näherten uns der Holzburg von zwei Seiten.

»Verschwinde auf der Stelle, Tasio!«, schrie ich, als ich nur noch wenige Meter entfernt war.

Alba kam von der anderen Seite angerannt. Tasio sprang auf und lief los. Alba schnappte sich Deba und brachte sie weg, ich rannte Tasio hinterher. Obwohl ich alles gab, fiel es mir schwer, ihn einzuholen. Er war gut in Form, der Mistkerl. Ich rief mehrfach »Halt!«, aber er wurde nicht langsamer.

Auf Höhe des Pavillons des Fabeldichters Samaniego war sein Vorsprung geschrumpft. Ich nutzte meine Chance und warf mich auf seine Beine.

Mein Tackling war erfolgreich: Ich riss ihn um, und wir stürzten gemeinsam auf den noch taufeuchten Rasen.

»Schon gut, schon gut! Entschuldige, Unai!«, rief er und hob die Hände.

»Ich habe dir gesagt, du sollst dich von ihr fernhalten, Tasio.«

»Das ist eine Verwechslung, Unai! Schau in meine Brieftasche, ich bin Ignacio.«

Das verschlug mir die Sprache. Damit hatte ich nicht gerechnet. »Ignacio? Was machst du denn hier?«

»Ich habe ein Haus in Laguardia!«, schrie er noch immer erschrocken. »Ich bin durch den Park spaziert und habe deinen Großvater mit dem Mädchen gesehen. Es tut mir leid, meine Neugier war stärker als ich, ich konnte nicht dagegen an. Ich wusste nicht, dass du mit Tasio gesprochen hast oder dass du ihm verboten hast, mit dem Mädchen zu sprechen. In meiner Gesäßtasche. Sieh dir meinen Ausweis an, Unai.«

Ich hielt ihn zu Boden gedrückt, zog aber seinen Geldbeutel aus seiner Hosentasche. Personalausweis, Führerschein, Kreditkarten … Er war tatsächlich Ignacio.

Ich gab ihn frei. Ignacio setzte sich neben mich auf den Rasen.

»Tut mir wirklich leid«, sagte er. »Ich will euch keine Schwierigkeiten machen. Weder dir noch der Subcomisaria. Es sind schon zu viele Unglücke geschehen. Sag mir, wo ihr normalerweise spazieren geht, und ich halte mich von diesen Bereichen fern, wenn ich in Laguardia bin.«

Ich klopfte ihm auf den Rücken, blieb aber neben ihm sitzen, um zu Atem zu kommen.

»Danke, Ignacio … und entschuldige das Tackling.«

Ignacio nickte, war aber noch nervös. »Ehrlich gesagt hat es gutgetan. Für einen Moment war ich wieder der Inspector, obwohl ich damals nie der Verfolgte war.«

Ich lächelte ihn an, ein wenig entspannter. Auch ich ließ mir ein bisschen Zeit, damit mein Puls sich wieder beruhigen konnte.

»Vermisst du diese Zeit? Vermisst du dein Leben als Inspector bei der Kripo?«, wagte ich ihn dann zu fragen.

Er dachte kurz darüber nach.

»Ich habe nicht mehr mit dem Gesindel zu tun. Früher war das mein täglicher Umgang. Straftäter waren mein Leben. Jetzt verkehre ich mit ganz normalen Leuten, die keine Vorstrafen haben und nie straffällig werden. Es gibt keine Gewalt, keine Dramen, keine Spätfolgen. Mach dir nichts vor, Unai. Das Leben ist leichter auf der weißen Seite.«

»Du meinst auf der blinden Seite«, entgegnete ich. »Es ist leicht wegzusehen, wenn man weiß, dass wir diese Leute schon von der Straße holen werden. Aber irgendjemand muss sich darum kümmern. Wenn sich jeder abwenden würde, könnten sie tun und lassen, was sie wollen, niemand würde sie daran hindern. Ich weiß nicht, ob ich auf dieser weißen Seite, von der du sprichst, leben könnte.«

»Ah … der Heldenkomplex. Dieses überzogene Pflichtgefühl. Ich hatte das auch, aber es ist mich teuer zu stehen gekommen«, sagte er traurig. »Und meinen Zwillingsbruder noch teurer. Ich habe ihm zwanzig unersetzliche Jahre geraubt.«

Da vibrierte das Handy in meiner Hosentasche. Ich sah aufs Display: Es war Manu. Neuigkeiten von Estíbaliz vielleicht.

Ich stand auf und reichte ihm die Hand. »Ignacio, diesen Anruf muss ich annehmen. Entschuldige noch einmal, dass ich dich gejagt habe, aber könntest du …«

»Keine Sorge, ich halte mich von deiner Tochter fern, wenn ich in Laguardia bin.«

»Danke. Die Subcomisaria hat gerade erst ihre Mutter verloren. Du verstehst vielleicht …«

»Ich verstehe«, unterbrach er mich. Er sah mir in die Augen, drückte mir fest die Hand und ging davon, die teure Kleidung voller Grasflecken.

Ich lief zurück zum Spielplatz, wo ich Deba, Alba und Großvater zurückgelassen hatte. Unterwegs rief ich Manu zurück. »Irgendwas Neues?«

»Noch nicht, sie ist noch im OP. Ramiro Alvar ist außer Gefahr.«

»Na gut. Ich fahre jetzt mit der Subcomisaria nach Vitoria. Sie übernimmt ab sofort wieder die Leitung der Ermittlungen. Heute Nachmittag setzen wir uns mit den Kollegen von der Kriminaltechnik zusammen.«

»Übrigens hat Milán den Twitter-Account, der den Tweet über die Chronik abgesetzt hat, zurückverfolgt. Er wurde gestern in Vitoria eröffnet, und zwar mit einem Wegwerfhandy, das seitdem nicht mehr aktiv war. Weitere Tweets gab es nicht, und ich glaube auch nicht, dass dieser Kerl noch mal was schreibt.«

»Es darf nicht durchsickern, dass die Chronik womöglich gestohlen wurde, sonst wird uns diese Ermittlungsrichtung sehr erschwert. Es hat oberste Priorität, dass diesbezüglich das Ermittlungsgeheimnis verhängt wird. Und noch etwas: Überwach die Haustür der Calle Dato Nummer zwei! Sag mir, ob du Ignacio Ortiz de Zárate siehst und welche Kleidung er heute trägt. Ich will Fotos.«

30

DIE RICHTEICHE

Diago Vela · *Im Jahr des Herrn 1192, Winter*

Ich glaubte, ich würde sie im Feuer verlieren, und das Feuer gab sie mir.

Die Schreie weckten mich. Ich war im Zuber eingeschlafen, und jetzt war das Wasser eisig. Alix war fort, und ich fühlte mich einsamer denn je. Ich sprang auf, hüllte mich in Gunnarrs Bärenfell und trat ans Fenster.

Es waren keine Freuden-, sondern Entsetzensschreie. Ich kleidete mich an, lief hinab auf die Straße und ging den Schreien nach. Draußen vor der Stadtmauer knieten mehrere Frauen unter der Richteiche und weinten.

An einem der Äste schwang die Leiche des jungen Pfarrers.

Der Statthalter war bereits hier, doch eine Leiter ließ auf sich warten. Sieben navarresische Wachmänner, die in der Festung Sant Viçente seinem Kommando unterstanden, bildeten einen Kreis um die Eiche und hielten die Leute fern. Sie drohten ihnen sogar mit ihren Lanzen.

Der Richter, der Henker und der Statthalter standen um mich herum, und alle vier sahen wir hinauf zum Gehängten. Er war mit einem steifen Glied gestorben und hatte sich im Tod beschmutzt. Und dieser ganze Schmutz war nun für alle zu sehen. Schwer zu sagen, ob er dieses unwürdige Ende verdient hatte.

»Was heute Nacht geschehen ist, lässt sich nicht mehr verbergen«, sagte der Statthalter. »Aber wir können den Karneval nicht verbieten, alle Welt ist auf der Straße.«

»Nehmt Eure Soldaten. Sofort«, befahl ich ihm. »Bringt sämtlichen Wein auf Karren durch das Portal de la Armería aus der Stadt, sagt, aus Achtung vor den Seelen der Töchter des Conde de Maestu verzichten alle auf dieses Getränk. Richter, verfasst eine Benachrichtigung, die noch heute Vormittag an den Portalen der beiden Kirchen Santa María und Sant Michel verlesen werden soll. Gebt die Geschehnisse bekannt. Der Pfarrer gehörte nicht zu irgendeiner Bande. Jemand hat gemeint, er könne das Recht selbst in die Hand nehmen. Und jemand möge den Jungen um Gottes willen vom Baum abnehmen, sonst steige ich noch selbst hinauf und schneide das Seil durch.«

Der Scharfrichter zog seinen Dolch aus der Scheide. »Das wird nicht nötig sein, da ist schon die Leiter.« Und er lehnte sie unter unseren aufmerksamen Blicken an die Richteiche.

Ich verließ den Richtplatz und ging zu Nagornos Haus, das auf der Rúa de la Astería an meines grenzte. Als ich eintrat, schürte er gerade die Glut in seinem Kamin, die seine Schlafkammer heute Nacht gewiss warm gehalten hatte.

Er musste sich nicht zu mir umsehen, denn er erkannte meine Schritte.

»Ich weiß, was du dich fragst: Wem nutzt dieser Tod?«, sagte er bedächtig.

»Warst du es?«, fragte ich bloß.

»Du weißt, dass ich es nicht war.«

Er stand auf, beinahe gleichgültig, als langweilte diese Angelegenheit ihn schon. Dann trat er ans Fenster und sah hinaus. Ich stellte mich neben ihn.

»Hör zu, Nagorno. Der Karneval ist noch nicht vorbei, aber ich kenne all deine Masken. Ich werde es Onneca nicht sagen, ich glaube, sie ist in dich verliebt oder etwas Ähnliches. Und solange ihr Bruder nicht aus Edessa zurückkehrt, hat sie sonst keine Familie. Lieber soll sie mich weiter hassen, aber solange du an ihrer Seite bist, mache sie glücklich.«

Nagorno nickte, wie es eine Schlange täte: träge. Plötzlich erregte etwas seine Aufmerksamkeit.

»Woher kommt dieser dunkle Rauch?«, fragte er befremdet.

Besorgt streckte ich den Oberkörper aus dem Fenster.

»Das sind mehrere Brände!«, rief ich. »An beiden Enden der Stadt. Ich würde sagen, es brennt am Markt der Obsthändlerinnen und auch am Markt von Santa María. Warst du das? Hast du die Mendozas aufgestachelt?«

»Du traust mir zu viel zu. Das schmeichelt mir zwar, aber diesmal haben sie sich selbst aufgestachelt, fürchte ich.«

»Na schön«, sagte ich, und wir setzten uns beide in Bewegung. »Wir müssen die Bürger zusammenrufen. Lass die Glocken beider Kirchen läuten! Die Leute sollen mit Eimern zum Brunnen von Santa María und die aus Nova Victoria sollen hinab zum Río Zapardiel laufen und sich des Marktes außerhalb der Mauern annehmen.«

Immer drei Stufen auf einmal nehmend, sprang ich die Treppe hinab und rannte zum Ende der Rúa de las Pescaderías, wo sich meine schlimmsten Befürchtungen bestätigten: Das Dach des Hauses von Großmutter Lucía brannte.

Die Tücher, mit denen die beiden Marktstände an der Hauswand abgedeckt waren, hatten Feuer gefangen, und die Flammen schlugen hoch bis zum ersten Stock.

Ich rannte zum Brunnen, holte einen Eimer Wasser herauf und goss ihn über mir aus. Dann riss ich mir einen Ärmel ab und band ihn vor Mund und Nase.

Das Strohdach hatte sich in einen schwarz qualmenden Scheiterhaufen verwandelt. Einige Nachbarn starrten reglos auf das Feuer wie die Maus auf eine Schlange. Andere liefen hin und her und schrien sinnlose Anweisungen, prallten gegeneinander und schlugen sich mit den Fäusten, bis die Marktfrauen eingriffen. Sie packten sie an den Ärmeln, damit sie endlich halfen, die Marktstände zu löschen.

Großmutter Lucías Haustür stand offen. Ich holte tief Luft, rannte hinein und gleich weiter die Treppe hinauf.

Der Rauch drang mir in die Augen. Ich gelangte bis zur Küche, wo die Strohmatratze, die ihr als Bett diente, Feuer gefangen hatte. Es strahlte eine solche Hitze aus, dass meine rechte Gesichtshälfte geradezu brannte, als ich daran vorbeiging.

»Großmutter, schrei, damit ich weiß, wo du bist!«

»Hier!«, schrie jemand, doch es war eine andere Stimme: Alix.

Was ich dann sah, ließ mir das Blut in den Adern gefrieren: Alix versuchte, die reglose Großmutter Lucía zu ziehen, doch ihr Kleid und ihre Haube mit den drei Spitzen standen in Flammen – sie hatte selbst Feuer gefangen.

Mit meinen nassen Kleidern warf ich mich auf sie, riss ihr die Haube vom Kopf und warf sie weit fort, dann umschlang ich sie in Höhe ihrer Füße, bis es mir gelang, die Flammen am Kleidersaum zu löschen.

Während wir hustend die Treppe hinabliefen, gab das verkohlte Holz nach und das Geschoss stürzte ein. Blind lief ich weiter, aber Großmutter Lucía in meinen Armen regte sich nicht mehr, und ich begriff, dass es zwecklos war, dass ich hier eine Leiche aus dem Feuer rettete, dass in dieser runzeligen, angesengten Hülle kein mehr Leben war. Dann stolperte ich und rollte die Treppe hinab, und obwohl ich versuchte, Großmutter Lucías alte Knochen zu schützen, stießen wir uns beide mannigfach, während das Haus sich in eine Flammenhölle verwandelte und die Hitze uns versengte.

An der Türschwelle blieb ich liegen. Alix war es, die an meinem Arm zog, als das Feuer noch einmal aufloderte. Eilig trug sie Großmutter hinaus und kehrte zu mir zurück.

Doch aus Luftmangel konnte ich schon nicht mehr klar denken, auch wollte ich nicht mehr atmen, denn es war so viel Rauch in meine Lunge gelangt, dass ich bei jedem Atemzug innerlich versengt wurde. Da wurde ein Eimer Wasser über mir entleert und verschaffte meinen Augen und meiner wunden Kehle Linderung.

Doch es war, als gäbe sie auf, als sich erwies, dass ich zu schwer für sie war. Inmitten der Flammen setzte Alix sich neben mich und wiegte mich wie einen Säugling. Stumm sahen wir einander in die Augen und warteten darauf, dass das Holz über uns zusammenbräche und alles ein Ende fände.

Doch so kam es nicht. Nagorno erschien zwischen den Flammen und schleifte mich rasch auf die Straße, obwohl er von kleinerem, weniger kräftigem Wuchs als ich war. Dann kehrte er nochmals ins Haus zurück und holte auch Alix, die er sich über eine Schulter warf. Es war Munio, Alix' Schleiereule gewesen, die ihn mit ihren Schreien auf uns aufmerksam gemacht hatte.

Nachbarn gaben uns Wasser, luden uns auf einen Karren und entfernten uns vom Brandherd.

»Und Großmutter Lucía?«, fragte ich, sobald ich wieder Worte bilden konnte.

»Sie ist stark versengt und hat kein Haar mehr, aber der Medicus sagt, sie wird überleben.«

Ich hustete und lachte gleichzeitig vor Glück. Dass so etwas möglich ist, hatte ich nicht gewusst. Dann ließ ich mich zurückfallen, während unser Karren über die Pflastersteine der Rúa de las Pescaderías rumpelte, und ruhte meinen versengten Körper aus.

Neben mir lag Alix. Ich hatte nicht die Kraft, mich noch einmal aufzurichten oder auch nur den Kopf zu drehen, um nach ihr zu sehen. Doch während wir so dort lagen und ich einen Himmel betrachtete, der grau geworden war, nachdem er kurz zuvor noch rot, orange und gelb gewesen war, suchte ich ihre Hand und drückte sie fest. Sie antwortete mit einem noch festeren Händedruck.

Und damit war es besiegelt: Da wir schon dazu verurteilt waren, in Kürze zu sterben, würden wir auf nichts mehr verzichten.

Drei Tage später, als ich kein Rauch mehr hustete und mich nicht mehr jeder Atemzug schmerzte, als meine Augen nicht mehr tränten und die Kamilleumschläge meine gerötete Haut ein wenig beruhigt hatten, suchte ich Alix nachts in der Schmiede auf.

Die Straßen waren dunkel und menschenleer. Es fehlten noch drei Stunden bis zum ersten Hahnenschrei, aber das Licht der Fackeln an der Wand erhellte die Schmiede.

Alix trug eine neue Haube und arbeitete mit dem Hammer konzentriert an dem Hufeisen auf dem Amboss. Der Schein des Feuers, das im Schmiedeofen brannte, erschien mir nicht bedrohlich, sondern warm.

»Wie geht es Großmutter Lucía?«, fragte ich beim Eintreten leise.

»Sie ist sehr traurig, weil von dem Haus, in dem sie ihr ganzes Leben gewohnt hat, nur noch vier geschwärzte Balken geblieben sind. Jetzt wohnt sie bei mir.«

»Ich habe einen Baumeister und eine Gruppe Arbeiterinnen beauftragt, es wieder aufzubauen. Genauso wie es war. Kann ich sie sehen?«

»Sie schläft«, erwiderte sie bedächtig, »aber du bist nicht gekommen, um Großmutter zu besuchen.«

Und sie ließ den Hammer ruhen. Ich ging zu ihr. Als ich sie zuletzt gesehen hatte, war ihre Haut geschwärzt gewesen.

»Wonach rieche ich heute?«, fragte ich, als sie an meiner Brust schnupperte.

»Nach getroffener Entscheidung«, sagte sie gemessen. »Schließe die Fensterläden.«

Ich gehorchte, und als ich mich wieder umdrehte, hatte sie die Haube abgenommen.

»Es ist besprochen«, murmelte sie und sah mir unverwandt in die Augen, während sie die Schürze abnahm und sich an die Wand lehnte. »Wir hatten gesagt, wir dürfen nicht.«

»Und wir dürfen auch nicht, aber ich will dir ein Versprechen geben: Ich werde nicht sterben.« Ich legte ihr die Hände auf die Schultern. »Ich will, dass du das glaubst, ich will, dass du dir sicher bist. Ich werde nicht sterben. Du wirst mich nicht zu Grabe tragen müssen, und niemand wird dich anklagen, du hättest vier Männer getötet. Du hast es ja gesehen: Ich bin nicht leicht niederzustrecken.«

»Du bist von Feinden umringt.«

»Kein Anführer, kein Senior von irgendetwas kann durchs Leben gehen, ohne auf Schritt und Tritt Kämpfe ausfechten zu müssen. Ich bin in Übung, Alix. Mein Leben war schon immer ein Kampf, und mein Bruder hat schon immer darauf gelauert, mich für jeden meiner Erfolge bezahlen zu lassen. Das habe ich im Hinterkopf. Du kannst die Rüstung nicht sehen, aber ich bin gepanzert, ich trage sie immer.«

»Dann zieh sie bei mir aus, ich habe nicht vor, dich zu verletzen.«

Ich nickte, denn ich glaubte ihr.

Und da fiel mein Blick auf ihr Handgelenk. Sie trug ein rotes Bändchen genau wie das, das Großmutter für mich geflochten hatte.

»Ich glaube, Großmutter Lucía hat uns schon ihren Segen erteilt«, murmelte ich und zeigte ihr mein Armbändchen, das den Brand wundersamerweise überlebt hatte.

»Ich habe es gesehen und nur darauf gewartet, dass auch du es bemerkst«, erwiderte sie.

»Dann … willigst du ein?« Ich kniete mich vor sie hin.

»Ich willige ein.«

Ich hob ihren Rock und wanderte von ihren Knöcheln zu ihren Schenkeln.

»Willigst du auch darin ein?«, wollte ich wissen.

»Um Himmels willen …« Sie erstickte ein Stöhnen. »Sei still und mach weiter.«

»Aber willigst du ein?«, beharrte ich.

»Ja. In allem, Diago. In allem.«

31

DIE GERADE BEI DEN KIEFERN

Unai · *Oktober 2019*

Als ich wieder am Spielplatz ankam, war meine Familie nicht zu sehen, daher ging ich zurück ins Hotel. Alba hatte die Türen geschlossen.

»Und Deba?«, fragte ich allzu beunruhigt.

»Bei Großvater im Zimmer von Doña Blanca. Ich habe sie schwören lassen, dass sie schreit, wenn sie noch einmal von einem gutaussehenden blonden Mann angesprochen wird. Hast du Tasio erwischt?«

»Es war Ignacio, ich habe seinen Ausweis gesehen. Er hatte keine Ahnung, dass ich mit Tasio gesprochen und ihm verboten hatte, sich Deba zu nähern. Ignacio hat ein Haus in Laguardia, das hatte ich ganz vergessen. Er ist sowieso nur selten hier. Ignacio will uns keine Schwierigkeiten machen und hatte nie die Absicht, herauszufinden, wer Debas Vater ist. Er hat mir versprochen, dass er sich von euch fernhält.«

»Dann können wir im Moment keine Anzeige erstatten. Oder ein Kontaktverbot gegen Tasio erwirken. Wenn es Ignacio war, können wir damit nicht zum Richter gehen. Er hat sich da immer rausgehalten.«

»Stimmt.«

»Was machen wir jetzt?« Der Plural wunderte mich; normalweise verwendete sie ihn nicht.

»Wir fahren zurück nach Vitoria. Wir werden Deba nicht allein und unbeaufsichtigt lassen. Großvater, Germán, du und ich werden abwechselnd auf sie aufpassen. Aber Estíbaliz ist noch im OP, und ich möchte da sein, wenn sie wach wird, falls sie wach wird. Als ich im Koma lag, hat sie sich kaum von meinem Bett weggerührt.«

»Ich erinnere mich. Sie braucht uns, und wir werden sie nicht im Stich lassen«, sagte sie.

Sie blickte an die robuste Decke im Eingangsbereich. Vielleicht hatte sie die Lampe dort selbst zusammen mit ihrer Mutter angebracht.

»Dabei hatte ich allmählich Gefallen an diesem Leben gefunden«, bemerkte sie leise.

Ich weiß, dachte ich bei mir.

Langsam fuhr ich uns nach Vitoria zurück. Die Fahrt verlief in angespanntem Schweigen. In Großvaters düsterem Blick las ich eine Niedergeschlagenheit, die mir nicht gefiel. Ich kannte diesen Blick: Er fühlte sich schuldig, weil er Ignacio nicht bemerkt hatte.

»Das war das Schlitzohr, nicht wahr?«, hatte er mich gefragt, als ich hinauf ins Zimmer von Doña Blanca gegangen war und die beiden beim Kämmen von Debas Plüschschwein angetroffen hatte. Es war Debas liebstes Kuscheltier, weil ihr Urgroßvater es ihr geschenkt hatte, als ihr erster Zahn durchgekommen war.

»Es war der Zwillingsbruder des Schlitzohrs, Großvater. Er führte nichts Böses im Schilde. Wir hätten keine Angst zu haben brauchen.«

»Aha … Ich werde sie nicht mehr aus den Augen lassen, mein Junge«, hatte er bedrückt geflüstert.

Eine halbe Stunde später fuhren wir über die Gerade bei den Kiefern Richtung Vitoria. Nachdem ich bei der Kollision mit der großen Kiefer am rechten Straßenrand meine erste Familie verloren hatte, hatte ich mir angewöhnt, diesen Streckenabschnitt ziemlich schnell zu passieren.

Seit jenem lange zurückliegenden Tag legte eine anonyme Person jede Woche Blumen am Fuß der großen Kiefer nieder. Und ich war es nicht, mir fiel es schon schwer, hier auch nur anzuhalten. Anfangs hatte ich nicht einmal hingesehen, ich hatte mich geweigert, ich hatte aufs Gaspedal gedrückt und stur geradeaus geblickt. Nach und nach, Durchfahrt für Durchfahrt, hatte die Macht der Gewohnheit dem Trauma die Intensität genommen, bis ich schließlich begann, auf die Blumen zu achten. Manchmal waren es Dahlien, dann wieder Tulpen, zuweilen auch Rosen von einer Sorte, die dem herben Klima in der Montaña Alavesa gewachsen war. Komischerweise stimmte die Blumensorte immer mit den Samen überein, die Großvater auf dem Markt kaufte und in seinem Garten anpflanzte.

Ich hatte ihn nie darauf angesprochen. Dies war ausnahmsweise ein Rätsel, mit dessen Lösung ich es nicht eilig hatte.

Doch heute bremste ich ab, als ich diesen Streckenabschnitt erreichte. Ich hatte meine Frau, meine Tochter und meinen Großvater bei mir. Es geschah instinktiv, aus Angst, sie zu verlieren. Und da fragte ich mich zum ersten Mal, ob ich meine Lieben nicht immer wieder gegen einen metaphorischen Baum schleuderte, weil ich unbedingt der Beschützer dieser Stadt sein musste.

Endlich waren wir am Krankenhaus. Als wir hineingingen, nahm ich Deba an die Hand.

»Komm direkt in den dritten Stock«, hatte Manu mir per SMS geschrieben.

Beklommen gingen wir vier nach oben.

Wir trafen Manu auf dem Flur. Auch Germán und Milán warteten schon auf uns.

»Die Ärzte sagen, sie sei aus Gummi. Weder sind die Nieren geplatzt, noch ist ihr Hirn zu Brei geworden. Nur Knochenbrüche, der Arm ist an zweihundert verschiedenen Stellen gebrochen. Halskrause, Reha und ab nach Hause. Wir haben unsere beste Schützin nur vorübergehend verloren, Inspectora Ruiz de

Gauna ist noch an einem Stück«, teilte Manu uns triumphierend mit.

»Können wir zu ihr?«, unterbrach ich ihn ungeduldig. Ich hatte Deba auf dem Arm, die in einem fort nach ihrer Tante fragte.

»Sie haben sie vor einer Weile aus dem Aufwachraum hier hochgebracht. Ich glaube, sie ist immer noch ein bisschen beduselt. Die Leute von der Kriminaltechnik wollen mit dir reden.«

»Später, Manu. Das muss warten. Heute nicht.«

Dann ging ich hinein, ohne um Erlaubnis zu fragen oder zu klopfen. Als ich sie mit der Halskrause sah, den rechten Arm in komplizierte Verbände gepackt und mit diversen Infusionen im anderen Arm, krampfte sich mir das Herz zusammen.

»Tante Esti! Bist du jetzt eine Mumie?«

Estíbaliz konnte meine Tochter kaum anlächeln. Sie sah mir lange in die Augen: In ihrem Blick lag ein neues Wissen. Es war der Blick einer Soldatin, die aus der Schlacht zurückkehrt und in ihrem Gegenüber jemanden erkennt, der die gleichen Erfahrungen gemacht hat.

Der Tod hatte schon von dir gekostet, dachte ich. Und du hast ihm ins Gesicht gesehen und bist aus dem Tunnel zurückgekehrt.

»Ich hatte dich angerufen. Alvar war in die Küche gegangen und blieb sehr lange weg, ich hörte Geräusche …«, flüsterte sie, aber das Sprechen fiel ihr schwer. Sie hatte rissige Lippen und eine belegte Zunge.

»Schon gut, Esti. Schon gut. Nicht heute. Heute ist die ganze Familie gekommen. Die anderen warten draußen auf dem Flur und sind halbtot vor Sorge um dich. Jag uns nie wieder so einen Schrecken ein.«

»Ich habe keine Familie, Unai. Mein Vater würde es nicht mal mitbekommen, wenn du nach Txagorritxu fahren und es ihm erzählen würdest. Ich habe keine Familie mehr.«

»Doch, natürlich hast du eine«, fuhr ich ihr über den Mund. »Wir sind deine Familie.«

Ganz behutsam setzte ich Deba auf ihrer unversehrten Seite aufs Bett. »Siehst du, dass du eine Familie hast?«

»Guck mal, Tante, ein rotes Bändchen. Ich mach dir auch eins«, mischte Deba sich ein und zeigte Esti stolz ihr Armband.

»Und ich werde dir eine Silberdistel schenken, damit sie dich immer beschützt und du nicht die Treppe runterfällst wie deine Tante.« Esti strich ihr über die widerspenstigen Locken.

Von mir unbemerkt, stand Alba schon eine Weile an der Tür und beobachtete die Szene.

»Mami! Ich weiß, was ich werde, wenn ich groß bin!«, rief Deba, als sie sie erblickte.

»Ärztin?«

»Nein, ich krieg ein Krankenhaus. Mit ganz vielen Betten.«

Ich lächelte. Deba hatte begonnen zu hüpfen, um ihrer Mutter die Qualitäten der Matratze zu demonstrieren. Ich fing meine Tochter aus der Luft und hielt sie außer Reichweite des Infusionsständers.

»Alba, wir müssen reden«, sagte Estíbaliz.

»Ich weiß, Esti. Aber lass dich erst mal wieder aufpäppeln.«

»Ich hab's vergeigt, ja?«

Alba trat ans Bett. Ich wusste, die Erinnerung an ihre Mutter in diesem Krankenhaus war noch frisch, aber sie war so souverän, dass sie ein Lächeln aufsetzen konnte.

»Beruflich wird das Konsequenzen für dich haben, ja. Der Comisario will dich von diesen Ermittlungen abziehen.«

»Wie geht es Alvar? Ich habe ihn unten im Hof liegen sehen und bin im Dunkeln die Treppe runtergerannt. Durch die oberen Fenster fiel nur wenig Licht in den Hof.«

»Und?«

»Der Einbrecher hatte sich in einer Ecke auf der Treppe versteckt, im Schatten. Er hat mir ein Bein gestellt, ich bin hingefallen, wollte mich verteidigen, aber er hat mich gepackt, hochgehoben und in den Hof geschleudert.«

Große Körperkraft, merkte ich mir.

»Bist du sicher, dass es Alvar war, der da unten im Hof lag? Du hast gesagt, es war ziemlich dunkel.«

»Meinst du, ich lüge dich an?«, fragte sie.

»Ich meine gar nichts, Esti. Ich habe bisher noch keinen Bericht gelesen.«

Wütend wollte Esti sich aufrichten, aber der linke Ellbogen ließ sie im Stich, und sie fiel frustriert zurück auf die Matratze.

»Tante, alles gut?«, rief Deba.

»Das ist nicht der richtige Moment für einen Streit«, sagte Alba besänftigend. »Wir sind gekommen, um dir zu sagen, dass wir bei dir sind, egal, was passiert, ob du einen Fehler gemacht hast oder nicht. Aber keiner von uns dreien ist imstande, das Privatleben von der Arbeit zu trennen. Wirklich, es tut mir leid. Du musst dich ausruhen und gesund werden, und dann kannst du dich mit allem anderen befassen. Unai und ich gehen jetzt. Draußen auf dem Flur warten noch mehr Leute auf dich, die dich sehen wollen.«

Alba setzte sich aufs Bett und umarmte Esti. Ich nahm die strampelnde Deba auf den Arm und ließ die beiden allein.

Als ich auf den Flur trat, scharten sich Manu, Germán, Großvater und Milán um uns.

»Wie geht's ihr?«, fragten sie wie aus einem Munde.

»Wie du gesagt hast, Manu: Sie ist aus Gummi.«

32

HOSPITAL DE SANTIAGO

Unai · *Oktober 2019*

Die Tage vergingen schneller, als ich gedacht hätte. Ramiro Alvar war heute Morgen wieder zu sich gekommen, hatte jedoch von uns noch nicht vernommen werden können. Die Besuche bei Estíbaliz vor und nach der Arbeit bestimmten den Tagesablauf der ganzen Familie.

Alba musste den Spagat vollbringen, im Kommissariat wieder voll einzusteigen und zugleich telefonisch mit ihrem Personal zusammen das Hotel in Laguardia zu führen. Ich wusste, sie würde ihr Bollwerk mit aller Macht verteidigen – so leicht würde sie diesen achteckigen Turm mit Blick auf die Weinberge nicht aufgeben.

Doch in Vitoria hatten wir andere dringende Angelegenheiten.

Alba kam mit ernster Miene in mein Büro, und mir war sofort klar, dass sie schlechte Neuigkeiten hatte. Ich sah aus dem Fenster. Der Ostwind machte diesen ohnehin kalten Tag noch unwirtlicher. Ob ein Unwetter bevorstand, wusste ich nicht. Großvater konnte den Himmel besser lesen als ich.

»Estíbaliz ist außer Gefahr. Es wird Zeit, dass wir sie zu den Vorfällen in der Nacht des Unfalls befragen. Willst du das übernehmen?«, fragte Alba.

»Ja, lass mich das machen. Sie wird mich dafür hassen. Aber einer muss es ja tun, und da ist es wohl besser, das bin ich.«

»Gib mir Bescheid, wenn du fertig bist. Ich will sie hinterher anrufen«, sagte sie, ehe sie durch die Tür verschwand.

»Das wird sie dann auch brauchen«, stimmte ich zu.

Als ich wieder allein war, rief ich Milán an.

»Finde heraus, ob Ramiro Alvar Nograro den Hausrat der Turmfestung versichert hat. Und falls ja, wie hoch die Versicherungssumme ist.«

Ich betrat Estíbaliz' Krankenzimmer. Mittlerweile ging es ihr viel besser, aber ruhig im Bett liegen zu bleiben fiel ihr sichtlich schwer.

»Heute guckst du aber säuerlich«, sagte sie anstelle einer Begrüßung.

»Wir müssen zurück in die Realität, Esti.«

»Das klingt nicht gut.«

Ich setzte mich außerhalb ihrer Reichweite neben das Tablett mit den Überresten von Hühnchen und Milchreis.

»Wir müssen deine Aussage zum Unfallhergang aufnehmen. Möglicherweise haben wir es mit einem Raubüberfall zu tun. Du kennst das Procedere.«

»Glaubst du wirklich, er hätte den Diebstahl der Chronik vorgetäuscht?« Ungläubig schüttelte sie den Kopf.

»Wir wissen noch nicht, ob der Diebstahl der Chronik der Grund für den Einbruch war. Ramiro Alvar ist erst heute Morgen erwacht, und wir konnten noch nicht mit ihm reden. Aber die Möglichkeit besteht, Esti. Um den Verdacht von sich abzulenken.«

»Willst du mir damit sagen, er hätte nur deshalb mit mir geschlafen?« Sie wurde laut.

Ich hatte ihre Verblendung satt und wurde ebenfalls lauter. »Sag mir, ist Alvar das wert? Fühlst du dich nicht bedroht nach dem, was passiert ist?«

»Ich würde Alvar alles Mögliche nennen, aber nicht bedrohlich. Und ich weiß, wovon ich rede, Kraken. Ich bin mit den Gewaltausbrüchen eines Menschen groß geworden, der seine wahre Natur vor seinem Umfeld sehr gut verbergen konnte. Ich erkenne die Anzeichen. Alvar ist nicht gewalttätig, Alvar ist nicht unser Mörder.«

»Ich muss dir etwas erzählen. Ich habe mit Marina Leiva, der Psychiaterin, die mich in Arkaute ausgebildet hat, über den Fall Ramiro Alvar gesprochen. Ich konnte mir seine Gedächtnislücken nicht erklären, und anfangs hatte ich auch den Verdacht, er könne einfach nur unter Agoraphobie leiden. Aber jetzt sind sowohl sie als auch ich davon überzeugt, dass er unter einer dissoziativen Identitätsstörung leidet. Er selbst hat es mir gegenüber am Tag vor eurem Unfall eingeräumt. Allerdings wollte er bisher nicht zu einem Psychiater gehen und eine Therapie beginnen. Er hat stattdessen eine eigene Version der mittelalterlichen Chronik als eine Art Schreibtherapie verfasst, um seinen EP zu eliminieren, und er sagt, das hätte auch über ein Jahr lang funktioniert. Aber als er dich kennenlernte, wurde der EP wieder aktiviert. Ich wollte dir das eigentlich an dem Abend erzählen, an dem du bei ihm in dem Turm warst. Der Alvar Nograro, den du kennengelernt hast, der vierundzwanzigste Herr des Turms, ist sein EP, sein emotionaler Persönlichkeitsanteil, einer von mehreren fragmentierten Persönlichkeitsanteilen, die jemand, der unter DIS leidet, hat. Macht dir das keine Angst?«

»Im Moment ist das mit den mehreren Persönlichkeitsanteilen nur eine Theorie, die du mir noch nicht bewiesen hast. Ich kenne nur den Alvar, den ich kenne. Du hast keine ärztliche Diagnose, du hast nichts.«

Wie konnte ich es ihr nur erklären?

Ich setzte mich aufs Bett. Es wäre sehr gut gewesen, wenn die Götter mir bei meiner Geburt die Gabe der Langmut geschenkt hätten, aber das hatten sie nicht. Mir riss der Geduldsfaden.

»Estíbaliz«, sagte ich schließlich, »hast du schon mal was von Hybristophilie gehört? Dem Bonnie-und Clyde-Syndrom?«

»Was? Du meinst, ich fühle mich sexuell von Straftätern angezogen? Sonst noch was?«

»Das kommt häufig bei Menschen vor, die in solchen Familien wie deiner aufwachsen. Dein Vater war Alkoholiker und hat euch misshandelt. Dein Bruder war Drogendealer. Du bist zur Kriminalpolizei gegangen und hast dadurch aus freiem Willen täglich mit solchen Menschen zu tun. Das ist dein Muster, das triggert dich.«

»Und das sagst ausgerechnet du, der sich in sämtliche Serientäter, mit denen er zu tun hat, perfekt einfühlen kann?«, schrie sie.

Ein Schlag unter die Gürtellinie. Ich steckte ihn ein und versuchte, die Ruhe zu bewahren.

»Das ist mein Job, ich muss die Täter kennenlernen und wissen, wie sie denken«, rief ich ihr in Erinnerung, vielleicht auch, um mich selbst davon zu überzeugen. »Jeder von denen ist anders, auch wenn wir uns noch so viel Mühe geben, sie zu klassifizieren. Sie sind Unikate. Und ich kann sie nur dann dazu bringen, zu kapitulieren und ein Geständnis abzulegen, wenn es mir gelingt, ihr Vertrauen zu gewinnen.«

»Sag mir, Kraken, wenn ich unter Hybristophilie leide, unter was leidest dann du?« Ihre Stimme war schrill. »Wie nennt man jemanden, der sich mit Frauen umgibt, die unter Hybristophilie leiden wie Alba und ich? Gibt es ein Wort für das, was du bist? Du bist ein verdammter Junkie, der auf verkorkste Hirne steht!«

Beinahe unbemerkt von mir war Alba hereingekommen. Sie war fuchsteufelswild. »Schluss jetzt! Man hört euch bis draußen auf dem Flur.«

»Wolltest du nicht warten und später anrufen?«, fragte ich vorwurfsvoll.

»Das kann so nicht weitergehen. Die Sache entgleitet euch. Euch beiden. Wie immer.«

»Wie immer?«, fuhr ich auf, jetzt ebenso wütend wie Estíbaliz. »Ist das eine Beschwerde? Wir haben die beste Aufklärungsrate im Land. Sieh im Archiv nach, da ist kein einziger ungelöster Fall, seit wir beide Partner sind.«

»Aber zu welchem Preis, Unai? Ihr seid außer Kontrolle. Dein Leben, Estis Leben und meines, unser aller Leben ist außer Kontrolle. Im Moment ist alles außer Kontrolle, und du weißt es.«

Ich atmete tief durch. Mein Kopf war voller dicker dunkler Wolken.

»Ja, Subcomisaria. Alles ist außer Kontrolle geraten, aber in einem bewachten Zimmer am Ende des Flurs haben wir einen Verdächtigen mit DIS, der sich weigert, sich in psychiatrische Behandlung zu begeben und den wir strafrechtlich nicht dazu zwingen können. Und dieser Verdächtige vertraut nur mir und wird nur mit mir reden. Und ich schwöre Ihnen, Chefin: Er besitzt den Schlüssel, mit dem wir dem Ganzen ein Ende setzen können. Falls Sie mich also nicht von der Ermittlung abziehen, werde ich meine Arbeit tun und mit dem Liebhaber Ihrer Mitarbeiterin sprechen.«

Ich stand auf und wandte mich zum Gehen.

»Lass mich ihn sehen«, mischte Estíbaliz sich plötzlich ein.

»Bist du verrückt?«

»Du hast gesagt, sein Zimmer wird bewacht, und Alba und du, ihr kommt ja mit. Selbst wenn er das Ungeheuer ist, das wir suchen, was kann er mir tun?«

»Nichts, er hat überall Schläuche im Leib und ein gebrochenes Bein, das an der Decke hängt«, räumte ich ein.

»Dann zeig mir endlich diesen Typen, der sich angeblich von Alvar unterscheidet. Ich will ihn kennenlernen. Wenn dieses Arschloch mit mir geschlafen und mir dann das angetan hat …«

Alba und ich sahen uns kurz an.

Es gibt nichts zu verlieren, bat ich sie stumm.

Das ist das letzte Mal, dass ich nachgebe, gab ihr Blick zurück.
»Komm mit vor die Tür, Unai. Wir müssen uns unterhalten«, befahl sie mir.

Wir gingen hinaus auf den Flur und suchten uns ein ungestörtes Eckchen.

»Es wäre gut, Esti mit Ramiro Alvar zu konfrontieren, es würde mir sehr helfen, wenn ich seine Reaktion beobachten könnte. Und im Moment werden wir ihn erst einmal nicht nach dem Diebstahl der Chronik fragen. Ich will sehen, ob er das Thema von sich aus anspricht«, sagte ich leise.

»Einverstanden«, antwortete sie nach kurzem Nachdenken ebenso leise. »Wir müssen mit der Ermittlung vorankommen, und das ist die einzige Möglichkeit, aber Estis Sicherheit hat Vorrang.«

»Das musst du mir nicht sagen. Gehen wir wieder rein.«

Esti zog einen wattierten Morgenmantel mit Margeritenmuster, ein Geschenk von Großvater, über ihr Nachthemd. Dann gingen wir drei über den Flur zu Ramiro Alvars Zimmer, und Alba sprach mit den beiden Uniformierten, die es bewachten.

Ich öffnete die Tür einen Spaltbreit, aber Estíbaliz konnte es nicht abwarten und schlüpfte vor mir hinein mit ihrem Tropf, der Halskrause und dem Arm in der Schlinge. Es war garantiert nicht das Wiedersehen mit ihrem Geliebten, das sie sich vorgestellt hatte.

»Alvar …«, sagte sie bloß bestürzt.

Ramiro Alvar sah schlimmer aus als sie. Seit seinem Sturz wirkte er kleiner und krummer. Er trug seine Brille, und seine Nase steckte in einem der vielen Bücher, die auf seinem Nachttisch lagen.

Das Detail mit der Brille war in meinen Augen von entscheidender Bedeutung, und deshalb hatte ich auch die Kollegen von der Kriminaltechnik gebeten, sie bei der Inaugenscheinnahme zu suchen. Gefunden hatten sie sie schließlich in einer Schublade seines Kleiderschranks. Die Schlussfolgerung war eindeutig: Es war Alvar, der mit Estíbaliz geschlafen hatte und somit auch Alvar, der die Treppe hinabgestürzt war.

»Sie sind Inspectora Ruiz de Gauna. Ich bedauere, dass ich Sie unter diesen Umständen kennenlerne. Ich kann Sie nicht einmal anständig begrüßen«, flüsterte er.

»Erkennst du mich wirklich nicht?«, fragte Esti und ging näher ans Bett heran.

Auch Alba trat einen Schritt vor und stellte sich neben sie.

Ramiro Alvar musterte sie eine Weile, wie man jemanden betrachtet, den man zum ersten Mal sieht. Auf seiner Stirn bildete sich eine Falte. Esti war fassungslos.

»Ich fürchte nicht«, murmelte er, und seine Stimme hatte einen entschuldigenden Unterton.

»Deine Stimme ist anders«, bemerkte Esti.

»Wie bitte?«

»Du sprichst leiser.«

»Ich falle nicht gern auf«, raunte er und senkte den Blick auf sein Buch.

»Und diese Krankenhaushitze stört dich nicht? Im Turm hattest du immer die Fenster offen. Soll ich das Fenster aufmachen?«

»Nein!«, entfuhr es Ramiro Alvar. »Wirklich, lassen Sie es zu. Ich friere leicht, und gleich gibt es ein Gewitter.«

Estis Blick tat mir in der Seele weh. Sie trat noch näher zu ihm und reichte ihm die linke Hand. Dann strich sie mit dem Zeigefinger über seinen Arm, der auf der Bettdecke ruhte. Sehr langsam. Es war eine so intime Geste, dass ich mir wie ein Voyeur vorkam.

Er machte sich noch ein bisschen kleiner, so, als wäre das Gottes Finger und würde ihn versengen.

»Alvar, ist das ein Spiel? Sollen mein Kollege und meine Vorgesetzte gehen? Möchtest du allein mit mir sprechen?«

»Nein! Nichts … nichts für ungut, Inspectora. Nicht, dass ich Ihre Gegenwart nicht zu schätzen wüsste, aber Inspector López de Ayala … Nun, er versteht mich, er ist der einzige Mensch, dem ich von meiner Krankheit erzählt habe. Auch wenn Sie es vielleicht nicht glauben können, aber ich leide wirklich an dissoziativer Persönlichkeitsstörung. Alvar ist mein EP, mein emotionaler Persönlichkeitsanteil, den ich schon tausendmal auszumerzen versucht habe.«

»Jetzt fang du nicht auch noch damit an!«, schrie Estíbaliz.

Der schüchterne Ramiro Alvar sah Estíbaliz tapfer in die Augen, während sie bei ihm nach vertrauten Zügen suchte.

»Inspectora, ich glaube, Sie sind es, die ihn aktiviert«, sagte er schließlich.

»Und warum ist er dann jetzt nicht hier, na? Warum liegt da ein sterbenslangweiliger Streber anstelle des faszinierenden Mannes, den ich kennengelernt habe?«, rief sie mit schriller Stimme.

»Esti, jetzt schrei hier nicht herum, das hatten wir doch schon«, ermahnte sie Alba.

»Scheiß drauf! Ist das eine Falle? Ist das eins von deinen Psychospielchen, Kraken?«

Ich öffnete die Tür und bedeutete ihr mit einem Blick, das Zimmer zu verlassen. Wütend gingen wir über den Flur zurück zu ihrem Zimmer, während die Krankenschwestern vorgaben, uns nicht zu sehen.

»Nein, Estíbaliz. Das ist die Wahrheit. So ist es nun mal. Du hast dich da in jemanden verknallt, den es nur manchmal gibt, das musst du akzeptieren. Und ich werde alles tun, was in meiner Macht steht, damit Ramiro Alvar sich in Therapie begibt und seinen verdammten EP eliminiert. Folglich sind die Tage des Mannes, in den du dich verliebt hast, gezählt, falls er überhaupt noch mal auftaucht. Denn gerade eben wurde er nicht einmal durch dich aktiviert. Alvar ist nicht erschienen. Vielleicht war der Überfall durch den Einbrecher so traumatisch, dass er das Gleichgewicht der Macht im Hirn des Mannes, den du dort am Boden liegen sahst, verändert hat. Er hat eine schwere psychische Störung. Und im Moment – und das weißt du – haben wir bei jedem der Verbrechen einen Hinweis, der zur Turmfestung führt.«

Esti kehrte mir den Rücken zu, trat ans Fenster und betrachtete das Gewitter, das tatsächlich gerade niederging. Blitze, Donnerschläge und der ganze himmlische Budenzauber. Es regnete stark, und die Tropfen peitschten diagonal über die Fensterscheibe.

»Wie praktisch, was? Ein Indiz für jedes Verbrechen«, sagte sie bloß, ohne mich auch nur anzusehen.

»Was hast du gesagt?«

»Meinst du, mich in Alvar zu verlieben hat mir das Hirn vernebelt? Meinst du, ich hätte nicht gründlich über deine Ermittlungsansätze nachgedacht? Meinst du, ich hätte in den letzten Tagen diesen verfluchten Roman nicht so oft gelesen, dass ich ihn fast auswendig kann?«

»Dann liefere mir einen einzigen Beweis dafür, dass du nicht total vom Weg abgekommen bist. Denn bis jetzt hast du genau gar nichts zu den Ermittlungen beigetragen.«

Da huschte ein schmerzlicher Ausdruck über ihr Gesicht. Ich deutete ihn so, dass die Halskrause drückte, aber vielleicht war es auch etwas anderes.

»Und jetzt lass mich ein bisschen in Ruhe. Nur ein paar Stunden, nur ein paar Tage. Ich muss verarbeiten, was ich gerade erlebt habe«, bat sie.

»Wir verlieben uns nicht in unkomplizierte Leute in unkomplizierten Situationen. Du und ich, wir verlieben uns in komplizierte Leute in komplizierten Situationen«, entgegnete ich und wollte es dabei bewenden lassen.

»Früher war das nicht so. Paula, Iker … die waren normal. Sie haben ein normales Leben geführt. Und wir haben sie geliebt«, erwiderte sie.

»Vielleicht fordert dieser Beruf einen zu hohen Tribut von uns. Wenn unsere Arbeit uns zwingt, mit Menschen im Umfeld von Verbrechen zu verkehren und zu sprechen, was für Leute lassen wir dann Tag für Tag in unser Leben, Estíbaliz? Das muss unseren Alltag ja vergiften. Jeden Abend nehmen wir die unaufgelösten Neurosen mit nach Hause. Wie verhindert man, dass man davon beeinflusst wird?«

»Alle Welt hat Neurosen«, rief sie mir in Erinnerung. »Alle Welt lebt mit Alltagskonflikten. Auch wenn wir nicht bei der Kripo wären, wären wir dem ausgesetzt. Wenn man die Truppe verlässt, lebt man noch lange nicht in einem Meer der Glückseligkeit.«

»Ich sage ja nur, dass in manchen Ländern kein Krieg herrscht«, murmelte ich vor mich hin und blickte durchs Fenster hinaus auf die nassen Straßen.

Esti betrachtete mich, als hätte sie mich lange nicht gesehen. Es war eine regelrechte Musterung von oben bis unten. »In all den Jahren bei der Polizei habe ich dich noch nie so reden hören.«

»Ich habe dich ja auch noch nie mit zerschmetterten Knochen daliegen sehen. Das geht mir nahe. Ich hatte Angst um dich. Scheiße, Esti«, sagte ich frustriert, »*du* bist doch immer die, die *mich* rettet. Es will mir nicht in den Kopf, dass du einmal nicht mehr da sein könntest. Außerdem kommt es mir diesmal so vor, als hätten wir zwei keine Verbindung mehr. Ich habe das Gefühl zu hinken. Und jetzt muss ich ohne dich weiterermitteln. Davor habe ich einen Heidenrespekt.«

»Du hast panische Angst davor.«

»Ja«, gab ich zu.

Esti setzte sich auf die Bettkante, und ich legte meinen Kopf auf ihr Bein und sah dem Regen zu. Sie beschränkte sich darauf, mir übers Haar zu streichen, ohne der Narbe nahe zu kommen.

33

YENNEGO

Diago Vela · *Im Jahr des Herrn 1199, Sommer*

Sieben Jahre vergehen schnell, wenn die ersten Gesichter, die ein Mann morgens beim Aufwachen erblickt, seinem Sohn und seiner lächelnden Frau gehören.

Und so waren die sieben glücklichsten Jahre vergangen, an die ich mich erinnern kann.

Hätte ich die stumme Warnung des Südwinds – des fürchterlichen *hegoaizea*, des Windes der Verrückten – beachten sollen, als er uns an jenem unheilvollen Morgen weckte, indem er die Fensterläden aufriss?

Alix zog sich zum Schutz vor der plötzlichen Helligkeit die Decke über den Kopf. Ich liebte es, ihre Mähne zu kämmen, wenn sie beim Betreten unseres Hauses die Haube mit den vier Spitzen abnahm, die ich ebenso furchtbar fand wie sie.

»Und Yennego?«, fragte sie verschlafen.

»Sein Onkel Nagorno hat ihn bei Morgengrauen abgeholt, um mit ihm auszureiten.« Verstohlen sah ich zum offenen Fenster. »Sicher sind sie schon zurück.«

Wir kleideten uns an und gingen zum Portal del Norte. Nagorno stieg gerade von Altai, und Yennego hielt die Zügel eines hübschen jungen Fohlens.

»Vater!«, rief er, als er mich sah, und stürmte trotz seines Hinkens zu mir. »Schau, was Onkel Nagorno mir geschenkt hat! Ein riesiges Pferd, nur für mich!«

Yennego hatte bereits sechs Sommer erlebt und zwischen uns

Brüdern für ein wenig Tauwetter gesorgt. Nagorno liebte seinen Neffen über alles und überhäufte ihn mit Geschenken. Außerdem lehrte er ihn zu reiten und Schmuck anzufertigen, als wäre er sein eigenes Kind.

Ich umarmte meinen Sohn. Er hatte mein schwarzes Haar geerbt, doch er roch wie seine Mutter nach Gebäck. Yennego war ohne Makel zur Welt gekommen und hatte sogleich kräftig geschrien, aber als er zwei Winter alt gewesen war, hatte das Unglück in der Rúa de la Astería Einzug gehalten: Eines seiner Beine war lange Zeit nicht weitergewachsen.

Er hatte trotzdem Laufen gelernt. Den Spott über sein Hinken ignorierte er, aber er musste sich so manches Mal mit Steinwürfen verteidigen. Deshalb verbrachte er den Tag lieber auf dem Rücken eines Pferdes, wo niemand ihm etwas anhaben konnte. Als er sich aus meiner Umarmung löste, huschte ein schmerzvoller Ausdruck über sein Gesicht, der mir nicht entging.

»Ist es der Zahn, mein Kleiner?«

»Er wackelt und tut richtig weh, Vater. Großmutter Lucía hat mir eine Kette mit einem Igelzahn geschenkt, aber es tut immer noch weh.« Und er zeigte mir ein rotes Bändchen von der gleichen Machart wie die, welche sie Alix und mir noch vor unserer Heirat geflochten hatte. Sie waren die einzigen Kleidungsstücke, die wir niemals abnahmen, weder zwischen den Laken noch wenn wir uns an Winterabenden in unserer Wanne unterhielten.

»Vielleicht solltest du dreimal um die Kirche Sant Michel herumlaufen«, sagte jemand hinter uns. »Es heißt, dann vergeht der Schmerz.«

Onneca kam mit ernster Miene zu uns. Die vielen Jahre in Erwartung eines Erben, der nicht kam, hatten sie traurig gemacht. Ihr Bruder galt als tot, seit er auf dem Rückweg von den Kreuzzügen in einen Hinterhalt geraten war, und nun lastete auf ihr die Bürde, das Geschlecht derer De Maestu nicht aussterben zu lassen. Zu ihrem Neffen war sie nicht gerade überschwänglich, und ich erwartete es auch nicht von ihr. Ich selbst beschränkte mich auf die Höflichkeiten, zu denen wir gezwungen waren, wenn wir einander auf der Straße begegneten. Nicht viel mehr.

Die stets optimistische Alix hingegen gab sich weiterhin Mühe.

»Tu das lieber nicht, mein Sohn«, warf meine Frau ein, während sie zu Onneca ging und liebevoll ihren Arm nahm. »Es heißt, in Respaldiza sei ein junges Mädchen dreimal um die Kapelle herumgegangen, und daraufhin habe sie der Teufel geholt. Man hat sie nie wiedergesehen.«

»Erschrecke doch Yennego nicht, Frau. Heute ist ein Tag für Freude, so, wie ich es sehe«, sagte Nagorno, den Ausritte immer in hervorragende Stimmung versetzten.

»Ich kenne ja den Grund für diese Freude nicht, aber ich sehe, dass du dem Jungen ein großzügiges Geschenk gemacht hast: Olbias Fohlen«, entgegnete Onneca.

»Alix, willst du es schon bekanntgeben, liebe Schwägerin?«, fragte Nagorno, trat zu ihr und strich ihr über den Bauch. »Es kommt zum Ende des Herbstes, nicht wahr?«

»Mein Bruder hat ein sehr gutes Auge, wenn es darum geht, ein Leben zu entdecken, das sich seinen Weg bahnt. Wir haben es noch nicht bekanntgegeben, Yennego allerdings weiß, dass er vor Ablauf des Jahres jemanden zum Spielen haben wird«, sagte ich, wich jedoch Onnecas Blick aus. Denn der war so traurig, dass er die Erinnerung an einen alten Schmerz heraufbeschwor, den ich nicht mehr spüren wollte.

In diesem Augenblick ritten die Pferde durchs Portal del Norte. König Sancho von Navarra, der siebte dieses Namens, den man den Starken nannte, weil er doppelt so groß wie seine Untertanen war, hatte im vergangenen Sommer einen neuen Statthalter ernannt. Denn Petro Remírez war alt geworden, und Sancho, der Starke, festigte angesichts der besorgniserregenden Neuigkeiten aus Toledo wichtige Stellungen in seinem Königreich.

In ganz Navarra wurde über seine Reise in den Süden, ins Land der Sarazenen gesprochen, wo er eine Allianz mit dem neuen Kalifen, dem Miramamolín, einging. Man tadelte ihn dafür, dass er Verbündete bei den Ungläubigen suchte, und der Papst drohte ihm mit dem Kirchenbann. Viele bei uns in der Stadt standen dem Vormarsch des Königs von Kastilien, Alfonso VIII., wohlwollend gegenüber. Am Portal Oscuro behaupteten die Mendozas und die Isunzas, der kastilische König werde sie mehr begünstigen, als es König Sancho, der Weise, getan hatte, der die niederen Adeligen mit den übrigen Bürgern gleichgestellt und alle innerhalb der Stadtmauern zu Freien erklärt hatte.

An diesem Morgen erwarteten wir den neuen Statthalter Martín Chipia und die Abteilung Soldaten, die er von seinem Besuch am Hof von Tudela mitbrachte. Der Statthalter hatte infolge irgendeiner Tavernenschlägerei eine eingesunkene Nase, schulterlanges Haar und sehr kurze Beine, die in auffallendem Gegensatz zu seinen allzu breiten Schultern standen.

»Hier, meine neuen Männer.« Er sprang entschlossen von seinem Pferd, und sein Kopf reichte mir nur bis zur Brust. »Sie werden keine Schwierigkeiten in die Stadt bringen. Die Berater von König Sancho, dem Starken, haben mir Besorgniserregendes berichtet. Wie es scheint, hat König Alfonso einen Vorstoß begonnen, und wir müssen auf alles vorbereitet sein. Morgen sprechen wir über die Vorräte. Möge Gott uns die Zeit geben, die Ernte einzuholen, unterwegs sah ich, dass die Felder noch grün sind. Sind die Kornkammern gefüllt?«

»Noch nicht«, erwiderte Alix. »So, wie das Wetter im Januar war, wird es ein gutes Jahr.«

»Nun, die Sonne darf jetzt ruhig warm werden. Dann könnte man befehlen, die Mahd vorzuziehen«, beschied er. »Der König traut seinem kastilischen Vetter nicht und hat mir keinen anderen Befehl gegeben, als dass Vitoria sich nicht ergeben darf.«

»So weit wird es nicht kommen, hoffe ich«, warf Nagorno ein.

Es war schon dunkel, als unser Albtraum begann.

Alix und ich hatten gerade Großmutter Lucía zu Bett gebracht, die in letzter Zeit keinen Appetit mehr hatte und deren Stimme immer kraftloser wurde.

Yennego hatten wir mit den Kindern der Villa de Suso zwischen den Marktständen herumtollen lassen. Donnerstags kam der Fisch aus den Häfen des Nordens, und es war geboten, sich mit ein paar Sardinen oder ein wenig Kabeljau einzudecken, um die Enthaltsamkeit zu überstehen, die die römische Kirche uns freitags auferlegte.

Abends, wenn die Fischhändler ihre Körbe zusammenpackten, waren die Grabplatten auf dem Friedhof von Santa María übersät mit Fischinnereien und klebrigen Schuppen und stanken nach dem Fisch, der in der heißen, sauberen Sonne gelitten hatte.

Als ich nach unten ging, um meinen Sohn zu holen, sah ich ihn nicht unter den Kindern, die noch dort waren. Man hatte bereits zum Torschluss geblasen, und die drei Stadttore waren geschlossen. Zwischen den kleinen Schatten, die über den Friedhof tobten, konnte ich keinen hinkenden Jungen entdecken.

»Wisst ihr, wo Yennego ist?«

»Ich weiß nicht, Senior«, antwortete mir der Sohn von Sabat, dem Seiler, ein für seine neun Jahre sehr großer Junge.

»Er wollte dreimal um die Kirche Sant Michel laufen«, sagte ein Mädchen, die Älteste eines von Lyras Hüttenmeistern. »Er hat gesagt, er will den Zahn gesund machen.«

»Wie lange ist das her?«, wollte ich wissen.

»Da war es noch hell«, antworteten sie mir.

Es waren nicht mehr viele Nachbarn auf den Straßen, als ich die Rúa de las Tenderías überquerte. Ich bat den neuen Wachmann, einen der Soldaten, die mit Martín Chipia gekommen waren, mir das Portal del Sur zu öffnen, und lief um die Kirche herum, wobei ich laut nach meinem Sohn rief.

Stunden später, als bereits sämtliche Bewohner der Stadt nach

Yennego suchten, erfuhr ich, was geschehen war: Das rote Bändchen mit dem Igelzahn, das Großmutter Lucía ihm geflochten hatte, wurde zerrissen auf einer alten Grabplatte auf dem Friedhof von Sant Michel gefunden. Diese Grabplatte war schon vor den Stadtmauern da gewesen und verlief genau darunter; nur die eine Hälfte der Platte lag außerhalb der Stadtmauern.

Meinen Sohn hatte nicht der Teufel geholt.

Ihn hatte ein Ungeheuer geholt.

34

DAS LOCARD'SCHE PRINZIP

Unai · *Oktober 2019*

Ich stieg ins kalte Wasser und schwamm meine erste Bahn. Seit ich Doctora Marina Leiva zum ersten Mal in Arkaute besucht hatte, war ich noch ein paarmal hierhergekommen, um einige Bahnen zu schwimmen und dabei ein wenig mit ihr zu plaudern. Ich hatte festgestellt, dass mich das mehr entspannte, als morgens laufen zu gehen, und meine Gedanken in der Stille unter Wasser geschmeidiger flossen.

Heute Mittag verspätete sich Marina, und das kam mir ganz recht, denn so konnte ich noch einmal über den Diebstahl der Chronik von Don Vela nachdenken. Ramiro Alvar hatte seinen Anwalt gebeten, seine Privatbibliothek zu überprüfen: Es fehlte tatsächlich sein Exemplar der Chronik, sonst nichts. Der Anwalt selbst hatte Ramiro Alvar davon überzeugt, Anzeige wegen Hausfriedensbruchs und schwerem Raub zu erstatten.

Gemäß dem Locard'schen Prinzip, das ich auf der Polizeischule gelernt hatte, hinterlässt jede Straftat eine Spur, oder, um den Begründer der modernen Forensik zu zitieren: Jede Handlung eines Menschen kann gar nicht anders, als Spuren zu hinterlassen. Und der Diebstahl der Chronik hatte mehr Spuren hinterlassen, als der Räuber ahnte. Es hätten Alvar oder Ramiro Alvar sein können, das war klar, aber plausibler war die Annahme, dass der Täter aus einem Impuls heraus gehandelt hatte. Er hatte vom Wert der Chronik erfahren und sie gestohlen.

Erste Folgerung: Der Täter war derselbe, der auch hinter den

Morden steckte. Als er vom Wert der Kopie der Chronik erfuhr, wusste er bereits, dass sie sich in Ramiros Bibliothek befand. Er hatte also gewusst, dass es sie gab und wo sie sich befand, nur ihren Wert hatte er noch nicht gekannt.

Zweite Folgerung: das Motiv. Er hatte eine oder zwei Personen die Treppe hinabgeworfen, um in den Besitz dieser Kopie der Chronik zu gelangen. Wegen der Millionen beziehungsweise der Aussicht darauf. Bisher war mir nicht in den Sinn gekommen, dass das Motiv hinter den Morden an Lasaga, den Nájera-Schwestern und MatuSalem Geld sein könnte. Aber wenn es nun doch von Anfang an so gewesen wäre?

»Ich schwimme schon zwei Bahnen lang neben dir, und du hast mich noch nicht mal bemerkt«, riss eine Stimme mich aus meinen Überlegungen. Überrascht sah ich nach rechts, wo Marina Leiva mich anlächelte.

»Marina!«, rief ich. »Ich war völlig in Gedanken versunken.«

In einer Ecke lehnten wir uns mit den Unterarmen auf den Beckenrand. Es war der entspannendste Ort der Welt für eine ungestörte Unterhaltung. Ich erzählte ihr von dem Einbruch in die Turmfestung und dem Diebstahl der Chronik.

»Untersuche Ramiro Alvars Umfeld«, empfahl sie mir, nachdem sie sich geduldig alles angehört hatte. »Du musst herausfinden, welches Trauma die Fragmentierung seiner Psyche ausgelöst hat, und welche Lüge er sich selbst erzählt hat, um weitermachen zu können. Wir alle erzählen uns Lügen, wenn wir etwas Traumatisches bewältigen müssen. DIS-Patienten erzählen sich eine große Lüge und treiben sie auf die Spitze. Deshalb erfinden sie mehrere EPs, Avatare, die den Augenblick des Traumas ein ums andere Mal verkörpern. Sie verharren bei dem, was sie hätten tun müssen: der Schläger, der jemandem die Stirn bot, das Opfer, das wie gelähmt war, oder das, das floh. Ich bezweifle sehr, dass Ramiro Alvar selbst dir den Schlüssel zu seinem Trauma gibt. Spricht er über seine Eltern?«

»Sehr gut sogar.«

»Allgemeinplätze?«

»Ja.«

»Manchmal löschen sie einige Jahre ihres Lebens und füllen sie mit angenehmen Erinnerungen, die aber vage bleiben, weil es diese Momente nie gab.«

»Im Allgemeinen reden die Leute aus dem Dorf gut über das Elternpaar«, sagte ich, »bis auf die krankhafte Vorliebe des Vaters für Verkleidungen, die Ramiro Alvar einer erblichen dissoziativen Persönlichkeitsstörung zuschreibt. Allerdings habe ich in der Literatur, die du mir empfohlen hast, nachgelesen: Es ist eine Theorie, die die meisten Fachleute verwerfen.«

»Im Prinzip ist das richtig. Aber wir haben so wenige Fälle, dass wir nicht mal davon träumen können, eine generationenübergreifende Studie durchzuführen. Die Krankheit gilt nicht als erblich, doch wir sind Lichtjahre davon entfernt, eine umfassende Genuntersuchung zu beginnen, um das zu beweisen. Man sollte diese Theorie auch nicht völlig verwerfen. Allerdings bin ich der Meinung, dass alles mit der Geschichte zu tun hat, die der Patient sich selbst erzählt. Wenn er isoliert aufwuchs, schon früh hochintelligent war, aber in der Scham und Furcht erzogen wurde, er könne ein inakzeptables Verhalten erben, und dann etwas Traumatisches passiert, klammert die Psyche sich an ihre schlimmste Angst und verwandelt sich in das, was sie am meisten fürchtet: Die Vorhersage hat sich selbst erfüllt. Wenn eine Situation als real definiert wird, hat sie auch reale Auswirkungen.«

»Eine der möglichen Erklärungen für das, was geschehen ist, und zwar die, an die ich lieber nicht glauben möchte«, sagte ich, »ist die, dass Ramiro Alvar wach wurde und sah, dass Alvar mit meiner Kollegin geschlafen hatte. Womöglich hat er die Chronik versteckt, um den Verdacht von sich abzulenken und einen Raubüberfall vorzutäuschen. Dann hat er Estíbaliz in den Innenhof gestoßen, das Fenster über der Eingangstür geöffnet und sich selbst die Treppe hinabgestürzt, aus einer geringeren Höhe, damit er überlebt. Das würde dazu passen, dass Ramiro Alvar seinen EP Alvar auslöschen wollte, so, wie er es im Roman getan hat, und dann wäre das der Grund, warum er jetzt von Estíbaliz nicht mehr aktiviert wird. Alvar ist nicht mehr da.«

Marina dachte darüber nach und nickte dann.

»Bei Patienten mit dieser Krankheit habe ich oft selbstschädigendes Verhalten erlebt: Sie verletzen sich selbst, sie tätowieren sich Beschimpfungen auf den Arm oder legen riskante Verhaltensweisen wie zu schnelles Autofahren an den Tag. Wobei es normalerweise der EP ist, der dem ANP, dem schwächeren Persönlichkeitsanteil, Gewalt antut, und nicht umgekehrt.«

»Worauf willst du hinaus?«

»Vergewissere dich, dass du auch wirklich Ramiro Alvar vor dir hast und nicht Alvar, der Ramiro Alvar spielt. Alvar ist der EP, er wird alles dafür tun, um weiterzuexistieren. Alvar neigt zur Theatralik; falls er sich verstellt, wird seine wahre Natur ihn verraten: Verliere das Profil, das du für ihn erstellt hast, nie aus den Augen. Du sagst, du hast ihn mit Estíbaliz konfrontiert, aber Alvar sei nicht aktiviert worden.«

»Genau. Und ich möchte meine Kollegin nicht noch einmal dazu benutzen.«

»Aber Alvar war schon da, bevor Estíbaliz im Leben von Ramiro Alvar auftauchte, denn der Roman kam vorher. Man muss herausfinden, warum er ursprünglich aktiviert wurde, welche Stresssituation Alvar hervorbrachte. Gibt es noch weitere Persönlichkeitsanteile?«

»Ramiro Alvar sagt, es gebe nur Alvar, den Priester. In seiner Familie fingen sie in der Jugend mit einer Verkleidung an, und im Lauf der Jahre tauchten weitere abgespaltene Persönlichkeitsanteile auf. Er habe es mit therapeutischem Schreiben versucht, um seinen ersten EP loszuwerden, weil der ihm große Angst mache und er nicht wie sein Vater und seine übrigen Vorfahren enden wolle. Er sagt, Alvar sei gestorben, als er den Roman schrieb, es sei kathartisch gewesen. Er habe geglaubt, er sei nicht mehr da. Aber mit Estíbaliz sei Alvar wieder aufgetaucht.«

»Der misshandelnde Anteil.«

»Das ist das, was mir nicht einleuchtet: dass Alvar, der verstorbene Priester-Bruder, für Ramiro Alvar der misshandelnde Anteil sein soll. In Ugarte sagen die Leute, die beiden Brüder seien sehr gut miteinander ausgekommen und hätten sich sehr gern gehabt. Das kann man doch nicht vortäuschen, vor allem nicht, wenn man jung ist. Kinder und Jugendliche sind normalerweise sehr spontan im Zeigen ihrer Vorlieben und Abneigungen.«

»Und wenn Alvar nun erst zu einem Misshandler wurde, als er erwachsen und Ramiro Alvar ein von ihm abhängiger Minderjähriger war, in seiner letzten Lebensphase?«, fragte Marina.

»Im Dorf erzählen sie, Alvar sei schon krank zurückgekehrt, ein Jahr vor seinem Tod.«

»Vielleicht hat er sich in dieser letzten Phase, als er schon krank war und sich um seinen Bruder kümmerte, ihm gegenüber als Misshandler verhalten. Ramiro Alvar war noch minderjährig und hatte gerade seine Eltern verloren, was für jeden ein sehr einschneidender Moment ist. Und der Bruder Alvar starb im Jahr darauf, hast du erzählt.«

»Angeblich. Tatsache ist, niemand kann sich erinnern, bei seiner Beerdigung gewesen zu sein.«

»Was willst du damit andeuten?«

»Nichts«, sagte ich, »aber es ist schon etwas merkwürdig an seinem Tod.«

»Also, ich denke, du weißt jetzt, wo du mit deiner Ermittlung weitermachen kannst. Viel Glück in Ugarte. Ich lasse dich nun allein, in einer halben Stunde beginnt meine nächste Lehrveranstaltung.«

Ich schwamm noch eine Weile weiter und dachte wieder an das Locard'sche Prinzip: Jede kriminelle Handlung hinterlässt eine Spur.

Wie ich bald lernen sollte, gilt das auch für jeden Akt der Liebe. Denn just in diesem Augenblick setzte sich die Liebe zwischen zwei Menschen durch, die sich weigerten, sich von den ausgesprochen ungünstigen Begleitumständen abschrecken zu lassen.

Später erfuhr ich, wie alles begann: Der schüchterne Ramiro Alvar bestach eine Krankenschwester, Estíbaliz einen handschriftlichen Brief zu überbringen. Estíbaliz empfing ihn halb befremdet, halb neugierig.

Sehr geehrte Inspectora Ruiz de Gauna,

ich bedauere sehr, wie infolge meiner Krankheit alles geendet hat. Glauben Sie mir, auch wenn ich mich an die Stunden oder vielleicht sogar Tage, die mein EP mit Ihnen verbracht hat, nicht erinnere, ist mir bewusst, dass Ihrer beider Gefühle echt waren. Dass Alvar sich wirklich in Sie verliebt hatte und Sie sich in ihn. Das wundert mich nicht. Alvar ist kühn und entschlossen. Denken Sie nicht, Sie seien eine von vielen für ihn gewesen: Ich glaube, er war wirklich verliebt, nie zuvor hatte er eine Frau mit in den Turm gebracht. In gewisser Weise haben Sie die Nacht mit einer männlichen Jungfrau verbracht. Ich bin davon überzeugt, dass er nicht mehr da ist, dass er bei dem Sturz starb, denn mein Bewusstsein wurde nicht wieder ausgeschaltet, und ich bin nicht nochmals ohne Erinnerung an die vorangegangenen Stunden erwacht. Was für mich die Hoffnung auf Heilung, auf ein Ende meines persönlichen Albtraums und ein normales Leben bedeutet, ist für Sie ein Verlust, weil Alvar nicht mehr unter uns weilt, das weiß ich. Wenn ich es recht verstanden habe, hassen Sie mich, also Ramiro Alvar. Sie finden mich … Wie sagten Sie? ›Sterbens-

langweilig.‹ Sie sehen mich als den grauen Persönlichkeitsanteil von Alvar, aber ich bin der reale Mensch hinter diesem abgespaltenen Anteil.

Mit freundlichen Grüßen
Ramiro Alvar Nograro
25. Herr des Hauses Nograro

Aber damals wusste ich noch nichts von Briefen und fühlte mich ohne Estíbaliz an meiner Seite in den Ermittlungen blockiert. Da ich einstweilen in keiner Richtung weiterkam, nahm ich den Wagen und fuhr nach Ugarte. Heute war kein Lesekreisabend, aber ich wollte Ramiro Alvars Umfeld kennenlernen, vor allem das seines Bruders.

Zu diesem Zweck ging ich in die Bar.

Das Lokal war ziemlich leer, bis auf einige Jugendliche, die Kicker spielten, und ein paar Rentner, die mit der Abrechnung einer anscheinend sehr ausgeglichenen Partie Mus beschäftigt waren. Benita döste in ihrem Rollstuhl, eine Decke über den Knien.

»Sie können mit ihr reden, sie schläft nicht, sondern tut nur so«, sagte mir der junge Wirt augenzwinkernd.

»Benita, wie geht es Ihnen heute?«, fragte ich, setzte mich neben sie und wärmte mir die Hände am Kamin.

»Na, wenn das nicht der Detektiv ist!«, begrüßte sie mich.

»Inspector. Letzte Woche habe ich einen Lesekreisabend verpasst. Gab es etwas Neues?«

»Das will ich meinen. Es sind noch vier Neue dazugekommen: Aurora, Nati, die Frau des Bürgermeisters, eine Mutter mit ihrer Tochter aus Ochoa. Früher wären die nicht gekommen, um jemanden ein Buch vorlesen zu hören.«

»Freut mich, dass der Lesekreis wächst«, bemerkte ich. »Es scheint ein Dorf mit einem guten Zusammenhalt zu sein, bestimmt mal mehr, mal weniger, aber insgesamt gut.«

»Sie wissen doch, was man sagt: ›Kleines Dorf, große Hölle‹«, kommentierte sie.

»Komisch, dass Sie das sagen. Ihr Sohn erwähnte neulich etwas, das mich richtig schockiert hat. Er sagte, Ugarte sei ein Dorf von Bastarden. So schlimme Menschen leben hier?«

»Bastarde? Das hat er nicht so gemeint, wie Sie denken. Die Abstufungen sind wichtig. Da sind die legitimen Kinder, das sind die, die innerhalb einer rechtmäßig geschlossenen Ehe geboren werden. Somit sind die illegitimen Kinder die unehelich geborenen. Hier kennen wir uns damit ein bisschen aus. Außerdem gibt es die Kinder von Prostituierten. Dann die Kinder einer offiziellen Kebse, vorausgesetzt, ihre Treue kann bewiesen werden. Vielleicht gibt es hier solche, ja. Dann gibt es die Kinder aus einer Verbindung mit einer Verwandten. Was für eine Sünde gegen Gott, dass das passiert, nicht wahr?«

»Kebse?«

»Ich meine die Frau, die mit dem Priester lebt«, erklärte sie mir. »Mal sehen, uns bleiben noch die Kinder von Nonnen. Habe ich die Kinder aus der Verbindung mit Verwandten schon genannt? Ich glaube, ja. Und dann gibt es noch die Kuckuckseier – Kinder einer verheirateten Frau, die fremdgegangen ist, und die auf Kosten des Ehemanns in dessen eigenem Haus wohnen. Davon hat es hier Fälle gegeben.«

»Mein Großvater würde sagen, das ist, wenn ein Fuchs einen Wurf großzieht, der nicht von ihm ist.«

»Das hat es schon immer gegeben, nicht wahr?«, kommentierte sie lächelnd.

»Gibt es noch mehr Unterarten?«

»Nein, ich glaube, das reicht auch.«

»Dann haben wir also legitime und illegitime Kinder, Prostituierten- und Kebsenkinder, Kinder von Verwandten und Kuckuckseier«, resümierte ich.

»In diesem Dorf halten alle schön den Mund. Wenn jemand

ein Geheimnis lüftet, kommen noch mehr Geheimnisse ans Licht. Eines für jedes Haus. Und das will niemand. Deshalb ertragen sie es mit aller Kraft und schweigen und leiden. Sie schicken ihre Söhne und Töchter fort, damit sie sich nicht begegnen. Gott will das nicht.«

»Was wollen Sie damit sagen?«

»Für heute hast du genug geredet, Mamá«, unterbrach uns Fidel. »Ich bringe meine Mutter nach Hause.«

Ich hatte ihn gar nicht kommen sehen. Wir waren so in unsere Unterhaltung vertieft gewesen, dass es mir so vorkam, als wäre Faustis schüchterner Ehemann aus dem Nichts aufgetaucht.

Miláns Anruf erreichte mich in den frühen Morgenstunden. Nackt trat ich mit meinem Telefon ans große Fenster und blickte hinaus auf die Plaza. Es war noch nicht hell, aber es wehte bereits ein Wind, der durch die Straßen fegte.

»Kraken, uns wurde ein Fall von Hausfriedensbruch mit Körperverletzung aus Quejana gemeldet. Etwas sehr Merkwürdiges.«

»Was meinst du mit merkwürdig?«, fragte ich sie.

»Jemand ist in das ehemalige Kloster Quejana eingebrochen, und der achtzigjährige Priester, der die gesamte Anlage hütet, wurde verletzt.«

35

QUEJANA

Unai · *Oktober 2019*

Was zum Teufel …?, dachte ich, während ich Milán zuhörte.

»Soll ich dich abholen?«, fragte sie mich.

Eine Stunde später parkten wir vor dem leer stehenden Dominikanerinnenkloster Quejana im Norden der Provinz Álava.

Der Morgen entbot uns einen roten Willkommensgruß im gepflasterten Innenhof, der von Bäumen gesäumt war, welche ihre knorrigen Äste zusammensteckten. Bis auf einen Krankenwagen, der vor uns hier angekommen war, war die Anlage verlassen.

Ohne recht zu wissen, wohin wir uns wenden sollten, liefen wir an den menschenleeren Gebäuden vorbei und hielten instinktiv auf das befestigte, von vier gewaltigen quadratischen Türmen flankierte Hauptgebäude zu. Eine große Holztür stand offen, und wir traten vorsichtig ein.

»Ist hier jemand?«, rief ich.

Ein hochgewachsener junger Mann in der Sanitäteruniform kam zu uns. »Kommen Sie rein. Wir haben hier einen Mann mit einer Sturzverletzung, den wir ins Krankenhaus bringen müssen. Verdacht auf Hüftbruch.«

Wir betraten einen gepflasterten Innenhof, der von gepflegten Blumentöpfen gesäumt war. In den Ecken türmten sich feuchte Blätter. Jemand kümmerte sich offensichtlich um die Pflanzen.

Vermutlich der alte Priester, der auf einer steinernen Bank lag. Zwei weitere Sanitäter waren bei ihm. Er trug einen gestreiften Schlafanzug, über den er eine schwarze Jacke geworfen hatte.

»Haben Sie den Notruf abgesetzt?«, fragte ich ihn.

»Lázaro Durana, zu Ihren Diensten. Ich bin der Pfarrer von Quejana. Heute Nacht wurde in die Kapelle eingebrochen. Ich habe in meinem Schlafzimmer hier im Haus des Kaplans Geräusche gehört. Normalerweise schlafe ich nur vier Stunden, den Rest der Nacht liege ich wach oder lese. Also ging ich nachsehen. Ich bin der einzige Bewohner in der gesamten Anlage, deshalb war klar, dass es Eindringlinge sein mussten.«

»Was haben Sie denn gesehen?«, unterbrach Milán ihn.

»Nicht viel. Im Innern des befestigten Turms der Kapelle Nuestra Señora del Cabello war Licht zu sehen, wie von einer Taschenlampe. Die Tür stand einen Spaltbreit offen. Ich ging die Treppe hinab und rief: ›Wer da?‹ Niemand antwortete, aber ich hörte noch mehr Geräusche. Weil ich dem Einbrecher nicht persönlich entgegentreten wollte, habe ich mit dem Mobiltelefon die Polizei angerufen, aber er muss mich gehört haben. Ich sah nur einen Schatten aus der Kapelle auf mich zukommen, dann bekam ich einen heftigen Stoß. Es war dunkel, und er hatte beim Rauskommen das Licht ausgemacht, deshalb konnte ich ihn nicht sehen. Die Hüfte tut mir sehr weh. Und meine Brille habe ich auch verloren, als er mich zu Boden stieß. Würden Sie die bitte für mich suchen?«

Milán und ich liefen durch den Innenhof, als handelte es sich um die Inaugenscheinnahme eines Mordschauplatzes. Ich teilte den Boden in Quadranten ein und suchte einen nach dem anderen ab, immer im Kreis, von außen nach innen, im Uhrzeigersinn.

Schließlich fand ich die Brille, sie lag ganz links, vier Meter von dort entfernt, wo der Pfarrer nach eigenen Angaben gestoßen wurde.

»Hier ist sie. Die Gläser sind nicht zerbrochen, aber das Gestell hat sich beim Aufprall ein bisschen verzogen. Hat der Einbrecher sie berührt?«

»Nein, er hat mich nur gestoßen und ist dann davongerannt.«

Ich machte mehrere Fotos davon, nah, halbnah und aus größerer Entfernung. Der Richtung zufolge, in die die Brille geflogen war, war der Einbrecher aus der Kapelle gekommen und hatte den Pfarrer genau dort abgefangen, wo dieser gesagt hatte.

Ich nahm die Brille, bog sie gerade und gab sie dem alten Herrn zurück.

»Viel besser«, sagte er, »jetzt kann ich Ihre Gesichter erkennen.«

»Könnten Sie ihn identifizieren?«, mischte Milán sich ein.

»Nein, es war wie gesagt alles dunkel.«

»Irgendein Geruch?«

»Schweiß. Ob irgendein Duftwasser, kann ich nicht sagen.«

»Herrenduft?«

»Von Frauen verstehe ich nicht viel. Ich würde sagen, es war ein Mann, auch wegen der kräftigen Statur. Könnten Sie nachsehen, ob in der Klosterkirche ebenfalls eingebrochen wurde? Es ist die Tür gleich da vorne.« Er deutete in den dunklen Teil des Innenhofs. »Da haben wir nämlich einen relativ wertvollen Kelch in der Sakristei.«

Milán ging zu der großen Tür, auf die er gezeigt hatte, zog Handschuhe an, und drückte dagegen.

»Sie ist abgeschlossen. Soweit ich sehe, hat sich auch niemand am Schloss zu schaffen gemacht. Scheint so, als wäre er da nicht drin gewesen.«

»Umso besser.« Der Pfarrer seufzte. »Weniger Durcheinander. Könnten Sie dann in der Kapelle nachsehen, was da passiert ist?«

»Deshalb sind wir hier. Gibt es da drin etwas von Wert?«

»Da ist das Grab des Canciller Pero López de Ayala und seiner Frau Leonor de Guzmán. Und die Kopie des Altarbilds an der Wand. Das Original befindet sich im Art Institute of Chicago. Trotzdem, hoffentlich war das kein Vandale, der da irgendwas bekritzelt hat. Würden Sie bitte nachsehen?«, bat der Pfarrer noch einmal und legte mit schmerzverzerrter Miene die Hand auf die Hüfte.

Einer der Sanitäter warf uns einen besorgten Blick zu.

»Wir bringen Sie jetzt nach Vitoria.«

Der Pfarrer nickte resigniert und zog einen Schlüsselbund aus der alten schwarzen Jacke.

»Würden Sie das Haupttor bitte abschließen, wenn Sie hier fertig sind, und mir den Schlüssel ins Krankenhaus bringen?«

»Ich kümmere mich darum, Don Lázaro«, sagte ich. »Hat noch jemand einen Schlüssel?«

»Normalerweise sehe ich hier allein nach dem Rechten. Manchmal kommen Angestellte der Gemeindeverwaltung, um die Bäume auf dem Parkplatz zu beschneiden und alles sauber zu halten, wobei das Museum nicht viele Besucher hat. Das Personal, das im Sommer hier arbeitet, hat nur Saisonverträge, in der Regel sind es Leute hier aus der Gegend. Bestimmt ist mal ein Schlüssel verlorengegangen, das halten das Bistum und die Gemeindeverwaltung Quejana nach.«

»Wir müssen ihn jetzt mitnehmen«, mischte sich der Sanitäter ein.

»Natürlich«, sagte ich. »Don Lázaro, sobald ich es schaffe, schaue ich im Krankenhaus vorbei und gebe Ihnen den Schlüsselbund zurück. Bis dahin habe ich Hausaufgaben für Sie. Schreiben Sie mir bitte die Namen all derer auf, die in letzter Zeit hier gearbeitet haben, soweit Sie sich erinnern.«

»Ich weiß nicht, ob mir da noch viele einfallen.«

»So gut es eben geht. Eine letzte Frage: War das der erste Einbruch?«

»Also, das ist ja schön, dass Sie mich das fragen. Vor einiger Zeit habe ich nämlich schon einmal gemeldet, dass jemand eingebrochen war. Ich war mir da ganz sicher, weil die Grabplatte ein Stückchen verschoben war. Deshalb habe ich mit den Leuten vom Historischen Erbe beim Bistum gesprochen, aber die hat das nicht sonderlich interessiert. Die Kirche war nicht beschädigt, und es war auch nichts entwendet worden. Eigentlich wollte ich nach Vitoria fahren und Anzeige erstatten, aber mein Vorgesetzter hat mich davon abgebracht. Ich habe das Schloss an der Eingangstür ausgetauscht, auf eigene Kosten. Das erschien mir sicherer, schließlich schlafe ich jede Nacht hier, und mit dem alten Schloss fühlte ich mich nicht mehr sicher. Aber seitdem war nichts weiter passiert, außer dass ich noch einmal Schlüssel nachmachen lassen musste, weil die Gemeindeverwaltung mich darum gebeten hatte.«

»Wann war das?«

»Tja, das weiß ich nicht mehr genau, vor einem oder eineinhalb Jahren.«

»Ich störe ja wirklich nicht gern, aber wir müssen ihn jetzt mitnehmen, damit er in Vitoria untersucht werden kann«, drängte der Fahrer des Krankenwagens, während seine Kollegen den Pfarrer schon in einen Rollstuhl setzten.

»Natürlich«, sagte Milán. »Nur zu.«

Die Sanitäter schoben den verletzten Pfarrer davon. Milán und ich nickten ihnen schweigend zu. Was zum Teufel hatte der Einbrecher hier gewollt?

Es war feucht und still hier, ein ziemlich unwirtlicher Ort, um das ganze Jahr über hier zu leben.

Wir zogen Handschuhe an, und Milán warf mir einen ihrer typischen ungeduldigen Blicke zu. Sie fand, wir verschwendeten hier unsere Zeit. Ich fand das auch.

Ein Halbstarkenstreich, ein Akt von Vandalismus. Wäre der Einbrecher ein Dieb gewesen, der etwas Wertvolles hätte stehlen wollen, wäre er in die Kirche der Dominikanerinnen gegangen, wo es sicher irgendetwas Tragbares gab, was man schnell verkaufen konnte.

Dass der Pfarrer ihn stattdessen aus der Kapelle mit dem Grab hatte kommen sehen, sagte mir, dass der Eindringling sich nicht vorher mit den Gegebenheiten hier vertraut gemacht hatte.

Dennoch betraten wir die Kapelle.

Sie war rechteckig und nur rund fünfzig Quadratmeter groß. Gerade mal ein paar Kirchenbänke und das Holzgitter einer Empore über unseren Köpfen. Vor uns an der Wand befand sich die berühmte Kopie des Altaraufsatzes. Diverse Gemälde zeigten Männer und Frauen in mittelalterlicher Kleidung, die meisten knieten in Bethaltung. Das Bild in der Mitte zeigte einen leeren Thron.

Aber nicht das war es, was Miláns und meine Blicke auf sich zog, sondern die beeindruckenden liegenden weißen Grabskulpturen.

»Scheiße, ein verdammter Verrückter«, flüsterte Milán kopfschüttelnd. »Ist das jetzt Grabschändung?«

Ich antwortete nicht, denn mir war noch nicht recht klar, womit wir es zu tun hatten.

Das Grabmal des Canciller Ayala und seiner Frau war aus Alabaster und stellte ein Ehebett dar, auf dem das Paar ruhte, noch im Tode vereint. Eine lebensgroße Skulptur, die die beiden so zeigte, wie sie lebendig ausgesehen hatten. Ein in Stein gehauener schlafender Mann. Eine Frau an seiner Seite. Beide mit einem steinernen Hund zu Füßen. Vielleicht ein Symbol der Treue.

Fidelitas, meinte ich MatuSalem aus dem Jenseits sagen zu hören.

Aber die schwere Grabplatte, auf der diese beiden steinernen Figuren ruhten, war bewegt worden. Dafür brauchte man viel Kraft. Die Morgensonne eroberte immer mehr Terrain, und gerade jetzt fiel ein einzelner Sonnenstrahl durch die einen Spaltbreit offen stehende Tür in diese düstere Kapelle und ermöglichte es uns, das Unvorstellbare zu sehen.

Ich trat ans offene Grab des berühmtesten López de Ayala.

Schriftsteller, Diplomat, Canciller. Der Renaissancemensch, an den sich ein gutes halbes Jahrtausend später noch so viele erinnerten.

Knochen füllten das Grab, und zwar zu viele. Das waren nicht nur die Überreste eines Mannes und seiner Frau. Ich zählte allein sechs Oberschenkelknochen.

Wem gehörte das dritte Skelett, und warum hatte der Einbrecher dieses Geheimnis gelüftet?

36

DAS PORTAL OSCURO

Diago Vela · *Im Jahr des Herrn 1199, Sommer*

»Ob er außerhalb der Stadtmauern eingeschlafen ist? Vielleicht in irgendeiner Scheune?«, hörte ich hinter mir.

»Vielleicht hat er Frösche im Zapardiel gefangen, darüber die Zeit vergessen und dann vor verschlossenen Toren gestanden.«

Anglesa, Pero Vicia und Sabat, der Seiler, flüsterten untereinander.

»Dann wäre er heute Morgen zurückgekommen«, sagte ich zu ihnen. »Sein Onkel hat ihm gestern sein erstes Fohlen geschenkt, und er hat sich schon darauf gefreut, es heute wieder zu reiten. Sucht weiter. Hinter jeder Hecke, in jedem Garten.«

Nach einer Nacht, die wir damit verbracht hatten, nach Yennego zu rufen, löschte ich die Fackel in einer Pfütze, denn jetzt brauchten wir sie nicht mehr. Mit dem ersten Hahnenschrei waren die Tore der Stadt geöffnet worden. Die Nachbarn, die uns geholfen hatten, vor den Stadtmauern zu suchen, gingen direkt in ihre Werkstätten oder zu ihren Verkaufsständen.

Ich suchte Nagorno. Er war innerhalb der Stadtmauern geblieben, um in den Gärten, den Werkstätten und an allen anderen Orten zu suchen, an denen sich ein so lebhafter Junge wie Yennego hätte verstecken können.

Am Lärm erkannte ich, dass etwas vor sich ging. Und die Menschenansammlung am Portal Oscuro gefiel mir gar nicht.

Mein Bruder hatte einen der Isunzas an der Kehle gepackt und drückte ihm die Spitze seines Dolchs ins Fleisch. Ein rundes Dutzend Leute standen um sie herum, darunter die Brüder Ortiz de Zárate und die Mendozas.

»Wenn mein Neffe nicht wieder auftaucht, wird es keine Familie in der Villa de Suso oder in Nova Victoria geben, die nicht weint. Falls jemand ihn festhält, ist es Zeit, ihn zurückzugeben. Ich werde keine Fragen stellen. Aber mein Neffe muss am Leben sein«, sagte er, und ich wusste, er meinte es ernst.

Ich ging zu ihnen. Mehrere drehten sich zu mir um, viele hoben auf der Suche nach ihrer Waffe die Hand zum Gürtel.

»Lass ihn los, Nagorno. Das hilft Yennego auch nicht.«

»Natürlich hilft ihm das. Falls einer von euch sich für das, was mit Ruiz de Maturana passiert ist, gerächt hat, werde ich zu jedem Einzelnen von euch kommen, und ehe man mich fasst, werdet ihr alle sterben.«

»Lass ihn endlich los! Es reicht!«, schrie ich.

Widerwillig gab Nagorno ihn frei. Alle rannten davon, und gleich darauf war der Platz am Stadttor verlassen.

»Du bist ein Narr, Bruder. Was du getan hast, wird ihn nicht zurückbringen«, rügte ich ihn.

Nagorno war außer sich, und so sah man meinen Bruder nicht oft.

»Und was gedenkst du zu tun, hm?«, murmelte er wütend. »Willst du tatenlos zulassen, dass wir unser Fleisch und Blut verlieren?«

»Ich bin gekommen, dich zu holen. Lass uns zur Festung San Viçente gehen, die besten Männer des Statthalters nehmen und uns weiter auf die Suche nach meinem Sohn machen.«

Wir gingen durch den Cantón de Angevín und durchquerten zwei Tore, ehe wir am Portal del Sur anlangten. Dort trafen wir den Statthalter beim Satteln seines Pferdes an.

»Er ist nicht wieder aufgetaucht?«, fragte Martín Chipia, als er uns herankommen sah.

»Nein«, antwortete ich und sah durch das große Tor.

Alix war vor der Stadt geblieben und suchte weiter. Sie weigerte sich, ohne Yennego zurückzukehren.

»Diese Burschen spielen Streiche, verbringen die Nacht im Freien … er wird zurückkehren. Sicher ist er nicht sehr weit gegangen, wie ich gesehen habe, ist eines seiner Beine …«

»Yennego ist nicht gegangen, er wurde entführt«, unterbrach ich ihn. »Ich habe ein rotes Bändchen mit einem Amulett gefunden, das ihm die Ururgroßmutter seiner Mutter geschenkt hat. Er hätte es aufgehoben, um es zu flicken und ihr nicht solchen Kummer zu machen. Nein, Chipia. Ich werde Eure besten Kundschafter nehmen und nach ihm suchen. Mein Sohn befindet sich außerhalb der Mauern und wird immer weiter fortgebracht, wie ich fürchte.«

Doch in diesem Augenblick ritt einer der Wachmänner des Statthalters auf einem schweißüberströmten, völlig erschöpften Pferd durchs Portal del Sur.

»Statthalter, sie haben mehrere Festungen angegriffen!«

»Hat es bereits begonnen?«, rief Chipia. »Ich hätte nicht gedacht, dass es so schnell geht. Sprecht, welche Festungen?«

»Alle im Süden, und von Westen kommen sie auch: Puebla de Arganzón, Treviño, Salinas de Añana und Portilla.«

»In Portilla ist Statthalter Martín Ruiz. Er ist so erfahren wie stur. Was könnt Ihr mir sagen? Halten sie stand?«

»So gut es geht. Senior, da ist noch mehr …«

»Was? Sprecht!«

»Roderico sagt, unterwegs habe er einen Reiter auf einem weißen Pferd mit der Standarte der zwei Burgen gesehen. Viele Fußtruppen, Bogen- und Armbrustschützen. Nicht allzu viele Berittene. Aber ihnen folgen Wagen mit Verpflegung. Sogar ein geschlossener Wagen, sehr prachtvoll, der kann nur dem König gehören. Und er kommt mit López de Haro, dem Standartenträger von Kastilien.«

Chipia sah mich besorgt an.

»Das ist schlimmer, als die Berater von König Sancho es mir dargelegt hatten. Wenn sein Vetter Alfonso Toledo schon verlassen hat, dann kommt er nicht wegen einiger kleiner Festungen auf irgendwelchen Hügeln. Das ist ein regelrechter Feldzug. Er kommt, um den Schlüssel zur Grenze zu bezwingen: Vitoria. Ich fürchte, Vela, ich werde Euch brauchen, um diese Stadt auf einen möglichen Angriff vorzubereiten. Bis jetzt kenne ich niemanden, der entschlossener wäre als Ihr. Ich werde mich mit dem Richter und dem Henker in der Festung San Viçente treffen, aber währenddessen müsst Ihr für mich die Menschen des Bezirks außerhalb der Mauern zusammenholen. Wenn wir angegriffen werden, sind sie nicht sicher. Die Bürger sollen Platz in ihren Scheunen und Hauseingängen schaffen, um sie aufzunehmen. Und die Ernte geht zum Teufel. Ruft trotz allem die Landarbeiter. Heute sollen sie in ihren Gärten so viel wie möglich ernten und in die Stadt bringen. Fällt Euch noch etwas ein, was uns helfen kann?«

Yennego, Ihr habt vergessen, dass ganz Vitoria meinen Sohn suchen müsste, dachte ich, schwieg aber voller Gram.

»Entsendet einen Eurer Männer zum Steinbruch von Ajarte«, zwang ich mich, zu sagen. »Sie sollen Karren mit Steinen beladen und hierherbringen. Wir werden sie brauchen, wenn sie gegen unsere Mauern anstürmen. Und Mühlsteine, ihren Nutzen erkläre ich Euch später. Unsere Hütte ist frisch mit Eisen aus den Minen von Bagoeta ausgestattet. Ich werde meine Schwester bitten, ihre Männer Lanzenspitzen schmieden zu lassen. Für Rüstungen fehlen Zeit und Material. Die Lederer sollen stattdessen Brustpanzer aus Leder herstellen. Die Holzfäller sollen in die Wälder gehen und Holz für Lanzen, Pfeile und Armbrustbolzen schlagen. Und viel Feuerholz.«

»Es ist Sommer, das ist nicht nötig«, wandte Chipia ein.

»Kümmert Ihr Euch darum, Feuerholz herbeizuschaffen«, beharrte ich. »Heute soll auch sämtliches Vieh auf die Weiden gebracht werden: Rinder, Schweine, Schafe und Ziegen, aber man soll vor dem Torschluss mit den Tieren zurückkehren. Ich weiß, jetzt ist kein guter Zeitpunkt, aber wenn Ihr mir ein halbes Dutzend Männer gebt, führen wir eine kurze Suche durch. Ich möchte in die Montes Altos …«

»Ich glaube, Ihr habt den Ernst der Lage nicht verstanden, verehrter Conde«, unterbrach er mich. »Ich werde den Befehl geben, sämtliche Stadttore zu schließen, sobald alle Bürger und Tiere in der Stadt sind sowie alles sonst, was uns in den Stand versetzt, möglichst lange durchzuhalten, bis König Sancho uns zu Hilfe kommt.«

»Dann gehen wir allein, ohne weitere Männer«, mischte Nagorno sich ein.

»Nein, ich brauche Euch beide hier. Ich bin des Königs Mann in dieser Stadt, und wenn Ihr sie verlasst, im Angesicht der Gefahr, die vor den Toren lauert, werde ich Euch als Verräter gegen die Krone betrachten.«

»Gebt uns bis zum Angelusläuten, ich verspreche, vorher zurück zu sein. Ich verspreche es«, beharrte ich.

»Ich weiß, Ihr seid ein Ehrenmann, aber ich wäre kein guter Statthalter, wenn ich Euch jetzt gehen ließe.« Er wandte sich an die Torwache. »Schließt das Tor, jetzt sofort! Und dann steigt auf den Wehrgang. Lasst nur Bürger passieren, die Schutz für sich selbst und ihre Tiere suchen.«

»Wartet, nicht schließen!«, schrie jemand.

Die Stimme gehörte Alix. Sie stieg den Hügel, auf dem der Markt der Obsthändlerinnen stattfand, herauf, das Kleid gerafft. Von ihrer Haube war nichts zu sehen, und das Haar klebte ihr im schweißnassen Gesicht.

Ich rannte ihr entgegen. Sie atmete schwer.

»Yennego?«, flüsterte ich.

»Ich habe nichts gefunden, Diago. Nichts.«

Der Statthalter trat zu uns.

»Ich weiß von Eurem Unglück, aber Ihr müsst hereinkommen, das Heer von …«, setzte Chipia zu einer Erklärung an.

»Deshalb bin ich zurückgekommen. Ich habe es gesehen. Auf dem Weg von Ibida erhob sich Staub, aber das war nicht der Wind … Hunderte von Soldaten nähern sich. Wir sind in der Stadt gefangen.«

37

DER ALTE HÖRSAAL

Unai · *Oktober 2019*

Alles begann mit Estíbaliz' Anruf am Nachmittag. Sie klang besorgt.

»Unai, bitte komm zu mir. Ich glaube, ich muss dir etwas zeigen. Vorher musst du in meine Wohnung, Alba hat die Schlüssel. Bring mir das mit, was du im Kleiderschrank in meinem Schlafzimmer unter den Winterpullovern findest.«

Nachdem ich bei ihr gewesen war und mir angehört hatte, was sie mir erklärte, rief ich Doctora Leiva an und verabredete mich mit ihr für den folgenden Vormittag, diesmal außerhalb des Schwimmbads. Marina erwartete mich in einem leeren Hörsaal der Polizeischule in Arkaute. Trotz ihrer gut sechzig Jahre trug sie immer Sneakers und taillierte Kleider.

»Wie lange war ich nicht mehr in diesen Hörsälen«, sagte ich und sah mich um. Seit ich meine Ausbildung beendet hatte, hatte sich hier nur wenig verändert. Dieselben alten Holzpulte, dieselben kahlen Wände, damit nichts vom Unterricht ablenkte. Große Fenster, durch die reichlich Licht hereinfiel.

»Mit der Zeit findet man Gefallen an der Lehrtätigkeit. Du solltest es ausprobieren, es ist sehr befriedigend. Wobei mir der Hörsaal lieber ist, wenn er voll ist. Dann ist hier eine andere Energie«, bemerkte sie und sah sich um. »Junge Leute, die alles aufsaugen, was du ihnen erzählst, die sich begierig die Richtlinien aneignen, die du ihnen erklärst, um damit Verbrecher fassen zu können.«

»So war ich auch mal. Impulsiv. Hungrig. Da war ich noch

nicht auf der Straße gewesen. Ich vermute, die Straße ist das, was einen verändert und dazu bringt, den Beruf zu verabscheuen.«

»Du verabscheust deinen Beruf?«

»Ach, das war nur so dahingesagt«, gestand ich ein.

Verabscheue ich ihn?, fragte ich mich im Stillen verwirrt.

»Ich habe dir zwei Dokumente mitgebracht«, sagte ich dann und zwang mich, das Thema zu wechseln. »Ich brauche deine Hilfe.«

»Dokumente? Und wobei genau brauchst du mich?«

»Ich weiß, dass du als Schriftsachverständige bei einigen Verfahren wegen Testamentsfälschung mitgewirkt hast.«

»Stimmt.«

»Und du hast forensische Schriftvergleichung gelehrt …«

Sie sah mich schief an und schob die rote Halbbrille auf die Nasenspitze.

»Na los, gib mir diese Papiere. Warum hast du sie mir mitgebracht?«

Ich reichte ihr zwei Blatt Papier in Klarsichthülle und ein Paar Handschuhe, allerdings waren sie in meiner Größe, XL, zu groß für ihre kleinen Finger.

»Ramiro und Alvar. Alvar und Ramiro. Schreiben Briefe. An Inspectora Ruiz de Gauna. Gestern rief sie mich an, und ich habe sie im Krankenhaus besucht. Seit dem Sturz scheint Alvar verschwunden zu sein. Du weißt ja, ich habe sie miteinander konfrontiert. Alvar wurde durch Estíbaliz' Gegenwart nicht aktiviert. Ramiro Alvar hat sie nicht erkannt. Er hat sich entschuldigt und ihr seine psychische Störung eingestanden.«

»Das ist sehr gut«, unterbrach sie mich. »Ein großer Schritt in Richtung Heilung.«

»Ganz deiner Meinung. Kurz darauf erhielt Estíbaliz diesen Brief. Ramiro Alvar hatte eine Krankenschwester mit seinem hübschen Gesicht und seinen guten Manieren eingewickelt, so dass sie ihr den Brief da zukommen ließ.«

Marina las aufmerksam und konzentriert. Eine senkrechte Falte zwischen den Augenbrauen teilte ihre Stirn in zwei Hälften.

»Und?«, fragte sie, als sie fertig war.

»Meine Kollegin bat mich, zu ihr nach Hause zu fahren und ihr die Briefe zu holen, die Alvar ihr geschrieben hat. Handschriftliche Liebesbriefe, die er ihr persönlich gab. Sieh dir den Absender an.«

»Alvar de Nograro, 25. Herr des Hauses Nograro«, las sie vor.

»Hübsche Schrift, oder? Ganz anders als die von Ramiro Alvar. Ohne Experte darin zu sein, ebenso wenig wie Estíbaliz, besteht zwischen den beiden Schriften ein …«

»… himmelweiter Unterschied«, beendete sie meinen Satz, ganz vertieft in den anderen Brief, den ich ihr gerade gereicht hatte.

Dann legte sie die beiden Briefe nebeneinander auf den Dozententisch. Nachdem sie sie eine gute Weile verglichen hatte, wandte sie sich wieder mir zu.

»Das ist mehr, als ich erwartet hätte«, sagte sie schließlich.

»Was meinst du?«

»Sieh dir Ramiro Alvars Schrift an. Diese unverbundenen Buchstaben deuten auf Vereinsamung und Introversion hin. Aber das Auffälligste ist der Grad der Schrägstellung: Eine Linksneigung von etwa fünfundsechzig Prozent ist sehr unüblich. Das geht schon auf die negative Ebene. Da ist ein Kampf um die Selbstbeherrschung. Eine Unterdrückung des Ich, hinter der sich Angst und Hemmungen verbergen. Und es ist eine Schrift, die auf einen sehr sensiblen Menschen hindeutet.«

»Was kannst du mir über Alvar sagen?«, fragte ich und deutete auf seinen Brief.

»Dies ist ein Mann, der von sich überzeugt ist, eine überlegene, reife Psyche. Er umgibt sich mit Kunst, mit Schönheit. Ein Hedonist, jemand, der das Leben in vollen Zügen genießt. Der andere ist ein Asket, seinen Buchstaben fehlen die Schleifen, sie sind fast martialisch. Andererseits hat Alvar einen großen Konflikt mit dem Tod seines Vaters, seiner Mutter oder mit beiden. Irgendein ungelöster Konflikt. Achte auf die sehr hohe Schleife bei seinem großen D. Das ist ein Zeichen von Verwaisung. Ramiro Alvar verrät nichts dergleichen. Sein großes D ist sehr ausgeglichen.«

Ich hörte schweigend zu. Es war unübersehbar, dass Marina fasziniert war.

»Ich habe dir die Briefe gezeigt, damit du mir sagst, ob Alvar sich womöglich hinter dem bettlägerigen Ramiro Alvar verbirgt und Estíbaliz weiter den Hof macht, weil er sie nicht verlieren will. Kurz, weil ich wissen wollte, ob dieser letzte Brief von Alvar ist, der so tut, als wäre er Ramiro Alvar.«

»Nein, auf keinen Fall. Das sind zwei verschiedene Personen. In Ramiro Alvars Brief ist keine Spur von Heuchelei. Kein einziges Anzeichen dafür, dass der Schreiber etwas vortäuscht. So etwas kann man normalerweise am Ende des letzten Wortes in einem Satz erkennen, oder am berühmten Fälscherzöpfchen, einer leichten Zittrigkeit im letzten Abschnitt der Unterschrift. Das ist hier nicht der Fall. Diese Schrift ist von Anfang bis Ende Ausdruck der Psyche des Individuums, das den Brief geschrieben hat. Mir lagen ähnliche Dokumente in anderen berühmten Fällen von dissoziativen Störungen vor, aber das hier …«

»Was? Was ist, Marina?«

»Das hier geht weit über eine Psyche mit zwei Persönlichkeitsanteilen hinaus. Diese Briefe wurden von zwei verschiedenen Personen geschrieben, Unai. Ich will dir eine Frage stellen, die dich vielleicht ein bisschen aus dem Konzept bringt, aber kannst du mir hundertprozentig versichern, dass Alvar Nograro tot ist?«

»Seit Jahren.«

»Hast du das überprüft? Gibt es ein Grab? Und falls ja, sind es seine Überreste, die dort ruhen? Wurde er verbrannt? …«

»Moment mal eben, bitte«, bremste ich sie. »Nein, ich weiß

es nicht. Wir können bei Gericht nicht die Exhumierung der Überreste sämtlicher Toter in der Familiengeschichte unseres Verdächtigen beantragen. Die Bewohner von Ugarte haben auch erzählt, Alvar sei in die Turmfestung zurückgekehrt, als er schon schwerkrank war, und nach kurzer Zeit gestorben. Allerdings habe ich dir ja schon gesagt, dass niemand bei seiner Beerdigung war.«

»Ja, ich erinnere mich. Und das ist eigenartig in einem kleinen Dorf, findest du nicht? War Alvar nicht ein gutaussehender, charmanter Priester?«

»Ich weiß nicht, vielleicht eben deshalb.«

»Du musst zurück zu Ramiro Alvar, dem ANP. Du musst mit ihm an den Punkt gelangen, an dem seine Psyche sich aufgespalten hat. Zu dem Trauma, das Alvar erzeugt hat, falls wir es nicht mit einer grandiosen Simulation zu tun haben und er uns alle täuscht. Oder sie.«

»Sie?«

»Beide. Diese Briefe sind einfach so verschieden, dass ich nicht weiß, was ich glauben soll. Da sind keinerlei Gemeinsamkeiten, nichts. Sie drücken sogar den Stift unterschiedlich fest aufs Papier.«

»Ramiro Alvar erholt sich von seinem Sturz und seinen Verletzungen«, rief ich ihr in Erinnerung. »Das könnte sich doch auf die Kraft in seiner Hand ausgewirkt haben.«

»Unai, du musst ihn ein für alle Mal zur Rede stellen. Er muss dir alles erzählen. Das hier leuchtet mir überhaupt nicht ein.« Sie sah auf die Uhr.

Die ersten Studierenden kamen in den Hörsaal. Marina gab mir die beiden Briefe zurück und zog die Handschuhe aus.

»Eine letzte Frage«, sagte sie leise. »Deine Anwesenheit in der Polizeischule ist nicht unbemerkt geblieben. Du weißt, dass du eine Legende bist und man dich sehr schätzt. Der Direktor hat mich gebeten, dich zu fragen, ob du einen Vortrag über die Praxis der operativen Fallanalyse halten würdest. Den Studierenden würden deine Erfahrungen sehr weiterhelfen. Was sagst du?«

Ihr Ansinnen überrumpelte mich ehrlich gesagt.

»Ich weiß nicht, was ich dir sagen soll. Du weißt ja, wie beschäftigt ich im Moment bin«, entschuldigte ich mich.

»Versprich mir bloß, dass du darüber nachdenkst.«

In diesem Moment unterbrach uns das Klingeln meines Telefons.

Ich verabschiedete mich mit einem Blick von Marina und holte mein Handy hervor.

Es war Milán, die ebenfalls einen arbeitsreichen Vormittag gehabt hatte.

»Warst du bei der Gemeindeverwaltung Quejana?«, fragte ich sie.

»Ja. Es hat ein bisschen gedauert, aber ich habe eine Liste mit allen, die in den letzten Jahren im Kloster gearbeitet haben, inklusive Museum, Gärten und Parkplatz. Keiner der Namen sagt mir etwas. Ich leite sie dir weiter.«

»Sehr gut. Hast du mit Doctora Guevara gesprochen?«

»Sie hat die Überreste ans forensische Institut geschickt. Die werden da DNA-Tests machen. Was sie entdeckt hat, ist sehr interessant, Kraken.«

»Unai«, berichtigte ich sie. Ich wollte, dass diejenigen, die mir nahestanden, mich wie einen Menschen behandelten und nicht wie einen verfluchten Mythos.

»Unai«, wiederholte sie. »Ich sagte ja, dass Guevaras vorläufige Untersuchung mehr als eine Überraschung erbracht hat.«

»Und zwar?«

»Genauso, wie wir vermutet haben, sind es drei vollständige Skelette: zwei Frauen, ein Mann. Aber das Seltsame ist, dass eines der Frauenskelette sehr viel jünger ist. Möglicherweise ist diese Leiche unter freiem Himmel verwest und erst später in das Grab gebracht worden.«

»Wir haben also den Canciller, seine Frau und einen zeitgenössischen weiblichen Eindringling.«

»Für Mutmaßungen ist es zu früh. Und die Analysen werden Wochen dauern.«

»Hast du über das alles mit Alba gesprochen?«

»Man wird eine separate Ermittlung eröffnen. Dieser Fund hat nichts mit unserem Fall zu tun. Hausfriedensbruch und Körperverletzung. Mutmaßliche Grabschändung, vielleicht auch bloß ein Akt von Vandalismus. Der Bischof wird Anzeige erstatten und die Gemeindeverwaltung Quejana auch. Bis jetzt bleiben die vom kulturellen Erbe außen vor, es sei denn, es stellte sich heraus, dass doch etwas entwendet wurde. Mehr Arbeit für alle, und uns fehlt Estíbaliz.«

»Dann schick die Spurensicherung nach Quejana«, bat ich sie. »Mal sehen, ob die Kollegen irgendwelche Fingerabdrücke oder Reifenspuren finden können. Der Täter ist nicht zu Fuß gekommen.«

»Wenn sie uns eine Marke nennen können, können wir damit in den Datenbanken nach jemandem suchen, der wegen Diebstahl von kulturellem Erbe vorbestraft ist.«

»Wir werden nichts finden«, sagte ich. »Das war kein Profi. Er ist nicht vorbestraft, er hat das noch nie getan. Und er wollte nichts stehlen. Er wollte zum Grabmal. Der Priester hat ihn überrascht, er hat ihn auf der Treppe gehört. Nachts und bei der Stille, die dort herrscht, tragen Geräusche ungehindert von der Treppe bis in die Kapelle. Der Einbrecher hat das, was er da tat, abgebrochen, ist herausgekommen und hat den Priester weggestoßen. Er wollte ihn nicht töten, er ist nicht gewalttätig. Es wäre ja ganz einfach gewesen, ihn zu erledigen, als er am Boden lag, es ist ein alter Mann. Auch hatte er keine Waffe bei sich. Sonst hätte er sie eingesetzt. Er hat ihn einfach geschubst.«

Milán ließ sich Zeit mit ihrer Antwort. Ich stellte sie mir vor, wie sie sich auf irgendeinem Post-it, das sie aus den Tiefen ihres voluminösen Dufflecoats zutage gefördert hatte, Notizen machte.

»Wenn es kein Dieb und kein Gewalttäter ist, was haben wir dann?«, fragte sie schließlich.

»Jemanden, der etwas in diesem Grab gesucht hat. Jemanden, der zurückgekommen ist. Der schon einmal dort war und die Grabplatte bewegt hat. Jemanden, der zweimal Zugang zu den Schlüsseln hatte, sowohl beim ersten Mal vor über einem Jahr als auch jetzt, nachdem der Priester selbst das Schloss ausgetauscht hatte. Jemanden, der keinen Diebstahl vortäuschen wollte, denn dann hätte er die Tür aufgebrochen. Er wollte bloß zu diesem Grab, die Knochen stehlen oder was auch immer und wieder verschwinden, ohne dass ihn jemand sieht.«

»Oder vielleicht war es auch nur ein Streich, der ihm aus der Hand geglitten ist«, gab Milán skeptisch zurück. »Und vielleicht finden wir den Täter nie. Jedenfalls muss man priorisieren, und wir haben vier Leichen auf dem Obduktionstisch.«

»Ich weiß, ich weiß. Dieses Rätsel ist von untergeordneter Bedeutung.«

»Es gibt noch eine Neuigkeit, Kra… Unai. Du hattest recht, was die Gegenstände angeht, die man am Schauplatz des Mordes an MatuSalem gefunden hat. Die Kriminaltechnik hat den gesamten Müll untersucht, der auf dem Rasen am Fluss gefunden wurde: eine leere Getränkedose, eine leere Sonnenblumenkerntüte, rund fünfzig leere Sonnenblumenkernschalen, eine Eisverpackung … Und ein sehr spitzer Bleistift Nummer HB. Daran haftet genetisches Material. An der Spitze. Sie haben Blut an der Bleistiftspitze gefunden.«

»Verdammtes Genie!«, entfuhr es mir. Gesegnet sei MatuSalem.

»Wie meinst du das?«

»MatuSalem war im Gefängnis. Nur jemand, der im Gefängnis war, sieht in einem angespitzten Bleistift eine Waffe«, erklärte ich ihr. »Und er hatte einen dabei. Matu hatte immer einen Bleistift dabei, damit er sich auf Papier notieren konnte, wovon er nicht wollte, dass es nachverfolgt werden kann. Was übers Internet ging, dem traute er nicht. Er war paranoid, als guter Hacker, der er war. Wenn er sicher sein wollte, dass etwas nicht untersucht wird, benutzte er die analoge Welt. Also haben wir jetzt ein DNA-Profil des Mörders.«

Ich verließ das Gelände der Polizeischule. Eine Weile verlor ich mich in meinen labyrinthischen Gedanken, während ich ziellos über Wege ging, die ich einst regelmäßig benutzt hatte. Endlich eine handfeste Spur, endlich ein Ariadnefaden, an dem man ziehen konnte.

Danke, Maturana, betete ich stumm zu ihm. Jetzt bin ich näher daran, deinen Tod zu rächen.

38

VOR DEN MAUERN DER STADT

Diago Vela · *Im Jahr des Herrn 1199, Sommer*

Im Laufschritt stieg ich auf den Wehrgang. Chipia folgte mir.

»Ich werde einen Reiter zurück nach Tudela schicken. Der kastilische König hat sich zunutze gemacht, dass sein Vetter, der Starke, seit dem Frühjahr in musulmanischen Landen ist, aber der Hof wird ihm Nachricht zukommen lassen, und dann wird er uns ein Heer zu Hilfe schicken.«

»Ich hoffe doch, man wird in Tudela nicht erst auf königliche Anweisung aus dem Süden warten. Der Bote würde einen Monat bis zum Monarchen brauchen und einen weiteren Monat zurück mit dessen Entscheidung«, entgegnete ich besorgt.

»So viele Umstände wird man nicht machen, es handelt sich um einen Notfall. Am Hof werden sie den gleichen Befehl befolgen, den er mir durch seine Ratgeber gab: ›Vitoria ergibt sich meinem Vetter nicht.‹ Sie werden uns helfen, sie werden den Schlüssel zum Königreich verteidigen. Wir müssen nur bis morgen aushalten. Mehr Sorgen bereitet mir in diesem Augenblick, aus welcher Richtung sie kommen. Wenn sie von Süden kommen, wenn sie zu diesem Stadttor ziehen, wird das ein gutes Zeichen sein«, sagte er zu mir, derweil er den Horizont absuchte.

Noch war nichts zu sehen. Grüne Weizenfelder, vereinzelte Bergeichen und Ochsen, die in den Gemüsegärten pflügten.

»Falls sie über den Hügel des Obst- und Gemüsemarkts kommen, machen sie sich verwundbar. Unsere erhöhte Lage und die Stadtmauer sind unser Vorteil. Das wäre eine Erleichterung, dann würden sie Verhandlungen wollen, keinen Angriff«, fuhr der Statthalter fort. »Aber sie werden kommen, früher oder später. Ich gehe zur Festung und hole meine Waffen und meinen Brustpanzer. Ihr solltet das auch tun.«

Ich nickte. Als ich die Schmiede betrat, waren Lyra und ihre Männer bei der Arbeit, und in allen Öfen brannte Feuer. Es war höllisch heiß.

»Hier, Bruder. Ein Helm, eine Kettenhaube und ein Brustpanzer aus Metall«, sagte sie laut, so dass alle es hören konnten. Doch nachdem sie mir meine Ausrüstung gegeben hatte, winkte sie mich beiseite, und wir gingen in eine Ecke, wo wir ungestört waren. »Wir sollten das alles vergessen und Yennego suchen gehen. Sollen die Könige doch um Festungen und Grenzen kämpfen, wir sollten um unser Fleisch und Blut kämpfen.«

»Niemand will mehr als Alix oder ich aus der Stadt hinaus und ihn suchen, Lyra. Aber ... Alix ist zurückgekehrt, sie hat ihn nicht gefunden. Ebenso wenig wie ihr irgendeine Spur von ihm innerhalb der Mauern gefunden habt, Nagorno, Gunnarr und du. Du weißt, was das bedeutet.«

Ich lehnte mich an sie, müde nach der langen durchwachten Nacht, müde von der Suche, müde der Schlacht, die sich abzeichnete. Bei meiner Schwester konnte ich Schwäche zeigen, und das tat mir gut.

»Mir ist es egal, ob ich einen Pfeil in den Rücken bekomme, weil ich dem Statthalter nicht gehorcht habe. Du brauchst es nur zu sagen, dann nehme ich Nagornos Pferd und mache mich auf die Suche«, sagte Lyra.

»Du wärst allein in einem Gebiet, das bald von einem Heer angegriffen wird. Du könntest nicht zurückkehren. Einer solchen Gefahr will ich dich nicht aussetzen.«

In diesem Moment hörten wir es mehrfach läuten. Einmal, zweimal, dreimal ... Einige Glocken ertönten über uns, andere weiter entfernt. Chipias Soldaten schlossen die Tore der Stadt.

Lyra lief zu ihren Hüttenmeistern und erteilte ihnen Anweisungen. Ich legte das, was meine Schwester für mich angefertigt hatte, auf den Boden und ging auf die Straße, die sich mit Karren voller Obst und Gemüse, Holz und Schweinen gefüllt hatte. Die Bewohner des Bezirks der Messerschmiede, die ihre Häuser verlassen hatten, trugen Sicheln, Sensen und Kinder.

Ich suchte Alix. Sie hatte begonnen, die Neuankömmlinge zu verteilen.

»Zur Festung! Zur Festung und zur Kirche!«, schrie sie.

Inmitten dieses Tumults und Wahnsinns, der die Straßen erfüllte, traf ich Onneca, die aus einem Haus kam. Sie wunderte sich, als sie mich sah, man hätte sagen können, sie sei verlegen.

»Was macht Ihr?«, fragte sie mich unbehaglich.

»Mich auf die Ankunft des Feindes vorbereiten. Hat sich jemand um Großmutter Lucía gekümmert?«

»Bei diesem Tumult nicht, fürchte ich«, antwortete sie.

»Ich bringe sie zu den anderen«, sagte ich und lief zum Haus von Großmutter Lucía.

»Großmutter, ich bringe Euch in die Kirche zu den anderen«, drängte ich sie.

»Ich bleibe hier für den Fall, dass Yennego zurückkommt. Nicht, dass er einen Schrecken bekommt, wenn er nach Hause kommt und niemand da ist«, erwiderte sie, ohne den Blick vom Fenster abzuwenden.

»Yennego wird zur Kirche gehen und uns dort finden, macht Euch keine Sorgen«, beruhigte ich sie. »Er ist schlauer als Ihr und ich. Macht ihm keinen Kummer. Gehen wir.«

Da ließ sie sich von mir auf dem Rücken zur Kirche tragen, wo ich sie bequem auf der Treppe am Altar sitzend zurückließ. Dann lief ich zurück zur Schmiede, holte Helm, Haube und Brustpanzer und ging nach Hause.

Dort legte ich den Brustpanzer aus Metall über einem aus

Leder an und zog ein Kettenhemd sowie eine Tunika mit dem Wappen derer De Vela darüber: eine Wildkatze auf blauem Feld. Ich zog die Kettenhaube, die auch Schultern und Hals bedeckte, über den Kopf, und darauf setzte ich trotz der Wärme an diesem unheilvollen Tag den Helm.

Die Truppen kamen von Süden, doch als sie sich der Stadt näherten, umzingelten sie uns, überquerten die beiden Gräben und marschierten herauf zum Portal del Norte. Der Statthalter, der Richter, Nagorno und ich stiegen auf den Wehrgang über dem Tor. Sie wollten verhandeln, eine weiße Standarte wurde zum Tor getragen. Der Träger blieb einige Ellen unter unseren Füßen stehen.

»König Alfonso, der achte seines Namens, kommt, um zu verhandeln. Achtet ihr den Waffenstillstand und senkt die Waffen?«

»Wir achten ihn!«, antwortete der Statthalter, und auf eine Handbewegung von ihm senkten alle Bogenschützen, die auf den Vortrupp gezielt hatten, ihre Waffen.

»Es sind etwa vierhundert«, überschlug Chipia. »In der Stadt sind wir beinahe dreihundert, aber wir haben nichts zu befürchten. Ich sehe keine Belagerungsmaschinen, sie können nicht herein. Wir sind zahlreich genug. Und der König weiß es.«

Dann möge es möglichst schnell vorüber sein, damit ich endlich hinaus und meinen Sohn suchen kann, hätte ich ihm gern gesagt.

Wir brauchten nur einen Tag zu warten. Das navarresische Heer würde kommen und uns zu Hilfe eilen, und dann konnte unsere gesamte Familie weiter nach Yennego suchen. Oder zumindest in Erfahrung bringen, was geschehen war, damit wir in Frieden schlafen konnten.

»Sie sind frisch, mit sauberer Rüstung, ohne Blut«, bemerkte ich laut. »Diese Männer haben noch nicht gekämpft. Sie sind noch nicht müde, sie haben noch niemanden verloren und sind kampfeslustig. Dann sind sie am tödlichsten.«

»Sie sind sicher begierig zu kämpfen, nachdem sie einige Festungen durch Verhandlung eingenommen haben«, warf Nagorno ein.

Mehrere Reiter näherten sich. Vorneweg ritt ein beeindruckendes weißes Pferd, flankiert von zwei weiteren Pferden.

Der König nahm den Helm ab. Er sah gut aus und hatte breite Schultern wie die Bogenschützen. Die Haltung eines Mannes, der seit drei Jahren König war. Eine gewisse Ironie in der Miene und große Unbekümmertheit.

»Ich will keine blutige Eroberung«, rief er mit befehlsgewohnter Stimme, »ich komme, um zu fordern, was im Jahr des Herrn 1174 unterzeichnet wurde. Diese Gebiete gehörten mir, doch damals war ich unerfahren und wusste meinem Onkel, dem weisen König, einem Meister der Verhandlungskunst, nichts entgegenzusetzen. Jetzt, da ich ein Mann bin, komme ich, um euch aufzufordern, die Festung an mich zu übergeben, die Tore zu öffnen und uns einzulassen. Ich werde die Befreiung von den Abgaben achten und verpflichte mich, keine weiteren Festungen mit Sonderrechten auszustatten, die Erbgüter der Condes und *Seniores* hierzulande nicht zu entvölkern, wie es die Navarresen getan haben, die Euch Statthalter aufgezwungen haben, welche weder hier aus der Gegend noch aus Euren alten Familien stammen.«

»Ehe Ihr weiter Eure Zeit vergeudet, Herr«, unterbrach ihn Chipia, »muss ich Euch sagen, dass Vitoria sich nicht ergibt, auf ausdrücklichen Befehl Eures Vetters.«

»Der Statthalter, nehme ich an. Und die Seniores der Stadt.« Er grüßte uns mit einem knappen Beugen des Kopfes.

»Der Conde Vela und der Conde Maestu«, rief ich und erwiderte seinen Gruß.

»Conde Don Vela, ich habe die traurige Kunde von Eurem Erben in den Gasthäusern gehört. Ein schlechter Zeitpunkt, um die Stadttore zu schließen – wollt Ihr nicht herauskommen, um nach dem Jungen zu suchen? Übergebt die Festung, und Ihr könnt es tun. Ich werde Euch nicht daran hindern.«

Nagorno hob seine Armbrust ein Stückchen an, doch ich bremste ihn mit einer verstohlenen Handbewegung. Auch ich hätte mit dem Bogen auf ihn zielen mögen, und aus dieser Entfernung hätte ich Königsmord begehen können. Aber es stand so viel auf dem Spiel …

»Ihr seid ein König«, erwiderte ich stattdessen, »man schreibt Euch Edelmut zu. Ich glaube nicht, dass Ihr mit dem Leben eines Kindes gespielt habt, um eine Stadt einzunehmen, auch wenn es zufällig der Erbe eines feindlichen Conde ist.«

Der König hob den Kopf und sah mir fest in die Augen.

»Die Beleidigung ist ernst. Ich verzeihe Euch, weil auch ich Vater bin, und wenn meiner Tochter Blanca etwas zustieße … Ich verstehe Euren Schmerz.«

»Wenn wir von Ehrenmann zu Ehrenmann miteinander reden, schwört Ihr mir dann, dass Ihr nicht hinter diesem Unglück steckt?«, fragte ich ihn.

»Wenn jemand in meinem Königreich eine so gemeine List anwendete, würde ich ihn auf übelste Weise hinrichten lassen. Ich bedauere, dass Ihr Euren Erben verloren habt. Eure Familie ist auch in Kastilien legendär, und diesen Schlag des Schicksals verdient Ihr nicht. Doch sprechen wir nun über die Bedingungen Eurer Übergabe. Öffnet mir die Stadt, und wir werden die Bürger, die sie bewohnen, achten.«

»Ich fürchte, ich bin es, der für den König Don Sancho, den siebten seines Namens, spricht«, mischte Chipia sich wieder ein. »Und die Stadt ergibt sich nicht. Die Hilfstruppen treffen in Kürze ein, und Ihr würdet Euch nur vor unseren Mauern ein Gefecht liefern, das wäre alles. Wir haben nichts weiter zu verhandeln, Eure Forderung ist unrechtmäßig.«

»Es ist mein Vetter, der wegen seines unrechtmäßigen Bundes mit den Ungläubigen vom Papst in Rom aus der Gemeinschaft der Gläubigen ausgeschlossen wurde, vertut Euch da nicht. Es ist mein Vetter, der allein dasteht, denn weder Aragón noch León oder Portugal wollen seine Forderungen unterstützen. Es ist mein Vetter, der seine Gebiete und seine Vasallen vor Monaten verlassen hat und bei den Sarazenen lebt. Wozu alljährlich das Märzgeld an einen König zahlen, den Ihr nicht kennt und der die Seniores dieses Landes verachtet?«

Ich sah verstohlen zum Richter, der nervös von einem Bein aufs andere trat.

»Keine Antwort? Öffnet Ihr dann die Tore?«, beharrte Alfonso.

»Nichts dergleichen. Heute Nacht schlaft Ihr unter freiem Himmel, und morgen werdet Ihr viele Soldaten in der Schlacht opfern, wenn das Heer unseres Königs uns zu Hilfe eilt. Zeichnet das einen guten König bei seinen Männern aus?«, gab Chipia zurück. »Die Verhandlungen sind beendet.«

Der König und die beiden Reiter, die ihn begleiteten, machten kehrt. Wir vier machten uns an den Abstieg hinab zum Platz des Friedhofs, nahe dem Brunnen.

Nagorno packte meinen Arm, und wir blieben im ersten Stockwerk des Turms zurück.

»Sie schlagen Bäume. Bei der Nachhut. Während der König verhandelt hat, haben seine Männer schon mehrere Stämme zerlegt.«

Besorgt sahen wir uns an.

»Das ist nicht gut, das ist ganz und gar nicht gut«, murmelte ich. »Sprich mit Lyra, sie soll einen Ofen freihalten, um den Steinstaub zu erhitzen, den sie aus dem Steinbruch gebracht haben.«

Nagorno ging, schweigsam wie immer, und ich ging auf den Platz.

Dort hatten sich alle Bewohner der beiden Stadtbezirke versammelt. Adelige und Handwerker, allesamt mit Schwertern, Lanzen, Bögen oder Hämmern.

»Haben es alle von außerhalb der Mauern rechtzeitig in die Stadt geschafft?«, fragte der Richter.

»Die aus dem Gasthaus der Romana sind nicht gekommen. Es heißt, sie wollen dortbleiben, wenn es Soldaten gibt, werden sie beschäftigt und sicher sein«, antwortete der Henker.

»Wir werden die Tore von Nova Victoria verteidigen«, warf Mendoza ein. »Verteilt Eure Soldaten auf unsere Türme. Wenn sie von Westen angreifen, fallen unsere Mauer und unsere Straßen zuerst.«

»Uns Lanzenmachern, Messerschmieden, Bäckern und Markthändlern fällt es zu, die Mauer im Osten sowie das Portal del Norte, das Portal del Sur und das Portal de la Armería zu verteidigen. Wir liegen höher und geschützter, aber der König wird die Villa de Suso und die Festung von San Viçente einnehmen wollen. Im Falle eines Angriffs wird er bei uns anfangen«, entgegnete Alix. Ihren Worten folgte zustimmendes Gemurmel.

»Einverstanden, ein Mann auf jedem der vierundzwanzig Türme«, gestand der Statthalter zu. »Sie haben nicht genügend Männer, um beide Stadtbezirke belagern zu können. Aber sie werden garantiert Vorposten aufstellen, von denen aus sie überwachen können, ob wir die Stadt verlassen. Geht in der Schmiede vorbei, sie sollen euch Pfeile für die Armbrüste und die übrigen Waffen geben, die sie haben herstellen können. Holt Eure Forken, Dreizacke, Hämmer und alles, womit Ihr Euch verteidigen könnt, hervor.«

»Weiß man etwas von den Festungen im Süden?«, fragte Yñigo, der Kürschner.

»Nein, Narr. Die Tore sind verschlossen, und der Feind hat uns umzingelt, wie soll ich da Erkundungstrupps ausschicken, die uns Neuigkeiten aus dem Süden bringen?«

»Dann müssen wir also kämpfen?«, wollte Mendoza wissen.

»Sollte nicht König Sancho an der Spitze des Rettungsfeldzugs reiten?«

»Ich habe einen Boten nach Tudela um Hilfe geschickt«, unterbrach ihn Chipia ein wenig ungeduldig. »Morgen oder allerspätestens übermorgen werden unsere Soldaten aus Pamplona kommen. Aber seid wachsam und vorbereitet für den Fall, dass irgendetwas schiefgeht. Wenn die Glocke läutet, mögen sich alle, die nicht kämpfen können, in Sant Michel, in der Festung Sant Viçente und in Santa María in Sicherheit bringen. Jetzt geht alle nach Hause. Wir warten auf die Hilfe.«

Und die Leute zerstreuten sich leise fluchend.

Ich ging Alix suchen, noch immer den drückenden Helm auf dem schweißnassen Haar.

Als ich sie fand, gab sie gerade Anweisungen und begleitete die letzten Nachzügler. Wir zogen uns in den Eingang von Großmutter Lucías Haus zurück. Seit wir in mehrere Gruppen aufgeteilt nach Yennego gesucht hatten, hatten wir uns nicht mehr ungestört gesehen.

»Wir haben ihn verloren«, sagte sie niedergeschlagen. »Bei diesem Durcheinander finden wir weder in der Stadt noch vor den Toren irgendeine Spur von ihm.

Ohnmächtig nahm ich sie in die Arme. Es stimmte, und es gab keinen Trost, nur noch mehr drohende Gefahr.

»Wir hören nicht auf, ihn zu suchen. Falls ich in den nächsten Tagen verschwinde und ihr meine Leiche nicht findet, dann ist es mir gelungen, die Belagerung zu durchbrechen, und ich habe mich auf die Suche nach unserem Sohn gemacht. Vertraue darauf, dass ich zurückkehre. Ich weiß, du würdest alles tun, um mir zu folgen, aber du musst unser ungeborenes Kind schützen. Im Moment ist es für dich sicherer, wenn du innerhalb der Mauern nach Yennego suchst. Frage weiter überall nach ihm und nutze das Durcheinander aus, um dich unter irgendwelchen Vorwänden in die Häuser in Nova Victoria zu schleichen.«

»Glaubst du, die Truppen aus Pamplona kommen rechtz…«

Sie konnte die Frage nicht zu Ende bringen. Am Portal del Norte ertönte ein Krachen.

Ein Sturmbock schlug gegen das Holztor und drohte hindurchzubrechen.

39

DER ALTE FRIEDHOF

Unai · *Oktober 2019*

»Danke, dass du mich noch einmal nach Hause fährst«, murmelte Ramiro Alvar, der neben mir auf dem Beifahrersitz saß.

»Mache ich gerne«, antwortete ich und parkte am Graben. »Bei langen Krankenhausaufenthalten tut es gut, hin und wieder da rauszukommen, auch wenn es nur für ein paar Stunden ist. Hinterher bringe ich dich zurück in dein Zimmer. Wie geht es dir?«

»Ehrlich gesagt kann ich es kaum erwarten, wieder nach Hause zu kommen. Obwohl ich noch wochenlang im Krankenhaus bleiben muss. Die Genesung geht sehr langsam voran. Ich dachte, ihr würdet mich festnehmen, und ich käme vom Krankenhaus aus direkt in Untersuchungshaft. Jetzt bin ich froh, dass ich nicht mehr bewacht werde, zwei Polizisten vor der Tür, das ist sehr beängstigend.«

»Es gibt keine Beweise dafür, dass du die Inspectora von der Treppe geworfen hast«, sagte ich, aber unwillkürlich umklammerte ich das Lenkrad fester.

»Du weißt, was ich meine.«

»Sag du es mir, damit es keine Missverständnisse gibt.«

»Ich meine, dass nicht einmal ich selbst sicher sagen kann, ob es nicht mein EP war, der das getan hat.« Er schob die Brille hoch, während er zugleich zuließ, dass ihm eine blonde Strähne in die Augen fiel.

»Du hast ja eine sehr schlechte Meinung von deinem EP.«

»Wenn du wüsstest …«

»Genau deshalb bin ich mit dir hierhergefahren. Weil ich es wissen will, weil du es mir endlich erzählen sollst. Gehen wir.« Ich öffnete die Beifahrertür, holte seinen Rollstuhl aus dem Kofferraum, hob Ramiro Alvar hoch und setzte ihn hinein.

»Wohin gehen wir?«, fragte er, während ich den Rollstuhl schob.

Zum Friedhof der Nograros, dachte ich. »Das siehst du gleich.«

Ich lenkte meine Schritte zu der kleinen Familienkapelle, an deren Seitenwand sich ein kleines eingezäuntes Gelände befand. Dorthin wollte ich. Ein schmiedeeisernes Tor verwehrte uns den Zugang.

»Du kannst es einfach aufschieben, es ist nicht abgeschlossen«, sagte Ramiro Alvar angespannt.

Der Efeu an der Friedhofsmauer sah nicht sonderlich gesund aus, und die Rinde der Zypressen am Eingang schien geschwächt. Der Friedhof wirkte vernachlässigt, ein wenig befremdlich bei einer Familie, der ihre Vorfahren so wichtig waren.

Vor ein paar Grabsteinen blieben wir stehen. Auf allen stand der Name Alvar.

Verstohlen sah ich zu Ramiro Alvar neben mir. Er schluckte.

»Du weißt, welches Grab wir hier besuchen, oder?«

»Warum tust du mir das an, Unai?«, fragte er in flehentlichem Ton. Er wollte seinen Rollstuhl zurück zum Friedhofstor lenken, doch ich hinderte ihn daran.

»Weil ich mich schon zu tief in diese Ermittlung habe hineinziehen lassen und das Gesamtbild sehen muss. Du zeigst mir nur Fragmente. Wenn ich nur ein paar Fragmente kenne, kann ich dich nicht verstehen. Estíbaliz kennt andere Fragmente. Und da sind wir nun und stecken fest. Nicht mal du weißt, ob du der Schuldige bist. Wir werden das Puzzle jetzt zusammensetzen, Ramiro. Welches ist das Grab deines Bruders?«

Ramiro Alvar rieb sich die Arme. Nicht verwunderlich zwar

auf diesem feuchten, düsteren Friedhof, doch ich glaubte, dass sein Frösteln andere Ursachen hatte.

»Das da, das linke.« Er deutete darauf.

Ich schob ihn ein bisschen näher heran, bis sein Rollstuhl vor dem Grabstein stand.

»Alvar Nograro, 24. Herr von Nograro. 1969–1999.« Es war das jüngste Grab, aber der Grabstein war geborsten. Jemand hatte mit einem schweren Gegenstand daraufgeschlagen, und der Granit hatte Risse bekommen. Komisch, dass Ramiro Alvar den Grabstein seines eigenen Bruders nicht hatte austauschen oder reparieren lassen.

»Ist es leer?«, fragte ich.

»Wie kommst du denn darauf? Um Gottes willen, nein!«, erwiderte er entsetzt. »Er starb und wurde hier begraben.«

»Warst du dabei?«

»Ja, ich habe mich um die Beerdigung und alle Formalitäten gekümmert.«

»Und warum war niemand aus dem Dorf dabei? Warum warst du allein?«

»Weil er ein schlechter Mensch war! Weil er alle Familien in Ugarte entzweit hatte. Weil keiner aus dem Dorf bei der Beerdigung die anderen treffen wollte.«

»Hat er dich schlecht behandelt?«, drang ich in ihn.

»In seinem letzten Lebensjahr, nachdem unsere Eltern gestorben waren, ja. Ich denke schon. Ein echter Kretin.«

»Aber so war er nicht immer gewesen, oder?«

»Bis zu meinem dreizehnten Lebensjahr war er mein bester Freund, obwohl er mein großer Bruder und schon fünfundzwanzig Jahre alt war. Er war mein Vorbild, mein Idol. Dann ging er aufs Priesterseminar, und als er zurückkam, war er ein anderer.«

»Was glaubst du, was ihn verändert hat? Dein Vater? Etwas, was er gesehen hatte?«

»Nein, Unai. Es war nicht mein Vater.«

»Wer dann?«

»Und wenn ich mich nicht daran erinnern möchte?«, schrie er mich an. Das war das erste Mal, dass er ausfällig wurde, und der Kontrast zu seiner normalen Stimme, die immer so gemessen war, versetzte mich in Alarmbereitschaft.

»Du wirst dich daran erinnern müssen, wenn du aus diesem Schlamassel rauswillst«, erwiderte ich nachdrücklich.

»Du kannst mich nicht dazu zwingen, mich zu erinnern.«

»Hör zu, Ramiro Alvar, denn langsam verliere ich die Geduld.« Ich beugte mich zu ihm hinab. »Menschen sterben wegen eines Buchs, das du geschrieben hast, um dich von einer psychischen Krankheit zu heilen, die du vielleicht nur falsch diagnostiziert hast. Und meine Kollegin wäre fast in diesem Turm ums Leben gekommen, aber sie hält dich immer noch für unschuldig. Du wirst dich ein bisschen anstrengen müssen, du musst endlich aufmachen und dich deiner Vergangenheit stellen. Was ist Alvar passiert? Was war so schlimm, dass du einen EP für dich erfunden hast und ihn dann töten wolltest?«

Mit bebendem Kinn streckte Ramiro Alvar einen Finger aus und wischte den Staub vom Namen seines Bruders.

»Es begann, wie vermutlich alle Geschichten beginnen, wenn man jung ist. Es begann der Liebe wegen.«

40

DER WEHRGANG

Diago Vela · *Im Jahr des Herrn 1199, Sommer*

Nicht nur die Sturmböcke kamen. Hunderte von Pfeilen bohrten sich in die Dächer. Es war furchterregend, den Himmel voller nadelspitzer Pfeile zu sehen. Sie regneten auf die gepflasterten Straßen wie auch auf die Grabplatten des Friedhofs, wo sie niemandem mehr das Leben nehmen konnten.

»Sammelt sie ein, wir werden sie brauchen!«, schrie ich einer Gruppe Kinder zu, die unter Brettern Schutz gesucht hatten.

Ein paar kleine Mädchen, die nicht vor Angst wie gelähmt waren, liefen los, um sich der Pfeile zu bemächtigen.

Lyra und ihre Hüttenmeister kamen mit Kesseln voller heißem Sand.

»Beschützt sie!«, befahl Chipia seinen Soldaten.

Ich gesellte mich zu ihnen, griff mir einen Schild und gab meiner Schwester Deckung, während sie und ihre Männer die Treppen des Turms am Portal del Norte hinaufstiegen.

Als ich die Zinnen erreichte und hinabschaute, sah ich, dass sie nur dieses Tor angriffen. Es waren wenige. Der König und sein Standartenträger López de Haro wussten, wenn sie ihre Truppen auf mehrere Tore verteilten, würden Chipias Bogen- und Armbrustschützen durch die Schießscharten mühelos mehrere Dutzend Männer abschießen, ohne sich in Gefahr zu bringen.

Unter uns stießen acht Soldaten den Sturmbock, einen dicken, spitz zulaufenden Baumstamm, gegen das Tor. Der Rammbock wurde nicht von einem kleinen Dach aus Häuten geschützt, wie es üblich war, wenn das Heer vorbereitet war. Doch die acht Männer trugen Helme und Brustpanzer.

Lyra brachte ihre Leute mit den Kesseln über den Köpfen der Soldaten in Stellung.

»Jetzt!«, befahl sie. »Schüttet ihn aus!«

Der glühend heiße Sand fiel auf den Sturmbock und die Männer, die ihn hielten. Er drang durch die Lücken in ihren Helmen, und mehrere ließen sich zu Boden fallen und versuchten vergeblich, sich ihrer Brustpanzer zu entledigen.

Der Baumstamm blieb einsam am Boden liegen, was uns eine kurze Atempause verschaffte.

Doch die dauerte nicht lange. Schon sahen wir den Großteil der Fußsoldaten von der Nachhut her zur Mauer laufen. Jeweils zwei Männer trugen eine Leiter. Diesmal verteilten sie sich zu beiden Seiten des Portal del Norte.

»Leitern!«, schrie ich, zur Stadt gewandt. »Schickt alle Bürger mit Steinen hoch!«

Anglesa, die Bäckerin, lief mit mehreren großen Steinen immer zwei Stufen auf einmal die Treppen hinauf. Ihr folgten Alix' sämtliche Lehrjungen aus der Eisenhütte. Alle zusammen verteidigten sie den östlichen Mauerabschnitt. Sie warfen mit Steinen in allen Größen, während die Bogenschützen ihnen Deckung gaben, indem sie die Soldaten, die versuchten, über die Leitern die Zinnen zu erreichen, mit Pfeilen beschossen.

Wenige gelangten bis hinauf zwischen die Zinnen. Nagorno hieb einen sehr schlanken Soldaten, dem es gelungen war, über die Mauer zu klettern, in der Mitte entzwei. Gunnarr schleuderte seine beiden Wurfbeile nach links und rechts. Er war schlagkräftig und treffsicher, aber seine Körperfülle und sein blonder Bart zogen viele Pfeile an, und einer davon drang durch seinen Brustpanzer und bohrte sich in seinen Arm.

Erschrocken lief ich zu ihm, um ihm zu helfen, doch er suchte hinter einer Zinne Schutz.

»Für die Priester ist später noch Zeit«, sagte er lächelnd zu mir.

»Hast du Bilsenkraut genommen?«, fragte ich, als ich ihn so vergnügt sah.

»Das hatte ich nicht nötig, das hier ist noch nicht gefährlich.«

Gunnarr hatte in der Vergangenheit in einer Gruppe von zwölf nordischen Söldnern mit schlechten Gewohnheiten gekämpft. Zu ihrer Vorbereitung hatte der Gebrauch von Mutterkornpulver gehört, das ermöglichte, ohne Schutz und in einem Rausch zu kämpfen, der sie tödlich machte. Sie nannten das »Odins Schaum«, und ich fand es unerträglich, ihn so kämpfen zu sehen. Er wurde dann unbesonnen, und ich hatte Angst, ihn zu verlieren.

In diesem Augenblick vernahmen wir mehrere Schreie.

»Rückzug! Rückzug!«

Ich blickte mich um. Es war, als wären alle eingefroren. Chipia hielt mit beiden Armen einen gewaltigen Stein über den Kopf erhoben, den er gerade hatte werfen wollen. Die Hüttenmeister, die gerade einen weiteren Kessel mit heißem Sand hatten auskippen wollen, sahen einander unschlüssig an.

Ich spähte über die Mauer. Das war keine List. Die wenigen Soldaten, die noch laufen konnten, taten es. Sie zogen sich hinter die ersten Bäume zurück, und manche rannten sogar noch viel weiter weg.

Die Trompete erklang, der Befehl kam vom König selbst.

Rückzug.

Gunnarr und ich seufzten und lehnten die Köpfe an die Mauer des Wehrgangs.

Nach der Stille kamen die Freudenschreie. Einige wurden unvernünftig und warfen nochmals Steine.

»Ihr Narren, die brauchen wir vielleicht noch!«, rügte Nagorno sie.

»Zielt weiter auf sie, Bogenschützen! Bleibt auf der Hut!«, befahl Chipia. »Bürger, bringt Euch nicht mehr in Gefahr! In die Kirche!«

Alle stürmten wir in die Kirche Santa María, wo die ältesten Bürger ihr wer weiß wievieltes Vaterunser beteten.

»Wir haben sie zurückgeschlagen! Die Stadt hat standgehalten!«, schrien wir überschwänglich.

Sogar Mendoza, der mehrere Kratzer von Pfeilen im Gesicht hatte, umarmte ein paar Weberinnen.

Die Kinder tanzten im Kreis.

»Ich hole meine Sackpfeife!«, rief jemand in der Nähe.

Nicht einmal Gimeno, der beleibte Pfarrer, der Vidal ersetzt hatte, tadelte die Leute dafür, dass sie im Gotteshaus tanzten. Vielmehr setzte er sich auf den Boden und lehnte den Kopf an den Altar. Dann schloss er die Augen und bekreuzigte sich.

Nicht lange, und alle, Adelige wie Handwerker, drehten sich zu den Klängen von Viola, Rebec und Laute.

Ich suchte nach Alix und fand sie in einer Umarmung mit Großmutter Lucía, deren Augen vor Glück zu kleinen Schlitzen verengt waren, während sie ihr schönes zahnloses Lächeln zeigte.

Müde setzte ich mich neben die beiden, legte den Kopf auf Alix' Oberschenkel und gestattete es mir, für einige Momente die Augen zu schließen und allem zu entfliehen. Ich streichelte den Bauch mit dem Kind, das noch geboren werden musste. Und dachte an das andere, das nicht mit den übrigen Kindern tanzte. Alix drückte stumm meine Hand.

Chipia unterbrach unsere Pause, als er sich neben uns auf die kleine Treppe am Altar setzte. Er roch nach Schlachtfest und atmete noch immer schwer. Aus einer Augenbraue lief ihm das Blut über den Hals und sickerte in sein Kettenhemd.

»Es ist ein Wunder. Niemand ist gestorben«, bemerkte er, an mich gewandt. »Nur Pfeilwunden, zwei davon schwer. Ortiz de Zárate wird man das Bein abnehmen müssen, ihn haben vier erwischt, das wird brandig werden. Und Milia, die Totenwächterin, hat einen in die Seite bekommen, der bis in die Eingeweide reicht.«

»Schickt die Leute nach Hause. Es ist nicht ratsam, dass hier der Weinschlauch kreist, diese Feier darf nicht die ganze Nacht andauern«, warnte ich ihn. Ich teilte ihre Freude, aber sie teilten nicht meine Sorge, die dem galt, was noch kommen würde.

Chipia stand auf und bedeutete den Musikern, still zu sein. Dann stellte er sich in die Mitte.

»Geht und ruht euch aus!«, rief er. »Wir haben standgehalten. Morgen im Lauf des Tages werden die Truppen aus Pamplona eintreffen und den König zurückschlagen. Wir sind gerettet.«

Doch weder Alix noch Lyra, weder Nagorno noch Gunnarr oder ich ruhten aus. Wir schlüpften in jedes Haus, in jeden Garten. Ich ging mit einer Stange in die Sakristei und klopfte die gesamten Wände ab für den Fall, dass es irgendeinem Schurken in den Sinn gekommen sein sollte, ihn einzumauern.

Doch da war nichts. Keine Spur von Yennego.

Der Morgen war noch nicht angebrochen, da entdeckten wir einen hellen Lichtschein, der den Himmel erleuchtete. Besorgt sahen wir uns an und rannten zum Portal del Sur.

Wir stiegen die Treppe hinauf und spähten über die Mauer.

»Hast du … das da schon einmal gesehen?«, fragte Alix erschrocken.

»Ja, leider. Das wird nicht einfach noch ein Angriff. Gehen wir zur Festung San Viçente, um Chipia zu warnen. Ich weiß nicht, ob die Stadt das, was uns da bevorsteht, überstehen wird.«

41

DER SCHMIEDEOFEN

Alvar · *April 1994*

Alvar blickte sich mehrmals um. Es war die Zeit der Siesta, in der Turmfestung war alles still. Ramiro lernte in der Bibliothek, sein Vater döste in seinem Arbeitszimmer am Kamin. Dessen hatte er sich vergewissert.

Beim Gedanken an seinen Vater Lorenzo Alvar, den dreiundzwanzigsten Herrn von Nograro, musste er schlucken.

Doch es gab keinen Weg zurück mehr.

Er hatte es getan. Er war nach Vitoria gefahren und hatte die Papiere ausgefüllt. Agustín, seit der Kindheit sein bester Freund und mittlerweile ordinierter Priester, hatte zugestimmt.

»Gemma«, flüsterte er beim Betreten der stillgelegten Schmiede. »Ich bin da. Wir müssen jetzt los, wir haben nicht viel Zeit.«

Doch Gemma war noch nicht eingetroffen. Er sah auf die Uhr. In einer Stunde mussten sie in Vitoria sein. Agustín erwartete sie in der Kirche San Vicente. Vor vollendete Tatsachen gestellt, konnte sein Vater nichts mehr dagegen tun.

Wir werden zu spät kommen, dachte er unruhig und sah zum wiederholten Male auf seine Uhr. Und dabei habe ich ihr doch gesagt, dass sie heute nicht zu spät kommen darf.

Gemma war manchmal so, ein bisschen leichtfertig. Als Schülerin war sie durchaus verantwortungsvoll. Sie träumte davon, Meeresbiologie zu studieren, obwohl alle wussten, dass sie in Vitoria bleiben und einen der Studiengänge würde wählen müssen, die dort angeboten wurden. Doch an den Wochenenden in

Ugarte ließ sie die Ernsthaftigkeit zu Hause und animierte die gesamte Clique zu Abendessen, Ausritten, Bergwanderungen oder dem Besuch von Dorffesten. So war Gemma, eine geborene Anführerin mit dichtem, lockigem Haar, hübschem, rundem Gesicht und herausforderndem Blick. Alvar war schon immer verrückt nach ihr gewesen, bereits als sie noch Kinder gewesen waren. Sie war das einzige Mädchen gewesen, das ihn nie beachtet hatte.

Alvar setzte sich auf einen alten Sack mit Holz. Diese Schmiede gehörte seiner Familie, doch im vergangenen Jahrhundert hatte sie keinen Gewinn mehr abgeworfen. Seit Jahren dachte er darüber nach, sie zu restaurieren und eine Pension daraus zu machen.

Sein Vater wäre dagegen, er war jeglicher Veränderung abgeneigt. Sie hatten es auch nicht nötig, aber Alvar wollte kein Turmherr sein, der nur bewahrte, was er erbte. Er wollte das Haus von Grund auf erneuern und wusste, dass er bei seinem Vater behutsam vorgehen musste. Ihm war auch klar, dass sein Vater eine Zeitlang erzürnt über diese Heirat sein würde.

Doch was sollte es? In letzter Zeit hatte der Zustand seines Vaters sich verschlechtert.

Die peinlichen Verkleidungen. Sogar zum Abendessen kam er verkleidet herunter, sprach mit veränderter Stimme und in einem altmodischen Spanisch. Der letzte Psychiater hatte nicht einmal an die Diagnose »Multiple Persönlichkeit« geglaubt, sondern war der Meinung gewesen, Lorenzo täusche das nur vor. Ein Transvestit, der sich mit seinem Naturell nicht abfinden wollte.

Arme Mamá, sagte Alvar sich wieder einmal, was sie alles ertragen muss.

Er blickte durch die kleinen Fenster hinaus, sah aber bloß ein paar Häuser von Ugarte in der Ferne.

Vollendete Tatsachen, sagte er sich ein ums andere Mal. Das ist meine Waffe: vollendete Tatsachen.

Doch Gemma kam und kam nicht, sie würden nicht rechtzeitig zu ihrer eigenen Hochzeit in Vitoria sein. Er stand auf, entschlossen, das Risiko einzugehen, sie zu Hause abzuholen. Gemmas Großmutter würde nichts sagen. Sie war immer eine verschwiegene Verbündete gewesen.

Als er die Tür fast erreicht hatte, öffnete diese sich langsam. Er atmete auf. Alvar wurde nicht oft nervös, doch heute zitterten ihm die Hände.

Mit der Person, die dann eintrat, hätte er nicht gerechnet. Nicht mit ihr.

Vielleicht hatte er gefürchtet, sein Vater könnte zu ihm kommen, die Leute in Ugarte könnten ihm etwas gesagt haben, und er könne einen seiner Wutanfälle bekommen, wie wenn er sich als Soldat verkleidete. Er war immer so jähzornig.

Doch mit seiner Mutter hatte er nicht gerechnet. Inés mit ihrer zu sehr gebräunten Haut, ihren vielen goldenen Armreifen, die sie niemals abnahm, und ihrer ewigen braven Strickjacke, die sie umgehängt trug, trat mit ernster Miene ein. Er liebte sie heiß und innig, sie war seine einzige Verbündete in diesem Haus. Sie klebten aneinander wie Pech und Schwefel.

»Was tust du hier, Mamá?«

Seine Mutter war ernst, vielleicht zu ernst. »Dir dein Leben in Ordnung bringen, das tue ich.«

Alvar versteifte sich und wich unwillkürlich einen Schritt zurück. »Ich weiß nicht, was du vielleicht gehört hast, aber …«

»Setz dich, Alvar.« Sie deutete auf den Sack, die einzige Sitzgelegenheit. Nicht einmal ein Lächeln. Das war untypisch für sie. Geduldig und kultiviert, wie sie war, hatte sie sonst immer ein Lächeln auf den Lippen.

»Ich muss jetzt leider weg.« Wieder sah er auf die Uhr.

Was für ein Desaster, wenn Gemma jetzt käme … Was für ein Desaster.

»Es wird keine Hochzeit geben«, sagte seine Mutter da. Dann holte sie die Heiratserlaubnis, die er in seiner Brieftasche gewähnt hatte, aus der Tasche ihrer Jacke und riss sie in Stücke. In sehr kleine Stücke, so dass nicht ein einziges Wort mehr lesbar war.

»Ich verstehe ja, dass du verärgert bist, weil ich euch nichts von der Heirat erzählt habe. Natürlich weiß ich, wie wichtig diese Angelegenheiten in unserer Familie sind, aber ich hätte es euch schon noch erzählt. Lass mich erklären. Gemma ist schwanger. Und ich will mit ihr zusammen sein.«

»Wie mit so vielen, Alvar«, sagte seine Mutter und setzte sich neben ihn. Ohne zu lächeln nahm sie seine Hände und betrachtete sie mit gesenktem Kopf.

»Nein, diesmal ist es anders«, versuchte Alvar zu erklären. »Und zwar nicht nur wegen der Schwangerschaft. Ich weiß, du traust mir nicht, du sagst immer, ich sei unbeständig, ich habe im Leben nie für etwas bezahlen müssen, ich habe mich ins gemachte Nest gesetzt. Aber ich möchte mit Gemma zusammen sein und mich um den Sohn oder die Tochter kümmern, die wir bekommen werden.«

Da ertönte draußen vor der Schmiede ein Geräusch.

»Das ist sie!« Hoffnungsvoll sprang Alvar auf.

»Setz dich, das ist sicher irgendein Hund. Gemma ist es jedenfalls nicht, Alvar.«

Draußen vor der Schmiede stand Ramiro und lauschte. In den letzten Tagen war Alvar ihm komisch und rastlos vorgekommen. Ramiro war diskreter Beobachter der spätabendlichen Ausflüge seiner Mutter gewesen. Der Lügen, die sie seinem Vater erzählt hatte, der Fahrten nach Vitoria. Neuerdings kam sein Zuhause ihm wie ein mittelalterliches Verschwörernest vor. Intrigen, Schweigen, verstohlenes Lächeln. Und dem jungen Ramiro mit seiner Brille, hinter der er sich versteckte, entging nichts. Er war Alvar gefolgt, weil er gewusst hatte, dass dieser irgendetwas mit Gemma im Schilde führte. Und Gemma hatte er immer schon angebetet. Sie war fünf Jahre älter als der dreizehnjährige Ramiro, der noch ein Kind war, aber bis über beide Ohren verliebt in die Achtzehnjährige. Und Ramiro wollte herausfinden, was sie mit seinem Bruder laufen hatte. Ob sie zusammen waren, und falls ja, sie aufgeben, sie vergessen. Falls Gemma seinem Bruder wichtig war, würde er sich nicht in Alvars Leben drängen.

Ganz still stand er da und betete zu Gott, dass sein Bruder oder seine Mutter nicht plötzlich aus der Schmiede kamen und ihn dabei ertappten, wie er ihnen nachspionierte.

»Und woher willst du wissen, dass sie nicht vor der Tür ist, hm?«, hörte er Alvar drinnen erregt fragen.

»Weil sie gestern Abend aus Ugarte fortgegangen ist.«

Alvar brauchte ein paar Sekunden, um das zu verdauen. Samstagnachmittag hatte er mit ihr gesprochen. Es war eine lange Unterredung gewesen, bei der sie letzte Fragen betreffend ihres Plans geklärt hatten.

»Ist sie in Vitoria?«, fragte er und setzte sich wieder, ohne noch recht zu begreifen.

»Das ist ihr verboten.«

»Wie bitte?«

»Sie wird niemals zurückkehren, weder nach Ugarte noch nach Vitoria.«

»Das kann ich nicht glauben. Was hast du getan?«

»Sie bezahlt. Ihr viel, viel Geld gegeben. Dafür, dass sie fortgeht, dass sie dich nie wiedersieht, dass sie sich eines Kindes entledigt, dass nicht geboren werden darf.«

Nein, nicht mein Kind! Das war ein schrecklicher Gedanke.

Zum ersten Mal fühlte er sich als Vater. Bisher hatte er nie richtig darüber nachgedacht. Als Gemma ihm davon erzählt hatte, war es nur eine bezaubernde abstrakte Idee gewesen. Gemma war das, was ihm wichtig war. Aber jetzt – sein Kind? Gemma würde sein Kind wegmachen lassen? Ohne mit ihm zu reden?

»Was? Was sagst du da? Mein Kind darf nicht geboren werden? So einen Klassendünkel hast du?«

»Klassendünkel? Du hast überhaupt nichts mitbekommen,

mein Sohn. Da lebst du dein ganzes Leben in Ugarte und bekommst überhaupt nichts mit.«

»Was hätte ich denn mitbekommen sollen? Du konntest Gemma, ihre Mutter, ihren Vater, überhaupt ihre ganze Familie nie ausstehen. Warum eigentlich?«

Seine Mutter seufzte. Wie schwer es ihr fiel, es auszusprechen. Welche Schande, dies ihrem eigenen Sohn sagen zu müssen. Das, was zwanzig Jahre zuvor passiert war, wieder auszugraben. Diese alte Geschichte. Verdammter Lorenzo Alvar. Verdammter dreiundzwanzigster Herr von Nograro.

»Weil sie deine Schwester ist«, sagte sie schließlich.

»Was?«

»Als wir noch jung waren, hat dein Vater ihre Mutter geschwängert. Er und ich waren da schon verheiratet, und du warst sechs Jahre alt. Sie hatte einen Verlobten, die beiden haben dann Hals über Kopf geheiratet. In Ugarte wusste jeder, dass die Tochter, die sie bekamen, kein Achtmonatskind war. Gemma ist die Tochter deines Vaters. Ihr seid Halbgeschwister. Und es wäre unverantwortlich, wenn ihr zusammen ein Kind bekämt.«

»Ich habe mich in meine Schwester verliebt?«

»Leider ja.«

»Und ich habe mit meiner eigenen Schwester geschlafen?«

»So ist es.«

»Und niemand … niemand in Ugarte sah sich imstande, uns das zu sagen?«

»Wer hätte euch etwas sagen wollen? Du warst schon mit sämtlichen Mädchen aus dem Dorf und der Umgebung zusammen, ein würdiger Nachfolger deines Vaters, dieses Schürzenjägers. Alle dachten, auch diese Geschichte würde nur eine Woche halten. Wozu einen alten Skandal ausgraben und zwei Familien erneut zerstören?«

»Und Gemma … und ich? Ist denn niemand auf die Idee gekommen, dass das unser Leben zerstören könnte?«

»Deshalb tue ich ja das, was ich hier tue. Dem einen Riegel vorschieben.«

Alvar benötigte eine Weile, um das zu verarbeiten. Er hob den Kopf und sah sich in der Schmiede um, die so viele Jahre lang sein heimliches Liebesnest gewesen war. Er kam sich vor wie ein kleiner Junge, der auf der Bühne stand und ein Theaterstück aufführte, während das ganze Dorf zusah. Alle sahen zu. Alle wussten Bescheid. Alle kannten das Ende. Nur er nicht.

Ich habe geglaubt, heute würde ich zum Erwachsenen, zum verheirateten Mann, dachte er verbittert.

Dann seufzte er. »Also hast du mit Gemma gesprochen. Was hast du ihr erzählt?«, fragte er mit veränderter Stimme. Älter, tiefer. Die Stimme, die er einsetzte, wenn er verführen und älter wirken wollte.

»Alles.«

»Alles?«

»Gestern hat sie erfahren, dass sie von ihrem Halbbruder schwanger ist. Sie hat geweint. Viel geweint. Ich habe ihr Geld geboten, damit sie fortgeht, damit sie dieses Studium absolvieren kann, an dem ihr so viel liegt. Ich habe ihr ein Leben geschenkt.«

Ein Leben … Ein Leben ohne mich. Und sie hat angenommen.

»Wie viel?«, wollte er wissen.

»Viel.«

»Wie viel?«

»Anfangs bot ich ihr fünfzig Millionen Pesetas.«

»Bist du verrückt? Und Papá, wird der das nicht mitbekommen?«

»Dein Vater bekommt schon lange nicht mehr mit, wie viel er auf der Bank hat. Die Anwälte verwalten unser Geld, sie wissen, was sie tun, und informieren uns pünktlich. Dein Vater tut nicht mal mehr so, als kümmerte es ihn«, sagte sie müde.

Sie war es müde. Allen etwas vorzuspielen. Ihren Ehemann zu decken. Zu verhindern, dass irgendjemand auf die Idee kam, der

Turmherr habe eine unbehandelte Geisteskrankheit, aufgrund derer man ihn einweisen, für unzurechnungsfähig erklären und ihm alles nehmen könnte.

So viel Anspannung. So viel Beherrschung – war es überhaupt der Mühe wert?

Für sie, sagte Inés sich wieder einmal. Für Alvar, für Ramiro. Für sie war es der Mühe wert.

»Bei welcher Summe hat sie eingewilligt?«

»Sie hat gefeilscht. Bei achtzig hat sie schließlich angenommen.«

»Sie hat gefeilscht? Sie hat darum gefeilscht, unser Kind wegzumachen? Sie hat darum gefeilscht, ihre Familie nie wiederzusehen und sich nicht von mir zu verabschieden?«

»Du solltest sie deswegen nicht verachten. Sie war genauso entsetzt wie du, als sie erfuhr, dass ihr Geschwister seid.«

»Aber sie hat um die Summe gefeilscht …«, murmelte Alvar. Er sprach nicht mehr mit seiner Mutter. Er sprach mit sich selbst. Er erzählte sich die Geschichte, die er sich bis an sein Lebensende jeden Abend würde erzählen müssen.

Und er wollte alles wissen.

»Wie hast du erfahren, dass ich heute heiraten wollte?«

»Agustín«, sagte sie nur.

Auch du, Brutus? Mein bester Freund. Auch du.

Und da passierte es.

Sein Respekt ging in den Keller, stürzte ab wie ein nasser Sack. Es war eine beinahe körperliche Erfahrung.

Sein Respekt für seine Mutter, für diese Frau, die ihn geboren und aufgezogen hatte, die ihm immer zugehört hatte, immer seine Verbündete, immer seine Vertraute gewesen war.

Drei Masken bekamen an diesem Tag Risse: die seiner Mutter, die Gemmas und die Agustíns.

»Na schön«, sagte er schließlich und stand auf, »ich werde nicht heiraten. Weder sie noch sonst wen. Wer weiß, wie viele

Schwestern ich in dieser Gegend noch habe? Morgen trete ich ins Priesterseminar ein. Und du wirst mir das nicht verweigern. Das ist eine Familienregel. Ich darf das tun. Ramiro Alvar erbt den Titel. Ich will ihn nicht. Ich will nichts von euch. Leb wohl, Mutter. Danke, dass du einen Preis für mich festgesetzt hast. Jetzt weiß ich, wie viel ich wert bin.«

Damit ging er.

Ramiro, jetzt Ramiro Alvar, musste sich ducken, damit Alvar ihn nicht sah, als er fuchsteufelswild aus der Schmiede stürmte.

Die von alten rostigen Nägeln kaum noch zusammengehaltene hölzerne Eingangstür der Eisenhütte hielt Alvars Wut nicht stand und zersplitterte. Sie konnte nicht mehr repariert werden. »Eine Schande«, sagten alle, die die kaputte Tür sahen, denn sie war alt und wertvoll gewesen. Man musste sie ersetzen, doch die neue Tür klemmte immer ein bisschen, und das Holz war nicht so robust.

Ramiro, der nunmehr Ramiro Alvar war, fiel vor Schreck auf den Hintern und verlor dabei seine Brille. Sie landete auf einem Felsen neben dem Weizenfeld, und eines der Gläser überzog sich mit Rissen, die an ein Spinnennetz erinnerten.

An diesem Tag sah er seinen Bruder nicht wieder. Aus dem Mund seines ratlosen Vaters erfuhr er, Alvar habe den Ruf Gottes vernommen und sei ins Priesterseminar in Vitoria eingetreten.

Am Abend speisten sie schweigend. Zu dritt. Sein als Dienstmädchen verkleideter Vater war am Boden zerstört. Seine Mutter bemerkte nicht einmal, dass eines der Gläser von Ramiro Alvars Brille beschädigt war. Nur das Klirren des Silberbestecks auf dem Geschirr der Vorfahren war zu hören. Die Hahnenkämme rührte niemand an, weil das Alvars Lieblingsspeise gewesen war und es ihnen wie Frevel vorgekommen wäre, davon zu essen.

Alvars überstürzter Aufbruch ließ die fragile Fassade der Normalität in der Turmfestung wie eine Seifenblase platzen. Seine Mutter, die vielleicht nicht mehr die Kraft hatte, so zu tun, als wäre das Leben eine perfekte Abfolge friedlicher Tage, oder vielleicht auch die Bürde der Schuld nicht ertrug, hörte auf zu lächeln.

Als Alvar schließlich aus dem Priesterseminar zurückkehrte, wurde das gesamte häusliche System auf den Kopf gestellt. Hochmütig, eitel, bezaubernd gegenüber Außenstehenden, verhielt er sich kühl und gleichgültig den Seinen gegenüber. Das Charisma hob er sich für die Frauen auf. In Ugarte gab er sein Bestes. Er war ein würdiger Nachfolger seines Vaters und kehrte häufig in Begleitung in die alte Schmiede zurück. Nunmehr in Soutane.

Ramiro Alvar beschränkte sich darauf zu beobachten und fragte sich, wo sein großer Bruder, sein bester Freund geblieben und warum er nicht zurückgekehrt war. Niemand konnte ihm diese Frage beantworten.

Auch wusste niemand, warum Inés am Steuer saß, als ihr Auto auf dem Bergpass Puerto de Vitoria den Sprung ins Nichts tat.

Der Anblick seines Vaters, der reglos in der Dienstmädchenkleidung auf einem Stahltisch lag, veränderte Ramiro Alvar zutiefst.

Auch Alvar war nach Vitoria gekommen. Beide Brüder betrachteten ungläubig die beiden Toten, die sie zu Waisen machten. Ramiro hatte Alvar mehrere Jahre lang nicht gesehen, denn dieser besuchte die Turmfestung nicht mehr. Unzusammenhängende Ausreden, wenn ihre Mutter ihn gefragt hatte. Nebelwände. Manchmal spürte sie, dass ihre Intelligenz beleidigt wurde.

Das alles wurde verständlich, als Ramiro seinen Bruder an einem Gehstock in die Leichenhalle kommen sah. Ausgezehrt von den Schmerzen, das Gesicht von Blutarmut gezeichnet und ohne seine sonstige Vitalität und Überheblichkeit, war da jetzt nur noch Bitterkeit. Damals wusste Ramiro es noch nicht, verstand es noch nicht, aber da war auch Feindseligkeit, die sich gegen ihn richtete, etwas Neues, das sehr aggressiv war.

Irgendwann ließ Alvar sich doch dazu herab, mit seinem Bruder zu reden. »Das ist es, was unsere Mutter gemacht hat. Hat sie gut gemacht, oder?«

»Ich verstehe dich nicht. Was hat sie gemacht?«

»Das Schicksal unserer Familie gelenkt, ohne dass jemand etwas davon mitbekam. Das hat sie gemacht.«

42

VERSTÄRKUNG

Diago Vela · *Im Jahr des Herrn 1199, Sommer*

»Na schön, Alix. Ich habe einen Plan. Sprich mit allen Tuchhändlern.« Wir gingen hinunter auf den Platz, und dort zeichnete ich ihr mit einem Stock ein Bild in die Erde.

Alix beleuchtete es mit der Fackel, bückte sich und nickte.

»Drei Ellen genügen. Sie sollen alles stehen und liegen lassen, alle Männer und Frauen der Stadt, die du dafür gewinnen kannst, sollen in den Werkstätten nähen. Unermüdlich.«

»Und du glaubst, das wird diese gewaltigen Bauwerke aufhalten?«

»Nein, aber wir müssen es versuchen.«

Ich ging zum Haus des Metzgers und betätigte ungestüm den Klopfer, bis er an die Tür kam, noch im Nachthemd, das kaum seine behaarten Beine bedeckte.

»Schlachte ein halbes Dutzend Schweine, die strammsten.«

Ich glaube, das machte ihn sofort wach.

»Wäre es nicht vernünftiger, damit noch zu warten?«

»Sie werden nie so viel Fett haben wie jetzt. Ihr Metzger müsst mir sämtlichen Speck bringen, den ihr zusammenbekommt. Wir brauchen ihn noch heute. Wir haben reichlich Salzvorräte, also pökelt das Fleisch und lagert es ein.«

Ich ging zurück auf den Platz. Mittlerweile war die halbe Stadt auf den Wehrgang gestiegen und blickte zwischen den Zinnen hindurch. Auch ich stieg über die Holztreppe zum Turm hinauf.

Die Fackeln kennzeichneten den Weg. Ein Heer, diesmal wesentlich vielköpfiger, näherte sich der Stadt.

Ich suchte auf den Straßen nach Chipia und entdeckte ihn am Portal del Norte. Er gab den Bogenschützen, welche die Körbe zu ihren Füßen mit Pfeilen füllten, Befehle. Ich rannte zu ihm.

»Was glaubt Ihr, wie viele es sind?«

»Mindestens dreitausend«, antwortete er besorgt. Ich sah keine Spur des ironischen Lächelns, das seine Worte sonst immer begleitete. »Und es sind nicht unsere Soldaten, verdammt sei der Allerhöchste. Ich habe die Standarten des Ordens von Calatrava und des Santiago-Ordens gesehen, machtvolle Verbündete hat Alfonso VIII. Und sie kommen mit drei von Ochsen gezogenen Belagerungstürmen. Drei robuste Türme und anderes Gerät. Der Angriff steht unmittelbar bevor. Sie werden ausnutzen, dass unsere Hilfstruppen aus Pamplona noch nicht eingetroffen sind. Die Mauer wird standhalten, sie ist gut verstärkt. Übrigens muss ich Euch zu der Entscheidung beglückwünschen, heißen Sand anstelle von Öl zu verwenden.«

»Öl ist sehr teuer, und wir haben nicht viel davon. Vielleicht brauchen wir es später noch. Ein so wertvolles Hilfsmittel werde ich nicht vergeuden.«

»Jeder andere hätte es getan, sobald er sich angegriffen sah.«

»Ich denke nicht an heute, ich denke nicht an das, was innerhalb eines Monats geschehen wird. Ich stelle mir den schlimmsten Fall vor, und wenn sie uns über lange Monate hinweg belagern, gibt es für Öl mehr Verwendung als für Sand. Und solange hier Häuser aus Stein stehen und Mäuerchen zwischen Gärten und Straßen, besteht die Möglichkeit, Stein zu Sand zu zermahlen und in der Schmiede zu erhitzen. Jetzt lasse ich Euch allein. Ich muss mit meinen Geschwistern reden.«

Ich ließ ihn stehen und lief zur Eisenhütte, wo ich Lyra und Nagorno beim Verteilen von Waffen antraf. Nagorno holte Körbe mit Bolzen für die Armbrustschützen von Nova Victoria.

»Lyra, du musst für mich größere Pfeile als diese herstellen. Dicker und länger. Sie müssen mehr Gewicht tragen können. Eigentlich müsste man auch einen Metallring daran anbringen, aber dafür ist jetzt keine Zeit. Schick einen der Hüttenmeister zu den Seilern. Sie sollen uns Schnüre bringen.«

Ich erklärte ihnen mit wenigen Worten meinen Plan, und sie nickten beide.

»Dafür ist eine hohe Treffsicherheit vonnöten. Nur du und ich werden die nötige Ruhe bewahren können«, murmelte Nagorno.

»Ich weiß«, erwiderte ich. »Wir werden es ja auch tun. Ich werde nicht einmal Chipia von dem Plan erzählen, womöglich billigt er ihn nicht und würde uns davon abhalten. Er hofft weiter auf eine Hilfe, die nicht kommt. Und diese falsche Hoffnung wird die Stadt entvölkern.«

Ich hatte noch nicht zu Ende gesprochen, da fielen die ersten Steine auf die Dächer. Man hörte Schreie und das Krachen von Holz, das unter der Wucht der Steinwürfe brach.

Alle drei liefen wir auf die Straße.

»Lyra, mach mir sofort diese Pfeile!«, rief ich.

Mit ihrem Wurfgerät schleuderten sie nicht nur große Steine, sondern die Angreifer ließen jetzt auch brennende Strohkugeln auf die Dächer herabregnen. Im Nu herrschten tumultuöse Zustände. Die Straßen füllten sich mit schwarzem Rauch und Trümmern.

»Alle in Deckung!«, schrie jemand. »Nach Santa María!«

Dann kamen die Pfeile, und diesmal rannte niemand los, sie einzusammeln. Ich sah ein kleines Mädchen, eine der Töchter der Totenwächterin, und rannte ihr hinterher. Sie konnte keine fünf Sommer alt sein. Fast hatte ich sie erreicht, da kam mir ein Pfeil zuvor und traf sie in den Rücken. Als ich mich über sie beugte, regte sie sich schon nicht mehr. Ich hob ihre Leiche auf, legte sie in den nächsten Hauseingang, den ich offen vorfand, und nahm mir vor, nach dem Angriff zurückzukommen, damit sie ein christliches Begräbnis erhielt.

Wird es ein Danach geben?, fragte ich mich.

Sie konnten uns auslöschen. Sie konnten so lange Feuer, Steine und Pfeile auf uns herabregnen lassen, bis nicht einmal die Fundamente übrig bleiben würden. Sie konnten den Ort neu besiedeln. In zwei Generationen würde sich niemand mehr an uns erinnern.

Ich rannte zur Werkstatt der Tuchhändler.

»Haben sie Euch den Speck gebracht?«, fragte ich.

»Sie sind noch dabei, die Schweine zu schlachten, wie Ihr befohlen habt, aber sie bringen uns schon einmal den frischen Speck, der zum Verkauf bestimmt war.«

»Dann breitet die Tücher auf dem Boden aus und reibt sie mit dem Fett ein. Ich komme sie bald holen, ich glaube nicht, dass wir noch lange standhalten.«

In der Nähe waren Aufschläge zu hören. Mit den Katapulten warfen sie riesige Steine gegen die Mauer. Diese Wurfgeräte waren nicht sehr genau, aber ein erfahrener Soldat wusste sie dort hinzustellen, wo sie größtmöglichen Schaden anrichten konnten.

Ich beobachtete den Wehrgang. Chipia hatte die Bogen- und Armbrustschützen geschickt zwischen den Zinnen verteilt. Ich betrat jedes brennende Haus und vergewisserte mich, dass ich keine Schreie hörte und niemand dort festsaß.

Nachdem ich in mehrere Feuerhöllen vorgedrungen war und mich an einem brennenden Balken verbrannt hatte, der mir tückisch auf den Arm gefallen war, hörte ich Stimmen, die nach mir riefen.

»Conde Don Vela, Eure Geschwister suchen Euch! Sie warten in der Eisenhütte, und Ihr sollt die Tücher mitbringen.«

Eine gute Weile später stiegen Nagorno und ich westlich vom Portal del Norte auf den Wehrgang. Vor uns rückte einer der drei Belagerungstürme vor. Er hatte mehrere Stockwerke. Die Ochsen hatten ihn bis zum ersten Graben gezogen, aber eine Gruppe Soldaten war bereits dabei, den Graben mit zusammengebundenen Ast- und Rutenbündeln aufzufüllen, damit der Turm bis zur Mauer vorrücken konnte.

Falls es den Soldaten darin gelang, die Zinnen zu erklimmen und in die Stadt vorzudringen, würden wir gegen das Heer von dreitausend Soldaten nichts ausrichten können.

Mein Bruder und ich trugen jeder einen langen Bogen aus Eibenholz, wie sie die Bogenschützen der Angeln verwendeten, und einen robusten Pfeil, an dem mit einer Schnur eine Ecke eines gewaltigen Leinentuchs befestigt war.

Nagorno schnupperte wie ein Wildschwein.

»Es weht Wind von Süden. Das wird ein großartiges Schauspiel«, murmelte er mit seiner rauen Stimme.

Wir stellten uns einige Ellen auseinander. Das große, mit Schweinespeck eingeriebene Tuch wog das Seine. Mit dem verbrannten Arm zog ich die Schnur straff, zielte und konzentrierte mich. Lehnte mich nach hinten.

»Zielen!«, rief ich meinem Bruder zu, hielt den Atem an und stieß die Luft aus. »Los!«

Beide Pfeile lösten sich gleichzeitig von den Bögen und bohrten sich ganz oben in den Belagerungsturm. Das Tuch sank herab und schmiegte sich ans Holz.

Lyra reichte mir einen Pfeil mit brennender Spitze. Andere Hüttenarbeiter taten dasselbe bei den übrigen vier Bogenschützen, die uns begleiteten.

»Zielen!«, befahl ich. »Los!«

Sämtliche brennenden Pfeile bohrten sich ins Tuch, und das Fett fing Feuer. Blaurote Flammen verzehrten den Belagerungsturm, und die Soldaten, die sich darin verbargen, sprangen, schreiend und in Flammen gehüllt, zu Boden. Der Wind wehte, als wäre er unser Verbündeter, und fachte das Feuer noch an. Bald stürzte der Turm in sich zusammen.

Einige unserer Männer stießen Freudenschreie aus, doch Lyra, Nagorno und ich rannten die Treppe hinab. Der zweite Belagerungsturm rückte uns über den Außenbezirk der Messerschmiede zu Leibe.

Erneut erklommen wir den Wehrgang, und die Tuchhändler schleppten ein weiteres riesiges, mit Speck eingeriebenes Leinentuch auf ihren Schultern durch die Rúa de la Astería, das ihnen zugleich als Schutz vor den gegnerischen Pfeilen diente. Unterwegs sah ich Leichen, doch wir gingen so schnell, dass ich niemanden erkennen konnte. Da waren versengte Hauben, und unter Trümmern ragten reglose, rußgeschwärzte Beine hervor.

Der zweite Belagerungsturm wurde nicht vollständig zerstört. Die Soldaten waren gewarnt und sprangen zu Boden, sobald wir die großen Pfeile mit dem Tuch abschossen. Vom Boden aus zogen sie am Tuch, und wir konnten mehrere Pfeile hineinbohren, ehe es sich vollständig löste, aber es gelang uns nur, den Fuß des Turms in Brand zu stecken.

»Das genügt!«, schrie Nagorno mir zu. »Nehmen wir uns den dritten vor!«

»Ja, gehen wir, aber sie werden ihn ausbessern, wir haben ihn nicht vollständig zerstört«, sagte ich.

Der dritte Belagerungsturm bedrohte die Stadtmauer von Nova Victoria in Höhe des Portal Oscuro. Hier war der Turm fast an der Mauer angekommen. Einige Soldaten schoben mit Seilen gesicherte Bretter zwischen die Zinnen zum Wehrgang.

Mendoza und mehrere seiner Männer schossen unermüdlich mit ihren Armbrüsten. Eines der Bretter fiel in die Tiefe.

»Zielen!«, befahl ich, obwohl die Entfernung nur wenige Meter betrug. »Los!«

Das dritte Leinentuch legte sich um den letzten Turm, und eine neue Salve brennender Pfeile setzte ihn in Brand. Binnen kurzem war der große Belagerungsturm zerstört.

Wir hätten weitergemacht, wir hätten die Katapulte verbrannt und auch versucht, die Truppen, die unsere Mauern angriffen, in Brand zu setzen, doch da hörten wir zu unserer Verblüffung erneut den erlösenden Schrei: »Rückzug!«

Er wurde dutzendfach aufgenommen.

»Rückzug!«, war auf dem Camino de la Cruz Blanca zu hören.

»Rückzug, gehorcht dem König!«, schrien sie auf dem Campillo de los Chopos.

Der Pfeilhagel versiegte, das Trommeln der Steine gegen die Mauer verstummte. Es blieben nur das Tosen der Brände, die unsere Dächer verzehrten, und die Schreie der Leute, die nach ihren Angehörigen suchten.

Einen Freudentaumel gab es an diesem Tag nicht.

Hunderte rußgeschwärzter Gespenster schrien sich zwischen den Trümmern die Kehlen heiser. Die Hühner, an deren Rettung niemand dachte, gackerten verängstigt, gefangen in ihren Pferchen.

Ich warf den Bogen zu Boden und rannte die Treppe des Turms hinab.

»Yennego!«, schrie ich und rannte stundenlang durch die Stadt, bis mich meine Stimme im Stich ließ. »Yennego, mein Sohn, hier bin ich!«

43

EIN GEBORSTENER GRABSTEIN

Unai · *Oktober 2019*

»War das damals, dass du anfingst, er zu sein? Aufgrund des Todes deiner Eltern?«

»Nein, das war später, als er selbst starb.«

»Was ist in diesem einen Jahr passiert, in dem Jahr, in dem du volljährig wurdest und Alvar wieder in der Turmfestung lebte?«

»Es war die Hölle. Alvar machte mir das Leben jeden Tag zur Hölle.«

»Warum? Warum hat er dich gehasst?«

»Du verstehst das nicht, er ist durch meine Schuld gestorben.«

»Wie soll er denn durch deine Schuld gestorben sein? Er ist an einer Krankheit gestorben. Du hattest daran keine Schuld. Du konntest ihm nicht das Leben retten.«

Ramiro Alvar ballte die Fäuste, dann stützte er sich auf die Armlehnen des Rollstuhls und stand wutentbrannt auf.

Das versetzte mich in Alarmbereitschaft. Er blieb vor mir stehen, und ich rechnete schon mit einem tätlichen Angriff – alles an ihm bebte.

Die Lippen, das Kinn.

Die Stimme.

»Und wie ich das konnte. Und wie. Er hatte Thalassämie, eine erbliche Blutkrankheit, die in unserer Familie mehrmals in unterschiedlicher Ausprägung vorgekommen ist. Bei ihm war es die schwerste Form, die sehr grausam ist. Am Ende griff die Krankheit die Milz, das Herz, die Leber und das Skelett an. Er hatte unerträgliche Schmerzen in den Knochen und Frakturen in den Beinen. Er wurde abhängig von den Schmerzmitteln. Was glaubst du, von wem dieser Rollstuhl ist? Als er in die Turmfestung zurückkehrte, war er schon todkrank, und es war zu spät, aber eine rechtzeitige Knochenmarkspende hätte genügt. Und ich war sein Bruder. Unser Gewebe war kompatibel.«

»Und warum …«

»Weil ich es nicht wusste, Herrgott! Weil das Verhältnis zwischen Alvar und meiner Mutter so schlecht war, dass meine Mutter mir in diesen zwei Jahren nichts von seiner Krankheit erzählte. Sie hatte ihm nie verziehen, wie er sich nach seiner Rückkehr verhalten hatte, dass er in aller Munde war, dass er Schande über uns brachte. Alvar lachte nur über sie. Er hat sie für das, was sie ihm mit Gemma angetan hatte, bestraft. Und meine Mutter … sagte uns nichts von der Thalassämie. Mein Vater verbrachte die Tage mittlerweile in einem gnädigen Nebel. Der vorletzte Psychiater hatte eine Psychose bei ihm diagnostiziert und ihm entsprechende Medikamente verschrieben. Der bekam gar nichts mehr mit. Wie sollte man ihm klarmachen, dass sein Erstgeborener vor ihm sterben würde? Und dass meine Mutter es mir nicht gesagt hat … das werde ich ihr nie verzeihen.«

»Und Alvar?«

»Alvar dachte, ich wollte ihm kein Knochenmark spenden. Meine Mutter hatte ihn glauben gemacht, die ganze Familie habe sich wegen seines Verhaltens in Ugarte von ihm abgewandt. Und er entschied sich, das zu glauben, verdammt. Wie konnte er nur so von seinem Bruder denken! In jenem letzten Jahr kehrte Alvar zwar zurück in die Turmfestung, aber er war verächtlich, schroff und sehr aggressiv. Jeden Tag erinnerte er mich daran, dass ich seine Erkrankung hätte verhindern können. Er hörte mir nicht zu. Er wollte einfach nicht. Seine Persönlichkeit hatte sich zu sehr verändert, und die Abhängigkeit von den Medikamenten und die ständigen Schmerzen machten es noch schlimmer. Man sagt, dass

Schmerzen einem die Menschlichkeit nehmen und die Pflegenden selbst Hilfe benötigen. Das kann ich dir bestätigen. Jenes Jahr, das Jahr, in dem ich achtzehn wurde, war die Hölle für mich.«

»Und dann bliebst du allein zurück.«

»Ganz und gar nicht. Sie sind immer noch da. In meinem Kopf. Alvar, mein Vater, die Onkeln, die Großväter, die, die ich kennengelernt habe, und die, von denen sie mir erzählt haben. Eine ganze verfickte Familie in meinem Kopf. Nein, ich bin nicht allein. Ich habe viel Gesellschaft hier in meinem Turm. Nur Alvar hat sich in einen EP verwandelt, aber der Rest kommt auch noch, mit der Zeit werden sie meinen Körper übernehmen. Verstehst du jetzt, warum ich alles versucht habe, um meinen ersten EP zu vernichten?«

Ich wunderte mich darüber, dass er so redete. Ramiro Alvar fluchte sonst nie. Und noch mehr wunderte mich, dass er die Kraft aufgebracht hatte, trotz seines mehrfach gebrochenen Beins aus dem Rollstuhl aufzustehen.

»Wie hast du das vor der Welt geheim halten können?«, fragte ich. »Die Nachbarn besuchen dich oft. Du hast Claudia, die Turmführerin, hier im Haus, du arbeitest mit deinem Anwalt, mit dem Verleger … Wie hast du es geschafft, dass dich bisher niemand verkleidet erlebt hat, außer Estíbaliz?«

»Indem ich alles kontrolliere. Mich verstelle. Psychologie studiere. Mir angewöhne, das Licht auszuschalten, wenn jemand sich der Turmfestung nähert. Und jetzt lebe ich in der Angst, dass Alvar zurückkehrt, dass er doch nicht ganz fort ist. Nachdem ich den Roman geschrieben hatte, war er ein Jahr lang verschwunden, aber deine Kollegin hat ihn wieder aktiviert, die einzige Frau, in die er sich seit Gemma verliebt hat.«

Es ist wie eine Belagerung, dachte ich bei mir. Ramiro Alvar steuerte hinter den Mauern seiner Festung seine Verteidigung und verhinderte, dass das Ungeheuer hinauskonnte, wenn die Gefahr näher rückte.

»Vielleicht musst du ihn gar nicht eliminieren?«, bemerkte ich vielsagend.

Er sah mich verständnislos an.

»Wie sollte ich ihn nicht eliminieren wollen?«

»Ich weiß, er ist der EP, der dich misshandelt. Er macht dich klein, er verachtet dich, weil du so passiv bist.«

»Genau. Ich will ihn nicht in meinem Kopf haben. Ich will allein sein. Ich sein. Nur ich.«

»Du bist schon du«, erklärte ich ihm. »Und dein EP, Alvar, ist nicht dein Bruder. Dein Bruder liegt da vor dir, oder jedenfalls das, was von ihm übrig ist. Einen Meter unter der Erde. Er ist nicht mehr da, Ramiro. Dein EP, das bist du, der ihn spielt. Und diese Facette deiner Persönlichkeit, der schillernde, starke, gewinnende Teil … das bist ebenfalls du, auch wenn dieser Anteil dich so sehr an deinen Bruder erinnert, dass du ihn mit Stumpf und Stiel ausrotten willst, weil er quälende Erinnerungen weckt. Deine Familie hat dir von klein auf erzählt, ihr hättet eine erbliche Geisteskrankheit. Aber das ist nur eine Geschichte, die sich nicht beweisen lässt. Du kannst wählen, ob du die Rolle spielen willst, mit der sie dir von klein auf Angst eingejagt haben, oder ob du dich davon abwenden und dich dagegen wappnen willst. Du kannst sagen: ›Das ist nicht mein Leben, das war eures. Ich entscheide mich dafür, anders als mein Vater und die anderen vor ihm zu leben.‹ Du bist nicht sie. Es war dir nicht vorherbestimmt, ein DIS-Patient zu werden.«

»Aber Alvar ist immer noch in meinem Kopf, ich kann ihn nicht abschalten. Er hat ein Eigenleben.«

»Nein, Ramiro. Das ist die Lüge, die du dir erzählst. Du glaubst, du hast eine fragmentierte Psyche infolge eines familiären Traumas, das du nicht bewältigen konntest, als du ein Jugendlicher warst. Alvar hat dich in seinem letzten Jahr, als er schon krank war und du dich um ihn gekümmert hast, regelrecht zermalmt. Du warst sehr jung für so eine Bürde und ganz allein. Damals hast du dich dafür entschieden, dem Muster, das dir dein Vater vorgelebt hatte, zu folgen, obwohl es nicht gut für dich war, nur kanntest du kein anderes. Aber jetzt bist du erwachsen. Hör auf, diesen anderen Teil von dir zu hassen, das ist nicht dein Bruder. Wenn es diesem Anteil von dir gelungen ist, dass eine Frau wie Estíbaliz sich in ihn verliebt, dann war das eine Facette von dir, die ans Licht wollte. Du musst den Alvar in dir integrieren, nicht ihn ablehnen oder sogar versuchen, ihn zu töten, wie mit der Niederschrift deines Romans. Nimm das Beste von seiner Persönlichkeit an und integriere es in deine.«

»Wie denn?«

»Wenn es dir zu schwer fällt, deine Überzeugungen von Grund auf zu verändern, dann fang damit an, dein Verhalten zu ändern. Verlass den Turm, tu, was er deiner Meinung nach tun würde, aber sei dir dabei bewusst, dass es in Wirklichkeit schon immer du warst, der das getan hat. Reite wieder aus, zwinge dich, jeden Tag nach Ugarte zu gehen, die Leute da mögen und respektieren dich. Du musst kein Eremit sein, du wirst nicht gleich mit allen Frauen schlafen, die dir über den Weg laufen. Du bist seit dem Tag, an dem du Estíbaliz zum ersten Mal sahst, in sie verliebt. Du, Ramiro. Deine Unsicherheit hat dich die Soutane anziehen, die Brille abnehmen und dich wie Alvar kämmen lassen, als du sie vom Parkplatz kommen sahst. Aber du warst es, der die Hahnenkämme essen wollte, weil auch du ein Genießer bist und gutes Essen, schöne Landschaftsansichten und einen guten Roman zu schätzen weißt.«

»Das stimmt«, bestätigte er nervös, »jetzt erinnere ich mich wieder an unsere Unterhaltung an jenem Abend neben der Grotte im Parque de la Florida. Das erste Mal, dass Estíbaliz mich ansah, als ob ich ihr gefalle, aber ich dachte, das verdiene ich nicht. Ich verweigerte es mir wochenlang, mich an diesen Moment zu erinnern. Doch er war da, in meinem Kopf, und wartete darauf, dass ich mich erinnere. Genau wie unsere erste Nacht im Turm, als …«

»Ähm … das reicht, Ramiro.« Ich hüstelte unbehaglich.

Behalte die Erinnerung an eure erste gemeinsame Nacht für dich, bat ich ihn stumm.

Dann sah ich, dass Ramiro neben mir bebte. Von mir unbemerkt, hatte er irgendwann begonnen zu weinen. Lautlos, wie er nun einmal war. Er nahm die Brille ab und wischte sich die Tränen aus dem Gesicht, dann musste er sich wieder in den Rollstuhl setzen. Doch sein Blick ruhte unverwandt auf dem geborstenen Grabstein.

»Dann war das also alles: Nicht Alvar, sondern ich selbst war all das, was ich an ihm bewundert und gehasst habe.«

Ich schüttelte den Kopf.

»Ich glaube, du warst nur das, was du an ihm bewundert hast. Der Alvar, den ich kennengelernt habe, war nie kalt und unhöflich. Denn dieser Alvar warst du, und du bist weder kalt noch unhöflich. Nimm das, was deiner Meinung nach die besten Eigenschaften deines Bruders waren, aber akzeptiere, dass es die ganze Zeit du warst.«

Ich hätte ja vermutet, dass ihn bei dieser Erkenntnis der Schlag träfe, doch Tatsache ist, dass sie den gegenteiligen Effekt hatte: Sie heilte ihn, sie fügte die beschädigten Teile zusammen. Ramiro blickte über das Grab seines Bruders hinweg, und der angespannte Ausdruck, der ihn bisher immer begleitet hatte, verschwand aus seinem Gesicht. Er lächelte offen, wie ein kleiner Junge, der seinen ersten Sonnenaufgang sieht. Anscheinend wurde ihm gerade klar, dass das Leben nicht so quälend sein musste, wie er es bisher gekannt hatte.

»Du hast einen beeindruckenden Verstand«, sagte ich, während ich den Rollstuhl vom Friedhof schob. »Ich glaube, du wirst eine Möglichkeit finden, diese gewaltige Lüge zu überwinden. Na komm, ich fahre dich zur Turmfestung, damit du sie mit neuen Augen siehst, und danach bringe ich dich zurück ins Krankenhaus.«

44

DIE KIRCHE SANTA MARÍA

Diago Vela · *Im Jahr des Herrn 1199, Sommer*

Alix strich sich über den Bauch, während wir fassungslos auf dem Marktplatz von Santa María standen und die vierunddreißig Totenhemden zu unseren Füßen betrachteten. Auf dem Friedhof unserer Kirche war kein Platz mehr. Im Inneren von Sant Michel wurden einige Gräber geöffnet, und auf dem kleinen Friedhof von Sant Viçente wurden alte Knochen zusammengeschoben, um Platz für die neuen Bewohner zu schaffen.

»Alle Familien haben jemanden verloren«, bemerkte sie mit abwesendem Blick. »Siebzehn Kinder sind Waisen geworden, jede Zunft nimmt sich der Ihren an. Aber Milia hat ihre Jüngste noch gestillt, und Tello ist ebenfalls tot. Ich werde die Milch der Fischhändlerin kaufen, und falls sie noch nicht abgestillt ist, wenn unsere Tochter im Winter geboren wird, übernehme ich.«

Ich nickte. Für Alix stand fest, dass wir eine Tochter bekommen würden. Immer wieder suchte sie heimlich ein bestimmtes Grab auf dem Friedhof von Sant Michel auf, das halb unter der Mauer begraben lag. Einen Teil des Grabsteins sah man in Nova Victoria, der andere Teil befand sich in der Villa de Suso. Ich wusste, dass die Lavendelzweige auf dem Grab und das rote Bändchen zum Gedenken an Yennego waren. »Komm zurück«, besagten sie, »deine Mutter hat dich nicht vergessen, mein Junge«.

Doch Yennego war bereits weit weg, aus den Gedanken verdrängt von dem Grauen, das wir gerade erlebten. Beinahe war ich froh, dass er den Angriff nicht erlebt hatte wie andere kleine Kinder, die ziellos durch die Straßen strichen und nach ihren Eltern riefen, bis irgendjemand sich erbarmte und ein Stück Brot und ein paar freundliche Worte für sie fand.

Der Pfarrer von Santa María gedachte all der Seelen, die wir verloren hatten. Danach gingen die Leute schlafen, viele von ihnen in ihren abgebrannten Häusern und Werkstätten, wo sie zusammensuchten, was ihnen geblieben war, nachdem der Lohn eines Lebens harter Arbeit zu Schutt und Asche geworden war.

Alix ging, nach Großmutter Lucía zu sehen. Unsere Häuser standen noch, auch das von Großmutter Lucía, aber das Getöse machte ihr immer noch Angst, und sie sagte ein ums andere Mal, die Donnerschläge vom Morgen würden wiederkehren.

Ich verbarg mich noch in der Kirche, ich brauchte ein wenig Frieden, oder jedenfalls einen Ort, an dem es nicht nach Rauch und Blut stank.

Alle waren fort, nur eine Kerze brannte noch. Die Schatten, die sie warf, tanzten auf der Wand neben dem Altar. Da entdeckte ich, dass ich nicht allein war, und diese stumme Gestalt kannte ich sehr gut.

Nagorno, ein Knie gebeugt, schien zu weinen. Befremdet ging ich zu ihm.

»Ich hab nie zu ihm gebetet«, murmelte er, ohne sich umzudrehen. Er wusste, dass ich es war, er erkannte mich immer am Schritt. »Zum Gekreuzigten. In meinem Herzen bin ich immer noch ein Heide.«

»So sehr Heide wie ich. Aber ich bitte die Götter Sonne und Mond um Erklärungen, und beide schweigen, genau wie dieser hier, zu dem wir nun so oft beten. Hast du ihn um dein Leben angefleht?«

»Nein, du weißt, dass der Tod mir gleichgültig ist und ich keinerlei Respekt vor ihm habe.«

»Und warum tust du dann so, als betetest du?«

»Weil er mir deine Hilfe gewähren soll«, sagte er sehr bedächtig, stand auf und sah mir in die Augen.

»Dann sprich. Was willst du von mir? Deine Vorbemerkungen lassen nichts Gutes ahnen.«

»Du sollst meiner Frau beiliegen.«

Ich nahm sein Anliegen schweigend auf. Onneca …

»Darum bittest du mich nicht«, erwiderte ich leise, »und schweig, du bist im Hause eines Gottes, der nicht einmal den Gedanken daran gestattet. Du bist verheiratet. Morgen sehen wir uns auf der Mauer. Es gibt Wichtigeres als deine absonderlichen Begierden.«

»Sie glaubte, sie sei unfruchtbar. Da habe ich es ihr erzählt.«

Befremdet sah ich ihm in die Augen.

»Dass du der Unfruchtbare von euch bist und ihr keine Kinder schenken kannst?«

Er nickte und wandte den Blick ab.

»Das hast du noch nie einer Frau gesagt. Somit … ist Onneca dir wichtig?«

»Ich will, dass du sie schwängerst.«

Ich schüttelte den Kopf. Der Mann war des Wahnsinns.

»Such dir einen anderen dafür«, erwiderte ich erbost.

»Er muss von unserem Blut sein.«

»Dann Gunnarr«, schlug ich vor.

»Du weißt, dass er enthaltsam lebt.«

»Dann Héctor.«

»Der ist nicht hier.«

»Du wirst schon jemanden finden.« Ich wandte mich zum Gehen.

Doch Nagorno war schneller und stellte sich mir in den Weg. »Sie will nur mit dir!«, klagte er.

»Such dir einen anderen dafür!«, schrie ich erneut und wollte das Gotteshaus verlassen, bevor noch die ganze Stadt wach wurde.

»Du hasst sie, ist es das?«, fragte er und packte mich am Arm. »Und ist das nicht das Gleiche wie die Liebe, die du früher für sie empfunden hast, nur ins Gegenteil verkehrt?«

Ich atmete tief durch, um mich zu beruhigen und nicht auf heiligem Boden irgendeine Gräueltat zu verüben.

»Alix ist mein Eheweib, wir suchen noch immer nach unserem Sohn, und das nächste Kind ist unterwegs. Ich werde nicht zulassen, dass du meine Familie zerstörst. Weder du noch Onneca.«

»Ich fürchte nicht, bei einem Angriff zu sterben, und ich fürchte keine Belagerung, aber du weißt, dass König Alfonso auf diese Festung nicht verzichten wird. Ich hoffe, du begreifst allmählich, dass wir sie übergeben müssen, bevor sie ganz entvölkert ist. Du kennst die kastilischen Gesetze. Wenn Onneca und ich keine Nachkommen haben, wird der König von seinem Recht Gebrauch machen, und der gesamte Besitz der Maestus fällt an die Krone.«

»Und ich werde keinen Finger rühren, um dir deine Titel zu retten.« Damit ging ich davon.

45

EIN GEBORSTENER BLEISTIFT

Unai · *Oktober 2019*

In aller Frühe betraten wir mit ernsten Mienen den Konferenzraum. Die Lichter gingen aus, und Alba präsentierte die Neuigkeiten in unserem Fall. Milán, Manu und ich saßen im Dunkeln am Tisch und hörten ihr zu.

»Wir werden andere Ermittlungsrichtungen verfolgen«, kündigte sie an. »Bisher hatten wir nur einen Verdächtigen: Ramiro Alvar Nograro. Und wir haben Indizienbeweise: das Fass, in dem Maturana gefunden wurde, das identisch mit denen ist, die wir in der aufgegebenen Kellerei der Familie gefunden haben. Und die Plastiksäcke, die dort ebenfalls gefunden wurden – sie sind identisch mit jenen, in denen die Schwestern Nájera transportiert wurden. Aber die Kollegen von der Kriminaltechnik haben in der Kellerei keine Fingerabdrücke oder Fußspuren gefunden. Der Boden wurde vor kurzem gefegt. Außerdem haben wir eine als Dominikanernonne verkleidete Person, die vor Inspector López de Ayala geflüchtet ist, nachdem der Unternehmer Antón Lasaga vergiftet wurde. Und zufälligerweise war ein solcher Dominikanerinnenhabit kurze Zeit zuvor in dem Torre de Nograro ausgestellt, ist aber jetzt nicht mehr aufzufinden. Überdies hatten wir im aufgegebenen Dominikanerinnenkloster in Quejana einen Hausfriedensbruch mit Körperverletzung. Zurück zu Ramiro Alvar Nograro: Wir wissen, dass er das Naturkundemuseum finanziell unterstützt hat, aber das scheint in seiner Familie üblich zu sein, denn Milán hat frühere Spenden seines Vaters Lorenzo Alvar Nograro recherchiert. Der Diebstahl von Exemplaren der Spanischen Fliege aus diesem Museum hat sich bestätigt, ebenso der Diebstahl einer ausgestopften Viper, die bei Maturana im Fass gefunden wurde. Wegen Ramiro Alvars offensichtlicher Verbindung zum Roman haben wir gegen ihn ermittelt, doch ohne Erfolg – wobei all diese Indizien auch auf sein Umfeld, das Dorf Ugarte, verweisen.«

»Was schlagen Sie vor, Subcomisaria?«, fragte Manu.

»Da wir den Ermittlungen eine neue Richtung geben wollen, werden wir zu proaktiven Maßnahmen greifen. Die Untersuchung des beruflichen, sozialen und familiären Umfelds der Opfer hat in keinem der drei Fälle zu Motiven geführt. Wir haben es ausschließlich mit Niedrigrisiko-Opfern in Niedrigrisiko-Situationen zu tun. Allmählich müssen wir in Betracht ziehen, dass sie zufällig ausgewählt wurden.«

»Was meinen Sie mit proaktiven Maßnahmen?«, fragte Manu nach.

»Wir beginnen mit der Presse«, sagte Alba.

Milán wirkte befremdet. »Mit der Presse? Machen wir damit nicht alles noch schlimmer? Estíbaliz liegt wegen eines Infoleaks, das vermutlich von der Presse kam, im Krankenhaus.«

»Das ist mir bewusst, aber wir dürfen uns nicht weiter selbst Steine in den Weg legen, und die Presse wird mit uns zusammenarbeiten.«

»Wie?«, fragte Milán.

»Ich habe Journalisten der wichtigsten lokalen Medien eingeladen. Das Treffen beginnt in zehn Minuten. Ich habe mit der Richterin gesprochen, und wir haben ihre Erlaubnis.«

Bald darauf gesellten sich Lutxo, ein mit Alba bekannter Journalist und Vertreter diverser digitaler Medien zu uns.

Sie sahen uns erwartungsvoll an. Alba begrüßte sie, und dann ergriff ich das Wort.

»Wie die Subcomisaria Ihnen ja schon gesagt hat, brauchen

wir Ihre Mithilfe. Wir verfolgen eine mehrstufige Strategie. Ihnen muss klar sein, dass der Mörder die Ermittlungen mitverfolgt und alles lesen wird, was Sie schreiben. Beginnen wir mit den Nájera-Schwestern.«

»Was sollen wir veröffentlichen?«

»Diese Fotos, die uns die Familie zur Verfügung gestellt hat«, sagte ich. Der Projektor warf Bilder von Oihana im Alter von drei Jahren an einem Stausee und von Estefanía im Neska-Kostüm auf der Fiesta de la Blanca an die Wand. Danach rührende Fotos von Geburtstagsfeiern, um die ich explizit gebeten hatte. Ihre letzten Geburtstage. Ein junges Mädchen, das eine Kerze mit einer Zwölf darauf ausblies, und ein älteres Mädchen, das das Gleiche mit einer Kerze tat, auf der eine Siebzehn prangte. Die Botschaft war nicht sonderlich subtil, aber darum ging es ja: Deinetwegen werden sie keine Kerzen mehr ausblasen.

»Warum Fotos aus dem Leben der Mädchen, aber nicht aus dem der anderen Opfer?«, fragte Lutxo neugierig.

»Weil wir wissen, dass der Täter bei ihnen Reue gezeigt hat«, antwortete ich. »Er hat sie in Säcke gepackt, weil er ihre Gesichter nicht sehen wollte, als er sie eingemauert hat. Er hat sich mies gefühlt. Dieses Schuldgefühl wollen wir ausnutzen. Bei den Schwestern Nájera sehen wir deutliche Anzeichen von Reue. Das war bei den anderen Opfern nicht der Fall.«

»Was sollen wir sonst noch veröffentlichen?«, fragte eine junge Journalistin.

Ich teilte ein Blatt an die Journalisten aus.

»Das sind die Pläne, die die Mädchen hatten. Estefanía studierte Musik, sie wollte Konzertgeigerin werden wie ihre Mutter. Diesen Sommer wollte sie mit ihrer Clique nach Schottland fahren. Oihana hat gerne programmiert. Sie war sehr intelligent und besonders gut in Robotik. Ihren Lehrern zufolge hatte sie eine glänzende Zukunft vor sich. Das müssen Sie herausstreichen: zerstörte Träume, abgeschnittene Lebenswege, Ziele, die jetzt niemals erreicht werden. Wir wollen an das Mitgefühl des Täters appellieren, und da wir nicht wissen, wie alt er ist, müssen alle Altersstufen abgedeckt werden. Deshalb sollen Sie Fotos ihrer Eltern, Großeltern, Freunde und Lehrer bei der Beerdigung veröffentlichen. Sie müssen die Trauer von Menschen in allen Generationen zeigen. Hier haben Sie ein Dossier mit Material von der Beerdigung. Teilen Sie das so unter sich auf, dass jeder von Ihnen etwas anderes veröffentlicht. Wir müssen an seine Gefühle appellieren und ihm das Leid zeigen, das der Tod dieser beiden jungen Mädchen verursacht hat. Wir wollen, dass die Presse ein Spiegel seiner Schuld ist, eine tägliche Erinnerung an das, was er getan hat. Wir wollen nicht, dass er es vergessen und zur Tagesordnung übergehen kann. Die Schuld muss in seinem Leben präsent bleiben. Täglich.«

»Können Sie sich so absprechen, dass es diese Woche jeden Tag einen Beitrag gibt?«, warf Alba ein. »Wir wollen über einen längeren Zeitraum hinweg Druck auf den Täter ausüben und seine Reaktion überwachen.«

»So sicher sind Sie, dass er auf unsere Artikel reagieren wird?«

Er hat es bereits getan, dachte ich. Fragt Estíbaliz.

»Ja«, antwortete wieder Alba. »Ich danke Ihnen im Voraus für Ihre Mithilfe. Und lade Sie ein, sich in einigen Tagen um die gleiche Uhrzeit wieder hier mit uns zusammenzusetzen. Wenn alles gutgeht, können wir dann die zweite Phase unserer Zusammenarbeit einläuten.«

Ich hatte die Gewohnheit angenommen, mittwochs und freitags nach Ugarte zu fahren und am Lesekreis teilzunehmen.

Schon an den parkenden Autos vor der Bar war abzusehen, dass das Lokal gut besucht war. Der Lektüreklub hatte von Mal zu Mal mehr Teilnehmer. Ich trat ein und grüßte. Die Mienen der Anwesenden hätte ich erwartungsvoll genannt. Außerdem hätte ich gesagt, dass alle verstohlen auf die Zeitung sahen, die ich unterm Arm trug. Eine Woche war vergangen, und die Medien machten ihre Arbeit gut.

Wir gingen zu Phase zwei des Plans über, den Alba und ich an mehreren Abenden, an denen unsere Bettdecke mit Protokollen übersät gewesen war, ersonnen hatten. Wir hatten uns geschworen, dass es dazu niemals kommen würde, dass die Ungeheuer keinen Zugang zu unserem Privatleben bekommen würden, aber wir verloren den Kampf täglich.

Dennoch, die Mühe hatte sich gelohnt. Die Schlagzeile war wie eine Bombe eingeschlagen und zahllose Male im Netz retweetet worden: »Wende bei Ermittlung zum Mord am Río Zadorra: Zeuge gibt detaillierte Beschreibung des Mordhergangs. Laut Polizeiquellen steht Festnahme bevor.«

Manu und Milán waren vor einigen Tagen nach Ugarte gefahren und von Haus zu Haus gezogen, hatten sämtliche Bewohner befragt und sich deren Alibis für die drei Mordzeiten notiert. Außerdem hatten sie alle um Abgabe einer DNA-Probe auf freiwilliger Basis gebeten. Einige hatten es getan, andere nicht.

Ich setzte mich zwischen Benita und ihre Schwiegertochter. Die alte Dame stellte mir alle vor, die ich noch nicht kannte: Cándido, der immer beim Bolo gewann. Juani, die bei der Gemeindeverwaltung arbeitete. Fidel, Fausti Mesanzas Mann, blieb mit verschränkten Armen an der Tür stehen, als wollte er alles im Blick behalten. Sogar Claudia, die hochgewachsene Turmführerin, war gekommen. Wie Benita mir sagte, war sie die Schwester von Irati, der Frau, die die Landpension *La Ferrería* mit ihrer Glaswerkstatt in der alten Eisenhütte außerhalb der Stadt führte. Wobei die beiden nicht unterschiedlicher sein könnten: die eine groß, die andere klein, die eine mit glattem, langem, dunklem Haar, die andere, Irati, mit hellen Locken. Und Letztere kam mir bekannt vor, woher auch immer. So ging das eine ganze Weile, Benitas schonungslose Bestandsaufnahme der Dorfbewohner nahm kein Ende.

»Der mit der Brille ist der Winkeladvokat«, fuhr sie fort.

Besagter Winkeladvokat war ein tadellos gekleideter junger Mann, der einen ausgeschlafenen Eindruck machte und die letzten Nachzügler einen nach dem anderen begrüßte.

»Er kommt mir sehr jung vor«, merkte ich an.

»Das ist er auch, er hat erst vor kurzem angefangen. Ramiro Alvar hat ihm ein paar kleinere Sachen übertragen.«

»Ach, dann hat er mir von ihm erzählt«, gab ich zurück.

»Wir wollen anfangen«, verkündete Fausti, nachdem die letzten Nachzügler sich gesetzt hatten und Gonzalo uns mit Getränken versorgt hatte.

Heute Abend war ein Rentner mit heiserer Stimme an der Reihe vorzulesen. Eine halbe Stunde später drehte die Diskussion sich darum, dass Gunnarr während der Belagerung Bilsenkraut genommen haben könnte.

»Ist die Wirkung, die es angeblich hat, nicht ein bisschen übertrieben?«, fragte Cándido.

»Es ist sehr seltsam, dass in einem 1192 geschriebenen Text von einem durch Drogen hervorgerufenen Verhalten die Rede ist, das erst heute bewiesen ist«, warf ich ein. Ich wollte sie daran erinnern, dass ich nicht bloß ein einfacher Leser war. Alle sollten wissen, dass ich Kriminalpolizist war, damit ich ihre Reaktionen beobachten konnte. »Daraus lässt sich schließen, dass die Figur Gunnarr früher ein Berserker war, ein Söldner in Diensten der nordischen Könige. Das Pulver, von dem Diago weiß, dass er es vor Schlachten nimmt, das Bilsenkraut, löst diesen Rausch aus. Viele starben nach einer Amnesie an Dehydrierung«, erklärte ich, was ich auf der Polizeischule gelernt hatte. »Ich denke, Gunnarr kannte die Wirkung und wusste, wie er sie auslösen konnte, denn wer das einnahm, fühlte sich unbesiegbar und kämpfte in den Schlachten an vorderster Front. Ich glaube, dass es am ehesten mit einem Amoklauf zu vergleichen ist. Unglücklicherweise gehört dieses Phänomen zu den Dingen, auf die wir in meinem Beruf vorbereitet sein müssen. Ein psychisch kranker Mensch tötet in seiner Raserei Dutzende von Unschuldigen. Wenn der Rausch vorbei ist, begeht er Selbstmord. Solche Fälle haben wir in letzter Zeit viel zu oft.«

Alle sahen mich schweigend an. Vorübergehend hatte ich vergessen, wo ich war und was ich hier wollte. Ich hatte mich zu einem richtigen kleinen Vortrag hinreißen lassen, und das hatte sich eigentlich ganz gut angefühlt.

»Du bist ein guter Lehrer«, flüsterte Benita mir ins Ohr und lächelte zufrieden.

»Danke«, murmelte ich.

Kurz darauf standen alle auf, rekelten sich und fanden sich je nach Alter und Vorlieben in verschiedenen Grüppchen zusammen. Claudia kam mit ihrer Schwester zu mir, um mich zu begrüßen.

»Wie geht's, Inspector? Man sieht Sie immer häufiger in Ugarte.«

»Das Dorf gefällt mir eben immer besser. Es ist ganz entzückend.«

»Dann sollten Sie sich die Werkstatt ansehen, die Irati sich in *La Ferrería* eingerichtet hat.«

»Das brauchen Sie mir nicht zweimal zu sagen, ich würde gern kommen und vielleicht ein Andenken kaufen«, erwiderte ich rasch.

In Wahrheit wollte ich mir die ehemalige Eisenhütte, in der sich die Landpension befand, einmal ansehen. Den Ort auf mich wirken lassen, der Ramiro Alvar gebrochen hatte und an dem sich die Zukunft einer Familie entschieden hatte, die heute gerade einmal noch ein Mitglied hatte.

»Dann ist es abgemacht, Inspector. Ich wollte sowieso zurück an die Arbeit«, sagte Irati lächelnd.

Wir folgten einem Weg, der parallel zum Fluss verlief und mehrere hundert Meter weiter auf dem Gelände um die Turmfestung endete.

Irati war eine freundliche junge Frau, gesprächiger als ihre Schwester. Sie erzählte, wie schwer es war, die Ferienunterkunft im Winter auszulasten.

»Ich kenne die Branche durch jemanden aus meiner Familie ein wenig«, erwiderte ich. »Manchmal ist es sehr schwer, aber ich habe den Eindruck, das Leben ohne Vorgesetzte und starre Bürostunden hat auch seine Vorteile.«

»Mich hat die Glaswerkstatt gerettet. Allmählich mache ich mir einen Namen, und die Mund-zu-Mund-Propaganda funktioniert immer besser.«

»Das freut mich für Sie, wirklich. Und vorher war das also die Eisenhütte der Nograros.«

Sie nickte. »Es ist alles modernisiert«, erzählte sie, während wir das Steingebäude betraten. »Ich habe mehrere Zimmer, aber an diesem Wochenende stehen sie alle leer. Kommen Sie mit in den Laden, und sagen Sie mir, was Sie interessiert.«

Hinter uns kamen weitere Leute, die den Abendspaziergang dazu nutzten, ein Set blauer Trinkgläser oder irgendein anderes Kunstwerk aus Glas, das ihnen ins Auge gefallen war, zu erwerben.

Ich war gerade dabei, den Laden mit ein paar dekorativen Flaschen, die ich Alba schenken wollte, zu verlassen, da bekam ich einen Anruf von Manu.

»Kraken …«

»Unai«, unterbrach ich ihn. »Bitte: Unai.«

»Wir haben Laborergebnisse, die alles, was wir in den letzten Wochen gedacht haben, über den Haufen werfen. Sag, dass du sitzt, denn jetzt wird es heftig.«

»Ehrlich gesagt sitze ich nicht«, erwiderte ich, während ein weiterer potenzieller Kunde die Werkstatt betrat. »Aber red schon, was ist jetzt wieder passiert?«

»Die DNA des Bluts an dem Bleistift, den wir am Schauplatz des Mordes an MatuSalem gefunden haben … sie ist die von Ramiro Alvar Nograro.«

Wie bitte?, dachte ich fassungslos.

»Ramiro? Bist du sicher?«

»Ich fürchte ja. Doctora Guevara sagt, die Laborergebnisse lassen keinen Raum für Zweifel.«

Bestürzt lehnte ich mich an die Außenwand der ehemaligen Eisenhütte. Bedeutete das jetzt, dass alles, was Ramiro mir erzählt hatte, gelogen war? War es seiner Phantasie entsprungen? Hatte er mir etwas vorgespielt? War Ramiro von Anfang an der Mörder gewesen, oder lag bei ihm doch eine dissoziative Identitätsstörung vor, und sein EP Alvar hatte es hinter dem Rücken seines Bewusstseins getan? Mit wem hatte ich es da zu tun? War er ein Schwindler, ein integrierter Psychopath mit einer überzeugenden Fassade?

Ich zwang mich zu Entschiedenheit. »Zum Glück haben wir ihn ja im Krankenhaus. Wie lange brauchen wir, um einen Haftbefehl zu erwirken?«

»Wir werden der Richterin einiges erklären müssen, das ist nicht die Ermittlungslinie, die wir zuletzt verfolgt haben, und das wird ihr nicht gefallen«, sagte Manu, »aber ich hoffe, in zwei Stunden haben wir ihn.«

Noch immer betraten Kunden die Werkstatt. Als ich völlig ratlos auflegte und mich umdrehte, ohne auf meine Umgebung zu achten, stieß ich mit einem korpulenten jungen Mann mit struppigem kastanienbraunem Bart zusammen.

»Verzeihung«, sagte er mit ernster Miene, sah mich aber nicht einmal an.

Er kam mir irgendwie bekannt vor, und ich folgte ihm mit dem Blick, doch er war nur Iratis Freund.

»Sebastián, das wurde auch Zeit«, begrüßte Irati ihn liebevoll.

Sie küssten sich diskret und gingen in die Werkstatt.

Wie sinnlos! So viele Daten, so viele Namen, so viele Gesichter. Mir wurde klar, dass ich weiterhin im Beobachtungsmodus war, dass ich weiterhin automatisch alles registrierte, um nicht an die neueste Entwicklung in unserem Fall denken zu müssen: Ramiro Alvar hatte MatuSalem ermordet, der verdammte Kerl. Und beinahe hätte er auch meine Kollegin umgebracht, nachdem er sie verführt hatte.

Verdammtes Ungeheuer.

Wie sollte ich nur Estíbaliz beibringen, dass Ramiro Alvar uns alle getäuscht hatte?

46

VERHANDLUNGEN

Diago Vela · *Im Jahr des Herrn 1199, Sommer*

Am nächsten Tag ließ Chipia mich holen. König Alfonso hatte Verhandlungen angekündigt und wartete vor den Toren der Stadt.

Der Statthalter Chipia, der Richter, der Rat der Einwohner und die Adligen stiegen hinauf auf den Wehrgang. Alle trugen wir unsere Rüstungen, mitsamt Helmen und Brustpanzern, denn nach dem Angriff fühlte sich da oben niemand mehr sicher.

»König Alfonso bietet Euch erneut die Möglichkeit der Übergabe!«, brüllte López de Haro. »Chipia, Ihr habt das Recht, die Festung ohne Verlust Eurer Ehre zu übergeben. Es besteht kein Grund, bis zum Tode zu kämpfen, wenn Euer König Euch nicht zu Hilfe eilt. Und wenn seine Truppen bis jetzt nicht gekommen sind, dann öffnet die Augen: Sie werden auch nicht mehr kommen.«

»Deshalb habt Ihr die Verteidigungslinie errichtet? Ihr wisst so gut wie ich, dass unsere Truppen kommen werden«, erwiderte Chipia lächelnd.

»Meine Boten bringen Nachrichten von Siegen an sämtlichen Orten, die wir zurückerobern wollten. Fast alle Festungen haben sich nach mehr oder weniger heftigem Widerstand ergeben. Ergebt Euch endlich, Eure Händler wünschen sich sicherlich, dass dies weiter ihr Marktflecken bleibt. Öffnet die Tore, und alle Einwohner mögen weiter ihrer Arbeit nachgehen«, rief König Alfonso.

»Und ich glaube, die Festungen Treviño und Portilla halten stand, denn ich kenne ihre Statthalter. Sie haben sich Euch bestimmt nicht ergeben«, behauptete Chipia.

Sowohl der König als auch sein Standartenträger wirkten unruhig.

Nagorno trat zu Chipia und dem Richter.

»Er wird nicht noch einmal angreifen. Er will die Stadt nicht entvölkern, die Festung schleifen und neu errichten müssen. Er will von Vitoria, was Vitoria ist: Wegkreuzung und unumgänglicher Pass zwischen Kastilien, den Häfen des kantabrischen Meers und Aquitanien.«

»Vielleicht sollten wir uns ergeben und verhandeln, solange es noch etwas zu verhandeln gibt«, warf Onneca ein.

Die Isunzas unterstützten sie darin. »Wenn sie die Stadt zerstören, gibt es für uns alle nur das Schwert, und danach siedeln sie neue Leute hier an. Wir aus Nova Victoria sind für die Übergabe.«

»Wir aus der Villa de Suso ziehen es vor, auf die Verstärkung aus Pamplona zu warten«, sagte der Richter.

»Ich befolge König Sanchos Befehle, und seine letzten Worte waren: ›Vitoria ergibt sich nicht.‹ Vielleicht sind sie den anderen Festungen oder San Sebastián zu Hilfe geeilt und vertrauen darauf, dass wir standhalten«, beharrte der Statthalter.

»Chipia, wenn jemand will, dass das alles endet, damit er endlich hinaus und seinen Sohn suchen kann, dann bin ich das«, sagte ich. »Aber warum diese Verzögerung in Pamplona?«

»Ich glaube allmählich, König Sancho hat sein Bündnis mit den Almohaden schon geschlossen und kommt von Süden, deshalb braucht er so lange. In einem Monat sind sie hier, schätze ich, man muss der Belagerung noch einen Monat standhalten. Zudem werden wir im Vorteil sein, wenn das schlechte Wetter kommt. Bei Regen und Schnee werden sie es in ihren Zelten nicht aushalten, auch wenn sie im Umland jagen und fischen können, denn die Kälte und die Krankheiten werden ihnen zusetzen. An einer Belagerung sind sie nicht interessiert.«

»Dann kommen eben neue Soldaten nach!«, sagte Nagorno in scharfem Ton. »Das ist Kastilien, glaubt Ihr, sein Heer besteht nur aus diesen dreitausend Mann?«

Alle betrachteten wir die Truppen zu unseren Füßen. König Alfonso war ungeduldig und ließ sein Pferd mehrfach drehen.

»Was sagt Ihr? Ich habe nicht den ganzen Tag Zeit.«

»Dass es keine Übergabe gibt!«, schrie Chipia.

Der König ritt zu seinem Standartenträger und flüsterte ihm etwas ins Ohr.

Nagorno und ich wechselten einen besorgten Blick.

Keiner von uns rührte sich von der Stelle. Besorgt warteten wir auf den nächsten Befehl des Königs. Chipia gab den Bogenschützen auf den Türmen ein Zeichen. Sie spannten ihre Bögen.

Doch was wir dann sahen, war das Ausschwärmen des kastilischen Heeres, bis es die gesamte Stadt umzingelt hatte. Von den Karren holten die Soldaten Leinwände und errichteten weitere Zelte. In einem anderen Bereich des Lagers wurden Dreifüße errichtet und daran Kessel für das Essen aufgehängt. Die Bewohner des Außenbezirks der Messerschmiede mussten ohnmächtig mit ansehen, wie Soldaten in ihre Häuser einzogen.

Als niemand mehr auf dem Wehrgang war, als alle mit gesenkten Köpfen die Treppen hinabgegangen waren und über Unglück und schlechte Vorzeichen brüteten, blieben nur mein Bruder Nagorno und ich dort zurück.

»Da hast du es, Bruder«, flüsterte er mir zu. »Das ist eine Belagerung nach allen Regeln der Kunst. Bete zu deinen Göttern, dass die Victorianos sich nicht am Ende gegenseitig aufessen müssen.«

47

DAS CHAMÄLEON

Unai · *Oktober 2019*

Außer Atem kam ich an Ramiro Alvars Krankenzimmer an, denn ich wollte derjenige sein, der ihn festnahm. Wollte ihm in die Augen blicken und ein für alle Mal die Wahrheit sehen. Doch als ich die Tür aufriss, fand ich bloß ein frisch gemachtes Bett vor, und alles war makellos aufgeräumt. Nur auf dem Besuchersessel lag ein Buch.

»Er ist uns entkommen! Ich will Uniformierte an sämtlichen Ausgängen des Krankenhauses!«, befahl ich Manu.

»Lass uns nach Estíbaliz sehen«, flüsterte er besorgt.

Ohne auch nur noch ansatzweise die Form zu wahren, rannten wir über den Flur.

»Esti!«, schrie ich fast. »Alles in Ordnung?«

»Sie haben mich entlassen. Ich haue ab von hier«, sagte sie, während sie versuchte, ihre Pantoffeln und ihren Kulturbeutel mit ihrem gesunden Arm in eine Tasche zu stecken.

»War Ramiro Alvar bei dir?«, fragte ich drängend.

»Nein, natürlich nicht. Was ist los, habt ihr ihn noch nicht festgenommen?«, fragte sie befremdet.

»Er ist nicht in seinem Zimmer. Ich fürchte, er ist uns zuvorgekommen und geflüchtet«, sagte ich. »Manu, kümmere du dich um den Einsatz. Ich bleibe bei Esti.«

Manu nickte und schloss die Tür von außen.

Ich sah meine Kollegin an. Sie hatte gerötete Augen und presste die Lippen aufeinander.

»Wie geht es dir?«, war das Einzige, was mir einfiel.

»Ich habe mich ein paarmal übergeben, aber ich will hier weg. Heute Morgen haben sie mich entlassen. Allerdings werde ich weiter zur Reha herkommen müssen.«

»Es ist sicherer, wenn du nicht im Krankenhaus bist«, sagte ich. »Wir wissen nicht, ob Ramiro Alvar sich noch irgendwo hier versteckt hält oder ob es ihm gelungen ist, das Krankenhaus zu verlassen. Wir geben dir Personenschutz.«

»Ich will keinen Personenschutz! Ich will das nur verstehen. War er es? Hat er MatuSalem ermordet? Hat er uns alle getäuscht?«, fragte sie und setzte sich auf ihr ungemachtes Bett.

Ich setzte mich neben sie.

»Ich fürchte ja.«

»Und woher wusste er, dass ihr ihn festnehmen wolltet?«

»Das müssen wir jetzt herausfinden«, sagte ich. »Manu hat dich angerufen. Er hat dir das Ergebnis des DNA-Tests mitgeteilt und dir gesagt, dass wir einen Haftbefehl beantragen wollten. Er hat dir zwei Uniformierte vor der Tür angeboten, und du hast abgelehnt.«

»Ich will keine Uniformierten vor der Tür«, bekräftigte sie.

»Versprich mir, dass du es nicht gewesen bist.«

»Glaubst du, *ich* hätte ihn gewarnt?«

»Oder du wolltest ihn zur Rede stellen, und er hat dich wieder eingewickelt.«

»Ich wollte keine Leute vor der Tür, aber ich habe es ihm nicht erzählt. Lass dir doch die Überwachungsaufnahmen zeigen!«, erwiderte sie zornig.

»Das werde ich nicht tun. Ich glaube dir.«

Schweigend saßen wir da und sahen aus dem Fenster. Wir mussten dieses Krankenhaus beide hinter uns lassen.

»Wie konnte er mit uns allen spielen?«, fragte Estíbaliz nach einer Weile.

»Das konnte er, weil ich ein falsches Profil erstellt habe. Er war wie ein Gaukler: Mit der einen Hand hat er uns einen glitzernden Gegenstand präsentiert, mit der anderen hat er für uns unsichtbar die Fäden gezogen. Er hat uns hinters Licht geführt. Uns beide. Dich und mich.«

Ich stand auf, denn ich konnte nicht mehr stillsitzen.

»Pack du zu Ende. Ich werde den Einsatz überwachen, aber viel mehr kann ich nicht tun. In zwei Stunden muss ich in Arkaute einen Vortrag über die Praxis der Fallanalyse halten. Warum kommst du nicht mit? Es würde mir guttun, dich an meiner Seite zu haben.«

Estíbaliz hob eine Augenbraue. »Lampenfieber?«

»Nein, das nicht. Aber wenn wir verhindern wollen, dass unsere Freundschaft unter diesem Fall leidet, dann müssen wir unsere Gewohnheiten wieder aufnehmen und das verlorene Vertrauen neu aufbauen. Du bittest mich, dir zu vertrauen, ich bitte dich mitzukommen. Es würde uns beiden guttun.«

»Abgemacht«, sagte sie. Dann sah ich sie zum ersten Mal seit Wochen wieder lächeln.

Ich ließ sie allein, damit sie sich umziehen konnte, und ging zurück in Ramiro Alvars Zimmer. Da war ein Detail, das meine Aufmerksamkeit erregt hatte. Sorgfältig und ordentlich, wie er nun einmal war, hatte er vor seiner Flucht noch das Bett gemacht, doch gleichzeitig hatte er den Roman *Die Herren der Zeit* nachlässig und aufgeklappt auf dem Besuchersessel liegen gelassen. Ich nahm das Buch hoch und registrierte, bei welchem Kapitel es aufgeschlagen war.

Interessant, Ramiro, dachte ich. Sehr interessant.

Marina Leiva begrüßte uns in der Polizeischule. Der Hörsaal war zum Bersten voll, und als Estíbaliz und ich eintraten, waren die Lichter bereits aus. Ein Projektor beleuchtete eine leere Leinwand in Erwartung der Bilder, die ich ihm füttern würde. Marina und Estíbaliz setzten sich in die letzte Reihe. Allerdings kannte uns hier anscheinend jeder. Inspector López de Ayala und Inspectora Ruiz de Gauna. Sich zu verstecken hatte da auch keinen Sinn.

Ich stellte mich vor die Polizeischüler und betrachtete einen Moment lang die Kugelschreiber, die sie bereithielten, um mitzuschreiben, sobald ich den Mund aufmachte. Dann lächelte ich. Und beschloss, die vorbereitete Präsentation zu vergessen.

»Ich werde Ihnen heute etwas über integrierte Psychopathen erzählen und darüber, was wir tun können, um sie zu entlarven. Das Erste, was Sie lernen müssen, ist, dass Sie als Fallanalytiker Ihre Vorurteile vergessen müssen. Wir suchen nicht nach einem Ungeheuer, das sofort auffällt, nach einer schrecklichen Deformation, wie man es in der Phrenologie des neunzehnten Jahrhunderts tat. Heute wissen wir, Serienmörder sind Profis mit viel Erfahrung, die sich auf eine Tötungsart spezialisiert haben und darin sehr effizient sind. Deshalb schnappen wir sie nicht beim ersten Verbrechen und auch nicht beim zweiten. Sie entwickeln sich weiter. Sie werden Experten darin, zu entkommen und hinter ihrer Fassade unerkannt zu bleiben. ›Er war ein guter Sohn, er war ein guter Bruder.‹ Wie oft hört man das in den Nachrichten? Natürlich waren sie das.«

Eine Studierende in der ersten Reihe hob die Hand. »Wie können Sie das sagen?«

»Als Gesellschaft und als Einzelne haben wir von Anfang an einen Nachteil: Es fällt uns schwer zu glauben, dass wir nicht in der Lage sind, das absolute Böse in jemandem zu erkennen, der liebevoll und charmant ist. Und die Täter nutzen diesen Vorteil ihr Leben lang aus. Wir erkennen die Manipulation nicht, wenn jemand, der uns Schaden zufügt, sehr charismatisch ist, sondern lassen uns davon hinters Licht führen. Ob das nun ein Mörder, ein Misshandler oder jemand, der uns verbal bedroht, ist. Ich weiß, Sie haben Profile von Psychopathen studiert. Daher möchte ich, dass Sie mir sagen, welche Züge Sie feststellen würden.«

»Parasitäre Lebensweise«, sagte jemand ganz hinten.

»Genau: Ihr Leben besteht darin, andere auszunutzen. Sie leben nur in der Gegenwart. Für Psychopathen gibt es kein Morgen, sie haben kein Bewusstsein der Zukunft. Ihren langfristigen Zielen fehlt es an Realismus. In der Regel blicken sie auf eine lange Reihe kurzer Paarbeziehungen zurück. Weiter.«

»Mangelnde Empathie.«

»Sie lernen, Gefühle und Gesichtsausdrücke vorzuspielen«, ergänzte ich. »Sie prahlen sogar mit ihrer Beherrschung der nonverbalen Sprache. Und sie beherrschen sie auch: Sie wissen, dass sie innerlich leer sind und dafür sorgen müssen, dass wir das nicht merken, wenn sie zum Beispiel keine normale Reaktion auf ein Drama oder den Tod eines nahen Angehörigen zeigen.«

»Sie sind großartige Schauspieler«, sagte jemand anderes.

»Stimmt. Darauf sind sie angewiesen, wenn sie ihre Ziele erreichen wollen. Und hier kommen die sogenannten Lakaien oder Anhänger ins Spiel. Integrierte Psychopathen haben keine Freunde. Sie nutzen Menschen aus und lassen sie fallen, und ihre Familie, Eltern, Geschwister, Kinder und Großeltern führen sie mit ihrer Fassade hinters Licht. Außenstehende können manchmal erkennen, in welchem Maße die Angehörigen für die persönlichen Ziele des Psychopathen eingespannt werden: berufliche Kontakte, Sorgerecht für die Kinder, Erben, ein familiäres Auffangnetz … während diese vom Psychopathen dominierten Angehörigen keiner anderen Version Glauben schenken werden als der, auf die der Psychopath sie sein Leben lang programmieren konnte. Deshalb sind wir daran gewöhnt, nach den abscheulichsten Verbrechen zu hören: ›Er war ein guter Nachbar.‹ Oder dass Ehefrauen ihre psychopathischen Männer trotzdem im Gefängnis besuchen, trotz aller Beweise, trotz der Geständnisse. Die sogenannte kompensierende Fassade ist das Sicherheitsnetz der Psychopathen, und sie arbeiten täglich daran.«

»Wie arbeiten sie daran?«, fragte dieselbe Person.

»Für sie ist diese Maske Alltag, sie sind daran gewöhnt, sie aufzusetzen. Niemals werden sie Gewissensbisse wegen des zugefügten Schadens haben. Dazu sind sie gar nicht fähig. Sie versuchen immer zu erreichen, dass die anderen alles für sie erledigen, vor allem die Drecksarbeit. Sie geben viel Geld aus, weil sie nicht an morgen denken. Häufig betrügen sie und sammeln Schulden an. Sie können nicht sparen und leihen sich von ihrem Umfeld Geld. Psychopathen wechseln gern ihre Aktivitäten, sie langweilen sich schnell, sie haben kein Durchhaltevermögen. Viele bringen ihr Studium nicht zu Ende, weil sie nicht fähig sind, sich langfristig anzustrengen. Der Mühe Lohn interessiert sie nicht, sondern nur die sofortige Bedürfnisbefriedigung. Die Ethik dessen, was sie erreicht haben, oder ob sie ihre eigenen Eltern oder Partner finanziell ausnutzen, interessiert sie nicht. Weitere Züge?«, fragte ich.

»Sie suchen den Kick bei Extremsportarten oder Grenzerfahrungen. Sie haben kein Gefahrenbewusstsein«, fügte jemand hinzu.

»Sehr gut. Weiter.«

»Sie haben eine hypnotische Präsenz, sie dringen in deine Gedanken ein und programmieren sie um.«

»Wie erreichen sie das?«, fragte ich nach.

»Lange Blicke, unmittelbare Empathie. Im Fall von Lebensgefährten eine automatische Seelenverwandtschaft.«

»Das wäre die Kurzantwort«, stellte ich richtig. »So einfach ist es nicht. Sie folgen dabei immer bestimmten Mustern. Es handelt sich um die Strategie des Chamäleons: Sie ahmen ihre Opfer nach. Danach wird dem Ego geschmeichelt: Es gibt Lob für ein Opfer mit geringem Selbstwertgefühl. Die Seelenverwandtschaft: Du und ich, wir sind gleich, wir gehören zusammen. Dritte Phase: Vertrau mir, erzähl mir von deinen Schwächen. Vierte Phase: Ich bin dein idealer Freund, dein idealer Partner, dein idealer Sohn oder Bruder. Mit alledem erreichen sie die Glorifizierung:

Ihr Ruf wird unantastbar für diejenigen Anhänger, die sie für die Drecksarbeit brauchen oder als ihre Verteidiger, wenn sie gegenüber ihren Opfern ihr wahres Gesicht zeigen. Die Anhänger, das soziale Umfeld, die Gesellschaft, in die sie integriert sind, sei es in Form der Firma, der Nachbarschaft oder der Familie … sie alle sehen nicht die wahre Persönlichkeit der Psychopathen, sondern das Idealbild, das sie sich erarbeitet haben. Und am Ende decken sie sogar ihre Betrügereien und Verbrechen, weil sie ihren Rechtfertigungen Glauben schenken. Wer einen Psychopathen kritisiert, wird angefeindet und aus der Gemeinschaft ausgeschlossen. Und nur ein sehr kleiner Prozentsatz dieser Psychopathen wird straffällig. Aber wir alle werden im Laufe unseres Lebens durchschnittlich sieben Psychopathen begegnen, und ein Psychopath viktimisiert im Laufe seines Lebens im Mittel achtundfünfzig Personen. In diesem Land gibt es eine Million reine und etwa vier Millionen in die Gesellschaft integrierte Psychopathen. Hervorragend in ihrem Beruf und brave Bürger, die nicht auffällig werden. Aber sie nutzen ihr soziales Umfeld und ihre Familie aus und hinterlassen eine Spur von Opfern.«

Es herrschte völlige Stille im Hörsaal. Da wusste ich, dass meine Botschaft Eindruck gemacht hatte. Denn ich sprach zu ihnen, zu jedem Einzelnen von ihnen. Und ich konnte in ihren Köpfen lesen, als wären sie durchsichtig. Sie alle dachten jetzt an die Begegnungen mit den Psychopathen in ihrem eigenen Leben.

»Jetzt kommt die schlechte Nachricht: Sie sind nicht resozialisierbar. Psychotherapie hilft da nicht; tatsächlich macht sie es sogar schlimmer. Es sei denn, die Psychopathie wird schon in der Kindheit erkannt, dann kann man sie entsprechend erziehen. Denn ein Psychopath ist kein Kranker. Psychopathie ist eine Wesensart. Ein Psychopath, der jahrelang zum Psychologen geht, lernt bei diesem viele Kniffe kennen, um seine Mitmenschen noch besser zu manipulieren, angefangen bei seinem Therapeuten.«

Alle machten sich Notizen.

»Und als Gesamtgesellschaft haben wir ein Problem mit den Psychopathen unter den Gefängnisinsassen, denn die Gutachten über die Therapien, die sie im Gefängnis machen, basieren auf den Antworten der Häftlinge selbst. Ein Häftling, der aus dem Gefängnis freikommen will, wird dem Therapeuten sagen, was dieser hören will. In den Vereinigten Staaten haben wir Serienmörder wie Ed Kemper, die eine Therapie und nach Angaben der Psychiater darin auch Fortschritte gemacht hatten. Aber einmal draußen, verübten sie noch einmal die haarsträubendsten Verbrechen, die man sich vorstellen kann. Wir haben sogar Aussagen von rechtskräftig als Serienmörder verurteilten Häftlingen, die behaupten: ›Gib mir einen DSM‹ – das ist ein diagnostischer Leitfaden psychischer Störungen –, ›such dir eine psychische Erkrankung aus, und nach ein paar Sitzungen bin ich in der Lage, jeden Therapeuten davon zu überzeugen, dass ich unter den fraglichen Symptomen leide.‹«

Ich blickte in den hinteren Teil des Hörsaals. Marina lächelte mich an, Estíbaliz hörte konzentriert zu.

»Auch als Privatpersonen«, kam ich zum Ende, »müssen wir uns darüber informieren, wie wir sie erkennen können, denn die Gefahr für jeden von uns ist real. Wir sollten nicht versuchen, sie zu rehabilitieren oder zu verändern, denn am Ende sind nur wir selbst kaputt. Deshalb habe ich einen Rat für Sie. Sobald Sie einen Psychopathen in Ihrem Umfeld erkennen, gibt es nur eine Lösung: keinen Kontakt. Lassen Sie alles stehen und liegen und rennen Sie weg, so schnell Sie können!«

48

INS REICH DER ALMOHADEN

Diago Vela · *Im Jahr des Herrn 1200, Winter*

Die Monate, die nun folgten, waren die Hölle. Sie schnitten uns die Versorgungswege ab, und die Märkte verloren ihren Sinn. Besuche von Angehörigen aus benachbarten Dörfern wurden nicht gestattet – Héctor Dicastillo durfte trotz allen Verhandlungsgeschicks nicht zu uns herein. Wir erhielten keine Nachrichten mehr von außerhalb der Mauern, und uns in Unwissenheit über das Schicksal der übrigen Festungen zu belassen, war die schlimmste Bestrafung für den Statthalter, dessen ewiges ironisches Lächeln verblasst war.

Manchmal bliesen sie während langer Nachtstunden ins Horn, um uns zu zermürben, indem sie uns einen unmittelbar bevorstehenden Angriff befürchten ließen. An die Feierlichkeiten zum Allerseelentag erinnerten die Menschen sich voller Wut, denn die belagernden Soldaten ritten mit gebratenem Fleisch die gesamte Stadtmauer ab, so dass uns der Duft von Hirsch und Wildschwein mit Rosmarin in die Nase stieg. Einige Leute stiegen auf den Wehrgang und kehrten weinend in ihre Häuser zurück.

Nur ein Licht gab es in all dieser Finsternis. Alix gebar ein ruhiges Mädchen, das wir schon nach wenigen Stunden tauften, aus Furcht, ein neuerlicher Angriff könne uns überraschen und sie könne ohne den Segen des Gottes, an den Alix glaubte, sterben. Großmutter Lucía war ihre Patin, das Kind war die Tochter ihrer Ururenkelin, was sie zu ihrer Urururenkelin machte.

Gunnarr seinerseits schwor vor dem gekreuzigten Gott, sie zu beschützen. Auch wenn er hinter dem Rücken die Finger kreuzte, als er sein feierliches Gelübde als Pate deklamierte, wusste ich, dass er sterben würde, um sie am Leben zu erhalten.

Und als wir schon glaubten, alles sei verloren, kam unsere Rettung.

Ein Hornstoß ging ihm voraus. Er kam in Begleitung von argwöhnischen kastilischen Soldaten.

Die Neuigkeit verbreitete sich in Windeseile auf den Straßen, und sämtliche Einwohner stiegen auf den Wehrgang.

»Was geht vor?«, schrie der Statthalter von oben.

»Ich habe einen vorübergehenden Waffenstillstand mit König Alfonso ausgehandelt. Er gestattet mir, die Stadt zu betreten und Euch Neuigkeiten zu bringen. Öffnet das Tor, ehe er es sich noch anders überlegt und ich die beschwerliche Reise von Pamplona vergeblich unternommen habe«, rief Bischof García lächelnd.

Alle atmeten wir auf. Seit dem vergangenen Sommer hatten wir kein neues Gesicht mehr gesehen.

Unser Pfarrer, der sich im Laufe der Monate in einen dünnen und uralten Mann verwandelt hatte, stieg eilends auf den Glockenturm von Santa María und läutete.

Es klang einfach herrlich in unseren Ohren.

Chipia stellte aus Vorsicht seine Soldaten mit Armbrüsten am Portal del Norte auf, und sämtliche Einwohner gruppierten sich um sie herum, jeder bewaffnet mit dem, was ihm als Erstes in die Hände gefallen war.

»Öffnet!«, befahl der Statthalter. »Aber nur so weit, dass ein Mann und sein Pferd hindurchpassen.«

Die Angeln des Tors, nachdem es so lange nicht bewegt worden war, gaben ein grausiges Geräusch von sich.

Bischof García ritt auf seinem Pferd hindurch, und Chipias Soldaten schlossen das Tor eilig wieder.

Der Geistliche stieg ab, und Onneca, die wie alle Einwohner beim Glockenläuten herbeigeeilt war, umarmte ihren Vetter.

»Ich dachte, ich würde Euch nie wiedersehen!«, rief sie erleichtert.

»Wenn das hier so weitergeht, wird es so sein. Und ich möchte nicht Eure Totenmesse lesen müssen, Base.«

García betrachtete uns alle besorgt. »Ihr seid in beklagenswerter Verfassung. Diese Belagerung muss endlich ein Ende haben«, sagte er zu uns.

»Versucht nicht, uns zur Übergabe zu überreden. Das kommt nicht in Frage«, erwiderte der Statthalter.

»Es ist nicht an mir, über eine so wichtige Frage wie diese zu entscheiden. Aber ich sorge mich um all diese Seelen und werde nach Süden reisen, ins Reich der Almohaden, mit einem Ritter aus der Stadt, den Ihr bestimmt. Ich werde mit dem guten König Sancho reden. Ich werde ihm erklären, dass diese Belagerung schon allzu lange andauert und die Lage unhaltbar ist. Er möge uns darlegen, ob er Verstärkung schickt oder uns Befehle gibt, die er für geeignet hält. Haltet Ihr das für vernünftig?«

»Ich werde Euch begleiten, García«, sagte ich.

»Kommt nicht in Frage. Ihr seid der Ausgleich in dieser Stadt, ohne Eure Vernunft wären wir schon alle tot«, widersprach der Richter.

»Er hat recht«, flüsterte Nagorno mir ins Ohr. »Wir sollten alle bleiben und zusammenhalten.«

»Wer dann?«

»Ein Bewohner aus Nova Victoria und einer aus der Villa de Suso«, mischte Mendoza sich ein. »Wir trauen nur den Unsrigen.«

»So sei es. Freiwillige?«, fragte der Statthalter.

Zu unserer Überraschung trat Onneca vor.

»Ich werde meinen Vetter auf Olbia begleiten. Ich habe noch die Kraft für eine zweimonatige Reise.«

Ein Raunen lief durch die verschiedenen Grüppchen, doch niemand wagte, ihr zu widersprechen.

»Irgendjemand aus der Villa de Suso?«, lockte der Richter.

»Ich«, sagte Alix neben mir, die unsere schlafende Tochter auf dem Arm trug. Nun gab sie sie mir, und ich sah sie schweigend an.

Es war nicht an mir, sie daran zu hindern. Es war ihre Stadt, und es waren ihre Leute.

»Dann reist gleich ab. Es ist eine weite Reise in den Süden«, sagte Chipia.

Von der Reise ins Reich der Almohaden kann ich nur berichten, was mir von meinem Weib Alix de Salcedo und von meiner Schwägerin Onneca de Maestu enthüllt wurde.

Das schlechte Wetter verzögerte ihr Fortkommen, und sie benötigten beinahe fünf Wochen bis in den Süden zu Sancho VII., dem Starken. Nur Bischof García durfte hinein und mit dem König sprechen, Alix und Onneca ließ man draußen warten. Die Unterredung war lang, doch García war erfahren in Verhandlungen und hatte schon immer die Zuneigung des Königs genossen. Er kehrte siegreich mit dem Dispensschreiben zurück, das uns die Übergabe der Stadt erlaubte.

»Was hat unser König gesagt?«, fragte Alix begierig.

»Dass es kein Heer zu unserer Unterstützung geben wird. Der Miramamolín hat eigene Schwierigkeiten in Tunis und benötigt die Männer unseres Königs. Diesen überhäuft er mit Gold und Juwelen, und da ist die Rede von einer schönen Ungläubigen. König Sancho befreit Euch von Eurem Eid, zu gehorchen und das Reich zu verteidigen. Er verspricht, die Stadt zurückzuerobern, sobald er in den Norden zurückkehren kann, aber er weiß nicht, wann das sein wird.«

Enttäuscht sahen Onneca und Alix sich an, trauten sich jedoch nicht, an den Worten eines Königs zu zweifeln.

»Das ist alles? Nach allem, was wir durchgemacht haben, um sein Reich zu verteidigen?«, fragte Onneca. »Seid Ihr sicher, dass er kein Heer schicken wird, uns zu helfen?«

García sah sie schweigend an und umarmte sie, um sie zu trösten.

»Wir haben getan, was in unserer Macht stand, Base. Die Könige ziehen die Fäden, das war schon immer so. Lasst uns nach Vitoria zurückkehren, ehe noch mehr Bürger sterben. Wenn der König sagt, er werde die Stadt zurückerobern, dann seid sicher, er wird es tun.«

Die Rückreise verlief schneller. Alix ritt begierig, ihre neugeborene Tochter wiederzusehen. Onneca wollte den Leuten die Nachricht überbringen und an die Seite ihres Mannes zurückkehren.

Am Ende ihrer Reise mussten sie vom direkten Weg zum Portal del Sur abweichen. Ein Unwetter überraschte sie wenige Meilen vor der Stadt, und dies war nicht der rechte Augenblick, um bei König Alfonso um Aufnahme zu bitten. Auf Anraten von Bischof García bogen sie zähneknirschend zum Gasthaus der Romana ab und suchten dort Zuflucht.

Niederzuschreiben, was daraufhin geschah, ist mir sehr schwergefallen, doch ich will, dass es festgehalten sei und nicht vergessen werde.

49

EL CAMPILLO

Unai · *Oktober 2019*

Der schlimmste Tag meines Lebens begann mit einem Anruf bei meinem guten Freund Iago del Castillo.

»Iago, tut mir leid, dass ich schon wieder was von dir will, aber ich brauche dich als Experten. Kannst du nach Vitoria kommen?«

»Heute bin ich in Santander. In drei Stunden sehen wir uns vor deinem Haus, wenn du magst«, antwortete er.

»Könntest du direkt ins Archiv der Historischen Gebiete Álavas kommen?«

»So sei es. Dann sehen wir uns auf dem Campus«, willigte er ein.

Stunden später ging ich gerade über den Paseo de la Universidad, als mein Telefon vibrierte. Es war Manu.

»Wir haben uns die Überwachungsfilme des Krankenhauses angesehen. Ramiro Alvar hatte Hilfe bei seiner Flucht. Ein Arzt hat seinen Rollstuhl geschoben.«

»Hilfe?«, dachte ich laut nach. »Wen kann Ramiro Alvar um Fluchthilfe gebeten haben?«

»Das versuchen wir gerade in Erfahrung zu bringen. Man sieht den Mann nur von hinten, er trägt einen weißen Kittel. Wir haben zwei Uniformierte darauf angesetzt, mit dem Krankenhauspersonal zu sprechen. Mal sehen, ob wir einen Namen bekommen. Dass Ramiro Alvar kein Mobiltelefon hat und wir ihn nicht orten können, macht die Sache nicht einfacher. Aber etwas anderes: Ich habe Neuigkeiten zum Fall mit der Spanischen Fliege.

Endlich habe ich die Liste mit den Unternehmern, die außer Antón Lasaga im Palacio de Villa Suso eingeladen waren. Darunter findet sich ein Name, von dem du erfahren solltest, weil du mich neulich noch nach ihm gefragt und mich gebeten hattest, Fotos von seiner Kleidung zu machen: Ignacio Ortiz de Zárate. Er war als Vertreter von Slow Food Araba dort. Übrigens konnte ich ihn in Vitoria nicht finden an dem Tag, als du nach ihm gefragt hast, er hat sein Haus weder betreten noch verlassen.«

»Ignacio war am Tag des Mordes an Lasaga im Palacio de Villa Suso? Das kann natürlich reiner Zufall sein. Aber danke. Sucht weiter nach Ramiro Alvar. Ein Streifenwagen war beim Torre de Nograro, aber dort gibt es keine Spur von ihm. Ich muss jetzt Schluss machen«, sagte ich, als ich Iago del Castillo auf mich zukommen sah.

Wir begrüßten uns herzlich und betraten dann das Gebäude, in dem das Archiv beheimatet war.

»Fast hätte ich vergessen, dass heute Abend Halloween ist«, bemerkte er, während wir durch die Flure gingen. »Man sieht schon lauter Sensenmänner.«

»Magst du dieses Fest nicht?«, fragte ich neugierig. Er wirkte ein bisschen genervt, sehr ungewöhnlich bei einem so beherrschten Mann wie Iago.

»Bitte halte mich nicht für abergläubisch, das bin ich nicht, aber an diesem Tag stößt immer irgendeinem Mitglied meiner Familie etwas Schlimmes zu. Deshalb weckt Halloween quälende Erinnerungen bei mir. Mir wäre lieber, ich würde nicht jedes Mal, wenn ich am Abend vor Allerheiligen auf die Straße gehe, mit der Nase darauf gestoßen werden.«

»Ich habe meine Tochter als Silberdistel verkleidet, damit die bösen Geister von der Familie ferngehalten werden«, erzählte ich Iago.

»Gut gemacht, ein umsichtiger Vater«, kommentierte er und klang schon besser gelaunt.

Ich hatte bereits mit der Geschäftsführerin des Archivs gesprochen, und so hatten wir Zugang zu den Unterlagen der Nograros.

»Was genau suchen wir, Unai?«, wollte Iago wissen, während wir durch menschenleere Korridore gingen.

»Ein von König Fernando IV. unterschriebenes Dokument aus dem Jahr 1306: ›Die Sonderrechte des Señorío de Nograro‹. Du musst mir da die Bedingungen erklären.«

Eine Archivmitarbeiterin gab uns das Dokument, das ich angefordert hatte. Iago studierte es gründlich.

»Das ist die klassische Majoratsformel«, sagte er schließlich. »*Ius succedendi in bonis, ea lege relictis, ut in familia integra perpetuo conservatur, proximoque duque primogenito ordine succesivo deferantur.*«

Schweigend sah ich ihn an. Ich glaube, ihm war gar nicht bewusst, dass er Latein sprach.

»›Das Recht der Nachfolge im vom Gründer hinterlassenen Besitz unter der Bedingung, dass er ungeteilt und dauerhaft in seiner Familie verbleibt, damit er jeweils an den nächsten Erstgeborenen übergehen kann‹«, übersetzte er.

»Na schön, ich suche eine ganz bestimmte Passage«, erklärte ich ihm. »Und zwar diese: ›Er gehe nicht in den Kerker noch werde er schuldig gesprochen, damit die Erbfolge auf rechtschaffene Männer beschränkt bleibt.‹ Gilt das noch?«

»Wenn das vom König gewährte Sonderrecht nicht durch ein späteres Gesetz aufgehoben wurde, ja.«

Ich sah auf meinem Telefon nach der Uhrzeit. Dann rief ich Großvater an. Er hatte mir gesagt, er wolle mit Deba auf den Spielplatz im Jardín de Etxanobe. Ich wählte seine Nummer mehrfach, doch er musste wohl abgelenkt sein, denn er ging nicht dran.

»Apropos Erbfolge. Ich würde dir gern jemanden vorstellen: meinen Großvater, er passt gerade auf meine Tochter Deba auf.«

Iago lächelte und wirkte neugierig. »Ein rüstiger Mann also, wenn er noch auf seine Urenkelin aufpassen kann.«

Ich zuckte die Achseln. Vielleicht war das nicht für jeden so selbstverständlich wie für mich.

»Er ist langlebig. In meiner Erinnerung war er schon immer ein alter Mann. Er welkt nicht dahin. Er verliert nicht seine Kraft. Und er benutzt jetzt zwar seit ein paar Wochen einen Gehstock, aber ich glaube, den braucht er eigentlich nicht.«

Ich hatte so den Verdacht, dass Großvater nach dem Schrecken, den Ignacio ihm eingejagt hatte, beschlossen hatte, einen Gehstock zur Verteidigung zu benutzen. Aber als ich ihn darauf angesprochen hatte, hatte er getan, als wüsste ich nicht, wovon ich rede.

»Diesen Mann würde ich sehr gern kennenlernen«, sagte Iago.

Also machten wir uns auf den Weg in die Altstadt. Unterwegs mussten wir immer wieder Leuten ausweichen, die als Skelett oder Dämon verkleidet waren. Eine halbe Stunde später waren wir am Jardín de Etxanobe. Ich liebte diesen Park, er war der höchste Punkt der Stadt.

Als wir durch ein schmiedeeisernes Tor eintraten, sahen wir lediglich die Skulptur, die irgendein Künstler aus dem vom Blitz getroffenen Mammutbaum gemacht hatte. Keine fröhlichen Schreie der als Silberdistel verkleideten Deba, kein Großvater, der rief: »Hab ich dich, du kleines Schlitzohr.«

»Unai!«, rief Iago. Ich war unfähig zu reagieren. »Ruf einen Krankenwagen!«

Iago stürzte zu Großvater, der reglos am Boden lag.

Ich sah wie gelähmt zu.

Iago fühlte Großvater am Hals den Puls. Zu meinen Füßen lag seine Baskenmütze, an der Blut war. Ich hob sie nicht auf.

»Er hat einen Herzstillstand! Unai, um der Götter willen, ruf einen Krankenwagen, er braucht eine Reanimation!«

Aber ich griff nicht zum Telefon. Großvater bewegte sich nicht. Deba war nicht da.

Meine Augen registrierten als teilnahmslose Zeugen, wie Iago

Großvaters dicke Jacke öffnete, die Hände auf seine Brust legte und rhythmisch zudrückte.

Dann legte er Großvaters Kopf in den Nacken, verschloss ihm die Nase und blies ihm seinen Atem in den Mund. Einmal, dann wartete er. Zweimal.

»Unai, hey! Komm her!«, schrie er mir verzweifelt zu.

Aber ich war unfähig, mich zu bewegen.

Ich öffnete den Mund, musste aber zu meinem Entsetzen feststellen, dass meine Broca-Aphasie zurückgekehrt war und ich kein Wort herausbrachte.

Iago setzte seine Wiederbelebungsversuche fort. Großvater regte sich nicht. Iago kniete sich über ihn und drückte mit seinem ganzen Gewicht auf sein Herz.

»Unai«, sagte er, nunmehr in anderem Ton, ganz ruhig und leise, wie zu einem Kind. »Unai, komm näher, bloß näher. Tu einen Schritt. Nur einen Schritt.«

Das war nicht ich, der da gehorchte. Es war mein Körper, der auf den väterlichen Tonfall reagierte. Mein rechtes Bein tat einen kleinen Schritt auf sie zu.

Iago blies Großvater weiter Luft in den Mund. Ich bekam das alles ganz bewusst mit, es war wie ein Film, den man nicht sehen will, aber man kann den Kinosaal einfach nicht verlassen.

»Sehr gut, Unai«, sagte Iago in diesem Tonfall, der mich so beruhigte. »Jetzt noch einen Schritt. Komm näher, nur noch ein bisschen näher.«

Mein linkes Bein gehorchte. Noch ein kleiner Schritt. Weit genug vorwärts, um zu sehen, dass Großvaters normalerweise rosige Wangen jetzt farblos waren, gelblich grün, wie leblos.

»Noch ein Schritt, Unai. Stückchen für Stückchen. Geh immer schön weiter, nicht stehen bleiben«, sagte Iago in diesem beruhigenden Tonfall und sah mich mehrmals verstohlen an. Dann wandte er sich wieder Großvater zu und blies Luft in diesen leblosen großen Körper.

Es kam ein Moment, da war mein Fuß bei ihnen und berührte Großvaters Körper.

Iago holte sein Telefon hervor und wählte. »Hundertjähriger Mann mit schwerem Schädelhirntrauma. Herz-Kreislauf-Stillstand. Ich versuche ihn seit drei Minuten zu reanimieren. Schicken Sie einen Krankenwagen zum Jardín de Etxanobe. Und man muss auch nach einem kleinen Mädchen suchen. Wir wissen nicht, wie lange sie schon verschwunden ist. Möglicherweise wurde sie entführt, ihr Großvater scheint angegriffen worden zu sein. Benachrichtigen Sie das Kommissariat an der Calle Portal de Foronda. Es handelt sich um die Tochter von Inspector López de Ayala. Sie ist als Silberdistel verkleidet. Ich mache mit der Reanimation weiter.«

Drei Minuten? Lüge. Es war ein Leben. Ein ganzes Leben: die Schaukel, die er für Germán und mich in Solaítas gebaut hatte, wenn man dem Weg am Río Ega folgte; der Tag, an dem er mir verraten hatte, wo die Pilzgründe unserer Familie lagen; die Nächte, in denen wir auf dem Camino de las Tres Cruces gelegen und die Perseiden beobachtet hatten.

Iago legte das Telefon neben sich auf den Boden und nahm seine Bemühungen wieder auf.

Ich habe viel über diesen Tag nachgedacht.

Habe mich gefragt, was mich derart brutal gelähmt hatte.

Es war die Dissonanz. Die kognitive Dissonanz.

Mein Verstand konnte nicht akzeptieren, dass ich die beiden Menschen, die mir am wichtigsten auf der Welt waren, zugleich verloren haben sollte.

Alle beide.

In diesen gefühlt ewig währenden Minuten, bis die Kavallerie kam, war ich unfähig zu entscheiden, wem ich zuerst zu Hilfe eilen sollte, Großvater oder Deba.

Dieser Zwiespalt riss mir den Boden unter den Füßen weg, und ich half keinem von beiden.

50

DAS UNWETTER

Diago Vela · *Im Jahr des Herrn 1200, Winter*

Das Unwetter hielt sie noch eine Nacht im Gasthaus der Romana fest. Ohne die Pilger auf dem Jakobsweg, die, abgeschreckt von den Berichten über die lange Belagerung, die Straßen nach Vitoria mieden, war das Gasthaus leer und trostlos. Die kastilischen Soldaten kamen in letzter Zeit auch nicht mehr. Die schon so lange währende Auseinandersetzung hatte ihre Beutel geleert, und sie verfügten nicht mehr über die Sueldos, die sie für eine rasche Erleichterung auf den Pritschen des Gasthauses benötigt hätten.

García war ins Obergeschoss gegangen, vielleicht um seine müden Knochen nach all den Meilen auf einem weniger edlen Pferd als Olbia auszuruhen. Onneca trocknete am Kamin ihr Kleid und sah dabei in die Flammen, während Alix half, die Hahnenkammpasteten zu backen, die García bei Astonga bestellt hatte.

Doch Onneca hörte immer noch Donnerschläge und ging in den Stall, da sie wusste, dass ihre Stute verängstigt sein würde.

»Ruhig, meine Liebe«, flüsterte sie und streichelte ihr über die Mähne. »Ganz ruhig. Morgen essen wir endlich wieder in der Stadt.«

Sie verbrachte eine gute Weile bei ihr. Onneca liebte die Stille und mied lange Unterhaltungen, die sie nur erschöpften. Ein weiterer Grund, der geistreichen Alix de Salcedo möglichst aus dem Weg zu gehen.

Zufällig blieb ihr Blick an den Satteltaschen ihres Vetters García hängen. In der Eile bei Ausbruch des Gewitters waren sie auf dem Boden des Stalls vergessen worden. Onneca bückte sich, hob sie auf, streifte das schmutzige Stroh ab, und da sah sie es.

Ein kleines Siegel: das des Königs. Das Siegel von König Sancho, dem Starken. Warum besaß ihr Vetter ein königliches Siegel? Nur der Notar, der alte Ferrando, durfte eines haben. Der Besitz von Kopien des königlichen Siegels war Hochverrat.

Besorgt durchsuchte Onneca die Satteltasche und fand einen weiteren Prägestempel. Älter und mit stärkeren Gebrauchsspuren: das Siegel des verstorbenen Sancho, des Weisen.

Fuchsteufelswild nahm sie die beiden Siegel an sich und stieg die Treppe hinauf, um ihren Vetter aufzusuchen. Er schuldete ihr eine Erklärung. Er schuldete ihr mehrere Erklärungen.

Hinter der Tür hörte sie seine Stimme und die eines jungen Burschen. Das wunderte sie. Sie hatte gedacht, im Gasthof wohnten nur die Wirtin und ihre Schwestern mit dem schlechten Lebenswandel. Behutsam ging sie näher heran und lauschte.

»Hier habt Ihr das Pulver für diese Nacht. Meine Mutter wird Euch aufsuchen, wenn die anderen schlafen. Aber ich bin nicht nur deshalb zu Euch gekommen. Ich bin jetzt alt genug, Vater«, sagte der Bursche mit veränderter Stimme. »Und es sind viele Risiken, die ich für Euch eingegangen bin, und viele Dienste, die ich Euch geleistet habe.«

»Und du hast mich falsch eingeschätzt, Lope. Ich habe das Versprechen, das ich dir gegeben habe, als du Maestu vergiftet hast, nie vergessen. Aber damals war nicht der richtige Augenblick. Dieses Gasthaus stand dem Verdacht zu nahe, und ich wäre ein allzu großes Wagnis eingegangen, wenn ich dich damals anerkannt hätte. Nun, da Jahre vergangen sind, hat die Stadt diese Sache vergessen. Wann hätte ich je vergessen, deiner Mutter und dir Geld zu schicken? Hättet ihr diese Winter oder diese widersinnige Belagerung überlebt? Sei nicht undankbar, mein Sohn. Hier hast du das Schriftstück, das du so ersehnt hast«, sagte ihr Vetter García.

Maestu vergiftet?, dachte Onneca.

Und ohne zu überlegen, vielleicht auch, ohne an die Gefahr zu denken, platzte sie ins Zimmer.

»Dieser Junge hat meinem Vater den Ölkäfer gegeben?«, schrie sie, außer sich vor Wut.

García entdeckte voller Entsetzen die beiden Siegel in der Hand seiner Base. »Onneca, beruhigt Euch. Ich werde Euch alle Erklärungen geben, die Ihr verlangt, aber jetzt gebt mir die Siegel zurück, ich bitte Euch.«

»Und wozu benutzt Ihr diese Siegel? Wozu benutzt Ihr des weisen Königs Siegel? Habt Ihr das Schreiben geschickt, das Diago Vela für tot erklärte? Habt Ihr mein Leben zerstört, damit er nicht mein Mann wird?«

García blickte sich ruhig um.

Ruhe.

Ruhe war immer gut.

Ein schmales Bett, eine Waschschüssel, ein Kamin, ein Schürhaken, einige Kerzen. Wenige Gegenstände, mit denen man zuschlagen konnte.

»Mein Junge, verlasse nun das Zimmer. Geh nach unten zu deiner Mutter und deinen Tanten. Lenke Alix de Salcedo ab. Für eine ganze Weile soll niemand nach oben kommen«, sagte er bedächtig.

»Vater, was habt Ihr vor?«, fragte der Junge beunruhigt.

»Entscheide dich: Entweder gehst du jetzt, oder ich verleugne das Schriftstück, das dich anerkennt.«

Lope warf der Frau einen schicksalsergebenen Blick zu, dann schloss er die Tür in dem Wissen, dass sie verdammt war. Onneca selbst fürchtete nicht um ihr Leben, sie sah noch immer den liebenswerten Vetter vor sich.

»Das mit Bona und Favila tat mir sehr leid, auch das mit Eurem Bruder. Von allen Maestus warst stets du diejenige, die der Sache Nova Victorias am nächsten stand.«

»Und was habt Ihr von Euren Intrigen?«

»Den Palast in Pamplona, die Güter, die sie mir zukommen ließen, derweil ich die beiden Sanchos nach Kräften gelenkt habe. Aber das ist nun nicht mehr möglich, Onneca. König Alfonso wird den Unsrigen mehr Vorrechte geben, und das wisst Ihr.«

»Und dafür musste meine gesamte Familie sterben? Gab es keine andere Möglichkeit?«, schrie sie. »Ihr hättet mich nur einweihen müssen, ich wäre Eure beste Verbündete gewesen.«

»Mit Diago Vela? Haltet Ihr den für beeinflussbar, Närrin? Ich hatte König Sancho, den Weisen, davon überzeugt, ihn auf eine so gefahrvolle Reise zu entsenden, dass er davon nicht zurückkehren würde. Genau genommen haben meine Söldner ihn auf dem Heimweg sogar noch verfolgt, aber sie haben ihn nicht fassen können. Noch nie habe ich jemanden gekannt, der so schwer zu töten ist.«

Es ging schnell. Er packte den alten Schürhaken und schlug auf Onneca ein, die sich mit einer Wut verteidigte, welche die Erinnerung an ihren lieben Vater in ihr aufsteigen ließ. Als sie am Boden lag und wusste, dass es das Ende war, versuchte sie, mit aller Kraft, die ihr geblieben war, zu schreien.

Damit sie wenigstens wissen, dass er mich tötet. Damit diese Schreie wenigstens auf ihrem Gewissen lasten, war ihr letzter Gedanke, während die Schläge auf sie einprasselten.

Doch sie bekam noch mit, dass die Tür sich öffnete und ein Rock, den sie kannte, den Schlägen Einhalt gebot.

»Onneca! Was für eine Gräueltat ist das, García?«

Mehr sah sie nicht, doch sie wusste, dass Alix sich auf ihren Vetter gestürzt hatte, und ohne den Ausgang dieses Kampfes zu kennen, gestattete sie es sich, die Augen zu schließen und sich der Dunkelheit zu überlassen.

51

DER CANTÓN DE LAS CARNICERÍAS

Unai · *Oktober 2019*

Ich fand meine Stimme wieder. Alba in Aktion zu sehen, wie sie Anordnungen gab, ohne die Fassung zu verlieren, zwang mich, von dort, wohin mein Verstand sich geflüchtet hatte, zurückzukehren und wieder einsatzfähig zu werden.

Ich nahm das Telefon, das Iago am Boden liegen gelassen hatte, und rief Germán an.

»Ich mache es kurz: Es ist Großvater. Komm«, gelang es mir, ihm zu sagen.

Mein Bruder verstand. Er war Rechtsanwalt und dekodierte tagtäglich die Abstufungen der menschlichen Verzweiflung.

»Wo?«

»Im Hospital de Santiago.«

»Und du?«

»Deba. Ich lege auf.«

Das genügte. Ich wusste, er würde sich um Großvater kümmern, damit Alba und ich uns auf Debas Entführung konzentrieren konnten.

Alba hatte bereits einen Einsatz organisiert. Der mittelalterliche Stadtkern war abgeriegelt. An sämtlichen Straßen waren Kontrollen eingerichtet. Ich wusste, es war ein Wettlauf mit der Zeit: Sobald Comisario Medina erfuhr, dass das verschwundene Mädchen unsere Tochter war, würde er uns von dem Fall abziehen.

Ich musste an die Belagerung der Stadt denken. Tausend Jahre zuvor hatten die Einwohner den Angreifern den Zutritt verwehrt.

Jetzt belagerten wir die Straßen der Altstadt, damit ein Ungeheuer nicht hinauskonnte.

»Hier!« Es war Miláns Stimme, die ich trotz des Chaos, das in der Altstadt herrschte, erkannte.

Alba und ich rannten zum Cantón de las Carnicerías.

Milán hockte da und betrachtete etwas am Boden.

»Das gehört dem Mädchen, stimmt's?«, sagte sie, als wir angesprintet kamen.

Debas rotes Armbändchen mit der kleinen Silberdistel, das Estíbaliz ihr geschenkt hatte.

Braves Mädchen.

Ich hatte ihr immer eingeschärft, sie solle Brotkrumen auf den Weg streuen, wenn sie sich verirrte.

Aber meine Tochter hatte sich nicht verirrt. Jemand hatte Großvater mit seinem eigenen Stock niedergeschlagen. Und Großvater hätte niemals zugelassen, dass jemand ihm seinen Gehstock aus Buchsbaumholz abnahm. Er hatte sich dem Angreifer entgegengestellt, und dieser hatte ihn ausgeschaltet. Was wenig Raum für Spekulationen ließ: Jemand hatte Deba entführt. Meine Tochter hatte sich nicht in den Gassen der Altstadt verirrt.

»Ruf die Spurensicherung. Sie sollen beide Tatorte untersuchen«, sagte Alba bloß.

Iago kam zu uns. »Ich weiß, das ist jetzt kein guter Zeitpunkt, um mich vorzustellen. Sie sind sicher Subcomisaria Díaz de Salvatierra.«

»Das ist Iago del Castillo. Er hat versucht, Großvater wiederzubeleben«, erklärte ich Alba.

Iago schüttelte ihr gemessen die Hand. Dann trat ich ein Stück zur Seite und winkte ihn unauffällig zu mir, während Alba weitere Anweisungen erteilte.

»Nur eine Frage, Iago, denn im Moment kann ich sonst an nichts anderes denken. Der kleine Sohn des Conde Don Vela verschwand ja im Roman. Haben sie … haben sie ihn irgendwann gefunden? Steht in der Chronik oder einem anderen Dokument der Familie ein Todesdatum für ihn?«

Iago wandte den Blick ab und schloss die Augen, als wollte er eine schmerzliche Erinnerung verdrängen.

Dann fasste er sich. Er legte mir seine starke Hand auf die Schulter, wie ein Mammutbaum, der mit einem seiner Äste einen jungen Ableger stützt.

»Nein, Unai. Tut mir leid. Tut mir sehr leid. Yennego, Diago Velas Sohn, ist nie wieder aufgetaucht.«

52

DIE UNTERFÜHRUNG

Unai · *Oktober 2019*

Wir hatten die wenigen Zeugen in der Umgebung des Jardín de Etxanobe und im Cantón de las Carnicerías befragt. Dass hier so viele Menschen als blutrünstige Killer verkleidet herumliefen und die Hälfte von ihnen Masken trugen, war nicht gerade hilfreich.

»Was haben wir?«, fragte ich Alba. »Zuverlässig, meine ich. Irgendeine Nadel im Heuhaufen?«

»Niemand hat ein als Silberdistel verkleidetes Mädchen gesehen. Das ist das Besorgniserregende. Wir haben nur eine Übereinstimmung bei den Zeugenaussagen: Drei Personen berichten, sie hätten etwa um die Tatzeit herum eine Frau mit einem Kinderwagen in der Nähe der Calle Fray Zacarías Martínez gesehen. Sonst nicht viel.«

»Wir haben den Altstadtkern abgeriegelt. Entweder ist der Täter vorher entkommen, oder er versteckt sich in einem der Hunderten von Häusern dort.« Ich verdrängte die Erinnerung an die Mädchen, die ganz in der Nähe eingemauert gewesen waren.

»Wir tappen im Dunkeln, Unai. Sparen wir uns die Feinheiten: Ich will, dass unser offizieller Twitter-Account ein Foto von Deba veröffentlicht. Und dass die Radiosender sofort eine Beschreibung von ihr verbreiten, auch von der Frau mit dem Kinderwagen. Aber wir dürfen nicht vergessen, dass Tasio Ortiz de Zárate schon mehrfach die Absicht bekundet hat, sich an Deba heranzumachen, und somit unser Hauptverdächtiger ist.«

»Nur zu«, sagte ich bloß.

Germán rief mich alle zwanzig Minuten an. Großvater war ins Koma gefallen, und die Prognose war nicht gut. Mein Bruder sagte, wir sollten aufs Schlimmste gefasst sein. »Aber er würde wollen, dass du nach Deba suchst. Quäl dich nicht, weil du jetzt nicht bei ihm sein kannst, Unai. Ich rufe an, wenn ... ja ... ich rufe an, sobald etwas passiert. Bitte, finde sie.«

Bald darauf erhielten wir Hinweise aus der ganzen Stadt. Viele Menschen behaupteten, sie hätten ein blondes, als Silberdistel verkleidetes kleines Mädchen an der Hand einer Frau mit Kinderwagen gesehen. In Judizmendi, im Parque de San Martín, in Zaramaga. Jedem einzelnen dieser falschen Alarme gingen wir nach, indem wir einen Streifenwagen hinschickten.

»Irgendwas Neues?«, fragte ich Milán.

»Wir versuchen zu filtern, was reinkommt. Ein Angestellter der Renfe sagt, er meine, Tasio Ortiz de Zárate mit braungefärbtem Haar habe bei ihm eine Fahrkarte nach Hendaye gekauft, und er habe einen Kinderwagen mit einem schlafenden Kind dabeigehabt, es sei aber ein kleiner Junge gewesen, kein Mädchen«, berichtete sie.

Ich sah Alba an. Wir mussten uns nicht absprechen. Ich nahm den erstbesten Wagen und fuhr zum Bahnhof am Ende der Calle Dato.

Meine Pistole hatte ich nicht dabei, eine kugelsichere Weste trug ich auch nicht. Schließlich hatte mein Halloween ganz harmlos mit einem Besuch im Archiv mit Iago del Castillo begonnen. Im Bahnhof war es brechend voll, doch auf den Bahnsteigen waren zum Glück nicht viele Verkleidete.

Ich erhielt eine Nachricht von Alba: Sie organisierte den Einsatz im Bahnhof und hatte erreicht, dass bis auf weiteres keine Züge abfuhren.

Aber auf keinem der Bahnsteige sah ich einen Mann mit Kinderwagen. Ich betrat die Toiletten, doch auch dort fand ich weder Tasio noch meine Tochter.

Bis ich die Treppe hinab in den Verbindungstunnel zwischen den Bahnsteigen rannte.

Dort entdeckte ich sie. Tasio hatte sich das Haar tatsächlich braun gefärbt und sich einen Bart stehen lassen. Einen dichten Bart; erstaunlich, dass der Fahrkartenverkäufer ihn damit erkannt hatte. Im Kinderwagen schlief ein Kind mit stoppelkurzem Haar unter einer Decke, die bis zum Hals hochgezogen war und das *Eguzkilore*-Kostüm verbarg.

Denn das war kein Junge, das war Deba. War sie bewusstlos? Tot konnte sie nicht sein, zwang ich mich zu denken. Er würde sie nicht außer Landes bringen wollen, wenn sie tot wäre.

»Tasio, lass meine Tochter aus dem Spiel, lass uns reden«, sagte ich und hob die Hände, damit er sah, dass ich unbewaffnet war.

»Sie ist nicht deine Tochter. Als ich im Park in Laguardia zum ersten Mal mit ihr sprach, habe ich ihr einen Lutscher geschenkt, den ich ihr hinterher wieder abgenommen habe. Darauf war ihr Speichel. Du hast mich verfolgt und gestellt, aber du hast es nicht gemerkt.«

»Sehr gutes Theaterspiel, ich hielt dich wirklich für Ignacio. Ich habe mit dir über unsere Arbeit gesprochen, um dich auf die Probe zu stellen, weil ich mir nicht sicher war. Aber du hast mich überzeugt. Du kannst ihn gut nachahmen, Arschloch«, sagte ich.

»Ich habe dir gerade offenbart, dass sie nicht deine Tochter, sondern meine Nichte ist. Das Ergebnis des Vaterschaftstests hat mich bestätigt: Ich bin ihr Onkel.«

»Das weiß ich, ich habe es die ganze Zeit gewusst.«

»Ich sage dir, dass sie nicht dein Blut hat, sondern meines, und du zuckst nicht mit der Wimper. Du hast keinen Anspruch auf sie. Mein Zwillingsbruder und ich sind die einzige Familie, die sie hat.«

»Ich wusste es vom Tag ihrer Geburt an. Aber täusch dich nicht: Sie trägt meine Nachnamen, ich habe sie aufgezogen, und selbstverständlich hat sie eine Familie. Eine Familie, die sie liebt und beschützt, statt sie zu entführen, zu betäuben, ihr das Haar abzurasieren und sie mit Gewalt fortzubringen. Du hast dich der Kindesentführung schuldig gemacht mit dem straferhöhenden Tatbestand der Körperverletzung, zudem bist du ein Verwandter zweiten Grades, somit stehen dir mindestens zwei bis vier Jahre Gefängnis und ein Kontaktverbot bevor. Und ich bezweifle, dass du Anspruch auf das Sorgerecht hast, wenn du rauskommst, denn für das, was du gerade getan hast, wird dir das für einen Zeitraum von zwischen vier und zehn Jahren untersagt sein. Und du hattest die Absicht, sie außer Landes zu bringen, also wird im Zweifel das höhere Strafmaß fällig.«

Fünf Meter von Tasio und dem Kinderwagen entfernt blieb ich stehen, die Arme noch immer erhoben, näher traute ich mich nicht heran aus Angst, er könne schneller als ich sein und meiner Tochter etwas antun. Doch vom anderen Ende des Tunnels her näherte sich ihm jetzt Alba von hinten, lautlos und mit gezogener Waffe.

Ich redete weiter.

»Oder du übergibst sie mir jetzt, dann kannst du vor Gericht Reue anführen. Wir können dafür sorgen, dass das Strafmaß geringer ausfällt. Ich glaube nicht, dass du auch nur einen einzigen weiteren Tag im Gefängnis verbringen willst, ich weiß ja, wie sie da drin mit dir umspringen. Was meinst du, was sie jetzt mit dir machen, wo du ein zweijähriges Mädchen entführt hast?«

»Das wird nicht passieren«, sagte Tasio bloß. »Denn du bist nicht bewaffnet und wirst gar nicht in ihre Nähe kommen. Und du wirst mich jetzt gehen lassen, es sei denn …«

»Es sei denn nichts«, flüsterte ihm Alba ins Ohr. Sie hielt sich nicht zurück, sondern drückte ihm die Mündung ihrer Pistole unters Kinn und machte ihn mit dem freien Arm bewegungsunfähig. »So nahe wie jetzt wirst du Deba nie mehr kommen. Du bist festgenommen wegen Kindesentführung und versuchten Totschlags. Santiago López de Ayalas Zustand ist sehr ernst.

Bete darum, dass ihm noch ein paar Jahre mit seiner Urenkelin bleiben.«

Die Türen des Krankenwagens wurden geschlossen. Alba und ich setzten uns links und rechts von Deba und hielten ihre schlaffen Hände. Tasio hatte ihr die blonden Locken abgeschnitten. Sie sah wie ein ziemlich frecher Junge aus, in unseren Augen wirkte es fremd. Das Beruhigungsmittel, das Tasio ihr verabreicht hatte, wirkte noch: Unsere Tochter schlief weiter.

»Hast du alles gehört?«, fragte ich Alba.

»Wieso bist du seit ihrer Geburt sicher, dass sie nicht deine Tochter ist? Hast du hinter meinem Rücken einen Vaterschaftstest machen lassen?«

»Das würde ich niemals tun. Während deiner Schwangerschaft hast du mich nie nach meiner Blutgruppe gefragt. Ich habe A. Als sie geboren wurde, haben sie ihr ein bisschen Blut abgenommen wie allen Babys. Du hast A und sie hat B. Dein Mann hatte B, das wusste ich, weil ich den Autopsiebericht gelesen hatte, das gehörte zu meiner Arbeit. Ich habe dich angelogen. Ich habe dir gesagt, ich hätte B. Du hattest dich dafür entschieden, sie aufzuziehen, ohne zu wissen, wer der Vater ist, und ich habe das respektiert.«

»Wer weiß es sonst noch?«

»Großvater, er ist schlauer als ein Fuchs, du kennst ihn ja. Ihm konnte ich es nicht verheimlichen. Aber Deba und ich beschlossen in dem Augenblick, als man sie mir in die Arme legte, Vater und Tochter zu sein. Wir ignorieren das Blut. Ich weiß nicht, ob du verstehen kannst, was das für eine Beziehung ist zwischen ihr und mir, genauso wie ich nie verstehen werde, was euch eint, nachdem du sie neun Monate lang in dir getragen hast.«

»Wusste es meine Mutter?«

»Nein, deine Mutter ist von uns gegangen, ohne davon zu erfahren. Und das ist auch gut so. Deba war ihre Enkelin, und Nieves starb in dem Glauben, ich sei der leibliche Vater. Wir haben die beiden Familien vereint, und für Deba sind wir eine einzige Familie. Ändere das jetzt nicht wegen ein paar Proteinketten. Es ist nur DNA, Alba. Ich lasse mir von etwas rein Physischem nicht vorschreiben, wen ich lieben und mit wem ich leben soll.«

»Hast du keine Angst, dass sie die Psychopathie ihres Vaters geerbt haben könnte?«

»Bisher weist sie keine pathologischen Züge auf. Sie ist empathisch, manipuliert niemanden und drückt ihre Gefühle spontan aus, sie täuscht sie nicht vor. Aber wenn es so wäre: Sie hätte dafür das bestmögliche Elternhaus, meinst du nicht? Eine starke Mutter, die Subcomisaria war, und einen Fallanalytiker zum Vater. Wenn jemand die Anzeichen erkennen und versuchen kann, dem andere Werte entgegenzusetzen, dann wir. Marina Leiva könnte uns helfen. Es gibt spezielle Erziehungsprogramme für psychopathische Kinder.«

»Eine Mutter, die Subcomisaria ›war‹?«, fragte Alba, während sie Debas Wange streichelte.

»Ich weiß, dass du bei der Polizei aufhören wirst. Du hast dir deine Burg inmitten der Weinberge verdient, und auch Deba verdient es, außer Gefahr aufzuwachsen. Nachdem die ganze Stadt ihr Foto gesehen hat, kann sie hier nicht mehr leben. Ihr müsst nach Laguardia zurückkehren.«

»Aber ich weiß, dass es dir das Leben zerreißt. Du musst das nicht mitmachen, wenn du nicht willst.«

»Was soll denn der Quatsch?«, regte ich mich auf und drückte dabei Debas Hand ganz fest. »Für alle Fälle gibt es einen roten Faden, der uns drei verbindet.«

Allerdings hatten weder der rote Faden noch der *eguzkilore* – die Silberdistel – diejenigen beschützt, die mir auf der Welt am meisten bedeuteten.

Bei mir zu Hause hing ein Zombiejägerkostüm, das ich an diesem unheilvollen Halloween nicht tragen würde. Ich hatte mich verpflichtet gesehen, meiner Tochter weiterhin vorzumachen, ihr Vater trage zweiundzwanzig lebende Tote auf dem Rücken.

Und in der Wirklichkeit näherte sich die Anzahl der Toten, die auf mein Konto gingen, dieser Zahl allmählich an.

Mich verstellen, etwas vortäuschen, den Betrug aufrechterhalten. Diese Verben beherrschten mein Leben.

Bis selbst ein Blinder wie ich erkannte, dass ich so nicht weitermachen konnte.

53

DIE GETREUE MUNIO

Diago Vela · *Im Jahr des Herrn 1200, Winter*

Onneca erwachte mitten in der Nacht, weil ihr kalt war. Es regnete nicht mehr, aber sie zitterte und spürte die Kälte bis in die Knochen, wahrscheinlich weil ihr Körper völlig zerschlagen war.

»Und García? Was ist mit García?«, fragte sie Alix.

»Um den müsst Ihr Euch keine Sorgen mehr machen«, erwiderte diese, und damit war die Frage für sie erledigt.

»Wo sind wir?«

»In der alten Mühle. Im Gasthaus war es für uns nicht sicher, und wir werden uns auch nicht an König Alfonso wenden können, damit er uns in die Stadt lässt. Er würde wissen wollen, warum García uns nicht begleitet.«

»Und die Botschaft von König Sancho? Wir brauchen dieses Schriftstück, damit sie uns in der Stadt glauben und wir uns endlich ergeben können.«

Alix hustete. Sie fühlte sich nicht gut, doch das zeigte sie nicht.

»Was bleibt uns also?«, fragte Onneca.

»Ich werde mich zur Mauer schleichen, Ihr wartet hier in dieser schattigen Ecke«, befahl Alix ihr.

Alix ging hinaus in die raue Nacht. Zum Glück leuchtete ein voller Mond am mittlerweile klaren Himmel.

Sie ging so nahe an die Mauer heran, dass sie gehört werden würde, und pfiff.

Dann pfiff sie noch mehrmals, doch nichts geschah.

Mehrere Stunden vergingen, und die Nacht verging langsam, aber Alix ließ nicht ab von ihrem Vorhaben.

Und endlich kam der Engel. Seine ausgebreiteten Flügel verdeckten für einen kurzen Augenblick den Himmel.

»Munio!«, flüstert sie erleichtert.

Ihre treue Schleiereule. Munio war so alt geworden, dass sie ihm in den letzten Jahren schon bei der Mäusejagd hatte helfen müssen. Doch er gehorchte dem Ruf derjenigen, die er als sein Weibchen betrachtete.

»Munio, bring das zu Diago und hole ihn zu mir«, befahl sie ihm, während sie ein Stück Stoff von ihrem Rock abriss und es ihm ans Bein band.

Dann ging sie zurück, um Onneca zu holen. Voller Angst, einem feindlichen Soldaten auf seinem Rundgang zu begegnen, schleppte sie Onneca mit letzter Kraft bis an die Mauer.

Als es schon fast hell wurde, ließ Gunnarr sich an einem Seil herab, das Nagorno und der, der dies schreibt, hielten, zwei Condes, die begierig waren, endlich ihre Ehefrauen zurückzubekommen.

Nicht denken.

»Erinnerst du dich an die Sonne, die Großvater uns damals zu zeichnen lehrte?«, fragte Germán, nachdem wir das Seil der Glocke losgelassen hatten.

Ich hatte sie völlig vergessen. Jetzt betrachtete ich mit der Taschenlampe meines Handys die mit wenigen schlichten Strichen in die Nordwand des Glockenturms geritzte kleine Sonne, die noch immer zu erkennen war, wie ich feststellte.

»Passt auf, Jungs. Ich will euch etwas zeigen für den Fall, dass ich irgendwann nicht mehr da bin«, hatte Großvater eines heißen Augustmorgens genau hier auf dem Glockenturm gesagt. Vor uns hatte ein Mähdrescher das reife Getreide gemäht, und am klaren blauen Himmel war nicht eine Wolke gewesen.

»Wie sollst du denn nicht mehr da sein?«, war es mir entfahren. »Mir wird ganz anders, wenn du solchen Unsinn redest.«

Germán und Großvater hatten geduldig abgewartet, bis ich verstummte.

»Ich glaube, Großvater will uns ein Familiengeheimnis verraten, das genauso bedeutsam ist wie die Stelle mit dem Bergtee auf dem San Tirso«, warf Germán ein, der schon immer besonnener als ich gewesen war.

»Das machen wir bei uns in der Familie, wenn wir mit dem Glockenläuten an der Reihe sind«, erzählte Großvater, nachdem er sich am Kopf gekratzt hatte. »Sagt den Nachbarn nichts davon. Es ist eine kleine Zeichnung, hier auf dem Stein, neben der Glocke. Ich glaube, es ist eine Sonne, das hat Großvater Santiago meinem Vater gesagt. Es war das Letzte, woran er sich von ihm erinnerte, bevor er fortging. Es muss ihm wichtig gewesen sein.«

»Der, der wegging, als dein Vater zehn Jahre alt war?«, wollte ich wissen.

»Genau der. Ich weiß nicht, warum, aber er wollte, dass wir in der Familie uns vergewissern, dass diese Sonne oder diese Blume, die er gezeichnet hat, da ist. Als mein Vater mich mit hier hinaufnahm, war ich noch klein und habe nicht richtig zugehört. Ich weiß nicht, ob Vater sie ›Sonne der Großmutter‹ oder ›Blume der Großmutter‹ genannt hat. Er sagte, sie würde Villaverde beschützen. In der Familie hätte man das immer so getan.«

Daher nahmen Germán und ich, wenn wir an der Reihe waren, die Glocke zu läuten, immer ein Messer mit und ritzten die Linien von Großvaters Zeichnung frisch in den Stein, wenn wir sahen, dass der Staub und die Zeit sie unkenntlich gemacht hatten.

Jetzt sah ich auf dem Telefon nach der Uhrzeit. Es wurde schon spät, und ich erlegte mir einen Themenwechsel auf.

»Kennst du Beltrán Pérez de Apodaca? Er ist ein junger Kollege von dir.«

»Ich bin ihm schon mal bei Gericht begegnet, ja. Was willst du wissen?«

»Erzähl mir von ihm«, bat ich.

»Ehrgeizig, schnelle Reflexe, ein junger Hai. Jedenfalls ist er noch nicht durchgestartet. Ihm fehlt das Listige, das man sich mit den Jahren in den Gerichtssälen aneignet. Aber er wird es noch lernen. Das glaube ich wohl. Ich verstehe mich gut mit ihm.«

»Du verstehst dich mit jedem gut. Würdest du ihn einstellen?«

Er dachte einen Moment darüber nach. »Nein, das würde ich nicht tun.«

»Warum? Das klang doch so, als würde er deiner Meinung nach ein ausgezeichneter Anwalt werden.«

»Und das wird er auch«, entgegnete Germán. »Aber ich stelle nur ehrliche Leute ein, das war schon immer meine Devise. Ich will mich mit Menschen umgeben, die eine moralische Haltung haben. Und mit den Jahren lernt man, den Menschen ins Herz zu schauen, falls du weißt, was ich meine.«

»Absolut, Germán. Du hast mir sehr geholfen. Lass uns nach unten gehen. Ich habe heute noch was zu erledigen.«

»Verdächtigst du ihn?«

»Er hat uns freiwillig eine Speichelprobe für einen DNA-Test gegeben, als wir sämtliche Einwohner von Ugarte darum baten, und es gab keine Übereinstimmung. Natürlich hat er MatuSalem nicht getötet. Nein, ich versuche nur, mir ein Gesamtbild vom Umfeld unseres Hauptverdächtigen zu machen«, erklärte ich ihm.

»Du wirst mit dem Fall weitermachen, oder?«

»Irgendjemand muss sich darum kümmern.«

»Und es gibt keinen anderen als dich?«

»Ich weiß, der Preis, den unsere Familie zahlt, ist hoch …«, setzte ich zu einer Rechtfertigung an.

»Wenn du dich ins Zentrum des Hurrikans begibst, zerstört er dich am Ende«, unterbrach er mich. »Warum musstest du dir von allen Berufen, von allem, was dir im Leben liegt, ausgerechnet Kriminalist aussuchen, Bruder?«

»Irgendjemand muss die Menschen schützen«, erklärte ich wieder einmal. »Vielleicht liegt es mir im Blut. Großvater war jahrelang Bürgermeister von Villaverde, und zwar aus Verantwortungsgefühl. Niemand sonst wollte es machen. So hat er uns erzogen. Du bist genauso, du machst in deiner Kanzlei das Gleiche. Geschlechtsspezifische Gewalt, ungerechtfertigte Kündigungen … du nimmst Fälle an, um Menschen zu helfen. Du bist ganz genauso.«

»Aber ich trage weder Pistole noch kugelsichere Weste, das ist der Unterschied. Ich wäre entzückt, wenn mein Bruder Anwalt geworden wäre.«

Zwecklos, zu versuchen, es ihm zu erklären …

»Da ist etwas, was ich dich schon länger fragen will«, sagte ich stattdessen. »Ich mische mich nicht gern in dein Leben, aber es ist mehr als offensichtlich, dass du seit zwei Jahren mit niemandem mehr zusammen warst. Hast du dein Liebesleben auf Eis gelegt, bis ich nicht mehr bei der Kriminalpolizei bin?«

Er antwortete nicht.

»Ist es deswegen?«, beharrte ich. »Hast du Angst, dass alle deine Lebensgefährtinnen sterben?«

»Das habe ich nicht gesagt. Ich würde dir nie vorwerfen, was passiert ist, aber …«

»Aber du denkst es«, beendete ich seinen Satz.

Mein Bruder war meinetwegen zum Mönch geworden. Er war kinderlieb, war es immer gewesen, er wäre für Deba gestorben. Ich wusste, dass er sich eine eigene Familie wünschte. Und jetzt wartete er damit, bis ich meinen Beruf aufgab?

Schweigend stiegen wir vom Glockenturm hinab. Ich ging in Großvaters Haus vorbei, um den Korb mit den geviertelten Äpfeln zu holen. In Ermangelung von Zeitungspapier nahm ich die Blätter, auf denen meine Tochter heute gemalt hatte. Sie und Alba schliefen noch. Ich ging ins Schlafzimmer, küsste die beiden auf die Stirn und lief dann schweigend die Treppe hinab.

Mit dem Korb voller Äpfel, die ich wieder zusammengeschnürt hatte, wie Großvater es auch immer tat, bevor er sie begrub, ging ich in seinen Garten. Unter unserem gewaltigen Birnbaum begann ich damit, ein Loch zu graben. Eine Laterne tauchte meinen Rücken in goldenes Licht und warf meinen Schatten auf das Grab, das ich aushob.

Dann kniete ich mich hin und begann, die zusammengefügten Äpfel der Erde zu übergeben. Sie sollten verfaulen. Sie sollten schnell verfaulen.

Und dabei fiel mein Blick auf eines der Blätter, mit denen ich die Äpfel eingewickelt hatte. Es war eine Zeichnung meiner Tochter. Ein Ungeheuer mit dem Kopf eines Hahns, dem Körper eines Löwen, dem Schwanz einer Schlange. Ich streifte die Erde vom Blatt und beleuchtete es befremdet mit der Laterne.

Jetzt sah ich schon überall Chimären und Ungeheuer. Mein Hirn hatte in letzter Zeit mehr als eines registriert.

Aber wo?, versuchte ich, mich zu erinnern.

Ich jonglierte mit so vielen Fakten zu Tatorten, Verdächtigen und Zeugen, dass es mir manchmal schwerfiel, den Winkel meines Gedächtnisses ausfindig zu machen, wo sie geduldig darauf warteten, hervorgeholt zu werden. Manchmal waren diese Myriaden von Informationen ebenso nutzlos wie diese jetzt.

»Was machst du da?«, riss Estíbaliz' Stimme mich aus meinen Gedanken.

Ich fuhr zusammen und musste mich auf den Spaten stützen, um aufzustehen.

»Was tust du denn um diese Uhrzeit in Villaverde?«, fragte ich, als ich mich von dem Schrecken erholt hatte.

»Ich wollte meine Patentochter sehen, und ich war auch schon in Großvaters Haus, aber sie schläft. Germán hat mir gesagt, dass du im Garten bist. Ich weiß, ich bearbeite diesen Fall nicht mehr, aber ich bin auch gekommen, um dir die Liste der Arbeiter von der Gemeindeverwaltung Quejana zu bringen. Milán wollte sie dir gestern schon zukommen lassen, aber bei allem, was passiert ist …«

»Gib her.«

Ich setzte mich aufs Mäuerchen und sah mir die Namen an. Keiner klang bekannt. Keiner außer … Claudia. Claudia Mújica.

»Die Turmführerin?«, fragte ich laut.

»Hab ich gar nicht gesehen. Du kennst ihren Nachnamen?«

»Er steht auf einem Schild auf der Theke am Eingang der Turmfestung. Sie ist groß, aber sehr schlank. Selbstverständlich hat sie den Schlüssel zur Privatwohnung der Nograros. Sie hätte hineingekonnt, um die Kopie der Chronik zu stehlen. Könnte sie es gewesen sein, mit der du es zu tun hattest?«

»Ich habe im Dunkeln nichts gesehen, und es ging alles ganz schnell, aber mein Angreifer war sehr stark und kräftig gebaut.«

»Sie hatte auch Zugang zum Dominikanerinnenhabit«, sagte ich, »aber die Person, der ich nachgejagt bin, war viel kleiner. Da bin ich mir sicher. Ich glaube nicht, dass ich das falsch in Erinnerung habe. Andererseits war sie dieser Liste zufolge vor ein paar Jahren als Museumsführerin im Kloster der Dominikanerinnen angestellt. Somit könnte sie natürlich auch im Besitz der Schlüssel zum Kloster von Quejana sein. Aber die Beschreibung, die der Pfarrer von seinem Angreifer gab, passt nicht auf sie. So oder so, wir werden sie anrufen müssen, damit sie uns ein paar Fragen beantwortet. Morgen früh bitten wir sie, uns zu erklären, wo sie an den Tagen, an denen die Verbrechen verübt wurden, war.«

Doch Estíbaliz hatte sich bereits zum Gehen gewandt.

»Und worauf wartest du?«, fuhr sie mich an, als sie sah, dass ich mich nicht vom Fleck rührte. »Wir rufen jetzt Manu an, er soll nach Ugarte fahren und sie nach ihren Alibis fragen. Egal, wie spät es ist. Das hat oberste Priorität.«

»Ich möchte dich daran erinnern, dass wir schon einen flüchtigen Verdächtigen haben, und dass es ein Arzt war – oder jemand, der als Arzt verkleidet war –, der ihm bei der Flucht aus dem Krankenhaus half, keine Frau«, entgegnete ich.

»Milán hat mir gesagt, ihr habt ihn nicht identifizieren können, kein Mitarbeiter des Krankenhauses hat ihn von hinten erkannt. Und wenn sie nun ihre Finger da drin hatte? Du findest die Theorie mit dem EP, der im realen Leben mordet, um seinen Tod in der Fiktion zu verhindern, so verführerisch, dass du nicht siehst, was da nicht passt.«

»Und was passt da nicht?«, wollte ich wissen.

»Die Opfer passen nicht. Wie alle Profiler bist du so auf den Mörder und seinen Modus Operandi fixiert, dass du die Opfer vergisst.«

»Dafür bist du ja da, als Viktimologin, um mich daran zu erinnern, oder nicht?«

»Na, hier bin ich doch. Aber ich musste erst zwischen Leben und Tod schweben, damit du mir mal zuhörst. Das erste Opfer, Antón Lasaga, passt zu deiner Theorie der Parallelen im Modus

Operandi, Tatort und Beruf. Er könnte ein Abbild von Onnecas Vater, dem Conde de Maestu, sein. Dein inoffizieller Mitarbeiter MatuSalem wiederum war ein Maturana und starb wie der Maturana im Roman. Aber die Mädchen … die Nájera-Schwestern wurden genauso eingemauert wie Onnecas Schwestern im Roman. Doch sie haben weder etwas mit Ramiro Alvars EP noch mit dem, was Bischof García zustößt, zu tun.«

»Bischof García?«

»Bischof García hat Wesensmerkmale, die ich bei Alvar bemerkt habe. Ich glaube, Ramiro hat den Bischof nach dem Modell seines Bruders angelegt. Er ist ein junger Geistlicher, attraktiv und reich. Ihm genügt in kalten Wintern eine Soutane, er reitet für sein Leben gern, liebt Gerichte mit Hahnenkamm und Innereien …«

»Das war mir gar nicht aufgefallen«, musste ich zugeben.

»Vielleicht hattest du mehr mit Ramiro Alvar als mit Alvar zu tun. Ich möchte dein Augenmerk darauf richten, dass derjenige, der mit seinen Morden den Roman nachahmt, vielleicht weder von Ramiro Alvars dissoziativer Identitätsstörung wusste, noch davon, wieso dieser seine eigene Version der alten Chronik geschrieben hat.«

»Ramiro Alvar ist geflohen, Esti. Und wenn nun Alvar wieder da ist? Und wenn er schon die ganze Zeit im Krankenhaus wieder da war und dich noch einmal verführt hat? Und wenn es in Wirklichkeit er war, der dich von der Treppe geschleudert und den Diebstahl der Chronik nur vorgetäuscht hat?«

Esti zog die Beine an und legte die Arme um die Knie.

»Du hast keine Ahnung, was für ein Mensch Ramiro Alvar ist. Keine Ahnung. Im Krankenhaus haben wir stundenlang miteinander geredet. Ramiro ist ein guter Mensch, das kann man nicht vortäuschen.«

»Na, dann klär mich mal auf.«

»Er hat ihm Knochenmark gespendet.«

»Wem? Alvar? Das hat er mir aber anders erzählt.«

»Nein, nicht Alvar. Alvars Sohn.«

Ich benötigte ein paar Sekunden, um zu begreifen, was sie da gesagt hatte.

»Alvar hat einen Sohn?«, fragte ich.

»Ja, der junge Mann, der die Bar betreibt.«

»Gonzalo Martínez?«

»Ja, genau der. Nachdem seine Mutter plötzlich verschwunden ist, kam er vor eineinhalb Jahren nach Ugarte. Als er erfuhr, dass seine Großeltern nicht mehr lebten, ging er zur Turmfestung. Ramiro Alvar gab ihm Geld, damit er die Bar übernehmen konnte.«

»Und was war das mit dieser Knochenmarksspende?«

»Vor knapp einem Jahr war das«, erzählte Estíbaliz. »Man hatte bei Gonzalo Thalassämie in ihrer schwersten Form festgestellt. Ramiro hat nicht lange nachgedacht, er war der einzige Verwandte, den der junge Mann noch hatte, und da hat er ihm Knochenmark gespendet. Und ich kann dir versichern, dass das nicht gelogen ist. Ich habe die Narbe an seinem Rücken gesehen in der Nacht, in der … In jener Nacht.«

»Gonzalo ist Ramiro Alvars Neffe?«

»Keiner der beiden will, dass das herauskommt. Ugarte ist sehr klein. Ramiro Alvar hat mir erzählt, dass die Nograros seiner Mutter Geld gezahlt haben, damit sie weggeht und eine Abtreibung vornehmen lässt. Das Geld hat sie wohl genommen, aber abgetrieben hat sie nicht. Das ist keine Familiengeschichte, auf die man stolz ist und die man an der Theke zum Besten gibt.«

»Nein, das stimmt«, antwortete ich nachdenklich.

»Was ist mit dir? Du bist ja ganz blass. Glaubst du, Gonzalo hat irgendwas mit den Verbrechen zu tun?«

»Nein, er war einer von denen, die freiwillig Speichelproben abgegeben haben. Nein, ihn können wir natürlich ausschließen«, erklärte ich.

Dieses verdammte Dorf mit seiner Geheimnistuerei und dem

Schweigen. Selbst Ramiro Alvar hatte mir verschwiegen, dass der Sohn seines Bruders doch zur Welt gekommen und nach Ugarte zurückgekehrt war. Wie viele Lügen, Ramiro Alvar? Was hast du mir sonst noch verschwiegen?

»Ach Gott!«, entfuhr es mir. »Die Chimäre.«

Ich zog die zerknitterte Zeichnung meiner Tochter aus der Jeanstasche.

»Was ist das?«

Ich starrte das Blatt an, und plötzlich kam mir die Erkenntnis.

»Scheiße, Esti. Was sagen wir immer? Wenn du das Unmögliche ausgeschlossen hast, bleibt nur …«

»… die Wahrheit, so unwahrscheinlich sie auch ist«, führte sie den Satz zu Ende.

»Das, was statistisch gesehen unwahrscheinlich, aber möglich ist. Es ist dokumentiert.«

»Was ist dokumentiert?«

»Die Chimäre, Esti. Die Chimäre.«

Euphorisch stand ich auf.

Die Neurologen sagen, wenn man ein Rätsel gelöst hat, schenkt das Gehirn einem eine Ladung Dopamin. Es macht süchtig. Weil es sich so gut anfühlt.

Ich war süchtig nach diesem Heureka-Gefühl.

Danke, Großvater, dachte ich frohlockend, als ich an seinem Apfelgrab vorbeiging.

»Wo willst du hin?«, rief Estíbaliz.

»Ich muss mit Doctora Guevara reden!«, rief ich zurück, während ich schon die kleine Steintreppe hinaufstieg, die aus dem Garten führte.

Sie würde das alles verstehen.

55

DER KREIS

Unai · *November 2019*

Den folgenden Tag verbrachte ich in meinem Büro. In einem Gespräch mit der Rechtsmedizinerin Doctora Guevara hatten sich viele Punkte geklärt. Jetzt musste ich nur noch dafür sorgen, dass sich der Kreis schloss. Vor mir auf dem Tisch hatte ich sämtliche Fotos von MatuSalems Beerdigung ausgebreitet. Ich suchte nach Ähnlichkeiten bei den Gesichtern und schließlich fand ich das Gewünschte.

Dann rief ich Milán an.

»Ich brauche Zugang zur Datenbank des Rettungsdienstes DYA für ganz Álava.«

»Was suchen wir?«, fragte sie.

»Das weiß ich, wenn ich es sehe. Kannst du mir den Zugang heute noch verschaffen?«

»Ist schon erledigt.«

Nach einer Weile erhielt ich einen Anruf, allerdings nicht von Milán, wie mir ein Blick aufs Display zeigte, sondern von Iago del Castillo.

»Guten Tag, Unai. Wie geht es deinem Großvater?«

»Er liegt noch auf der Intensivstation. Man hat uns gesagt, es sei nur noch eine Frage von Tagen. Er ist fast hundert Jahre alt, und die Ärzte meinen, eigentlich müsste er schon tot sein, sie können sich nicht erklären, warum er überhaupt noch lebt. Sie glauben, sein Herz wird immer langsamer schlagen, bis es schließlich einfach stehenbleibt.«

»Dieses Herz schlägt schon ein Jahrhundert lang, ihr tut gut daran, ihn seinen Weg in seinem eigenen Tempo bis ans Ende gehen zu lassen«, sagte Iago bedächtig. »Abgesehen davon freue ich mich wirklich, dass Deba wieder aufgetaucht ist. Kein Vater sollte so etwas durchmachen müssen.«

»Danke, Iago. Offen gesagt wollte ich dich heute Vormittag auch anrufen. Ich habe eine Frage. Außer dem Autor von *Die Herren der Zeit* kennst nur du die Unterschiede zwischen der wahren Geschichte, wie Diago Vela sie erzählt, und dem Roman.«

»Schieß los.«

»In der Version deines Vorfahren, stirbt Bischof García da?«

»Nein, er stirbt nicht. Die Chronik ist sehr wahrheitsgetreu, sie stimmt mit dem Bericht von Jiménez de Rada in seinem *De Rebus Hispaniae* überein. Allerdings schrieb Rada seinen Text ein halbes Jahrhundert später, von daher der große Wert von Don Velas Chronik: Sie ist lebendige Geschichte aus erster Hand, aus der Feder eines ihrer Protagonisten.«

»Dann ist das eine der Abweichungen im Roman.«

»Genau. Der echte Bischof García kehrte zusammen mit dem Ritter aus Vitoria, den er mitgenommen hatte, in die belagerte Stadt zurück und teilte den Bewohnern mit, dass König Sancho, der Starke, ihnen erlaubt hatte, sich zu ergeben. In der Chronik wird es nicht erwähnt, aber in anderen Dokumenten aus dieser Zeit wird García zu einem späteren Zeitpunkt in Pamplona dokumentiert, eines ist von 1202, und diesen Dokumenten zufolge hat er dem Erzpriester von Salinas Land verpachtet.«

Diese Information beunruhigte mich. Sie beunruhigte mich sehr.

Estíbaliz hielt Bischof García für eine Verkörperung von Alvar. Ihrer Meinung nach hatte Ramiro Alvar dem Bischof die Persönlichkeit, die Manien, die Eigenarten Alvars verliehen. Wenn Bischof García im Roman stirbt … was glaubte Alvar dann, wer ihn getötet hatte? Wen wollte er beseitigen? War es sinnvoll, sich um den Hass eines EP zu sorgen, der seit dem Raub der Kopie der Chronik nicht wieder aufgetaucht war? Es machte mir Sorgen, dass ich nicht wusste, wo Ramiro Alvar war und was er als Nächstes vorhatte. Würde er sich darauf beschränken zu fliehen?

Doch dann merkte ich, dass ich mich zu lange in meinen Gedanken verloren hatte, denn Iago räusperte sich höflich.

»Ich habe auch noch eine Frage zu der Urkunde mit den Sonderrechten im Zusammenhang mit der Gewährung des Señorío von Nograro, des Herrschaftsrechts über Nograro«, fuhr ich fort. »Erinnerst du dich, ob da irgendwas darüber steht, dass auch Bastarde erben können?«

»In diesem Fall ist das nicht nötig. Heutzutage werden alle Kinder zum Zwecke der Vererbung als gleichrangig betrachtet, das Gesetz unterscheidet da nicht zwischen ehelich und unehelich. Allerdings hat der oberste Gerichtshof vor drei Jahren ein Urteil gefällt, dem zufolge außereheliche Kinder von der Nachfolge bei Adelstiteln und -rechten ausgeschlossen sind. Und in diesem Fall ist der Titel des Herrn von Nograro unabdingbare Voraussetzung, um das Vermögen zu erben, wegen der Majoratsformel, die ich dir neulich erklärt hatte. Aber in der Urkunde von Fernando IV. steht noch die folgende Ausnahme: ›In Ermangelung eines Erstgeborenen, der die Voraussetzungen erfüllt, erbt der volljährige Bastard, so vorhanden.‹ Ich weiß nicht, ob dir das weiterhilft.«

»Und wie. Ich muss Schluss machen, ich habe heute viel Arbeit vor mir.«

»Kopf hoch. Ich werde in den nächsten Tagen immer mal wieder anrufen und mich nach deinem Großvater erkundigen.«

»Danke für deine Unterstützung«, sagte ich und legte auf.

Gleich darauf spazierte Estíbaliz zur Tür herein, womit ich nicht gerechnet hatte. Sie war ja noch krankgeschrieben, auch wenn sie ihren Arm schon wieder viel besser bewegen konnte. Und natürlich war sie vom Fall der Herren der Zeit abgezogen.

Aber für Estíbaliz waren Vorschriften nur ein Wort mit zwölf Buchstaben.

Sie setzte sich so schwungvoll auf meinen Schreibtisch, dass die Fotos durch die Luft segelten, was sie jedoch nicht weiter beachtete.

»Ich glaube, ich weiß, wo Ramiro ist«, sagte sie halb triumphierend, halb aufgeregt.

»Ich auch, aber wir werden Hilfe brauchen, wenn wir ihn uns holen wollen.«

Wir besprachen uns eine ganze Weile und ersannen zu zweit eine Strategie.

Kurz darauf rief ich in der von Ramiro Alvars Neffen geführten Bar in Ugarte an.

»Guten Tag, Gonzalo, hier spricht Inspector López de Ayala.«

»Wie geht es Ihnen, Inspector? Kommen Sie diese Woche zum Lesekreis?«

»Eigentlich rufe ich nicht deshalb an, sondern wegen einer viel ernsteren Sache.«

»Ich höre«, sagte er und schluckte vernehmlich.

»Vielleicht wissen Sie, dass Ramiro Alvar Nograro geflüchtet ist und wir nach ihm fahnden. Und ich glaube, er wird sich früher oder später mit Ihnen in Verbindung setzen. Wir können Ihnen keinen Personenschutz geben, weil die Gefahr besteht, dass er das merkt, und das würde unseren Einsatz ruinieren, aber ich will Ihnen ein paar Hinweise geben, wie Sie sich in den nächsten Tagen selbst schützen können, und meine persönliche Telefonnummer. Wenn er sich an Sie wendet, sage ich Ihnen, was Sie tun müssen. Leider vermuten wir, dass er es auf Sie abgesehen hat und Sie sein nächstes Opfer sein werden.«

56

EIN MEER VON FLASCHEN

Unai · *November 2019*

Gonzalo erhielt noch am selben Tag einen verzweifelten Anruf auf dem Festnetztelefon in der Bar.

»Onkel«, murmelte Gonzalo nervös, »sie suchen dich.«

»Ich weiß. Kannst du mir helfen, hier rauszukommen?«

»Keine Sorge, ich helfe dir. Ich habe nicht viel Geld, aber wir denken uns einen Fluchtplan aus. Glaub auch nicht einen Moment lang, ich würde dich im Stich lassen. Ich schulde dir mein Leben, ich habe nicht vergessen, was du für mich getan hast.«

Ramiro Alvar atmete hörbar auf. »Danke.«

Kurz darauf meldete Gonzalo sich bei mir.

»Inspector, Ramiro Alvar hat mich angerufen. Aber ich muss Ihnen noch etwas erzählen.«

Endlich war der Moment gekommen.

»Ist der Flüchtige im Moment in der Nähe? Kann er Sie hören?«, fragte ich.

»Nein, ich bin in der Bar. Aber ich gehe jetzt gleich zu seinem Versteck, wo er sich seit ein paar Tagen aufhält. Er ist sehr nervös.«

»Weiß noch jemand davon? Ich muss wissen, wie viel Mann ich brauche.«

»Ich wusste nicht, was ich tun sollte, deshalb habe ich Beltrán Pérez de Apodaca zu Rate gezogen. Ich vertraue ihm, er ist Anwalt. Ich weiß nicht, ob das richtig war.«

Ich dachte kurz nach. »Scheint mir keine schlechte Idee zu sein. Ramiro Alvar vertraut ihm auch, und mir ist lieber, Sie sind zu zweit. Ich gebe Ihnen beiden Anweisungen, wie Sie sich ihm gegenüber verhalten sollen. Jetzt organisiere ich unseren Einsatz, wir werden das Gebäude umzingeln. Sie sind zu keinem Zeitpunkt in Gefahr. In einer knappen Stunde sind wir da.«

Wir kamen mit dem letzten Tageslicht an. Uniformierte Kollegen hatten das Gebäude von *La Ferrería* unauffällig umstellt. Milán, Manu und ich trugen kugelsichere Westen und waren bewaffnet.

Ich rief Gonzalo an. Seit zwanzig Minuten hatte ich nichts mehr von ihm gehört, das beunruhigte mich.

»Alles in Ordnung?«, fragte ich, als er sich meldete.

»Ich bin in der Pension, im Flur im Erdgeschoss. Ramiro Alvar ist im Hinterzimmer der Glaserei versteckt. Er ist sehr nervös. Beltrán und ich versuchen, ihn zu beruhigen.«

»Aber wie ist er denn da hingekommen?«, wollte ich wissen.

»Er hat Iratis Freund Sebastián aus dem Krankenhaus angerufen«, flüsterte Gonzalo. »Sebastián ist Sanitäter. Ramiro hat ihm erzählt, sie hätten ihn entlassen, und bat ihn, ihn nach Hause zu bringen. Weil er im Rollstuhl sitzt, hat er ihn überzeugt, ihn in *La Ferrería* wohnen zu lassen, damit man sich besser um ihn kümmern kann. Weder Irati noch Sebastián wussten, dass er auf der Flucht vor der Justiz ist und sie sich damit zu Komplizen machen. Gerade eben haben sie es erfahren.«

»Ramiro Alvar manipuliert alle Welt«, erklärte ich ihm ruhig. »Bitte sorgen Sie dafür, dass er in diesem Hinterzimmer bleibt. Er darf nicht hinaus. Wir kommen gleich rein.«

Irati erwartete uns am Eingang der Pension. Ich bedeutete ihr zu schweigen und zog die Pistole. Sie wirkte angespannt, vermutlich schüchterten unsere Uniformen sie ein.

Sie führte uns durch die Glaserei. Zehn Polizisten verteilten sich im Raum und rückten an den Regalen voller blauer Flaschen und kugelrunder Vasen entlang vor.

Als wir die Tür zum Hinterzimmer erreicht hatten, atmete ich tief durch und klopfte an. Milán und Manu postierten sich mit gezogenen Waffen zu beiden Seiten der Tür. Es war wichtig, dass die beiden vom Hinterzimmer aus nicht zu sehen waren. Eine falsche Geste oder ein Blick zu viel, und die Situation konnte kippen. Mir war bewusst, dass ich hier mit emotionalem Nitroglyzerin hantierte und die Gefahr bestand, dass uns in diesem Flaschenmeer alles um die Ohren flog.

»Herein!«, hörte ich Beltrán, den jungen Anwalt, rufen.

Irati und ich traten ein. Ramiro Alvar saß im Rollstuhl seines Bruders. Als er mich sah, schluckte er schwer. Neben ihm stand ein ordentlich gemachtes Feldbett, in dem er vermutlich seit seiner Flucht nachts geschlafen hatte. Und diesmal erkannte ich Sebastián, nicht nur als Iratis Freund, sondern auch als den riesenhaften Sanitäter, der den achtzigjährigen Pfarrer in Quejana behandelt hatte.

Gonzalo kam mir zuvor.

»Tut mir leid, Onkel Ramiro. Deine Flucht ist zu Ende«, sagte er nur.

Ich zog die Pistole und richtete sie auf ihn. Ramiro Alvar hob nicht einmal die Hände, sondern sah Gonzalo bloß niedergeschmettert an.

»Du lieferst mich aus? Ich habe dir Geld gegeben, damit du eine Arbeit hast, ich habe dir mein Knochenmark gespendet, um dir das Leben zu retten. So gehst du mit deiner Familie um?« Er klang maßlos enttäuscht.

»Aber du hast mich nicht in der Turmfestung aufgenommen! Du hast mich ins Dorf abgeschoben wie einen Nograro zweiter Klasse, einfach noch einen Bastard.«

Überrascht starrten wir Gonzalo an. Niemand hätte diesem sonst so ruhigen und wohlerzogenen jungen Mann einen solchen Ausbruch zugetraut. Er hatte die Fäuste geballt, und seine Stimme bebte.

»Das habe ich getan, um dich zu schützen. Es gibt so viel Niedertracht in dieser Familie, von der du nichts ahnst, und ich wollte dich dem nicht aussetzen«, sagte Ramiro. Auch er war lauter geworden.

»Mich schützen, du? Wovor musstest du mich denn schützen?«

»Vor meinem EP, vor meiner dissoziativen Identitätsstörung, an der auch schon alle unsere Vorfahren gelitten haben. Du hast Alvar aktiviert, den bösen Alvar, den dissoziierten Persönlichkeitsanteil, der deinem Vater entspricht. Und ich wusste nicht, wie er auf dich reagieren würde. Ob er dich hassen würde, weil du geboren wurdest, ob er dich verachten und dir das Leben zur Hölle machen würde, wie er es mit mir getan hat. Deshalb bin ich dir aus dem Weg gegangen, deshalb war ich auch nicht mehr in Ugarte, damit ich mich nicht in einen Schürzenjäger in Soutane verwandele und weiter Familien zerstöre, wie die Männer aus unserem Hause es schon immer getan haben.«

»Wovon zum Teufel redest du?«, fragte Gonzalo verständnislos.

»Viele Angehörige Ihrer Familie hatten DIS«, mischte ich mich ein, »eine dissoziative Identitätsstörung. Sicher kennen Sie die Krankheit unter dem Namen Multiple Persönlichkeit. Ihr Onkel glaubt, Ihre Rückkehr hätte die Krankheit bei ihm ausgelöst und er nähme zeitweilig die Persönlichkeit Ihres Vaters an. Er hat Ihnen bei allem, was Sie brauchten, geholfen, aber er hat Sie auch vor sich selbst und vor dem Bösen in Ihrer eigenen Familie beschützt.«

Dann gab ich den Befehl: »Ihr könnt reinkommen.«

Manu, Milán und mehrere Uniformierte platzten bewaffnet in den Raum und zielten auf alle – außer auf Ramiro Alvar. Ich war sehr detailliert in meinen Anweisungen gewesen.

»Gonzalo Martínez, Sie sind verhaftet wegen Mordes an Samuel Maturana. Beltrán Pérez de Apodaca, Sie sind verhaftet wegen Mordes an Antón Lasaga. Irati Mújica und Sebastián Argote, Sie sind verhaftet wegen der Morde an Estefanía und Oihana Nájera.«

57

UNTER DER MAUER

Diago Vela · *Im Jahr des Herrn 1200, Winter*

Beide schliefen bis weit in den Vormittag hinein. Nagorno verfluchte sämtliche Götter, die heidnischen und den Gekreuzigten, als er sein Eheweib in einem so beklagenswerten Zustand sah.

Alix ging es nicht besser. Sie umarmte unsere Kleine, und wir legten uns zu dritt ins Bett, neben unserem warmen Kamin, doch ich wachte die ganze Nacht hindurch und betete darum, dass meine schlimmsten Befürchtungen sich nicht bei Tagesanbruch in Form eines Albtraums bewahrheiteten.

Die Leute klopften an die Tür, ausgehungert und erschöpft, begierig auf die Neuigkeiten, die Onneca und Alix brachten. Alle fragten nach dem guten Bischof García, und binnen kurzem verwandelte er sich in einen Märtyrer, einen Heiligen, in unseren geopferten Verteidiger.

Als Alix erwachte, hatte ich bereits erkannt, was ihr fehlte. Sie hatte Wasser mit Blut gelassen, und als ich ihr den Mund öffnete, sah ich die Blasen in ihrem Rachen.

»Was ist geschehen, Liebste?«

»García …«, flüsterte sie mir ins Ohr. »Wir hatten im Gasthaus der Romana Schutz gesucht, und ich überraschte ihn dabei, wie er auf Onneca einschlug. Er wollte sie töten, also habe ich mich ihm entgegengestellt. Das Pulver, er hat mir das braune Pulver in den Mund gesteckt. Ich habe mich erbrochen, um es nicht zu schlucken und mit verätzten Eingeweiden zu enden wie der Conde.«

Alix hustete und verzog das Gesicht. Ich konnte mir kaum vorstellen, welches Martyrium jedes Wort für sie bedeutete.

»Es war Lope«, fuhr sie fort, »der Sohn der Wirtin, der dem Conde de Maestu das Pulver gab, wie von Bischof García befohlen, im Austausch dafür, dass er ihn als seinen Sohn anerkennt. Und das Siegel … Onneca hat mir alles erzählt. Der Brief, der dich für tot erklärte – Bischof García hat ihn gefälscht mit einer Kopie vom königlichen Siegel, die er hat. Übergebt die Stadt nicht. Onneca und ich haben Sancho, den Starken, nie gesehen, nur García war bei ihm. Der Bischof kam mit einem Schriftstück heraus, das uns Einwohner und den Statthalter von unseren Pflichten König Sancho gegenüber entbindet. Es besagt, wir dürfen uns ergeben, aber jetzt bin ich mir da nicht mehr so sicher. Der Bischof hatte auch ein Siegel unseres Königs.«

Ohnmächtig biss ich mir auf die Lippen. Was Alix getan hatte, um ihr Leben zu retten, hatte sie zum Tode verurteilt. Indem sie das Pulver erbrach, hatte sie sich den Hals und den Mund verätzt. Ich konnte ihr nur Belladonna geben, um ihre Schmerzen in ihren letzten Augenblicken zu lindern. Ihr blieb nicht einmal eine Stunde.

»Ganz ruhig, Alix. Ich werde Großmutter Lucía holen, sie ist sehr traurig und fragt nur nach dir.«

Ich ließ unsere Tochter in ihren Armen und lief los, die Großmutter herbeizuholen.

So starb Alix, die Arme um ihre Großmutter und unsere kleine Tochter gelegt, die trotz der Hungersnot hartnäckig leben wollte.

Ich bat Lyra, die Nachbarn, die vor meiner Tür auf der Straße saßen und warteten, wegzuschicken, denn ich wollte keine Zeugen, wenn ich mit Alix' Leiche in den Armen hinausging. Dann band ich mein rotes Bändchen an ihres. Der Moment, sie mit Yennego zu vereinen, war gekommen.

Schließlich ging ich die Rúa de la Astería durch bis ans Ende, und wo ich vorbeikam, wurden als Zeichen des Respekts die Fensterläden geschlossen. Gunnarr half mir, den Grabstein unter der Mauer neben der Kirche Sant Michel anzuheben. Alix war jeden Tag im Morgengrauen hierhergekommen, um für Yennego und seine Rückkehr zu beten. Noch immer lagen trockene Lavendelsamen auf dem Stein von den Stängeln, die sie ihrem Sohn täglich gebracht hatte, auch im Regen und während der Stürme dieses verdammten Winters.

Ich las so viel Samen auf, wie ich zu fassen bekam, und streute sie über die Leiche meiner Frau. Dann schlossen wir das Grab. Ich weigerte mich, zu irgendeinem Gott zu beten, so untröstlich war ich.

In dieser Stimmung betrat ich das Haus meines Bruders. Onneca erholte sich von ihren Verletzungen und sah schon besser aus.

»Und Alix?«

»Ich habe sie gerade begraben. Bischof García hat sie das Pulver des Ölkäfers schlucken lassen. Sie ist vergiftet worden, wie Euer Vater. Welche Version bringt Ihr mir, Schwägerin?«, fragte ich und setzte mich an ihr Bett.

»Mein Vetter García steckte hinter dem Tod meines Vaters, meiner Schwestern und meines Bruders. Und das bleibt zwischen ihm und mir, bis wir uns nach diesem Leben wiedertreffen. Aber jetzt muss man mit dem Statthalter reden und ihm berichten, dass der König ihn seiner Pflicht, die Stadt zu verteidigen, enthebt. Er gestattet uns, uns zu ergeben. Er wird keine Verstärkung schicken, lieber Schwager. Das Dokument blieb im Gasthaus der Romana, Ihr müsst mit König Alfonso verhandeln, damit er es Euch holen lässt oder er eigene Soldaten hinschickt.«

»Das königliche Schriftstück, Onneca?«, schrie ich, denn ich hatte keine Geduld mehr für all diese Auslassungen. »Und was ist mit den falschen Siegeln im Besitz Eures Vetters, mit denen er mich für tot erklären konnte?«

Sie schwieg und fixierte mich mit ihrem goldenen Blick.

»Ich habe es aus Respekt für meinen Bruder nicht ausgesprochen, verflossenes Wasser bewegt die Mühle nicht. Aber ich schenke keinem königlichen Dispens Glauben, der neben zwei falschen Siegeln ruht. Was passiert, wenn wir die Stadt übergeben und König Sancho uns die Erlaubnis gar nicht gab? Wir gehen an Kastilien über, und die Navarresen sind dann unsere Feinde. Sobald er aus dem Reich der Sarazenen zurückkehrt, wird er sich die Stadt zurückholen. Dann sind wir es, die leiden und sterben werden.«

»Diago«, unterbrach mich Nagorno. »Betrachte das, was in den vergangenen Monaten geschehen ist, mit kühlem Kopf. König Sancho wird nicht kommen, er kommt schon seit einem Jahr nicht. Er hatte reichlich Zeit, einen Boten nach Pamplona zu schicken und Hilfstruppen zu entsenden. Aber er hat es nicht getan. Und jetzt sieh dich um. Ausgehungerte Menschen, die aus Nova Victoria wie auch die aus der Villa de Suso, die dir so am Herzen liegen. Du bist ein gelehrter und weiser Mann, wie König Salomo. Denk an die beiden Mütter, die sich um das Kind stritten. Der König gab es der Frau, die bereit war, es aufzugeben, damit es nicht entzweigerissen wird, denn daran erkannte er, dass sie die wahre Mutter war. Was für ein Senior bist du unserer Stadt, Bruder? Willst du weiter zulassen, dass sie dein Kind ausbluten lassen, oder siehst du es lieber, wenn es lebt, und sei es auch in anderen Händen?«

»Du willst die Stadt an Kastilien übergeben, das wolltest du schon immer. Alfonso wird die Deinen begünstigen, das weißt du.«

»Und du weißt, wie Belagerungen enden, wenn keine Hilfe kommt: In wenigen Tagen werden unsere Leute die Gräber öffnen, und danach werden sie die Kranken verzehren. Glaubst du, im Frühjahr lebt hier noch jemand? Glaubst du, die Überlebenden werden sich jemals verzeihen können, was sie kurz davor stehen zu tun?«

58

DIE GLASEREI

Unai · *November 2019*

»Die Falle war für Sie bestimmt«, sagte ich.

Die vier waren zu überrascht, um sich zu rühren.

Ramiro Alvar hatte Estíbaliz tags zuvor hinter Iratis Rücken angerufen und ihr erklärt, dass er gar nicht hatte flüchten wollen, sondern Sebastián in seinem Krankenzimmer erschienen sei und ihn zur Flucht gedrängt habe, bevor man ihn festnehme. Ramiro Alvar hatte das Spiel mitgespielt, aber nicht ohne mir eine Nachricht zu hinterlassen: den Roman *Die Herren der Zeit*, aufgeschlagen beim Kapitel »Die alte Eisenhütte«.

»Sie vier haben zusammen darauf hingearbeitet, dass Ramiro Alvar Nograro festgenommen wird, um den Verdacht von Ihnen abzulenken, denn Ihnen allen fehlt für jeweils eines der Verbrechen nach dem Muster von *Die Herren der Zeit* ein Alibi. Deshalb haben Sie auch alle freiwillig eine Speichelprobe abgegeben. Irati, Sie haben ein Alibi für den Mord an Samuel Maturana und ein sehr kluges Alibi für den Abend im Palacio de Villa Suso, als Sie als Nonne verkleidet waren. Sie hatten einen Stand auf dem Mittelaltermarkt auf der Plaza del Matxete, wo Sie Ihr Glas verkauft haben. Dadurch war es leicht für Sie, sich als Dominikanernonne zu verkleiden und vor mir davonzulaufen, um den Verdacht von dem abzulenken, was ein paar Stunden davor passiert war: das Unternehmertreffen, bei dem Sie, Beltrán, das Kantharidinpulver eingesetzt hatten. Sie wussten, früher oder später würde Ihr Name fallen oder irgendjemandem würde auffallen, dass auch Sie bei diesem Treffen gewesen waren. War Antón Lasaga ein Zufallsopfer oder lag es in Ihrem Interesse, dass es ihn traf?«

»Ich werde nichts sagen«, erklärte er lediglich.

Damit hatte ich gerechnet. Er war das stärkste Glied der Kette.

»Sebastián, weder Irati noch Sie haben ein Alibi für das Zeitfenster, in dem Estefanía und Oihana Nájera verschwanden. Irati, Sie gehören zur Clique von Samuel Maturanas Freundin, wir haben Fotos von Ihnen, auf denen Sie sie bei der Beerdigung trösten. Und Sie kannten Estefanía Nájera. Und Sie, Gonzalo, haben Samuel Maturana getötet, und für diesen Tag haben Sie kein Alibi, deshalb haben Sie auch bereitwillig eine Speichelprobe abgegeben, sobald bekannt wurde, dass es am Río Zadorra einen Zeugen gab. Für den Fall, dass das stimmte und die Personenbeschreibung auf Sie zutraf, wollten Sie, dass wir Sie ausschließen.«

»Ich habe den Burschen am Río Zadorra nicht getötet«, erwiderte er seelenruhig. »Sie wissen, dass die DNA, die Sie gefunden haben, nicht meine ist.«

Diese Ruhe und Sicherheit waren schon seltsam, nachdem Gonzalo uns gerade eben noch demonstriert hatte, wie weit seine Wut gehen konnte.

»Nein«, erwiderte ich, »und Sie wissen sehr gut, wessen DNA es war: die Ihres Onkels.«

»Genau.«

»Das haben die Analysen ergeben, und darauf haben Sie gesetzt. Aber es stimmt nicht, dieses Blut stammt von Ihnen, auch wenn die DNA zu Ramiro Alvar passt. Deshalb haben Sie so bereitwillig die Speichelprobe abgegeben. Sie sind eine menschliche Chimäre. Ihr Onkel hat Ihnen Knochenmark gespendet, und durch die Transplantation liegt bei Ihnen hämatopoetischer Chimärismus vor. Sie wussten das, Ihr Onkel nicht.«

»Wie bitte?«, fragte Ramiro Alvar verständnislos.

»Gonzalos Körper besteht aus den Zellen zweier genetisch unterschiedlicher Wesen«, erklärte ich. »In manchen Bereichen dominiert seine eigene DNA, in anderen deine. Und seit der Transplantation wird er mittels Chimärismusanalyse von den Ärzten überwacht. Als er die Speichelprobe abgab, wusste er, dass deren DNA sich von der des Blutes, das an Maturanas Bleistift gefunden worden war, unterscheidet. Er wusste, dass diese DNA der von Ramiro Alvar entspricht und dieser dadurch definitiv mit den Morden in Verbindung gebracht würde. Bisher haben Sie sich unbesiegbar gefühlt, Gonzalo. Sie sind vor meiner Nase durchs Dorf spaziert in diesem T-Shirt, auf dem steht, Sie seien eine Chimäre. Legt ihm Handschellen an!«

Milán stellte sich mit grimmiger Miene vor ihn. Gonzalo sah sie trotzig an, hielt ihr dann aber seine Hände hin.

»Und warum ihr drei?«, wollte Ramiro Alvar wissen. »Irati, dir habe ich geholfen, dir das hier aufzubauen. Beltrán, dir habe ich juristische Angelegenheiten übertragen, bei denen du Erfahrungen sammelst, die du in deinen Lebenslauf schreiben kannst.«

»Ist dir das immer noch nicht klar?«, fragte ich ihn. »Die drei wuchsen in dem Glauben auf, sie seien die Kinder deines Bruders, also deine Nichten und Neffen. Das hat man ihnen in Ugarte jedenfalls eingeredet. Beltrán, ich wette, Sie sind Anwalt geworden, um Ramiro Alvar Ihre Dienste anbieten zu können und sich dadurch Zugang zu den Dokumenten mit den Bedingungen der Erbfolge zu verschaffen. Und Sie, Irati und Sebastián, Ihr Fall ist tragischer. Als Sie zusammenziehen wollten, haben Ihre Mütter Ihnen damit Angst eingejagt, dass Sie Halbgeschwister seien. Ihre Familien haben sich von Ihnen abgewandt, nicht wahr?«

Beim letzten Treffen des Lesekreises hatte ich eine sehr aufschlussreiche Unterhaltung mit der alten Benita geführt. Irati, Sebastián und Beltrán waren im Schatten des Verdachts, uneheliche Kinder von Alvar Nograro zu sein, aufgewachsen. Ihre Mütter, Cecilia, die Apothekerin, und Aurora, die ehemalige

Inhaberin des Kolonialwarengeschäfts, pflegten ihre Feindschaft schon seit vielen Jahren. Beide wurden zur gleichen Zeit schwanger, beide nach einer flüchtigen Affäre mit Alvar auf einer seiner Wochenendfluchten aus dem Priesterseminar, an denen er Ugarte zu seinem privaten Jagdrevier gemacht hatte. Beide hatten überstürzt geheiratet und immer unter dem Verdacht der zweifelhaften Abstammung ihrer Kinder gelitten. Das hatte Irati und Sebastián von klein auf geeint: Sie waren anders und hatten sich ausgeschlossen gefühlt. Dramatisch wurde es, als die beiden zusammenkamen. Ihre Familien waren entsetzt und stellten sich gegen sie.

»Sie hassen Ramiro Alvar und das, wofür er steht: der eheliche Sohn, der legitime Erbe zu sein. Aber Ihr Motiv war immer das Geld. Gonzalo, Sie hatten es sehr eilig, die Kopie der Chronik zu stehlen, sobald Sie von ihrem Wert erfuhren. Sie wussten ja nicht, wie das alles enden würde, ob Ramiro Alvar im Gefängnis landen würde oder nicht, denn die Indizien, die Sie hinterließen, würden nicht genügen, um ihn zu verurteilen. Die Chronik war Ihre Lebensversicherung.«

Gonzalo sah mich an und antwortete mir gelassen, als wollte er einem kleinen Kind etwas erklären.

»Für Sie sind es Morde. Aber es war ein Diebstahl mit Opfern. Die Opfer waren die Nebelwand für den Raubüberfall. Eine Milliarde dreihundert Millionen Euro an Familienvermögen. Geteilt durch vier. Damit kann meine Thalassämie überwacht werden und ich in die bestmögliche Klinik gehen, falls es einen Rückfall gibt. Damit kann Beltrán seine eigene Kanzlei eröffnen und die Besten einstellen, ohne erst jahrelang dahinkrebsen zu müssen, bis man ihn ernst nimmt. Damit können Irati und Sebastián von hier fortgehen und müssen nie mehr arbeiten. Wir waren von Geburt an Opfer der Nograros – verdienten wir etwa nicht, was Ramiro Alvar sich weigerte zu teilen?«

»Nein, Gonzalo«, fiel ich ihm ins Wort. »Das erzählen Sie

sich, um zu rechtfertigen, was Sie getan haben: Sie haben die drei so manipuliert, dass sie die Drecksarbeit für Sie gemacht haben. Erst als Maturana entdeckte, dass die E-Mails von der Turmfestung aus versandt worden waren und dass das nur von Claudia Mújicas Computer aus geschehen sein konnte, haben Sie selbst Hand angelegt. Claudia, Iratis Schwester, die Freundin von Maturanas Lebensgefährtin. Sie erzählte Irati, der berühmte Kraken habe Maturana gebeten, in der Turmfestung etwas herauszufinden, und als Maturana ihr erzählte, er habe den Beweis für den Ursprung der Mails an den Verlag Malatrama gefunden, da sahen Sie Ihren Plan scheitern. Bevor Maturana in dem Fass, in das Sie ihn gesteckt haben, starb, wurde ihm klar, dass es mehrere Täter sind, und deshalb hinterließ er mir auf seinem Arm eine Nachricht: Kraken, mehr als einer.«

Wir legten allen vieren Handschellen an und verfrachteten sie ins Kommissariat auf der Calle Portal de Foronda.

Als ich gegen Mitternacht nach Hause kam, klebte ich noch einmal ein schwarzes Kreuz auf mein großes Fenster.

»Ich habe es vollbracht, Matu. Wir haben das Ungeheuer eingesperrt.«

59

IM REGEN

Ramiro Alvar · *April 2017*

Ramiro Alvar ging im Regen spazieren. Es machte ihm nichts aus, mit schlammverkrusteten Stiefeln nach Hause zu kommen, und er liebte den Geruch der Landschaft nach einem Gewitter. Er nahm den Weg, der nach Ugarte führte, und spazierte in aller Ruhe durch den Pappelwald. Kurz erwog er, ins Dorf zu gehen und ein Schwätzchen mit dem einen oder anderen zu halten, doch der Wind frischte auf, und er hielt es für das Vernünftigste, in den Turm zurückzukehren, ein Feuer im Kamin zu machen und einen guten Roman zu lesen.

Als er an der Kirche vorüberkam, fiel ihm auf, dass das Tor zum Privatfriedhof seiner Familie offen stand, dabei ließ er es niemals offenstehen.

Vorsichtig betrat er den Friedhof. Seine Brille war nass, und deshalb konnte er nicht gut sehen, aber da stand jemand vor einem der Gräber.

»Entschuldigung, suchen Sie etwas Bestimmtes?«

Der junge Mann schrak zusammen und drehte sich zu ihm um. Seine Augen waren geschwollen, als hätte er geweint.

»Verzeihung, ich dürfte wohl gar nicht hier sein«, erwiderte er.

»Stimmt, das ist Privatbesitz. Kenne ich dich von irgendwoher?«

Das Gesicht kam ihm bekannt vor – dieses kantige Kinn, das dunkle wellige Haar. Obwohl der junge Mann völlig durchnässt war und einen bedauernswerten Anblick bot, sah man doch, dass seine Kleidung von guter Qualität war, und er schien wohlerzogen zu sein.

»Ich heiße Gonzalo Martínez, ich bin der Sohn von Gemma Martínez. Sie wurde in Ugarte geboren. Vor kurzem habe ich erfahren, dass mein Vater der Mann war, der hier begraben liegt, Alvar Nograro. Bis dahin wusste ich nichts von dieser Familie, und jetzt sehe ich hier sein Grab. Er muss es sein, er wurde 1969 geboren.«

»Und er starb 1999, so ist es«, bestätigte Ramiro Alvar.

Gemmas Sohn. Also hatte sie nicht abgetrieben, sondern das Geld genommen und das Kind bekommen, den Sohn zweier Halbgeschwister.

»Woran ist er gestorben?«

»Thalassämie, eine erbliche Blutkrankheit in ihrer schwersten Form.« Er wusste selbst nicht, warum er einem Fremden eine so ausführliche Information gab, und ihm wurde klar, dass er gerade zum ersten Mal jemandem erzählt hatte, woran Alvar gestorben war. Mit achtzehn hatte er nicht die Kraft gehabt, ins Dorf zu gehen und jemandem in die Augen zu sehen.

»Kannten Sie ihn?«, fragte Gonzalo, und Ramiro Alvar betrachtete ihn genauer. Er hatte eine kaum sichtbare Narbe von einer Hasenscharte zurückbehalten, was ihm etwas Tigerartiges verlieh.

»Ich bin sein Bruder.«

Gonzalo musterte ihn ausgiebig. »Verzeihung, Sie sind der erste aus der Familie meines Vaters, den ich kennenlerne.«

»Und deine Mutter?«, fragte Ramiro Alvar. Normalerweise war er in diesen Dingen nicht so schnell oder so direkt, aber dieser junge Mann hatte sämtliche Erinnerungen an eine Phase geweckt, die Ramiro vor langem verdrängt hatte.

»Meine Mutter ist seit einiger Zeit verschwunden. Ich vermute, sie ist mit ihrem neuen Freund abgehauen, ich war wohl eine Last für die beiden. Die Polizei kann sie in Spanien nicht finden und glaubt, sie sei aus freien Stücken gegangen. Kurz bevor sie verschwand, habe ich sie so lange nach meiner Familie gefragt, bis sie mir schließlich von Ugarte, Alvar Nograro und der Familie Martínez erzählt hat. Ich war auch schon im Dorf, aber meine Großeltern sind ebenfalls tot. Es ist niemand mehr übrig. Ich wollte mich eigentlich nach meinem Vater erkundigen. Verzeihen Sie, dass ich Ihr Eigentum betreten habe. Ich wollte sowieso gerade gehen.«

»Das macht nichts. Wo übernachtest du?«

»Es gibt eine Landpension hier in der Nähe, *La Ferrería*. Die junge Wirtin hat mir gesagt, sie habe noch Zimmer frei. Danach reise ich ab«, sagte er und wandte sich zum Gehen.

»Warte«, hielt Ramiro ihn auf. »Wohin? Wohin ist Gemma von Ugarte aus gegangen, als sie mit dir schwanger war?«

»Ich wurde in einem kleinen Dorf in Asturien geboren, aber wir haben an vielen Orten gelebt.« Gonzalo blieb bewusst vage, er merkte, dass Ramiro Alvar kurz davor stand umzufallen. »Hören Sie, mir ist klar, dass Sie denken, ich sei gekommen, weil ich irgendetwas von meinem Vater fordern wollte. Aber ich will kein Geld, da können Sie ganz ruhig sein. Wobei ich keine Angst vor einem DNA-Test hätte, um es zu beweisen. Ich glaube meiner Mutter, sie hatte keinen Grund, mich anzulügen, nur um hinterher zu verschwinden. Ich bin dreiundzwanzig Jahre alt und ohne Familie und ohne Wurzeln aufgewachsen. Jetzt ist meine Mutter auch noch weg, und ich bin ganz allein. Ich wollte einfach mehr darüber erfahren, woher ich komme, aber hier gibt's nicht viel für mich, das ist mir jetzt klar.«

Und er ging durch den Regen davon Richtung Ugarte. Die junge Wirtin der Landpension, deren Namen er schon wieder vergessen hatte, wartete auf ihn. Sie hatten gestern Abend miteinander geschlafen, und Gonzalo wusste, er würde das Zimmer noch ein paar Tage nutzen können, ohne dafür zu bezahlen.

Ramiro Alvar blickte ihm hinterher. Er sah Gemma so ähnlich …

Am nächsten Morgen wachte er halb erfroren auf. Jemand hatte das Fenster in seinem Schlafzimmer offen gelassen, und es hatte hereingeregnet. Offenbar war er einfach aufs Bett gefallen, ohne auch nur die Decke zurückzuschlagen. Zu seinem Entsetzen stellte er fest, dass er Alvars Soutane trug. Wo kam die bloß her? Hatte er denn nicht nach der Beerdigung Alvars gesamte Kleidung entsorgt? Er suchte auf dem Nachttisch nach seiner Brille, fand sie aber nicht.

Alvar hatte sie versteckt. Er war in seinen Kopf eingedrungen und hatte begonnen, ihm Streiche zu spielen.

60

DER VERNEHMUNGSRAUM

Unai · *November 2019*

Beltrán und Gonzalo verweigerten die Aussage. Aber Irati und Sebastián waren bereit zu reden. Am Morgen setzte ich mich zuallererst bei geschlossener Tür in mein Büro und dachte über meine Strategie nach, denn es blieben noch einige Punkte zu klären, und ich wollte nicht, dass mir da irgendetwas durchging.

Dann rief ich Manu an. »Führe Irati Mújica in einen kleinen Vernehmungsraum. In zwei Stunden komme ich runter und spreche mit ihr.« Zwei Stunden waren eine lange Zeit, um nachzudenken, nervös zu werden, zu warten und zu verzweifeln …

Schließlich setzte ich mich mit mehreren Mappen voller Protokolle und Berichte, einem Notizbuch und einem Kugelschreiber der jungen Frau gegenüber. Es war ein wenig subtiler Einstieg: Ich wollte Informationen. Die Requisiten sollten ihr zu verstehen geben, dass ich davon ausging, sie werde mir alle meine Fragen beantworten.

»Wie haben Sie die Nacht verbracht, Irati?«, fragte ich, sobald ich mich ihr gegenübergesetzt hatte, ein bisschen seitlich verschoben. Sie sollte mich nicht als Feind wahrnehmen, dem sie die Stirn bieten musste.

»Bequem?«, gab sie ein wenig ironisch zurück.

»Das ist gut. Man hat mir gesagt, Sie möchten mit mir reden. Sie tun gut daran, sich von Anfang an kooperativ zu zeigen. Wir haben genug, was wir der Richterin vorlegen können. Erzählen Sie mir, wie alles anfing.«

»Ich weiß ja nicht, was Sie mit ›alles‹ meinen. Sebastián, Beltrán und ich, wir kennen uns schon ewig. Und Sie wissen ja, mit welchen Gerüchten wir in Ugarte leben müssen dank Alvar Nograro, der angeblich was mit unseren Müttern hatte. Als Beltrán seinen Juraabschluss hatte, hat er Ramiro Alvar nach Arbeit gefragt. Er wollte in seiner Nähe sein, er wollte Zugang zu allen Dokumenten der Nograros. Er hat immer davon geträumt, zu erben oder das Erbe einzuklagen, und uns hat er mit seinen Träumen angesteckt. Stundenlang haben wir darüber geredet, was wir mit dem Erbe machen würden, wenn wir vor Gericht Recht bekämen. Es war, wie wenn man davon träumt, dass man früher oder später im Lotto gewinnt und Millionär wird. Ich glaube, am Ende haben wir fest mit diesem Geldsegen gerechnet, und er wurde zu Plan A für unser Leben.«

»Und Beltrán hat Sie dazu getrieben, einen Schritt weiter zu gehen«, soufflierte ich ihr.

»Beltrán war oft in der Turmfestung. Er hat sich eine Speichelprobe von Ramiro Alvar besorgt, und die haben wir mit Speichelproben von uns zum Vergleich in ein Labor eingeschickt.«

»Und es gab keine Übereinstimmungen.«

»Nein, keiner von uns dreien ist mit Ramiro Alvar verwandt. Wir sind keine Nograros. Zum Teil war das eine Erleichterung. Sebastián und ich sind keine Halbgeschwister. Das war das Beste von allem. Aber ich muss zugeben, dass wir alle drei auch enttäuscht waren. Plötzlich gab es keinen Plan A mehr, wir würden nicht Millionäre werden. Und wie sollten wir diesem Dorf, das uns, so lange wir denken konnten, mit falschen Gerüchten das Leben zur Hölle gemacht hatte, klarmachen, dass wir keine Nograro-Bastarde waren? Wir hatten uns Ramiro Alvars Speichelprobe ja ohne seine Zustimmung verschafft. Trotzdem, mit unseren Eltern haben Sebastián und ich gesprochen. Wir wollten, dass wenigstens sie die Wahrheit erfahren, damit sie uns nicht mehr fertigmachen, weil wir ein Paar sind. Es war unendlich befreiend. Das war das einzig Gute an allem, was passiert ist. Wobei meine Mutter und Aurora, meine Schwiegermutter in spe, immer noch nicht miteinander reden. Sie sind sich schon so lange spinnefeind, ich glaube nicht, dass sich das je ändert.«

»Also hatten Sie Ihre finanzielle Enttäuschung.«

»Es war wie der Tag nach der Weihnachtslotterie. Den ganzen Abend stellt man sich vor, was man mit dem vielen Geld anfangen wird, und hinterher kommt die kalte Dusche.«

»Und dann tauchte Gonzalo Martínez in Ugarte auf, das war …« Ich sah in meine Notizen. »Das war 2017. Er freundete sich mit Ihnen dreien an und erzählte Ihnen, er sei der Sohn von Alvar Nograro und Gemma Martínez.«

»Das haben wir ihm nicht geglaubt. Wir haben ihm gesagt, das hätten wir schon hinter uns, die ganzen falschen Gerüchte, und dass die Leute in Ugarte alle Gerüchte lieben, die etwas mit den Nograros zu tun haben, und dass das schon immer so war. Er solle nichts davon glauben. Aber dann wurde bei ihm die Thalassämie festgestellt, und Ramiro Alvar wollte ihm sofort helfen. Bei den Voruntersuchungen kam heraus, dass sie tatsächlich blutsverwandt sind. Gonzalo ist wirklich ein Nograro. Daraufhin hatten sie mehr Kontakt. Gonzalo besuchte ihn hin und wieder. Und ein paar Monate später, als es Gonzalo wieder gutging, kam er eines Tages mit dem Romanmanuskript an, das er in Ramiros Arbeitszimmer gefunden hatte. Er hatte es eingescannt und zurückgebracht, ohne dass sein Onkel etwas gemerkt hatte. Wir hatten ja keine Ahnung, dass es auf einem so wertvollen alten Buch basiert. Beltrán kannte die Mailadresse des Verlegers von Malatrama, weil er sich mit Ramiro Alvar um die Bildrechte gekümmert hatte, als die Gemeindeverwaltung von Ugarte diesen Ausstellungskatalog veröffentlicht hatte. Genau genommen gab Ramiro Alvar ihm seitdem immer wieder kleine juristische Angelegenheiten zu regeln.«

Ich seufzte. »Und dank der rechtshistorischen Nachforschungen von Beltrán wussten Sie, dass es eine Bedingung für das Erben unter Adeligen gibt: ›Er gehe nicht in den Kerker noch werde er schuldig gesprochen, damit die Erbfolge auf rechtschaffene Männer beschränkt bleibt‹«, zitierte ich.

»Beltrán sagte, wenn wir dafür sorgen, dass Ramiro Alvar ins Gefängnis kommt, würde ihm das gesamte Vermögen, das er als Herr von Nograro geerbt hatte, aberkannt und ginge an einen lebenden Nograro über, auch wenn er illegitim ist. Und Gonzalo hatte ja bereits einen ganz legalen Nachweis über seine Abstammung. Außerdem hat Beltrán uns versichert, die Bedingung, dass der Erbe auch den Namen Alvar tragen müsse, werde in keinem Dokument, das er geprüft hätte, mehr verlangt. Und selbst wenn, könnte Gonzalo im Zweifelsfall einfach zum Standesamt gehen und den Namen hinzufügen lassen.«

»Aber bei Ramiro Alvars Tod hätte er ihn doch ganz legal beerbt.«

»Bei seinem Tod? Vierzig Jahre warten, bis unser eigenes Leben auch vorbei ist? Oder das Risiko eingehen, dass er doch noch Kinder bekommt?«, stieß sie hervor. »Nein, Gonzalo hatte es eilig, und er hasst Ramiro Alvar, weil der ihn nicht bei sich aufgenommen hat. Er empfindet es als demütigend, in einer Bar hinter der Theke zu stehen, er erträgt das nicht. Bei seiner Mutter hatte er immer ein schönes Leben. Er hat weder die Schule beendet noch irgendeine Ausbildung gemacht, er hat nie gearbeitet, weil er vom Geld der Nograros gelebt hat. Aber wenn er Ramiro Alvar getötet hätte, wäre der Verdacht sofort auf ihn gefallen, das war ihm klar. Und außerdem will er ihn im Gefängnis sehen, er wollte ihn mittellos sehen. Er war davon besessen, ihm sein Erbe abzunehmen.«

»Selbst nachdem Ramiro Alvar ihm das Geld gegeben hatte, mit dem er die Bar übernehmen konnte? Selbst nachdem er ihm Knochenmark gespendet hatte?«

»Das hat Ramiro Alvar getan, weil er sich mitschuldig an dem fühlte, was seine Familie getan hatte.« Irati winkte ab. »Nehmen Sie ihn nicht in Schutz.«

»Auch Ihnen hat er finanziell geholfen, Ihre Pension und die Glaserei anzuschieben. Er hat Ihnen das Gebäude kostenlos überlassen und sogar die Renovierung bezahlt. Sind Sie ihm dafür nicht ein kleines bisschen dankbar?«

»Das habe ich ehrlich gesagt als moralische Wiedergutmachung betrachtet. Ich glaube, das hat er getan, weil er die Gerüchte kannte und mich als Nograro so ein bisschen entschädigen konnte. Und das sehe ich noch immer so.«

Ich schwieg und machte ein X in mein Notizbüchlein. Wir waren in die nächste Phase übergegangen: Jetzt kamen die Rechtfertigungen. Das war der unangenehmste Teil meiner Arbeit, die miesen Ausreden, die jeder Schuldige anführte, wenn ihm nichts anderes übrig blieb, als seine Straftaten einzugestehen. Jeder Vergewaltiger, jeder Mörder, jeder Betrüger, jeder Dieb, jeder Misshandler.

»Sie werden mir erklären müssen, wie Sie Estefanía und Oihana Nájera entführt haben.«

»Entführt? Die hat niemand entführt. Fani hatte mir erzählt, dass ihre Eltern zum Abendessen verabredet waren und sie zu Hause bleiben und sich um Oihana kümmern musste. Da habe ich mich mit ihr in dieser halb renovierten Wohnung in der Cuchi verabredet.«

»Deshalb gab es keinen Anruf auf dem Handy, und Sie haben sie auch nicht an der Haustür abgeholt. Es gibt keine Überwachungsbilder«, sagte ich.

»Nein, die Worte trägt der Wind davon, die hinterlassen keine Spuren und keine Aufzeichnungen. Keine moderne Technologie. Das ist sauberer.«

»Und wie kommt es, dass jemand so Junges Zugang zu der Wohnung in der Cuchi hatte?«

»Die Haustür schloss nicht richtig. Das haben wir mal festgestellt, als wir abends mit der Clique in der Altstadt unterwegs waren und uns zufällig dagegenlehnten. Halb im Scherz sind wir die Treppe rauf. Die meisten Wohnungen waren noch nicht fertig, der Umbau schien zum Stillstand gekommen zu sein. Wir gewöhnten uns an, zum Rauchen und Trinken dorthin zu gehen. Fani war auch mal dabei.«

»Also gab es keine Entführung.«

Niemand hatte die Mädchen verschleppt und über die Dächer getragen.

»Nein, ich habe sie einfach angerufen, und sie hat sich durch die Caños geschlichen.«

»Durch welche?«

»Durch den Caño de los Acebos. Wenn wir uns in dieser Wohnung in der Cuchi verabredeten, schlich sie sich hinten durch die Hinterhöfe. Es war August, um diese Uhrzeit war da niemand, und es war dunkel. Ich wusste, dass sie ihr Schlafzimmerfenster offen lassen würde, damit sie hinterher wieder zurückkonnte. Aber als die beiden dann zusammen reinkamen, hat Sebastián Fani außer Gefecht gesetzt und ich Oihana. Dann haben wir sie in die Müllsäcke gesteckt, die wir aus Ugarte mitgebracht hatten, und Sebastián hat die Mauer zu Ende gebaut. Die Kleine haben wir vorher noch mit dem Messer geschnitten, weil wir Blut brauchten, um bei ihr zu Hause eine falsche Spur zu legen. Das war das Einzige, was uns Sorgen machte: dass es zu nahe an ihrer Wohnung war und die Polizei sie noch lebend finden könnte. Durch das Fenster zum Caño sind wir in Fanis Wohnung eingestiegen, haben die Blutspur hinterlassen und das Schiebefenster von außen geschlossen. Wir haben sogar die Spuren vom Glas gewischt. Jeder von uns musste ein Verbrechen übernehmen, das leicht zu bewerkstelligen war. Wir wussten, wenn wir mehrere Täter waren, würde das die Polizei verwirren. Sie würde sich auf den Autor des Buches konzentrieren, und das war das, was wir wollten: Ramiro Alvar belasten. Sebastián und ich dachten, wir könnten die Einmauerung aus dem Roman nachmachen. Es gab eine Reihe von Verbrechen zur Auswahl. Beltrán suchte sich die Spanische Fliege aus. Gift ins Essen zu mischen war einfach. Ihm war egal, welchen Unternehmer es traf, er konnte sie alle nicht leiden.«

»Und ihr habt sie der Reihe nach ausgesucht, die vom Anfang.«

»Ja, die, die schwer nachzuahmen waren, haben wir ausgeklammert. Das mit MatuSalem kam später, eigentlich hatten wir da niemanden mehr töten wollen. Aber Matu hatte mit seiner Freundin gesprochen und ihr erzählt, worum Sie ihn gebeten hatten. Und seine Freundin hat es mir erzählt. Ich hatte eine Diskussion mit Gonzalo, habe ihm gesagt, dass er ihn aufhalten muss, bevor er mit Ihnen sprechen kann, aber Gonzalo wollte sich nicht die Finger schmutzig machen.«

Wie jeder gute Psychopath, Irati, hätte ich fast gesagt. Er hat euch drei manipuliert, hat mit eurer Enttäuschung gespielt, hat euch vorgegaukelt, es wäre auch seine Enttäuschung, und ihr habt die Drecksarbeit für ihn gemacht.

»Matu war ein Oberschlauer«, fuhr sie fort. »Sebastián ist richtig wütend geworden und wollte ihn im Fass ertränken, aber wir wollten nicht riskieren, dass er uns sieht, deshalb hat es am Ende doch Gonzalo gemacht, weil er den noch nicht kannte.«

»Auf die Idee, dass für ihn als guten Exhäftling ein spitzer Bleistift eine Waffe war und er mir so die DNA seines Mörders hinterlassen könnte, seid ihr nicht gekommen?«

»In Wirklichkeit hat Gonzalo sie Ihnen dagelassen. Es stimmt, Matu wollte sich mit dem Bleistift verteidigen, aber er hat es nicht geschafft. Und Gonzalo wusste, dass das Blut Ramiro Alvar endgültig belastet.«

»Und Claudia? Sie haben Ihrer eigenen Schwester die Schlüssel zur Turmfestung gestohlen, damit Gonzalo die Chronik entwenden kann. Vorher haben Sie das schon einmal getan, um den

Dominikanerinnenhabit zu stehlen. Und Sie haben ihr auch die Schlüssel zum Denkmalskomplex Quejana geklaut. Wozu? Weshalb sind Sie beim ersten Mal dort eingebrochen und weshalb vor ein paar Wochen noch einmal?«

Aber Irati verschränkte die Arme und machte dicht. Sie sah zur Wand und weigerte sich zu antworten.

»Das werden Sie mir erklären müssen, denn ich verstehe noch immer nicht, warum vor eineinhalb Jahren jemand in Quejana eingebrochen ist …« Und ich brach ab. Ich brach ab, denn jetzt fiel mir wieder ein: vor eineinhalb Jahren, als Gonzalo nach Ugarte kam. Und da fiel der Groschen.

Eineinhalb Jahre.

61

ALTAI

Diago Vela · *Im Jahr des Herrn 1200, Winter*

Siebzehn Tage waren seit Alix' und Onnecas verhängnisvoller Rückkehr vergangen. Wenn die Bewohner von Nova Victoria bei Kräften gewesen wären, hätten sie sich gegen die aus der Villa de Suso erhoben. Nie waren wir gespaltener gewesen. Die einen wollten sich bedingungslos ergeben, die anderen wollten beim Warten auf das rettende Heer sterben.

Chipia suchte nicht mehr vom Wehrgang aus den Horizont ab, sondern gestattete seinen Soldaten Zerstreuungen wie das Alquerque-Spiel, das er noch wenige Monate zuvor streng mit mehreren Nächten Kerker geahndet hätte.

In den Pferchen waren keine Tiere mehr: weder Schweine noch Hühner oder Kaninchen. Ein Gang durch die gepflasterten Straßen der Stadt war wie ein Besuch auf dem Friedhof. Das frühere Krähen, Gackern und Grunzen war einem fast mit Händen greifbaren Schweigen gewichen.

Allein meine Tochter und Großmutter Lucía konnten meine Trauer um Alix ein wenig lindern. Der Gedanke daran, wie qualvoll sie gestorben war und dass sie nach so viel Kampf und so weiter Reise das Ende der Belagerung nicht hatte erleben dürfen, zerriss mir das Herz. Doch die Belagerung schien kein Ende nehmen zu wollen. Mit meiner Tochter im Arm ging ich Großmutter Lucía besuchen. Mittlerweise war sie nur noch Haut und Knochen, obwohl sämtliche Nachbarn sich bemühten, ihr heimlich einen Teil ihrer Essensration zu bringen.

Ich wusste es, sobald ich ihre Schlafkammer betrat.

Sie war fort.

Großmutter Lucías Gegenwart erfüllte den Raum nicht mehr, es blieb nur kalte Luft zwischen den öden Wänden.

Ich fand sie am Boden sitzend, die Arme um eine geöffnete Truhe gelegt.

Sie hinterließ uns ein Geschenk: gepökeltes Schweinefleisch, Käse, Kastanien … All das Essen, das wir ihr in den letzten Monaten gebracht hatten und von dem sie gewusst hatte, das wir es nicht annehmen würden. Alles hatte sie für uns verwahrt, für ihre Kinder, ihre Enkel, ihre Urenkel, ihre Ururenkel, ihre Urururenkel.

Ich setzte mich neben sie, meine schlafende Tochter im Arm, und gestattete mir zu weinen.

Für Alix, für Yennego, für die, die ich zurückgelassen hatte.

Es waren Gunnarrs Schreie, die mich aus meiner Betäubung rissen.

Seine Stimme, die durch die Straße dröhnte, hatte einen verzweifelten Unterton, den man sonst nicht von ihm kannte.

Ich trat mit meiner Tochter im Arm ans Fenster. »Was ist, Vetter?«

»Es ist Nagorno, du musst kommen! Er will die Stadt bis auf die Grundmauern niederbrennen. Er ist außer sich«, berichtete er in dringlichem Ton.

»Außer sich? Nagorno?«, wiederholte ich ungläubig.

Ich rannte die Treppe hinab und folgte Gunnarr zum Haus meines Bruders.

Nagorno lag bäuchlings auf dem wenigen Stroh, das noch geblieben war, und auf ihm lag Lyra und hielt ihm ihren Dolch an den Hals, um ihn in Schach zu halten.

»Was ist hier los? Was ist das für eine Tollheit?«, verlangte ich bei diesem quälenden Anblick zu wissen.

»Heute Nacht sind Leute eingebrochen und haben Altai aufgegessen. Er und Olbia waren die letzten Tiere in der gesamten Stadt. Alle wissen natürlich, dass Nagorno sie auf die übelste Weise töten wird, aber vielleicht haben sie sich gerade deshalb lieber satt gegessen und warten jetzt darauf, dass unser Bruder ihnen einen schnellen Tod gewährt«, erklärte Lyra mir. »Sprich du mit ihm, auf mich will er nicht hören.«

»Lass ihn los«, bat ich.

»Im Leben nicht.«

»Ich kümmere mich darum, Schwester. Lass ihn los«, wiederholte ich.

Lyra warf mir einen missbilligenden Blick zu, gehorchte aber schließlich.

Nagorno sprang auf. Seine Augen, sonst schon dunkle Tunnel, wirkten jetzt noch schwärzer.

»Großmutter Lucía ist gestorben. Wir werden die Stadt übergeben. Es hat keinen Sinn mehr«, sagte ich bloß, nachdem ich meinem Bruder die Hand auf die Schulter gelegt hatte. »Komm, Bruder, ich möchte, dass du dich um ihre Beerdigung kümmerst. Sprich mit den Einwohnern von Nova Victoria. Lyra, versammle die aus der Villa de Suso. Man soll die Totenglocke läuten, alle sollen auf dem Friedhof von San Viçente zusammenkommen, wie es immer getan wurde.«

Und was weder der Hunger noch die Stadtmauer hatte vereinen können, einte nun Großmutter Lucía. Allerdings gab es keine Kerzen auf den Straßen und keine Totenwächterin Milia, welche das Brotopfer dargebracht hätte. Auch keine Frauen, die Klagelieder für sie verfasst hätten.

Wozu auch, wenn jeder Einzelne von uns die Klagen längst in seinem Inneren trug? Wir hatten sie für unsterblich gehalten. Großmutter Lucía hatte schon immer zur Villa de Suso gehört, in ihrem Häuschen, von dem aus sie das Leben zu ihren Füßen beobachtet hatte, während sie uns unsere roten Armbändchen gewebt hatte.

Alle, die wir noch lebten – kaum einhundert Menschen –, stellten wir uns im Kreis um ihre Leiche. Nagorno holte die Truhe mit den Speisen herunter, die sie für uns verwahrt hatte. Wir setzten uns auf die Gräber und teilten miteinander, Mendozas mit Seilern, Isunzas mit Obsthändlerinnen – das köstlichste Essen, an das wir uns erinnern konnten.

»Seid Ihr dann einverstanden?«, fragte ich danach.

Sie nickten, samt und sonders.

»Jeder Einzelne von Euch?«, fragte ich nach.

»Jeder Einzelne von uns«, riefen sie alle zusammen.

62

DAS GRAB DES CANCILLER

Unai · *November 2019*

In Hochstimmung rannte ich hinauf in mein Büro. Auf dem Gang traf ich Alba. Ich sah kurz nach links und rechts, doch es war niemand in der Nähe.

»Komm her.« Und ich drückte ihr einen Kuss auf den Mund, mit dem sie nicht gerechnet hatte.

»Nanu?« Sie lächelte.

»Ich muss noch ein paar Punkte überprüfen, aber dann erzähle ich dir alles«, versprach ich ihr.

Dann schloss ich die Bürotür. Da war sie wieder, diese Euphorie, die mich immer wieder süchtig nach meiner Arbeit machte. Mit dem Mobiltelefon rief ich die Rechtsmedizinerin an.

»Doctora Guevara, ich glaube, ich weiß, wem die Knochen, die wir in Quejana gefunden haben, gehören. Ich möchte, dass sie einen Abgleich mit folgender DNA vornehmen.«

Und ich erläuterte ihr meine Theorie.

»Auch ich habe Ihnen etwas Wichtiges zu erzählen, und ich denke, Sie sollten sich lieber setzen«, sagte sie dann. »Es kam ziemlich unerwartet, daher habe ich das Labor gebeten, die Analyse zu wiederholen. Aber es besteht kein Zweifel.«

»Worum geht es denn? Sie machen mir ja richtig Angst«, erwiderte ich und setzte mich in Erwartung einer schlechten Nachricht.

»Ich muss Ihnen das Ergebnis der DNA-Untersuchung der anderen beiden Skelette im Grab von Canciller Ayala mitteilen. Wir haben sie mit sämtlichen DNAs des Falls abgeglichen, einschließlich der DNAs sämtlicher Ermittler, um falsche Übereinstimmungen auszuschließen, weil diese Tests so empfindlich sind und so leicht kontaminiert werden. Dieser Mann und diese Frau sind Ihre Vorfahren, Ayala. Untereinander sind die beiden nicht blutsverwandt. Wir haben Rücksprache mit der Abteilung für das historische und künstlerische Erbe des Bistums gehalten, und man geht davon aus, dass es sich wirklich um die Skelette von Canciller Don Pero López de Ayala und seiner Frau Leonor de Guzmán handelt, die dort 1407 auf ausdrückliche Anweisung des Canciller selbst begraben wurden.«

»Aber es heißt doch, dieser Zweig der Ayalas sei vor Jahrhunderten erloschen, und keiner der heutigen López de Ayala gehöre ihm an«, brachte ich hervor.

»Tja, wir haben gerade bewiesen, dass dieses Geschlecht in Ihrer Familie weiterlebt.«

Ich wollte Doctora Guevara tausend Fragen stellen und wusste gar nicht, wo ich anfangen sollte. Doch in dem Augenblick öffnete Alba meine Bürotür so schwungvoll, dass sie gegen die Wand knallte.

»Unai, Großvater … Wir müssen ins Krankenhaus.«

Als ich ihre Miene sah, sprang ich auf. Ich vergaß meine Jacke, ich vergaß sogar, meine Polizeimarke abzunehmen. Alba setzte sich ans Steuer, ich war dazu nicht in der Lage.

Germán hatte angerufen, um uns Bescheid zu geben. Er hatte gerade auf Deba aufgepasst, als das Krankenhaus ihn benachrichtigte.

Ungeduldig fuhren wir mit dem langsamsten Aufzug der Welt nach oben. Ich rannte über den Flur und stieß die Tür zu seinem Krankenzimmer auf.

»Was ist denn, Jungchen? Was guckst du denn so erschrocken?«, fragte Großvater.

»Wie …?« Ich warf Germán einen ungläubigen Blick zu, unfähig, meine Frage laut auszusprechen. Meine Kehle war vor Erleichterung wie zugeschnürt, und ich befürchtete schon einen Rückfall in die Broca-Aphasie.

»Das Pflegepersonal sagt, er hat einfach die Augen aufgeschlagen und gefragt: ›Und ihr, wer seid ihr, die Pfaffen oder was?‹ «, berichtete Germán.

Aber Großvater lächelte, als wäre nichts gewesen, und spielte mit Deba, die versuchte, ihm die Baskenmütze aufzusetzen.

Alba drückte fest meine Hand, auch sie war sehr gerührt. Sicher hätte sie wer weiß was dafür gegeben, wenn auch ihre Mutter dieses Wunder hätte erleben dürfen.

Nachdenklich blickte ich aufs Display meines Telefons. Der Sperrbildschirm war noch immer das Foto, das wir bei der Romanvorstellung im Palacio de Villa Suso von uns gemacht hatten. Alle lächelnd: Großvater, Nieves, Alba, Deba und ich.

Geistesabwesend setzte ich mich auf das Sofa, auf dem ich so viele Stunden gesessen hatte, während ich Großvater betrachtet und um ein Wunder gebetet hatte.

Und da entschied ich mich. Oder vielleicht war diese Entscheidung auch schon vor einiger Zeit gefallen und hatte nur noch darauf gewartet, in Worte gefasst zu werden.

»Ich habe euch ein Geschenk mitgebracht. Euch allen«, sagte ich und stand auf. »Hier, sie gehört mir nicht mehr. Ihr habt sie euch verdient.«

Und ich legte die Kette mit meiner Dienstmarke eines Inspectors der Kriminalpolizei neben Großvater aufs Bett.

Großvater nahm sie zufrieden an sich und hängte sie sich um den Hals. »Wurde auch Zeit, mein Junge«, sagte er nur und zuckte die Achseln.

Alba sah mich an, und endlich hatte ich das Gefühl, dass wir beide am selben Punkt unseres Weges angekommen waren.

Germán stürzte sich mit bebendem Kinn auf mich. Ich musste mich bücken, um seine Umarmung erwidern zu können.

»Danke, danke, danke …«, flüsterte er zwischen zwei Schluchzern.

Und alle, auch Deba, umringten und umarmten mich, eine eingeschworene Gemeinschaft.

»Warum weinen wir, Mamá?«, fragte meine Tochter nach einer Weile.

»Weil dein Vater sich für uns entschieden hat«, flüsterte Germán.

63

KRAKEN

Unai · *November 2019*

Und das Leben, jetzt wieder mit Großvater, kehrte nach und nach zur Normalität zurück. Eines Morgens ging ich in den Friseursalon, wo ich mir schon als Jugendlicher hatte die Haare schneiden lassen, denn es gab da etwas, was lange überfällig war.

»Kurz. Sehr kurz. Wie ich es vorher getragen habe«, bat ich die Inhaberin.

»Dann sieht man aber die Narbe. Willst du sie nicht verdecken?«

»Nein, jetzt nicht mehr.«

Es war an der Zeit, dass ich meine Narben annahm.

Und mit den Haaren, die jetzt fielen, befreite ich mich auch von Kraken und den unmöglichen Bürden auf meinen Schultern. Von meinem selbstzerstörerischen Pflichtgefühl, das zu so vielen Verlusten geführt hatte. Auch ich war auf meine Weise ein *Serial Killer*. Die Lüge, die ich mir selbst erzählt hatte, dieses »Ich muss der Beschützer dieser Stadt sein«, hatte so viele geliebte Menschen in meinem Umfeld getötet und in Gefahr gebracht, dass ich eigentlich lebenslänglich verdient hätte.

Als ich den Friseursalon verließ, fühlte ich mich neu und fremd.

Doch es war ein verheißungsvolles Gefühl, das mir guttat.

Ich ging den Cantón de las Carnicerías entlang, im Hintergrund des Torre de Doña Otxanda. Da meinte ich, eine wohlvertraute Glatze zu erspähen.

»Lutxo?«, rief ich.

Er drehte sich um und wirkte überrascht, mich zu sehen.

»Was machst du denn um diese Uhrzeit hier? Musst du nicht arbeiten?«, fragte er.

»Ich würde gern am Freitag ein Abendessen mit der Clique organisieren. Du kommst doch, oder?«

»Du hast mir noch nicht geantwortet. Musst du nicht arbeiten?«, beharrte er.

»Am Freitag möchte ich mit der Clique feiern, dass ich meinen Beruf als Kriminalermittler an den Nagel hänge. Das kannst du veröffentlichen, wenn du willst. Ehrlich gesagt würdest du mir damit sogar einen Gefallen tun. ›Kraken geht in den Ruhestand.‹ Du kannst persönliche oder berufliche Gründe angeben, ganz wie du willst.«

»Und was wirst du jetzt machen?«

»Auf die Trainerbank wechseln: Ich werde Fallanalytiker ausbilden. An offenen Fällen werde ich nicht mehr arbeiten. Auch das würde sich als Schlagzeile gut machen.«

Lutxo nahm sich einen Moment Zeit, um das zu verdauen. Dann strich er sich über sein Spitzbärtchen und lächelte.

»Tja … ich freue mich. Ehrlich. Ich freue mich. Dann können wir sonntags wieder zusammen in die Berge gehen ohne diese Spannungen, die immer zwischen dir und mir geherrscht haben.«

»Ja, auch ich hoffe, dass wir zu unserer alten Freundschaft zurückfinden.«

Als wir uns voneinander verabschiedeten, sahen wir uns zum ersten Mal in die Augen, ohne etwas voreinander zu verbergen. Wobei mir noch eine letzte Amtshandlung blieb: Quejana.

Der zuständige Ermittlungsrichter hatte von mir immer absolut vollständige Protokolle erhalten, und dies war die letzte Ermittlung meiner Laufbahn. Einige Punkte waren noch offen.

»Untadelig und unerbittlich«, hatte Richter Olano einmal über mich gesagt.

Ich warf einen kurzen Blick auf mein rotes Bändchen und fuhr los.

Keine ungeklärten Fragen hinterlassen, befahl ich mir, während ich in den Norden der Provinz fuhr.

Als mir nur noch wenige Kilometer bis zum Sitz der Ayalas zu fahren blieben, erhielt ich einen Anruf. Zu meiner Überraschung las ich im Display den Namen Ignacio Ortiz de Zárate. Ich lenkte den Wagen von der Straße und parkte an einer winzigen, von einer grünen Hecke umgebenen Kapelle.

»Ja?«, meldete ich mich.

»Guten Tag, Unai.«

»Was willst du, Ignacio?«

»Zunächst einmal nur, dass du nicht auflegst und mir die Gelegenheit gibst, mein Anliegen zu erklären.«

»Ich lege nicht auf, du bist ja nicht Tasio.«

»Genau darüber wollte ich mit dir reden. Auch wenn ich nicht im Namen meines Zwillingsbruders sprechen kann, möchte ich dir sagen, dass ich zutiefst bedauere, was deiner Tochter und deinem Großvater zugestoßen ist. Ich bin darüber informiert und weiß, dass er aufgewacht und außer Gefahr ist.«

»So ist es.«

»Ich will es also kurz machen. Das Ganze ist für mich ebenso unangenehm wie für dich. Ich ziehe endgültig in die Vereinigten Staaten. Mein Zwillingsbruder sitzt jetzt wegen Kindesentführung im Gefängnis, und diese Quälerei habe ich vor zwanzig Jahren schon einmal durchgemacht. Das Haus in Laguardia und die Wohnung in der Calle Dato verkaufe ich. Ich habe nicht die Absicht, jemals zurückzukehren. Unser Anwalt hat mir das mit der DNA und deiner Tochter erklärt. Was mich betrifft, habe ich nicht die Absicht, euch zu belästigen oder mich in das Leben deiner Tochter einzumischen. Falls das Mädchen irgendwann die Wahrheit über ihre Abstammung erfährt und etwas über die Familie ihres Vaters wissen möchte, dann soll sie wissen, dass sie einen Onkel hat, der auch als solcher für sie da wäre. Aber falls es dazu nicht kommt, und das hoffe ich um ihretwillen, dann hört ihr nie wieder von mir. Ich bedauere sehr, dass eure Familie das Pech hatte, den Weg der meinen zu kreuzen.«

Dann legte er auf.

Noch ein Kollateralopfer, dachte ich.

Kurz darauf parkte ich den Wagen unter kahlen Bäumen von der Sorte, die ihre knorrigen Äste mit denen ihrer Nachbarbäume vereinen.

»Don Lázaro!«, rief ich, nachdem ich den Türklopfer betätigt hatte.

»Wer da?«, antwortete eine brüchige Stimme.

Ich bat den Pfarrer, mir die Kapelle mit dem Grab des Canciller Ayala zu öffnen, und als er mich allein ließ, zog ich Handschuhe über. Vielleicht war es das letzte Mal in meinem Leben, dass ich das tat. Ich trat ein und blieb vor dem Grab des Ehepaars stehen, das seiner DNA zufolge meine Vorfahren waren.

Noch immer fiel es mir schwer zu glauben, was das bedeutete, doch jetzt, da ich hier war, in der Abgeschiedenheit dieser Kapelle, spürte ich, dass ihre Geschichte Teil meiner Geschichte und nichts, was mich umgab, mir fremd war. Diese Steine, die ein ganzes Geschlecht über die Jahrhunderte bewahrt hatten, die Kopie des großen Altarbilds mit dem vielen Rot und Gold, sogar die Stille – alles gehörte ein bisschen mir.

Ich betrachtete das Grabmal aus Alabaster. Die Kriminaltechnik hatte das Innere gründlich untersucht, aber außer den drei Skeletten nichts gefunden.

Die anderen Tests, um die ich Doctora Guevara gebeten hatte, hatten bestätigt, dass das dritte Skelett in diesem Grab das von Gonzalos Mutter, Gemma Martínez, war.

Nicht Gonzalo hatte es gestanden, sondern Irati, im Gegenzug für eine Minderung ihrer Strafe. Alvars Sohn hatte seine eigene Mutter getötet. Nachdem Gemma das gesamte Geld, das

Inés Nograro ihr gegeben hatte, aufgebraucht hatte, waren sie gemeinsam von Asturien hierhergereist, um mehr Geld von den Nograros zu fordern.

Doch Gonzalo hatte es sattgehabt, dass seine Mutter das Geld allein verwaltete. Das ganze Leben von ihr abhängig zu sein, immer seine Ausgaben erklären, immer lügen zu müssen. Der Streit nahm ein böses Ende, und Gonzalo hob im strömenden Regen in irgendeinem Eukalyptuswald in Kantabrien ohne Schaufel ein provisorisches Grab aus.

Noch am selben Tag kam er in Ugarte an, stieg in *La Ferrería* ab und erfuhr von Irati das Wichtigste über die Dorfbewohner und die Nograros. Am nächsten Morgen ging er direkt zum Friedhof der Turmfestung. Dort lernte er sein nächstes Opfer kennen: Ramiro Alvar.

Mit der Zeit gewann er Iratis Vertrauen und konnte sie überreden, ihm die Schlüssel zum Kloster von Quejana zu besorgen, wo ihre Schwester Claudia arbeitete. Ein abgelegener Ort, der nur wenige Besucher hatte, ein Grab, in dem man eine Leiche besser verstecken konnte … und noch etwas.

Ich trat an den Altaraufsatz und versuchte, ihn ein Stück von der Wand abzuziehen. Es gelang mir nicht. Daraufhin fuhr ich mit den Fingern am Rand entlang über die Mauer, geduldig und mit Fingerspitzengefühl, bis ich etwas ertastete. Eine Ecke, und zwar die, an der der Canciller Ayala ein Knie beugte. Diese Ecke war lose. Sehr behutsam schob ich die Finger hinter den Altaraufsatz.

Und da fand ich sie: die Kopie der Chronik des Conde Don Vela.

Ein ledergebundenes Buch mit Seiten aus Pergament.

Ich zog es aus seinem Versteck. Gonzalos Wahl war von einer überwältigenden Logik, das musste man ihm lassen.

Welcher Ort wäre als Versteck für eine Kopie besser geeignet als eine Kopie?

64

RAMIRO

Unai · *November 2019*

Ich ließ den Blick über die Studierenden wandern, die meinen Ausführungen jetzt seit einer Stunde aufmerksam lauschten. Es erschien mir angebracht, ihnen die praktische Wirklichkeit der operativen Fallanalyse mit einem noch warmen Fall zu veranschaulichen. Mitsamt all meinen Irrtümern und Fehltritten.

»Am Anfang dachte ich, es handele sich um einen Serienmörder. Dann dachte ich, es sei ein Mörder mit einer Multiplen Persönlichkeit. Am Ende wurde mir klar, dass es in Wirklichkeit eine Reihe von Mördern war. Weil ich mich ausschließlich auf das Mittelalterliche des Modus Operandi konzentrierte, erkannte ich kostbare Wochen lang nicht, dass jeder dieser Mörder seine eigene Spur hinterlassen hatte: die Feigheit eines zeitlich verzögerten Mordes im Fall der Spanischen Fliege, die Reue bei den Eingemauerten, die Grausamkeit beim Ertränken im Fass.

Aber das Wichtige in diesem Fall ist, dass Gonzalo Martínez, der Drahtzieher, seine Anhänger davon überzeugen konnte, alles ganz anders zu sehen, nämlich als einen Raubüberfall mit Opfern. Sie wollten Ramiro Alvar sein Vermögen im Wert von einer Milliarde dreihundert Millionen Euro mit Gewalt nehmen, aber der Raubüberfall durfte kein gewöhnlicher mit vorgehaltener Pistole und Geldtaschen sein. Es ging vielmehr darum, ihn Kraft des Gesetzes auszurauben. Mit dem Gesetz in Form der mit dem Erbe der Nograros verbundenen Bedingung, der zufolge er sowohl seinen Titel als auch das Familienvermögens verliert, wenn er ins Gefängnis kommt. Und mit dem Roman, seiner Version der Chronik, die das Werkzeug seiner Heilung hatte sein sollen, ihn nun aber als Mörder belastete.«

Ich suchte hinten im Hörsaal nach Marina Leiva, die mir versprochen hatte zu kommen, um Zeugin des Beginns meiner neuen beruflichen Etappe zu werden, aber nun war die Vorlesung vorbei, und sie war nicht hier.

Die Studierenden verließen nach und nach den Hörsaal, bis ich allein zurückblieb. Ich packte meine Sachen zusammen, und dann sah ich sie kommen, allerdings nicht allein.

Neben ihr ging Estíbaliz, die Ramiro Alvars Rollstuhl schob.

»Wir sind zu spät, ich weiß«, entschuldigte Marina sich.

»Meine Schuld«, warf Ramiro Alvar ein. »Wir haben sie aufgehalten.«

»Ihr macht mich neugierig. Was macht ihr drei denn hier?«

»Ich habe Ramiro davon überzeugt, bei Doctora Leiva eine Therapie zu machen«, sagte Estíbaliz mit ernster Miene.

»Ehrlich gesagt war das ihre Bedingung dafür, dass wir uns weiterhin sehen können.«

»Aber ich verspreche dir nichts«, entgegnete sie. »Es hängt ganz von dir ab, ob du den Weg der Heilung gehen möchtest. Wenn dir klar ist, wer und was du bist … danach ist es an mir herauszufinden, was ich von dir will.«

»Er ist der letzte Patient, den ich annehme, bevor ich in Ruhestand gehe«, warf Marina ein. »Ich gebe die Lehrtätigkeit auf und meine Praxis ebenfalls. Aber ich bin davon überzeugt, dass ich Ramiro helfen kann, und es gibt möglicherweise nicht allzu viele Kollegen, die sich eine vorurteilsfreie Diagnose zutrauen.«

»Das freut mich«, sagte ich. »Es freut mich sehr, das zu hören. Ramiro Alvar, können wir uns kurz allein unterhalten? Ich habe immer noch ein paar Fragen an dich.«

»Ramiro, Unai. Von jetzt an bin ich nur Ramiro. Ramiro Alvar bleibt offiziellen Dokumenten vorbehalten. Der Name Ramiro wiegt nicht so schwer.«

»Dann Ramiro.« Ich lächelte.

Marina und Estíbaliz ließen uns im leeren Hörsaal allein.

»Worum geht es denn?«

»Eine letzte Frage hätte ich noch zum vollständigen Verständnis dieses Falls. Du musst mir etwas bestätigen. Es wird vertraulich behandelt, und du musst es auch nicht tun. Ich glaube, dein EP hat sich mit Bischof García identifiziert, weil dieser dein Vorfahre war, aber das hast du im Roman nicht geschrieben. Du hast nicht erwähnt, dass Lope, der uneheliche Sohn von Bischof García, der Stammvater eurer Familie war. Aber das war der Grund, weshalb du den Bischof im Roman umgebracht hast. Du hast den Ausgang geändert, um deinen EP symbolisch töten zu können. Und da der Bischof im Roman seine Feinde tötet, fandest du es einleuchtend, dass dein EP jemanden tötet, der im realen Leben Parallelen zum Conde de Maestu aufweist. Du hattest Angst um Estíbaliz, weil du dachtest, dass Alvar sie auch töten würde. Aber warum Alvar die Mädchen getötet haben soll, hat dir nicht eingeleuchtet, denn im Roman waren sie keine Feindinnen von Bischof García. Ich habe mir im Archiv die Dokumente mit dem Namen des ersten Herrn von Nograro angesehen, und das war Alvar López de Nograro, der Sohn von Lope Garceiz. Dieser Lope Garceiz war der uneheliche Sohn der Wirtin des Gasthauses La Romana, nicht wahr?«

Ramiro schob seine Brille hoch und senkte den Blick.

»Ja«, bekannte er schließlich, »so ist der Ursprung unseres Geschlechts dokumentiert. Aber es wurde immer geheim gehalten, dass wir die Abkömmlinge des Mörders des Conde de Maestu und einer Zuhälterin waren, die ihre eigenen Schwestern als Huren arbeiten ließ. Auch aus diesem Grund war ich entsetzt über die Veröffentlichung des Romans. Der Bursche aus dem Bordell ist der Bastard von Bischof García und erbte alles, als dieser im wahren Leben starb. Die Nograros haben das immer geheim gehalten, aber er hat ein für damalige Verhältnisse gewaltiges Vermögen geerbt. Den Palast in Pamplona verkaufte er an König Sancho VII., den Starken, und dann ließ er sich in Valdegovía nieder, weit weg von dem schlechten Ruf, der ihm in Vitoria anhaftete. Das war das große Familiengeheimnis der Nograros.«

»Allmählich wird mir klar, dass die alten Familien mit der Zeit immer mehr Geheimnisse anhäufen, immer mehr Schweigen. Ich habe dir etwas über ein anderes eurer Geheimnisse zu berichten: Wir haben die Kopie der Chronik des Conde Don Vela sichergestellt. Gonzalo hatte sie hinter der Kopie des Altarbilds in der Kapelle mit dem Grab des Canciller Ayala in Quejana versteckt.«

»Ich will sie nicht!«, sagte Ramiro hastig. »Ich will dieses Ding nicht mehr in meiner Nähe haben, es erinnert mich nur an all das, was ich hinter mir lassen werde. Ich will sie nicht.«

»Was ich dir jetzt erzähle, ist ebenfalls vertraulich, und ich darf dir keine Namen nennen, aber ein Zweig der Nachfahren des Conde Don Vela besitzt das Original. Sie können mit Urkunden belegen, dass sie sind, wer sie zu sein behaupten. Ich glaube, du kannst mit einer Schenkung dafür sorgen, dass sie zurückerhalten, was ihnen gehört.«

»Dann ist das abgemacht.«

Kurz darauf rief ich Iago del Castillo an.

»Ich glaube, in Vitoria gibt es etwas, was euch gehört.«

65

EINE EINZIGE STADT

Diago Vela · *Im Jahr des Herrn 1200, Winter*

Sämtliche Einwohner stiegen auf den Wehrgang am Portal del Norte. Einer von Chipias Soldaten blies ins Horn, und nach einer Weile näherte sich der kastilische Standartenträger López de Haro zu Pferd.

»Was ist los?«, schrie er uns zu. Auch er wirkte abgemagert, doch das war gar nichts im Vergleich zu uns Skeletten hier oben auf der Mauer.

»Ruft König Alfonso«, sagte ich. »Wir wollen verhandeln.«

An meiner Seite standen Chipia und der Richter. Unterstützt von Nagorno, Onneca, Lyra, Gunnarr, den Isunzas, den Mendozas, den Seilern, dem Metzger, zwei kleinen Mädchen und einem Großvater.

König Alfonso erschien auf seinem weißen Pferd. Erwartungsvoll sah er mich an und bedeutete mir, ich solle das Wort ergreifen.

»Sagt an, Vela.«

»Wir übergeben Euch die Stadt Vitoria. Die gesamte Stadt, die Villa de Suso und Nova Victoria. Euer Vetter Sancho, der Starke, hat uns von der Pflicht, sie zu verteidigen, entbunden. Ihr könnt die Verteidigungslinie aufheben, uns wird kein Heer von hinten zu Hilfe kommen. Auch Euer Leidensweg ist beendet.«

Ich glaubte zu sehen, wie die angespannten Schultern seiner Soldaten sich lockerten. Die am weitesten entfernten wussten sich vor dem Blick des Königs in Sicherheit und umarmten sich erleichtert. Es gab so etwas wie einen stummen Freudenausbruch unter den Belagerern.

»Ich nehme Eure Übergabe an«, verkündete der König feierlich. »Dann öffnet endlich dieses Tor.«

»Es gibt Bedingungen«, erklärte ich.

»Ihr seid nicht in der Lage, Bedingungen zu stellen«, rief López de Haro.

»Es gibt Bedingungen.« Ich blieb fest.

»Lasst ihn reden«, warf der König ein.

»Es wird eine Übergabe ohne Vergeltungsmaßnahmen.«

»Fahrt fort.«

»Jeder, der Vitoria verlassen und sich ein neues Leben anderswo im Königreich suchen will, darf das tun, ohne verfolgt zu werden. Wir wollen keine Erhängten an den Bäumen.«

»Das wird nicht geschehen, Ihr habt das Wort eines Königs. Ich weiß den Edelmut, mit dem Ihr das Eure verteidigt habt, zu würdigen, und Eure Tapferkeit wird nicht vergessen werden.«

»Es wird keine Plünderungen geben«, fuhr ich fort, »auch wenn hier nichts mehr von Wert ist, aber die Frauen werden geachtet, und niemand kommt unters Schwert, wenn wir Eure Soldaten einlassen. Wir wollen ruhig schlafen können, ohne unsere Türen verriegeln zu müssen. In dieser Stadt haben die Häuser schon immer allen offen gestanden, und so wird es weiterhin sein, wenn Ihr Eure neuen Untertanen zufrieden zu erhalten wünscht.«

»Zählt darauf, Euer neuer König ist kein Schlächter.«

»Da Ihr vom Schlachten sprecht: Bringt jetzt gleich Schweine, Kaninchen, Hirsche oder was auch immer Ihr gerade bratet und was so gut riecht, ich bitt Euch. Es eilt.«

»Fahnenträger, gebt den Befehl. Meine neuen Untertanen haben sich ein Festessen verdient.«

López de Haro nickte und gehorchte seinem König.

»Und lasst dem Markt an Santa María seine Vorrechte, statt die Abgaben an den Stadttoren zu begünstigen«, fuhr ich fort.

»Dies ist eine Stadt der Händler und Handwerker. Ohne sie gibt es keinen Markt, und ohne Markt gibt es keine Zölle. Vergesst nicht, was Vorrang hat.«

»Gebt Ihr einem König Befehle?«

»Ich gebe einem weisen Mann einen Rat, ebenso wie ich es mit Eurem geliebten Onkel Sancho VI. tat.«

»Der Wert des Zuhörens. Ja, er hat ihn mich gelehrt. Aber nun sei es genug. Lasst mich passieren, ich will meine neuen Untertanen begrüßen.«

Ich gab den Befehl zum Öffnen des Tores.

Das Portal del Norte schwang auf, und wir ließen den neuen König ein. Mit ihm kam ein Karren mit Brot und gebratenem Fleisch, das nie auf irgendeinem Tisch ankam, da die Vitorianos sich sofort darauf stürzten und gleich an Ort und Stelle alles verschlangen.

Mehrere Tage vergingen, bis die Stadt allmählich wieder zur früheren Betriebsamkeit zurückkehrte.

Ein Dutzend Handwerker packten ihr Zeug zusammen und zogen nach Pamplona, wo sie neue Werkstätten eröffnen wollten.

Lyra begab sich zum Steinbruch von Bagoeta, um frische Vorräte für die Eisenhütte zu holen.

»Wir haben Vitoria übergeben, aber jetzt sind wir eine einzige Stadt, nicht zwei«, sagte sie mir tröstend, ehe sie sich verabschiedete.

»Aber der Preis war sehr hoch, Schwester«, murmelte ich und sah ihr hinterher, als sie mit ihrem Karren von dannen zog. »Nie mehr werde ich so verblendet sein, ein Land, eine Stadt oder eine Festung zu verteidigen. Nur Menschen. Niemand kann den Preis eines geliebten Lebens zahlen, das erloschen ist.«

Ich reiste mit Gunnarr nach dem Dorf Castillo, um Héctor zu besuchen, der sich um uns sorgte, wie wir wussten. Außerdem wollte ich, dass er seine kleine Nichte kennenlernte.

Gunnarr zog noch am selben Abend weiter zum Hafen von Santander. Seine Besatzung erwartete ihn, sie würden wieder Pilger auf den Camino Inglés bringen, und ich wusste, er sehnte sich nach dem Meer und der Freiheit, nicht von Mauern umgeben zu sein. Für diesen Riesen war jede Stadt klein, nur im Angesicht von weiten, leeren Horizonten fühlte er sich vollständig.

Als ich mit meiner Tochter im Arm an der Festung Sant Viçente vorüberging, traf ich auf Martín Chipia, der ein von den Kastiliern geliehenes Pferd sattelte.

»Ich habe ein Schreiben der Berater des Königs empfangen. Sancho schickt mich als Statthalter nach Mendigorría. Er billigt meine Arbeit hier in Vitoria. Meine Männer nehme ich mit. Wir reisen morgen ab.«

»Ihr wartet nicht, bis sie wieder zu Kräften gekommen sind und sich von der Hungersnot erholt haben?«, fragte ich zurückhaltend.

»Wir sind navarresische Soldaten, und die Straßen hier gehören jetzt den Kastiliern. Es ist vernünftiger, wenn wir uns nicht begegnen, schließlich schlägt unter jedem Brustharnisch ein lebendiges Herz. Und wir alle haben Waffenbrüder an den Feind verloren. Wir reisen morgen ab, Conde Vela. Es war mir eine Ehre, an Eurer Seite zu kämpfen.«

»Geht mit Gott, Statthalter. Man wird Euch hier in guter Erinnerung behalten. Ich glaube nicht, dass wir uns wiedersehen. Möge der Tod Euch lange verschonen«, verabschiedete ich mich von ihm.

Und ich sah, wie das Leben weiterging, innerhalb wie außerhalb der Mauern, und jeder Einzelne seinem Schicksal folgte.

Ich besuchte mit meiner Tochter den Grabstein ihrer Mutter und ihres Bruders und begann, ihr die Geschichte unserer Familie zu erzählen, die vorerst hier endet, im Februar, im Jahr des Herrn 1200, in der Stadt Vitoria.

66

DIE HERREN DER ZEIT

Unai · *Dezember 2019*

Der Monat begann mit sanften, aber ergiebigen Schneefällen. Die Stadt erwachte weiß und still, so, als hätte sie der Schnee von den schlimmen Erinnerungen gereinigt. Ich lehnte mich aus meinem Erkerfenster, und die frische Luft drang in meine Lungen und in meine Wohnung.

Iago und Héctor del Castillo näherten sich über die Plaza de la Virgen Blanca. Am Telefon hatte ich ihnen von den Ergebnissen der DNA-Tests erzählt, denen zufolge ich ein direkter Nachkomme des Canciller Ayala war. Ich wollte ihre Meinung dazu hören und sie fragen, ob sie das für plausibel hielten. Aber mir war klar, dass diese Neuigkeit auch die Del Castillos nicht unbeeindruckt gelassen hatte, und ich konnte es kaum erwarten, mit ihnen zu reden.

Als ich den beiden die Wohnungstür öffnete, umarmte Héctor mich herzlich. Iago hatte einen Aktenkoffer dabei. Ich bat sie herein.

Wir setzten uns alle drei an den Tisch in meinem Wohnzimmer, und ich zeigte ihnen die wiedergefundene Abschrift der Chronik.

»Hier habt ihr sie. Der aktuelle Herr von Nograro wird sie euch demnächst offiziell schenken. Aber sie gehört wieder euch.«

Iago strich behutsam über den Lederrücken und vergaß dabei ganz, dass er keine Handschuhe trug.

»Wie lange …«, flüsterte er.

»Wie lange hat unsere Familie auf diesen Augenblick gewartet«, beendete Héctor den Satz. »Wir können dir gar nicht genug danken für das, was du für uns getan hast, Unai. Iago hat dir auch ein Dokument mitgebracht, einen Brief. Wir würden dir gern erzählen, was darin steht.«

Iago schien von einem Spaziergang durch die Jahrhunderte in die Gegenwart zurückzukehren und holte ein Pergament in einer Dokumentenhülle aus seinem Aktenkoffer.

»Als Deba entführt wurde, hast du mich nach Yennego gefragt. In dieser für dich so schweren Zeit wollte ich es dir nicht erzählen, aber heute habe ich dir etwas mitgebracht.«

»Worum handelt es sich?«

»Es ist ein Brief, den Onneca de Maestu Diago Vela kurz vor ihrem Tod 1202 schrieb, zwei Jahre nach Beendigung der Belagerung. Sie hatte die weiße Pest, die wir heute Tuberkulose nennen. Da sie wusste, dass sie sterben würde, schrieb sie ihm dies.«

Iago reichte mir das Schreiben. Ich rechnete damit, dass er es mir vorlesen würde, doch er zitierte aus dem Gedächtnis.

Mein stets geliebter Diago,

Yennego ist in einen Brunnen gefallen. Ich fand ihn ertrunken, aber ich hatte Angst, du würdest mir nicht glauben, nachdem ich mich auf die Nachricht von Alix de Salcedos neuerlicher Schwangerschaft hin so tadelnswert betragen hatte. Seine Überreste ruhen im Grab meines Vaters. Ihr werdet dort zwei Leichen finden. Auf dieses Unglück folgte die Belagerung, und ich fand nie den Mut, es auch nur meinem Mann Nagorno zu beichten, der ihn so geliebt hatte. Ich war ihm nie eine gute Tante, das weiß ich jetzt. In Yennego sah ich den Sohn, der mir verweigert wurde, den du und ich hätten haben sollen. Aber deine Seele ist jetzt wichtiger, denn die meine verlässt meinen Körper schon, und ich will diese Bürde nicht mitnehmen. Du musst ihn dort beweinen, am Grab meines Vaters.

»Dieser Brief ist Teil der Privatkorrespondenz der Familie Vela und immer in Händen der Nachkommen geblieben. Er datiert nach der Chronik des Conde Don Vela, deshalb wird er darin nicht erwähnt. Und aus diesem Grund wurde im Roman *Die Herren der Zeit* auch nicht beschrieben, was aus Yennego wurde. Weder die Nograros noch andere Familien haben je von der Existenz dieses Briefs erfahren.«

»Also war das mit Yennego ein Unfall«, murmelte ich. »Wie viel Leid hätte Onneca ihnen ersparen können, wenn sie nur erzählt hätte, was sie wusste.«

Iago nickte schweigend und verwahrte das Pergament wieder.

»Da ist noch etwas, was wir dir erzählen wollen. Lass uns nach unten gehen und eine Runde durch die Altstadt drehen. Es ist schon lange her, dass ich sie so verschneit gesehen habe.«

Ich sah auf dem Telefon nach der Uhrzeit. »Einverstanden. Großvater spielt mit Deba im Jardín de Etxanobe. Ich muss sie bald abholen.«

»Wir würden ihm gern guten Tag sagen. Es hat mich sehr gefreut zu hören, dass dieses alte Herz noch nicht stehengeblieben ist«, sagte Iago.

Und so verließen wir alle drei das Haus und gingen hinauf zur Plaza del Matxete.

»Du hast gesagt, die DNA-Tests hätten ergeben, dass du ein Nachfahre des Canciller Pero López de Ayala bist. Deshalb wollten wir dir ein paar bedeutsame Informationen zu seinem Vermächtnis in dieser Stadt geben«, begann Héctor. »Die Nograros waren im Bandenkrieg zwischen den Ayalas und den Callejas eine der rivalisierenden Familien. Es ist eine Schande, dass in diesen Straßen nichts von den Ayalas geblieben ist bei allem, was sie für diese Stadt getan haben. Schau, siehst du dieses Gebäude?«

Unterdessen hatten wir das obere Ende der San-Bartolomé-Treppe erreicht.

»Das hier war das Portal del Sur. Hier betrat man die Stadt, wenn man aus Richtung Kastilien kam. Siehst du dieses unregelmäßigere Mauerstück?« Héctor deutete auf den Eingang des Palacio de Villa Suso. »Diese Steine sind tausend Jahre alt. Sie gehören zu der ursprünglichen Stadtmauer, die der erste Conde Don Vela errichten ließ, der Vorfahr von Diago Vela. Die Velas waren immer die Schutzherren der Stadt gewesen. Um das siebte Jahrhundert herum bauten sie die alte Eisenhütte, da, wo heute die Alte Kathedrale steht. Sie lebten im Langhaus, der Wohnstatt der Anführer, und sie waren es auch, die den Brunnen, den Friedhof und die Steinplatten mit den Zeichen, die die Archäologen gefunden haben, anlegen ließen.«

Dann hießen sie mich umdrehen und das Gebäude vor uns betrachten, das heute der Stadt gehört.

»Hier wurde der Palacio der Ayalas in Vitoria errichtet. Neben der ursprünglichen Kapelle von Gasteiz, der heutigen Capilla de Nuestra Señora de los Dolores im Inneren der Kirche San Vicente. Hier schworen die Stadtoberen die Einhaltung der Sonderrechte. Hier, auf heiligem Boden, fanden die Versammlungen der Stadtoberen und die Gerichtsverfahren statt. Diese Tradition, hier Gericht zu halten, hat sich im Namen *Arquillos del Juicio* erhalten – der Säulengang des Gerichts.«

»Da, wo wir jetzt stehen, ist heiliger Boden?«

»Hier war der ursprüngliche Friedhof des Dorfes Gasteiz«, bestätigte Héctor. »Die alte Festung San Vicente hatte ihren eigenen Friedhof.«

»Was wir dir erzählen wollen, ist, dass die Velas und die Familie des Canciller Ayala zum selben Zweig der Familie gehörten«, warf Iago ein. »Im vierzehnten Jahrhundert schrieb Fernán Pérez de Ayala, der Vater des Canciller Ayala, den Familienstammbaum in einem Buch mit dem Titel *Der Baum des Hauses Ayala*. Darin heißt es bereits: ›Mein Vorfahr, der Conde Don Vela, baute die Mauern Vitorias in Álava.‹ Aber die heutigen Historiker schenkten dem keinen großen Glauben. Man hielt es bloß für eine weitere Schönfärbung. Aber es gab ein abweichendes Datum: das Datum des Mauerbaus. Man hatte immer geglaubt, der Erbauer der Stadtmauer von Vitoria sei König Sancho VI., der Weise, gewesen, der ihr 1181 ihren Stadtstatus gewährte. Das war ja auch plausibel: Er gewährte den Bewohnern Sonderrechte und errichtete eine Mauer, um sie gegen die Bedrohung durch den König von Kastilien zu schützen.«

»Aber so war es gar nicht?«

»Vor wenigen Jahren wurde mit Hilfe der Radiokarbondatierung belegt, dass diese Mauern mindestens hundert Jahre älter sind, als man bis dahin geglaubt hatte. Sie wurden bereits um das Jahr 1080 herum errichtet. Aber wer war die treibende Kraft dahinter gewesen? Die Archäologen begannen, das Buch von Fernán Pérez de Ayala mit anderen Augen zu sehen. Woher hatte er gewusst, dass die Mauern hundert Jahre früher erbaut worden waren, als man dachte? Vielleicht hatte er recht.«

»Aber das belegt nicht, dass die Ayalas direkte Abkömmlinge der Velas waren«, sagte ich.

»Nein, das belegt es nicht. Jetzt musst du uns Vertraulichkeit zusichern.«

»Das tue ich, das weißt du.«

»In einer Chronik von Lope García de Salazar vom Ende des fünfzehnten Jahrhunderts heißt es wörtlich: ›Er hieß Conde Don Vela, Herr von Ayala, welches bewohnt von Basken und Spanischsprechern, er starb und wurde begraben in Santa María in Respaldiça‹«, zitierte er aus dem Gedächtnis.

»Und das ist vertraulich?«

»Nein, das nicht. Wir bewahren Unterlagen über die Beisetzung des Conde Don Vela in Respaldiza, die belegen, dass die dort begrabene Leiche seine ist. Es stand Besitz auf dem Spiel, Héctor und ich wollten das gesamte Vermächtnis der Familie zusammenhalten, aber wir mussten beweisen, dass Don Vela ein direkter Vorfahr der Familie Ayala aus Quejana war. Vor einigen

Jahren erhielten wir vom Bistum die Erlaubnis, eine Probe von den Knochen des Canciller für eine DNA-Analyse zu entnehmen. Das Ergebnis der Analyse bestätigt, dass sie verwandt waren und zum selben Zweig der Familie gehörten. Für uns war es eine Möglichkeit, unser Vermächtnis, die verstreuten Ländereien und Besitztümer, zu ordnen. Nichts davon gelangte in die Presse, das war nie unsere Absicht. Es handelt sich um strikt private Angelegenheiten. Und wir wollen, dass es so bleibt.«

Ich starrte die beiden an, als sähe ich sie zum ersten Mal.

»Dann seid auch ihr ein verlorener Zweig der Familie des Canciller Ayala«, brachte ich schließlich hervor. »Man geht doch davon aus, dass diese Zweige erloschen sind, dass keiner von denen, die heute mit Nachnamen López de Ayala heißen, diesem Zweig der Familie entstammt.«

»Ja, davon geht man aus, und so soll es unseretwegen auch bleiben. Wir wollen kein öffentliches Aufsehen. Aber auch unsere DNA stimmt mit der des Canciller überein, das ist richtig.«

»Dann sind wir verwandt, ja?«, fragte ich, und meine Stimme bebte ein bisschen.

»So scheint es.« Iago lächelte. »Na dann, musstest du nicht deinen Großvater und deine Tochter abholen?«

Wir liefen durch die Calle Fray Zacarías Martínez und trafen die beiden mitten in einer Schneeballschlacht an.

Deba trug ein Baskenmützchen, das Großvater ihr geschenkt hatte. Es verdeckte ihr kurzes Haar, und Großvater sagte, so könne sie nicht verloren gehen, weil sie daran immer sofort zu erkennen war. Er ging weiter mit ihr in den Park, in dem Tasio ihn bewusstlos geschlagen und Deba entführt hatte. Es gehörte zu seiner Philosophie der Normalität, die er bei Germán und meiner Erziehung hatte walten lassen und die er jetzt auch bei Deba anwandte, widrigen Umständen keine Macht über sich zu geben und nicht zuzulassen, dass sich da etwas zu einem Trauma ausweitete.

»Santiago, wie geht es Ihnen?« Iago trat gleich zu ihm.

»Ich kenne dich, nicht wahr?«, fragte Großvater überrascht, nachdem er den Schnee von seiner Baskenmütze geschüttelt hatte.

»Das ist Iago del Castillo. Er hat dich gefunden, nachdem das Schlitzohr Deba entführt hatte, Großvater«, stellte ich ihm Iago vor. »Er hat dir das Leben gerettet und den Krankenwagen gerufen. Ohne ihn wärst du nicht mehr am Leben. Und das ist sein Bruder, Héctor del Castillo. Außerdem hat sich herausgestellt, dass wir miteinander verwandt sind.«

Großvater schüttelte den beiden gewohnt fest die Hände.

»Wie meinst du das, wir sind miteinander verwandt?«, fragte er irritiert.

»Ich habe dir doch das mit den Erbgutanalysen beim Canciller Ayala in Quejana erklärt, weißt du noch? Auch Héctor und Iago haben solche Tests machen lassen, und sie sind auch mit ihm verwandt. Also entstammen wir alle demselben Zweig der Familie.«

»Habe ich's mir doch gedacht«, kommentierte Großvater und sah Iago an. »Du hast ganz helle Augen, wie Großvater Santiago, der, der aus Villaverde fortging, als Vater nicht mal zehn Jahre alt war.«

»Ich freue mich sehr, dass Ihr Vater trotzdem zurechtgekommen ist und dass Sie Ihre Enkel und ihre Großenkelin aufwachsen sehen können.«

»Ich freue mich auch, das kann ich dir sagen. Auch darüber, dass wir verwandt sind«, erwiderte Großvater.

»Unai, wir würden euch dreien gerne etwas zeigen. Es ist eine alte Familientradition«, sagte Iago.

»Klar. Wohin geht's?«

»Zum Glockenturm der Alten Kathedrale. Als Wissenschaftler haben wir Zugang. Wir haben früher mit dem Direktor der Kathedralenstiftung gearbeitet«, sagte Iago, während er mir mit verschmitztem Blick ein paar Schlüssel zeigte. »Santiago, glauben Sie, Sie schaffen es auf den Glockenturm hinauf?«

»Wenn es sein muss, auch mit der Kleinen auf den Schultern«, antwortete Großvater kühn.

Oben angekommen, betrachteten wir die schneebedeckten Dächer der weißen Stadt vom Glockenturm der Catedral de Santa María aus.

»Herrlich, nicht wahr?«, murmelte Iago.

Sogar Deba war einen Moment lang still. Bis Großvater das Schweigen brach. »Sieh mal, mein Junge, die Sonne der Großmutter!« Er deutete auf ein paar Striche in einem der Steine neben der Glocke. »Jemand hat sie auch hier in den Stein geritzt.«

»Genau das wollten wir euch zeigen. Die Sonne oder Blume der Großmutter ist in Wirklichkeit ein *eguzkilore*, eine Silberdistel, die Blume der Sonne«, erklärte Iago. »Sie ist ein Symbol, mit dem wir bei uns in der Familie immer die Orte geschützt haben, an denen wir lebten. So hat es auch Großmutter Lucía in Conde Don Velas Chronik gemacht. Sie war die Ururgroßmutter von Alix de Salcedo, der Stammmutter unseres Zweigs der Velas und danach der Ayalas. Seither wird das an alle Nachfahren als Erinnerung weitergegeben.«

Und auch bei mir war es angekommen.

»Hast du aufgepasst, Deba? Du bist die jüngste López de Ayala. Wenn du Kinder bekommst, bring sie hierher und zeig ihnen, wie man diesen *eguzkilore* zeichnet«, sagte ich.

»Gehen wir wieder nach unten. Wir haben noch ein Familiengeheimnis, das wir euch zeigen wollen«, forderte Iago uns auf.

Als wir über die Schwelle des Palacio de Villa Suso traten, musste ich einen eisigen Schauder unterdrücken.

»Wohin gehen wir?«

»Hier hinauf«, sagte Iago.

Und sie führten uns zu der Steinplatte, die das Skelett der Eingemauerten des Palacio de Villa Suso barg.

»Diese Überreste gehören Alix de Salcedo. Hier begrub Diago Vela sie«, flüsterte Iago.

Er kniete sich hin und legte die Hand auf das Glas, mit dem sie abgedeckt war, als spräche er stumm mit ihr.

Wir alle respektierten diesen Moment der Stille, sogar Deba schien zu verstehen und drückte feierlich meine Hand.

»Also ist dieses Mädchen unsere Vorfahrin«, fasste Großvater zusammen.

»Ja. Dies ist Alix de Salcedo, und Alix und Diago hatten Nachwuchs. Ein Mädchen namens Quejana«, ergänzte Iago.

»Und wir sind Nachkommen ihrer Nachkommen«, erklärte ich gerührt.

Und so beugte auch ich vor ihr das Knie und sprach zum letzten Mal mein stummes Gebet: »Hier endet meine Jagd, Mutter. Hier beginnt mein Leben, Tochter.«

DANKSAGUNG

In diesem Roman kreuzen sich meine beiden literarischen Universen: das der *Trilogie der weißen Stadt* und das der *Saga der Langlebigen.*

Die gemeinsame Herkunft der beiden Familien zu zeigen und erneut über Iago del Castillo / Diago Vela, Lür / Héctor Dicastillo, Nagorno, Gunnarr und Lyra zu schreiben, um zu enthüllen, dass sie Vorfahren von Unai López de Ayala sind, war eine der befriedigendsten Erfahrungen für mich als Schriftstellerin nach drei Jahrzehnten des Erschaffens von Erzählungen und des Zusammenlebens mit Figuren, die mir und meinen Leser*innen so ans Herz gewachsen sind.

Ich bin dem gesamten Team beim Verlag Planeta dankbar für die Professionalität und Expertise beim Lektorieren und Veröffentlichen der drei Romane der *Trilogie der weißen Stadt.*

Antonia Kerrigan danke ich für die wirksame Durchsetzung meiner Interessen als Autorin.

Meinen Lesern danke ich für die innere Reife, zu verstehen, dass die Recherche und Niederschrift eines professionellen Romans von mehreren hundert Seiten viel Arbeit ist und mehrere Jahre kreativer und intellektueller Mühen erfordert. Ich werde ewig dankbar für die Geduld und die Großzügigkeit sein, mit der sie auf mein nächstes Werk gewartet haben.

Und meinen Kindern sowie meinem Mann danke ich dafür, dass sie unseren Alltag zum besten Ort des Lebens machen.

ÜBER »DIE HERREN DER ZEIT«

Dieser Roman hat eine aufwendige Recherche erfordert. Ich habe mich zahlreicher Quellen bedient, um eine faszinierende Epoche so lebendig wie möglich zu schildern.

Ich habe mich immer bemüht, die historischen Passagen meiner Romane so zu gestalten, dass sie den Alltag der Figuren, die sie bevölkern, widerspiegeln. Mein besonderes Augenmerk bei der Recherche galt daher den Berufen, der Kleidung, der Küche und den Bräuchen.

Auch wenn die Primärquellen aus dieser fernen, ganz konkreten Vergangenheit knapp sind, stammen sowohl die archaisierenden Ausdrücke wie auch die mittelalterlichen Namen im Roman – Diago, Lope Garceiz, Discastillo, Paricio, Yñigo, Alix, Onneca, Bona, Pero etc. – aus Originaltexten.

Ein wichtiger Teil der Handlung betrifft den Torre de los Nograro in Valdegovía, der heute nur noch eine Ruine ist. Das Bauwerk, von dem ich mich hinsichtlich der Architektur des Festungskomplexes inspirieren ließ, ist hingegen der Torre de los Varona. Die Geschichte der Familie Varona wiederum hat keinerlei Verbindung mit dem, was im Roman geschildert wird.

Die Belagerung Vitorias habe ich geschildert, obwohl uns lediglich die Chronik *De rebus hispaniae* von Erzbischof Rodrigo Jiménez de Rada, ein Register der Kathedrale von Pamplona und verschiedene administrative Dokumente aus dem Amt des

Canciller von König Alfonso VIII. von Kastilien vorliegen, aus denen wir wissen, dass er daran beteiligt war.

Einen Teil der Handlung habe ich im fiktiven Dorf Ugarte angesiedelt. Ich habe den heute unbewohnten Ort Ugarte in Ayala gewählt, da er in einem Dokument aus dem Jahre 1040 als einer der Zehentpflichtigen aus der Gegend aufgelistet wird.

PERSONEN

Die Polizei

Unai: Inspector Unai López de Ayala, genannt *Kraken*, Profilingexperte und Fallanalytiker bei der Kriminalpolizei von Vitoria, Ich-Erzähler des Romans; Lebensgefährte von Alba und Vater der zweijährigen Deba

Estíbaliz: Inspectora Estíbaliz Ruiz de Gauna, genannt *Esti*, Viktimologin, Kollegin und beste Freundin von Unai, spezialisiert auf die Analyse der Opfer

Alba: Subcomisaria Alba Díaz de Salvatierra, Vorgesetzte von Unai und Esti, ursprünglich aus Laguardia; Unais Lebensgefährtin und Mutter seiner Tochter Deba

Comisario Medina: Polizeichef von Vitoria, direkter Vorgesetzter von Alba

Doctora Guevara: Rechtsmedizinerin in Vitoria

Inspector Goyo Muguruza: Leiter der Kriminaltechnik bei der Polizei in Vitoria

Milán: Agente Milán Martínez, IT-Spezialistin; vor drei Jahren zur Verstärkung bei der zentralen Sektion für IT-Delikte ausgeliehen, jetzt fest im Team von Unai und Esti

Manu: Subinspector Manu Peña, vor drei Jahren zur Verstärkung bei der Polizei von San Sebastián ausgeliehen, jetzt fest im Team von Unai und Esti

Pablo Lanero, genannt »Paulaner«: Inspektor bei der Kriminalpolizei Santander

Die Familie

Germán López de Ayala: Bruder von Unai, erfolgreicher Rechtsanwalt, kleinwüchsig

Santiago López de Ayala: Großvater von Unai und Germán, hundert Jahre alt; nach dem Tod ihrer Eltern wuchsen die Brüder bei den Großeltern in Villaverde in der Sierra auf

Eneko Ruiz de Gauna, genannt »Eguzkilore«: verstorbener Bruder von Estibalíz

Paula: frühere Frau von Unai, schwanger mit Zwillingen, starb bei einem Autounfall

Blanca Díaz de Salvatierra: Albas Mutter, früher eine berühmte Schaupielerin unter dem Namen »Aurora Mistral«

Deba: Tochter von Alba und Unai

Die Bürger von Vitoria bzw. Álava

Castillo, Héctor del: Historiker, einer der Direktoren des Archäologischen Museums von Kantabrien (MAC)

Castillo, Iago del: sein Bruder, ebenfalls Direktor des MAC

Estefania: siehe *Nájera*

Lasaga, Antón: Gründer und Inhaber eines Billigmode-Imperiums

Lasaga, Andoni: ältester Sohn von Antón Lasaga

Lasaga, Irene: Tochter von Antón Lasaga

Lutxo: Journalist beim Diario Alavés, Freund von Unai, gehört zu seiner Clique,

MatuSalem: junger Hacker, saß gemeinsam mit Tasio im Gefängnis, Mitglied der Wandmaler-Gruppe *Brigada de la Brocha*

Nájera, Estefania: ältere der vermissten Schwestern im Fall Frozen

Nájera, Oihana: jüngere der vermissten Schwestern im Fall Frozen
Oihana: siehe *Nájera*
Ortiz de Zárate, Ignacio: ehemaliger Inspector bei der Polizei Vitoria, eineiiger Zwillingsbruder von Tasio
Ortiz de Zárate, Tasio: ehemals angesehener Archäologe und Fernsehmoderator, war zwanzig Jahre im Gefängnis
Prudencio, genannt *Pruden:* Verleger von Malatrama, des Verlags, in dem der Roman »Die Herren der Zeit« erschienen ist

Die Bürger von Ugarte

Aurora: Mutter von Iratis Freund Sebastian
Cecilia: Iratis Mutter
Claudia: von der Gemeindeverwaltung Ugarte angestellt, um Führungen durch die Casa-Torre de Nograro zu machen
Fausti (Mesanza): Nachbarin von Ramiro Alvar Nograro
Fidel: Ehemann von Fausti
Gemma (Martínez): Mutter von Gonzalo, Alvars Verlobte
Gonzalo (Martínez): Betreiber der Bar in Ugarte
Irati: Inhaberin des Landhotels in Ugarte
Nograro, Alvar: 24. Herr des Hauses Nograro, Absolvent des Priesterseminars, älterer Bruder von Ramiro Alvar, starb jung an einer Erbkrankheit
Nograro, Inés: Frau von Lorenzo, Mutter von Alvar und Ramiro Alvar
Nograro, Lorenzo Alvar: 23. Herr des Hauses Nograro, Inés' Mann, Alvars und Ramiro Alvars Vater
Nograro, Ramiro Alvar: 25. Herr von Nograro, Alvars jüngerer Bruder, zurückgezogen lebender Gelehrter
Sebastián (Argote): Iratis Freund

Alix (de Salcedo): Hüttenmeisterin im Haus von Diago Vela
Anglesa: Bäckerin
Astonga: Wirtin des Gasthauses der Romana
Chipia, Martín: Statthalter von Nova Vitoria, Nachfolger von Petro Remírez
Dicastillo, Héctor: Herr des Dorfes Castillo bei Vitoria, Vorfahre von Héctor und Iago del Castillo
García, Bischof: Onnecas Vetter
Gimeno: Pfarrer von Santa María, Nachfolger des jungen Vidal
Gunnarr: Diego Velas Vetter
Isunza: Familie von Adeligen in Nova Victoria
López de Haro: Diego López II de Haro, bedeutender Würdenträger am kastilischen Hof unter Alfonso VIII., Standartenträger Kastiliens
Lucía, Großmutter: Alix de Salcedos Ururgroßmutter, im Prinzip die Großmutter von ganz Vitoria
Lyra: Schwester von Diago Vela
Maestu, Bona de: jüngere Schwester von Onneca
Maestu, Favila de: jüngere Schwester von Onneca
Maestu, Furtado de (Conde): Vater von Onneca
Maestu, Onneca: Diago Velas frühere Geliebte, Ehefrau seines Bruders Nagorno
Maturana, Ruiz de: Sohn des Hidalgo Ruy de Maturana
Maturana, Ruy de: Adeliger in Nova Victoria, Hidalgo
Mendieta: Henker von Vitoria
Mendoza: Familie von Adeligen in Nova Victoria
Nagorno: Diago Velas Bruder
Nuño: Kürschner
Onneca: siehe *Maestu*
Ortiz de Zárate: Hidalgos in Nova Victoria
Paricio: Armbruster

Pérez de Oñate: Richter von Vitoria
Pero Vicia: Packsattelmacher
Remírez, Petro: Statthalter von Vitoria
Ruiz: siehe *Maturana*
Ruy: siehe *Maturana*
Sabat: Seiler
Tello: Kürschner
Veilaz, Diego: Pseudonym des unbekannten Autors von *Die Herren der Zeit*
Vela, Diago (auch *Conde Don Diago Vela*): Ich-Erzähler im Roman *Die Herren der Zeit*
Vela, Nagorno: Diago Velas Bruder
Vidal: junger Pfarrer von Santa María
Yennego: Sohn von Diago Vela und Alix de Salcedo
Yñigo: Sohn von Nuño, dem Kürschner

GLOSSAR

Agur: Baskisch für »tschüss«

Ajarte: Ort in Álava, in der Enklave, die zu Burgos gehört, mit einem Steinbruch

Akinakes: Kurzschwert, 5. bis 2. Jahrhundert v. Chr., Skythen, Perser, Griechen

Alfonso VIII., der Edle: span. Alfonso el Noble, König von Kastilien (1155–1214)

Álava: eine der drei Provinzen der autonomen Gemeinschaft Baskenland, deren Hauptstadt Vitoria-Gasteiz ist

Alfonso I., der Krieger: König von Arragón (1073–1134)

Alquerque: Spiel, das in verschiedenen Varianten früher im Mittelmeerraum gespielt wurde; gilt als Vorläufer des Damespiels

Altai: Nagornos Pferd (12. Jh.)

Alte Kathedrale: eigentlich *Catedral de Santa María*; die ältesten Teile stammen aus dem 13. Jahrhundert

Aragón: historisch: mittelalterliches Königreich

Arkaute: zu Vitoria gehörige Gemeinde, Sitz der baskischen Polizeischule

Armentia: Stadtteil Vitorias

Art Institute of Chicago: Kunstmuseum in Chicago (USA)

Avendaño: ehemals eigene Stadt *(villa)*, heute als Abendaño Stadtteil von Vitoria

Ayala, Fernán Pérez de: Vater von Pero López de Ayala

Ayala, Pero López de: (1332–1407) Canciller Mayor der kastilischen Krone, baskischer Adeliger

Bagoeta: Dorf mit Eisenmine in Álava, seit dem 15. Jahrhundert verlassen

Bandenkriege: gewalttätige Auseinandersetzungen zwischen Gruppierungen von Adelsgeschlechtern unter der Führung der Oñaz' und Gamboas im 14. und 15. Jahrhundert auf dem Territorium des heutigen spanischen Baskenlandes

Berengaria: span. Berenguela, Frau von Richard Löwenherz

Bolo, hier: *Bolo alavés*, ein dem Kegeln oder Bowling ähnliches Spiel, das in dieser Variante kaum außerhalb der Provinz Álava gespielt wird; in anderen Spielarten gibt es Bolo auch in weiteren Regionen Spaniens

Brigada de la Brocha: Gruppe von Freiwilligen, die in Vitoria Wandgemälde und Graffiti anfertigen

Cabezada: Sitte, bei der die Angehörigen beim aufgebahrten Toten stehen, bis sämtliche Einwohner zu ihnen gekommen sind und ihnen ihr Beileid ausgesprochen haben

Camino Inglés, »englischer Weg«: einer der Jakobswege, so genannt, weil Engländer im Mittelalter auf dem Seeweg nach Spanien gelangten; der Camino Inglés liegt in der nordwestlichsten Ecke Spaniens und ist nur 120 km lang.

Campillo de los Chopos: (12. Jh.) »Gemeindeanger mit den Pappeln«

Canciller, genauer: *Canciller Mayor:* ranghoher Beamter im mittelalterlichen Königreich Krone von Kastilien, hier: Pero López de Ayala

Caños: Span. für offene Abwasserkanäle: schmale Gassen zwischen den Altstadthäusern, in denen früher offene Abwasserkanäle verliefen, die nach einer Choleraepidemie unter die Erde verlegt wurden. Heute sind diese schmalen Gassen schöne begrünte Hinterhöfe, die von den Anwohnern genutzt werden.

Caruso: legendäre Bar in Txagorritxu (Vitoria), schloss 2018 ihre Türen

Celedón: Symbolfigur des einfachen Alavesen

Chinchorta: (baskische Schreibweise: Txintxorta) traditionelles baskisches Süßgebäck mit Schweineschmalz

»Cold Little Heart«: Song des britischen Sängers und Musikers Michael Kiwanuka

Cruz Blanca: »weißes Kreuz«, ein steinernes Kreuz, das früher außerhalb von Vitoria stand

Cuchi, auch: *Kutxi* (baskisch): Calle Cuchillería in Vitorias Altstadt

»De rebus Hispaniae«: eine Geschichte der iberischen Halbinsel von Erzbischof Rodrigo Jiménez de Rada (1. Hälfte des 13. Jahrhunderts)

Donna: archaische Form von Doña (12. Jh.)

Eguzkilore: »Blume der Sonne«, baskischer Name der Silberdistel; bedeutsames Schutzsymbol, hängte man zum Schutz vor Hexen und Dämonen an Haustüren auf

Fernando IV.: (1285–1312) König von Kastilien und León, verlieh dem (fiktiven) Haus Nograro seine Sonderrechte

Fernando el Católico: Ferdinand der Katholische, bildete zusammen mit seiner ersten Frau Isabella I. von Kastilien die »Katholischen Könige von Kastilien und León«

Ferrería, La: (fiktiv) heute ein Landhotel, früher die Eisenhütte/Schmiede *(ferrería)*, die zum Besitz der Familie Nograro gehörte

Fiestas de la Blanca, vollständig *Fiestas de la Virgen Blanca:* Stadtfest in Vitoria, jedes Jahr vom 4.–9. August. Zur Eröffnung steigt eine Celedón-Puppe auf die Plaza de la Virgen Blanca herab, die am 10. August wieder hochgezogen wird.

Gamarra: Außenbezirk in Norden Vitorias

García de Salazar, Lope: (1399–1476) Adeliger, Teilnehmer an den Bandenkriegen und Historiker, Autor von *Las Bienandanzas e Fortunas* (25-bändige Geschichte der »Welt«, die bei der Schöpfungsgeschichte anfängt und in den letzten 6 Bänden die Geschichte u. a. des Baskenlandes behandelt)

Gasteiz: ältester Kern des heutigen Vitoria-Gasteiz, 1181 zu Nova Victoria erweitert

Gaueko: Geist, der die Nacht, aber auch den Fürsten der Finsternis repräsentiert

Germaine de Foix: 1488 (o. 1490)–1536, französische Adelige, zweite Frau von Fernando el Católico

Gorbea: Monte Gorbea, Berg (1481 m) im Baskenland an der Grenze zwischen Bizkaia und Álava

Hidalgo: eine Kategorie von Adeligen aus alten christlichen Familien ohne besonderen Titel

Hospital de Santiago, eigentlich: *Hospital Santiago Apostol:* bildet zusammen mit dem Hospital Txagorritxu die Universitätskliniken von Álava

Jardín de Etxanobe: kleiner Park in der Altstadt Vitorias

Jardín Secreto del Agua: Park im Zentrum Vitorias

Judizmendi: Stadtviertel von Vitoria, wo bis zur Judenvertreibung durch die Katholischen Könige 1492 der jüdische Friedhof außerhalb der Stadt lag

Lakua: Stadtbezirk von Vitoria, Sitz des Kommissariats

Las siete partidas: »Sieben-Teile-Code«, Titel eines Gesetzbuchs von Alfonso X.

»Lau teilatu«: Song der baskischen Rockband Itotz von 1978, deutsch »Vier Dächer«, hat für Unai und Alba eine besondere Bedeutung

León: mittelalterliches Königreich; heute: Stadt und Provinz im Nordwesten Spaniens

Lur: baskisch »Erde«; Mutter Erde (Gottheit)

MAC: Museo de Arqueología de Cantabria, siehe dort

Malatrama: Verlag, bei dem *Die Herren der Zeit* erschienen ist

Miramamolín: spanischer Titel von Muhammad an-Nasir (1181/1182–1213), 4. Kalif der Almohaden in al-Andalus

Montaña Alavesa: »Alavesische Berge«, Verwaltungsgebiet in Álava, in dem auch Villaverde liegt

Montes Altos, eigentlich: *Montes Altos de Vitoria:* Berglandschaft bei Vitoria, heute Naturschutzgebiet

Monte San Tirso: Berg in der Sierra de Toloño

Monte Toloño: Berg in der Sierra de Toloño

Mus: spanisches Kartenspiel

Navarra: mittelalterliches baskisches Königreich; heute: Region in Nordspanien

Neska: Blusas y neskas sind Brauchtumsgruppen; *Blusas* sind die männlichen Mitglieder, *Neskas* die weiblichen; sie tragen traditionelle Kleidung und spielen eine Rolle bei den Fiestas de la Virgen Blanca.

Neue Kathedrale von Vitoria: Catedral de María Inmaculata (20. Jahrhundert)

Nova Victoria: alter Name von Vitoria (eine Variante davon)

Nuestra Señora del Cabello: ehemaliges Dominikanerinnenkloster in Quejana, Álava

Olárizu: ehemals eigene Stadt *(villa)*, heute Stadtteil von Vitoria
Olbia: Onnecas Pferd (12. Jh.)

Palacio de los Álava-Esquivel: Palais in der Altstadt Vitorias, erbaut 1488
Palacio de Villa Suso: Palais aus dem 16. Jahrhundert an der Plaza del Matxete in Vitoria
Pamplona: Stadt in Navarra, heute Hauptstadt der autonomen Region Navarra
Parque de la Florida: Park im Zentrum von Vitoria
Pincho: baskisch *pintxo*; Häppchen, häufig mit Weißbrot als Grundlage, ursprünglich mit Zahnstochern zusammengehalten
Pinto: kurz für Calle Pintorería
Portal de Arriaga: Stadttor in Nova Victoria
Portal de la Armería: Stadttor in Nova Victoria
Portal del Norte: Stadttor in Nova Victoria
Portal del Sur: Stadttor in Nova Victoria
Portal Oscuro: Stadttor in Nova Victoria
Portilla: Ort in Álava

Quejana: historischer Komplex, bestehend aus einer Festung der Ayalas, in der sich heute ein Museum für sakrale Kunst befindet, einer Kirche und einem ehemaligen Dominikanerinnenkloster

Renfe: staatliche spanische Bahn
Respaldiza: (alte Schreibung: *Respaldiça*) Ortschaft in Álava
Richard Löwenherz: (1157–1199) König von England
Río Zadorra: Fluss, der im Norden Vitorias vorbeifließt; der Parque del Zadorra ist Teil des Anillo Verde
Rúa: Straße

Salinas de Añana: Dorf in Álava mit historisch bedeutsamen Salinen

Samaniego, Félix María: bedeutender Fabelautor aus Laguardia (18. Jahrhundert)

Sancho VI., der Weise: span. Sancho VI. el Sabio (der Weise), 1133–1194, König von Navarra

Sancho VII., der Starke: span. Sancho VII. el Fuerte (der Starke), 1154–1234, König von Navarra

San Miguel, eigentlich *San Miguel Arcángel:* Kirche an der Plaza de la Virgen Blanca in Vitoria

San Sebastián, vollständig: *Donostia-San Sebastián* (Donostia ist der baskische Name), Hauptstadt der baskischen Provinz Gipuzkoa

Santa María: eine der beiden Kirchen in Nova Victoria, Ursprung der heutigen Alten Kathedrale

Santander: heute Hauptstadt der autonomen Gemeinschaft Kantabrien

Sant Michel: eine der beiden Kirchen in Nova Victoria, Vorgänger der späteren Iglesia de San Miguel Arcángel

San Viçente: eine der Festungen Vitorias im Mittelalter, heute steht dort die gleichnamige gotische Kirche (15. Jahrhundert)

Schlacht bei Vitoria: 21. Juni 1813. Englische, portugiesische und spanische Truppen unter dem Befehl Wellingtons siegten über Joseph Bonapartes französisches Heer. Das Denkmal auf der Plaza de la Virgen Blanca erinnert daran.

Selbstbetrachtungen: von Marc Aurel (römischer Kaiser)

Senior: Herr eines Ortes (12. Jh.)

Señorío: feudalistische Grundherrschaft spanischer Ausprägung

Sierra de Toloño: Bergkette südlich von Vitoria

Slow Food Araba: (Araba ist Baskisch für Álava) alavesische Slow-Food-Vereinigung

Sueldo: alte spanische Münze

Statthalter: (12. Jh.) span. *Tenente*, Würdenträger, militärischer Vertreter des Königs in einer Stadt, ortsfremd, wurde vom König nach Belieben versetzt

Toloño: kommt von Tullonious, siehe dort
Torre de Doña Otxanda: Donjon, quadratischer mittelalterlicher Wohn- und Befestigungsturm in Vitoria
Torre de los Nograro: Wohn-und Befestigungsturm der Familie Nograro im Valle de Valdegovía (fiktiv)
Treviño: Stadt in Álava, heute Teil einer Enklave, die zur Provinz Burgos (Kastilien-León) gehört
Tudela: Stadt in Navarra, im 12. Jahrhundert abwechselnd mit Pamplona Sitz des navarresischen Königshofs
Tullonius: anderer Name des keltischen Gottes Teutates
Txagorritxu: Stadtteil von Vitoria und Kurzform für das dortige Hospital de Txagorritxu, auch Sitz der Seniorenresidenz, in der Estis alzheimerkranker Vater lebt

Ugarte: im Roman der Ort, in dem die Casa-Torre der Familie Nograro steht; tatsächlich heute unbewohnt

Valle de Valdegovía: Tal und Region im Südwesten von Álava
Viktimologie: Wissenschaft von den Opfern
Villa de Suso: Teil der Stadt Vitoria nach Verleihung der Stadtrechte 1181 durch Sancho VI.
Virgen Blanca: Café-Bar-Restaurant an der Plaza de la Virgen Blanca, Vitoria
Vitoria-Gasteiz: Hauptstadt der Provinz Álava und der Autonomen Region Baskenland
Vitoriano: Einwohner von Vitoria

Zaramaga: Stadtviertel von Vitoria